大
方
sight

THE PARISIAN

东方巴黎人

Isabella Hammad

［英］伊莎贝拉·哈马德 著 ｜ 熊亭玉 译

中信出版集团｜北京

图书在版编目（CIP）数据

东方巴黎人 /（英）伊莎贝拉·哈马德著；熊亭玉
译 . -- 北京：中信出版社，2024.5
书名原文：The Parisian
ISBN 978-7-5217-6324-9

I. ①东… II. ①伊… ②熊… III. ①历史小说－英
国－现代 IV. ① I561.45

中国国家版本馆 CIP 数据核字（2024）第 008580 号

东方巴黎人

著者： ［英］伊莎贝拉·哈马德
译者： 熊亭玉
出版发行：中信出版集团股份有限公司
（北京市朝阳区东三环北路 27 号嘉铭中心　邮编　100020）
承印者： 河北鹏润印刷有限公司

开本：880mm×1230mm 1/32　　印张：19　　字数：476 千字
版次：2024 年 5 月第 1 版　　印次：2024 年 5 月第 1 次印刷
京权图字：01-2024-1583　　书号：ISBN 978-7-5217-6324-9
定价：79.00 元

献给提塔·加达

Contents
目录

List Of Characters

人物表

卡迈勒家族

哈吉·塔希尔·卡迈勒，布料商人

阿齐扎·卡迈勒，哈吉·塔希尔的第一任妻子，已去世

迈扎特·卡迈勒，哈吉·塔希尔和阿齐扎的儿子

乌姆·塔希尔·卡迈勒，哈吉·塔希尔的母亲，迈扎特的"提塔"

莱拉，哈吉·塔希尔的第二任妻子

穆斯巴赫·卡迈勒，哈吉·塔希尔和莱拉的长子

纳迪姆、以西拉、迪尼亚、纳沙特，哈吉·塔希尔和莱拉的其他孩子

阿布·贾米勒·卡迈勒，哈吉·塔希尔的族兄，地毯商人

乌姆·贾米勒·卡迈勒，阿布·贾米勒的妻子

贾米勒·卡迈勒，阿布·贾米勒和乌姆·贾米勒的儿子，迈扎特的族兄

瓦斯菲·卡迈勒，迈扎特的族兄弟

塔赫辛·卡迈勒，迈扎特的族兄弟

莫里诺一家

弗雷德里克·莫里诺，蒙彼利埃大学的社会学家和人类学家

阿里亚纳·莫里诺，娘家姓为莫泊桑，弗雷德里克的妻子，已去世

让内特·莫里诺，弗雷德里克和阿里亚纳的女儿

玛丽安·莫里诺，弗雷德里克的侄女，泽维尔的妹妹

泽维尔·莫里诺，弗雷德里克的侄儿，玛丽安的兄弟，法学生

保罗·里歇尔，玛丽安的未婚夫

法国的其他人物

西尔万·勒克莱尔，莫里诺一家的朋友，葡萄园种植主

洛朗·图潘，医学生

塞缪尔·卡根拉提，医学生

帕特里斯·诺兰，退休的医学教授

卡罗尔和玛丽-特蕾莎，帕特里斯·诺兰的女儿

乔金，莫里诺家的女仆

吕克·戴蒙，葡萄园种植主

克里托夫人，社会名流

法鲁克·拉兹马，巴黎的阿拉伯语教授，来自大马士革

巴西姆·贾尔巴维、拉贾·阿布德·拉赫曼、优素福·曼苏尔、奥马尔等等，法鲁克在巴黎的朋友们

卡德里·穆罕默德和里亚德·阿萨利，汉尼在学校的朋友，埃米尔·费萨尔的顾问

哈马德家族

哈吉·哈桑·哈马德，尼姆的族兄，地主，地方分权党的成员

拿齐亚·哈马德，哈吉·哈桑的妻子

亚西尔·哈马德，拿齐亚和哈吉·哈桑的长子

哈吉·尼姆·哈马德，哈桑的族兄弟，伊斯兰教的法官和学者，1918年纳布卢斯的市长

维达德·哈马德，哈吉·尼姆的妻子

法蒂玛·哈马德，维达德和哈吉·尼姆的长女

努扎·哈马德，维达德和哈吉·尼姆的次女

布尔汉·哈马德，维达德和哈吉·尼姆的小儿子

哈吉·陶菲克·哈马德，哈吉·哈桑和哈吉·尼姆的叔父，政治家

穆拉德家族

汉尼·穆拉德，巴黎某大学的法学院毕业生

巴西勒·穆拉德，汉尼的远方族兄弟，穆尼尔的兄弟

穆尼尔·穆拉德，汉尼的远方族兄弟，巴西勒的兄弟

福阿德·穆拉德，汉尼在杰宁的叔父，地方分权党的成员

萨哈尔·穆拉德，福阿德的女儿

乌姆·萨哈尔·穆拉德，福阿德的妻子

纳布卢斯的其他人物

希沙姆，哈吉·塔希尔的代理人

布特鲁斯，卡迈勒商店的裁缝

乌姆·马哈茂德，卡迈勒家族的女仆

阿德尔·贾瓦里，年轻人，迈扎特的学校同学

阿布·奥马尔·贾瓦里，阿德尔的叔父，1919年的市长

卡伊斯·卡拉克，年轻人

哈吉·阿卜杜拉·阿特万，肥皂厂的拥有者

阿特万夫人，阿特万家族的女家长

埃利·卡恩，撒马利亚人裁缝

阿布·萨拉马，撒马利亚人的祭司长

安托万神父，法国多名我会的神父和学者

露易斯、莎拉、玛丽安和其他嬷嬷，圣约瑟修道院的修女们，在纳布卢斯被称为"以巴路山的修女"

艾曼·萨巴，贫穷的基督教农夫

哈拉·萨巴，艾曼的女儿

Part One

第一部

1

这艘开往马赛的邮轮上还有一个阿拉伯人，名叫法鲁克·拉兹马。离开亚历山大港的第二天，早餐的时候，他朝迈扎特走了过来，一手端着盛吐司的盘子，一手拿着琥珀念珠。他坐下来，扯了扯衬衣袖口，没有任何开场白，就开始讲他怎么从大马士革出发，要回索邦神学院[1]的语言系继续自己的教职。战争爆发，他离开了巴黎，但是马恩河奇迹后，就决定回去了。他有一双灰色的眼睛，略微有点方形的脑袋。

"啊，巴黎，"他叹了一口气，"那才是我人生所在的地方。"

这句话足以让年轻的迈扎特·卡迈勒浮想联翩。他脑海里出现了灯火通明的舞厅，照耀着满屋子的女人。他仔细看了看法鲁克的穿着。淡蓝色的三件套正装，靛蓝色的领带上面有个鸟儿形状的领带夹。黑色的木头手杖，没有上漆，斜靠在桌边。

"我去学医，"他说，"蒙彼利埃大学。"

"很棒。"法鲁克说道。

迈扎特伸手去拿咖啡壶，脸上露出了微笑。之前，他并没有意识到自己肌肉紧张，现在放松下来了。

"这是你第一次去法国。"法鲁克说道。

---

1 巴黎大学的旧称。

迈扎特什么都没有说,表示了同意。

五天前,他在纳布卢斯跟祖母道别,坐骡车到了图卡瑞姆,搭乘海法线去往坎塔拉东,然后转乘火车前往开罗。在父亲家里逗留两三天后,他在亚历山大港登上了这艘邮轮。无尽的水面,泛起白色的浪花,中午时分,闪耀着银色的光芒,这一切,他已经习惯了。午餐时间是中午一点,茶点是下午四点,晚餐在七点半。起初,他一人独坐,看着欧洲人摆弄餐刀吃东西。接着,他就有了一个习惯,开始在拥挤的房间里寻找红头发的船长。船长是法国人,名叫戈兰。晚餐后,他就看着船长走进舰桥,然后又走出来,那是船长指挥航行的地方。

昨天,迈扎特开始觉得孤单。突然就觉得孤单。坐在船尾,等待着船长的出现,他意识到自己背靠长椅,感觉很痛,奇怪的疼痛。他注意到自己叉开双腿坐着。他通常看不见自己的鼻子,此刻,鼻子带着重影,兀然进入视野中。躯体的轮廓僵硬而酸痛,重重地压在他身上,他心跳很快。他本以为,这只是一时的感觉。但这并不是一时的感觉,那天晚上,与司务长、餐厅的侍者,还有其他乘客简单交流互动,都让他觉得勉强、觉得喘不过气来。自己的皮肤有多痛,他觉得别人肯定一眼就能看出来。夜晚,黑暗中,他强迫性地摁下怀表的按钮,打开表盖,露出苍白的表盘。指针嘀嗒嘀嗒地走动,催他入眠。接着,他第二次醒来,夜越来越深,他一直查看时间,看着看着,颤动的指针仿佛已变成抽搐的庞然大物。

因此,对着新朋友报以微笑,他有一种如释重负的感觉,感到紧绷的轮廓稍稍松弛。

"你想象会是什么样的?"法鲁克说道。

"想象什么,法国?"

"我去之前,第一次去之前,脑子里有很多关于法国的画面。最后,事实证明,有些非常准确。有些——"他抿起嘴唇,自嘲地笑

4

了笑，"之前，我对假发有自己的看法。我也不太清楚自己的想法从何而来，可能是看过一幅旧画吧。"

迈扎特发出一个声音，像是在思考，他的目光透过窗户，望向大海。

他在君士坦丁堡[1]读的高中，那个学校就是法国公立高中的翻版。课本全是法国进口的，一半的教师也来自法国，甚至大部分家具都是法国货。迈扎特和同学们坐的椅子是梯式靠背，灯芯绒坐垫，诵读的是法语版的《希腊史诗》，用法语和拉丁语记忆元素的名称。只有等下课铃响，他们来到走廊，才冒出土耳其语、阿拉伯语和亚美尼亚语。一旦用法语来表达，有些概念就属于法语，比如说内部器官，肺、心脏、大脑和小脑，迈扎特是知道的，但它们的名称是法语；哲学的抽象概念，利他主义、人的命运，他是懂的，但也是法语。所有的东西都是法国的，然而，如此浸泡五年后，他努力想要构造出一幅法国的画面，一幅与教室的法式装潢无关的图；透过教室的窗户，看到的是奥斯曼帝国炎热的天空，听到的是从水面上传来的阿拉伯语言。即便是现在，从船上望出去，普罗旺斯依然隐藏在迷雾当中，隐藏在地球看不见的曲线当中。他收回目光，望向法鲁克。

"我无法想象。"

他等着法鲁克的轻蔑。但法鲁克只是耸了耸肩膀，垂下眼帘，看着餐桌。

"你去过蒙彼利埃吗？"迈扎特问道。

"没有，只是巴黎。当然，蒙彼利埃大学因医学而闻名。拉伯雷[2]是那儿的学生，不是吗？"

1 1453 年土耳其人攻占此地后改名为 Istanbul，但西方世界坚持称其为 Constantinople，原文所用为 Constantinople，故整个故事都采用君士坦丁堡的音译。

2 弗朗索瓦·拉伯雷（Francois Rabelais），文艺复兴时期法国人文主义作家之一。1530 年，拉伯雷进蒙彼利埃大学攻读医学。1537 年，获得蒙彼利埃大学的博士学位。

"啊，你知道拉伯雷！"

法鲁克轻声笑起来。"快吃点柠檬酱，要不我就给吃光了。"

早餐后，法鲁克回自己的船舱，迈扎特爬上楼梯，来到甲板，在船尾坐下。他凝视大海，半懂不懂地听着旁边一群欧洲军官的谈话。这群人坐在另一张长椅上，有荷兰人、法国人和英国人，他们大声嚷嚷，一开始是讨论船舶技术，后来就说到了德军进攻巴黎的事情。

迈扎特脚下的木板震动起来：一个孩子在甲板上又蹦又跳。孩子后面，两个年轻女子在比较明信片，她们手里阳伞上的流苏在风中乱舞。昨天晚餐的时候，也是这两个女子，可爱的头发卷成波浪状，辫起来，盘起来，就像是帽子一般，点缀着珠宝，在枝形吊灯下闪闪发光。终于，通往舰桥的门打开了，一个红发的男子，也就是戈兰船长走了出来，他咔咔地压着自己的指关节。一个穿制服的军官从长椅上跳起来，同船长说话。戈兰的嘴唇在动，脸上的沟壑更深了，空中刮着风，迈扎特听不到声音。船长双手合拢罩着香烟，接着，一只手摇晃火柴，火柴熄灭了；他手握香烟，点燃的一头罩在手掌内，避风。另一个人走开了，戈兰一个人靠着栏杆抽了一会儿烟。他满头的卷发狂飞，仿佛要从头上飞走一般。他把烟头弹向大海，下了甲板。

迈扎特决定跟着。戈兰刚从舱口下去，他就从那群嚷嚷的欧洲人面前走过，闪身进入铁质楼梯，追随船长而下。通道的第一道门，走进去，就是大厅，里面到处都是人。一个角落里，一台留声机正在放歌。他扫视人群寻找戈兰，撞上了法鲁克的目光。法鲁克正坐在桌子旁，上面放了一堆书。

"你来了，太好了。"法鲁克说道。他已换了衣服，黑色的外套，黄色的领带上面有绿色的六边形图案。"我给你找了些书。我现在身边只有这些。诗歌……还是诗歌，这本真的非常好……这本，《三个火枪手》。所有的年轻人，第一次前往法国，途中必读。"

"非常感谢。"

"我来买点喝的，然后我们再练习法语。威士忌?"

迈扎特点了点头。他坐下来，为了掩饰自己的紧张，他伸手拿过《三个火枪手》那本书。书页打开，是作者序言那一页：

> 为了撰写一本关于路易十四的历史书，我在皇家图书馆做研究，偶然看到了《达达尼昂先生回忆录》这本书，那个时期大多数的作品都是如此，其作者……

两个半满的杯子，装着颤悠悠的液体，顺着发亮的桌面滑了过来。

"祝健康。现在，我要告诉你一些事情。你准备好了吗?"法鲁克的身体往后靠在了长椅上，一只手从兜里掏出了他的念珠，另一只手伸手去拿杯子，"首先，法国的女人。这很奇怪，但她们真是享受着女王的待遇。总是要让她们先进房间。记住这一点。总会有几件事情让你很不舒服。要保持开放的心态。忠于你的出身，法语我们说，*忠于你的根*，明白? 你知道我有很多法国朋友。还有西班牙朋友。西班牙人更像阿拉伯人——法国人则是不一样的。他们大多数人都是基督徒，可以把他们想成你在纳布卢斯的基督徒朋友。我猜你至少就在巴勒斯坦遇到过，至少是见到过法国朝圣者。纳布卢斯有传教士吗?"

"有的，但我也去君士坦丁堡读过书。我认识很多基督徒。"

法鲁克没有听他说话。"嗯，你要明白，传教士总是和他们的本国人不一样。首先，法国的宗教氛围并不浓厚。所以看到他们亲吻、喝酒等等的事情，不要感觉震惊。"

迈扎特大笑起来，法鲁克惊奇地看了他一眼。迈扎特想要证明自己不会震惊，拿起另一只杯子抿了一口，感觉就像是在喝香水，鼻子里都是味道。十六岁那年，他在学校宿舍违反校规喝过一次威士忌。本来他只是尝一尝，可是酒的主人，他的同犯非要两个人喝光一瓶酒。第二天，校长闻到了他们呼出的酒气，两人遭到鞭笞，被罚三天不准上课。

"你会喜欢其中的很多东西。思考方式，生活方式，非常有品位。在这一方面，我感觉到了大马士革和巴黎有某些相似之处。"

"还有纳布卢斯。"迈扎特说道。

"是的，纳布卢斯很不错，"法鲁克抿了一小口，呼出一口气，"你到了蒙彼利埃住在哪儿？"

"博士莫里诺的家里。他是大学教师。"

"大学教师！啊，是的。你会喜欢的。"

迈扎特并不在意别人来告诉他会喜欢什么。他视其为亲密关系的表现。无论法鲁克说什么，他都想表示赞同。

路途剩下四天的时间，他都待在上层甲板读法鲁克给他的书了。至少是把书翻开放在膝盖上，然后瞭望大海，海风吹来，他就压着书页，偶尔也会用法语大声读出书页上的某句话。最近放松下来的脑子滑入白日梦中。他特别沉溺于三个场景。第一个场景里，主演是一位细长脖子的巴黎女人，迷路在耶路撒冷，他用完美的法语为她指引到了圣殿山。一个旁观者，其身份往往是纳布卢斯的显要，报道了这件事，认为迈扎特是大善和语言精湛的名人。第二个幻想中，他引吭高歌，哀叹自己与想象中的恋人相隔万里，从他窗下经过的路人听到了，感叹不已，甚至到了落泪的地步。第三个幻想中，他以舞者一样优雅的动作，上前拯救了险些跌落海中的乘客。旁观者鼓掌。

这些白日梦就是防御工事，增加了周围环境变幻无常的感觉，给了他走进房间时的信心。他就像是服药一样，定时来上一剂，几分钟的沉湎后从梦中醒来，感觉焕然一新，精神一振。于是，他多多少少让身体的僵硬轮廓柔和了一些，但这份僵硬依然时不时地挟制他，让他感到刺痛。

　　在马赛的码头上，法鲁克握住迈扎特的手，扶着他的胳膊。"祝你好运。要勇敢。假期的时候，你一定要来圣日耳曼区[1]看我。"

　　一个小时后，去蒙彼利埃的火车出发了。夜幕降临，乡村笼罩在夜色中，看起来很像巴勒斯坦：差不多的崎岖山地，干枯的植被。车窗震动，哗哗直响，迈扎特靠在上面睡着了，清晨头昏眼花地醒来，拿起《三个火枪手》，艰难地读了两个章节；车窗外，天际线边群山连绵起伏，雨点滴在车窗上，颤悠悠顺着玻璃往下滑落。午餐后，他又睡着了，听到广播里大叫"蒙彼利埃！"，已是下午四点四十五分。他站起来，跟着其他乘客一起走到站台，感觉非常疲惫，急需洗个澡。

　　蒙彼利埃车站的前面看起来像是寺庙。迈扎特拖着行李箱，走在柱子中间，看着前面四方院子里人来车往。他完全不知道莫里诺博士长什么样。大学给他寄来的信中对此并无描述，所以凡是走在附近的人都可能是莫里诺博士。那个穿着长衬衣的瘦子，是他吗？他正在饶有兴致地看着迈扎特。或者是哪位年长的绅士？他戴着眼镜，看上去当然像是学者。他真正的主人随时都可能朝他走来，然而，每位候选人都是继续前行。卖票处的那个人肯定是在盯着他看，但看得也太专注了吧，迈扎特回避他的目光。

　　车站前的人群渐渐稀疏起来，点灯人扛着梯子从旗帜下走过。一群护士穿过大街，走进对面建筑的门厅，摇晃手中的雨伞。一个点燃的烟头扔进了水坑中，闪了两下，熄灭了。在迈扎特的右手边，

1　巴黎的一个区。

有个人擦肩而过。他留着金色的大胡子，太年轻，当然不可能是博士。他越走越近，迈扎特看到这人的表情并不友好，眼睛周围是金色的眼睫毛，盯着看的并不是迈扎特的脸，而是迈扎特头上的塔布什帽。这人自己戴的是有边的浅顶帽，他盯着迈扎特的时候，举起一根手指放在帽沿边。迈扎特知道，这是法国人表示尊重的手势，还没有到脱帽的程度，脱帽是表示帽子下面没有藏有任何东西。但他忍不住觉得，这个金发男子是在对他的无边帽子指指点点。他皱起了眉头，那个人消失在了一条小街上。

"卡迈勒先生？"

广场的尽头，一位年轻女子举起一只手。她戴着一顶帽子，棕色的短卷发遮住了她的耳朵。她走过来，裙子上一条斜斜的皱褶左右摆动。

他犹豫了。"你好，我是迈扎特·卡迈勒。"

那女子笑起来，眼睛下面出现了细纹。"我是让内特·莫里诺。"

让内特伸出一只苍白的手，手指的指节明显。迈扎特握住了她的手，摸起来挺凉的。真是奇怪，居然让妻子来接他，但他想到了法鲁克那番关于法国女人的话，跟着让内特来到了停在广场上的一辆绿色汽车面前。

"希望没有让你久等，"她一边说话，一边打开车门，坐到后座上，车子发出了吱吱的声音，"旅途怎么样？"

"嗯……很多天在路上。"

司机开得很快，汽车的动静淹没了他们说话声。透过车窗，迈扎特看着这个城市起起伏伏，小巷阡陌延伸开来，人行道上熙熙攘攘，人们打着雨伞，穿着厚外套挤来挤去。他们转弯沿着一条窄窄的街道往下开，两边的建筑上是一块块黑色的阳台，屋顶是赤红色的陶瓦。车子慢了下来。

"这个城市，"迈扎特说道，"很像纳布卢斯。两座山，石头建筑，还有小街。但这座城市大一些，这里的石头颜色更黄一些。"

"你从纳布卢斯来的？"

"是的。你是本地人？"

"不是，"让内特带着微笑，声音不高，"我在巴黎长大的。四年前我父亲到这里的大学工作，我和他就搬到了这里。我在这里参加的高中毕业考试。"

"你父亲是莫里诺博士？"

"当然。"

"哦。你的丈夫是？"

"我没有结婚。皮松，带我们穿过市中心，好吗？这是洛日街，主要的商业街。到了尽头就是喜剧广场。蒙彼利埃并不大，你用不了多长时间就能了解它。现在，光线有点暗，可能看不清。"

迈扎特朝让内特的脸望去。街灯之间，暗影落下，她的眼睛看起来又黑又大，隐去了她苍白的皮肤，薄薄的上嘴唇也变得丰润起来。车在往前开，暗影和光亮交替出现，每次出现在街灯的直接照射之下，效果则完全相反。

现在道路宽阔起来，路边有草地。皮松转了一个弯，减速驶进敞着的大门，接着扎扎地开上车道。从一栋大房子窗户透出来的灯光，落在地面上，格子的形状。让内特陪着迈扎特走进大厅，门口一个女仆行了礼。墙上挂着画框，画框之间安装有电灯，一面大镜子挂在楼梯旁边，楼梯弧形向右而上。有一扇门打开着，看得到里面奶油色的墙壁和一架黑色钢琴的后面。另一扇门中走出来一个双下巴的男人，灰色的头发，身穿一套非常贴身的西服。

"欢迎欢迎，卡迈勒先生，我的客人。弗雷德里克·莫里诺。"

"晚上好，我是迈扎特·卡迈勒。非常高兴认识你。"

"好好，晚上好，我的孩子，很高兴，很高兴。"

莫里诺与迈扎特大力握手，还加上另一只手紧紧握住。迈扎特正想模仿这一动作，但他的主人已经松开了他的手，双臂朝着大厅打开。

"请把这里当作你的家。你来做客，我很荣幸，迫不及待想要让你看看我们的生活。请到这边，喝点开胃酒。"

客厅是蓝色的，桌子周围是长沙发，桌子上摆着一个银色的盘子和四个水晶杯子。客厅的玻璃门通向外面的平台，平台上有一把铁艺桌子和几把椅子，外面是暗沉沉的草地。

"我注意到你犹豫了，"莫里诺博士坐下的时候，提了提膝盖处的裤腿，"这不是酒，是*甜果汁饮料*。完全不含酒精。请坐，先生。"

迈扎特坐在长沙发上，立刻就感觉到了疲惫。

让内特说道："玛丽安什么时候到？"

现在，父女二人并肩而坐，迈扎特看得出两人的相似之处。两人的目光都很直接，但博士的下巴丰厚，而让内特的下巴则是尖尖的，微微有道沟。她取下帽子，但头发还是贴在脑袋上，卷发只到耳朵根下。她五官精致，眼睛下方的细纹只是让她看起来更美。她身材细长，但肩膀有点宽，或者只是因为她有点耸肩，所以看起来有点宽。迈扎特垂下眼睛，捏住玻璃杯冰冷的杯柱。

"待会儿才会来，亲爱的。玛丽安是我的侄女。下周她就要结婚了，所以你将看到一场法国婚礼！真的，婚礼庆祝仪式是文化的关键。看到了婚礼，就是了解这个社会。旅途怎么样？"

"旅途很长。所以感觉疲惫。这很好喝。"

"你的法语非常好。"让内特说道。

"谢谢。我在君士坦丁堡上的是法国学校。"

"哦，我很想知道你对这座城市的第一印象。"博士说道，"让内特有没有带你参观市中心？"

"爸爸，他累了。我们开车，经过了市中心的一段路。"

"这是个美丽的城市。"迈扎特说道。

"嗯。希望你在这儿舒舒服服的。蒙彼利埃并不大,天气好的时候,你应该会喜欢走着到医学院去。但最开始的几天,皮松会带你去的。星期一,有注册的事情要做吧,之后,你知道的,那就是驾轻就熟。"

这一番话中有几个词,迈扎特没有听明白。他点点头。

"医学院的建筑很可爱,"让内特说道,"知道吧,以前是修道院。"

"哦,谢谢,"女仆递上醒酒瓶,迈扎特对她说道,"抱歉,太多了。不,我不知道呢。"

莫里诺往后一靠,眼睛看着天花板。他的脸上有皱纹,头发已经花白,但身体看上去还挺柔软。他裤子的腰带不宽,大腿肌肉的凹痕透过裤子的布料显现出来,手放在膝盖上,身体一弹,往前一凑,鞋跟在地上发出咔咔的声音。

"我们热切盼望你来。恐怕我们会问你各种各样的问题呢。我是社会人类学家。我的心脏就是用问题缝合起来的。"

迈扎特没有听懂最后一句话的意思。但莫里诺把指尖放到了胸口,而"问题"和"心脏"两个字眼让迈扎特的心脏加速了,他担心莫里诺可能是在说医学实习的事情。

"我还有很多需要学习,"他说道,"完全是新手。"

"肯定的,肯定的。总是有很多东西要学。但我们不会总是新手。"

"你住在耶路撒冷附近?"让内特说道。

邮轮上的幻想场景之一不由自主地在他脑子里闪现,他看到了那位自己创作出来的巴黎女人迷失在了耶路撒冷的老城里。他觉得脖子后面一热,拿出了可以把控的最快语速,用法语说道:

"我们在耶路撒冷的北面。去一趟,要花上五六个小时。可能会有危险。你必须穿过阿恩哈拉米耶,两座山之间的一个通道。晚上九点以后,也许会有小偷。"

"阿恩——什么名字呢?"莫里诺博士说道。

"阿恩哈拉米耶,意思是水来的地方。我不知道对应哪个词。"

"大海?"

"不是,在地下?"

"河流?湖泊?"

"不,在地下,从下面——"

"嗯?泉?"

"泉水,泉水。阿恩哈拉米耶的意思是盗泉。"

铃声响起,女仆乔金随即进入房间。

"玛丽安小姐和保罗·里歇尔先生。"

"正是这一对人儿,"莫里诺说道,"迈扎特,这是我的侄女,玛丽安。"

门口的年轻女子穿着绿色的裙子,脚上是一双闪亮的绿鞋子。从她身后走过来一个红色卷发的男子,迈扎特立刻认了出来,邮轮的船长戈兰。

"晚上好,船长。"他说道。

让内特猛地转过头来。这个男人回答道:"晚上好。"他冲迈扎特点了点头,伸出手来,"我是保罗·里歇尔。幸会。"

"你好。"玛丽安说道。

"玛丽安是我们年轻的准新娘。"莫里诺说道。

大家坐了下来,迈扎特把这个男人当成了戈兰船长,他盯着戈兰船长饱经风霜的脸。他觉得发热。女仆拿了干净的杯子给客人喝甜果汁饮料。疲惫的感觉滚滚而来,他一下下地与之抗争,或是挪一挪腿、胳膊、脚,凡是能动的,都动一动,提醒自己是在蓝色客厅的长沙发上。

"亲爱的玛丽安,我真不敢相信这么快。"让内特说道。

"这是我们年轻的中东客人,"博士说道,"卡迈勒先生,他到大学来学医。事实上，他刚刚才到。可以想象，此刻他有点晕头转向呢。"

"爸爸。"

"的确！"那个是或者不是戈兰船长的男人说道，"你从哪儿来？"

"纳布卢斯，耶路撒冷以北、大马士革以南的城市。"

"很好。"

"他要成为医生。"让内特说道。

迈扎特扭动躯干。这个姿势让他更警醒，也能让他再看一眼那个男人的脸。

此刻再看，确定无疑了，这人真不是戈兰船长。姜黄色的胡须，不熟悉；晒伤的脸颊，也不熟悉。这是一个陌生人，他的名字是保罗·里歇尔；他嘴角上挂着微笑，显然是意识到了迈扎特在端详他。认识到认错了人，迈扎特脑袋轰的一声，其冲击力不亚于最初犯错的时刻；他觉得嘴巴发苦，焦躁不安。

"迈扎特先生，"让内特说道，"你肯定非常累了。要不上床休息？乔金，也许迈扎特先生想要看看他的卧室在哪里？他看上去——肯定是长途旅行疲惫了。"

于是，1914年10月20日，在蒙彼利埃，晚上7点刚过不久，迈扎特·卡迈勒被带到了莫里诺府邸楼上角落的一个房间。透过窗户，模模糊糊看到一个花园，花园尽头有棵大树。房间墙上是黄色的条纹图案，床的对面、壁炉的旁边有一把正对着桌子放置的椅子；桌子上面摆着一瓶百合，黄色的花蕊落在了光亮的桌面上。他的行李箱立在衣柜旁边。他脱了鞋，躺下来。

平躺在床上，他又想起了楼下那个叫保罗·里歇尔的陌生人，然后努力想船长的模样。红色的卷发，脸颊上的纹路，其余的就很难填充到画面上。他感觉到了大海的摇晃，白天的一幕幕自动印到了眼皮里面：清晨，法国海岸线出现在蓝色的远方；乘客们正吃着早餐，放下刀叉挤到窗户边上；马赛港上喧哗热闹，从踏板走上岸，来往的汽车，还有鸣笛声；让内特伸出手朝他走来；车窗外的城市，暮色渐浓；甜果汁饮料，客厅，卧室，天花板。他意识到自己是闭着眼睛的，然后睁开了眼睛。

色彩消失了。他侧躺着，月光洒在床边的地板上。夜色中，房间看起来大而柔和。他似睡非睡。他起身站起来；一阵烧灼的寒意。他脱下外套，拉下背带，解开衬衣。接着，他听到了一声低语，啪嗒一声——不是人的声音，而是两件物体轻快错开的声音。他盯着门，看到门噗的一下开了，一阵微风随之吹进来。门锁之前并没有扣住。

他走过去，拉住门把手，门无声地开了。门外是楼上的过道，灰蒙蒙的，空荡荡的。虽然外面感觉凉一点，但并没有穿堂风。从楼下铺上来的地毯懒懒地躺在楼梯顶上，微微有点卷曲。地毯上方是顺势而下的楼梯扶手。过道的另一头，感觉更加阴沉，一扇关上的门边有一盏灯。

他退进房间，推上门，听到咔嗒一声，门锁扣上了，才松开手，然后钻进了冰冷的被单下。他平躺在天花板下面，闭上眼睛，很快被子就温暖如皮肤，他可以想象自己回到了纳布卢斯。一段回忆浮现在脑海里，他想起自己以前梦游的事情，那时他十四岁左右。召唤人们祷告的声音颤悠悠地响起，他醒了过来，发现自己躺在祖母的身边——他的提塔，祖母的一只胳膊搂着他的腰。他又迷糊又害臊，想要坐起来，伸出一只脚放在冰冷的地砖上，最后提塔伸出手来，摸了摸他的头发。你在说梦话，她说道，哈比比[1]，不要担心，哈比比，躺下睡吧。

---

1 阿拉伯语中表示说话人喜欢或是所爱的人。

2

在奥斯曼帝国的黄昏岁月，如何纪年成了问题。按照官方的做法，每年依然是从三月开始，那是税款包收人折磨阿拉伯农民的时候。但基督徒用的是公历[1]，每年从一月开始，有闰年，根据各自的礼拜仪式，细节方面稍有不同。犹太人是根据地球的周期来调整他们的纪年。穆斯林用的是伊斯兰历[2]，逐渐与季节错步。

迈扎特还是个孩子的时候，虽然苏丹哈米德新建了法兰克钟楼，纳布卢斯所有的人，甚至不是穆斯林的人都追逐月亮的阴晴圆缺，虔诚地遵循阿拉伯世界的时间。根据穆斯林的说法，全能的主是如此安排世界的——每天太阳消失后，人类的时钟就应该定在十二点，以此遵循世界的时钟。所以，每天暮色降临，昏礼的召唤响起，全城富有的纳布卢斯人就从口袋中掏出怀表，用指甲翻开表盖，拨弄指针到十二点的位置，这之后，想去祷告的人就匆匆赶往清真寺。

迈扎特还很小的时候，冬天和他的提塔，也就是乌姆·塔希尔一起睡。他五岁那年，他们搬到了老城墙外面。以前的房子是一间间的寝室围着共用的庭院；新家是现代建筑，棱角分明，在基利心山的脚下。透过新卧室的窗户，他看到四季更替，天边则是酋长山白雪覆盖的三角峰。

那一天，迈扎特的父亲哈吉·塔希尔宣布他的第二次婚姻，而提塔声称，一个月之前，她看到了山上的马车。提塔的预知能力保护不了任何人，因为事情发生之前她并不知道其中的含义，而事后回顾只能让她痛苦。此外，她预见了自己丈夫的死亡。

---

1 公历，也称作格里高利历，教皇格里高利十三世对儒略历修订后于1582年颁行的历法。
2 也称为回历，黑蚩拉纪年法。黑蚩拉的意思是迁移，穆罕默德从麦加迁移到麦地那，选择了与太阴历的朔日相合的一天定为回历纪元，平年为354日，闰年为355日，分12个月，大月30日，小月29日。

"我看到了棺材放在蓝色的地毯上。我看到木头的一角摆放在蓝色的地毯上。我在我母亲家里，然后他们把棺材从雅法¹带回来，放到我脚边，我就又看到了。我的眼睛，就是这双眼睛，立刻往下看，我看到了棺材的一角，下面是蓝色的地毯。"

哈吉·塔希尔第一次婚姻是提塔安排的，他娶了迈扎特的母亲。女孩是杰宁好人家的孩子，塔希尔很爱她。

"你母亲有一双绿色的眼睛。一张非常平坦的脸，像这样，"她用手压住自己的脸颊，"哇，就像个小男孩。"

提塔如果预先知道这个女孩要死于肺结核，她也没有告诉过任何人。迈扎特两岁，他的父亲在埃及。房子里全是哭泣的女人，她们在餐桌上清洗遗体，管家把粗面粉的油酥点心拿到大厅里，迈扎特把点心放到手心里捏碎，然后舔手掌上的甜粒。他父亲刚出现在门口，提塔就号啕大哭起来，抓住桌子边仿佛要栽倒的样子。

哈吉·塔希尔在纳布卢斯并没有停留很久。他在开罗的服装生意增长很快，需要更多的关注。虽然他为位于穆士奇街的商店雇了更多的人手，还请了更多的年轻人去戈兰高地²购买丝绸，但他从未忘记父亲的教诲，明白做生意维持个人关系的重要性。既然"卡迈勒"已经进入了开罗人的字典，代表的是高端服装，哈吉·塔希尔·卡迈勒就不能当甩手掌柜。他也不能道听途说就从商人手中购买丝绸。他不但要定期出现在售货现场，还要定期去北方进货，新雇佣代表只是跟进营业额。这种无休止的投入很消耗体力，但回报也丰厚：既可以留住顾客，还能保证买卖诚实。而且，外出也让他的生活有了变化；他可以去纳布卢斯，看看他当地商店的代理商希沙姆，再和他母亲和年幼的儿子过上一夜，然后返回穆士奇街核对账目。妻子的葬礼过后，他返回了开罗，本来还想再回家一趟，但做生意可

---

1 以色列地中海沿岸城市和港口。
2 位于叙利亚西南部地区。

没有时间悲伤。假期就要来了，销售额在节节攀升，他需要留在开罗看管商店。

哈吉·塔希尔上午待在后房，坐在檀香木桌子后面整理账本。下午，他应酬客人。这一套制度已经运行多年，大多数时候节奏完美合拍，助手敲门叫他用午餐时，他正好在账簿上划下最后一个数字；这种时间上的经济让他很是满意，感觉从一个行为过渡到下一个行为，一秒钟都没有浪费。

然而，妻子去世后，他这套制度被打乱了。鱼龙混杂的商人们听闻他痛失爱妻，开始在上午打扰他，专门用于记账的时间遗憾地蔓延到了下午。每隔一天，又来一个人，小心翼翼地进来，挺起胸膛，在桌子面前细数自家女儿的美德。哈吉·塔希尔感谢每个人的好意，婉言谢绝。但几周后，这些打扰的效果开始显现出来，一些人邀请他去做客，本来可以礼貌拒绝，但也只能怨恨接受。再过了一段时间，奉承的效果也开始在他身上显现出来，他接受邀请也变成了赏光。显而易见，他当然是配得上再娶一位妻子，而且还要娶一位好妻子。哈吉·塔希尔有天生的生意嗅觉，他明白时尚和好感都不持久，而此刻他是富有的商人，得到女性青睐，他需要对此充分利用。

他在埃及没有女性亲戚，没有人代为相看候选人。他可以请母亲来帮忙，但考虑到母亲还在为自己的第一任妻子而悲伤，就作罢了。他雇了一名叫做拉巴卜的朋友来帮忙，她是一名轻佻的舞者，她在扎马利克[1]表演后，哈吉·塔希尔常常找她缠绵。塔希尔付给她一小笔钱，拉巴卜同意调查有意联姻的女孩，并且悄悄对她们的家庭声誉进行筛选。一个星期过去了，星期四晚上，哈吉·塔希尔到舞台后面，找到了正往身上裹长袍的拉巴卜。她嘴上挂着微笑，掏出

---

1 开罗的一个区。

了一张写在菜单背后的名单。她说，这个女孩家庭富有，但母亲不贤惠；这个是四姐妹当中长得最不好看的，很可惜，她的两个姐姐很是不错；这个没钱，但家庭不错；受欢迎，有声望。漂亮？一般吧，牙齿很小；这个是科普特教徒[1]，惹人烦呀；这个当然是她们所有人当中最美的——

"她叫什么名字？"塔希尔问道。

"莱拉。家庭一般。有钱，但不是很有钱。"

"她母亲什么样？"

"挺好的人。也很有魅力。"

他很快就做出了决定。他给莱拉的父亲写了一封信，数日内，他们安排签了婚书，定下婚礼日期。到了这个时候，他才邀请自己的母亲从纳布卢斯来参加仪式，她没有与大家一道发出"噜噜"的欢呼声，也没有跳舞。

莱拉一头浓密的秀发，纤细的脖子。她谨遵传统，不喜欢自己的继子，尤其敌视父子身体的接触，只要她一看到，就会把迈扎特的手指从她丈夫的大拇指上掰开。因为她想要待在自己家人附近，哈吉·塔希尔到纳布卢斯探望的频率就低了。更多的时候，他只是派代表去查看这里的摊位，保留了去戈兰高地的时间，他把迈扎特留在基利心山，让母亲单独照顾的时间是越来越长了。

大约这个时候，迈扎特开始有了凝固的记忆。他父亲是硕大的膝盖，是房间另一头传来的声音。提塔是可以倚靠的胸脯，一股玫瑰香水和香薰的味道。莱拉是骨瘦如柴的一道墙。他的母亲，温软，什么都不是。

塔希尔和莱拉很少到纳布卢斯来，学校里就滋生出关于他们财富的流言蜚语。迈扎特的族兄贾米勒的房子就在他们下面，听到谣

---

1 基督教东派教会之一。

言说哈吉·塔希尔是在开罗的自家花园里挖到了法老的宝藏，所以才发了财。

提塔爆发出一阵笑声。她当时正蹲在门道里修东西。"记住了，男孩子们，最不开心的人就是嫉妒的人。"

塔希尔来纳布卢斯的时候，提塔对他的新妻子怒目而视。哈吉磕着南瓜子，迈扎特看着父亲硕大的膝盖，父亲伸手去够碗里的瓜子，膝盖就往上一弹。父亲的一只脚踝架在另一条大腿上，两条腿搭起一个四边形的洞，他喜欢这个洞，想要往这个洞里放东西，一心想着要爬到父亲的腿上，站到双腿组成的小隔间里。接着，父亲一条腿搭到另一条上面，大脚穿着闪亮的皮鞋，一甩一甩的，变成了秋千，正好坐上去。莱拉在父亲身边盯着。

对父亲所有的记忆当中，有一段特别突出。迈扎特说不出他当时多大年龄，也许六岁，也许七岁。但正是这样的不确定性，这份记忆有了神秘之处，像是忘不掉的梦境，肯定还有其他类似的清晨，但这一天清晨的记忆留了下来，在他的脑海里占据了过分的地位。

记忆中，那是基利心山的黎明。餐具柜上，面包盒子的锡盖，啪一声关上了。两个小旅行箱放在门边。爸爸站在那里，头戴塔布什帽，身穿棕色的羊毛旅行外套，轻轻说着早上好，俯下身体，亲吻了他一下。他的气息有人味儿，甜甜的；他胡须下面两个发红肿胀的毛孔。迈扎特站在门口，看着父亲把行李箱系到马的两侧。爸爸骑上马，出发之前，停在马背上看着他的儿子。清晨的水汽凝结成淡蓝色的薄雾，徘徊在远处的橄榄树上，哈吉·塔希尔，阿布·卡迈勒骑着马，迈入雾气当中。

春天，一封信带来了莱拉怀孕的消息。提塔直拍手，女士们前来祝贺她。这封信后，过去了数月，没有一封信，也没有一封电报。夏日开启，热浪从天而降。房子的墙砖成了灰白色。地表植物变黄了，死掉了。西蒙风[1]令人窒息，夹带沙尘前来拜访，榨干了纳布卢斯的四个淡水泉。等到终于下雨的时候，又是大雨倾注。

一开始，迈扎特以为是暴雨声惊醒了自己。接着，他听到了说话的声音。迈扎特悄悄走到门口，看到大厅里有父亲的身影，父亲站在灯光之下，抖落胳膊上的水。提塔走进灯光中，站在他的身边，从跳动的黑暗中把衣服一件件地捡起来。等到迈扎特再次醒来，已是清晨，祖母坐在他的床边。祖母隔着被单把手放在他的脚踝上，轻轻说道："你父亲来了。婴儿死了，他很心烦。"父亲的衣服被打湿后变了形，数日挂在厨房墙壁的钩子上。

有了第二个孩子后，哈吉和莱拉回到纳布卢斯居住。不久后，迈扎特被送到君士坦丁堡上学。他的族兄贾米勒已经在苏塔尼亚学校完成了一年级的学业，所以分别也没有那么可怕。事实上，过去整整一年的时间，迈扎特都在嫉妒贾米勒，后者十三岁，已经像个男子汉，放假的时候，对带回家的书本是漫不经心的样子。迈扎特在族兄的卧室里看到那一摞撞歪的书，露出书脊，他努力想要辨认书名的字母。等到他要去学校了，这一变化感觉更像是往前走，而不是离开。

苏塔尼亚学校——又名"皇家中学"，位于博斯普鲁斯海峡[2]旁边，是一座很大的寄宿学校，整体色调为黄色，有着黑金色的大门和整齐划一的花园。他的同学来自帝国的四面八方：亚美尼亚人、希腊人、马其顿的犹太人、黎巴嫩山的马龙派基督徒，在领土部分丧失之前甚至还有保加利亚人和阿尔巴尼亚人；但大多数学生还是土耳其人，另外的大多是官员和军官的儿子，不管怎样，迈扎特是在这里第一次体会到了大都市的生活。法语的强化课程过后，他精修了奥斯曼土耳其语，又学了一点英语，一点波斯语；他研习天文

---

1 阿拉伯和北非沙漠地带令人窒息的沙尘强风。
2 又称伊斯坦布尔海峡，是沟通黑海和马尔马拉海的一条狭窄水道。

学和数学，对书法和地理学感到厌倦，对哲学和科学感到兴奋。学校的课程表是按照法兰克时间进行的，这些学生的十二点不再是落日时分，而是正午。

也是在这所中学，迈扎特第一次发现了自己的孤独。一天早上，在浴室洗澡，双脚踩在排水道上方的清漆木板上，水从腿上冲刷而下，他正在搓洗肥皂泡，模模糊糊地想到了外面其他男孩在排队，而他一个人在里面。接着，他就感觉到了。他低头看看自己的身体，意识到他的双手只是他的双手，他的眼睛也只能他自己看东西。想法来得很奇怪，起因是一道门，水被隔在门里面，其他男孩在门外。这也并不是他之前不知道的东西，只是现在感觉更为具体。在这之前，他从未想过要问为什么迈扎特应该是迈扎特，为什么其他人不应该是迈扎特，或者为什么迈扎特不应是其他人。他同时也感到迷惑不解，他低头看着自己的双腿，热得发红，淡淡地有了一层黑色的腿毛，他也想象不出其他可能的样子。这一感悟就像是一小股电流，把他锁进自己的身体，却又同时让他排斥自己的身体。这么一震，他既感到好奇，又感到痛苦；之后他想要平静地回忆这种感觉，却又办不到。他甚至走进浴室，低头看自己的手，想要情景再现，但却没了那种感觉。接下来四年的时间里，他还是有重温那种感觉的时候，但很少。有一两次，他坐在教室里，听课走神，看着手指间的钢笔，他又感觉到了。有时，他躺在床上，贾米勒在旁边的简易床上打着呼噜，他处于半梦半醒的状态，脑子里恍恍惚惚地想着白天的事情，这时，那种感觉又来了：电击一般的孤单感，一种凯旋而又痛苦的怪异感觉。

到了假期，迈扎特和贾米勒搭乘渡轮穿过博斯普鲁斯海峡，来到亚洲这边，坐火车从海达帕萨[1]前往大马士革，再往南回到纳布卢

---

1 土耳其港口城市。

斯。小婴儿穆斯巴赫，突然就长大了好些。一年的时间，莱拉又怀上了孩子，变得圆滚滚的，下一年，她第二个孩子出生了，再下一年，第三个孩子出生了。有一年，迈扎特回家，发现父亲和莱拉搬回了开罗，基利心山脚下又只剩下他和提塔。

接着，奥斯曼参战，计时方法真的发生了改变。他们在战舰问题上有了分歧——英国人想要收回去，而奥斯曼把战舰卖给了德国人，虽然奥斯曼继续装作中立，实际上在公历1914年8月与德国签署了秘密协议。战争动员开始了，为了严明纪律，所有的时钟都调整为法兰克时间。

学校里，土耳其男孩们兴奋激动。但各省份的很多富家子弟手忙脚乱地躲避征兵令；哈吉·塔希尔这一代人只要花钱，就不必参加奥斯曼军队，但如今规则变了。纳布卢斯的一些年轻人利用征兵制度的漏洞，娶了乡下的穷苦女子；还有些躲在老家；有些逃到了欧洲。贾米勒在君士坦丁堡找了一份军队文职的工作，曲线避免上前线，而卡迈勒商店在开罗的收入已经非常丰厚，哈吉·塔希尔筹划送迈扎特去法国。

虽然奥斯曼很快就会和法国交战，但在苏塔尼亚学校所有人心中，法国依然是欧洲的桂冠，依然是现当代的典范。北非和黎凡特[1]的大旅行家总是选择去法国，甚至"法兰克"计时方法在词源学上也巧合地与法国联系在一起。因此，直接去往现代社会的心脏，在法国受教育，是难得的机会。迈扎特·卡迈勒十九岁，变得雄心勃勃。父亲的决定表现出了对他的信心，还有希望他远离战争的爱，这让迈扎特很是开心。

他第一次前往开罗，然后从开罗出发前往亚历山大港。路上，他想起了母亲。他想起的并不是实质性的东西，不过是一道穿着睡

---

1 历史地理名称，指的是中东托罗斯山脉以南、地中海东岸、阿拉伯沙漠以北和上美索不达米亚以西的一大片地区。

袍的熟悉影子——他经常唤起那份记忆，总是不够真实；虽然他们共同在这世上生活了两年，但迈扎特总有一种不可磨灭的感觉，觉得母亲是为了让他活下去才走的。其中的生死逻辑关联就是：母亲活着的时候，没有他；他活着的时候，没有母亲。他透过厚厚的玻璃看到了开罗喧闹的街道。他惊讶地看到欧洲人成群结队，有他们自己人的咖啡屋里，不与埃及人和希腊人在一起；他们穿着浅色的衣服，晒着帝国的太阳，投下轮廓清晰的影子。父亲的房子也让他惊讶，一座两层的白色别墅，周围全是果树，累累果实压在玻璃窗上。莱拉并不让他惊讶：他刚到，莱拉就虎视眈眈，还站在他睡觉的卧室过道上低声念叨；用餐的时候排挤他，不让他参与聊天。

他出发前的傍晚，父亲在楼梯上拦住了他。

"哈比比，跟我来。"

办公室的百叶窗打开着，落日的余晖透了进来，迈扎特看到父亲背对着这一缕缕苍白的光线伸手去够桌子，他听到了抽屉滑开的声音。父亲手里拿着一个紫色的丝绸小包走了过来；打开小包，里面的东西耀眼闪亮。金子的小圆盘。父亲用丝绸擦了擦上面的铭文。

"这是给你的，迈扎特。"

表拿在手里沉甸甸的，凉凉的。啪的一声，迈扎特打开了卡扣。华丽的珐琅表盘上面有三根小小的黑色指针。有一根指针沿着边缘的阿拉伯数字哒哒哒地走着。

他父亲拿出一把小折刀。"用这个打开后面。"

他把刀锋插进边缘，沿着一条隐藏的铰链，表底打开了。一套波状齿轮紧紧扣住螺丝状的银色圆盘，除了两个地方，其余的一动不动：一个齿轮疯狂转动，推动相连的一个小齿轮规律转动，发出嘀嗒的声音。嘀嗒、嘀嗒、嘀嗒。

"谢谢你。父亲，谢谢你。"

"主保佑你，哈比比。好好保管。"

3

"新娘的母亲在哪儿？"摄影师从幕布后面冒出来，大声问道。

一个女人顶着风跑过草地，裙子贴到了腿上。已经集合好的这群人在第一排给她让出一个位置。镁光灯一亮，轰的一声响，摄影师又冒出脑袋，这一次是换片子。

"你好，卡迈勒先生，"一个穿着象牙色背心的大个子男人说道，"我是西尔万·勒克莱尔。"

西尔万·勒克莱尔说起话来，上嘴唇的胡须一抽一抽的。迈扎特也问候了他，他冷漠地看着迈扎特，看了好一会儿。他摘下帽子，把蓬松的头发往后推，在脑袋后面垒起一个尖儿。

"你是新娘的亲戚，还是新郎的亲戚？"迈扎特问道。

勒克莱尔的表情没有变。他转向莫里诺博士。

"弗雷德里克，到这儿来。我想跟你说句话。"

两个人走开了，迈扎特心想，自己是否说错了话。

"卡迈勒先生，玩得还开心吧？"

让内特穿着蓝色裙子，带着白色的花边手套，站在他身边。

"我来给你讲讲这些人都是谁，"她说道，"早安，帕特里斯！那位——那位戴着大帽子的是克里托太太。她丈夫去年死于脑膜炎。注意了，她可能会有点讨人嫌。刚才我打招呼的那位是帕特里斯·诺兰。事实上他以前是医学院的教授，但很遗憾，已经退休了。去年，他写了一本书，讲的是动物的社交生活。战争之前，他一直在刚果。他有两个女儿，卡罗尔和玛丽-特蕾莎。穿橘色裙子的是玛丽-特蕾莎。上帝呀，那裙子真是可怕。"

迈扎特心想，玛丽-特蕾莎裙子的颜色更偏红色，而不是橘色，他很是欣赏裙子缎料的坠性。但他还是点了点头。让内特如此关注，很不同寻常。他到这儿已经一周的时间，让内特常常对他微笑，但都是保持距离的微笑，不怎么跟他说话；而她父亲则是一有机会就逮着迈扎特提问，早餐的时候最为频繁。有时让内特会参与这些讨论——比如，就在这天清晨，她似乎很乐意解释très、trop和tellement[1]三个词的区别，他们发现最后两个词没有直接对应的阿拉伯语。但更多的时候，他们还没有吃完早餐，让内特就退下了餐桌，消失在房子某个遥远的角落里，迈扎特傍晚从医学院回来，才再次看到她。

"与卡罗尔说话的是卡尔·帕日，他在银行工作。他母亲是莎拉·贝恩哈特的朋友。他的儿子已经应召到了伊普尔[2]。那个戴红色领结的是泽维尔，我的表兄，玛丽安的兄弟，学的是法律。那个是洛朗，他也在医学院。我来介绍你们认识。"

洛朗是金发碧眼的高个子，正弯着腰和一个戴着圆顶礼帽的矮胖家伙说话。让内特说要介绍，却没有任何有意如此的举动。她继续说话：

"和他在一起的是吕克·戴蒙。这一地区最大的葡萄园就是他的。"

"这些都是新娘的客人？"

"我刚才提到的都是。我不认识新郎那边的人。他们大多数都是从僧斯过来的。"

此刻，莫里诺博士正在用餐帐篷入口处与帕特里斯·诺兰交谈。诺兰面相有点女孩样。他的眼睛分得很开，颧骨泛着红晕。莫里诺生气勃勃，脸都皱了起来。早餐的时候，他就是这个样子的，凡是遇到无法翻译的字眼儿，他就兴奋得要跳起来。

人群开始移动，一个男仆在帐篷的入口处举起一只胳膊。迈扎

---

1 法语单词，意思分别是：很；非常；如此的。
2 比利时西佛兰德省的一座城市。

特的名字被拼成了"米特哈特·珂玛尔",列在了让内特的名字旁边。帐篷后方的桌子上摆有浇了棕色酱汁的禽肉,他们拿了几片,坐到吕克·戴蒙旁边,桌子对面是西尔万·勒克莱尔。

"年轻的土耳其人!"西尔万·勒克莱尔说道。

"事实上,"让内特说道,"迈扎特先生愿意称呼他自己为巴勒斯坦阿拉伯人。"

迈扎特扫了她一眼。心中有个东西融化了。

"好吧,阿拉伯人先生,"西尔万一边往外拉椅子,一边说道,"是什么风把你吹到了蒙彼利埃呢?"

"医学。"迈扎特说道,"我在大学学医。"

"逃避兵营?"西尔万眨巴了一下眼睛,脸部其他地方纹丝不动,"这是我的朋友,戴蒙——吕克,这个年轻的阿拉伯人,住在莫里诺家里。迈,迈什么,迈扎先生?他到这里躲避战争。"

"西尔万。"让内特说道。

"我只是闹着玩儿。戴蒙有一座葡萄园。这一带最大的葡萄园。生产最好的葡萄酒。"

"嚯嚯,你好。西尔万真是太谦虚了,他本人就有很棒的酿酒葡萄园。但你知道的,枯萎病是我们所有人的麻烦,真是太讨厌了。"

"有些人的麻烦还要大一些。卡迈勒先生,你知道这个吗?枯萎病祸害植物。它们非常小,非常小,"西尔万的食指卷曲在拇指里,"葡萄根瘤蚜[1],小流氓。这些恶心的小东西毁了我的整个葡萄园。葡萄叶子上全部长了虫瘿。这是朗格多克产区的淡红葡萄酒,迈扎特先生,试一试?"

"不了,谢谢你。好吧,喝一点。谢谢。"

---

1 一种黄绿色的小昆虫,会导致植物腐烂。

"你怎么认识莫里诺这一家的呢？"吕克·戴蒙问道。

"我父亲与大学联系，莫里诺博士人很好，提出让我住在他家里。"

"给我们讲一讲，"西尔万说道，"供奉的事情吧。我们很想了解你们的生活方式。"

迈扎特不太能分辨西尔万是否在嘲弄自己："什么？"

"迈扎特，请允许我给你介绍洛朗·图潘先生。"

让内特坐在椅子上，往后挪了挪，露出身边那位金发碧眼的高个子。

"你好。"

"幸会。"迈扎特说道。他转过头，一股风从大帐篷的缝隙吹过来，他警觉到自己脸上出汗了。

"他的法语说得很好。"洛朗说道。

"的确如此，"让内特说道，"先生们，我失陪一下。"

洛朗坐到了让内特的位置上。他的袖子卷到胳膊肘前，前臂上有一层金色的细毛。

"你知道吗，我觉得在学院见到过你……你识别度很高。我是四年级生，你才刚开始吧？你觉得课程怎么样？我记得第一年的课有些无聊，全是科学的基础课。你开始上临床学的课程了吗？"

"还没有。"迈扎特说道。他深吸一口气。他感觉得到餐桌对面正在痛饮葡萄酒的西尔万·勒克莱尔，"我想应该是下周开始吧。"

"你喜欢吗？我很喜欢医学，真的喜欢，我喜欢医学院。它是世界上最好的学科。我们在最顶端，在刀刃上，在探索未知。你知道吗，他们说你可以往外探索未知，或者是朝里看。人们很害怕这一点，这就是为什么。但是——对于你们地区的人来说，到法国来学医很常见吗？我猜想传统肯定是不一样的。我的意思是说，仅仅两个世纪之前，医学院用的还是阿维森纳[1]的书，但我猜想呢，自那以后，事情朝着不同的方向发展了。"

迈扎特觉得，提到阿维森纳很刻意。他觉得洛朗是想要给自己留个好印象，立刻对洛朗有了好感。

"我们在开罗有一个大学，"他说道，"挺不错的大学。贝鲁特[2]也有一个大学。但是，叙利亚越来越多的人在欧洲学习，在英国、法国和德国。另一方向也是如此。当然不是为了大学。我们的大学也挺不错的……不是最好的。最好的在欧洲，所有人都知道。但是，叙利亚和埃及的大学用的都是法国方式。"

"有意思。你知道吗，认识你真是太好了。让内特告诉我，你是穆斯林。我进医学院那年，有个东方人毕业，但现在想起来，我觉得他是基督徒。不管怎样，东方人在这里并不常见，但他真的是个好医生。"

"迈扎特，你怎么样，一切都还好吧，都还顺利？"

"是的，谢谢你，博士。"

"迈扎特，从现在开始不要再叫我博士了，叫我弗雷德里克。你已经认识了洛朗。洛朗，见到你很高兴。但你的头发太长了。"

"到了军队，很快就会剪短的。"

"啊，呸。帕特里斯，帕特里斯，来来来，见过迈扎特·卡迈勒。过来。"

"幸会。"

"帕特里斯现在是我的同事了，我们在同一学科。以前他研究的是人体，现在研究的是社会人。"

"弗雷德里克。一本书，仅仅一本书。"

---

1 阿维森纳（980—1037），中亚哲学家、自然科学家、医学家。著有《医典》，直到 17 世纪西方国家还视其为医学经典，至今仍有参考价值。
2 黎巴嫩首都。

"那就是说，你根本不想回到大学了？"

"我之前说过的，对于我而言，问题是战争开始的时候……立刻就开始了，如果不是立刻，也是相当快。再也没有了自由的思考，没有了自由的……交换。"

"啊……是的，我知道你的意思。"

"玛丽安！"让内特已经回来了，正站在他们身后，对着另一边的新娘说话，"从教堂出来，我就没看见你。你真是太美了。保罗在哪儿？"

"哦，乔乔，我累死了。喔唷——我必须过去一趟，失陪。"

洛朗说道："他什么时候去佛兰德斯[1]？"

"我想，应该是从僧斯回来之后吧。"

"洛朗，你去吗？"

"我暂时不去，因为我报了名做志愿者。但时间也不会长的。"

"哦，行了吧，你必须和我们一起去！以后再报名就行了。别这么胆小。"

"泽维尔要去。"

"什么时候？"

"和其他人一起。两个星期。"

"女士们会照顾你们的。"

"你听说了埃伯茨的德国女家庭教师的事情吗？"

"女家庭教师？没有，我知道银行那件事……"

"妈妈……妈妈……"

周围的客人纷纷起身，椅子腿哗哗直响。大帐篷的后面出现了四个金字塔状的东西。迈扎特跟着让内特穿过桌子走过去，看到金字塔是小圆蛋糕搭成的。

---

1 西欧的历史地名，包括今比利时和法国的部分地区。

"迈扎特，我帮你拿一块？"

"日安，我是克里托太太。"

"日安，太太，我是迈扎特·卡迈勒。"

"我知道。你觉得蒙彼利埃怎么样？是不是很美。弗雷德里克有没有带你去帕拉瓦莱弗洛？"

"见鬼，为什么要带他去海边？"弗雷德里克说道，"想想吧，你来到了一个崭新的国度，他们说——我们来带你去看看你坐船过来的海水！不，尼科尔。他需要看这里的文化、城市，和内陆的地貌。听一听音乐，读一读奥克西坦语[1]的女吟游诗人作品……这才重要……这里的气息，奥克西坦语的土地……"

"只有巴黎人才会对朗格多克[2]如此死心塌地。"

弗雷德里克扬起一边眉毛。"我母亲是多尔多涅省[3]的人。"

"迈扎特，约个时间去散步吧。"洛朗一边说话，一边把糖霜抖落在地板上，"我带你去看看花园。好吗？"

"好的，那就太好了。"

"很好。等天气好的时候，我们就到迪热斯礼堂门口碰头。"

他们定的是，如果天气好，那就星期四。星期四到了，天在下雨，于是他们改在星期五。星期五那天，上午的课是给一年级生介绍实用解剖学；下课后，中午时间，迈扎特与洛朗约好，在拉佩罗尼雕塑前面见。

迪热斯礼堂的人，眼看着一周比一周少。现在的法国学生很少了，都是因为身体原因免于参战，对此有些人承认了，而有些人则是缄口不言。不管怎样，急于证明自己的勇敢，所有的人都特意要

---

1 法国南部传统语言。

2 古时法国南部的一省。

3 位于法国西南部。

用前线俚语，称德国人为"德国佬"，对普鲁士的基因弱点冷嘲热讽。许多年轻点的教授也应征入伍，迈扎特课表上的名单与出现在教室讲台上的人并不相符。他的同学主要是西班牙人、比利时人，还有两个瑞士人和一个英国人。迈扎特是唯一的阿拉伯人，也是唯一不是欧洲人的学生；上午处在礼堂的氛围里，他觉得怯生生的。他观望发现，怎么引入趣闻轶事，甚至可以一开始就把最后的笑料抖出来，听众猜到结局，齐声大笑。一旦确立了幽默的基调，任何事情都引人发笑，为了融入一体，即便是最不好笑的笑话，大家都愿意报以大笑。

虽然怯生生的，他的口音大有改善，他说"le thorax"和"le capillaire"[1]，发音有着外国人说法语的准确。他在洛日街买了一顶新的法国帽子、一件外套和一把黑色的雨伞；星期五，他要见洛朗，要散步就得天气好，尽管如此他还是把这三样东西都带到了医学院。

布里甘特教授站在解剖桌的前端。

"医学并不是精密的科学。"他一边郑重其事地说道，一边伸手到器械盘，轻快地翻动一把解剖刀，让所有的刀刃都朝着一个方向。

布里甘特的声音在解剖大厅内回荡，层层越过阶梯座位，对于站在尸体周围的学生来说，教授的话语似乎是隆隆之声。尸体盖着白布，腿和膝盖部位隆起来。

"医学的数据如此复杂，通常情况下处理的都是可能性，而不是确定性，这一事实并没有破坏医学的科学本质，"布里甘特的两只手放到了白布的边缘处，"只是多了一个让科学家更加谨慎的理由。"

学生们赶紧凑上来看。

"作为医生，我所看到的都只是可能性。我寻找其他迹象来佐

---

[1] 意思分别为：胸部、毛细血管。

证我的诊断，或者我尝试某种方法，其结果将会判定我的解读是否正确。"

阳光从高窗照进来，白布一头的黑发脑袋看起来蓝幽幽的。一个男人苍白的脸露了出来，胡子刮得干干净净，接着是他的躯干。布里甘特把白布叠在了这个人的腿上，手指合拢捏着解剖刀，伸向这个男人灰色的脖子。

"要露出胸腔和腹腔，我们的第一个切口应该落在胸骨的位置……"

布里甘特教授的声音延展开来，仿佛没有了边界，迈扎特听不到单独的词。他看见刀刃划过脖子处的皮肤，看到表皮层飞快地裂开，就像是之前系得紧紧的，现在只是松开了一样。第一个长切口完成了，布里甘特横向切了一刀。接着，他把四块没有血迹的皮，一块块地翻起来。里面是没有生命的器官。烂熟的红色、紫色和病恹恹的黄色。迈扎特看见没有血色的肌腱交织在胃上面，他撑不住了，一坨坨的黑团出现在视野中，越来越多，遮住了尸体，什么也看不见了。

接下来，他知道的是自己一个人坐在大厅的前排。他看见了其他学生的后脑勺，布里甘特还在说话，声音更为遥远：

"胆囊位于上腹部的最右边。盲肠在右边的髂腔室，你们看得到吗，这是升结肠。有谁能告诉我升结肠位于哪一部分？哈万图尔先生？"

学生围成一团，迈扎特看不到尸体。一个脑袋转了过来，是塞缪尔·卡根拉提，比利时人。卡根拉提转动脑袋，看到没人盯着他，就跳过来，蹲在迈扎特的椅子边。

"好了吗？"

"发生了什么事？我晕过去了，是不是？"

"是的，"卡根拉提轻轻笑了笑，"没事，我扶住了你，你没栽到地板上。"他的脑袋飞快地上下一摇。"我得过去了，但是……没事吧？"

"没事，没事，过去吧。我再歇一歇。谢谢你，塞缪尔。"

"小事一桩。"

虽然卡根拉提从餐厅给他带了一个面包卷，但迈扎特中午在雕塑旁边见到洛朗时还是两腿发抖，幸好带了雨伞，可以靠一靠。

他们沿着林荫大道往下走，洛朗说道："从哲学的角度而言，你的反应太正常不过了。我回忆自己的第一次实践解剖课。并不……并不是愉快的经历。"

"谢谢你。但我还是自感羞愧。"

"你会发现，观察活人的器官，没有那么可怕。遗憾的是，他们必须让你从尸体开始，因为这样才能指明各个器官。我认为，尸体这种对象特质的某些东西让人胆颤。但是，人必须意识到，我的意思是作为医学生，我们必须适应，死亡绝对是人生的一部分。社会禁忌把死亡列为另一范畴，我们在科学的道路上前进之际，必须要克服这些障碍。我的意思是说，不需要担心。"

迈扎特深吸一口气，慢慢呼出，他不想叹气。"我依然——我觉得——"

"人类的本性……"洛朗说道。他抬起头看着天空，对着太阳，半闭眼睛。"疾病的意义……死亡从来就是人生的一部分。可以这样说，我们时刻存在于死亡的状态中，就像一团不稳定的、衰减的火焰。那么，什么是疾病呢？疾病是生活的一部分。我们说生命是更新，事实上生命却是衰退。有时是对抗衰退，尽管如此还是衰退。"

听着洛朗说话，迈扎特想着他们这学期第一天的参观。他跟着其他学生走进了一个巨大的会堂，天花板上是错视画。第一个展厅的四壁全是陈列柜，定眼一看，每个人都吸了一口凉气。

玻璃罐子里的畸形胎儿紧贴罐壁。钉子上挂着人类和动物的骨架；头骨上贴着疾病的标签，神气活现地垒放在一起。玻璃顶的柜子里放着一个木乃伊化的脑袋，呈现出化学处理后的黑色，裸露一半的脑子。陈列柜前后延伸：更多的脑子，分成四等份，贴了标签；挂起来的人体部分，跟脑袋一样是黑色的。也许是烧焦了。墙上的示意图和绘图，展示各种颜色绚烂的赘疣、畸形样本、性病发展的不同阶段。一张张的图标，全是异常情况的对比图，有感染、萎缩、麻痹中风和麻风病。有个胎儿长着两个脑袋，头上两簇头发，眯缝着四只眼睛看着他。

他跟着洛朗停下了脚步。高高的淡绿色大门上有块铸铁牌子，上面是花体字：蒙彼利埃大学植物园，亨利四世创建于1593年。大门擦着砂砾地面，敞开着，他们面前是一条小路，沿着斜坡而上，一分为二：右边一条沿着灌木篱墙而行；左边一条是靠着石墙，尽头有个水缸。他们走了灌木篱墙那条路。再远处，白色的小路切割开绿色的草坪，还有一座拱形的石头建筑掩映在松柏之中。

"这是欧洲最古老的花园之一，"洛朗说道，"国王为著名科学家贝勒瓦尔而建。上个世纪有所增建，但我怕是记不清哪些是哪些了。"

空气中有一种凉爽的肥沃气息。树上落下的灰白色叶子，一堆堆地放在草坪和小径相接的地方，阳光穿过枝丫，直射下来，树影斑驳；迈扎特很快就没了方向感。他们穿过一丛竹林，一池子睡莲沐浴在阳光中，几何形状的花床周围是灌木丛。他们伸出手，遮挡温室窗户反射过来的阳光，水下植物漂泊在水中，伸出了巨大的绿色手掌。

"你刚才说什么呢？"迈扎特说道，"关于死亡，还有生命。"

"哦，我不知道。我总是夸夸其谈。我父亲说的。他说，我说得太多，做得不够。"

"很有意思……"

"什么是生命？是有意思。生命源于何处？"

迈扎特笑了起来。阳光取代了洛朗落在玻璃上的影子，洛朗离开温室，朝灌木丛走去。

"当然是主呀。"迈扎特说道。

"是的。但是，我似乎觉得现在有了太多的知识，这才是问题。脑子装不下。以前，我们多多少少，我的意思是说还装得下。但现在呢，我们的脑子实际上就漂浮在知识的海洋里。"洛朗碰了碰蕨草，嫩芽在他的手指下弯了弯。"我并不太愿意勾起这样的意象。"

"是主创造了世界，还是祂与世界并存。"

"没错。你应该和让内特谈谈，她研究哲学。"

"生命的三段论就行不通，"迈扎特说道，"我们无法追寻无尽的因和果。"

"顺便说一句，你觉得她怎么样？"

"如果我们想要进一步溯源，到了父亲的父亲的父亲，如此继续，就像是想要通过修建一座塔，通往天国的主。你刚才说什么？"

"让内特。同在一个屋檐下，你觉得她怎么样？"

迈扎特顿了顿。"我们说话不多。"他模仿洛朗的动作，碰了碰蕨草的顶梢，"我喜欢她。"

"是的。看到我们对待女性的方式，你肯定觉得奇怪吧。"

"某些方面是。这里更自由一些。这条路往哪儿？"

"另一片草地。看一看吧。"

他们回到小路上。阳光下，上午的尴尬渐渐消退，雨伞配合着迈扎特步伐的节奏。心里冒出了很多法语表达的小想法，借着真诚的一股儿劲儿，他吐露了一些，描述了周围的景致：不惹人注意的树干上有人类的痕迹，上面标有树龄和树种，树干按照它的本性继续生长，往上长，往旁边长，长出节疤，粗糙了绒毛。

"这里的很多植物，我都认识，即便这样，还是与我之前见过的差异太大。有时，这些新鲜东西，真是让我感觉看累了，但有时让我觉得……更清醒！看，那有一棵橄榄树。在我的国家到处都是橄榄树，但我现在看到它，在一个如此陌生的地方看到它，启动了我心里一套奇特的快乐机制。"

"你这么喜欢这个花园，我挺高兴的。"

他的新朋友语气并非不友好，但迈扎特还是觉得泄气。当然，任何深刻的感受交流起来都不容易，更何况是用另一种语言来交流。

"我想要周游欧洲，"洛朗说道，"就像你这样吧。我祖父到希腊和罗马旅行的时候，记了日记。等我上战场，如果派我到了比皮卡第[1]更远的地方，我可能就是旅行了。"

"这个世界在膨胀，"迈扎特说道，"或者——也许不是'膨胀'……"

"发展？"

"不，我的意思是——比如说，火车。火车到了全世界……他们把雅法的橙子卖到了蒙彼利埃。我看到了的！"

洛朗笑起来。"啊，迈扎特·卡迈勒，你真是特别。"

路边，有四个年轻女子坐在一棵橄榄树的树荫下。迈扎特看着其中一位咬了一口桃子。洛朗的笑声刺痛了他，他真希望自己什么都没说。

去年在苏塔尼亚学校，土耳其男孩和其他人各自为营，就像大地上突然出现了裂缝。过了斋月，他和贾米勒从纳布卢斯返回学校，不管他们是否同意，就置身于可变的联盟关系中；有时阿拉伯人和亚美尼亚人是一伙的，有时又不是；与犹太人和希腊人也是如此。孩子们假期时听到了父母的谈话，看了报纸，目睹了老师的榜样，

---

[1] 法国北部旧省。

他们几乎没有任何抵制就在学校的走廊上演了外界的潮流变化。迈扎特和族兄彼此为伴，这套游戏让他们提心吊胆，他们不但是被迫玩儿，而且规则往往不清不楚。你永远都不清楚别人什么时候突然就开始攻击你，如果你不瞪眼看人，如果你不掩着嘴窃窃私语，就有被指责背信弃义的风险，可能会被自己人反扭胳膊。

迈扎特确定，他经历过的压力，洛朗并没有经历过。他有一种冲动，想要证明自己的热情并不是不谙世事的标志。

"你定了学科方向吗？"洛朗问道，"我要学精神病学。"

他们停在了一处经典造型的遗址前，红色的花簇拥着没有房顶的拱墙。

"神经病学？"迈扎特说道，"不是人体。"

"不是。但我对此有了兴趣。如果你非要知道，我是因为一个女人。"

迈扎特拿不出几秒钟之前的劲头。他保持沉默。洛朗迈步从遗址前面走开，这时，迈扎特扔出一句话：

"我在君士坦丁堡有个情人。"

洛朗回头扫了他一眼。迈扎特继续随意地说道："她不说阿拉伯语，也不说土耳其语。为了私密，我在埃提雷一带租了一间房。"

他感觉到一只手放在了自己的胳膊上。

"我刮目相看。"洛朗说道。他又大笑起来："也颇感惊讶。"

"她叫玛丽。"

"哪儿的人？"

"瑞典。"

"精——彩。"

洛朗已带着他走了一圈：前面就是绿色的大门，字母是反着的。迈扎特也感到惊讶，甚至还有点惊恐。显然，无中生有和戴上新帽子、穿上新外套一样容易。

4

花园里池子的水不深，还没有淹没让内特的膝盖，膝盖冒在水
面上，就像是粉红色的小岛。喷泉没有喷水，小胖天使的罐子是空
的。石头上面有一圈白色的痕迹，那是去年夏天的水位。风还没有
吹过来，她就听到了树梢的风声；一秒钟后，泡在水里的腿起了鸡
皮疙瘩。

楼上的窗户冒出一个脑袋。那是乔金，她在迈扎特的卧室里。
今天上午，让内特在旁边的房间，也就是她父亲的书房里，把一盒
子的照片整理到两个皮革相册里。盒子里是母亲年轻时的照片。有
些照片，让内特之前都未见过。她很长时间没有专注地想过母亲了，
看到照片也觉得难过。然而这天上午，她看了数小时的照片，在母
亲身上贪婪地寻找自己的影子。等到乔金请大家用午餐，她才回过
神来。接着，她决定到花园池塘里坐坐，好好想一想。

孩提时期，让内特长得像她父亲，人人都觉得她会像父亲。她
精力充沛像弗雷德里克：语速快，做事大张旗鼓。但这些年来，她
变了，现在她厌恶自己思维的活跃，故意寻找无聊来回避活跃。她
父亲喜欢叫她"斯芬克斯"。

她回忆童年的时候，会想到自己在蒙帕纳斯[1]的卧室。她想起粉
白相间的墙纸，凸印的金色卷叶绽放出小小的花朵，她喜欢悄悄在
椅子背后的踢脚线那儿摘墙纸上的花，用指甲挖，挖出墙纸后面的
石膏。玩偶沿着窗边座摆了一溜，一个个穿着彩色的花边裙，沉重
冰冷的手，白色的陶瓷脸，真人头发。让内特很少摸它们。她最喜
欢的玩具是一套黏糊糊的塔罗牌，一个个的下午，她都在地板上摆

---

[1] 巴黎的一个区。

塔罗牌，摆了又摆，下咒语。她有象牙做的大象小雕像，有音乐盒子，还有锡船，上面绘有船员，学校里的女孩子羡慕这些东西。她们来家里玩儿的时候，要给音乐盒子上发条，摆弄玩偶的胳膊腿儿。一开始，让内特耐心地坐在一旁，让她们玩儿。但用不了多久，她就要求别人和她一起玩儿。她们坐在窗边，创建教派，对着行人的帽子念咒施法。让内特从一本诗歌中选择咒语，她最喜欢的咒语是一首叫做《顺从》的诗，在92页。

> 还是个孩子时，我梦想的是科依诺尔[1]，
>
> 波斯王和教皇般的财富，要奢侈，
>
> 黑利阿加巴卢斯[2]，萨旦纳帕路斯[3]！

黑利阿加巴卢斯和萨旦纳帕路斯！她们在窗户边大声说出这句话，用手指指着一个个的路人，看他们对魔法、对死到临头如何反应，或是没有反应。

玩具都是爸爸买的。让内特没有兄弟姐妹，她的母亲阿里亚纳很有爱，但沉默寡言，经常都待在卧室里。上完课，或是放学回家，让内特就到床底下去读父亲给她的书，一直读到胳膊肘在地毯的毛上磨得受不了。后来，她回想自己的童年，想到的是趴在卧室地板上看到的东西：椅子下面是躲避赤道台风的避难处，窗户下面的木制品是古代文明的木雕。书柜里，百科全书的后面，移开挡板，墙上有个圆洞，那是藏宝之地。随着她一天天长大，她开始想象各种冒险，开始读小说。放学回家的路上，她买了小说，再套上历史书

---

1 一颗可以上溯到14世纪的著名印度钻石，1849年归属英国，1937年为乔治六世的加冕礼而镶嵌在王后的王冠上。

2 黑利阿加巴卢斯（204—222），罗马皇帝（218—222），荒淫放荡，不问国事，臭名昭著，后连同其母一起被杀。

3 古希腊历史学家所称的亚述末代君王（公元前600年前去世），以富有和好色而臭名昭著。

的防尘书皮。

让内特十六岁那年，一个星期五下午，她从学校放学回家，发现邻居和警察坐在厨房的餐桌旁。他们说，她母亲用手枪在院子里对着她自己开了一枪。她父亲还没有从大学回来。这位邻居听到枪响，叫来警察，警察已经叫了殡仪馆的人。他们用惊恐的眼睛看着让内特，让她吃饼干，喝茶。她惊讶地发现自己甚至不能张嘴说话，连"是"或"不是"都说不出来。

震撼之下，弗雷德里克完全没有了做父亲的矜持，把一切都告诉了女儿。之前，她母亲至少有两次表达过想要结束生命的冲动，但事情都很牵强，他觉得不值得大惊小怪。"原谅我。"他一边说话，一边扯着头顶上的一把头发。时不时的，他就会说"哦"，然后捂住嘴巴；让内特知道他记起了什么事情。

父亲坐在起居室，眼睛盯着地板，后悔得嘴巴都变了形。沉默的间隔中，一件件的往事从父亲嘴里溜了出来，让内特急切地把细节记在了心里。死亡让父亲说出了真相，他简直就是不设防的状态：那个说话留半截的男人不见了，取而代之的是一大堆没头没脑的隐私。他把一切都告诉了让内特。那个成为让内特母亲的女人，他是如何追求的，每个阶段是什么样的，这些年她如何变了，又如何没有变——葬礼之前，他讲了一个遍。

无意间，他用这些故事开启了女儿的想象力。人终于入土为安，他的伤口开始愈合，而让内特还在拨弄自己的伤口。她脑海中一个女人渐渐成型。这个女人不仅仅是她的母亲，还是阿里亚纳·莫泊桑小姐，还是阿里亚纳·莫里诺太太，从让内特出生之前的未知岁月中走出来了一个人。不久后，她的父亲自然而然地学会了带着悲伤生活，很快，悲伤不再刺痛；震惊之中解封的东西重新收了回去，他不再透露往事。让内特请他讲一讲的时候，他带着惊骇的表情不予理睬，仿佛已经忘了自己给女儿讲了很多事情。

让内特的中学学业结束后，他们搬到蒙彼利埃。弗雷德里克的妹妹带着孩子玛丽安和泽维尔住在城里；西尔万·勒克莱尔是阿里亚纳的老朋友，他的葡萄园就在附近。弗雷德里克在大学担任讲师一职；让内特进了大学，学习哲学，是那一年入学的十九个女生之一。

父亲和女儿很快安顿下来。他们进入了大学周围的社交圈子，先是发展熟人，后来熟人又成为朋友。在这里，你到底是土生土长的人，还是别处来的人，到了讲堂和图书馆里，所有的口音都汇聚到标准发音上，知识商业消融了所有的地域差异。西尔万带着莫里诺父女进入了葡萄种植园主的圈子，他们接受了这对父女，但不是没有保留。最近五十年来，在外界各种灾难压力之下，葡萄种植园主的圈子固化起来，他们不仅面临干旱，还有阿尔及利亚的葡萄酒贸易顺差。不同于北方的高卢人，他们根深蒂固认同的是奥西塔尼亚的古老身份，但这一名称也稀释到名不符实，海边一半的餐馆都在招牌上用磁漆大书这几个字。但在葡萄园种植界，西尔万是个深受大家喜爱的奇怪人物，虽然莫里诺父女的口音和服饰从里到外地散发出巴黎气息，他还是毫不费力地让他们进入了社交圈。

每周工作日结束后，父女二人聚在蓝色客厅讨论哲学。他们用新瓷器喝茶，争论柏格森[1]的自由观点，弗雷德里克喜欢柏格森对思想活动的强调。让内特则喜欢布特鲁[2]的观点——公式不能解释任何东西，因为公式无法解释自身。有时，她过分提炼了这一观点，错误地认为评论任何现象都是无意义的，因为我们都是这一构造的一部分，也就是说你最多能够理解事物的一部分，但永远看不到全部。弗雷德里克鼓励女儿拓展感同身受的能力，多考虑其他可能的观点，他经常触及意义的主题，但从未付诸他们自己的生活。虽然父女避免推心置腹，但这样的晚上让这对父女有了新的亲密感，两人都从

---

1 亨利·柏格森（Henri Bergson，1859—1941），法国哲学家、作家。
2 布特鲁（Boutroux），法国哲学家。

中汲取了力量。

让内特拿到毕业证后，这样的晚上也烟消云散。她大学的朋友都结了婚，虽然她没有离开父亲的愿望，但他们的讨论结束了；没有情感的技能来巩固认知上的联系，他们渐渐疏远。现在，让内特靠自己的定力来拯救自己。哲学教育让她的思维变得敏锐，她已将之改头换面变成了堡垒。她远远观望时间流逝，漫无目地地想着一件件的事情，并不投入其中。

最近，她遇到了一些困难。迈扎特的到来是一个原因。她与来访者保持距离，但即便如此，因为来访者的存在，她也难以沉浸于自己的思维中。战争是另一个原因；虽然战争也有距离，但它成了人们唯一的话题。她觉得，幸好他们离开了巴黎，但年轻的男士们很快就要上战场——泽维尔、保罗、洛朗。这些小小的变化造就大动静，让内特思维的角落又开始蠢蠢欲动。这天上午，她母亲的照片，她的脸庞和身体立在摄影师的镜头之前。她眉毛下的雀斑，衣领上的花边，散落的卷发，在银盐底片上留下了永不磨灭的灰色线条。

"日安，小姐。"

让内特吓了一跳。迈扎特·卡迈勒站在房子后面的平台上。他优雅的双手握着一把雨伞，问候的工夫，扬起了黑色的细眉毛。让内特抬起胳膊挥了挥手，他鞠了一躬，但还是站在平台的铁艺家具中。远远看过去，他与欧洲人无异；他的皮肤微微泛着铜色，眉毛和眼睛是黑色的——也就只有这些特征表明他是让内特父亲口中的"闪米特人"。如果让内特事先不知道，可能会猜他是意大利人。

"你怎么样？"她大声说道。

"很累，但我很好。我从医学院走回来，很美。我这是打扰了你游泳吧。"

"一点也没呢，我本来也要进来了。有些冷。"

她站了起来，冷风吹到她湿漉漉的腿上，拍着她腹部的游泳衣，她看到迈扎特的白眼珠。

"抱歉，我去拿毛巾。就一会儿。也许到时候你想喝一杯咖啡？等一下，迈扎特先生。"

她控制住自己，没有跑。她垂下眼睛，把浴巾围在胸口处，穿过草地，湿漉漉的脚走在石头上，走在地板上，走上了铺了地毯的楼梯。她进了卧室，脱下游泳衣，擦干身体，赶紧穿上了家居的棉布裙子。她迈着优雅的步伐，从楼梯走下。乔金端来了咖啡，看到让内特经过，行了一个礼。

迈扎特侧脸看过来，让内特迎上他的目光，呼出了一口气，说道："那么。"迈扎特笔直地坐在沙发上。她选了一张柳条椅子坐下，挽了挽袖子免得碍事，倒了两杯咖啡，"迈扎特先生，对你的家人，我还一无所知呢，给我讲讲吧，你的父母，他们……你有兄弟姐妹吗？"

"我父亲是商人。纳布卢斯人，经营布料和服装。他做得非常成功。"

"多好呀。你母亲呢？"

"我母亲来自纳布卢斯附近，一个叫做杰宁的小镇，但她去世了，真主在上，我很小的时候就去世了。"

"哦，天，很抱歉。那你和我一样了，迈扎特先生。我们都失去了母亲。"

"我母亲死于肺痨，也就是肺结核。"

"真是很遗憾了，非常遗憾。"

"你母亲是怎么去世的？"

"也是在我小时候。"她的目光穿过平台的门，望向平台，她的湿脚印留在石头铺面上，很显眼。"她也是病了，心脏方面的问题，我不是很清楚。也许等到你成了了不起的医生，就可以给我解释了！"她闭上眼睛，嘴角是微笑的形状。

"是的，我真希望自己成为医生，"迈扎特说道，"在纳布卢斯，男人们学了专业，却不一定如此从业。"

"从业？"

"从业……从事某一职业。"

她再次朝着花园望去。延长的沉默。

"纳布卢斯什么样？"

"纳布卢斯是个小村子。是个小镇，我的意思是城市。那地方并不大，但我们称之为城市。我的意思是说，即便你离开了纳布卢斯，但你还是把它带在身边的。你懂我的意思吗？"

"我觉得我懂。"

"我并不是说我不爱纳布卢斯。我爱的。只是，人人都知道其他人的生活。有点……"他对着自己的喉咙做了一个抓的动作，让内特微笑起来，只是淡淡的微笑。"我觉得这就是为什么我父亲喜欢开罗的生活。"

"埃及？"

他点了点头。

"对你而言，你选择了医学……"

"这是他的选择，我父亲的。他在纳布卢斯创建了一所新医院，我的意思是说，他是创建者之一。他觉得这是很体面的事情，你知道的。但我本人也很满足。我喜欢科学，一直都喜欢科学。所以，这也是我的选择。我很兴奋……"他低下头，想着该用什么字眼，"这份工作是如此精确，如此详尽。但是，"他叹了一口气，"也需要超脱，你知道的。"

他惊讶的是，让内特突然大笑起来。他抬起头来，看到她的脸庞容光焕发，笑得浑身打颤。几秒钟后，她还在笑，迈扎特也试探性地笑起来，仔细盯着她，看她什么时候停下来。她突然轻声咳嗽了一下，叹气一声后再次沉默；迈扎特也收起了微笑，他觉得让内特不可能知道自己想的是解剖，想的是那天上午诊所里那个没腿的男子，这两件事情在他看来都不好笑。迈扎特看着她依然带着笑意的眼睛，想象着自己在她眼中是什么样的人。

"我经常和洛朗散步。"他说道。

她眯缝起眼睛，把杯子送到嘴边。

"我们去植物园散步，有时到城里散步。他带我参观了这座城。我很喜欢和他在一起。"

让内特再次轻轻地笑起来，这一次没有声音，她抿着嘴唇，看着自己的手指在碟子上转动杯子。迈扎特的手不由自主地翻过来，手心朝上，摆出了询问的姿势，但她并没有注意到。迈扎特觉得洛朗的笑声是冒犯，却并不在意她的笑声。她的笑声让人捉摸不透，但似乎并没有恶意。事实上，看到她一直开心，迈扎特自己的嘴角也浮现出微笑。这是一条微微露胸的裙子，迈扎特的目光不断落到露出的部分。她的皮肤苍白却有雀斑，很有光泽，也许是出了汗。或者是游泳的水没擦干。

"你为什么坐在池子里？"

她的微笑消失了。"为什么？"她说道，"哦。我刚才觉得有点热。"

迈扎特看着她，犹豫要不要继续说话。自从一个月之前来到蒙彼利埃，他就养成了一个习惯，凡是不确定的时候，就停下来。他很留意自己对习俗的无知，非常不愿意出丑。也许觉得热，坐在池子里就是习俗，他怎么知道呢？但另一方面，让内特听到这个问题，的确是不自在的样子。但这也可能是别的原因，比如说，让内特猜到了他觉得户外游泳不妥。就这一点，如果要说实话，他还真觉得有些不妥。

"洛朗怎么样？"她说道。

"他挺好的。他要研究精神病学。他是个很友好的人。"

"是的。"

"我发现他——他挺逗乐的。他有我们阿拉伯语说的那种'轻松血液'"。

"总好过沉重血液。"

"正是如此。"

"似乎是这样的,洛朗有轻松血液。但我不会说他轻佻。他事实上是非常严肃的人。"

停顿。迈扎特说道:"我喜欢这里。我希望能留下来。"

"你应该留下来。我们喜欢你在这里。你非常……我不清楚呢,"她看着迈扎特的眼睛,"优雅。"

一阵红晕从她胸部泛起,整个脸庞都红了。这一次轮到迈扎特转头看花园。他不想看让内特发窘,也是给自己时间平静一下脸上的傻笑。云层遮挡天空,草地变成了灰色,花园尽头的那棵树在风中摇摆。等他回过头,让内特还是红着脸,垂着眼帘盯着膝盖。他们谁都没有说话。迈扎特觉得胸膛里有个东西开始狂跳,这时一只苍蝇嗡嗡飞来,在咖啡杯具上乱飞。他们一起盯着苍蝇看:它在一块方糖的角落视察一番,停在了银色的边缘,搓着苍蝇腿。迈扎特决定再次抬头看看让内特,惊讶地发现自己办不到。他盯着方糖,感叹着自己的羞怯。他突然想到,迄今为止,因为自己的法语不够好,大多数的交谈都不太利落,但是如果同样因为法语不够好,做不到模棱两可,那一切也都变得更直接了?

"日安,孩子们,"莫里诺博士敲了敲打开的门,"今天过得怎么样,有没有人饿了?"

"我们在喝咖啡。"

"我们到平台上喝点开胃酒。乔金,请把起泡酒拿过来,再给迈扎特先生拿一杯甜果汁饮料。"

外面还在刮风。迈扎特帮着让内特把毯子从大厅里抱出去，看到她短发下露出的脖子。等他们回到外面，莫里诺博士双腿交叉，坐在铁艺椅子上。

"我在想，"他对着他女儿说话，"我今天在思考性格一致性的事情。你相信这东西吗，一致性？"他抚摸着香槟酒杯的边缘。

"我不太清楚它的意思。"让内特说道。

她的声音带着倦怠的语气，迈扎特扭过头去看她的脸，但她不再流露出任何表情。风吹过来，她裹紧了裙子，缩起了脖子。

"迈扎特先生，你怎么想，"她说道，"你有一致性吗？"

"我认为他有一致性，"莫里诺博士说道，"是的，我可以说，这样问他，甚至是不公平的。"

"不好意思？"迈扎特说道。

"我没有冒犯的意思。你知道的，迈扎特昨天给我讲了他们的迷信。特别是关于撒马利亚人的迷信，对吧？这些人住在他的城市里。"

"很有意思，"让内特说道，"我只听说过乐善好施的撒马利亚人[1]。"

"是的，据说，整件事情就发生在他住的山上。惊心动魄呀。他说——把你告诉我的事情，给让内特讲一讲吧？"

迈扎特不太确定自己应该对谁说话，他来回看着这对父女。他读不懂让内特的表情，觉得不安，不知道她是否觉得无聊。"就像你说的，只是迷信而已。人们付钱，他们施法，等等。你知道的，传说能伤人的恶目[2]，嫉妒——但我真不——"

"非常吸引人。这是个部落——部落，对吗？从犹太教分裂出来的派别？或者是犹太教同时期的东西？有个女人去过，和他们住在

---

1 基督教寓言故事里的人物，是对贫困之人施以同情的典范。
2 传说中的一种法术，能伤害别人。

一起，写了很不错的旅行日记，我要看看能不能搞得到。"

"只是民间传说。"迈扎特说道。

让内特的嘴角扯了扯，微笑了一下。"很有意思，爸爸。"

"什么？他愿意的。"

"也有不合适的时候。"

莫里诺博士温和下来。父女暂时停火了，让内特的大腿再次浮现在了迈扎特的脑海里。他朝着灰色的草地望去。

"先生，打扰了，"乔金打开门，"有一封迈扎特先生的信。"

"嗯，"咔的一声，莫里诺把杯子放到了桌子上，一只脚重重地踏在了石板上，"天气也凉了，我还真是饿了。"

"我可以把汤热一热。"乔金说道。她亲热地朝着迈扎特挥了挥手，"请过来吧。"

她带着迈扎特来到门厅的桌子旁。信是他父亲写的，日期是三个星期前。

我亲爱的儿子迈扎特：

　　主保佑你安全。现在英国人在苏伊士运河设防对付土耳其人，出行已经不易。然而，我兄弟告诉我纳布卢斯现在还没事儿。有一位德国长官待在哈马德家。耶路撒冷的外国邮局已经关闭，所以就不要指望收到巴勒斯坦地区的来信。埃及的邮政服务还好。生意也还好，感谢真主。莱拉和孩子们也还好，感谢真主。你要认真学习。

祝好

你的父亲

外面，让内特在叠粉红色的毯子。

"乔金会做的。"

"爸爸。"

"什么？不要那样看着我。"

他们关上了玻璃门，把风挡在了外面。他们穿过客厅的时候，让内特在镜子里看到了自己。风吹乱了她的头发，她把卷发收拢，整理服帖，从后脑勺抽下三根发卡，别在了头顶，压了压太阳穴。她跟在后面，走进了餐厅，父亲正在对乔金说话。

"他来吗？"他说道。

"哦，是的，先生。"

"耐心点。"让内特拖开自己的椅子。

尽管如此，她父亲只需要稍微暗示一下，让内特就会起身去叫迈扎特用晚餐。换做昨天，她可能会坚持让迈扎特一个人待一会儿。但现在，她觉得心乱如麻，让她不安的不仅有她父亲，还有这整整一天，各种思绪缠绵，多方面威胁到了她的脆弱，慌乱的感觉呼之欲出。这一刻她似乎觉得，只有走到大厅里，替父亲向迈扎特道歉，才是解决自己胡思乱想的唯一途径，如此至少可以解决她的部分烦躁。

她看到他们的客人在楼梯扶手的另一边，站在进客厅的门口，就像是半幅装框的画，画面里钢琴伸了出来，像棺材一样，太阳透过窗户照亮了他额头上散落的几缕头发，而他正埋头看着右手中的信件。他整个人像是冻住了一样。接着，他移动重心，换了一只脚站着，左手轻轻搭在髋关节上。他半皱眉头，仿佛是被强光刺了眼，眯着眼睛想要看清楚什么东西。她非常确定自己没有半点动静，但他突然猛地一个抬头，正好与她照面。她尽量自然地回过神来，仿佛是刚刚从餐厅走过来一样。但是，她胳膊的动作很做作，从迈扎特的表情看得出来，显然她是一直盯着迈扎特看。迈扎特动了动手指，很快地把信折了起来。

"我想要告诉你的。"她的手指顺着扶手往下滑。她看见迈扎特的目光落到她的嘴上。

"嗯?"

"抱歉。"她的声音抖了一下,眼睛落在了迈扎特背光的脖子上,她闭上了眼睛,"我想要说的……"全部都涌上了心头;她深吸一口气,一把抓住自己想要说的内容。她的思绪从她手中滑走了。"我没有告诉你实话。"

接下来的沉默很短,只够她明白自己开了个什么头;没有再想想的时间。

"什么时候?"迈扎特说道。

"我把母亲的事情告诉你的时候,"她开口了,"事实是,我知道她怎么死的。她,她用手枪打死了自己。"

听到这个,迈扎特的反应微乎其微。他的眼睛微微睁大了,如果不是光线照过来的角度,让内特都看不出来。尽管如此,让内特立刻就后悔了。她不知道自己这是怎么回事,如此轻易就屈服于一闪而过的念头,把自己暴露在迈扎特面前;脑子里各种想法太多,搅成一团,让她不知所措,失了分寸。换作平时,她会看得出这是冲动,会利落地避开。但是,今天一切都不同寻常。如今,她已经把自己个人经历中的难事强加到了房客的头上。

让她惊慌的是,迈扎特朝着她走了过来。他依然一言不发。因为迷惑和好奇,他皱起了额头,仿佛让内特看起来像是他认识的某个人,他想要琢磨这到底是谁。让内特觉得有一只手伸到了她胃里,在挤压她。

"晚餐准备好了。"她扔出了这么一句话。

迈扎特停下脚步,仿佛明白了她真正的意思,点了点头,纠正了态度。

"好的。"

"抱歉,"她强迫自己用随意的口吻补充了一句,"我不应该给你说这个的。"

"不要觉得抱歉。"

她带着呼吸声,冲迈扎特微笑了一下,转身朝餐厅走去。几秒钟的停顿后,她听到了迈扎特跟上来的脚步声。

这番对话让迈扎特心绪不宁。让内特为什么要告诉他这个,真是看不出来。现在他还不肯承认,但之后就会猛然意识到,让内特把这样的事情告诉他,赫然像是一道新伤口,或是一个切入点。现在想来,他觉得她透露的内容与她拘谨的态度并不特别吻合,真是很费解。他本想走过去细看让内特的脸;让内特转身离开后,他在走廊里停留了一下,不知道该怎么去读懂她。让内特的声音抖了一下,在他看来是难过——事实上,这是唯一明显的迹象,如果说是因为对他撒了谎而难过,似乎说不通。她更有可能是因为想起了母亲自杀的事情而难过。让内特转身离开,只留下楼梯扶手和扶手落在墙面上的影子,迈扎特望着她离开的位置,顿感怜悯。

用餐的时候,迈扎特尽量不去看她。他担心管不住自己的表情。弗雷德里克从银质的餐巾环中抽出餐巾;迈扎特把信封放在餐垫旁边,拿起勺子,对弗雷德里克谈论同事的独白充耳不闻,脑子里想着一个个站不住脚的解释。也许,让内特把母亲的事情告诉他,是为了给她自己的冷漠态度找借口?也许是让内特做了什么别的事情,而他没有注意到?或者他对让内特坦诚相待,而让内特并非如此,所以感到羞愧了?或者让内特是在解释其他的事情,说的是他没能理解的部分,法语的某点微妙表达?他机械地把黄油涂在面包卷上,突然意识到自己在想象让内特进入门厅时可能看到的那一幕。置身其外,想象自己站在房子里的样子,他意外地感到了一阵欢喜。

"是家书吗?家里人都好吗?"

他抬起头,看到弗雷德里克正在轻轻擦拭嘴唇。

"是的，都很好。谢谢。"

迈扎特扫了一眼信封。上面的标记很显眼：已检验，审查员257。他伸出手，装作看地址的样子，把信封翻了过去。

弗雷德里克第一个用餐完毕，他站起来，双手叉腰，看着门口，仿佛接下来到客厅喝餐后酒这件事需要一个兵团才能完成。"乔乔，你来不？"

"今晚不了。我累了。"

"那就晚安。"

"晚安。"

迈扎特也婉言拒绝。他爬着楼梯，心里想着父亲的信。你要认真学习。突然眼前出现了两个场景：一是从第三者的视角看到了眼前这一切；二是他父亲脑子里可能想象的画面。

5

卡尔·帕日最初是从克里托太太那儿听来的消息，克里托太太说她是从诺兰家听来的；向诺兰家打探消息，他们却说对此一无所知。派对前的星期五，乔金去拿预定的纸杯蛋糕，听烘焙师说的。据说，西尔万·勒克莱尔在图卢兹林荫大街被车撞了，人还活着，但两条腿都断了。

星期六，天开始下雪，雪很小。皮松开车把迈扎特送到城里买晚礼服，然后送让内特去西尔万的葡萄种植园，她坐在后座，身边放了一束粉红色的百合花。后来，迈扎特抱着装新衣服的盒子往回走。下午变成了晚上，路灯亮了，投下三角形状的灯光，飞舞的雪花变成了淡黄色。

这是十二月，迈扎特在蒙彼利埃的第三个月。他和洛朗的散步已成固定模式，是他孤单中最好的安慰。除了早餐时被莫里诺博士盘问，还有偶尔与让内特交谈，再者就是在医学院运用科学词汇，迈扎特主要是在他们散步的时候练习法语。今天晚上的派对是另一个机会，他得敏捷而机警才是。他踏上车道，看到皮松在关车门；他迈步走进门厅，听到了让内特的声音。

她在奶油色墙纸的客厅里，大声跟父亲说那是谎言。西尔万走路没有一点儿问题，他的确是摔到了地上，但车只是擦身而过。

莫里诺博士大笑起来。"迈扎特，请进来吧。也算不上是谎言，是吧，亲爱的，只是夸大了一些细节。"

"我非常尴尬。"

"哦，我觉得应该提前发个电报。我说过的，你应该带上迈扎特。一个年轻的女士，真是不太合适，我肯定大家都认为我很不负责任。"他抬起一张木头桌子，放在钢琴后面，"人类和谣言。迈扎特，可以帮我抬一抬这把躺椅吗？我想把它放到大厅里。"

"你看不出这有多尴尬吗？我带着鲜花去看他，他一点儿毛病都没有，他非常……"她憋出了一口气，"我真是很苦恼。"

"我不明白你为什么这么在意。你解释了吗？西尔万又不傻，我肯定他明白你只是好意。这样的错，也是常事。七点钟开始，客人陆续就到，这之前我有得忙。我有些担心，我们邀请的客人可能有点多。通常不会因此而——既然只能计算有一半的人在家。但这些日子里，似乎人们就需要开个派对……"

迈扎特把手放到了躺椅下面。

"谢谢，迈扎特。"莫里诺说道。

"不用谢，"迈扎特说，"乐意效劳。"

让内特对他眨巴了一下眼睛，但表情没有变化。

迈扎特站在大衣橱的镜子柜门前，白色的衣领反光在他的脸上。他舔了舔手指，摸了摸头发。乔金的声音穿过地板，从楼下传上来。

"卡罗尔小姐，玛丽-特蕾莎小姐，帕特里斯·诺林博士。"

他系上领带，拽了拽袖口和衬衣下摆，朝楼下走去。

"阿拉伯人来了。"帕特里斯·诺兰在门口甩帽子上的水滴。冰冷的皮肤突然遇到房子里的热气，脸颊特别红。

"晚上好，亲爱的博士。"迈扎特说道。

女孩们依次招呼迈扎特；她们的卷发在耳后弹跳，两个人都在发髻上别了假发。

"晚上好，女士们。"

莫里诺博士带着诺兰一家人进了客厅。客厅里不见让内特的影子。

"医学院怎么样？"帕特里斯·诺兰递给迈扎特一杯香槟。

"我的课挺有意思。但这只是第一年的基础科学课。我们还有解剖入门，上午去诊所，观察医生和病人，做笔记，之后进行讨论。有时——"他打住了。他刚想起诺兰曾是医学院的教授，肯定是知道的，"但是，是的，我是说，我挺喜欢的。这雪真是漂亮呀。"

莫里诺拿出一盒打开的香烟。"帕特里斯，我一直都想问问你。我们如今在佛兰德斯打了胜仗，你觉得局势会如何变化？我从《晨报》和收音机得到的消息都非常不明确。"

诺兰清了清嗓子。"我想我们应该会看到几次战略调动。我不是军事方面的专家，但他们显然是在寻找削弱敌人的方法。与此同时，我们得关注世界的其他地方，寻求力量的平衡。俄国是下一个，所以我猜可能会有大规模的攻势来迫使德国人撤离东线，缓解那边的局势。但这只是猜测。"他挥了挥手，香烟冒出的烟在他头顶上扭动。

更多的客人来了。克里托太太吻了吻迈扎特的脸，沙哑地咯咯一笑；她衣服上的皮毛打湿了，结成一绺绺的，冰凉地蹭在迈扎特的脖子上。迈扎特转头给玛丽安打招呼，目光穿过开着的客厅门，看到让内特站在楼梯下面的镜子前，她身上的衣服是绿黑两种颜色。

让内特碰了碰自己的衣领，看着自己的眼睛。接着，她挪动目光，看到迈扎特望着她。迈扎特一直望着，最后她移开了目光。

"我喜欢网球，"一个裹着淡紫色披肩的女人说道，"我和布利尔科小姐在低草坪那边打球。等春天来了，你们一起来吗？"

"但是，我们脱离了要点，"莫里诺博士的声音穿过房间穿过来，"要点是什么呢？"

一位穿高领裙子的年轻女士和一位年老的男士大声打着招呼，走了进来。

"上次说话，还是一场非常感人的葬礼，安葬……"

"非常令人愉快。可惜你不在……"

"但是，有东西让你看到希望了吗？"

"安慰大家的似乎是家人，说你必须继续等等的话。"

"有时我真担心乔金。"莫里诺博士站在迈扎特身边。他的眼睛红红的，"我们是不是该再雇一个女孩做她的朋友，你知道吧。"他喝光杯里的酒，呼出一口气。

"洛朗，"迈扎特的手放到了朋友的肩膀上，"我没看见你进来。"

"亲爱的迈扎特，"洛朗转过身来，"见到你真高兴。天，你看上去很不错。衣服很合适。你认识卡尔·帕日吗？"

"是的，我觉得之前见过面。"

"我当然认识你，"卡尔·帕日说道，"你是有名的东方客人。作为东方人，你怎么看待这件事？我们正在谈论佛兰德斯。"

"哦。"迈扎特说道。他清了清嗓子。"如果你问的是土耳其人，那……我认为与俄国交战的损失……依然体现在方方面面。但从欧洲方面——我的意思是，我认为在近期法国将领可能会有一些战略布局，"他的声音深沉起来，"力量的平衡，等等。当然，还有与俄国交战的东线。宜早不宜迟，可能会有出击，关注所有的地方。诸如此类吧。"

"这样呀。"

"卡尔，你听说了没有，"克里托太太站在沙发背后，靠着沙发背说道，"米斯坦盖的情人？"

洛朗抓住迈扎特的脖子，大笑起来。"就差那么一点点，你听起来仿佛是知道自己在说什么了。哦，我还什么都没吃呢，这些看起来不错的样子。"他伸手从乔金的盘子里拿鱼卷，"最搞笑的事情，我还没告诉你。是你的教授，他叫什么名字呢，布里甘特。"

"哦，是的。"迈扎特说道。

"我从一个外科医生那儿听说的，他下雨天骑车到学院，等到了的时候，双腿起了皮疹。我猜他的裤子可能是羊毛的。他一看就是个大个头，对吧？他从别人那儿借了一条裤子，但对他而言太小，裤子拉不上去。现在，好笑的部分来了，他必须上课，所以还是穿着那条借来的裤子，站在椅子后面，把课讲完，整个过程扣子都没系上。是不是最好笑的事情。"

"非常好笑。"迈扎特说道。

"你们听说西尔万的事情吗？"一个女人的声音传了过来。说话的是一位金发碧眼的瘦削女子，有一群人在听她说话，迈扎特一个都不认识，"他被一辆车撞了，受伤严重。"

"假的，"莫里诺博士站在他们后面说道，"让内特去看过他了。"

这群人嘴里发出声音，脑袋一侧，仿佛是在说：啊，真的？

"我想他今晚会来的。"

钢琴传来一声和弦的低音。

"圣桑！"

"他们一个星期之内就抓到他了……可怜的家伙，就不是打仗的料。"

卡罗尔·诺兰正在与一位穿着燕尾服的银发男子商议着什么，后者单脚跪在钢琴凳上。那个男人又敲出了同样的低音，卡罗尔试探着唱了一个音调。接着他们就一起点着头，认认真真地开始了，她的声音陡然上升，房间安静下来。

"春—天—开—始！带着希望，带着爱的心……"

"三十年前，我在汉堡看见过。和塔拉扎克一起，法国复兴之前。"

迈扎特的酒杯空了。卡罗尔的歌声让他很是上头。到了下一个高音部分，房间里的人似乎没有了兴趣，大家不再低声细语，又随意地说开了。随着铿锵的结束音符，掌声响起，随后弹奏起一曲关于巴黎的活泼调子。十来个宾客跟着调子，倾斜手中的酒杯，手势就像是跳舞一般。有人打开了房间另一头的竖窗，一股冷空气直扑脸上。

迈扎特环视四周寻找让内特，心里有一种愉悦的紧张感。他的杯子又斟满了，他转脑袋的时候，感觉房间向一侧倾斜。西尔万·勒克莱尔站在角落的挂毯旁边，卷发上了油，朝一边梳，侧灯照上去，反光。

> 巴黎是金发女郎
> 世界上都喜欢
> 翘着鼻子，就像是嘲弄
> 眼睛总是带着笑！

"关上窗户！"

窗户卡住了，一位背心上有葡萄酒污渍的绅士正在跟一位名叫安德里阿舍夫的俄国博士抢夺窗户把手，迈扎特认得这位医学院的博士。他看上去醉醺醺的。葡萄酒污渍的绅士战胜了安德里阿舍夫，这位俄国人微微一笑，撒开双手，仿佛是让对手赢牌一样，往后一退，碰到身后的女士，忙不迭地道歉。

洛朗又拿了一个鱼卷吃着。"全是些老八卦。还在谈论哈丽雅特·卡约,走到哪儿,都听到她的名字。这些人的儿子中有一半——哦,唱这首歌的那个女人为自己的双腿投保一百万法郎。她叫什么名字呢,她戴的帽子都很可笑的。"

曲子加速,进入了激昂的半音阶复调部分,两个女孩抓着彼此的肘部,在钢琴旁边单脚跳。迈扎特转过身,让内特在哪儿呢?又看到了西尔万·勒克莱尔,他发亮的发际线就像是一轮新月。让内特就在西尔万身边,听他说话呢。

"我觉得我还爱着她。"洛朗说道。

迈扎特吃了一惊。洛朗和他看的是同一方向。

"这些东西,不会轻易散去的。"

"你爱让内特?"

"你不知道。"

"不知道。"一股冰冷的液体顺着迈扎特的脊柱而下,"我不知道这个。"

他右手边,一个粉腮的女子飞快转过身来,微笑看着他。

"万事皆有因。"洛朗说道。

迈扎特瞅着他。"你什么意思?"

"唔?"洛朗的一只手梳理了一下头发,"只是事情发展起来,这就是无意义的。"接着,他冷静地补充了一句:"当然,还是可以站在远处去爱。"

迈扎特想要琢磨这句话的意思,总是抓不住。

"西尔万看上去是惹恼她了,是不是?她一副生气的样子。"

"是吗?"迈扎特说道。仔细看了看让内特灯光下的面庞,他觉得让内特看上去无精打采,没有表情。

"是的。让内特生气了就是这副表情。如果你想要跟她相处,记住这一点,对你大有好处。"

迈扎特垂下眼帘，盯着酒杯，突然心中涌起一股怨恨的暗流。他以为洛朗是他的朋友。但是现在，他们认识多少个月了？三个月，三个半月。他突然决定要冷冰冰地对待他。

"所有的人都在问我这个，"他说道，"我适应得怎么样。仿佛这是最艰难的事情。要知道，这里的山与我们的山一个样。他们似乎认为我住在沙漠里。"

他头往后一仰，把杯中剩下的酒倒进了嗓子眼。

"我并不是这个意思，"洛朗说道，"但你说的对，这很傻。不要往心里去。除非一个人行走过四方，否则怎么知道呢？"他清了清嗓子。"说真的，迈扎特，我有新消息，得给你说一说。"

迈扎特再次盯着让内特看。她脸色大变，显然是一脸怒容，她的嘴唇在动，对西尔万说着什么。接着，她转过身，挤过人群，走出了房间。

他必须跟上去。他伸手往前推，大家就像棕榈叶一样往两边散开。他到了走廊，肩膀撞在门框。检查出口：前门，没有；后门，没有；餐厅，没有；楼梯，没有。他走到前门的外套架子处，低头看着他新雨伞的手柄。手柄的弯曲处雕刻了一道雅致的褶子。

"你知道吗，"他的身后传来了洛朗的声音，"你看起来像是喝多了。"

"你也是。"

"不，我没有。我只是觉得非常放松。"

"我不知道你爱让内特。"

"是的。有一次我差点就告诉你了。你知道这些事是怎么回事的。但我是说真的，我有事情要告诉你。"

"你爱让内特。"

"不是，不是这个。我要上战场了。三个星期之内，圣诞节之后。"

迈扎特手中的雨伞落了下去，掉在其他雨伞上面，发出一声叹息。洛朗对着敞开的客厅门，双手塞在口袋里，胳膊伸得笔直，仿佛他很冷的样子。迈扎特伸手握住了他的胳膊肘。

"当然是悲惨，"洛朗说道，"但大家都知道这一天总会来的。事实上，我会以医生的身份，或是医务人员的身份加入，也就是……我是说，这个意思就是，我不会在前线。我担心泽维尔。"他转过身来，"你知道，我觉得内疚。他们需要医生，但我还是忍不住……但没有任何东西是完美的，是不是？亲爱的迈扎特，跟你道别会很伤感。"他紧紧抓住迈扎特的肩膀，微微摇了摇。"一直都很好。哦，请不要这样。我应该高兴才对。"

"我的朋友。"迈扎特受到打击的样子。

"是的。"

"等等。等等。我有一个礼物。请就在这里等一等。"

洛朗微微一笑地闭上眼睛，点了点头。迈扎特一边爬楼梯，一边盯着洛朗长着金色头发的脑袋，看见他把躺椅上的那堆外套挪了挪，腾出位置，坐了下来。迈扎特扶着楼梯的栏杆，比着洛朗的脑袋仔仔细细，勉强画了一个圈。他一把从床边抓起金表，双手捧着下了楼梯。

"洛朗，请收下。"

"哦，不行，迈扎特。这太贵重了。"

"你必须收下。请收下吧。我为自己感到羞愧，"他坐在了外套堆上，"打开表盖吧。这是土耳其表，但确实可以报时。洛朗啊，洛朗。"

洛朗伸出一根手指，绕表面一圈。"非常美。"

迈扎特靠在椅背上，看着天花板，灯光照上去，天花板上有一道道黄色的条纹。他闭上眼睛，但那种黑暗的眩晕无法忍受，于是他又睁开了眼睛。

"你知道吗，纳布卢斯有个醉汉。他们叫他中毒之人。他住在城边上。白天总是到处走，乞讨，捡蔬菜板条箱。他把这些箱子一个个地摞在他住的地方。一天，我和我的朋友从中毒之人身边经过。我的朋友胆子很大，他是我的族兄。他问中毒之人为什么要捡这些板条箱，还把他们摞起来。中毒之人回答说：我要修一座到月亮的高塔。但我的族兄说，如果你到了月亮，你就会失明的。月亮还是在天上的好，我们趁着月光也可以看到这座城镇。"

他又听到了派对的声音，仿佛派对又被切换回来了一样。

"我非常感激有你的友谊，"洛朗说道，"希望天意能让我早归。非常感激。我非常感动。"他低头看着表，用手把头发往后拂。"我觉得我该走了，无法继续忍受这个派对。"

迈扎特也无法忍受。他亲吻了洛朗的两边脸颊。洛朗微笑了一下，穿上外套，敬了一个礼，迈步走进了寒夜中。

迈扎特关上前门，回到楼梯上。他醉了，需要上床睡觉。他紧握栏杆，一步步往上走。来到走廊，听到响动，他停下脚步，听觉已然模糊，但也凝神细听，想要辨认出声音的方向。他不知道该对让内特说些什么，但他知道他们必须说话。刮擦的声音，从过道的那一头传来一个女人尖声低语的声音。他从莫里诺父女的卧室门前走过，看到浴室那头的角落里两个人靠墙站着：一个男人和一个女人。他的心跳到了嗓子眼。过道的窗户采光并不好，但这一对人儿显然是在拥抱——男人的脑袋动了动，迈扎特看到了他上了油的头发。西尔万·勒克莱尔。他往左迈了一步，去看女人是谁，地板嘎吱一声响。两人扭头看过来。是女仆乔金。她的红唇顿时张开了。

"哦，抱歉。"他说道。

他赶紧往回走。本没有打算那么重地关门，床朝他迎了上来。他拉扯领带，闭上眼睛，看到西尔万和让内特说话，就像他在客厅里反感洛朗一样，一股强烈的情绪涌上来，此刻醉醺醺地、歪歪扭扭地指向了西尔万；笑声和唧唧喳喳的声音透过地板闷声闷气地穿过来，他听得头晕目眩。他想到让内特对他微笑的样子，身体柔软下来。他胡乱解开衣服，躺在床罩上，很快睡着了。

他口渴得要命，醒了过来，房间一片寂静。窗帘拉开着，露出漆黑一片的天空。他伸手去够他的表。连续三次，手都重重地落在桌子上，他这才想起来自己干了什么。

6

阿里亚纳·莫泊桑还是个孩子的时候，她向母亲抱怨说，自己看到某些男人，就会感觉恶心。

"妈妈，"她说道，"为什么查理叔叔让我觉得不舒服？"

"阿里亚纳，这样说可不好。"

"我觉得鼻子不舒服。"

"你想说不喜欢查理叔叔？"

"不是的，"她想了想，"我喜欢查理叔叔。"

阿里亚纳第一次见到弗雷德里克·莫里诺是在第七区的一个舞会上，他们跳了一曲波尔卡舞。弗雷德里克的领巾是小黑羽毛的花纹，组成了扑克牌的梅花的图案。阿里亚纳盯着羽毛的大小变化，留神脚步，以此调节他们两人身体之间的距离。

之后，弗雷德里克·莫里诺很快就到莫泊桑家里拜访。先生和太太惊讶地迎接他，让他坐到壁炉旁。厨子刚刚端来一盘新鲜的鲑鱼三明治。阿里亚纳十指相扣，眼睛盯着壁炉的火焰。她非常苍白，非常美丽，眼睛是透明的蓝色。莫泊桑先生询问弗雷德里克的职业，他解释说自己是法国巴黎高等师范学院的博士生。他留心暗地提到了父亲在诺曼底拥有的土地，他肯定是要继承的。他感觉到马上就要冷场，就想办法赞美房间的陈设，这可爱的壁炉架，是房子原来就有的吗？他表示鲑鱼可能是他最喜欢的三明治。莫泊桑先生和太太的回答简洁明了：有礼貌，不鼓励，每次都重归沉默。弗雷德里克不明白他们为什么这样矜持。他显然是阿里亚纳的绝配，毕竟阿里亚纳已经快要二十岁。当然，除非是他误解了什么。他偷偷地看他们的女儿，瞟了一眼又一眼，阿里亚纳从不看他一眼。她的左眉毛下面有一个醒目的大雀斑，精致的尖下巴。

弗雷德里克坚持不懈。一个星期一次，有时两次，他敲门拜访，主人邀请他进去喝杯咖啡或是一杯葡萄酒。莫泊桑先生隐晦地暗示阿里亚纳有其他的追求者，但接下来几个月里，弗雷德里克从未见到过任何追求者，也没有听到过他们的大名。他们的交谈并没有随着时间的推移而变得自然流畅，还是像第一次那样僵硬，于是弗雷德里克觉得必须约束自己，不要去评论房间的陈设，免得显得呆板机械。他一阵阵地盯着阿里亚纳看，每次时间都不长，而阿里亚纳就是不看他的事实，他也认了。只有直接问她问题，她才会说话，声音安静而滑润，简短到从文法上省掉了一切不必要的词。

到了第三个月的某个时刻，弗雷德里克意识到他每次前去拜访，莫泊桑一家都给他吃鲑鱼三明治。这好歹是一个他可以去诠释的信号。他又观察了几周以便百分百地确定。没错，每周一个鲑鱼三明治，佐以莳萝和盐味黄油。他鼓足勇气，一天晚上请求与莫泊桑先生单独谈话。

莫泊桑带他来到餐厅。尽头的墙上挂着一个黄铜盾形纹章，餐桌已经布置好，只等晚餐。弗雷德里克求婚了，之前练习过的各种花式言辞还没出口，莫泊桑先生双手紧握，同意了。他领着弗雷德里克回到客厅，母女二人坐在老壁炉边，阿里亚纳用透明的蓝眼睛紧紧盯着他。没有必要告诉她。她埋下了脑袋。

两个月的订婚期，到学期末结束。1891年的春天，阿里亚纳和弗雷德里克结婚了。

后来阿里亚纳也给他说过，她十三岁的时候，几乎已经感觉不到鼻子里的恶心。但时不时的，看到某些人，那种厌恶的感觉又会回来。通常而言都是男人的侧脸，看起来比房间里其他人更鲜明，勾起她的反应。她会再次渴望地去看那张脸，但很快那种感觉就消失殆尽，失衡的感觉就中和掉了。然而，在与弗雷德里克订婚期，阿里亚纳发现自己再次回到了少女时期的那种状态。到了晚上，她想到弗雷德里克手上的肌肉，他急促的举止，他的眼睛，他饱满阳刚的眉毛。追求变成了订婚，这一变化仿佛完全改变了他的面孔。很快，弗雷德里克就入侵到她的睡梦中。她早上想起这些梦，以前那种心脏乱跳、鼻子里恶心的感觉又回来了，就像是在皮革车间，呼吸到了制革的废气。

这成了一个问题，但也只是在新婚之夜。夜色降临，他们回到自己的新公寓，爬上楼梯，把外套挂在门背后。弗雷德里克走在前面，穿过走廊朝卧室走去。他还没有打开灯，阿里亚纳就从床边走过，站在尽头的角落里。月光照进来，她的脸一部分看起来是蓝色的，其余部分在黑暗中。他们都没有说话。接着，弗雷德里克往前走了一步。

"阿里亚纳，不要害怕。"

阿里亚纳什么都没有说。

"如果你愿意，我就睡外面。"

她蓝色的嘴唇是说"不"的形状，但没有发出声音。

数分钟过去了。弗雷德里克毅然采取了行动，他盯着地面，开始脱衣服。为了不那么显眼，他站在一边，但等到本能地伸手去够衣橱挂西装的时候，他就站到了醒目的地方，手伸到一半，犹豫了，又缩回来。他胸腔里发出一声大笑。等到钻到被子里，他感觉自己仿佛是跑了好长一段路。阿里亚纳还待在角落里。他翻了一个身，阿里亚纳开始哭泣。他听到了纽扣慢慢解开的轻柔声音，接着是棉布的沙沙声，然后他看到衬裙就像一团白云，阿里亚纳滑进了床里。他感到阿里亚纳湿漉漉的脸颊贴在他的肩膀上。他感到了阿里亚纳头部的分量，她温暖的小身躯蜷曲起来就像动物一样。他抚摸阿里亚纳的头发，最后她的抽气声平静下来，然后是深呼吸的声音，再下来就是睡着后一阵阵的重重呼吸声。

的确是容易些了。他们要去南边旅行，第二天早上收拾东西时，阿里亚纳冲他微笑了。在里昂到格勒诺布尔的路上，她说："我觉得这家伙需要剪头发了。"

她用手指着前面的一辆四轮马车说的这话。长长的干草杆子从马车后面伸出来。弗雷德里克大笑起来，阿里亚纳凝神看着他，也一起大笑起来，抽了一口气，又笑了。

他们在海边租来的客房里第一次做爱的时候，阿里亚纳甚至笑了起来。她身体柔软，但四肢有力，她的双腿从后面紧紧勒住弗雷德里克。弗雷德里克进入的那一刻，她透明的蓝眼睛往上凝望着弗雷德里克，弗雷德里克闷声呻吟了一声。一个星期的时间，他们都起来得晚，醒了就缠绵，然后洗澡，再沿着海边散步到码头喝咖啡，听着海浪拍打墙壁的声音。

他们回到巴黎后，弗雷德里克又接了两门本科生的人类学课程，同时开始修改他的博士论文准备出版。他的论文雄心勃勃，想要用一篇论文结合两条当代思想线：一个是颅骨发育和犯罪行为的理论；另一个是在非洲殖民地学术圈兴起的人类体格学。然而，他们从南边回来后，弗雷德里克沮丧地发现，就在他去度蜜月这一个星期，他的博士老同事埃米尔的稿子已经发表，那是一份基于中心监狱医务室第一手资料的犯罪人类学研究。这一消息打击了弗雷德里克的信心。埃米尔的研究中规中矩，但不可否认的是，他的调查详尽透彻，而且他发表在弗雷德里克之前，再加上他比弗雷德里克年轻三岁，这一来，他研究的缺点就更不明显了。整件事情给弗雷德里克的稿子蒙上了一层阴影，当初答辩的时候弗雷德里克的论文很是精湛，但现在看起来似乎很笨拙，甚至有些地方还失于单薄。如果自己第一次出版的作品不能赢得同僚的尊敬，如果不能为他赢来声誉，弗雷德里克担心自己丢人现眼，担心继续发展下去也会不可扭转地没有地位。

阿里亚纳安慰了他。她就像是刚刚绽放的番红花。她开始装修公寓，两颊显现出红润的颜色。她一个人单枪匹马到沃吉哈赫区的萨利奥街讨价还价，买了一套客厅家具，并且发动邻居把一个弯腿的洗脸台从楼梯上抬上来。弗雷德里克回到家里，阿里亚纳在门口迎接他，让他看快要完工的小枝条图案墙纸，或者是踢脚线的新涂漆。他在大学里度日艰难，但在家里得到了抚慰。两人用着晚餐，阿里亚纳给他出谋划策，建议简单而实用，她说，最好是多花一点儿时间，不用着急，免得后悔。一方面她有提供安抚的信心，另一方面是安抚本身，两者都让弗雷德里克欢喜，他说，对，你是对的，谢谢亲爱的。一年后，他的作品还是没有出版。但十三个月后，阿里亚纳出现了怀孕的症状。

孩子出生了，比预产期早了一些。她细胳膊细腿，整夜地哭。他们雇了一位叫英格丽德的瑞士护士来帮忙。让内特四岁的时候，英格丽德离开了，他们换了一位叫伊娃的保育员。让内特满八岁，伊娃走了，换了罗蕾娜。就是在罗蕾娜时期，阿里亚纳的健康开始出现明显的问题。她因为各种疾病卧病在床的时间越来越多，乐呵呵地听任身体缓慢恢复。一旦身体再次好转，她就会直线坠入绝望的境地，再次把自己关在卧室。弗雷德里克看到这种行为，百思不得其解。小小的错事，微不足道，比如说错话，有客人的时候拿错杯子，常常就能让阿里亚纳极为内疚。傍晚，他从大学回来，阿里亚纳报告她整日的痛苦，她到房间本想做一件事情，却做了另一件，这不对，这不对劲；弗雷德里克则是不知所措，想要像她曾经安抚自己那样安抚她。他每天生活的模式颠倒过来。他之前担心的耻辱，原就是无本之木，论文出版后，他在系上得到了不错的位置。回到家里，才是恐惧开始的时候。

邻居知道多少？知道太多了。

蒙帕纳斯的公寓墙壁单薄，有时阿里亚纳甚至到阳台上去哀号。虽然她说害怕别人知道，害怕别人对她有看法，因此而更加痛苦，可还是忍不住要这样干。担心遭到莫泊桑家人的指责，弗雷德里克没有向他们透露，他也不想送阿里亚纳到精神病院。九年的时间，她都是健康的！他从人类学的角度出发，坚定地认为如果是神经学上固有的问题，那早就应该有症状。因此，他带阿里亚纳去看了一位与大学有联系的精神病学家，雇了一位医生定期到家问诊。

还是孩子的让内特受到了伤害。所有的事情都围绕母亲转，而她却够不到自己的母亲。阿里亚纳是漩涡中的中空。这家人搬到了十四区边上，住进了一栋墙体很厚的新房子。房子里每夜都是哀号的声音，还有家庭教师罗蕾娜的轻声细语，她手指放在嘴唇上，摇晃玩具，把让内特从母亲房门口拖走。有时，母亲状态特别糟糕，这位家庭女教师就会和让内特一起待在门口，她用手捂住孩子的耳朵，自己则是透过门缝往里瞅。

母亲崩溃的时候，让内特就狂乱起来，用哭喊折磨家庭教师，她的怨恨贯穿整个学生时代。但母亲死了，父亲坦白出之前的细节，其他的情感盖住了她的愤怒。其中一部分是内疚。还有一部分是好奇，与家庭教师把耳朵贴在门上听的好奇并无二样。接下来四年的时间，她仔细查看并且重组这些零零碎碎的讲述，就像是在地毯上摆塔罗牌，这样抓住过去不放，终于她再也受不了了，有一段时间她甚至想都不能想。

1915年，伊普尔战事再起。

德国人开始使用毒气。斯滕斯特拉特和朗厄马克之间的前线阵地，突然，黄绿色的云朵伴随着呼啸声从容器中腾起。这些云朵聚集在一起，形成了一片发光的薄雾朝前逼近，而此刻法军刚到阵地前线。死者中有莫里诺家的司机皮松，还有玛丽安的丈夫保罗·里歇尔。玛丽安穿着结婚礼服参加了追悼仪式。报纸通告上的照片框在花环里，保罗·里歇尔胸部以下是一圈玫瑰簇拥着。旁边立着一杆三色旗，微风一停，旗帜卷起来，三道颜色垂直往下，在迈扎特看来，那就像是一顶边缘脏兮兮的斗篷。

几天后，玛丽安宣布她要去做志愿者护士。她被送到了与瑞士接壤的迪沃恩莱班。她为伤员清理伤口，在给让内特的信中，她描述了那些变形的躯体。一个人瘫痪了，一个人失去了双手的功能，一个人失去了拇指，一个人的一条腿肿得像大象腿，一个人的半个下巴不见了，他用鼻子抽烟。田野里开满了紫罗兰，比家里的更为芬芳，森林里一圈圈的黄色报春花。

考虑到保罗是莫里诺家第一位战死的亲人，迈扎特觉得让内特会在悲痛中离他更远。十二月的派对后，他对让内特的情感就与他对洛朗的情感纠结在一起。即便如此，从逻辑的角度思考，洛朗承认他仍然爱着让内特，就是说让内特起初并没有对洛朗的感情做出回应。但是，迈扎特依然感到无助而嫉妒，不仅仅是因为有人率先喜欢让内特，让他感到受了侵犯，而且因为洛朗是法国人，学业比他精深，还上了战场，他却只是从纳布卢斯来的巴勒斯坦人，是敌国的公民，所以无论从哪个角度而言，洛朗都更适合做让内特的丈夫。

但事实上，保罗死亡的消息传来后，让内特转向了迈扎特。用餐后，让内特找他说话，询问他的学业。他在看书，让内特来敲他的房门，抱歉打扰他，然后就问他想不想吃饼干喝杯茶？迈扎特在医学院的课程安排在下午，上午的诊所见习对一年级生是选修。所以上午就成了他与让内特相处的时间。用完早餐，他们各自走开，等听到莫里诺博士离开，门重重关上，他们就在大厅里重聚，仿佛是不经意碰到一样，都不承认这背后的心眼。

第一次是偶然。他在卧室里努力学习人体骨骼。髂骨、骶骨、髋骨。跗骨、跖骨。他把这几行字抄到笔记本上，字迹颜色变得越来越淡。他摇了摇钢笔。胫骨、腓骨、跟骨。

莫里诺博士书房的门半掩着。他推开门，走进去，房间气派得让他惊讶。三面墙从地板到天花板全是书，透过第四面墙的凸窗，看得到邻里的农场和蓝色的群山，凸窗的侧面是猩红色的窗帘，上面是配流苏的短帷幔。房间的木制家具都是深宝石绿色。角落里有一张扶手椅，房间正中是一张大桌子，皮革桌面，上面有一堆堆的纸和几套书。桌子的边缘放了两个墨水瓶，装了一半的墨水。一个瓶子的边缘是绿色，另一个是红色。他犹豫了。

"迈扎特先生？"

他赶紧转身。让内特站在门口的阴影处。

"我的墨水用光了。"他说道。

他注意到让内特的脖子是红的，前面的一两缕头发从发卡上散落下来。很奇怪，听到他这么说，让内特整个脸都红了起来。他明白这只是开端：平时他们都坐着，中间隔着桌子，现在两人不在平时的位置上，都没了平时的沉着冷静。他朝边上走了一步。

"你想去散步吗？"

"哦。"她黑色的双眸冷静下来，一瞬间她找回沉着，回答道，"谢谢你。那挺好呀。"

他们穿上外套，在门厅碰头，没有说话，离开房子，朝圣保罗大道走去。天已经大亮，街道上全是人，有很多东西分散注意力，不用去关注两人都没说话。古典装饰风格的尖塔、悬挂旗帜的法庭、石板屋顶上的凸窗在日光下闪闪发光。迈扎特带路朝植物园走。髂骨、骶骨、髌骨这三个词回响在他脑子里。他们到了绿色的大门口。

"我以前经常和洛朗到这里来。"他说着话，伸手摸了摸栏杆。

但他发现自己还是像第一次那样，并不怎么了解这座植物园，于是他放慢步子。他选择了灌木篱墙那条小路，之后就是漫无目的地随便走。春天给花床带来新的颜色，小路两边是怒放的紫罗兰。

"多谈一谈你自己呢。"让内特说道。

"你想要知道的是?"他们肩并肩走在一起，他挺开心的，这样就不必看着让内特，否则他会觉得说话艰难。

"我不知道哇。谈谈你的学校呢。"

"嗯，学校有一栋很长的建筑，就像这个。一侧是很大的大门，另一侧是博斯普鲁斯海峡。"

他觉得让内特不太想听这个，于是就改变话题，谈起以前跟着两个宿舍的朋友，晚上从橡树后面翻墙出去的经历。一次，他们从城里回来的路上被学监抓住了，就报上了假名字。

"萨米尔说他是伊兹阿丁·伊兹阿丁，伊尔汗说他是西米恩·西米恩，我说我叫阿罕莫德·伊本·阿罕莫德。好好笑。学监笑了，开车带我们回去，甚至没有处罚我们。我是说，其实我们并没有真正去哪儿，只是想在大街上走一走。有时我们买冰激凌吃。哈! 有自由，我们也不知道该怎么办。只是为了自由而自由。"

接着，让内特询问了不同的宗教，迈扎特想了想学校宿舍里的男孩子，列出了帝国的不同宗教团体。这显然也不是她想要听的。于是他就详细地描述了自己经历的一些细节，说纳布卢斯没有多少基督徒，但他的邻居女孩哈拉是。他们还是孩子的时候，经常一起玩儿。他们在柴房里过家家，他的提塔还给他们送茶。

"听起来是自由自在的童年。"

"是的，我觉得是。我们住在山脚下。我父亲常常不在家，因为他当时在开罗工作，现在也在开罗工作。我还很小的时候，有个保姆，但整体而言我是跟着祖母长大的。"

说得越来越顺溜，他就询问让内特本人的生活。他想，让内特会不会再讲一些她母亲的事情，但让内特并没有，他也没有问。让内特慢慢地透露了她在蒙帕纳斯小时候的其他事情，讲了一些好玩儿的故事，与迈扎特的故事相匹配。接着，他们到了温室前，这时她突然说在大学学习的时候觉得很不安，身处男人当中——说到这里，她大笑起来，阳光下她眼下的小细纹清晰可见。

第二天上午十一点，他们再次碰面。这一次，他们在附近走走，顺着车道瞅瞅别家的房子，看看百叶窗，还有在地中海暖风中裂口褪色的涂漆。他们不再谈论简单的事实和回忆，开始了推测：也许我感觉这样，也许我感觉那样。让内特对他大有兴趣，迈扎特感觉头晕目眩；让内特说的话成了风向标，他以此控制自己的热情。但是，他的快乐也是在风中飘摇，时不时地感到一阵阵强烈的焦虑。他胡思乱想，觉得别人会指指点点，时而感到隐私受到威胁；路过窗口的时候，他想象有人从上面看到的是没人陪伴的孤男寡女，变得心不在焉。有了这样的想法，他的思绪就回到老路上：先是想到学校的朋友，接着是他的族兄贾米勒，沾沾自喜地想着他们是否像自己这样邂逅女人。但这样的想法很快就沉了下去，迈扎特想到了洛朗，想到了洛朗与让内特若有若无的过去，想到了他对欧洲习俗的一知半解，也许男女这样并肩走一走，讨论一下童年生活，可能什么意义都没有。迈扎特费了很大心思，不去过度解读让内特给他的眼神，她说的话，还有她所包容的沉默。对他而言，这一切都是新鲜的。可想而知，对于让内特，这一切并不新鲜。迈扎特疑心她以前也经常和洛朗散步，只需要这么一想，往往就可以遏制住他心猿意马。迈扎特明白，只要问一问，很有可能会扫清忐忑，但他无法鼓足勇气询问洛朗的事情，甚至无法提及洛朗的名字。

一天上午，他在卧室学习，等着到时候在大厅与让内特碰头。这时，他听到楼下传来哭声。他犹豫了一下，决定原地不动，装作什么都没有听到。哭号的声音越来越大。嘎吱一声，楼上的一扇门打开了，让内特的声音：

"到底是怎么回事？"

迈扎特打开门，看到乔金从客厅冲出来，激动得满脸通红。她抓住楼梯下面的栏杆，就像是抓住牢房里的铁栅栏一样。

"求你了。"她一边说话，一边咔咔摇晃栏杆。

莫里诺博士紧跟着走出来，举着两只手，手里拿满了信件，阴郁地抬头看了一眼站在走廊里的迈扎特和让内特。

"很抱歉，但我们负担不起了，"他说道，"真的是非常抱歉，乔金。"

"发生了什么事？"让内特说道。

莫里诺瞟了一眼迈扎特，显然是不情愿地说道："大学经费收紧。我刚才看了一下数字，我们没法继续雇佣家政服务。我们只有三个人，我们不需要——"

"不。"乔金说道。她嘴巴扯得老大，眼泪又从脸上滚落下来。

"很快他们就会开始配给制。"

"我可以问问我父亲。"迈扎特说道。

"不，不不不。"莫里诺挥舞着一只手。

"你家人在哪儿？"让内特说道。

"她来自诺曼底，"莫里诺说道，"乔金，你听我说。"

"我应该离开吗？"迈扎特冲着让内特，不出声地做着嘴型。

她摇了摇脑袋，低低地伸出手，表示他留下。迈扎特似乎觉得，这只手指代了他们秘密的散步之行，拉紧了他们之间的纽带。

"你担心家人？"莫里诺问道。

乔金抽泣着，吸了一口气，点点头。"求你了，教授，主人，求你了——"

"我们冷静地谈一谈吧。乔金，看在上帝的分上。"看到乔金双手掩面，再次爆发，他补充了一句，"你必须平静下来。"

乔金慢慢平静下来。她继续用各种夸张的头衔称呼莫里诺，这可能助了她一臂之力，他们惊讶地看到她进而说服了莫里诺，让她留下，工资低一些，等进一步的通知。

那天，迈扎特和让内特没去散步。让内特帮着乔金关闭了几个房间——奶油色的客厅，客房，皮松的套间，她们在家具上蒙上了白色床单。沉默中，他们疲惫地用了餐，乔金两颊肿胀，泪光闪闪地伺候他们吃东西。

死亡人数攀升。每天早上，他们都看阵亡名单：4月28日有玛丽安港口的约翰·勃特朗；30日有莫瑞斯·卡里根；5月初，牙科医生的儿子让·里瓦尔死在圣朱利安；几天后，巴兹尔·瓦隆死在了伊普尔。蒙彼利埃的所有大型建筑——修道院、神学院、大学和高中，都塞满了病床，住满了受伤的士兵。让内特自愿报名去给康复期的士兵读书读报。午餐后，她就拿着书和杂志，和迈扎特一起走路进城，听得到主路上农妇们抬着担架唱歌的声音。有时，他们看得到这一摇摇晃晃的大部队：四个女人抬一副担架，裙子挽起来打了个结，免得妨碍走路。

他们去年说过的，不过是几个月的事情。城里的海报已经开始剥落；有些更久远的海报已经落光了。士兵在亲吻孩子，丰满的女人兴高采烈地在厨房忙碌。年老的男人把包裹递到战壕里，旁边一面破破烂烂的三色旗在飘舞。如今，蒙彼利埃很少有聚会和派对，如果人们还聚在一起，全都在谈论前线的消息。

在莫里诺家里，死亡故伎重演，它解开真相，放松人的警惕。一片悲伤中，让内特再也无法陷入无知无觉的状态。她的思绪回到了她母亲身上，而她听之任之。她把迈扎特当作了倾吐对象。

五月的一个上午，他们坐在平台上，手里拿着书却无心阅读。面前的草地上散落地开着野花，平台的前端与草地相接，嫩芽冲破石板之间的水泥灌浆，冒出头来。

"不，跟超自然现象毫无关系。"她说道。乍暖还寒，让内特受了一点儿凉，嗓音有点嘶哑，"全是她自己。我认为她故意让自己生病。我认为，这样她就可以关注生病这件事。因为一旦好转起来，她就会做极端的事情，比如暴饮暴食让自己呕吐，或是饿着肚子，在下雨的夜晚不穿鞋子就离开家。后来，他们说她是癔病患者，但我一直都不认可。"

"癔病，"迈扎特手托着下巴，说道，"是的。"

"我只想要母亲，但我不能碰她。"

"我也一样。我对父亲也是这种感觉。"

"不是你母亲？"

"嗯，她去世的时候，我两岁。有时，我觉得我对她有记忆。但记忆模糊，我不能确定。我记得她坐在地板上，双手正做着什么事情。我不知道。"

"我对母亲全部的记忆就是她脸色苍白地躺在床上。生病是她感觉最幸福的时候，我很确定这一点。她得流感什么的时候，我经常到床边去看她。不奇怪吗？她没病的时候，就是个可怕的人，是鬼魂，这种时候我是恨她的。家里一片混乱，她甚至打……仆人，打得他们到处跑，我父亲……但是，那种病，就是她身体好的时候。我的意思是说，现在要想象这些事情都很艰难。我知道的并不多，不过是我父亲零零散散说的一些话。有些事情，我记得。但即便如此，我们又怎么知道它是否真实呢，正如你说的那样，是否是我们自己编出来的呢?"

"但你可以给我解释一下吗，"迈扎特转过身来，面对她说道，"我依然不怎么明白。精神病学要到了第三年才开课。"

让内特轻轻笑了，叹了一口气，表情严肃。"以前称之为神经病，"她说道，"就是说，神经学的，脑子里面的。你不明白的是哪一部分?"

"她生病的时候，是她最幸福的时候。"

"啊，嗯——我也不明白。只是我记得就是这么一回事，她的时间一分为二，要么是身体有病，要么是身体健康。只有她生病的时候，我才能见到她。你明白了吗? 我的意思是说，这位女子基本上随时都在自己的卧室。后来有一段时期，西尔万常常来，她似乎又好了些。她没躺在床上。他经常来用晚餐，妈妈也在，他会给我带小礼物。我记得那些玻璃葡萄，就像这个，紫色的葡萄，柄是木头雕刻的。反正西尔万来做客，有几年的时间。我不记得究竟发生了什么。但她自杀是始料未及的。那年我十六岁，我给你说过的。"

"是的，我很难过，让内特。真的。那是悲剧。"

"嗯。有一段时间，我想得很多，想要把事情理清楚。后来，我意识到，纠缠这些事情，没多大意义。我有一种感觉，我觉得她生病的时候，就像是她用石头堵住了大门，这样她就无法离开家，然后就一天天地扒石头，一块块地扒，最后就能看到外面的街道。到了她能够自由走出去的那一刻，她就开始捡新的石头堵门。我真的认为……我认为她真的是想要分散注意力……我认为对她而言，活着很辛苦。我不知道，我什么都不知道，这只是我父亲告诉我的，有些事情是洛朗几年前读到的。"

"洛朗。"

"是的。"

顿了一下。迈扎特试探道："我想他。"

"我也是。"她抽了一下鼻子。这有可能是她着凉的缘故，"上周我收到他一封信。"

"哦，"迈扎特抑制不住地惊讶，"他好吗？"

"他还好，身体也好。事实上，他很快就要回来了。你想要看信不？"

"私人信件的话——"

"根本不是。老实说，他居然还有时间写信，我挺惊讶的。等一下，我跑上楼去拿。"

他走在池边打发时间，脑子突然一抽，巴不得洛朗死了才好。但是，洛朗英勇就义，让内特可能会因此对他追思绵绵，情深意长，从而破坏了洛朗消失的大好局面。冬天过后，池水上涨，粼粼波光反射到了围墙的内壁上。墙壁下面覆盖着一层青苔。他转过身，让内特手里拿着一个信封，已经回到了平台上。她朝着迈扎特走来。

"拿去看吧。"

亲爱的让内特，

　　最终我被派到了达达尼尔海峡[1]，而非伊普尔。我在"皮奥奇号"巡洋舰上，在一个名叫巴斯蒂安的英雄手下工作，他已经有了五道杠。大多数的小伙子都来自里昂和土伦[2]。两天前，我们团开始攻取库姆卡莱，欧洲海岸这边来了更多的法国人与英国人。他们说我们的人倒下了四分之一。要在拥挤了数千人的船上建起一座医院，即便是有数周的时间也艰难，更不要说在战斗之中。战事最吃紧的时候，几乎所有为伤员安置的船舱依然住满了士兵，所以我花了一下午的时间把工具包和邮袋拖到

---

1 位于欧洲和土耳其的亚洲部分之间，连接马尔马拉海和爱琴海。
2 法国东南部港口城市。

厨房，装上杀菌袋、绷带和药品。

从黄昏到黎明，护送船运载着伤员，一艘艘地接踵而至，我们不停歇地工作。我在船上的游戏室里，这里我们有几张大桌子。我当然是资历浅，可一旦身处其中，所有的等级都抛在了脑后。第一位伤员是塞内加尔人——他不省人事地躺在筏子上。一颗子弹穿透他的耳朵，还有两颗穿透他的腹部。到了中午，他没有清醒过，就死了。接着是一位一级下士，弹片打碎了他的胸膛，有那么一瞬间，我看到了他裸露的心脏，还在跳动。让内特，我学什么东西，从来没有这么快；真的，医学院老院长里沃说的"观察和推论"就成了笑话。

过去的两天两夜里，达达尼尔海峡的景象真是难以想象。你可以看到库姆卡莱海岸上死人成堆。欧洲这边，克里西亚在燃烧。叶尼塞尔的前面到处都是船——战舰、巡洋舰、巡弋舰艇、疏浚船，整个舰队包围了这个半岛。"皮奥奇号"巡洋舰上，每个角落都是睡觉的人。今天上午，大炮的烟尘与清晨的薄雾混合在一起，处处水深火热。

昨天一整天，整个加里波利半岛似乎烧了起来——赛德埃尔巴尔城堡在燃烧。澳大利亚人加入我们的队伍，朝着亚洲那边的库姆卡莱海岸直接开火，排山倒海的烟尘和火焰。"查理曼号"[1]战舰的炮弹飞向伯西卡湾，士兵在餐厅待命，有人搞到了一台留声机，放着音乐，弄得就像世界末日一样。从那时开始，我们的战舰就没有停过火。我们是辅助舰队，但即便这样，今天我们也看到一颗炮弹落到眼前，一秒钟后，看到了炮弹击起的巨大水柱；之后一颗颗的炮弹就从我们头顶上呼啸而过。我们被击中数次，因为船体单薄，单枚炮弹就能造成很大的破坏，

---

1 法国海军建造的前无畏舰船级。

要做的事情越来越多。

　　到了十二点，叶尼塞尔被摧毁。"皮奥奇号"把火力瞄准了印特佩，我们都到甲板上去看。炮击持续整晚，船身都在颤抖。到了上午，我们看到前线尸体成堆，有三百米长的距离。

　　够了。看到了这么多，能够写出来，感觉很好，但我希望读起来不会让人心烦意乱。我希望迈扎特一切都好，医学课程一切顺利。现在想起来，感觉非常奇特。我还在用他的表计时，但不能让别的士兵看到上面的土耳其数字。等这次战役结束，我就可以休假，他们说可能是下周，或者是下个月。不管是下周还是下个月，我都期待看到你们二人。

深情的

洛朗

1915年4月28日

　　"他要回来了。"

　　"这场战斗在星期五结束的。我们还没有接到泽维尔的信……"她把信封翻了过来。

　　"你爱过洛朗吗？"他强有力地说道。

　　"什么？"

　　"洛朗说过，他爱你。"

　　让内特瞪着他。"他什么时候告诉你的？"

　　迈扎特听得到自己血液奔腾的声音。他低头看着自己的鞋子。"上次派对的时候。"

　　"迈扎特，"她费力发出了一声嘶哑的喉音，"我——我不知道应该说什么。"她伸出一只手，拿回那封信。她沉下脸，看起来心烦意乱。

　　"让内特，请原谅，我很抱歉。"

她走开了，迈扎特还留在草地上。她爬上楼梯，裙子合拢又展开，合拢又展开。

晚餐的时候，她没有看迈扎特的眼睛。第二天早餐过后，迈扎特在平台上等，但她没有出现。他没带雨伞，去了医学院，就有那么巧，刚走几分钟，天开始下雨。一把把的雨伞在他身边撑开，他吧嗒吧嗒地走过水洼，袜子湿到脚踝。不一会儿，整个大街上到处都是明晃晃的水。等他到了迪热斯礼堂，外套升腾起一股湿羊毛的气味。

7

弗雷德里克·莫里诺博士在大学的办公室比家里的书房小，远没有那么气派。但大多数日子里，他都在大学办公室工作：如果下一篇论文后还想要升职，他需要突出自己在大学的存在感，也就是说，要尽可能地待在大学里。他上午八点到，一直上课到中午，然后退到办公室做研究，有学生来，就回答学生提问。现在也没剩多少学生；礼堂里，一个人对着七八个学生讲课，其中大多数都是女生和外国人，学生们因无尽的悲伤而神情迷离，两眼无神地盯着莫里诺和他的教鞭。

办公室是二楼角落的一个房间，有两道双开弹簧门，尽头的门上有毛玻璃窗。办公室的窗户朝西，他可以看到下午的太阳和庭院。办公桌上方有两幅水彩画，描绘的是埃罗河的景致。门厅另一边的办公室都看得到真正的河，那是莱兹河的一条小支流。弗雷德里克的桌子靠窗户摆放，他的酒放在一个低矮的柜子里，放不进书柜的书摞在柜子上。客人或是学生来了，椅子归他们坐，弗雷德里克则坐在桌子上。弗雷德里克发现自己经常惦记系上其他的宽敞办公室，因为战争的缘故已经空出来的，但当然了，这是不能开口问的事情。

门开了一条缝。"晚上好，弗雷德里克。"

"帕特里斯。进来，坐吧。"

弗雷德里克坐到桌上，一只脚放在开着的抽屉上。

"晚餐是什么时候，我给女儿们说……"帕特里斯把帽子挂在门背后。

"我记得说的是八点?"

"好。"

"喝点什么，我有威士忌、苦艾酒——"

"苦艾酒吧。"

"哦，抱歉，喝光了。"

"那就喝杯白兰地——那是白兰地吧。研究进行得怎么样?"

"有几个想法。有些进步。你知道的，奇思异想就只能试着来。"

"说说看呢。"

弗雷德里克摇晃着杯中酒。最近，帕特里斯对人类学有了兴趣，他的确是感到了威胁。他依然依赖于帕特里斯给他意见，只有面对帕特里斯，他才觉得自己可以畅所欲言，而不担心评价。部分原因也是因为帕特里斯一直不是本系的人，他们如有竞争，更多的是个人的竞争，而非专业上的。帕特里斯头脑聪明，即便是起步如此晚，要在这一领域成就事业，也是可以的，但他并没有这样做。正如他自己说的，他只是"都老糊涂了，随便玩玩"。去年他出版了动物行为的那本书，他甚至说是"尊驾给我的灵感!"。弗雷德里克的反应是一阵恐慌，带着新的热忱一头扎进了自己的研究中。很显然，专业发展不足以成为弗雷德里克·莫里诺的动力；要往前走，他需要面对面的对手。

"首先，"弗雷德里克一边说，一边用脚后跟把抽屉往外推了点，"语言。"

"继续。"

"语言和文明的进步。"

"嗯。听起来很——"

"德国，是的。我要等战争结束才会发表。我的意思是，我还没有开始写。我的文献*阅读*还没有完成。"

帕特里斯一只胳膊肘放在椅背上，肩膀耸起来。"所以，这是文献学的论文？"

"说实话，我也不确定。我有两条线索。是的，其中之一是文献学的，把文献学和发展连接起来。词语可以偏移语法规则，为什么人不可以呢？这到底意味着什么呢？我现在具体思考的是这一点与穆斯林的关系。"

"伊斯兰世界的文化。"

"可以说这一类的事情吧。"弗雷德里克不尴不尬地笑了几声。

帕特里斯皱起了眉头。"当然，我对决定论是很有兴趣的。"

"不，当然不是。但我的意思是说，在我看来，这一类的事情比普遍性的大进程更有意思——坦率而言，我觉得有些末日的意味……那么，至少在我看来，问题就来了，人可以在多大程度上修复偏差。你明白我在说什么？"

"你的意思是说，可以教他们去顺应大多数人的社会？"

"多多少少吧。比如说，自由的价值。他们的宗教文本中，这一点是不存在的。"

外面路上传来一辆汽车的声音。帕特里斯的目光锁在了弗罗德里克身上，说道："你想的是你家那位东方人。"

"迈扎特？"弗雷德里克说道，"嗯，事实上，是的，他的确是给了我一些灵感——我的意思是说，显然，这是阿拉伯人可以教导的证据。"

"只是因为他是个学生，"帕特里斯摇了摇脑袋，"富有的土耳其人一直都打发他们的儿子到国外读书。你谈论的是整体的文明。总是有例外的。这里有点脱节。"

"但你看，语言方面呢。洪堡[1]说——"

"不要引用德国人的话，外面走廊有人。我并不喜欢言败，但我还是要指出，你不会阿拉伯文。"

"是的。这也是我所担心的。"他的中指轻轻敲打酒杯，"但我真的……帕特里斯，不是每个人家里都住着一个——如此不同寻常……但是，没错，现在只是想法而已。正如你所说的，如果我要引用德国人的——德国人的*世界观*，我就必须等待。我想要更多的实证。你也说了的。你是正确的。一贯如此。"

弗雷德里克小口喝着酒，看着自己的朋友。帕特里斯抬眼看着窗户，嘴巴收拢，嚷了起来。

"我觉得可能会有意思。雄心壮志呢，弗雷德里克，不懂语言就更是如此了。你知道的，我并不是想让你泄气，也许再想想吧。但如果你要用德国学问做框架，很棘手的，你知道吧？也许值得等待吧。"

帕特里斯说得对，弗雷德里克是雄心壮志。但他雄心壮志的方式很特别。二十多年前，他在巴黎高等师范学院第一次出版著作，很快就升了职，他当然是高兴，但这一胜利很快就被吸收同化，胜利通常都是如此；他最长久的快乐反而来自同事埃米尔的反应。埃米尔雅量，祝贺弗雷德里克，赞美了他著作的广度，说他突破了学科的界限，即便这些边界是在人类学范围内，也"令人敬佩"。但弗雷德里克在他的大度中听到了嫉妒的意味。在埃米尔讨论的笔记中，他觉察到了敌意；之后在餐厅，埃米尔招呼他，他瞥见了傲慢。看到这些，弗雷德里克乐不可支。

然而，在蒙彼利埃做了四年讲师后，他还没拿出晋升教授所要

---

[1] 亚历山大·冯·洪堡（Alexander von Humboldt, 1769—1859），德国人，科学家，与李特尔同为近代地理学的主要创建人。

求的论文，与此同时，作为讲师而言，他的年龄变得越来越尴尬。去年帕特里斯的著作出版，他大受刺激，而现在战争放大了他的青春——他正好是不用上战场的老年人中的年轻人，如果再年轻十一个月，就得去打仗。弗雷德里克受到刺激，想要趁着系上人迹罕至之际，再现昔日光辉。他要像最初那样，继续突破学科边界。如今，大多数学者都无限专业，在一块领域上精雕细琢，成了单一细节、单一尘埃上的专家。他们带着宗教般广阔而含糊的信仰，觉得自己的小小一隅终将为某一整体贡献力量。多么沉闷乏味的生活。弗雷德里克是建筑师，不是木匠。这一次，他甚至要超越人类学的界限。他的新领域是文献学——文字的生命，引领人们带着崭新的范式重回人类过往的生活。

但这里有个技术问题，他用的是德国思潮。男人们在战场浴血奋战，他还能怎样呢？秘密研究。他只带法语笔记到大学来，唯恐同事看到德文，惊呼叛徒。

然而，帕特里斯·诺兰和大多数人不一样，他对这场战争持强烈批判的态度，而且无心掩饰这一点。弗雷德里克知道，如果他碰巧引用了莱茵河对岸某个学者的观点，也只有帕特里斯不会大惊失色。

他们喝完杯里的酒，戴上帽子，走路回去用晚餐。街道空荡荡的，夜幕渐渐降临。

"第二个是什么？"诺兰说道。

"第二个什么？"

"线索。你说有两个线索。"

"哦，黑格尔。他有一段关于洪堡的话。他说，古希腊人的艺术和哲学大多来源于东方，从巴比伦等等地方。埃及。帕拉斯·雅典娜来自数位月亮女神的形象。这就再次回到了东方偏离了前进路线的问题，但也让我想到了其他的一些东西——源头，原始形态。不管怎样，思想的火花激发了出来。我必须吹一吹，看是否能够燃烧起来。"

车停在车道上，玻璃上已积起了灰尘。

"晚上好，乔金。"

"晚上好，先生。"他们进门的时候，乔金行了一个礼，"让内特小姐和迈扎特先生在平台上。"

弗雷德里克领着帕特里斯走进蓝色客厅，透过玻璃看到他的女儿和那个阿拉伯人。火光照在他们身上，长长的身影落在草地上。让内特吸着一根香烟，她转头看了他们一眼，一股风吹来，头发刮向一边，露出一点白嫩的头皮。她拿开香烟，打开玻璃门。

"晚餐时间到了？"

"快了。女孩子们还没有到。西尔万也还没有到。"

她往后一退，让迈扎特先生走进房间。

迈扎特鞠了一躬。弗雷德里克看到他穿着黑色袍子，知道他上午去了诊所。迈扎特还没换晚餐的礼服，挺奇怪的，甚至挺好笑的。也许这孩子很是骄傲于自己的教育，想要展示吧。但等迈扎特坐下来，诺兰询问他这一天的情况，他一板一眼地回答，显得非常严肃。他肯定是在医院看到了可怕的景象。或者他只是担心即将到来的考试。想要进入第二年的学习，必须要考得好。至少这是弗雷德里克所期待的：迈扎特先生会如何表现，肯定非常有趣。

弗雷德里克几乎都猜对了。想到第一年的评估考试，看到医院里战争的死伤，迈扎特的确是感到焦虑，而且越来越怀疑自己能不能成为医生。但弗雷德里克没能猜到决定性的因素，在这一因素面前，其他的都算不得什么。虽然弗雷德里克了解人类的大脑和社会，他和其他所有的人类学家一样，也知道婚姻的举足轻重；但除了本人的经历，他从未想过爱情对男人的生活有什么影响。正因为爱情变化无常，往往无法分析，才是人类学中几乎没有研究过的东西：

人成为爱情的俘虏，也许会视其为疾病，或者感觉是恩典。爱情表现出来，往往只是焦虑。既然弗雷德里克从未想到这位阿拉伯年轻人会坠入爱河，也就无法目测诊断出迈扎特痛苦的主要原因。

上一次在草地与让内特交谈后，已经过了一个星期，这期间让内特一直处处回避他。白天，整座房子似乎空荡荡的，只有乔金提着一桶肥皂水走在过道里的时候，才听得见脚步声吧嗒。让内特显然是整日待在卧室，迈扎特只有在用餐时才看得到她，时间也短，她总是晚于迈扎特到餐厅，而先于他离开，整个过程都低头看着盘子，只有裙子窸窣的声音和毫无表情的面孔，这样的面孔他真是无法揣测。显然，她都是趁着迈扎特不在的时候经过走廊。有时迈扎特觉得听到脚步声，马上打开门，要么就是晚一步，要么就是看到乔金吃一惊、吓一跳，手一抖，桶里的水溅到地板上。深感痛苦的时候，他觉得除非是不顾礼节，不顾主客之道，站在楼梯口大叫让内特的名字，否则再也没法接近她。

那天，他嫉妒洛朗，当然是无凭无据，甚至可能是缺少知觉，但那仅仅是因为他爱让内特。他不能理解，到底是什么如此冒犯了让内特。或许让内特与洛朗一样，也是对迈扎特无感，所以迈扎特的嫉妒让她觉得尴尬？或者他的坦率怎么都是唐突的，从而破坏了和睦而周到的微妙关系？这一点肯定是真的，他也是知道的；但他认定唐突粗鲁就是真实人生的一部分，如果最后的结果很好，人们通常不会把这样的唐突放在心上。或者，让内特本来就爱着洛朗，迈扎特的问题触动了敏感的神经？他看了那封信——他读过很多英雄传奇故事，明白男人身处他乡，女人的感情会有怎样的变化。而且，洛朗身处险境。而且，洛朗要回来了。所以，他无能为力：如果让内特不爱洛朗，就是不爱。如果让内特爱洛朗，就是爱。

迈扎特还是个孩子的时候，爱过纳布卢斯的一个女孩：她叫哈拉，就是他给让内特提过的基督教女孩。她住在城边，是贫穷的农家人，距离卡迈勒家并不远。迈扎特小的时候，提塔鼓励他星期五带上一袋袋的面粉和鸡蛋过去。他常常会用白布卷一把砂糖，藏在口袋里，也带过去。

哈拉的头发是红色的。有人说，她的祖先是数百年前定居此处的十字军；但她父母和兄弟姐妹都不是红头发，她家人否认这一点。哈拉的头发根部颜色深，末梢是淡橘色，就像是阳光冲洗掉了头发的颜色，她肤色苍白，上面有雀斑。迈扎特对哈拉是孩子之间的那种爱；他喜爱哈拉的美丽，她的气味。在他的心目中，哈拉的气味是淡淡的白色，想到哈拉，就想到夏日在柴房坐在她身边，望着门外不平整的土地和一簇簇的绿色。他十一岁后，就不可以再与哈拉在一起。哈拉也像穆斯林女孩一样，戴上面纱，待在家里。后来，迈扎特离开纳布卢斯去了君士坦丁堡，再也没有见过哈拉。

当年，除了他知道的几个词，他对哈拉的喜爱是难以名状的，他常常悄声对哈拉说要娶她，小哈拉就咬着嘴唇微笑。即便是七八岁的年龄，他们也知道羞耻，也知道未婚夫和未婚妻不可以长时间单独相处，也知道财富和信仰的差异会在他们的家庭之间引发问题。所以，"结婚"是秘密的字眼儿，他轻轻对着哈拉的耳朵说出来，他们的小手握着装了薄荷茶的杯子，茶还冒着热气。

到了君士坦丁堡，他对爱的理解变了。苏塔尼亚学校的课程让他接触到伊斯兰教之前蒙昧时代和阿拔斯王朝[1]的诗篇，他都默记在心。他还接触到了语法学家的编年史，伊姆鲁·盖斯的作品，爱情诗和加萨尔抒情诗[2]。有些篇章是在课堂上读的；有些篇章是从书上撕下来，或是伊拉克男孩拉菲克誊抄后（他的字写得最好），他们躺在铺

---

1 公元 750—1258 年统治巴格达的各哈里发王朝。
2 中东和印度文学与音乐中的一种抒情诗，诗句数目固定，韵律重复，多以爱情为主题，通常有配乐。

位上传阅的。这些古老的故事经历过岁月的沉淀，千锤百炼，模糊了迈扎特对哈拉孩子般的情感；故事中，美丽女子让人痴狂：模糊的身影让男人五脏俱裂，神魂颠倒，诗篇的幽灵无法无天，催眠了内心的耳朵。学校里没有真正的女孩子，但他们夜晚出去探险的时候，迈扎特和他的朋友们会戏言在街上遇到年轻的女子，但他们最多只是在别人家门口看到裙子闪过。他们在夜色中路过博斯普鲁斯海峡，听到水声哗哗，讲起话来兴奋高亢，暗示自己通晓男性的身体，还熟知异性的身体，摆出欲说还休的架势，只是为了体面才有所保留。

哈拉作为女性的形象在迈扎特心中留了下来。除了提塔、莱拉，还有长得有点像他姨妈的母亲，他能勾勒出来的女孩面孔只有哈拉。哈拉不会长大：一直都是十岁；她总是一头长发，末端呈三角形披在肩头；她的膝盖上总是有泥巴。伴着烛光在诗歌中得到的抽象概念无法体现在哈拉的面孔和身形上，她是不变的，没有性别。这些古诗在迈扎特心中聚集力量，形成了一种更为模糊的憧憬，它没有具体的面孔，它渴望有肉身，却在否定中滋生蔓延。有血有肉的女人无法消除诗人的疯狂，这种疯狂是女人在诗人灵魂中的印记，是真爱本身的理想回音，是诗人心灵与女人生命的混合物。迈扎特到法国之前，对爱情的了解就是这些，而提塔加固了他的这种认知。学校放假，他在纳布卢斯的时候，睡觉前总是要求讲故事，提塔就开开心心地躺在他身边，松弛的乳房垂在身体两侧，给他讲述自己零零碎碎的过去，讲述那些差点意思的爱情和私下相会。提塔以过去为掩护，讲起她待嫁时爱过的那个男人，一字不差地复述她对那个男人的预言，那人是穷亲戚，数月在她的阳台上留下茉莉花，后来她出嫁，成了富商阿布·塔希尔的妻子。憧憬的故事只是故事。渴望就等于是占有。

但在莫里诺家里，情况似乎不一样，迈扎特措手不及。他读的书就不对。最近，他感觉说出来的法语更含糊了，就像是一张屏风，把他想说的东西隔在外面。每天，他的身份更多的是个傻子，是个外国人，无法控制自己想表达的意思，迷失在多元语言的狂野中。让内特不是回音，不是他可以勾勒出来的任何一种真爱。他觉得自己似乎渴望她这个人本身，不是她的印记。他想要一次次地听到她的声音，看到她的眼睛——但如果她对嫉妒的反应这么糟糕，他如何去表达这种欲望呢？提塔似乎享受渴望的感觉，但他不喜欢那样去渴望让内特。即便是待在这栋房子里都让他痛苦，因为让内特也在同一屋顶下，在另一个房间里，却选择不和他说话。与此同时，他却拒绝走出这栋房子，因为可能会错过碰到让内特的机会。所以他等待，时刻准备的状态让他疲惫不堪；用餐时苦苦想要与她对视一眼，盯得他心紧；他希望在大厅偶然碰到让内特，他心烦意乱，羞愧尴尬，心情沉重，让内特对他继续不理不睬，那种笨拙而易爆的欲望只是与日俱增。

　　与此同时，以前那种隔绝的冲击感卷土重来。不仅仅是隔绝，而是他在开往马赛的邮轮上感受到的更为纯粹的孤独。课堂上，去学院的路上，晚上躺在床上，他感觉躯体的轮廓发硬，挤压得他难受。他对这种感觉没有好奇，只有纯粹的痛苦。感受到自己的四肢是一种痛楚，他想要逃离出这具躯体，去往别处；但他被锁死在躯体中，只有入睡才能逃离这种压迫。甚至睡眠也不能让他舒缓，他起床就疲惫，等到晚上回到家，已筋疲力尽到无力换下穿了一天的袍子，他就那么着坐到餐桌旁。

　　那天早上，莫里诺博士宣布西尔万·勒克莱尔和诺兰一家要来赴晚宴。从医学院回来，真是千载难逢，迈扎特碰巧从卧室的窗户看到风吹起来的黄色丝绸。后来，他琢磨这是不是故意为之，是不是让内特知道他在等待信号，就一直让他等，然后发出信号。

　　他打开玻璃门的时候，让内特没有转身。他走进天台，保持了一定的距离，望着渐渐暗下来的草地。开口很难。最后，他终于说了出来："我很抱歉。"

一段沉默。

"嗯，这还差不多。"

让内特说话的语气就像是道德权威。他整个人转了过来，难以置信地瞪着让内特。让内特或是无动于衷，或是没有看到，她没有直视迈扎特的眼睛，递给他一根香烟。他摆手婉拒。让内特甚至没有注意到他的动作，她透过玻璃门看到了她父亲，走过去开门。

晚宴是一只烤鸡，八个人分——莫里诺博士、让内特、迈扎特、帕特里斯·诺兰、玛丽-特蕾莎、卡罗尔、西尔万·勒克莱尔，还有在厨房用餐的乔金。鸡盛在盘子里，淹没在用龙蒿叶调味的豆子里。枝形大烛台之间蹲着一罐罐勾芡的肉汁。厨房门开着，热气传来，在春夜凉凉的玻璃门上凝成了水汽。

他们前倾后仰，在烛光中进进出出，脸上或明或暗。烛光下，西尔万的眉毛在他球形的额头上投出夸张的阴影。莫里诺博士磕磕巴巴地念了祈祷词，刀叉叮当响起来，还有彬彬有礼的轻声交谈。

"男人在军事管控的军工厂制造武器，男人穿上军装，拿起一支枪，"诺兰突然说道，"这两者到底有什么不同？"他擦了擦嘴唇。"这些界限都是我们想象出来的。只有妇女儿童算作'平民'吗？我或你，弗雷德里克，又是什么呢？我们也没有能力自我防御吗？"

莫里诺手一伸，做了一个考虑的姿势。迈扎特觉得莫里诺仰慕诺兰，想要语出惊人。就那么一瞬间，他对自己主人的理解变了，他在莫里诺身上看到了渴望。他想到了莫里诺的妻子，莫里诺是否还像他女儿一样继续痛苦呢。

玛丽-特蕾莎飞快地吐了一下染着葡萄酒的舌头，吃吃地笑了。

"我和卡罗尔在奥古斯特·孔德[1]学校做志愿者。数学练习题鼓励孩子们购买战时公债。"

"我的女儿们都成了战争教母。你知道这是什么意思吗？"诺兰先发制人地眯缝起眼睛，而且还噘起了嘴唇，仿佛是在话出口之前，品尝一下它们的味道。

迈扎特摇了摇头。

"意思是说她们给士兵写信。但她们并不知道收信人是谁，就装作知道的样子写。这是为了慰藉士兵，一封来自他们'教母'的信。"

这三个法国人大笑起来。

"我觉得这个想法非常好。"让内特说道。

迈扎特点了点头，想要捕捉她的目光，没能如愿。西尔万发出低沉的笑声，让内特猛地转头望过去，头发都飞了起来。另一段记忆浮出水面：让内特在房间的另一头，闷闷不乐地与西尔万说话。他想起这段记忆的同时，心中回响起强烈的不快，还有一种莫名地想要保护让内特的紧迫感。

"但我们还是那种波澜壮阔的战争观，"诺兰表面上是对着莫里诺博士说话，但声音大得餐桌旁所有人都听得到，"我们继续骑兵攻击，风度翩翩，拿破仑，你知道的？那些绚烂的丰功伟绩。卡尔丢了塞巴斯蒂安的时候，我在现场，所以我不是凭空捏造。我只是说这些光鲜的东西会褪色的。"

"嗯。"

"普鲁士战争的时候，弗雷德里克，我们还小。但我的哥哥上了战场，即便当时还是个孩子，我也记得战争的痛苦和卑劣。我们从未见过现在这样规模的战争，无论从任何角度出发，这可不是什么

---

[1] 奥古斯特·孔德（Auguste Comte, 1798—1857），法国著名的哲学家、社会学和实证主义的创始人。

丰功伟绩。"

桌子对面传来叹息声。叹气的人是让内特。

西尔万说道:"帕特里斯,我们都知道这不是。"

迈扎特心想,这场景真是奇特。三个男人年纪太大不用上战场,一同用餐的还有三个年轻女子。这是一个由女人、父亲和残疾人组成的世界,他本人则是稀罕物,不仅是阿拉伯人,还是年轻男子。一时间没人说话。迈扎特决定要说话。心里有点乱扑腾,他清了清嗓子。

"亲爱的博士,我也考虑了一段时间。"

所有的人都看着他。

"有一次,你问过我一致性的问题。"

莫里诺有些惊讶,但也很开心的样子。他胳膊肘放在餐桌上,十指交叉。

"我一直在想,"迈扎特说道,"因为事出必有因,不一致的东西总有原因的。我一直在研究牛顿。"他笑起来,本以为眼前的长者会露出纡尊降贵的笑容。但诺兰和莫里诺只是继续期待的表情。"莫里诺博士和我当时在讨论什么是一致性,是否存在于我们的本质当中,或者——但我现在认为它是二者的组合,"他两手摊开向上,上下摇晃,就像是天平一样,"覆盖了不少关于人类的问题。我们之前的谈话一直在我脑海里,我认为它肯定与起因相关。我们伊斯兰的哲学家中有一位叫伊本·鲁世德,他有句话很可爱,他相信有始有终……"迈扎特立刻觉得伊本·鲁世德的观点与此似乎没有关系,"我的意思是说,如果某件事情看起来没有起因,通常是因为反常……至少与人体相关的问题是这样的。即便看起来没有原因,但*总是*有原因的,可能是原因隐藏起来,变得隐晦,我们可能会因此得出身体内部肯定出了大问题的结论,看起来没有原因的反常……比如说皮疹,或是疲惫,或是奇怪的疼痛……总是某种看不见的东西的症状。同样的，我认为，如果有行为上的异常，我们看一看人的精神和性格，总会找到其原因。如果我们能把精神映入人体，如果可以的话，如果我们看到动机和经历，我们*依然*找不到不一致性的原因，那往往就意味着有东西出了严重的问题，有东西引发了异常的行为。比如说，疯狂。"

他独自一人在往返医学院的路上有了这些想法，还没有想好要讲给别人听。他并不确定这些想法整体上是否站得住脚，但他喜欢反复想，并且暗自欢喜，觉得自己头脑不错，就像他之前通过白日梦对自己的身体产生自信一样。但是，关于不可见的这番话一出口，他突然就看到其中的瑕疵，他忽略了其他看不见的原因。当然，在所有看不见的存在中，上帝就是关键的存在。

"听起来挺有意思的，"诺兰说道，"看不见的原因是病理学的标志。但也可能是诡辩。让我想一想呢。"

诺兰的语气让他很受用，但迈扎特知道，自己是碰巧带上了二语习得者的那种肯定语气。他看了一眼让内特，希望得到赞赏。但他看到的是一双出离愤怒的眼睛。

"等一等，"诺兰说道，"你的意思是说疯狂是一种分立的看不见的原因？还是说疯狂有这么一种原因？我的意思是说，你觉得疯狂是一种异常呢，还是觉得它是异常症状的原因？一方面，疯狂往往不是特别明显，而另一方面，疯狂的原因往往很难确定。除非你属于现代派的阵营。你知道的，不是神经学的范畴。"

"我觉得，我的意思是说疯狂是一种原因。但我认为疯狂并非是看不见的，不……"

"是的，是有一点模糊。归根结底，"帕特里斯·诺兰对着在座的所有人说道，"关于推测模式，首先就是要问，我们日常理解各种现象，这一模式是否*有用*。迈扎特先生，我欣赏你的原创性，但你陷入了套套逻辑的思考……或者说是无穷回归的体系。"

"帕特里斯，谢谢你的这番教导。"弗雷德里克面带愉快的微笑。

覆水难收。迈扎特好希望自己没有开口说话。

"我觉得，"停顿一下后，西尔万说道，"这位伊斯兰教教徒的法语，说得还是很好的。"

"西尔万。"让内特严厉地说道。

"让内特。"她父亲说道。

"我们这是玩说名字的游戏吗？"卡罗尔说道。

"卡罗尔。"玛丽-特蕾莎大胆地说了一句，但甚至没人笑一下。她脸上尴尬地泛起红晕，额头和鼻子也红了。

"除此之外，"诺兰说道，"迈扎特先生，请你原谅，我无法相信你的世界会如此完美地保持了一致性。我马上就能指出这个世界里几个严重的异常现象，有行为上的，或是其他方面的，我们明确知道其中的原因。"

"我很抱歉。"迈扎特有些用力地吐出这几个字。

"够了，诺兰。"西尔万说道。

迈扎特没想到西尔万为自己辩护，他看了西尔万一眼，脑海里随即又闪电般地浮现了派对的情景——西尔万惹恼了让内特，而跟着让内特进入大厅的是他，迈扎特。

"请原谅。"诺兰的声音傲慢，但很快就对收拾餐盘的乔金诚恳地说道："啊，谢谢你。"

乔金推着叽叽响的手推车，绕着餐桌走。

"干脆坐下来一起用甜点吧？"莫里诺说道。

乔金犹豫片刻的时间也太长了点。莫里诺张罗起来，说让内特往帕特里斯那边挪一挪，加一把椅子，每边坐三个人真是完美；乔金，如果可以的话，请先把舒芙蕾和甜点勺子送过来。迈扎特看到让内特对着卡罗尔扬起了一边眉毛。他明白，让内特并不是对乔金不友好，也不是对她父亲不尊重，只是表示事情有异于常态，她做出了必要的让步，避免以后传出莫里诺一家总是与仆人一起用餐的闲言碎语。看到自己一时兴起变成事实，莫里诺表情也讪讪的。乔金坐到让内特和西尔万之间，轻声说道："晚上好。"

迈扎特看着西尔万和坐在桌子直角处的乔金。乔金低着头，西尔万拿着杯子大口喝着。派对那天，迈扎特撞上他们拥抱，那场景模模糊糊地浮现在脑海里。看着他们坐在一起，就像是没看到对方一样，迈扎特大为惊讶。之前他并未怀疑乔金是否愿意，这样一想后，一阵迷惑而厌恶的感觉涌上心头。

"啊，这样好点了，不是吗？"莫里诺博士把勺子插进了舒芙蕾当中。

迈扎特的注意力又回到让内特身上，她愣愣地看着自己的甜点碗。他总是从远处旁观让内特的痛苦，或是在房间的另一边，或是花园的对面。迈扎特想起水从她大腿上落下的情景，眨巴了一下眼睛。他提到了疯狂，让内特显然是更有理由恼怒，这就冲淡冷却了他在平台感到的愤怒。他这样似乎也算不上说话失检，特别是那么一番话只是让他本人尴尬，没人会想到让内特的母亲。尽管如此，他还是丧失了有利的高地。这难道是在玩高人一等的游戏吗，谁可以对谁更生气？如果是这样，让内特至少不是对他无动于衷。想到这里，他惊讶地发现自己心中亮起了一点炽热的希望之光。

"我们换个话题吧。"诺兰说道。

"哪个话题呢？"玛丽-特蕾莎说道。

"谁递给乔金一把勺子呢？"莫里诺说道。

"谢谢。"

"迈扎特先生，你的学习怎么样呢？"卡罗尔说道。

"学业还挺好的，谢谢你，小姐。现在已经开始准备暑假前的期末考试。冬季学期开始，我就会开始解剖实践课。夏季学期则是组织学、生理学和生物物理学。"

"多好呀。听起来很有挑战性。"

"我们收到……其实是让内特……"迈扎特瞟了一眼让内特，看到她的表情温和起来，松了一口气，"收到洛朗的来信。"让内特点头，允许他继续说下去，"他似乎已经开始行医了。"

"希望他好运。"西尔万说道。

"他很快就要休假了。"莫里诺说道。

诺兰说道："前线有什么消息？"

"哦，请不要再谈论战争。"让内特说道。

"是呀，"西尔万说道，"我们，我们来谈论电影、文学或是别的什么吧。有人看过《艾泽尔河的英雄》这部电影吗？"

"你到底在说什么呀？"诺兰说道，"你觉得谈论电影就不是谈论战争？你觉得《艾泽尔河的英雄》的主题是什么？"

"哦，闭嘴。"西尔万说道。

"高雅文化已成不毛之地。"

"帕特里斯。"

"我们真的在谈论*电影*呢。真是没有什么可讨论的。是谁起的头呢，这真是有趣呢，闲暇是创新的基础，在战争的状态下……"

"帕特里斯，这一话题，多一句都承受不下了。"莫里诺说道。

诺兰闭上嘴巴，眉头一抖，皱了起来。迈扎特心想，诺兰真是让人生厌。迈扎特注意到酒尽瓶空，疑心有意无意间大家已进入了放纵自我的状态。

"都用完了吗？"莫里诺说道。

让内特的甜点几乎没动；西尔万的碗空了；诺兰姐妹只是赏心悦目地浅尝即止。迈扎特并不是特别喜欢舒芙蕾，鸡蛋味太浓，但他喜欢甜食，也吃了一半。乔金吃得干干净净。主人话一出口，她立刻抬屁股，站起来，再次推着吱吱响的手推车绕桌子一圈，带走餐盘，消失在厨房里。

"咖啡，有人喝吗？"莫里诺说道。

"吃的东西，多一点都承受不了。"帕特里斯·诺兰脸上的微笑转瞬即逝。

他冲着两个女儿点了点头，两位小姐站了起来，鸽子一般柔声说道，食物非常可口，真的，在这样暗淡的日子里，真是盛宴。西尔万拍了拍自己的胸膛，他是一滴水也喝不下了。他们在门厅里拿上外套，握手，亲吻脸颊告别。

客人离开了，一片安静中，莫里诺提了提喝咖啡的事，转身回了餐厅。让内特在门厅里犹豫，迈扎特感到了重生的呼吸。她走向奶油色的客厅，扭动钥匙。迈扎特看到让内特半开着门，跟了上去。

她坐在钢琴凳上，房间里所有的东西和钢琴一样，蒙着一层白色帆布。硕大的钢琴蒙着白布，在她面前就像是一座冰山。房间里一股很浓的清漆味。他在门口踌躇。

"我明白的。"他说道。

让内特疲惫地抬起头看着他。他想，让内特会不会否认他们之前的交流，装作不明白的样子呢。

"你今晚喝了葡萄酒吗？"

"没有。"他回答的语调陡然往下，仿佛这样问是很荒唐的。接着，他往前一步，压低了声音，"我想再次道歉。请接受我的歉意。我知道你生气。我不应该与你谈论洛朗。我不应该假定……"

让内特面对面看着他。她穿着黄色的裙子，美丽得让人心疼。她的皮肤就像是柔软的白纸，看得见蓝色的静脉。迈扎特从她的眼睛看得出来，让内特处在某种情绪中，何种情绪呢？他不想说，因为他总是出错。

"我不是嫉妒洛朗。但你知道我——说出来，的确是那个意思。"他咽了一口唾沫，"我很抱歉如果你没有——如果你的感受不一样，我不会……但是，我很想你，让内特。真的。"他伸手抓住了距离最近的一件家具，想和让内特一样坐下来。可是，也不知道抓着了什么，摇摇晃晃的，只好放手，"我想念我们的交谈。我们一起散步，这对我很重要的，没有了，我也说不出来这是什么，但我缺少……真的，我——我非常喜欢……我想要帮你搞清楚你母亲的遭遇。我会尽力而为的。"

让内特扬起了眉毛，但并没有表现出惊讶的样子。"我母亲。谢谢你的好意，但那是木已成舟的事情。我应该是给你说过，这样于我并不健康……"

"但只要你知道——我在听。"

说到这里，她脸上终于浮现出了微笑。他说对了话。

"《三个火枪手》中有一句话……"

"哦，不，不要引用《三个火枪手》！"她身子往后一仰，大笑起来，"没必要时时引用别人的话，你就不该那样想。"她的目光在迈扎特身上停留片刻，接着她扭过身体，把脚放到了钢琴下面。"我告诉你吧。我上大学的时候，周围全是无所不知的年轻男子。"她又笑了起来，笑得呵呵的。"让人胆战心惊。我觉得自己不如他们。他们毕竟是男人——我是谁呢？"她的手指沿着帆布下的琴盖移动。她打开琴盖，帆布卡在琴盖后面，就像双眼皮一样。"我以前从图书馆回家，要同爸爸一起过一遍功课。接着，我发现自己在讨论课上鹦鹉学舌，完全是在重复爸爸前一晚告诉我的话。过了一段时间，我发现自己没必要这样。这些男人玩弄的不过是语言。我仔细听他们的讨论，还有他们在课外讨论事情的方式。倚靠这个哲学家，倚靠那个哲学家，加上一个又一个的从句，不过是语言，而非人生。他们对人生一无所知，语言对他们而言就是全部，而语言太小了。这样一想，我突然就得到了解放，我不再害怕发表观点。我也讲得好些了。"让内特伸出食指，压在帆布上，印出琴键之间的缝隙，手一移开，印记就消失了，她又把食指挪向下一个缝隙，"我本可以在心里蔑视他们，这样过得就会容易些。我可以说他们微不足道，诸如此类的。但我并没有那样，因为意义何在呢？"她压了五个琴键的印记，现在是第六个，她的手在身体前面移动，"我想要告诉你，你不应该被表面的事情唬住，比如说谈话。"

"我没有被唬住。"

"嗯。我只是说说。你在任何方面都不在他们之下。你也许是年轻很多，但首先你就比帕特里斯·诺兰善良得多。"

她按下一个琴键。那声音丰富而深厚，清脆而温暖。她抬起头，凝视着迈扎特，仿佛是刚刚说了一句大胆的话。挑战如此直接，迈扎特应该觉得尴尬才对。但他并不觉得，他惊讶不已。他感觉暴露在心旷神怡的空气中，就像是海风吹来的轻松刺激。

"我觉得我爱上了你。"他说道。他觉得唇干舌燥，"我还觉得你非常不理智。"

让内特还是抬头望着他，然后他们听到地板吱嘎一声。

"啊，请原谅。"乔金又把门关上了。

突如其来的打断凝固了这一时刻。让内特轻声说，她要去睡觉了，然后从迈扎特身边走过。站在蒙上白布的家具中，迈扎特独自等了几分钟，听着雨点敲打玻璃。

乔金在厨房里，正在擦盘子。

"今天晚上的甜点，你还喜欢吧。"迈扎特一边说话，一边打开了橱柜。

"我的确很喜欢，先生，谢谢。希望你也喜欢。"

"乔金，我有一个问题，会不会不太礼貌……"

"什么问题呢，先生？"

他拿出一个玻璃杯，犹豫起来。

"我一直都在想。不知你是否知道，莫里诺博士怎么会是西尔万·勒克莱尔的朋友呢？只是——他们也不是邻居，我就不太明白……"

"勒克莱尔先生是莫里诺太太的好朋友，"乔金说道，"太太已经过世了。"

她用腰间的毛巾擦了擦手，看上去非常平静。迈扎特想着西尔万·勒克莱尔，想着他出言不逊，笨重冷漠。诺兰是卖弄学问，但勒克莱尔是讨厌。迈扎特打开水龙头，往杯里装水。水哗哗流进水杯，他的想象呼呼地飞。

8

那天晚上，他很难入睡。他不断地看从博士那里借来的闹钟，看得太频繁，都感觉不到指针的角度变化，只觉得自己和指针一起在动，不停地动，一同推入夜色中。到了四点三十分，疲惫终于占了上风，过了几个小时，他醒了，发现阳光满屋。几秒钟后，闹铃大作。

让内特在他之后到了餐厅，像平常一样问候大家早上好。阳光下，他们之间的桌布白得发亮，咖啡壶冒着氤氲热气。莫里诺博士大声读出报纸上的内容。

"十五个小时。天气持续糟糕，晚上前线没有战事……艾泽尔河[1]以东地区，敌人两次发起攻击，被我方炮火击退。达达尼尔海峡……"他哗哗地翻过两页报纸，"准将考克斯往前推进……敌人死伤惨重……很好。很有进步……德国将领被杀……澳大利亚的潜水艇在海峡失踪。"

莫里诺折起报纸，发现桌布上有一团果酱，就伸手去拿黄油刀。

---

1 流经法国和比利时。

刀一抹，果酱轻松翻到刀刃上，莫里诺手一提，刀倾斜过来，果酱从另一侧翻过去，落了三滴在桌布上。

"乔乔，把你的餐巾递给我。"

让内特正把信件塞回信封，她还没看过迈扎特一眼。他厚着脸皮望着让内特：这个清晨肯定与往日不一样，她不能一样对待。迈扎特不会错过她的眼睛望向自己的那一刻。

"谢谢。"莫里诺用餐巾撮去了果酱，"玛丽安写信了？"

"是的，她写了。"

"她还好吧？"

"是的，还好。"

让内特还是没有看他。她滴水不漏，没有一个多余的动作。她伸手去拿咖啡杯，眼睛转动，头却一动不动。

他注意到，让内特的头发长长了。他刚到法国的时候，她没多少头发可以别住，卷发散在脑后，挨着纤细的脖子。昨天，她的头发也不可能比现在短，可迈扎特只是现在才注意到，也许是因为她换了新发型：她的头发一分为二，一部分往一边梳，另一边是一股股的头发辫在一起，别了起来。阳光在她的发际线上跳动。早餐完毕，他们起身走开。让内特距离门最近，像往常一样在他之前离开了餐厅。

自从在洛朗的事情上说错话，让内特开始回避他，迈扎特就利用上午的时间准备考试。大多数日子里，他待在卧室里直到午餐时间才出来，一门一门地梳理功课，凡是有不解的概念就记下来，列成疑问表，再垂头丧气地带到下午的课堂上。今天想到又是这一套，尤为压抑。他强行拖着脚步上楼。物理学的课本已经摊开放在书桌上。是他误读了让内特坐在钢琴凳上给他的表情？有可能吗？他重重地靠在椅子背上，心中猛然涌起愤怒，让内特怎么这样残忍，这样一心让他痛苦。

这一章的第一部分内容：运动、速度、加速度，题目是《火车的运动》。他从头读到尾，然后发现自己什么都没读到脑子里。让内特给他的是惊讶的表情，而他误认为是爱情？如果是误解，这也不是他第一次误解让内特。让内特没有微笑吗？但微笑还有其他不同的意思。他开始大声朗读。

"《火车的运动》。假设一个火车头停在车站，蒸汽冒起来……蒸汽冒起来……准备开往下一个车站……下一个车站……火车开始运动之时，我们注意到它一开始移动缓慢……"

卧室门响起了轻轻的敲门声。"早上好，迈扎特。"让内特的声音传了进来。

"啊，"他一边说，一边站了起来，转动门把手，"进来，进来。"他的腿似乎没了骨头；他看到让内特的面孔，看到她的头发别起来，看到她手里拿着一本书，迈扎特的愤怒消失了，取而代之的是阿拉伯人那种邀请陌生人跨过门槛的冲动。让内特看起来吃了一惊。但她既然来敲门，自然明白是这样的呀。她走进房间，站在祈祷垫旁边。

"我想要给你看点东西。"

"请坐，请坐。"

他为让内特拉出椅子，自己坐到床边，十指相扣，仿佛在公共场合一般。他合拢双唇，露出一条缝，慢慢呼气，让自己平静下来。

"那天我整理老照片的时候，发现了这个。"她说道。

让内特从书中抽出两张淡绿色的纸，但并没有递给迈扎特。迈扎特满心欢喜地发现让内特在颤抖。

"是医生的报告单。"

"你母亲的？"

让内特看着迈扎特的眼睛。"根据这份报告，他们并没有诊断她为癔病，而是'癔病性神经衰弱'。你知道这是什么吗？"

"我可以查。"

"你觉得我荒唐?"

"当然不。我当然不认为你荒唐。我认为"——他身体靠前,温柔地说道——"我们相信生命是有意义的,想要解决这个问题,想要找到答案,这是我们前进的动力。过去的事情,如果对我们很重要,也是一样的。"

"嗯,这非常理性。这是列表。恶心、偏头痛、头痛。肋间神经痛、痉挛、刺痛……风湿病,前额、牙龈、后颈和嗓子都出现疼痛……偶尔疼痛也会出现在双臂、胸口、耻骨区、胃部、膝盖、双脚、脚踝……检查发现生殖器官柔嫩。"让内特的眉毛扬了扬,有点震惊的样子——迈扎特明白,她读的时候并没有想,可能并没有打算把最后一部分读出来。

"这份单子很长。"他说道。遇到丢人的事情,那就跳过去,这是他从祖母那儿学到的。同时,他也在扮演医生的角色,拿出了医生对待人体的冷静态度。他不禁对自己肃然起敬。

"这个,"让内特继续说道,"这个似乎是她自己写下的症状,是她本人的笔迹。我读给你听——她说:'我父亲房子的墙体完全变了形。我感觉有重物压在腿上,醒了过来,我的床挪到了窗户边上,那个男人从窗户迈脚进来了。我尖叫起来,他很快又从窗户爬了出去。过了一会儿,我才从睡梦中彻底醒过来,这时,我看到墙体消失了。或者我应该说,它们变回了墙本身,只是石膏、木头和砖块,只是没有里面和外面的结构。墙体的里面和外面都是幻觉。'这是一张,还有另外一张,她说:'我几乎生无可恋。身体无恙的时候,我不能站在高处,否则我会故意让自己摔下来。'顺便说一句,如果有什么你不理解的词,就告诉我。"

"你觉得这是什么意思?我的意思是说,我听得懂,但她说的是什么?"

"她的*意思*是……我不知道是否有些我们必须……"她没有继续说下去。

迈扎特喜欢*我们*这个词。"听起来,"他说道,"仿佛她一直都在痛苦中,大多数时候。身体上的疼痛。即便是她健康的时候。你不这样想?"

她把那张纸翻过来,读了最下面的部分。"听这个:'有时,我觉得我脑袋里有根棍子在搅拌,其他时候仿佛我的脑袋被打开又关上。几乎每天都觉得恶心。有时感觉像是晕动病,仿佛我在去往某处。往往又是鼻子里面,我以前的梦回来了。'"

"她疯了。"

让内特恼怒地看了他一眼。

"抱歉,我不是那个意思。我认为,活着就是存在于身体当中。"他听得出来,自己的声音带了那种油腔滑调的肯定语气。他换了一种更为试探性的语调,"这是看问题的一种方式。如果身体是痛苦之所,那待在身体之内就很困难。所以,我觉得你母亲想要离开。"

让内特点了点头。她伸出手,够着迈扎特的胳膊,碰了碰,吸了一口气,仿佛要说话一般。接着,她抽回手,搓了搓手。

"当然,我就不打扰你了。你在学习。"

"没什么的,"迈扎特说道,"我想要帮忙,我跟你说过的。"

"我知道,"她说着就站了起来,"我不知道我为什么盯着这个不放,我不应该这样的。你肯定认为我……我不知道。我想,我们待会儿再见。"

迈扎特一次到大学医院,观察过一位胃部疼痛的患者。患者是十多岁的少年,腹部肿胀疼痛,导致呕吐和没胃口。

那个少年的耳朵,尖尖的,颜色苍白。四个医学生站在门边,靠墙而立,布里翁博士与那个少年说话。患者坐在床上,没穿鞋子,身着病号服，他的目光越过医生，望着他们身穿黑袍，手拿记事本，排队站在那儿；他的眼睛睁得大大的，下巴抬着，两条细腿分叉开，裤子松垮垮地挂在身上。布里翁博士说话的声音很是明朗，他在检查少年的舌头，四个学生从他身后张望。舌头看上去发炎发红。少年肿胀的腹部对压迫反应敏感。布里翁吩咐他把头往前伸，准备插软质橡胶胃管。少年张开嘴，布里翁把管子插进他喉咙，让少年往下咽。

"吞咽动作首先让咽部肌肉抓住管子……接着肌肉放松，就可以把管子往下送到胃部——从牙齿开始计算，平均距离是十六英寸。"

少年的眼睛睁得更大了。他有干呕的反应，弯着的膝盖在抽搐。

"好，很好。现在，干呕会让胃溶液往上通过管子。嗯……来了。"

一股液体顺着管子而上，从管子的另一头注入玻璃容器中。黄色的稀薄溶液，有粉状的灰色块状物，还有几缕胆汁。

"如果胃溶液没有立刻涌上来，"布里翁把软管从少年的食管中抽出，少年的喉咙发出刺耳的声音，"就告诉病人像排便那样用力。或者——"他伸出手拿起一个与软管同样材质的红色橡胶球状物，"把这个安在管子外面这一头，慢慢挤压，一定要逐渐用力，这一点很重要，把胃溶液挤压出来。"

他慢慢地挤压橡皮球。少年的嘴巴一直张着，一团唾沫挂在他的下嘴唇。

他们过滤检查了胃溶液，得到的是低浓度的盐酸溶液和大量的黏液。布里翁的诊断是慢性胃炎。这种诊断就需要进一步检查乳酸和嗜酸乳杆菌——癌症的症状。于是，布里翁伸手从架子上拿下革兰氏细菌染色液，用移液管吸取了一点过滤后的胃溶液，滴到了装有染色液的小容器中。溶液变成了明亮的蓝色：有嗜酸乳杆菌。

整个过程中，少年都睁大眼睛望着迈扎特和他的同学们，直到溶剂显现出了吓人的颜色，才移开了目光。布里翁博士一反常态地发抖了，也许他没有料到测试结果会是阳性，否则他就会选择私下进行测试；一时间他也不知道该对谁来宣布诊断结果。他们都看到了证据。也许少年并不清楚革兰氏细菌染色液遇到嗜酸乳杆菌会成蓝色，但这似乎显然是危险信号，溶液现在就是低纬度天空那种浓郁的颜色。

"胃部肿瘤，"布里翁说道，"今天下午，你必须去见外科医生。"

少年第一次说话了。"但我必须回去工作。"没想到他说话的声调很高。

接下来数日，迈扎特都忘不了这个少年。这之后，他第二次去医院，找到布里翁博士询问肿瘤的属性。医院来了大批从前线撤回的伤兵，布里翁的注意力在他们身上，他看上去很迷惑，说记不清楚，挥手让迈扎特走开，推开弹簧门走进下一个病房。

最让迈扎特感到沉重的是少年害怕的面孔。那是对真相的害怕。少年瞥到了自己胃里面的恶意，活生生地长在他的体内。

让内特离开后，迈扎特狂热地过了一遍自己的物理学笔记，连用午餐的时间都没有，就冲出去上下午的课。除他之外，教室里就只有五个学生，都坐在第一排。迈扎特举手问教授是否可以复习一下电荷库仑定律，看到自己并不是唯一在笔记本上记公式的学生，他松了一口气。之后他在走廊上看到生物学教授，就跑上去，站在教授身后问是否可以简单地复习一下染色体遗传论。"没有多少可复习的，"教授说道，"你懂这个理论，是不是？简单说来，就是染色体携带遗传物质。考试就考到这个地步。这你有什么不明白的？"迈扎特犹豫了一下，然后表示感谢，说是的，他终于明白了。他转身穿过庭院，到了图书馆。时间已经差不多是两点半。有时，*我觉得我的脑袋里有根棍子在搅拌*，他心里想着这句话，靠在大门上深吸一口气。

图书馆里只有塞缪尔·卡根拉提一个人,他坐在另一边,看着书,头也不抬。从这么远的地方望过去,卡根拉提没有胡须的脸光滑得就像是孩子的面孔。迈扎特走到医学辞典旁边,拖出了最新版本的拉鲁斯[1]。他坐在一把椅子上,翻到了字母"N"的部分。

764页上是一幅带轮子机器的插图,标题是《真空吸尘》。另一页上是他想找的定义:

神经衰弱症:-(近义词:神经衰弱、神经质、神经病、大脑-心脏神经病变、综合感觉过敏、综合神经痛。)

症状:神经衰弱可能以两种截然不同的方式表现出来。有时,神经衰弱的人看起来很健康,气色很好,泰然自若。另一方面,病人有时又是抑郁的个体;憔悴,苍白,低头,即便是回答最简单的问题也有困难。这两种类型的病人都有同样的病症:头顶部分的头痛,局限于颈部或颅骨的不同部位,疼痛会因声音、气味和用脑疲劳加剧,饭后程度减弱。

不管怎样,这符合有棍子搅动的感觉。

频繁且痛苦的失眠。病人晚餐后觉得需要睡觉,但很快就醒来,直到次日清晨才再次入睡;因此,起床之际已经疲惫,在这期间——

接下来是一页说明"真空吸尘"的照片。一个男人站在大街上,旁边是个巨大的黑色机器,机器上面的标签是:真空吸尘器。接着,同一个男人跪在室内,把管子的一头摁在地板上;然后是两个穿围裙的女子用各式各样的金属叉子耙地。

——思想非常不稳定,诸多压抑的感觉,饱受折磨,所以即便看起来是在休息,其实是噩梦连连。

---

1 拉鲁斯(1817—1875),法国词典学家,百科全书编者,1852年与他人合作创办了拉鲁斯出版社。

有时会有眩晕感：脑子空空一片的感觉，眼前有飞蚊，走路不稳但并不跌倒。

迈扎特用手指着看其他症状：消化紊乱……呼吸和循环系统紊乱……泌尿生殖系统紊乱，该病的原因之一……耳鸣，在耳朵里观察到……对热冷极度敏感，引起疼痛……

神经衰弱病人随时关注自己的健康，觉察到上千种感觉，而这些感觉都是别人注意不到的，病人自行解释和夸大。

治疗方案中有食疗，不吃甲壳类动物，吃生蛋黄和浓汤。

"日安，迈扎特先生。"

卡根拉提站在他旁边，手里拿着一本书，一根指头插在书页里。

"啊，塞缪尔。你好呀？"

"你在读什么，字典？"

"是的，我在查神经衰弱症。"

"有意思。我可以坐下吗？你发现了什么。"

迈扎特的肚子咕咕直叫。他咳嗽了一声。

"哦，没多少东西，"他说道，"唯一统一的特征似乎就是奇怪的身体感觉。除此之外，如果你判断病人是疑病症患者，似乎就可以诊断他们为神经衰弱症患者。不奇怪吗？如果他们没有病，他们就病了。没有具体的病灶，身体上或是神经方面都没有，只是主观的感受，医生对病人本尊的解读。"

"是的。是很模糊。也许这就是里沃所说的，我们学的是一门发展中的科学！"卡根拉提脑袋往后一仰，没有出声地大笑了一下。

迈扎特已在想别的东西。他惯性思维，正忙不迭地奔向那个让他蒙羞的想法：看不见的原因，阿里亚纳·莫里诺的疼痛可能有其他隐藏的原因。他想起让内特对发疯这一想法的抗拒。他想起玻璃瓶里的胎儿，一个个都贴上了标签，锁在柜子里。

"我们应该看看精神病学方面的东西。"卡根拉提放下手中的书，拿了一张纸片当书签。

迈扎特很高兴有这样的伙伴儿陪着。他和卡根拉提一起查看书脊上的题目，翻看目录，根据反复出现的专名，把书一摞摞地堆起来。迈扎特哪儿也没有找到"癔病性神经衰弱"这种提法，但他抓住了"癔症"这个词，还有与这个词一同出现的其他词汇。

"调查的性质是什么？"卡根拉提问道。

"我只是在……在一本小说中读到了神经衰弱症。"

"啊哈！想象力主导下的调查，最棒的那种。我很欣赏。"

布里凯的《论癔症》有430个病例研究。几乎所有的病例都是年轻女子，往往都是下层阶级。有几个病例提到了异常性行为。

"嚯嚯，听这个。"卡根拉提说道。他用胳膊肘把一本扔在桌上的书推到一边，再把手里的书放上去，"作者说：'人们对腰部以上神经症的理解远比对腰部以下的神经症清楚。'真好玩。真没用。"

迈扎特肚子不再咕咕叫，而是实实在在的饥饿感。看钟，已是三点，用完早餐已经超过了七个小时。在最近一期的《人脑》上，他找到一篇题为《关于头痛》的文章，他以惊人的速度读完了六个病历。这篇文章认为，没有损伤而感到疼痛，其原因是身体感觉失调。迈扎特有点颤抖地在笔记本上写下：*错误的身体栖居*。

窗外的阳光渐渐暗下来。卡根拉提打了个哈欠。

"这样的调查很有启发，但我并不确定我们学到了什么。定义往往是矛盾的？或者精神和肉体就应该属于不同的领域。知道不，我有个朋友的专业是精神病学，你该跟他谈谈。此刻，他在治疗精神受创的士兵。应该有帮助吧？"

"等等，听这个。这是，"迈扎特合上书，看了看封面，"《病态意识》，作者布隆代尔。'病态的意识是一种普通感觉上的不稳定'，他说……'不听从于逻辑'……'概念认知体系上的顽疾，不同于正常的意识。'"

"是的，这是……我是说，我不知道。我必须走了，卡迈勒。这真的很有趣——我们应该——反正明天上植物学课也见得到你。祝你好运。期待听到你的结论。"

"谢谢你，"迈扎特说道，"有你在真是太好了。"

"看到图书馆成了你的家，真是高兴，"卡根拉提眨巴了一下眼睛说道，"回见啦。"

图书馆的门关上了，哐的一声，回荡在书架之间。就像在斋戒期间一样，迈扎特的饥饿感慢慢褪去。他回到了刚刚找到的线索。

也许莫里诺太太并不正常。也许她是"病态的"。但说真的，这到最后又证明了什么呢？迈扎特觉得，这似乎比中邪的说法还棘手。中邪了，至少人们还要驱一驱邪，并没有孤立病人，也没有不相信她，也不会因为她没有自我宣称的各种症状而诊断她为疯子。如果某一症状不是可以看得见的，那怎么样才能判断这个症状是否存在呢？

法国的知识分子就如一座座的丰碑，上面刻着生卒年月日和毕业日期，一切都如此昭昭灼灼，迈扎特常有高山仰止的敬畏感。即便是在战时，法国人也站在讲台上高谈阔论，在四壁之间运筹帷幄；而在纳布卢斯——在纳布卢斯，他们无助的时候会求助于超自然力量，或是向真主祈祷，或是向谢赫祈求护身符，以免受恶目的伤害。纳布卢斯人在坟墓边上讨生活，任凭自然的摆布，在缥缈的仪式中寻求对抗世界痛苦的解药。欧洲这里，火车总是准点运行，街道铺设得笔直，人们感受不到大地——然而，此刻迈扎特觉得这些结构也是虚无缥缈的。它们不过是正确的样子。有时，在特定的光线下，你可以看得出来，那不过是没有根基的构架，可以被抬走。把手放到下面，可以感受得到稀薄的空气穿透过来。

他已经感觉不到饥饿。他在图书馆里待了四个小时，没有为让内特找到新的信息，他发现的不过是医生没能帮助她的母亲，而那已是明摆的事情。他现在翻寻的是医生已经给出的诊断，而这正是首先必须摒弃的东西。他把这些书放到回收手推车上，走进庭院。街上很安静，只听得到远远传来担架员的歌声，在这凉爽的空气中，他啪嗒啪嗒地走着。

他转过一个拐角，月亮突然映入眼帘，又白又大，就挂在一根开花的树枝后，太阳还没有完全落山，月亮就闯入了天空。迈扎特停下脚步，想要好好考虑一下阿里亚纳·莫里诺的生命中可能发生了什么事情。本来可以采取什么样的干预。什么行动方案呢。在她的人生中，什么东西，或是谁可能会是*原因*呢。

9

西尔万·勒克莱尔的葡萄园坐落在埃罗河的左岸，他住在葡萄园里，一天天的日子，要么在葡萄藤架下，要么就在地窖里检查酒桶。他也是城里的名人，活跃在大大小小的聚会上，而这些聚会几乎与他的行当没有关系。这也许更多的是因为他与巴黎的联系：他未出嫁的姑妈们住在巴黎的十五区，他一个月要去拜访她们几次，在沙龙聚会上显然是很受欢迎。但西尔万从未伪装成世界公民，也没有掩盖他的南方元音或是鼻腔重音。恰恰相反，西尔万·勒克莱尔对自己的小地方出身没有半点羞愧，他总是满腹牢骚，咄咄逼人，自以为是，不知怎么搞的，这成了他进入所有阶层和派对的入场券，所到之处，他因为坏脾气，得到了名声，得到了赞誉。

与她父亲一样，让内特与西尔万的关系是因为西尔万与她母亲的友谊。她只知道，一开始是西尔万在巴黎成了让内特外祖母的朋友，接着成了外祖母女儿的朋友。对于这个没有兄弟姐妹的女孩，西尔万多少扮演了一些兄弟的角色。阿里亚纳十六岁后，西尔万陪伴她参加舞会，在她不自在的时候给她安慰，而她不自在的时候又是那么频繁。阿里亚纳拽着他的胳膊不放，自然就有流言蜚语说他们已经订婚。

阿里亚纳十八岁了，西尔万还是没有求婚的迹象，她父亲找西尔万谈了谈：要么就摊牌，要么就不要再这样殷勤下去。西尔万大吃一惊，说他很抱歉，他没有求婚的打算。那之后，除了偶尔在一个房间内隔空望一望，阿里亚纳和西尔万有几年的时间没有见面。

完全就是机缘巧合，1901年的冬天，弗雷德里克·莫里诺在最后一分钟接到巴黎高等师范学院的一位教授邀请，出席了枫丹白露宫的一次晚宴，他坐到了勒克莱尔先生旁边。他们的话题不断转换，结果发现，原来弗雷德里克的妻子阿里亚纳还是个小女孩的时候，勒克莱尔先生就认识她了。弗雷德里克自然会认为他们之前曾有些情愫，但从外表看起来不太可能——这个外省男人这么大个子，而他年轻的妻子那么娇弱，他很快就打消了这一念头，只觉得妻子过去的这个朋友能够说出这么多快乐的回忆，可能会对阿里亚纳是某种安慰，毕竟妻子现在一接触到人就像是被狠狠挠了一样。

西尔万接受了晚餐的邀请，弗雷德里克惊讶地发现，效果几乎是立竿见影。与老朋友重逢，阿里亚纳又像以前的她了。西尔万比阿里亚纳年长二十岁，这些年发福了不少，看上去就像是阿里亚纳的祖父。西尔万每个月都来拜访，阿里亚纳的状态持续放松，睡得也好，吃得也好，又成了弗雷德里克结婚早些年所知道的那个快乐女人。

但好景不长。阿里亚纳的思维模式似乎不能逆转，没过多久，她就再次坠入黑暗中。阿里亚纳和西尔万·勒克莱尔到底是什么关系，没人知道。唯一重要的是，甚至他也不能挽救阿里亚纳。

四年前，弗雷德里克和让内特南迁到蒙彼利埃，之前葡萄酒价格下跌引发葡萄园种植主骚乱，城里人还记忆犹新。西尔万来拜访莫里诺父女，他们觉得西尔万没有特意掩饰他的政治活动，但他也不怎么多说，如果提到了，父女两人往往觉得他有些夸夸其谈。后来他们在蒙彼利埃安顿下来，显然西尔万并没有半点夸张，城里人都知道，当时喜剧广场人群聚集，而他就是在最前面咆哮的那个人。当时，工团主义者、保皇派和奥克西语分裂分子集合在广场，抗议加上井水就能兑成葡萄酒的骗人粉末大量涌入市场。马塞兰·阿尔贝在演讲台上声嘶力竭，西尔万·勒克莱尔大声怒吼，叫出了他的口号，群情激愤。

从那以后，蒙彼利埃再也没有如此公开的狂热，但西尔万时刻留心其他种类的传播。表面上，因为战争而来的就业和悲伤，这一地区风平浪静，但下面却有东西在沸腾。没有应召入伍的人害怕谴责，敏于抨击他人。公共场合全是各种流言蜚语，道听途说，口口相传，最后捕风捉影地传到被指责人的门口，已成了勾当的铁证。

帕特里斯·诺兰的传闻一开始是怎么传开的，很难说清楚。最有可能是他本人言语不慎，顺口说了一句话，传到了某位神经紧张的爱国者耳朵中，继而传播开来，仅仅一个晚上，诺兰的名字就传遍整座城市，到了清晨，整个蒙彼利埃都与他为敌。西尔万·勒克莱尔清晨散步的时候，自然是听闻了这一消息，马上就明白他可以到莫里诺家里分辨真假。迈扎特刚刚离开，去了医学院。弗雷德里克正要出门，看见西尔万·勒克莱尔庞大的身躯出现在门口，手里还摇着手杖。

"日安，西尔万。"

"早上好。你听说了吗？"

"听说了什么？"

"诺兰走了。他昨晚赴宴回家，发现门口有几封信。他吓到了，就走了。"

"进来，你在说什么呀。什么信？"

"谢谢。"西尔万在垫子上蹭了蹭脚，"有三四封信。有些是匿名信。至少有一封信，"他咕噜一声，"署名是吕克·戴蒙。"他顺着门厅往下看了一眼。

"吕克？"弗雷德里克说道，"他为什么反对帕特里斯？"

"哦，你知道的。叛徒，这个那个的。德国人，自私，其他各种。"

"我的上帝。你觉得我应该去拜访他一下？或者，我们应该避免……"

"没时间了。"西尔万说道。他又朝厨房的方向瞟了一眼。"他和他的两个女儿一小时之前就离开了。"

"那你是见到他们了。"

"我路过。我把听说的告诉他了。"

"你听说了什么？"

"这个那个呗。我们现在必须非常小心才是。可以坐下吗？我倒是想喝杯咖啡。"

"我——哦，天。我们倒是可以喝杯咖啡，"弗雷德里克说道，"嗯，多少点了？我的表停了。"

"八点半。"

"你看，我现在必须出发。十点钟有课。西尔万，抱歉，下次再喝。"

"我的朋友，你有什么可抱歉的呢？大家都知道你盛情好客。你要抱歉，我就只能负疚了。我跟你一起出去。"

"嗯，我说呀，感谢你来告诉我。"

弗雷德里克说谎了，这天他十点钟没有课。他平静地走在西尔万身边，顺着车道来到街上。两人刚刚分开，他绕过拐角处，就开始大步前进，等到了系里，衣领都被汗水浸湿了。他三步并作两步上楼梯，推开第一道双扇门，冲过第二道，到了磨砂玻璃的最后一道门，他双手颤抖，拿着钥匙尽快地打开门。

一切都和昨晚一样。他的桌子抽屉还开着，他和帕特里斯喝过的两个玻璃杯放在柜子上，下面有一圈黄色的干邑白兰地。他放下公文包，开始收拾资料。他打开抽屉，掏出资料，一摞摞地放在桌子上，飞快地翻看。不行，他必须把所有的资料都带走。即便是法文的资料，但总有提及德国哲学家的地方，这里那里，到处都是。他一把抓过来两个皮革文件夹，尽可能整齐地把资料放进去，免得卷角。他收起最近的三本笔记本，一本《古兰经》的英文译本，最后扫视一眼办公室，跑了出去。

与此同时，让内特出发去了修道院。同往常一样，她拿着那本《马赛之谜》，但走在路上，她还是在报摊上停下来，选了几份日报。修道院的二楼有一位从贝济耶下来的士兵，他叫阿尔贝，没了双腿，养伤中。他总是问让内特，为什么不读一些真实的故事。阿尔贝脸上的伤口愈合得很慢，有些日子，伤口裂开，往外淌脓。他不停地抱怨自己的床在窗口边，说早上光线太亮，他没法多睡一会儿。医生说他身体太弱，不能移动，而且有很多人想要他的床位。他们说，先生，窗外多好呀，可以看得到花园的围墙。听到阿尔贝说起真实故事的语气，让内特觉得紧张，因为她无法判断阿尔贝是开玩笑还是真心，可听起来与他抱怨床位差不多。但既然说了这么多次，让内特决定相信他一回，如果能让他就此打住这个话题也好。

今天上午她给迈扎特读的那两张纸，也夹在小说的书页中：医生给母亲下的诊断书，还有她母亲本人手写的症状。到了修道院不会有时间再看，但她就想随身携带。她把书捏得紧紧的，害怕纸片掉出来。

医生们低低说话的声音在楼梯上回荡。让内特到了二楼，像往常一样，她因为没有白色的护士服而感到不自在。她通常坐在窗户边的角落里，那里白天光线明亮，病房其他地方有几把多余的椅子，也搬到了角落里。士兵们看到她走过来，欢呼起来。最靠近窗户的床上没人，只有一张新换的整洁床单。

"阿尔贝呢？"

"他走了。"

"三楼，他们终于把他挪到三楼了。"

"他还活着，别担心！看她，"一个叫热罗姆的士兵，躺在枕头上，指着她说道，"她以为阿尔贝死了。"

一个新来的养伤士兵，穿着睡衣坐在椅子上，笑得皱起了脸，缩起了脖子。

"好的。"让内特冷淡地说了一句，坐在了那个士兵身边，"我们今天还是听《马赛之谜》？我还有报纸。"

"小姐，我真不知道你拿报纸来干什么，"热罗姆说道，"十分感谢，不要报纸。给我们读故事吧。"

"好的，好的。我们就开始了？第五章，布兰奇走了六法里的路程，看到一支队伍经过……傍晚七点半左右，布兰奇和菲利普离开了园丁阿亚塞的住所。"

她在朗诵的时候，并不怎么在意所读的内容，但她仍然是个非常好的朗读者，声音抑扬顿挫，节奏鲜明，就像是在演奏音乐一般。士兵们听得全神贯注，即便是来换绷带的护士们也压低声音说话，慢慢卷绷带。让内特偶尔抬起头来，就看到周围一张张扬起的脑袋，张着嘴巴，像孩子一样。

她下午早些时候离开的。护士们说，"这些勇敢的小伙子"需要吃东西，也需要睡觉。月亮已经升起。她真的忍不住，甚至还没有到家，她就打开《马赛之谜》，抽出母亲写的那张纸，停在车道拐角前，在黄昏中打开了纸条：

有时我觉得自己越变越大，其他时候我又越变越小。我身上的变化又快又慢。我的口腔变得巨大无比，我感到了巨大的压力。

　　有时，我可以嗅到死亡的气息。有些人，我看着他们，我不知道自己到底是嗅到了，看到了，还是感觉到了。我整个身体都感觉到了。也不是完全是坏事。有些日子有一种特别强烈的气味。我发现自己想要留住它们，或者我想要留住那种感觉，但我办不到，感觉冲刷而过。就像是颠倒了过来。我有那种感觉的时候，我觉得那才是真实的生活，没有模仿，没有表演。事实上，我的婚姻就像是一座房子，我居住其中，有四面墙。弗雷德里克是一座房子。那种感觉是对异样事情的反应。但那真的是真实的吗？甚至已知的事情也可能变成未知。

　　"让内特。"

　　迈扎特沿着马路跑了上来。他的眼睛湿润而明亮；头发上了油，一缕缕地耷拉下来。他把一大络头发从脸上拂到后面。

　　"让内特。我看到你走在前面，我就跑了过来。我去了图书馆。我什么新东西都没找到，但是，"他喘了一口气，"我有一个理论。"

　　他激动得容光焕发。让内特心中一阵冲动，想要碰碰迈扎特的手，但她没有这样做，可这一冲动肯定是以某种形式表达了出来，在其鼓励之下，迈扎特的脸上绽放出了受到鼓励的笑容。

　　"我们可以……"

　　"到里面去说，不要在这里。"

　　他们走过拐角，沿着车道而上，莫里诺博士为他们打开了门。他表情严肃。

　　"我有非常不好的消息，孩子们。"

　　迈扎特注意到博士手里有一封信，心里一沉，猜到了是什么。

　　"不。"他说道。

"我们的朋友洛朗死了。"

信是洛朗的母亲写来的。在回家的路上，他在伊普尔的一家酒吧被杀身亡。一个喝醉酒的军官把他认成了别人，用刀扎他的胳膊和胸膛。因为失血严重，洛朗很快就死了。

门依然开着，三个人沉默地站在门口，盯着地板。莫里诺碰了碰女儿的脖子。接着，他伸出手，关上门，用克制的声音建议他们在用餐前休息一会儿。

让内特脸色苍白如纸。迈扎特邀请她进自己的卧室，她泰然接受了，坐到迈扎特的椅子上，而迈扎特坐在床边。两个人都望着窗户，看着白日最后的光芒从花园中渐渐逝去。景致渐渐与阴影融为一体，小天使和它没有装水的水罐也一点点地模糊起来，看不到细节。房间里亮着灯，窗户变成了镜子，映出了他俩的面孔。窗户玻璃上，他坐在床边，缩成一团，白眼珠子泛着光。还有让内特，眼帘低垂。

"我们还是孩子的时候。"她喃喃地说道。泪珠从她眼中落下，"还是孩子的时候，我们经常装作我们是孤儿。"

他无法回答。很快，他就会感到痛彻心扉。只是等待的问题。

"我们都想当珂赛特。或是小公主。"

事实就是，洛朗在各方面都优于迈扎特。对于洛朗，迈扎特已有了厌恶的情绪，甚至，是的，甚至是仇恨。甚至有过那么一瞬间，只有一次，他希望洛朗死了才好。他双手握拳，闭上眼睛。但也许，他仇恨的不是真正的洛朗，也许只是洛朗这个概念——在德行上远胜于他，在智力，举手投足和修养方面也胜于他的一个人，甚至在外貌方面也是。洛朗·图潘，低着头，浓密的金发，自如的手势。他想到这些，就不可避免地想到无法掌控的事实——这个人已经不存在了。他还不能面对这一点。他只能去想活着的洛朗。

让内特还在说话，讲了更多关于孤儿的事情。她这样说是什么意思呢？是说洛朗像是个父亲的角色？迈扎特也无法面对这一点。他逼迫自己去想象血淋淋的尸体，胳膊和胸腔处血肉模糊。可怕的场景，但他并不为之所动。也许很难相信自己构建出来的东西吧。还没有任何东西可以压过依然在他脑海中跳动的画面：花园的小路上，洛朗在前面，立足转身，迎着阳光，半闭着眼睛，轻声低语，晦涩地谈论了几句人性。

让内特已不再说话。迈扎特不由自主地大声说了一句。

"他是我的朋友！"

这几个字听起来，甚至都是苦涩的，他觉得讨厌。

半夜，他想起了那块金表。听到窗户玻璃在窗框中发出哗哗的响声，他醒了过来。他把冰凉的胳膊伸进温暖的被子里，脑子一下清醒过来。那块表。肯定是丢失了。那块表出现在他的脑海里，躺在泥土中滴答作响。表壳不堪一击，就像是甲虫的翅膀飞落一边，内部结构暴露在外。接着，他想起来，洛朗并非战死在战场，而是在酒吧被害。他在床上翻了个身。

第二天早上，他刚坐到书桌前没一会儿，听到一声敲门声。让内特站在过道里，脸色和昨天一样苍白。让内特伸出手，干燥的指头紧紧捏住了他的手。他们什么都没有说。他身体前倾，唇轻轻碰上了让内特的唇。他直起身体，让内特的额头皱起来，嘴唇一拧，张开了。

追悼会在星期五。大家来到了大理石拱门的圆顶老教堂，男人身着正装佩戴领结，女人穿简朴长裙，休假的士兵穿着有绶带的蓝色军装。迈扎特和莫里诺父女一起，坐在第二排，头顶上是没有点燃的巨大枝形吊灯。前方，圣坛之上的圣人和祈求者的石膏群像向前倾斜。迈扎特没有听布道。他们进来的时候，他看到了洛朗的父亲：他认出了洛朗的父亲，一样的身高和姿态，但头发是棕色的。此刻，洛朗的父亲在过道的另一边，中间人头攒动。第二排位置的尽头，一位年轻的金发女子在抽泣，她可能是洛朗的妹妹，也可能是他的同辈亲人。迈扎特心想，他们有没有在洛朗的遗体上找到那块表，如果找到了，他们会怎么想。也许会认为是洛朗从土耳其人的尸首上偷来的；他是英雄，这是他的战利品。大家低头祈祷。让内特在他身边，开始颤抖。他想把手放在让内特的胳膊上，但控制住了自己，他不想有否定让内特的悲伤之嫌，她有这个权利。

仪式过后，迈扎特和莫里诺父女先行一步，穿过城市，走路回家。林荫大道的尽头是一个齐齐整整的广场，头顶上一群鸽子顺时针旋转，落在路易十四青铜像的胳膊和头上。莫里诺博士莫名其妙地宣布，他们应该去海边旅行一趟。

"没什么好说的。"他带着他们沿着海滨大道往下走，提高了嗓门。"整个冬天，我们都没有离开过蒙彼利埃。迈扎特除了大学校园，还没见过其他地方！因此，换一下环境，"他探出身体，以一种斥责的态度看着另外两个人的面孔，"是必要之举。沉闷枯燥，不会有好事。我不在乎别人怎么说。"他顿了顿，"我们绝不能在乎。战争也好，没有战争也好。一直克己，不健康。事实上，如果我们去海边，洛朗也会喜欢的。我觉得，去海边正是他会给我们开出的处方。他不是一直很想到海外旅行吗？"

让内特叹了一口气，接着出乎意料地笑了起来。脸颊上的泪痕已经干了，皮肤绷得紧紧的。

"你喜欢游泳吗，迈扎特？"莫里诺问道。

"我去过海里。"

"没错，你去过海*上*，但你有主动到过海水里吗？你有感觉过冰冷的海水滑过你光光的脊背吗？那是完全不一样的感受。"

莫里诺下了命令，于是第二天早上迈扎特、让内特和乔金穿好亚麻衣服，到门厅等候他；他们带上了阳伞和一袋子梨，出发搭乘火车前往帕拉瓦莱弗洛特[1]。到了火车上，他们申请了一个包厢，关上门。弗雷德里克一定要迈扎特坐在窗边看风景，他们坐下，火车轰隆响了起来。让内特坐在迈扎特对面，这一次无法正眼看对方的人是迈扎特。整个旅途，他都仔仔细细看着窗外，一处处的景致蓦地从他身后闪现到眼前，慢慢后退，融入火车后面的远方。自从到了蒙彼利埃，他就再也没有见过这里的景致，耳边是火车轨道轰咔嚓的声响，眼前闪过的一片片橄榄树，叩响他的回忆，其中不仅有法国的橄榄树，还有巴勒斯坦的橄榄树。

那天上午得到战争的消息——前进了半英里，代价是一万六千条人命，但色彩轻佻的天空之下，帕拉瓦莱弗洛特的海岸上挤满了游泳者。水泥防洪堤从海岸延伸出好远，海浪扑打在堤上。乔金在海岸边上的蓟草丛里发现了一个无人看管的摊位，里面堆满了深绿色的沙滩椅，上面全是盐渍；迈扎特自告奋勇爬上柜台，给每人拿了一把椅子。他和弗雷德里克扛着椅子，在一顶帐篷和一个彩色棚屋之间找到了位置。迈扎特脱了鞋子，脚趾间感到了沙丘的冰凉。他打开一把椅子，面朝大海放好。

到了最后，只有莫里诺博士游了泳。他全力怂恿乔金，但乔金不肯，脸越来越红，最后让内特劝父亲不要强人所难，他才罢休，一个人冲进了海水中。

耳边还回荡着海浪的声音，他们一言不发，浑身都是沙子，搭乘火车回城。车窗外的天空紫面而怒目。从车站出来，天空突然卸货，倾盆大雨从天而降，他们只好到关了门的咖啡馆雨棚下躲雨。他们等着，看着雨水哆嗦着从雨棚上落下。让内特从这头走到那头，雨哗啦啦落在街道上，溅起好大的水花，就像是一个个银色的碗。过了一会儿，让内特叹了一口气，把一张椅子翻过来，又把半折的

---

1 位于法国埃罗省。

阳伞放在湿漉漉的座位上，坐了上去，看上去很不舒服的样子。

莫里诺双手背在身后，瞅着外面，说道："我们应该跑回去。可以把阳伞当雨伞用。"他转过身来，看着他们，"你们觉得怎么样？否则我们真要在这里等上几个小时了。"

"跑？"乔金说道，"可是，博士，我的鞋……"

"哦，有什么呀，乔金，肯定好玩的，"莫里诺说道，"拿一双让内特的旧鞋来穿就行了。好了，大家准备好了吗？乔乔，站起来。不要一脸郁闷的样子。"

大雨倾盆，亚麻衣服有了透视感，阳伞根本就不能用作雨伞，半点用也没有，他们忍不住大笑起来。迈扎特尽力不去看让内特的裙子，裙子淋湿后，变成了灰色，贴在她的腰上，看得到肚脐眼的形状。他加快步子，赶上莫里诺博士，留下两个女子在后面尖叫。几个人上气不接下气地到了家，立刻散开换衣服去了。

迈扎特回到楼下，看到奶油色客厅的门开着。他看到让内特在里面，背对他站着。一时的勇气。他走进房间，反锁上门，转过身，让内特就在他身后，惊了他一跳。让内特大笑起来，他也笑了，双手握住让内特的身体，吻上了让内特张开的柔软湿唇，他的心狂跳起来。

悲伤成了亲密的借口，但悲伤也是真实的，它需要亲密。接下来一两天里，他们一阵阵揪心的内疚也只能通过进一步的亲密来缓解。他们还能保守住秘密，真是奇迹。他们在一起的时候，脸上会泛起红晕；目光穿越整个房间，他们也要情不自禁对着彼此微笑；一旦没人看见，他们就十指相扣，或是在桌布下面，或是背着人通过门道口的时候。然而，莫里诺博士似乎最多注意到了迈扎特眼睛下面的阴影和红点。

"没有任何东西值得牺牲睡眠去做。"上课之前，他给迈扎特问好，祝他好运。"记住，只不过是考试而已。最后总会一切顺利的。如果是最糟糕的结果，你的确需要重读一年。"他张开双臂，"我们还是在这里。当然，前提是没被炸飞。好了，你去吧。"

这一天，迈扎特睡眠不足的大脑在极度兴奋和担心之间跳来跳去。莫里诺博士充满同情的一番话只是让他眼前的恐惧加倍。他得晚些才能向让内特求婚，至少要等到第一学年结束，即便是这么短的期限，想着也是痛苦。主客之道更是根深蒂固，他骨子里明白逾规越矩的不体面。但他还是要让内特的双唇和低语，要她的头温柔地枕在他肩上，他在其中寻找庇护。

也是在这一时期，他发现了莫里诺房子的另一面，他完全不知道的一面。他第一次明白了他对这栋房子知道得很少。作为客人，他的活动范围局限在底楼和他的卧室，还有那一次偷偷看了莫里诺博士书房一眼。这栋房子比他想象得大得多，大多数房子都像奶油色客厅一样关闭了，家具蒙上白布单，变成了秘密的白色山脉，成了迷宫般的模糊轮廓，让人对它的过去浮想联翩，不准确，却更刺激。这样的景象逼迫想象力去雕琢，去填色，去增添人物。迈扎特想象力飞驰，没人住的房间变出了鬼魂，总是把想象的过去投射到想象的未来当中。角落里的灰尘堆成了螺旋形。乔金嘎吱嘎吱地走在过道里，这对恋人则是躲在满是灰尘的白布单下面，咬着指头，屏住呼吸，听着乔金的四分之一块肥皂噗嗵落到水桶里。

他和让内特只有手和嘴唇的接触，他们的克制变得极致难熬。手指放在手掌上，手指放在脸庞上。他们有意回避了各自的卧室：最多不过是一个人回卧室取什么东西，另一个人在门槛处晃荡，就这样，也觉得亲密到了危险的程度。有时，狂热中，迈扎特会一把拉过让内特，狠命亲吻，让内特嘴巴周围的皮肤变成了粉红色；看到自己弄下的痕迹，迈扎特又把她拉过来，让内特回应得很快。但大多数时候他们都在持续抵制欲望的痛苦中得到快乐，在共同的克制中，他们就像小偷一样里应外合。

楼上的过道再往里，过了乔金的卧室门，过了黄铜装饰的暗淡浴室，一个狭窄的楼梯通往三楼。三楼的窗户非常小，从外面看起来仿佛三楼的空间不足以站直腰。然而，三楼有两个没有使用的房间，正常高度，里面是各种各样的物件；第三个房间是斜屋顶的阁楼，里面装的是盒子和废旧家具，大多数都是快要散架的旧家具，还有一个小凹室，里面有一张天鹅绒面的椅子，让内特坐在那里查找"母亲的东西"。她一面说，一面指了指玻璃柜门的柜子，玻璃上积了灰尘，灰蒙蒙的。柜子里面一排排的小玩意儿，有陶瓷的装饰品，印本书，一个烛台上面有一截没有灯芯的蜡烛头，还有一团花边做的东西堆在角落里。

这是清晨的爱情。中午前，他们就不得不离开房子，迈扎特要去医学院，让内特或是去修道院，或是去排队领配额面包。所以这是一份带着上午清新之感的爱情，他们从没见过夜晚的阴影透过那灰蒙蒙的玻璃窗。迈扎特经常在黎明之前醒来，就在太阳升起前的那个小时，他在走廊里抓住让内特，他们带着睡意而不自知，在黑暗中窃窃私语。接着，紧张的一天开始了，迈扎特就像站在疲惫的悬崖边，忐忑不安，跌跌撞撞，一直到夜晚来临。

除了害怕面对莫里诺博士，他的另一个恐惧当然是自己的父亲。面对父亲这件事也必须往后挪，至少要等他和莫里诺说了之后，也许要等到战争结束后。他幻想着一脚踢开继承权，自立门户。每个想法都在他心中激起害怕的涟漪。至少提塔会喜欢让内特，他对此是肯定的。到了下午，摊开课本，他用一根指头按压自己柔软的脸颊，感受眼眶和下颌之间的牙齿。所有的这一切都必须以后再说，所有的一切。现在还是六月，假期在望；莫里诺博士虽然说过不过是复读，不过是多花点时间，但如果他想要通过考试进入第二年的学习，就得在考试上花真功夫。

一天下午，他在图书馆完成了物理练习试卷，第二天卷子发下来，第一页上潦草地写了一个45分。及格分数是70分。他迷迷瞪瞪地走进授课厅，坐在后面，断断续续地听着课，仿佛讲师的声音是风一阵阵刮过来的。一个小时后，他醒过神来，感觉有人轻拍他的胳膊。那人是塞缪尔·卡根拉提。

"嗨，迈扎特，"他严肃地笑了笑，"我只是想说我很难过。非常，非常难过。真是没有想到，我是说，但这些事情……"

迈扎特低头看了看物理试卷上的45分。"你到底是怎么知道的？"

"对不起，什么？"

"我今天上午才拿到的。"迈扎特说道，"哦，"他打住了，"你说的是洛朗。哦，是的！真是很可怕。我们心灰意冷。谢谢你，塞缪尔。我，我真的非常感谢。"

"等等，还有另一件事情。我就在想呢，你愿不愿意考虑一下，我们一起学习？"

"一起学习？"

"上次我们在图书馆调查精神病学，我真的很喜欢。你在医学不同领域的兴趣和好奇心，我真是很佩服。我觉得你和我一起考试复习，应该很有趣。"

卡根拉提面带微笑，他的大鼻孔也随之张开。迈扎特犹豫了。接着，他伸出手，他们握手之际，他越来越觉得这个人是上天派来拯救他的。看到他如此热忱，卡根拉提咯咯笑起来，抖动整条胳膊，嘴里说我很高兴，我很高兴。

第二天上午十一点，这两个人拿着几套样题、课本和他们自己绘制的单元表格，在休息的时候到大教堂背后碰面。

"我们从植物学开始，怎么样？"卡根拉提说道。

从六月到七月，两个人每天都到那个角落，在柏树的树荫之下，从十一点学到两点。一年的勤奋学习后，任何进一步的复习对卡根拉提都只是愉悦的补充，这一点从一开始就是明摆着的。这让迈扎特更为焦虑，他想要用热情掩饰自己的焦虑，提问后，听到答案，他啧啧应对，仿佛是说，是的，我当然知道这个。如果卡根拉提觉得这很烦人，那他隐藏得很好，因为他只是咯咯直笑，头稍稍往后一仰，听着迈扎特第三次问道："催化作用？再提醒一下我呢？哦，是的，哦是的，当然。"

七月的第一周，他们坐下来参加了考试。大厅里安排了两百个座位，座位之间间隔一米，最后面是监考官走来走去和聚集的死亡空间。首先考的是动物学和植物学。迈扎特觉得自己的笔试和口试都不错：问题涉及到光合作用和种子散播的媒介，他和卡根拉提都彻底搞清楚了的，还有关于脊椎动物和无脊椎动物的部分；动物学口试中，当着两位教授的面，迈扎特胸有成竹地辨别了鳃耙、喷水孔、管形吮吸器、纤毛和触须，还列出了青蛙的发育经过；植物学的考试中，他绘出了藻类、真菌类和苔类植物的图样；列出了裸子植物、单子叶植物和双子叶植物的特点；他还定义了呼吸作用，颇为得意地讨论了落叶植物的生存。

物理也不算难。卡根拉提解释过，物理学的关键就是记住公式，然后读懂问题，找到该用的公式。这之后就是简单的代数。"这是基本的科学评估问题。"卡根拉提说道，他可能是想要迈扎特认同他的不屑一顾，结果看到了醍醐灌顶的惊讶面孔。"谢谢你，"迈扎特说道，"谢谢你。"

真正的麻烦出在化学这一科上。迈扎特并不是没有准备；物理笔试和化学笔试之间有三天的间隔，这段时间他和卡根拉提在图书馆学习，完成了练习试卷，讨论了答案。到了考试那天，他进大厅的时候感觉有把握。凉爽的石膏墙大厅里，眼前是自己的试卷，耳边是两百支钢笔在纸上摩擦的沙沙声，还有监考官在桌子间大步行走发出的空洞脚步声。他分心了，这才是问题。他不慌不忙地把问题读了又读；他算这个答案，然后又算另一个答案，算到一半，半途而废。

今天是化学笔试，也是这一学期的最后一天，是西尔万·勒克莱尔到莫里诺家来用晚餐的日子。自从洛朗死后，迈扎特与让内特的罗曼史一直顺其自然地绽放，而迈扎特关于阿里亚纳·莫里诺的理论和她自杀的起因都移到了边缘位置。他并非有意识地思考这些问题，但不知不觉中还有东西在继续，现在脑子里冒出了让人不安的虐待想法，随之而来的是记忆中的场景：西尔万在桌子对面嗤之以鼻，让内特焦虑地离开房间。

他从试卷上抬起头来，看到旁边一排的前面有个年轻女子。她焦虑不安，在桌子上咔咔咔地敲笔，一只脚的后跟在另一只脚的脚踝上蹭来蹭去，她旁边桌子的年轻人转过身来。

"嘘！"

女子一惊，手指里夹着的笔垂死一跳。

"还剩一个小时。"考官说道。他拿粉笔在黑板上写下：**还剩一个小时**。

迈扎特这才行动起来，低头一看试卷，发现只完成了一道题。第五题开了一个头。他再次读题：

5.（a）计算 50 克 $Cr_2(SO_4)_3$ 中硫的重量。计算出三位有效数字。（原子量 Cr52, S32, O16）

一个小时到了，他只完成了一半的题。听到"停笔！"的喊声，他一下站起来，因为全神贯注，有些头晕。他们是按照字母顺序出教室。迈扎特走到外面，看到卡根拉提，以夸张的立式平衡姿势站在台阶上。

"考得怎么样？"他们站在一起，卡根拉提问道。

"还好吧，我觉得。"

他们穿过庭院，柏树婆娑，沙沙作响。

"去喝杯咖啡？"

"谢谢，"迈扎特说道，"但我太累了。我还是回家吧。"

这就是道别了，因为卡根拉提第二天上午就要出发前往日内瓦。迈扎特表示了感谢，卡根拉提笨笨地咧嘴一笑。他们拥抱，在大门口分别。

夏天到了最耀眼的时候。他周围的树木都吐露出粉红色的小花，如云朵般盛开在街道上。一切都很平静。他慢慢走回房子，不再受学校作息的约束，每天不用再分成若干小时和半小时。他到了家，爬上楼梯，莫里诺博士书房的门虚掩着，他从缝隙望过去，看到让内特坐在凸窗前的地板上，后脑勺对着他。他敲了敲门。

"进来。"

她身边的地板上堆着一摞相册，还有一小堆照片。最上面的一张照片是一个女子穿着花边领的衣服，头发上别着一朵花。

"考得怎么样？来，吻我。"

"还好。我觉得很累。我脑子很累。你继续，不必在意我。"

迈扎特上一次进入莫里诺博士的书房是偷偷摸摸找墨水瓶。他们早上秘密见面，不会选择这里；这房间显然不在选择范围内。但他现在立于房间中央，所爱的女人就在他面前读书，他感受到了一种新的权利。书桌上乱糟糟地摆满了纸，还有几摞书，书签就像舌头一样伸在外面。他按捺住想要坐在椅子上的冲动，沉溺在未来置身一个这样的房间的短暂想象中。他停止想象，往前走，准备坐在让内特身边。

他自己的名字。他的名字出现在了他的脑海里，他这才意识到刚才读到了自己的名字。他倒着走了回去。

书桌旁边有一本打开的笔记本。打开的那页上有大字的标题："初级笔记——迈扎特·卡迈勒"。标题下面是绿色墨水写成的各种各样难以辨认的符号，有时还斜着划在空白处。迈扎特拿起这本笔记。这一页的最后有两行字，一行字是："纳布卢斯——两座山，以巴路山和基利心山"；另一行是："撒马利亚人——魔法？拉姆人、阿拉伯人和希伯来人"。他翻到下一页，标题是"谚语"，上面列有三个谚语，都是迈扎特儿时在纳布卢斯听到，去年有一次在壁炉边闲谈时翻译给莫里诺博士的，这一页纸上是直译。其中一个是"报纸之谈"，"卡迈勒解释说——很难相信的东西"。另一个："他的话站了起来——也就是，咄咄逼人"；"夜晚的话裹着黄油——到了太阳底下就会融化——没有遵守的承诺"。这一页的最下面写着："语言能促进大脑吗？纯粹的翻译是不可能的"。

"这是什么？"迈扎特问道。

"什么是什么？"

"你父亲……"

"我父亲什么？"

"他在写我。"

让内特站了起来。"你什么意思，在写你？"

他转过身，对着桌子。书中间有两本翻译的《古兰经》。迈扎特把有自己名字的笔记本递给让内特，拿起一本法语老版本的《古兰经》，棕色的皮革封面，书脊上有烫金棱纹，书名《穆罕默德的古兰经》。另一本是最近的英文翻译版本。

"他一直在研究我。"

她翻了一页，迈扎特从她肩头望过去。这一段字大，看得很清楚：

原始大脑学了新语言的效果。

学习一个词，仿佛就是在脑海中腾出位置来装这个词的意义——用法、细微差别、隐含意义和区别。因此，即使忘记了这个词，脑子里依然会保留其凹痕、印记或空洞。因此，沉默的人也许能够进行复杂的思考，但前提是他必须曾学会说话。

让内特没再翻页。他们一言不发。

"你知道这个吗？"过了一会儿，他说道。

"当然不知道。"

"你……觉得……你觉得我……"他的声音绷得很紧，"我必须跟他谈谈。"

他抓住椅子的靠背，免得站不稳。

"是的。你应该如此。"让内特小心翼翼地把笔记本放到了桌子上。"我和你一起去？"

"不。我和你——现在还不是时候。我得坐下来。"

让内特跟着迈扎特来到他的卧室。迈扎特坐在床边，让内特站在门口看着。她强压泪水，眼睛红红的。

"你坐下吧。"

他没法看着让内特。让内特的身影从他面前走过，他直愣愣地盯着门外的过道，光从一扇视线外的窗户照进来，洒在地板上。他就那么盯着门框外的东西，看着看着，东西都变了样，楼梯的扶手变成了女人的胳膊，远处浴室门口角落的阴影就像是一只黑色的鞋子，拖着好长的鞋带，而事实上那只是地板变形翘起后，间隙处的阴影。

他觉得胃里一阵痉挛。他是客人，但越界的是主人。他也越界了，他和主人的女儿一起越了界。那么，谁的行为是犯罪呢？他无辜的幻影再次出现在他眼前。他认为他现在或多或少是清楚他们的公共准则的，但他们私下的呢？他曾以为他处在这个家庭的内部，几乎可以坐在书房的椅子上。他曾认为他的不同没什么不同。但是，如果他是这位父亲的研究对象，他怎么可能成为其女儿的丈夫呢？

人是不会研究自家女婿的。

房门外，视线所及的范围渐渐笼罩在黑暗中，暗影扩张，光斑缩小，角落里看起来是鞋子的东西消失在蔓延的阴影中。

"迈扎特？"让内特的眼睛睁得大大的，"迈扎特，我刚刚听到开门的声音。他们到了。"

他听到自己回应了一声。

"我应该换衣服了，"她说道，"他们会先喝上一杯。"

她走进门框中，进入光亮中，又走出光亮，然后不见了。

他慢慢动弹起来。他把书和笔记本放到柜子的搁架上，脱下考试穿的袍子，换上一件深灰色的正装，戴上银色的领带别针，又在衣领上别了一个蝴蝶形状的领针。他对着衣柜的镜子门，看着自己，想要看一看弗雷德里克看到了什么。花园里那棵树的一条枝桠映在镜子里，在微风中摆动，就像是摇晃的胳膊。

过道里地板咯吱作响。他打开门，看到让内特站在楼梯顶。她穿着深黄色的裙子，肩膀处有黑色的蕾丝。

"下去吧。"她说道。

"我等一等，待会儿下去。"

他走进去的时候，西尔万·勒克莱尔和莫里诺博士已经坐在了桌边。西尔万坐在让内特身边；迈扎特的位置是在博士身边，让内特的对面。

"晚上好，迈扎特先生。"西尔万说道。

"晚上好，勒克莱尔先生。博士。小姐。"

春天的那次晚餐后，勒克莱尔瘦了一些，但块头还是很大，他脸上的皮肤微微有些下垂。他的尖眉毛是灰色的；不知怎么的，迈扎特记得他的眉毛是黑色的。

"嗯，这一餐如此简单，很是抱歉，"莫里诺博士对西尔万说道，

"我们真是没法搞到肉，什么样的肉都没了。但好歹还有黄油，为此而欢呼吧。"

乔金端上了一碗碗的南瓜汤，莫里诺给大家倒上葡萄酒。

"考试结束了，对吧？"西尔万问道。

"是的，考完了。"

"考得还好？"

"我希望如此。看结果吧。"

他们拿着勺子，小口抿汤。让内特撕开一个面包卷，开始涂抹黄油。

"你什么时候回国？"

勺子都停了下来。甚至让内特也转过头来。

"我什么时候回？"迈扎特听到自己的声音抖了一下，"很快，也许吧。"

"你会在家乡行医吗？"

"我会什么？哦……我不知道……"

莫里诺伸手去拿黄油碟子。

"听到你朋友的事情，我很难过。"西尔万说道。

一番话中，他没有缘由地被这句话激怒了。也许只因为迈扎特已是蓄势待发。但一瞬间，他的愤怒涌上来，一时语塞，前额就像是一堵水墙挡住了。等终于能说出话来，他整个身体都在颤抖，只能发出耳语般的声音。

"你是谁？"

"卡迈勒先生，"让内特说道，"你还好吧？"

"我还好吧？我还好吧？这个人，这个人……小姐，我不应该告诉你，但这个人……他是个虫子，是个贼。"

"贼？"弗雷德里克说道。

西尔万笑了起来。"我怕是激怒了他，"他高声滑稽地说道，"也许你的客人觉得负疚呢，他的同胞在与我们作战，害死了我们的朋友。"

"你真恶心。你对女性没有敬意，对任何神圣的东西都没有敬意。"

"迈扎特。"让内特说道。

她脸色一下煞白。迈扎特猛地感到一阵恐慌——让内特对他的爱是如此珍贵，如此脆弱，如此来之不易，一瞬间，他丧失了对自己声音的控制力。

"不——这个人，他是癌症，他溜进了你们家庭的心脏部位。但我知道他真正是什么样的。"

西尔万看着迈扎特的眼睛。"你一无所知。"

"平静下来，迈扎特，"莫里诺说道，"你——我认为你应该平静下来。"

"你!"迈扎特说道。

他再次望向让内特，她的眼睛充满了泪水，闪闪发光。这个时机不对；他呼了一口气，稳了稳自己。

"到底什么不对劲?"莫里诺说道。

"不对劲! 什么不对劲，我……我……"他视线中的橘色碗变得模糊，"我发现……我本想跟你谈谈……关于这个……"

让内特的头颤动了一下，警告他不要说。她用唇语说，不。

"以后吧，我本打算之后再谈的。"

"谈什么?"

"没什么——没什么。"

"不是没什么，"西尔万说道，"先生，你很奇怪，咄咄逼人地指责了两个人，至少你也做出解释吧。"

"你的妻子!"

"不，"让内特说道，"不，迈扎特。"

"我的妻子?"西尔万说道。

"不。*他的妻子。*"

"迈扎特!"让内特惊呆了。

迈扎特心中的某件东西破裂了。他努力把持住自己。"他是一个坏人。"他说道。他没有按捺住,说道:"我看见了——我在你书桌上看见了……"

"我的书桌?"莫里诺说道。

"我并没有故意进去,我并不是故意的,我好奇——原谅我!"

"现在没有必要,"让内特说道,"没有必要谈论这个。我们都很激动。我们平静下来吧。"

"不,让他说,"莫里诺用一种对孩子说话的语气说道,"你进了我的书房?"

"请原谅,我在你的书桌上看到……"

莫里诺的脸上闪过恐慌。"迈扎特——"

"你觉得我没有心?"他松握的拳头落在了桌子上。他的勺子翻了过来,温热的黄色汤水溅在了他的手上和桌布上。他张开嘴,看着这一团糟。让内特拿起自己的餐巾,探起身体,给他擦手。

"我能……我只是……"莫里诺说道。

"你一直在研究我。"

"不是的,根本不是那样……"

"你认为我不是,你认为我野蛮?"

"当然,我应该征得你的同意,现在我非常清楚——"

"你是认为我野蛮?"

"不!天呀,不,我,恰恰相反,迈扎特,你的出现激发了我的灵感,你的优雅,你的——人性……"

"我的人性?"

"是的!是的,你的人性——请让我解释。恰恰相反,我一直都知道我们，我们欧洲文化中存在大量的成见。我认为，在文明研究方面，可以有一些进步——"

"莫里诺博士。"迈扎特说道。

"不，让我说吧。恰恰相反，我的研究是要尝试——卑微的尝试，迈扎特！初级专题论文，仅此而已！恰恰相反，我一直，我过去是在尝试把你人性化！"

乔金的托盘发出叮当声。西尔万坐的地方距离厨房门最近，对她摇了摇头，她停住脚步，托盘再次发出响声，她走开了。

"把我人性化？"迈扎特喘了一口气，说道，"我是——真的，我太惊讶了。先生，我是一个人。我是——不——"他站了起来。他的餐巾掉到地板上。"失陪了，"他喃喃地说道，"我必须走了。晚安。晚安。"

他离开的时候，他们在说话，但听不清楚。他抓住楼梯扶手，往上爬，走得非常慢。走廊转到眼前。站在楼梯顶上，他听到脚步声，让内特在卧室门前赶上了他。

"哦，迈扎特，"她轻声说道，"我真希望你没有那样。"

"我很抱歉。"

他低下头，让内特的手捧住了他的双颊。

"我真希望你没有那样。西尔万是……"

"我知道西尔万。"迈扎特说道。

"你这样说是什么意思？西尔万是朋友。"

他深吸一口气，站直了身体。"我有理由相信他至少是导致你母亲出问题的原因之一。"

让内特茫然地看着他。

"为了找到她生病、她痛苦的可能原因，我查阅资料，大多数神经性疾病似乎都有某一事件作为病情恶化的起因。我有理由相信西尔万·勒克莱尔可能猥亵……"

她面无反应。心生怀疑。他不能后退，至少在这件事情上得坚定。

她垂下凝视的目光。"哦，迈扎特。你看错了他。"

"我没有看错。他是个坏人。他心地不干净。"

她摇了摇头。"不。西尔万是我母亲的朋友。"

"你听我说，"他抓住让内特的胳膊，"那个人会伤害到你。"

"什么？"她的目光变得尖锐起来，"你觉得你在干什么？"

"听着，让内特。我想要——"

"不，迈扎特。我说过了，你错了。"

她缓慢做出了一个手势，把脸转向一旁。接着，她闭上了眼睛。

迈扎特带着近乎惊讶的心情等着，就仿佛刚刚看到玻璃碗摔得粉碎，然而无法相信这些碎片是无法挽回的。他紧紧抓住让内特的双臂，看着她，等着她转头面对自己。让内特一言不发。如果她的表情有些紧绷，迈扎特会认为这是一时的冲动，是情绪，总会过去的。但他并没有看到咬紧的牙关，没有紧闭的嘴唇，没有泪水。她微微张开的眼睛看着地面，有一种安静的难过。让内特不会在她父亲面前为他辩护。碎了。是他打碎的。

过道开始变形，仿佛有一道光在天花板上来回晃动，影影绰绰。绝望中，他再次晃了晃让内特。在他的视线中，过道的边缘已经开始模糊。这东西，那东西，甚至让内特都距离他好远。他松开双手，往后一退。她并没有任何反抗。他很清楚，自己不能再继续住在这栋房子里了。

Part Two

第二部

1

通常都是这样，古老的城市里，其住户的姓氏数百年不变。坐落在两座大山之间，纳布卢斯捕风捉影的说长道短在岁月中沉淀，变成了传说。男婚女嫁的故事多如牛毛，恩恩怨怨的传说，还有撒玛利亚人播下的诅咒和魔法。那位冒失的年轻人在市长的土地上叫嚣，被判死刑，那个只偷金子首饰的摩洛哥无名人，还有那位贝都因[1]王子睡在马背上，对着天空开枪。

其中，有一个关于法国十字军耶路撒冷女王的故事。女王名叫梅利森达，从她亚美尼亚母亲那儿继承了一双黑色的眼睛，以及在日头下骑马的爱好。梅利森达的母亲没有生出儿子，国王临死的时候就把王国分给了梅利森达和梅利森达的儿子鲍德温。鲍德温成年后，想把整个王国据为己有，于是纠集军队围攻自己的母亲，逼迫她流亡他乡。梅利森达从圣城流放出来，在纳布卢斯中心的一座宫殿里度过余生。每天，监狱的守卫放她出来骑马，她骑着马儿经过基利心山，穿过峡谷，进入没有耕种的平原。

过了八个世纪，到了公历的1915年，伊斯兰历的1333年，在雅斯米内区清真寺的附近，依然还看得到梅利森达十字军宫殿的地基，她骑马的地方如今是扎瓦塔村子的一部分。就在这片土地上生活着

---

1 沙漠中的游牧阿拉伯人。

一个叫哈吉·哈桑·哈马德的男子。八月一个炎热的下午，他刚刚躺在一棵橄榄树的树阴下，他的妻子顺着草地跑下来。一位土耳其信差前来送信，传讯他和贾马尔·巴萨去距离贝鲁特12英里的城市阿利出庭。

就在那一年的春天，土耳其人开始驱逐亚美尼亚人。首先，他们把君士坦丁堡的知识分子抓了起来，其中有克里科尔·祖赫拉卜、诗人丹尼尔·瓦鲁扬、鲁彭·扎尔塔里安、阿尔达申·哈鲁蒂乌尼安、阿托姆·亚尔贾尼亚，还有小说家耶万特·斯马克什汉利安，一共两千多人被送进了帝国收容所，很多惨遭严刑，大多数人都被杀了。接着，土耳其人逼迫留下来的亚美尼亚人不带供给走进沙漠。在最后的剧痛中，垂死的帝国带着偏执狂的残忍屠杀持异议者。此刻，甚至种族都是叛变的标志。女人们被强奸，然后被掐死。幼发拉底河里全是尸体。帝国不久前才朝着民主的方向改革，如今在世界大战的高压之下，毫无怜悯，只要谁不是土耳其人，谁不想做土耳其人，就攻击谁。

信使告诉哈吉·哈桑，他的朋友兼同事福阿德·穆拉德也被传唤出庭，而且已经离开纳布卢斯前往阿利。哈桑明确地告诉信使，他马上出发。打发信使上了路，哈桑关上门，发现自己的妻子拿齐亚泪水涟涟，她听到了全部的内容。哈桑想到了自己的叔叔哈吉·陶非克·哈马德，叔叔是纳布卢斯的代表，位列奥斯曼议会，也许可以在当局面前为自己说句话。他写好了给陶非克的条子，派仆人到纳布卢斯的电报局发电报。他要在农场上再待上一晚，等陶非克的回复，第二天再赶时间。

晚上，吃过扁豆和羊肉后，家里人都退了下去，要么睡觉，要么祈祷，只有哈桑趁此机会坐在花园里。拿齐亚想要陪他，但也让他打发走了。他站在游泳池边上，看着星光下闪闪发光的池水，听着下方的灌溉系统浇灌着柚子树。

他在书房里收拾好出门的行李，小包里装了两件干净的衬衣、一条他最好的法国裤子、《古兰经》，还有一块肥皂。他正要扣上带子，女仆带着一位客人走进来。来者是他的朋友，商人哈吉·塔希尔·卡迈勒.

"贾马尔·巴萨已经成了焦虑而嗜血的人，"哈吉·塔希尔开门见山地说道，"你绝不能去，去就是死路一条。凡是想要独立的群体都是威胁。审判不会公平的。"

"我们从来没有想要独立，"哈桑说道，"我们是地方分权派。我们只是想要改革。"

但哈吉·塔希尔觉得哈桑肯定会有危险，极力劝说他不要去阿利。哈桑也不是完全不同意哈吉的看法，但他心意已决，当然了，他还指望陶非克。哈吉·塔希尔出发点是好的，但他不是搞政治的人。

半夜前，陶非克的电报来了：是的，他会出面调停。哈桑肯定能得到宽恕。

日出之际，他醒过来，吻了吻睡着的妻子，骑上马，穿过群山，北向而行。等太阳灼热起来的时候，他已经到了杰宁，去他族兄弟的家里换上马车，带上马车夫。马车夫驾车继续前行，他在车里打了个盹儿。路面不平，颠簸的声音透过马车的木头传到他的耳朵里，到了太巴列湖，温度骤降，车轮在岩石上滚动，发出平静的哗哗声，他醒了。他吃了一块带来的面包，还拿了一块给车夫。等快到利塔尼河的时候，他又觉得饿了，但他们除了给马儿吃的籽料，什么都没了。他看到前面的山顶上有一座客栈，就请车夫在那儿停一下。

车夫下来喂马，他朝客栈走去。客栈的外墙最近才翻新过，外面角豆树的叶子上还糊着一层黏乎乎的灰泥。客栈老板出现在门口——一个矮个子的男人，黑色的眼睛，穿着脏围裙。他说，没有吃的。哈吉·哈桑怒目而视，那人就想起他们可能还剩有两三个鸡蛋——如果阁下稍等片刻。他递给哈桑一张报纸，一拐一拐地走开了。

上午已经过半，哈桑晒着太阳，坐在石头上，打开报纸。有讣告和出生喜讯，英国人在加里波利半岛反击的消息，还有一篇长篇书评，讲的是一位叙利亚移民在美国。他跳过书评，翻了一页，看到了《十一位民族主义者被钉死在贝鲁特》的标题。

他在名单中看到了朋友福阿德·穆拉德的名字。穆拉德已经死了！他自己的名字也赫然在列，还附上了*照片*——哈桑·哈马德是通缉犯。照片是两年前拍的，当时他的脸刮得很干净。他摸了摸自己的胡须，起身离开。他看到车夫对着一棵树小便，心中又是一阵恐慌。车夫没有选对树，尿液倾泻而出，冲到树节上溅起来，车夫避之不及。就在车夫忙着撒尿的工夫，哈桑很快做出决定。他坐上车夫的位置，挥鞭抽马，完全不顾身后车夫迷惑的叫唤声。

他驾车驶过摇摇欲坠的一座桥，到了利塔尼河的对岸，停了下来，只是让马儿喝水。他从对岸往东出发，避开贝鲁特，但也没有明确的方向。他只要看到村庄，就绕道而行，绝不能冒风险作为唯一的陌生人出现在市场上。

这样漫无目的地朝东驾驶一个半小时后，他遇到了一个独自在路边的土耳其士兵，士兵的脚踝沾满了白色的尘土。士兵站起来，给哈桑打招呼。他蓄着土耳其方式上蜡的大胡子，胸前是一排金色的纽扣，闪闪发光，身边是耀眼的刺刀，椅子旁的地上摆着一盒橘子。哈桑停下马匹，下了车。这位士兵的阿拉伯语有口音，他要求查看身份证明。他注意到了哈吉·哈桑的穿戴，眯缝起眼睛。

"这是你的马车吗？"

"是的。"哈吉·哈桑说道。他继续用流利的土耳其语说道，"我饿了，你知道附近有哪儿可以吃东西吗？"

哈桑的土耳其语完美无瑕，士兵显然对此很高兴，拍了拍他的胳膊，递给他一个橘子。哈吉·哈桑接过橘子，开始剥皮；果皮的水溅到了他满是尘土的手上。士兵把橘子皮扔到盒子里的果皮堆上，他们各吃了一瓣。哈吉·哈桑心里盘算，觉得有必要消除士兵心中已有的疑惑。他对士兵说，他本来是带着车夫一道出来的，打算去探望贝鲁特的家人。他说在一家大客栈歇脚，不想车夫抢了他的东西，跑了。一位上了年纪的店主心慈，可怜他，就让他借了这辆马车，并让他发誓一定归还。

"我没有证件，什么都没有。"他补充了一句，盯着士兵的脸，看他如何反应。

"我住在附近，"士兵回答说，"有电报机，你可以给家人发个电报。"

哈桑犹豫了。这个人看起来可信，但他仍然是土耳其人。如果他猜到了哈桑是逃犯，可能会想要赏金。哈桑把选择考虑了一遍。他跑得很快。他可以从马车上卸下一匹马，以备逃跑的时候用。

士兵领着他离开马路，往下走，来到一个小窝棚前，电线以之字形架在窝棚顶上，在风中轻轻晃动。士兵走进去，哈桑把一匹马从车上解下来，拿上一截绳子把马鞍的扣带系在车框上，抓上一把籽料给马吃，揉了揉它温暖的鼻口。窝棚里面，士兵正在炉子上烧水。角落的桌子上摆放着一台电器：一个直立的盒子看上去就像无线电收音机，盒子的四边满满当当地安装着大大小小不同的旋钮和铜管；后面一个盒子上有更多的旋钮，每个竖着的板子上都嵌有线圈和电枢，闪闪发光。

"你知道怎么用吗？"

哈桑没有说话。士兵大笑起来。

"别担心。把你想说的话写下来，我给你发出去。请吧。"

哈桑接过一张纸，用土耳其文言简意赅地写了一条信息。但不是写给妻子的，而是写给他的朋友哈吉·塔希尔·卡迈勒。

士兵坐下，摁动发报机按钮，发出信息。水开了，咖啡泛起白沫；哈桑关上了火。

"现在我们只需要等答复了。那儿有干净杯子。"

窝棚里只有一张椅子，放在电报机前。士兵坚持让哈桑坐在椅子上，自己靠墙而立。一阵长长的沉默，哈桑知道他们二人在帝国这场游戏中扮演着截然不同的角色，就无关痛痒地问了几个关于岗位的问题，避开任何可能点亮他们之间障碍的雷区。一个小时过去了，哈桑暗自揣测，士兵有可能看准了他不懂摩斯密码，实际是给上级发去了电报，对方随时都可能出现在门口逮捕他。也许仍然有逃跑的时间。他想到了那匹马。但也有另一种可能，士兵就是实诚人，真的给哈吉·塔希尔发去了电报，一旦逃走就会错过回复。他看好了从士兵面前逃走的路线，坐得笔直，手指弯曲捏着绳子。

电报机突然发出很大的滴答声。哈桑吓了一跳，站了起来，士兵接替他的位置，坐在桌子前。一个齿轮转动，一张细细的长纸条从一个咬合很紧的金色底座吐出来，进入士兵的手中。等动静停下来，士兵撕下这张纸，仔细看着上面的符号，在一张卡片上潦草地写了一行字。

"我在大马士革有位族兄，住在城堡站口附近，去找他。他的名字是阿布·凯尔·穆瓦卡。"他大声说了出来。

他把写好的卡片递给哈桑。

"谢谢你，"哈吉·哈桑说道，"祝你平安。"

哈桑喜欢一视同仁，于是给第二匹马也喂了一把籽料，然后把第一匹马重新套在马车上。他再次坐上车夫卑微的位置，挥动马鞭，朝着大马士革的方向驶去。

他到了这座古老城市西南边的朱庇特城门，已是黄昏。一位街边卖东西的人收摊晚了，哈桑坐在驾驶座上给这人打招呼，问阿布·凯尔·穆瓦卡的房子在哪儿。卖东西的人绕来绕去地说了一大通，哈桑严格按照他的指示，到了一座粉红灰色石头条纹的房子门口。

一个银色头发、薄嘴唇的男人开了门。他和哈吉·哈桑握手，领他来到马厩停好马车。

"欢迎，请进，"他说道，"哈吉·塔希尔的朋友就是我的朋友。"

他领着哈桑走进一个有窗花格子的卧室，女仆正在铺床褥。哈桑睡得很沉，黎明醒来，做了祷告，然后又睡着了，等到第二次祷告的召唤才醒。他在过道上找到一张纸条，上面说全家很早就出发去拜访一位悲痛中的亲戚，傍晚回来。女仆给他端上了盐麸木果油配鸡蛋。他吃完的时候，门口传来敲门声。

进来了十二位土耳其士兵。哈吉·哈桑立刻介绍自己是阿布·凯尔·穆瓦卡，心里默默祈祷自己的胡须足够掩人耳目。他说自己可没有欢迎过任何纳布卢斯人，没有，但他愿意让他们搜一搜房子，还请大家喝一杯柠檬水。客厅坐不下十二个人，所以年纪大的士兵就坐下，年轻一些的就站着，都拿着高脚杯喝水。哈吉·哈桑靠在窗沿上，尽力而为，一方面是拿出主人的礼貌周到，另一方面是房主人的怡然态度，他对房里众多的装饰视而不见，仿佛见过千万次一样。这行人喝光了杯子里的水，感谢阿布·凯尔·穆瓦卡，表示打扰了。

哈吉·哈桑依然是通缉犯，显然还不能露面，至少要躲藏一个多星期。他与阿布·凯尔商量此事，他们决定，哈桑娶这家人的大女儿。大女儿名叫拉沙，胖胖的，眼睛间隔很宽。哈桑拿出一只怀表作为聘礼，幸好他带了两只怀表，另外还立下字据，承诺偿还藏身期间欠下的所有债务。

数月过去了，哈桑的照片依旧每周出现在报纸上，报纸还列举了他叛国的细节，并且悬赏给当局提供他行踪线索的人。阿布·凯尔给他取了卡萨姆·哈提卜的化名，用了这个新名字，哈吉·哈桑把胡子留得长而浓密，非常幸福地和新任妻子一起住在岳父家。但日子一长，他开始想念第一位妻子和孩子们，想念在扎瓦塔农场的池子，还有纳布卢斯庭院中面色红润的伙伴们。因为没法把钱安全地从扎瓦塔转移出来，他靠着主人生活，看着欠钱的单子越来越长，开始觉得不安。一年不到，他还是决定回去看看。

1916年的春天，一个星期天的晚上，消息传来，土耳其人在库塔阿马拉得胜，哈桑穿上农夫的棉布长袍，戴上头巾，骑上马，离开大马士革朝南而行。等他到了伊尔比德的郊外，德鲁斯山上初升的太阳就像蛋黄一样。苍白的阳光中，一个贝都因女子正要走进山谷里的帐篷，看到他，做了个手势，让他也进来。他把马儿拴在树上，走进帐篷，看到女人们用脚固定着碾磨咖啡的臼钵，手里握着杵，跟着碾磨咖啡的节奏，唱着悲伤的歌曲。家里白发的长者走来迎接他，一同坐下，一言不发地等着女人们碾磨咖啡。等到咖啡煮好，大家的杯子都空了，哈桑才问，他是否可以在这里过一夜。老者含糊其辞。哈桑拿出随身的一点金子，作为交换，娶了老者的一位女儿。成交了，哈吉·哈桑在通往纳布卢斯的路上有了第一个安全的家，就在伊尔比德和德鲁斯山之间的山谷中。

接着，他又娶了一位妻子，建立了第二个家，娶的是萨法德南边村子里一位农场主的女儿。第三个家是在杰宁，娶了族兄弟朋友的女儿。

等到哈吉·哈桑回到扎瓦塔第一位妻子身边的时候，他已经多了四位妻子。他在家里待了一个月，照顾农场，与农民商议收成的收益。一个月过去了，他沿路看望其他的妻子，睡觉吃饭给钱，一路回到大马士革，回到了阿布·凯尔的家。

接下来一年半的时间，哈吉·哈桑又两次秘密往返于大马士革和纳布卢斯，看望每位妻子，去农场收钱。关于他的去向，关于他是死是活，纳布卢斯一直流言不断。然后就到了1917年的冬天，哈桑正在去扎瓦塔的路上，听说奥斯曼帝国败了，耶路撒冷到了英国人手里。哈桑到了杰宁，才从族兄弟那里听说土耳其人退到了纳布卢斯，正在老城区修建要塞，准备进攻巴勒斯坦的北部。哈桑立刻原路返回，径直回到大马士革，不敢轻举妄动回纳布卢斯。又过了一年，英国军队赶走了土耳其人，夺取了纳布卢斯。等到贾马尔·巴萨逃亡欧洲后，哈桑才觉得安全，觉得可以公开回到扎瓦塔的家里。一回去，他立刻就被公认为英雄。

那是1918年，他的族弟尼姆成了纳布卢斯的新市长。

奥斯曼帝国被推翻了，耶路撒冷的大街上到处都是狂欢庆祝的人，市民们又是跳舞，又是吹口哨，还割下电报线，拿回家当作战利品。但在纳布卢斯，人们的反应大不一样。人群聚集在作为纳布卢斯现代化象征的市政医院前，不是表示支持，而是抗议英国人夺取了耶路撒冷。纳布卢斯人一路喊着口号，来到了临时土耳其营地前，表示他们的强烈不满。虽然这座城市是阿拉伯民族主义的中心，但其市民们依然害怕帝国的失败。他们不安地说道，已知的总比未知的好；奥斯曼土耳其人是坏，可战争期间谁又不坏呢？而且，土耳其的兵营中有一半的士兵是他们的儿子。此外，贝尔福已经发布宣言，纳布卢斯人知道英国人给他们准备了什么，他们害怕。

哈吉·尼姆决定举办一次派对，庆祝族兄回家，邀请了城里的头面人物来参加。这有些不符合他的个性。哈吉·尼姆是非常虔诚的人，在他成为市长之前，一直是伊斯兰教教法法院[1]的教法官。他在家里的二楼举办过聚会，只不过是一群人围圈坐着，一边喝茶，一边讨论教法。也曾听说过有教法官喜爱社交，但从未听说过哈吉·尼姆出席过任何派对。于是，派对的消息一经宣布，他的女儿们虽然不能出席，也变得非常兴奋。他的妻子维达德安排了额外的人手来

---

1 也称作沙里阿法院。

帮忙，其中就有她妯娌家的两个女仆和男仆。从花园采来的黄色鸢尾花，在一张张的桌子上摆出钻石形状。大盘子一个个地摆出来，装满了东西——绿皮南瓜、葡萄叶和茄子，堆满了烤番茄，汤汁满溢。还请来了老城区里最会做奶酪的师傅，他在厨房里搭起装备，保证上菜的时候奶酪正好火热烫嘴。

派对之前，尼姆邀请哈吉·哈桑和他的家人一道喝咖啡。这样的场合，他的妻子和女儿们都可以参加。哈桑戴上他最好的领巾，穿上了最闪亮的大马士革皮鞋，正午的时候从扎瓦塔骑马来到纳布卢斯。

人还在路上，就看得到哈吉·尼姆·哈马德家高高石墙上方的三重拱形窗户。哈桑穿过大门，沿阶而上，经过几个藤条缠绕的凉亭，来到三重拱形的门口，走上入口处金字塔形状的台阶，转动门把手，进入了宽敞的门厅。门厅上方是巨大的拱形顶棚，光线充足。

哈吉·尼姆的三个孩子已在大厅尽头的一张躺椅上等候。族兄哈桑回来之后，哈吉·尼姆本人已经与他见过面，但现在他还是热情洋溢地欢迎哈桑，在他脸上亲吻了四下，仿佛是第一次见面。尼姆高高瘦瘦的个子，浓重的黑色眉毛弯到了眼睛旁边，夹杂有灰色的毛发，耷拉着眼皮。哈桑的个头要矮得多，尼姆要微微弯腰才够得着他的脸颊。哈桑的胡须已经白了，他刮了脸，以标志流亡结束。他的鼻尖下面就是小胡子，眉毛很高很细，但眼睛跟他族弟很像，眼角也是向下，看起来一副忧伤的表情。哈桑对着孩子们弯了弯腰，走了过去。最大的两个是女孩法蒂玛和努扎，跳起来迎接他；最小的孩子布尔汉默不作声地坐着。

哈桑在当地很有声望和成就，他谦虚，但多少也有些严厉。他的眼神从来不会游离，有他在场，没有他这份泰然自若的人就会觉得紧张。但是，如果有人合理地描述哈桑为人高冷，就有人抓住机会跳出来，声称自己与哈桑的关系更为亲密，摆出惊讶的表情，表示他自己的感受恰恰相反，说哈桑是非常温暖、诚实和忠诚的人。

尼姆亲吻哈桑的时候，哈桑很难得地大笑起来。现在他已坐下，家人都一言不发地等着。尼姆听说过哈桑逃亡的众多版本，其中有几个说哈桑逃到了俄国。尼姆一个都不信，他和自己的孩子们一样，渴望从当事人口中听到真相。他和孩子们究竟是不一样，他脸上浮现出明智的微笑，有意摇晃他尊贵的头颅，以此掩盖自己的好奇热情。

哈桑礼貌周全地询问了孩子们的学业，然后用更为有趣的提问方式满足了孩子们的好奇心。

"几乎有三年的时间，你们还是我记忆中的样子，只是更高了，更聪明了，更漂亮了！你们知道我到哪儿去了吗？"

"英格兰！"

"在埃及吗？"

"哦，不——不，我在大马士革。"

他不动声色，精彩地讲述了自己的故事，之前在阿布·凯尔家中和自己家里就已讲过，现在完全不需要想，故事自动就从嘴里冒出来。他讲了哈吉·塔希尔·卡迈勒前来警告，讲了自己从纳布卢斯到了阿利，在客栈读到报纸。听到哈桑在路边遇到了好心的士兵，那个男孩猛地一拍大腿；听到哈桑给搜查阿布·凯尔家的士兵供应柠檬水，他拍得更用力了。

听得最用心的是大女儿法蒂玛。她一点儿都没笑，听得全神贯注。她弟弟给她讲那些在战场上负伤和带着外国证书回到纳布卢斯的人，她也是听得全神贯注。这些回来的人当中，她知道有哈吉·哈桑的儿子亚西尔。

法蒂玛的母亲坚信亚西尔是法蒂玛丈夫的最佳人选。她在家里也频频提到亚西尔，但说得更多的是这门婚事对法蒂玛的父亲有何好处，而非对法蒂玛有什么好。虽然哈吉·尼姆爱戴尊敬自己的族兄，可提到族兄的儿子他总是闪烁其词。亚西尔这个选择合情合理，他是家人，在奥斯曼的军队中身居高位，而且哈吉·哈桑在约旦河谷的大部分土地都归他继承。但因为法蒂玛是他的大女儿，而且更为貌美，尼姆很看重她，也就希望给她找一位更富有的丈夫。他们谈到亚西尔的时候，他在桌子对面观察法蒂玛，看到她绯红了面颊，移开了目光。因为新上任，政务繁忙，哈吉·尼姆没有时间，也没有机会去挑选其他的追求者，而他的妻子又不断地催促这门婚事。她一次次地说，亚西尔是个好人。准确地说，法蒂玛觉得三十二岁的亚西尔对自己而言，年纪太大，可一旦想到要嫁人就害怕，好歹他是亲戚，至少还可以与自己家人多来往。

哈吉·哈桑·哈马德在扎瓦塔的土地就在以巴路山脚下。以巴路山从下往上，到了山腰三分之一的地方，有一块巨大的岩石垂直矗立。岩石靠近中心的位置有个洞穴，在西角处是另一个相连的洞穴，要小一点，洞口被石头挡住了。传说一位叫做西特·萨拉米耶的伊斯兰教女圣徒在大马士革去世，被放置到棺椁里的时候，身体腾空而起，消失得无影无踪，然后出现在西角落的洞穴里，那个洞穴奇迹般地打开接纳了她。现在，这块岩石是朝拜的圣地，人们点油灯祭拜她。洞穴里散落着土陶瓶子，洞穴壁上嵌着油灯。

那天晚上，父亲在款待宾客，法蒂玛则从厨房菜园溜了出来，沿着小路往山上爬。等到了那个洞穴，她取下面纱，擦燃一根火柴，点燃一盏油灯。洞穴里灯影跳动。她又点燃了两盏，跪在坟边，向西特·萨拉米耶祈祷，希望无论自己嫁给谁，那人在家里都是和蔼可亲的。

法蒂玛十六岁了。两年前，她就不再上学，现在开始学习如何操持家务。每天早上，她收拾床铺，把褥子裹起来，用绳子系好，叠好床单，然后把这些东西塞进壁橱。虽然他们有个女仆，大部分衣物都归女仆浆洗，但她母亲非常看重女儿什么都要会。她母亲出身贫寒一些，知道在艰难的时候依靠自己的重要性。所以，收拾好睡衣后，法蒂玛就开始熨烫，首先要在火盆里把煤炭点燃，再用火钳把煤炭放到熨斗里。熨烫完毕，她把熨斗放在三脚架上晾凉，帮着女仆把床单和衣物叠好。之后，她到厨房里去帮母亲，通常会吃上一片面包，然后帮忙准备午餐。

从法蒂玛开始记事，直到那一年为止，房子的楼上部分就被土耳其士兵所占据，他们在这里膳宿，有时还开会。哈吉·尼姆的房子被选中后，畏惧顺从和傲气这两种感情奇怪地混合在一起，他没有表现出抵抗。土耳其烹饪在哈马德家的厨房大行其道。法蒂玛站在土耳其厨子的旁边，学会了做白豆肉饭，煮羊羔肉，还有酿馅鸡。战争开始后，土耳其人被德国人取而代之，市场物价冲天的时候，德国人帮忙给厨房进货。三年后的现在，法蒂玛的家人终于恢复了对楼上房间的使用权，她的父亲荣升市长一职，与之相媲美的是她母亲重新掌管房子的喜悦。

一旦午餐烧上了，或是正在烤炉里烘烤，法蒂玛就回到楼上收拾熨斗，给熨斗刷上一层蜂蜡防止粘灰。剩下的时间，她读读杂志，做做针线，等到四点一过，妹妹和弟弟从学校回来，家人就聚在一起用午餐。

法蒂玛最近对人生的长短有了感悟。现在她进入了一个新阶段，在她眼里，这个阶段很长，但也是有尽头的人生一部分。她觉得两座大山就是纳布卢斯的双肩，也给了这座城市以限制；无论这座城市多么想要登上峭壁，扩张郊区，土地还是它的身躯，被局限在了山谷中。如果纳布卢斯真要发展，就得冲破峡谷口，冲到平原上，即便是那样，也就到平原为止。

但战争锻造出变化，战争之后，纳布卢斯暂时处在不确定的困顿当中。贸易恢复了，配给制结束了。咖啡馆里有人给大家读报，人们知道了重新划分的地区，他们美丽的城市一直都是大马士革南边的姐妹城市，现在正式成了耶路撒冷北边的一个省份，人们记忆中撒拉丁省和十字军战役的传说重新浮现。在土耳其人之下，统治家庭所梦寐以求的尊严，历经数个世纪，他们不懈抗争保护的尊严再次面临更为险峻的威胁。

城市之间又可以往来了。耶路撒冷通了电，有了新电灯，有了从闪亮留声机中传出的音乐，圣城中也有了现代夜生活。年轻人从纳布卢斯骑马南下，在老城墙里租下公寓，盼望着夜幕降临，他们在路边抽烟，在酒吧里跳舞。

法蒂玛梦想着先知鲁宾节。她十岁那年，他们和吕大[1]的亲戚一起，在雅法的海边搭起帐篷过了两个星期。节日里人们搭建了市场、咖啡馆和餐馆。白天有赛马、赛骆驼。晚上有剧团班子的表演；有从埃及和黎巴嫩来的歌手；有魔术师用绳子围起场地，表演魔术；有诗人朗诵；还有托钵僧表演打转儿。她觉得只有自己结婚后才会得到允许再次去玩儿吧。

法蒂玛祷告完毕，一阵风吹进洞穴，卷起她脚下的尘土。从洞口望出去，她看到夜幕笼罩在城市上，赶紧熄灭了她点燃的三盏灯，重新戴上面纱。她一只手拿着油瓶和火柴，另一只手摸索着岩石壁，朝洞口走去，抬脚迈出洞口。她一站在山坡上，立刻裹紧了身上的棉布袍子，弯下腰，在风中站稳。树上什么黑乎乎的东西在动，她猛地抬头去看。只不过是树枝，它们在风中摇摆，交错重叠，部分挡住了紫色的天空。

黑暗笼罩了一切。她抓紧小小的油瓶，侧耳细听，只听到了夜鹰和蟋蟀的叫声，还有风断断续续的呼声。她轻轻走下斜坡，拿着油瓶轻轻抵靠在岩石上保持平衡，心怦怦直跳。等到了城里，她不

<hr>

1 现为以色列城市。

再害怕野外的黑暗，而是害怕挨骂，毕竟这么晚了，自己一个人还在外面。

关上门，低着头，她径直朝着她和妹妹共用的卧室走去。但她母亲留神听着动静，立刻从厨房冲了上来。

"你到哪儿去了？"她尖声叫道，"丢人！你真丢人！"

"妈妈，对不起，我去祈祷了。"

"这个时间你为什么祈祷？想想吧，如果有人看到了你！法蒂玛，丢人呀！"

法蒂玛举起胳膊保护自己。

"去自己房间，你父亲看见了，用鞭子抽你！"

接着，她母亲伸出手，抓住法蒂玛的胳膊往下一拉，扯下她的面纱，狠狠地抽了她一耳光。

2

耻辱的那晚过后，迈扎特没有道别就离开了莫里诺的家。第二天，太阳还没有升起，他轻轻关上前门，拖着行李来到城中心，买了一张前往巴黎的票，还提前给船上认识的朋友法鲁克·拉兹马发了电报。几个小时后，他到了巴黎里昂车站，因为失去而感觉心疼。

他第一次看到了巴黎——凌乱的人行道，锌皮屋顶，涌动的人群面无表情，这时，前一晚他意识到自己不得不离开莫里诺父女的感受再次在心中翻腾。人们似乎不是在街道上行走，而是横冲直撞；他听到了一只河鸥的叫声，脚下的地面在喃喃低语，仿佛有水在下面某个地方搅动。

过去一年，他新添了不少衣物，行李箱怎么也装不下他的外套和塔布什帽，于是他就穿戴在身上，热得冒汗。现在周围全是黑色圆顶礼帽和蓝色制服，他注意到了军事局外面挂着三色旗，意识到自己如此穿戴，真是再醒目不过。有人对他皱起了眉头，表现出了迷惑和明白无误的厌恶。但是，不，他不会摘下塔布什帽的。

"出租车?"

到了桥上，河鸥一哄而起。出租车窗外是一条河，两边是绿树成荫的宽阔河堤。让内特是在哪个街区度过了童年，她的母亲在哪儿结果了自己的生命呢，他真希望自己能想得起来。他们到了河的对岸，小雨渐渐沥沥落在出租车的顶棚上；他们沿河岸而行，路过了一个用栅栏围起来的公园，码头上有一排画架。车子继续往城里开，城市的氛围浓厚起来，街道两边建筑耸立。最后，车子停在了富尔街，迈扎特打开车门，付了车费。

"卡迈勒先生!"

法鲁克·拉兹马坐在雨棚下的铁艺桌子旁，一副眼镜挂在他的脖子上晃荡。随着发际线渐渐往后，法鲁克的前额是越来越宽广。他们握了手。

"接到你的电报，真是高兴呀。我的好朋友，你好吗? 转过去，这是我们的前门。"

"我一直想你，"他们爬着楼梯，迈扎特说道，"你还记得吗，在船上，你告诉了我那些关于法国人的事情。我真希望能够离你近一些，有好多的事情我需要请教你。"

"当然了，"法鲁克说道，"会有时间的!"

公寓在第三层，阳台伸到街面之上，后面有个窗户，对着公共庭院。主室的家具并不多但显得贵气——墙壁上是深绿色的护壁板，摆满了书架，窗户一直高到天花板，挂着锦缎窗帘。法鲁克帮迈扎特把行李拎进一个卧室，搓了搓手，指示他坐下，伸手拿了一瓶威士忌和两个杯子。

于是，迈扎特开始了在巴黎的生活。他学医的日子一去不复返。他在索邦神学院登记入学，学习历史。夏天结束的时候，他跟着一群外国人、年轻女子和老年人在木制镶板的大厅里，嗅着粉笔灰的气味上课。每日他在咖啡厅里阅读关于古希腊和17世纪西班牙的书籍，法鲁克给他提供了额外的书，有关于禁忌之爱的故事，有神秘故事，还有旅居巴黎的外国人的故事。其中有歌德的《少年维特的烦恼》，还有一本关于黎巴嫩牧师女儿身陷婚姻却爱着别人的故事。法鲁克指出，这些书关注的是感觉，其作者渴望率真的世界。

"我们都是变成了哲学家的稻草人，"他说道，"我们的帽子下面都住着乌鸦。"

有时，用了晚餐，迈扎特就跟着法鲁克去酒吧和夜总会。这座城市从战争的悲伤走进了狂欢，巴黎人的夜生活开始因为大后方的那种刺激而变得繁荣起来。配给制之下，路灯昏暗，林荫大道灰蒙蒙的，但电影院和剧院依然夜夜人满为患，甚至在齐柏林飞艇袭击的时候也照常营业。战争的持续压力之下，巴黎人的行为举动就像是要走向世界末日一般。法鲁克喜欢开玩笑，说"灾难"的氛围导致了"脱衣"——但迈扎特说不，不是的，这是更宏大的东西，其意义和深度远胜于此。这是陌生人之间的通电，一种纯粹的存在的激动。这种东西就像是存在于身体中的药剂，只有在整夜狂欢的利齿中才能释放出来。

他第一次性经历是和索邦的另一位学生。她名叫克莱尔，个子娇小，金发碧眼，迈扎特后来得知她都快三十岁了，大吃一惊。她表示鄙视那些没有上战场的男人，迈扎特想要为自己辩护，这时她伸出手，把两根指头放在迈扎特的嘴唇上。

"我不想听你的理由。"

迈扎特第一次见到她是在一次宗教起源的讲座上。她坐在演讲厅的对面，她看着教授，迈扎特则是看着她。学生鱼贯而出，走进外面的庭院，迈扎特觉得有人轻拍了他的肩膀，转头一看，发现她一只手叉腰站着。

"我想去看看昨晚空袭后的残骸。"

他们在梅尼坦街看到了一座五层楼的建筑，墙被撕掉了，横切面暴露在外，承重墙看上去就像是海岸的剖面图，半个浴室粗鲁地展示在外面，还有一个厨房和储物架。沉默中，他抬头凝望着悬挂在顶楼的一把椅子。他想起让内特母亲手写的条子，说的是一座房子一旦有了小偷进来，房子就不再是房子。

克莱尔握住了他的手。"我的上帝呀。"她裙子的领口低，露出胸口苍白的皮肤和锁骨下方的雀斑。她挨得更近了。他心想，多奇怪的一个人；他摆脱了恐惧。克莱尔松开他的手，从他面前走过，来到花园墙边。她拉起裙子，一只脚踏在裂缝上，往上一蹿，人消失了。

迈扎特环视四周。街上只有几个行人。他听到一个声音说"妈妈，你看"，接着就没有了声音。他走向那面墙，跳上去，压碎了一块薄薄的混凝土。匆忙中，他刮伤了膝盖，尖尖的沙土在他的手上留下了印记。他跳下来，落到干草和碎片中，看见克莱尔朝着屋顶倒塌的棚子走去。波状纹的门躺在地上，她走在上面发出了哐哐的声音。她咯咯笑起来，身子一闪，从入口的缝隙溜了进去。迈扎特跟着她走进黑暗中。

里面一股木屑的气味，屋顶塌陷，几乎没有容身之地。这是柴棚，有些木头还是原来堆放整齐的样子，大多数散落在地。光线透过缝隙照进来，一个水桶泛着微光。克莱尔笑起来，完全没有理由地踢翻了水桶。水桶一翻，他们听到了水泼溅出来的声音。这样的混乱，迈扎特感到不安。他抬起一只脚，鞋子发出吧唧一声响。一瞬间，她让迈扎特觉得害怕，就在恐惧降临的一瞬间，她小小的手拉住了迈扎特的外套，迈扎特往前一倒，伸手扶住墙。迈扎特的耳边是她沉重的呼吸声。她吻了迈扎特。迈扎特想要模仿她的勇气，手和胳膊绷紧了，手指下滑，伸进她裙子的衣领下，露出了她苍白的肩膀。即便是一片昏暗中，也看得到她明亮的眼睛。她的一只手偷偷往下，到了迈扎特已经滚烫硬邦的地方，解开他的裤子，有那么残酷的一瞬间，迈扎特想起了自己的保姆，这一生中还只有他的保姆这样脱过他的裤子。克莱尔轻轻地笑起来，撩起裙子，脱下内裤；迈扎特凑过去，本能地用双腿夹住她，紧紧地把她压在墙上。她又吻了迈扎特一次，用手帮助迈扎特进入了自己的身体。

爆裂的感觉。他大吸一口气，手指陷进了她大腿后侧。她在扭动，痛苦中轻声说了一句话。放开我。他不再喘气，稳住自己；她前后拉动身体，他也学着样儿，用力插。快感涌来，好长的令人战栗的时刻，他完全失去了自我。接着，他就出来了。街上传来脚步声，渐渐消失。克莱尔噗一声，发出了恼怒的笑声，迈扎特转过身，喘喘气，他的左脚完全被水桶的水打湿了。

一开始，这段经历有些不堪回首，但没过多久就成了迈扎特心中的得意事儿。在异乡，身处陌生人当中，故事改写起来，真是容易。迈扎特和法鲁克喝着白兰地，讲了这件事，把地点换到了克莱尔的公寓里，有了行动的加持，他笑了笑，就像是男人为自己做了点事情的那种笑。他给自己灌了一碗完成了男人壮举的迷魂汤，然后又打着分享的幌子，套出了法鲁克情事的一些细节，结果发现接下来的那事就容易多了。

这个女孩是从里昂来的，也是大学的学生。那天，他在布洛涅森林[1]，看见这个女孩走在一片草地上，就调转方向，装出在交叉小路偶遇的样子。他赞美女孩头上的缎带，接受了晚餐的邀请。女孩紧身衣扣子钩在了她的内裙上，他出手帮忙，摸了摸扣子钩出的小洞，划破的布料纤维一排排的，就像是小小的竖琴。然后，他遇见了一个社会上的女孩，骨感的肩膀，身穿法兰绒外套，脚上是帆布

---

1 法国巴黎的一座公园。

高筒靴。有时，她会在派对上佩戴单片眼镜。还有一个女人是在里沃利大街上卖慈善徽章的，一头橘色的卷发。迈扎特在六月遇见的她，阳光明媚的早上，他在旁边的枕头上可以找到橘色的卷发。他还在那不勒斯咖啡馆与一位妓女交上了朋友，她身材细长，胸部平平，称呼迈扎特为"我的异国风情"。一个月的时间，他们晚上在租来的房间里过夜，早上在塞纳河边用早餐，之后这个女孩跟着她母亲离开了巴黎，去了普罗旺斯；再也听不到她轻蔑的声音，摸不到她结实的大腿，迈扎特深以为憾。他开始拜访皮加勒区的妓院，部分原因是想再找这么一个女人，另一部分原因只是生理发泄。

他光顾了两位妓女，但很快就只剩下一位，原因是第一位染上了梅毒，被送进了地方医院。另一个女人叫波利娜，皮肤非常娇嫩，夏天会在自己身上喷洒玫瑰香水，以掩盖从下至上从窗户传进来的下水道臭味。波利娜噘嘴的样子很滑稽。后来美国人参战，休假的时候巴黎到处都是美国人，她摇晃脑袋，模仿美国人拖长元音说话。迈扎特掏出法郎付钱给鸨母的时候，她就点燃一支香烟看着。

但是，过了一阵后，他就觉得买欢作乐没啥意思，当然了，有这么多的士兵轮流休息，也得当心性病。然而，有时在廉价葡萄酒的作用下，他也会高高兴兴地跟着一群男人离开酒吧，到沙巴奈[1]的大厅狂饮作乐，进入的到底是哪个女人的闺房，他也并不多想。

从始至终，让内特一直都在他心里。他的经验越是丰富，面对在女神游乐厅、马约尔音乐会或是沙龙鸡尾酒派对上遇到的女人，他就越不可能认真交往。有时，他在黑暗中感受到了让内特的嘴唇，有时在某个女人的头上闻到了她的气味。从幻想中缓过神来，发现怀里抱的是一个陌生人，耳边就会响起一个高亢的声音，他怀着近乎厌恶的心情做爱，再次感到羞愧和渴望，心中沉重地回到圣日耳

---

1 曾是巴黎最著名最奢华的妓院之一。

曼区。那个声音在他的意识中进进出出，一次持续数周；然而他心中的渴望就像是一顶严肃的头冠，随身携带，让他有了一种亦真亦假的庄重，巴黎的女人感觉得到他身上这种像古龙水一样的渴望，为之倾心。

1916年夏天的一天，在去大学的路上，他穿过奥黛翁街，透过一家书店的窗户，看到一个女人的后脑勺。他的心猛然一跳，他认出了让内特的头发。她的头发又剪短了，在后脑勺蓬起来。她在巴黎干什么？她不可能知道他在这里，他没有留下通信地址。是她，是让内特，穿着一套搭配好的淡灰色衬衣和裙子。

迈扎特盯着那扇窗户，但等她转过脸对着窗户的时候，正好是在太阳光反射的地方，迈扎特无法确定她是否看到了自己。他颤抖着穿过叮叮作响的书店门。她面朝另一边，抽出一本书，细看书脊。

"让内特。"

听到迈扎特的声音，她转过身来。不是让内特。她深深地皱起眉头，脸红了。她的小眼睛位置偏下，应该往上一点才好；她的个子太矮，虽然长得也挺好看的，但在迈扎特看来无异于丑陋。她本站在柜台边，现在朝迈扎特走了过来，轻声说了一句"请让一让"；迈扎特笨拙地挪到一旁让她出去，门当的一声关上了。有那么一会儿，她的面孔在迈扎特脑海里阴魂不散。他渐渐恐慌起来，他想不起让内特长什么样了。他努力想象让内特的面孔，但浮现在他脑海里的是刚才那个不知姓名的女人，一双位置偏下的眼睛，穿着灰色的裙子。迷茫中，他聚精会神地搜索回忆，从书店走了出来。终于，他想了起来：尖尖的小下巴，那双眼睛，那样的眼神，她的微笑，她的吻，还有最后的结束。她还在，完整无缺。

好像是老天故意不让迈扎特良心安宁一般。仅仅几个月后，他在巴黎香小戏院看一出关于魔法梨子的喜剧，没想到在观众席里看到了他在蒙彼利埃大学医学院的比利时朋友塞缪尔·卡根拉提先生。

他们凝视对方的目光撞上的那一刻，惊讶中，卡根拉提脑袋猛地往后一拉。演出间隙，迈扎特在酒吧找到了卡根拉提。

"卡迈勒先生！真没有想到还能遇见你。我还以为你回巴勒斯坦了呢。"

虽然只过去了一年，卡根拉提看起来大了一些，他光滑的脸上终于有了短绒毛。迈扎特本人长高了一英寸，不得不在皇家大道上购置了新套装。他梳上了偏分的发型，手里拿着不锈钢手柄的手杖。

"不，不，我在巴黎……我之前决定……"他停了停，"我决定换换环境。你也知道是怎么回事的，新的经历，等等。"

"你什么意思？"

"新的环境，新的人……我从来都不想待得太久，让人不待见。看一看巴黎！到了法国，怎么能不看巴黎呢？"

"没错。我要回日内瓦，顺道来这里度周末。在医学院，我们都想念你，我没想到你会走。我听说你考试考得还不错。"

"哦，嗯，那都要感谢你。嗯——你听说过我寄宿那家人的消息吗？"

"莫里诺一家没有写信？"

"当然，只是，也有一段时间了……"

"最近一次我听说，让内特去当护士了，但你肯定知道的比我多。"

穿着红色翻领衣服的引座员在招呼大家，说是第二幕要开演了。"嗯，等你下一次路过巴黎，我们应该聚一聚。"

迈扎特用颤抖的手拿起一张餐巾纸，从口袋里掏出钢笔，写道：富尔街。他都认不出自己的笔迹。

"那是谁呀？"法鲁克问道，这时帷幕拉开，演员聚集在台上接受大家的掌声，还有几声口哨声。

"一个比利时人。"

接下来的演出中，迈扎特拼命想要集中精神看戏。那段时间在医学院学习的人是他，到了最后在医院工作的人却是她！脱胎于报纸上的插图，他脑海中让内特作为护士照顾伤兵的形象索然无味，他感到了说不清的强烈妒忌。见到了卡根拉提，他有些不安，担心自己在卡根拉提面前展示了他不愿意传到莫里诺父女面前的形象。一时虚荣，他急于让老同学看到自己刚有的都市风雅，却没有想到，如果让内特风闻了现在的迈扎特，她会怎么想。黎凡特[1]人迈扎特，揣着手绢儿，穿着新套装，完完全全的陌生人，就像是街边商店某些香烟盒子上的东方巴黎人。卡根拉提在他身上肯定是只看到了老同学和同龄人这两个身份；然而，在迈扎特心中，这个单纯勤奋的人永远与他认识到自己差异性的那一刻联系在了一起——那一天，他完成考试，与自己的同学道别，回到那栋房子，发现他的主人在他不知情的情况下暗中研究他。他瞥见了外界对他本人的奇怪看法，深感痛苦。仅仅一年的时间，他经历了如此的改变，他曾是一个渴望从里到外都变成欧洲人的陌生人，如今有人询问他的血统，他都会说，但也有些在意。现在，他外表看起来更像是白皮肤的意大利人或希腊人，而不是那些离经叛道、背离文明社会、居住在欧洲大陆的下层人——那些人常常出现在法国孩子们的绘本、童谣和想象中。之前，他倾心于差异性，轻易就折服于巴黎随处可见的折衷产物，他曾经很仰慕法鲁克，但如今这一类型在他看来不过是扭曲和造作，他们似乎是融入了一个地方，但实际上却身处其外而不自知。莫里诺博士捏着笔记本，拿着头颅发展的图表，揣着分析的心思，坐在餐桌边观察他。

丈夫受了欺骗！最终证明，梨子没有魔力。掌声；帷幕落下；

---

1 历史地理名称，指的是中东托罗斯山脉以南、地中海东岸、阿拉伯沙漠以北和上美索不达米亚以西的一大片地区。

演员谢幕。

　　同一个夏天，迈扎特在为现代哲学史的研讨会做准备。一天，他在咖啡馆读斯宾诺莎[1]，到了晚上回到公寓，看见人比平时还要多，满座都是法鲁克的朋友，满屋子的烟。法鲁克举起一只手给迈扎特打招呼。书桌前的椅子给转了出来，法鲁克从椅子上起身，让给迈扎特坐下。

　　房间里的人谈得兴致盎然。大多数人都是迈扎特认识的；客人都是来自叙利亚的阿拉伯人。咖啡桌和地板上散落着期刊、报纸、装烟头的杯子和洒了咖啡的托碟。

　　"你不能推断再推断，用*我们*来表达*我*。"坐在沙发上的一个人说道。他转过头来，迈扎特看到说话的人是巴西姆·贾尔巴维，这人下巴很长。贾尔巴维的家族参与创建了巴黎的黎巴嫩联盟，这个流亡的团体为黎巴嫩的民族主义事业游说，想要得到法国政治的支持。

　　一个两只眼睛靠得很近的人，胳膊肘撑在膝盖上，看上去正要说话；这时，拉贾·阿布德·拉赫曼突然开口了，他是一位会计师，还是一位有抱负的诗人。

　　"是的，我只代表我本人观点。我不是基督徒，不是穆斯林，不是土耳其人，不是法国人、中国人，或是其中的任何一类。我只是人类的一员。"

　　"拉贾，"眼睛靠得很近的人恼怒地说道，"那是……你误解了——"

　　"我可没有误解。"

　　"不，我们必须反击，否则像你这样的人就会痛苦。"

　　"奥马尔。"法鲁克说道。

---

1 荷兰唯物主义哲学家。

"什么?"这个恼怒的男人说道,"他的行为会让他痛苦。如果他想要特立独行。随他。"

"平静点。"法鲁克说道。

"什么'平静点'?他们刚刚杀死了我们最优秀的人。这不是做人类中的一员的问题。我们来自东方,这个房间里每个人都是如此,我们受的苦难已经够多了。起来反抗吧。"

"也和压迫我们的人一样,使用同样的工具?"一个热情的声音平静地说道。

迈扎特不认识这位说话的人。他高高瘦瘦,眼皮耷拉,斜靠在沙发上,一条腿搭在另一条腿上。

"说真的,如果有这个机会,你会把欧洲变成殖民地吗?"他继续说道。

"是的!"奥马尔说道,"当然!所有的这一切,你不想要吗?"他伸出一个手指,指了指他周围的房间,仿佛是说这个有着绿色墙壁、桃花心木桌腿和天鹅绒垫子的房间就是代表所有荣耀的巴黎城。"好了,汉尼,现实点。思考一下吧。用用你的……你知道的。"

"我在思考。你思考了吗?"那个叫做汉尼的瘦子说道,"我觉得这不是开明的谈话,哈比比。"

"汉尼是对的,"法鲁克说道,"你知道的,我们要有现代的思维方式。"

"现代?"奥马尔说道,"拉兹马,当你在……在圣日耳曼区,在舒适的火车上,在电影院里,他们可能看起来是现代的。但是,相信我,相信我吧,在他们的帝国里,在他们的战争中,在他们的大炮里,他们就像土耳其人一样残忍。你们没有专心听我说话。阿拉伯的部落制度是什么样的?他的小镇就像是他的国家,而他的国家就比一百英尺外的另一个小镇好。统一的东方不会是阿拉伯的部落制度。定义上就是这样。"他的拇指和食指捏在一起,摇晃起来,仿佛两根指头捏住了一张写有定义的纸。

"哇，我不知道，"巴西姆·贾尔巴维说道，"你知道？他们杀了我们的人。他们还在杀我们的人。比如说亚美尼亚人。"

"他们杀了谁？"迈扎特说道。

"你没读今天的报纸？"优素福·曼苏尔说道，他是来自阿利的马龙派天主教徒，长着象牙色的胡须。"迈扎特，你得开始读报纸呀。"

"又是一轮死刑，杀的是民族主义者，"汉尼说道，"在贝鲁特和大马士革，二十一位叙利亚人被吊死了。"

"有来自巴勒斯坦的人，哈比比。"法鲁克说道。

"他们会输，然后我们会胜利。"贾尔巴维说道。

"谁，谁是巴勒斯坦的？"

"一个叫谢哈比，一个叫纳沙希比，"法鲁克一边说，一边从身后拿了一份报纸，"阿里·纳沙希比，你认识他吗？萨利姆·贾扎伊里……他们挖掉了我们的眼睛。"

他把报纸递给迈扎特，指了指相关的照片。

"我说呀，"奥马尔转身对着巴西姆·贾尔巴维说道，"你真的认为那么容易就能独立？"

"阿纳……要有足够的信心。"巴西姆的手转动了一圈。

"阿布德·哈米德·扎赫拉伊，"法鲁克说道，"三年前，他是国会主席。重要人物，迈扎特。现在，我们在这里，真是幸运。"

"没错，"拉贾·阿布德·拉赫曼说道。"如果我们回去，他们就会杀了我们，就像亚美尼亚人，就像扎赫拉伊。或者奴役我们，把我们变成土耳其人。"

"那他们怎么抓到那些人的？"迈扎特一边问，一边把报纸递还给法鲁克。

"贝鲁特法国领事馆的文件。哈比比，请把那个烟灰缸递给我。"

"我们一直在和法国暗中共谋。"巴西姆·贾尔巴维说道。

"我要等战争结束了才回去。"壁炉旁，坐垫上的一个胖子说道。

"因为你胆小如鼠。"奥马尔说道。

"他们关闭报社！"巴西姆说道，"你真的想回去变成土耳其人？奥马尔，看着这个，"他从身边的沙发上抓起一份期刊，"看这个，看呀，死亡、死亡、死亡。没有联盟，什么都没有。"

"我认为，"汉尼还是斜靠在沙发上，"事实上，基督教国家的代表团，才是我们最大的障碍。此刻，他们想要暗中破坏土耳其人的事情，是的。但是，以后……我是说，他们是帝国。我们知道帝国是干什么的。他们饥肠辘辘。你们知道的，在这个国家一部分人眼中，锡安运动就是一项把阿拉伯世界欧洲化的方案。"

"我并不认为锡安运动是真正的问题。"奥马尔皱着眉头说道。

"你怎么能那样说？"汉尼一下来了精神，坐直了身体。迈扎特注意到黄色的领巾从他衣服的翻领上滑落下来。

"我们的问题是独立。"奥马尔说道。

"什么？这两个问题是交错盘结的。"

"我必须得说，"拉贾·阿布德·拉赫曼抬起一只手，"你忘了，欧洲人并不想要犹太人留在这里。你听说过德雷福斯的事？不管我们是什么，我们对他们都是一样的，他们并不信任我们。只是把我们放在那儿。所以，不是殖民主义的问题。更多是打发我们走人的问题。"

优素福·曼苏尔吃力地站起来。"有人喝白兰地吗？"

"请给我一杯！"拉贾说道。

"接好了。还有人吗？"

"所以，我说到哪儿了？"拉贾说道，"对的，在欧洲的犹太人。"

"杯子不干净？请原谅，真是没看见。"

"嘘，让他喝完。"

"抱歉。"

"而另一方面，我们呢，我们那儿一直都有犹太人。叙利亚一直都有犹太人。他们就是叙利亚犹太人。"

"拉贾，哈比比，你们听我说，"汉尼说道，"他们已有了自己的邮票。"（"邮票？"优素福对巴西姆说道，"真主呀。我们都还没有自己的邮票呢。"）"没错。所以这才是真正的问题。"

"此时此刻，法国依然是更大的威胁。"奥马尔说道。

"你们这样说独立的事情，仿佛英国和法国已经赢了这场战争，"巴西姆说道，"奥斯曼还在作战，也许会休战或是别的。我们不知道结果会是什么样的。"

"但是，如果你看新闻，"迈扎特第一次开口参加了辩论，"现在美国人也参战了，德国人真的……我认为这只是时间的问题。"

"迈扎特，来，坐到这里。你看起来不太舒服的样子。"

"我没事。椅子有点坏了。"

"法鲁克，你这地方快塌了。"优素福说道。

"这是因为每天晚上有十五个阿拉伯人坐在我的家具上。"

"你说的什么话呀，我们都身轻如燕。"

"说到这个，有吃的吗？"拉贾说道，"我带了胡萝卜来。"

"以前派对的时候，我们带的都是巧克力，"巴西姆说道，"现在是胡萝卜和土豆。还有面包。"

"你带了面包？"法鲁克说道。

"抱歉，没有，我只是说……"

"嗯，我们没有面包。但有一些饼干，"法鲁克从桌子上滑下来，"在橱柜里，应该够。汤已经烧开了。"

"回家的路上，我还真买了些面包。"迈扎特说道。

"哈比比，太棒了。"

"救星迈扎特，"优素福说道，"哦，还带着热气呢，真主呀。"

"但我刚才说的是，"拉贾·阿布德·拉赫曼一边说，一边拿着他的胡萝卜走进厨房，"犹太人很会种庄稼。你知道吗？他们可能会推动当地经济。"

"拉贾，那是因为你在大马士革，"汉尼说道，"你不是巴勒斯坦那边的人。"

"我们都是*叙利亚的人*，"优素福说道，"不要再说什么'巴勒斯坦的人，不是巴勒斯坦的人'的话。我们团结在一起，我们会是一个国家。"

"够了，"奥马尔说道，"我饿得很，不能再思考。"

"看见没？"优素福对法鲁克说道，"我们怎么可能坐坏你的椅子。看看奥马尔的肚子。他瘦得连肚子都没有。"

迈扎特在这样的夜谈中越来越敢于表达，他的自信心也增加了。迈扎特想起让内特曾经说过，她如何在大学中不再害怕犯错，变得敢于发言，迈扎特觉得他辩论的能力就像肌肉一样锻炼出来了，无论是在讨论革命战争[1]和圣女贞德的文章，还是喝着咖啡、吸着香烟的辩论，他都能一展辩才。他的观点虽然没有完全脱离真理，似乎也是若即若离，他的言辞仿佛绕着真理转呀转，但没有一环扣一环地展示出真理。此外，这些辩论随意性很大，政治现状不断变化，他也就没有必要坚持自己的任何见解，而且每个人都可以按照谈话的进程随意改变自己的立场。后来，希贾兹[2]胜利的消息传来，最后奥斯曼帝国灭亡。埃米尔·费萨尔来巴黎参加巴黎和会。之前只是林荫大道旁楼上房间里的推测，只是谈笑戏谑，而如今这些国家问题迫在眉睫，流放和不确定性的快乐日子到头了。

迈扎特离开蒙彼利埃到巴黎已经三年了。这一期间，他过着多

---

1 法国大革命战争（1792—1802），革命的法国与其他列强组成的联盟之间，特别是与英国、奥地利和普鲁士展开的一系列战争。
2 也译做汉志，沙特阿拉伯西部红海沿岸的一地区。

重的人生。这　刻，他是历史学的学生，下课后在酒吧和咖啡馆与朋友见面；另一刻，他与女人为伴，举止温柔，笑容随和；他还是神秘的情人；还是辩论者；此外，他还是阿拉伯人。虽然这些身份互相也有渗透，但其界限是恒定持久的；虽然在学校的文章中、和叙利亚朋友之间高谈阔论起源与真相中，迈扎特学会了伪装，学会了在不同领域中穿行，他理解自己在每个领域的暂时性，在道德上包容这样的伪装遮掩。但是，随着朋友们变得悲观沮丧，迈扎特发现自己越来越多地扮演着所有角色中最无趣的一个——即争论的阿拉伯人。他爱这个国家，他爱这个国家理性主义的路线，他爱给未知戴上面纱的科学，他爱那些关于东方的诗词。星期天的下午，法鲁克就会朗诵这些诗词，虽然这些诗是按照西方人的形象在刻画他和他的祖先们，他还是喜欢。站在法鲁克的阳台上，看着街道上黑色的车子就像是移动中的棺材，他感觉到某个框架的震裂。他转头望向公寓，目光穿过四等分的玻璃，房间看起来似乎错了位，朋友们的面孔也变得陌生。法鲁克穿着一件天鹅绒的马甲，衬衣下摆上有一块污渍，已经洗过了，但还在，就像是一块淡棕色的胎记。

　　战争一结束，法鲁克公寓的聚会就不再频繁，等朋友们真聚到一起的时候，谈话的语气变得严肃而忧虑。优素福·曼苏尔开口不离贝鲁特饥荒的新闻。奥马尔不再直言自己对三国协约[1]的愤怒。迈扎特与这群人中的另一个纳布卢斯人汉尼·穆拉德最亲近。只有汉尼是直接参与了政治的人，他的观点并没有给其他人带来多大希望。

　　说到波拿巴和俾斯麦，汉尼·穆拉德同情的是德国人。他很清楚，国家统一是人类的最高目标。毕竟，阿尔萨斯[2]人说的是德语。

1　英、法、俄三国在 20 世纪初所缔结的同盟，原为一系列松散的协定，后来逐渐成为更具正式性质的联盟，构成了第一次世界大战中协约国的基础。
2　法国东北部地区。

汉尼虽然热衷于自己的分析，但他明白在公共场合，话到嘴边留半截。他在《晨报》做翻译，有一次，他提出了波拿巴和俾斯麦的问题，隔着水壶的热气，一个法国同事抬起头看着他，仿佛汉尼说了什么大逆不道的话；之后，两个人在黄昏中走上街道，对方才温和地提到这一问题，就像是对孩子解释一样，说语言并不是民族性的来源，其他的东西才是人起源和本质的标志。汉尼绝对反对这一看法，但明白应该闭嘴。

1918年12月，汉尼住在拉丁区的膳宿公寓。在自己的房间里，他坐在打字机前，壁炉的火一闪一闪的，墙纸潮湿得卷了起来。过去的一年中，他来来回回地做着报社和寄宿学校的差事；在学校里，他负责带孩子们去参观城堡，随性自发、绘声绘色地讲述法国历史；到了晚上，他则是笔耕不辍。他在用法语翻译一本土耳其语的书，书桌上乱糟糟一片，全是手写的稿纸。几个星期前，连着几封紧急信件寄到了膳宿公寓，写信人是一位帕约先生，他同意出版此书，但前提是汉尼要拿出人类最快的速度交上一份打字稿件。帕约先生说，现在法国对奥斯曼人好奇得很，正是出手的时候，发财的机会就在眼前，呼之欲出。

书名是《土耳其的历史命运》。原作者是一位叫做艾哈迈德·拉西姆的土耳其人，大约在十年前完成了这四卷书的内容。当然，事到如今，奥斯曼帝国的失败给整件事情涂抹上了不一样的色彩，自从停战协议签订的这一个月以来，汉尼发现他自作主张在书中的某些地方插入了预言性质的解释，同时又惊讶地在某些段落中找到了暗合这些预言的蛛丝马迹。

他自己写了一句话，把俾斯麦统一德国的计划与土耳其少壮派的残忍和他们"土耳其化"的政策做了比较，然后停了下来。这是业余历史学家的另一种虚荣？怀疑就是信号：如果感到怀疑，就不要做。他伸手从打印机上撕下这张纸，另一只手在滚筒上重新卷了一张，重重压下杠杆，正要重新打出第 段的内容，这时敲门声响了起来。

"汉尼·穆拉德先生！"

打开门一看，过道上的两人手里拿着各自的帽子，笑容满面，原来是老同学卡德里·穆罕默德和里亚德·阿萨利。两人的头已经开始秃顶，张扬地穿着一模一样的毛料外套，戴着有颜色的领巾。

"我的天呀！哈！你们两个人在这里干什么？我太惊讶了！吻吻我，吻吻我，你们吓坏了我……"

卡德里和里亚德大笑着拥抱了他。卡德里蓄着厚厚的胡须，面带微笑；里亚德个头高一些，低下了发亮的脑袋。

"亲爱的汉尼，我们回来看你。"

"进来，请进来，来吧，来吧。"

"不，汉尼，我们不能进。"卡德里说道。

"汉尼，我们有重要消息，"里亚德说道，"埃米尔·费萨尔来了，到巴黎参加和会。他住在欧陆酒店，是法国政府的客人。"

"汉尼，你跟我们一起去见他，就今晚，"卡德里睁大眼睛，"费萨尔阁下的阿拉伯代表团还需要有个领头人，没多少时间了。汉尼，我们觉得你是最佳人选。你觉得怎么样。"

"我不知道该说什么。就进来一小会儿，我们谈一谈？我好久没有见到你们了——我有茶和面包。"

"嗯，汉尼，我们处于劣势，"里亚德叹了一口气，"他们到了上周才通知欢迎费萨尔参加和会。汉尼，真是最后一分钟才通知。有我们两个人，参加过起义的努里·赛义德，还有英国人劳伦斯。其他人都到了，我们还没有准备好。关键是我们得加紧工作。"

"汉尼，现在就来吧。我们可以在路上谈。"

汉尼还没有搞清楚是怎么回事，就打散壁炉里的木柴，关上壁炉门，抓上帽子，锁了前门，把大衣套在了肩膀上。

看到外面停靠的汽车，汉尼的心膨胀了。街灯之下，黑色的涂漆闪耀出银色的光芒。三个人站在人行道上看着这辆车，呼出一圈圈的白气，接着里亚德轻轻拍了拍汉尼的肩膀，打开后门。车窗的缝隙上凝有白霜。司机穿了两件外套。

"这位埃米尔是谢里夫·侯赛因的儿子，希贾兹的那位，"卡德里从前排座位转过身，对汉尼说道，"他父亲领导了反抗土耳其的阿拉伯起义[1]，是一位非常非常勇敢的人。"

"汉尼，他的儿子也是如此，"里亚德说道，"他期待见到你。"

车飞速行驶在巴黎城中。胜利的旗帜破破烂烂地挂在灯柱上。汉尼思绪万千。这些年在巴黎苦苦寻找工作，他需要这些临时职位来韬光养晦，晚上则是专注地投入到翻译工作中。翻译对国家的帮助是如此缓慢，如此拐弯抹角，他家族的长辈被贾马尔·巴萨挂在绞索上，而他却流亡海外，翻译对他的负疚心是一种聊胜于无的安慰。现在，尘埃落定。他的法律学位并没有白拿。在这之前，他还没有听说过埃米尔·费萨尔，这并不重要，重要的是他得到了召唤。

欧陆酒店，豪华气派，灯火辉煌，有红色的绒毛椅子和地毯，还有穿着制服的仆人推着银色手推车。一个脸刮得很干净的男人，抹油的黑色偏分卷发，在大厅迎接他们。他穿着卡其色的军装。

"这位是努里·赛义德。"卡德里说道。

"幸会。"努里的下巴往下一点，微笑着对汉尼说道。他带着他们穿过走廊。

套房的层高堪比小教堂，在电气枝形吊灯的照耀和投影下，巨大的靠街窗户闪闪发光。一个人身穿天蓝色祭司长袍，从壁炉边的镀金椅子上起身欢迎他们，他正是埃米尔·费萨尔阁下。

费萨尔是贝都因人打扮。他的黑眼睛清澈明亮，长长的脸庞周

---

1 阿拉伯起义是第一次世界大战期间原奥斯曼帝国境内阿拉伯民族反抗土耳其人统治的民族解放斗争，发生于 1916—1918 年之间。

围是刺绣丝绸的厚重白色方头巾；他的大鼻子很有些偏离了脸部的中心位置，他探身与汉尼握手时，镶嵌了珠宝的匕首手柄露在长袍的褶皱间，闪闪发光。他的手掌非常柔软。卡德里和里亚德站在努里身边，他们都站在埃米尔身后；汉尼注意到他们已经取下了领巾，戴上了白色的方头巾。

费萨尔做了一个手势，让汉尼坐下；卡德里、里亚德和努里依然站着。汉尼小声尊敬地说了问候语，接着是片刻的安静。然后，费萨尔说话了。

"在法国，公众是如何看待阿拉伯人的？"

他的声音从嘴里发出来，就像是大地的低语。

"尊敬的阁下。我认为……在我的印象中，法国公民只读法国的报纸，这些报纸误导了他们对叙利亚人的认知，也误导了他们对阿拉伯人的整体认知。所以，甚至是大学生都认为阿拉伯人还是以中世纪的方式在生活。甚至是中世纪之前的方式。"

费萨尔什么都没有说。他双手合拢放在膝盖上。汉尼再次开口。

"我认为法国现在依然梦想着侵吞叙利亚，甚至想要主宰她的命运，就像他们对阿尔及利亚、摩洛哥和突尼斯……"

费萨尔的一只手从另一只手上抬起，有几英寸的高度。

"你觉得，"他说道，"如果我们发动独立战争，我们就能改变法国的观点。"

这听起来并不像是提问。汉尼犹豫了。

"尊敬的阁下，我担心他们不会轻易……放弃他们的殖民政策。数十年来，这一直是他们海外行为的中心原则。"

现在，汉尼绝不能因为自己的分析而忘乎所以。他经常深思，认为法国人力资源匮乏这一事实决定了法国的外国政策，而法国的邻居德国人力资源却很强大。造成这一点的原因是典型的法国家庭并不生养很多孩子。而这一点是因为法国人不切实际地宽容对待法国女人。法国女人太过自由。法国女人晚上总是在剧院，而不是在家里准备生养。法国女人的行为是系统性问题，既然他们的女人不愿意生产，法国民族就期盼领养更多的孩子，希望通过侵吞土地达到这一目的。所以，他们和德国爆发了战争。

汉尼张开嘴唇，准备说话。埃米尔等待着。但汉尼在自己的犹豫中再次看到怀疑，而怀疑就是仲裁之神的信号。如果怀疑，就不要做。这样的理论第一次说出来不应该是在这样的场合，这是觐见希贾兹的埃米尔·费萨尔，麦加的谢里夫·侯赛因可是他的父亲。

这位埃米尔的眼皮因为疲惫而发紧肿胀。即便在这样的状态下，他也能判断出眼前的这个人克制而体面。他喜欢汉尼的贵族轮廓，喜欢他瘦削的四肢；他喜欢汉尼说话当中的停顿，这表现出了谨慎和控制力。因此，他同意了，他们就用这个人，让汉尼·穆拉德当阿拉伯代表团巴黎办公室的领头人。费萨尔闭上眼睛，对里亚德点了点头。

此外，他们也没有时间，所以别无选择。

1919年，汉尼·穆拉德的面前还是那张书桌，还是那台打字机。他所看到的不再是膳宿公寓旧房间里脱落的墙纸，而是行人穿着无袖连衣裙漫步在斯波蒂尼街上。他的手肘边是一盘三明治，桌上摆着一封费萨尔从大马士革给他寄来的信件。

汉尼用铅笔勾出了这句话："问我叙利亚的政治局面，那我就告诉你，叙利亚的石头都在呼唤国家的独立。"他正在用打字机以费萨尔的名义给克里孟梭[1]写信，问题是如何在信中用强有力的法语外交辞令表达出这种感情。

和会的进程很艰难。从一开始，法国人想的就只是款待费萨尔，

---

1 乔治·克里孟梭（1841—1929），法国激进党政府总理、政治家。

而非与他谈判。与总统见面的二十分钟里，没有提到一个字的政治，全是面带微笑、嘘寒问暖，坐下，起身，握手，赞叹他身上的袍子，这叫什么来着？与外长共进午餐，一盘盘的切片菠萝，专门为了阁下从加勒比地区运来的，阁下可愿意尝一尝？握手三次，小提琴四重奏，之后一句话都没有。湛蓝的天空下，总理府的园子举行的茶会，穿着暴露的舞者们随着钢琴的旋律扭动大腿，这是为了阁下您特地安排的。为了向费萨尔表示敬意！他们中没有一个人在意阿拉伯人，一个也没有。

最后，汉尼说服了费萨尔，找来一位法国裁缝。自从埃米尔换掉了阿拉伯长袍，穿上了裤子正装，事情开始有了转机。但汉尼负责在阁下的个性和法国人的种种不公之间斡旋平衡，工作依然极为繁重。八个月过去了，他的发根已经灰白。

敲门声传来。汉尼还没从座位上转过身来，身后就响起了说话的声音。

"哈比比，你好呀。"

迈扎特·卡迈勒大步走进房间。他穿着直细条纹的套装，偏分的头发上了油，上嘴唇的胡须修剪得很整齐。红色的石竹花夹在一块折好的绿色手帕里，压坏了，悬挂在口袋上。

"迈扎特。哈比比，来，坐下吧。"

"你在工作？"

"是的，但我需要休息一下。迈扎特，吃个三明治。"

"好的。不，我不能坐下。我必须说一说。汉尼，我知道你很忙，但我必须跟你说一说。很抱歉打扰你。"

"没事的。出什么事了？"

迈扎特·卡迈勒从来没有焦虑激动的时候。自从汉尼认识他以来，迈扎特要么就是胳膊上挽着一个女人笑着走在林荫大道上，要么就是心里想着一个女人沉默不语，着迷于下一个，再下一个，一脸艰辛地抛弃了最后一个，仿佛在寻找依然没有找到的东西；他追逐着巴黎的女人，而心中的悲伤就像是岩浆，即便是在喝茶的沙龙上，也会毫无征兆地爆发。

"我要走了。考试结束，邮轮又通航了，我的钱也用光了。终于，我不得不面对父亲对我的期待。我不得不回纳布卢斯。我不得不履行自己的职责。"

"听起来挺好的，迈扎特。我们所有的人到了最后都必须这样做。"

"哦，但是，汉尼，我……我不能这样。我不能就这样离开。"

"哈比比，坐下吧。"

"我不知道该怎么办。"

"是因为让内特？"

"是的，让内特。"

汉尼笑了起来。"经历了这么多女人，你还是执迷不悟。说真的，你真像是诗里面走出来的人物。"

迈扎特笑的时候，他的眉毛就会往上扬，仿佛笑声和惊讶是同盟军一般。汉尼还注意到，迈扎特有个奇怪的习惯，他会在开心和痛苦、犯傻和悲伤之间转换表情，有时就很难捕捉到他的情绪。迈扎特的眉毛上扬了。

"我应该给她写信吗？你觉我应该怎么做？我知道，事情已过了这么久。她只是个女人。但她依然留在我的心里。一段一段的时间，我忘记了这事。数周的时间，它溜出了我的意识范畴，成了背景，我都注意不到它的存在。但接下来，我又听到了它的声音。"

这番话显然是让他心身疲惫，迈扎特终于坐到了汉尼给他的椅子上。他把玩自己的领带，两根指头捏着摩挲。他笑起来，又变了表情，皱起眉头。

"哈，我知道，你不用说，是的，这是我的错，我想要做正确的事情，莫里诺一家不值得尊敬。我应该为自己的所作所为感到骄傲。我并不想变得如此……我只是想知道你觉得我是否应该给她写信。"他身体前倾，专心地看着汉尼的面孔，"汉尼，你总能做出正确的决定。并不是因为我认为她会回信。但如果她回信了，至少能澄清……但是，不是的，我是因为想要写。现在，我能够写以前不能说的内容。你明白吗？我有很多之前没有说的话。"

确定迈扎特说完了，汉尼才回答。

在圣日耳曼区的叙利亚人当中，让内特·莫里诺是名人。汉尼第一次听说她，那是在他大马士革朋友法鲁克·拉兹马的公寓里，迈扎特寄住在法鲁克家里。法鲁克说，这位年轻的纳布卢斯人极为痛苦，我觉得，我必须做他的哲学家，还要做他的朋友，他紧紧抓住我所说的每句话，仿佛可以从中得到拯救。

"迈扎特，我觉得你应该写这封信，"汉尼拿起一块三明治，平静理性地说道，"即便是不寄出去，也应该写。"

"我必须寄出去。"

"那好吧。但写出来，就很有裨益了。我一直觉得写作有这个特点。"他咬了一口三明治。

"我已经写好了信。"

"哦，我明白了。"

"我能读给你听吗？你就能告诉我，我是否应该寄出这封信？"

"好的，读吧。"

亲爱的让内特：

我在巴黎给你写信，但马上也要离开这里。在这里四年，现在我就要回巴勒斯坦了。我很抱歉之前没有给你写信。我真希望自己写了。一阵又一阵的遗憾后悔。我曾希望自己能忘掉你。这么长时间以来，在我的心中，你都和痛苦的感受捆绑在一起，想起你，就是再次感受其他一切的刺痛。我曾多少希望自己来法国之前的人生记忆顶上来，你就会随之滑落，而我心底就还是原来的样子。但恰恰相反的，事实上我和你的经历成了我思绪的基石之一，留下了印记，让后来的所有事情都变成了烦恼。随着时间的推移，刺痛的感觉减弱了，减弱了一点儿。我对你的记忆一点儿也没有减弱。

　　我有很多要道歉的事情。我抱歉没有告诉你我的去向。我抱歉自己突然离开。三年前，我碰到了医学院的塞缪尔·卡根拉提，他告诉我，你做了护士。我猜想你现在已回到了蒙彼利埃。我本是学医的人，但你却成了行医的人，真是有意思。我希望你没有目睹太多可怕的事情。但想到你很有可能看到了很多，我感到羞愧。

　　让内特，你在我心中有四年的时间了。你一直，一直都在我心里。持续的不仅仅是痛苦，还有你。每天我都听到你的声音。看到你在露台上站在我身边。看到你的头发——每天都有不同的发型！回想你的气味。还有你黄色的裙子。我记得你吻我时的气息。我记得你从我身边转身离开的愤怒。

　　我希望你能理解，发现你父亲所写的内容是非常痛苦的一件事。我曾希望能娶你，但我太害羞，说不出口。对这一点，我再次抱歉。不过，我坚持自己说过的话。在这里，在这个国家，我成了我自己，因此我不能代表任何东西。我属于这里，我一样属于巴勒斯坦。

　　我希望你明白我一直都是好意，全都是因为对你的爱。

　　祝你生活幸福。我永远不会忘记你。

你的，

迈扎特

1919年9月3日

"嗯，"汉尼说道，"迈扎特，写得不错。我挺触动的。给你一个信封。抽屉里有邮票。"

3

1919年10月，埃及的动荡依然处在一触即发的状态。巴黎和会上，英国拒绝了埃及独立的要求。抵抗运动的领袖们被流放到马耳他，开罗的妇女们上街抗议。但全面的抵抗活动终究平息下来，埃及和黎凡特地区的贸易恢复到了正常水平。于是，迈扎特的父亲哈吉·塔希尔·卡迈勒从开罗出发前往大马士革购买更多的丝绸，旅途中，他决定在纳布卢斯停留一下。

秋日的灼热中，走在正午日头下的人们一个个脸上都烤出了油。哈吉·塔希尔走过商栈，穿过卡迈勒商店外悬挂的帆布，前去问候他的代理商希沙姆，接过一杯放了很多糖和小豆蔻的咖啡，与路过的老顾客们闲聊几句。他们赞美上天结束了这场战争；他们抱怨英国士兵的随心所欲；他们承认，种子和牲畜恢复了供应，商业也恢复了正常，令人高兴。

哈吉·塔希尔·卡迈勒是一位商人，因为他父亲是商人，他父亲的父亲也是商人。商人是纳布卢斯与周围村庄联系的粘合剂：对于村子里的人而言，商人是信用额度、是恩主、是雇主，甚至是朋友；对于城里的人而言，他们是创新的先驱者，是传统的支柱。节日来临的时候，纳布卢斯人跳舞穿过市场，在地面洒上彩带和开心果果壳。在人们现存的记忆中，纳布卢斯人社会的基石是清真寺、城门和中心市场，也就是商栈。

哈吉·塔希尔的祖父一开始是贩卖纳布卢斯肥皂，肥皂装在板条箱里，放在骡子背上，穿过加沙前往开罗；数周之后，再赶着骡子，运上绳子扎紧的一捆捆埃及新鲜棉花，拉到纳布卢斯商栈去卖，赚了钱再买更多的肥皂运到开罗，如此反复。哈吉·塔希尔的父亲继承下这份生意，开始雇用当地的裁缝和染工，如此得以把卡迈勒摊位扩展成了服装店。接着，他与大马士革的纺织品生产商建立了联系。生产商把黎巴嫩来的蚕丝和英国运来的棉花纺在一起做成布料，染成靛蓝、深红、翠绿、橘黄和朱红色；哈吉·塔希尔的父亲再用上哈吉·塔希尔祖父在开罗留下的人脉，在布拉克街上开了一家卡迈勒百货商店，批量出售被套、枕套、床罩、围巾、手绢、头巾，以及大量按照臂长出售的白色和彩色布料。哈吉·塔希尔所继承的就是这份生意。随着市场的拓展，开罗商店越来越兴旺，除了之前的基本品，他们很快开始出售马甲、宽松裤，阿拉伯长袍，还有农民出席婚礼佩戴的发箍。

哈吉·塔希尔骑上马，朝基利心山的家中走去，太阳已经偏西。风吹来，袖口呼呼作响，耳朵旁边汗湿的头发也凉爽起来；风刮过天空，新卷来了云层，房子和树木的投影消失了。

"赛俩目[1]！"管家乌姆·马哈茂德打开门，伸出双臂，"你好呀，亲爱的哈吉，你好呀。"

"感谢真主。乌姆·马哈茂德，我饿了。"

"亲爱的哈吉，祝你健康，我马上去烧水。把外套给我吧。"

塔希尔在入口处看到桌上有两封信。他站在原地打开第一封。

最尊敬的先生，高尚的兄弟，哈吉·塔希尔·卡迈勒：

首先询问您的健康，这是我们最关心的事情，之后呈递上我们的希望，请您给我们如下货物：迪马布料，花色要好，不褪色；像之前您给我们发来的那种暗色长袍一件，配上头盖，质量要好，长度及膝盖。女人们两块半迪马布料，不褪色，她

---

1 伊斯兰教最常见的问候语。

们在家自制裙子。四个臂长的曼苏里布料，两件内衣，四块女人用的手帕。真主的光辉在上，节日之后，我们会派苏莱曼诺夫·穆罕默德的儿子胡赛按照价格送来钱。我们恳请您一定不要拖延送货，您非常清楚阿布·奥斯曼家即将举行婚礼。真主保佑您。

易卜拉欣·阿布德·瓦哈卜

通常而言，处理这种订单的人是希沙姆。但既然他在家收到了信，就亲自处理。自从战争爆发后，这还是他第一次以恩主的身份去村子里，他想了想自己受到热烈欢迎的场景。

第二个信封是淡紫色。上面写着：

迈扎特·卡迈勒先生

卡迈勒府邸

纳布卢斯

巴勒斯坦

哈吉·塔希尔会说英语，认得拉丁字母，所以他儿子的名字很明显。他仔细看了看两枚绿色的邮票。上面是同样的图案，都是一位穿着希腊袍子的女性。

四年前，他收到了迈扎特的信，上面的邮票几乎是一模一样的，那封信告知他计划有变：迈扎特离开蒙彼利埃，要在巴黎完成大学学业，依然是按照最初的计划，战争结束后回家。迈扎特附上了新地址：圣日耳曼区富尔街。这一变化的解释很含糊：突然有了机会能够得到更有意义更好的经历。哈吉·塔希尔并没有大惊小怪。为什么不去巴黎呢？如果儿子回来更练达，岂不是更好。汇款到位后，他们的通信再次稀疏起来。塔希尔上一次收到儿子的信是在春天：一张明信片照片，上面迈扎特靠着手杖，另一只手放在口袋里，眼睛望着摄影师背后的角落。

紫色信封上有塞德港[1]10月13日的邮戳，海法的邮戳是17日，耶路撒冷的是18日，然后是19日。哈吉·塔希尔用他粗大的食指沿着上面的折线撕开了信封。信纸的正反两面都是流畅的弯曲字体。他瞪大了眼睛，一个字不认识。信末署名只有一个字：让。

　　1919年10月20日下午3点，哈吉·塔希尔站在位于纳布卢斯基利心山边家里房子的入口处，他不知道的是儿子已经离开了巴黎。这天早上，迈扎特下了邮轮，踏上埃及的海岸，此刻迈扎特坐在马车上，前往父亲在开罗的房子，希望给父亲一个惊喜。

　　六天前，迈扎特登上了前往亚历山大港的邮轮"考克斯号"。他寄出给让内特的那封信后，决定不直接回巴勒斯坦。首先，适应一下也是好的。他选择埃及作为第一站，他知道这个地方，但不同于他对巴勒斯坦的了解。纳布卢斯是他的一部分，开罗不是。他熟悉纳布卢斯，熟悉那里所有的气味，所有的声音，还有穿山而过的气流。而他仅有的另一次来开罗是五年前，第一次登上前往马赛的邮轮。他展开想象，自己突然出现在父亲跟前，看到长大成人的自己，父亲眼中充满了喜悦。他深吸一口带着咸味的空气，露出微笑。他们深情拥抱，全是自然流露的感情。

　　也是六天前，一个紫色的信封搭乘邮车离开了蒙彼利埃邮局，也是在马赛登船，上了一艘名为"安博瓦兹号"的普通邮轮。也许一路上，迈扎特和这个信封的航线也有交汇之处。也许是在港口，也许是在阿尔及利亚海盆[2]或西西里海峡的某个地方，两艘邮轮也许遥遥相望过。但不管怎样，邮件快船停靠在塞德港，这封来自蒙彼利埃的信件开始了陆地之行，"考克斯号"还没有到达亚历山大港，这封信提前两天抵达了巴勒斯坦。

---

1 埃及的一个港口城市，位于苏伊士运河北端的地中海海岸。
2 位于地中海。

亚历山大港的火车站关闭了。其他从邮轮下来的乘客围着看一则通知，上面说铁轨维修。有几个人走到入口处，透过玻璃往里张望。对面观赏植物园的草地上到处都是碎纸片和废弃的布标条幅，四周的电报线都被扒拉下来。有几根电报线松松地挂在电报杆上，就像是法国自由树上的缎带。迈扎特离开人群，沿着道路往下走，找到了一辆空闲的轻便马车。坐在马车夫位置上的是个小个子男人，牙齿叼着一根香烟，两只脚放在门框上。一番商议，迈扎特说服他驾车去开罗，价格是令人咋舌的五个皮阿斯特[1]。

前往首都的路上看到了更多破坏后的电报线，空荡荡的电车轨道，还有路边被废弃的条幅，撕烂了任人踩踏，上面写着"埃及人的埃及"。马车沿着铁路而行，迈扎特瞥见埃及工人在全副武装的英国士兵监视下做工。

阿巴西亚街区的街道上几乎空无一人。下午这个时间，居民们都关上百叶窗抵挡日光，昏昏欲睡地待在家里。他到了父亲的房子：白色的别墅，有柱子的阳台，伊斯玛仪派[2]的巴洛克风格。前花园里，橘子树的花期将尽，淡棕色的残花腐烂在草地上。

莱拉开了门，她腰间抱着个孩子，一张薄薄的黑纱遮面。一时间，她什么都没说，接着，突然叫起来："迈扎特！"孩子别过脸，在她的肩头擦嘴。

她用腾出来的那只手示意迈扎特进屋，关门之前还朝门外瞅了瞅，仿佛街上还有更多的惊喜。接着，她转过身来，摘掉面纱，吻了吻迈扎特，看到她这么热情，迈扎特不由自主地笑了起来。也许时间和距离抹去了恶意。莱拉的脸上自然地浮现出微笑，仿佛他们之间从未有过恶意。

"你好高呀！"

---

1 货币单位。
2 伊斯兰教什叶派的主要支派之一。

她把孩子放在脚边，孩子拉着她的裙子。迈扎特记忆中的莱拉要高大一些。他低头看见莱拉纤细的手腕，长长的黑发，还有她的手指，依然用散沫花油膏染色，已褪成了淡红色。

　　"你真的是个男人了。"

　　听到这话，迈扎特很是高兴。她领着迈扎特往屋里走，叫嚷着让人送咖啡出来。她转动门把手，那个男孩从她胳膊下面溜过去，沿着走廊跑开了。

　　迈扎特回忆起，上次来这个房间还是个卧室。现在，房间里有两张缎面长沙发，窗户边有一张书桌，上面堆满了茉莉花。

　　"你写信了吗？你父亲在纳布卢斯，他没说过你要来的事情。"

　　一时间，迈扎特没有作声。莱拉扬起了眉毛。

　　"哦，"他说道，"我以为他在这儿呢。之前想的是没人工作……我听说了罢工的事情。"

　　"是的，但很快就要恢复正常了。正因为如此，你父亲去大马士革买丝绸。"

　　"当然。嗯，这样的话，抱歉打扰了。我应该搭乘火车去纳布卢斯。"

　　"胡说八道！坐下。你至少待上一个晚上，和我一起用晚餐吧。"

　　"不了，谢谢你，我应该去看提塔，我应该回纳布卢斯。"

　　"迈扎特，我有五年的时间没有见到你。只是问候一声就走？这可不行。你怎么都得见见你的弟弟妹妹们。"

　　她打开门，高声呼叫孩子们。接着，她再次坐下，有几分钟的时间，他们都没有说话。一个女仆端着咖啡走进来，孩子们跟着也走了进来。

　　五个孩子。最大的穆斯巴赫，个头已经到了他母亲的腰际，浓浓的眉毛。他待在靠近门口的地方，凝神看着。第二个孩子叫迪尼亚，是个金色头发的女孩，她走上前来，握住迈扎特的手。接下来是纳迪姆和以西拉，都是黑色头发，纳迪姆水手打扮，以西拉穿着一条白色裙子。然后是他已见过的那个害羞男孩，纳沙特。莱拉抱起纳沙特，胯部顶着，抱在身上。

迈扎特挨个握了他们的小手。纳沙特不肯看他，吸着一根手指，把头埋在母亲的头发里。等迈扎特再次退回去，他的继母神情坚定地望着他，无论之前迈扎特对她有什么样的怨恨，突然烟消云散了。

他在巴黎的时候，常常思考他在纳布卢斯长大成人的日子。想到每个人都是本人经历的产物，他认为莱拉的行为可能真的对孩提时候的他造成了一些伤害。因为莱拉，他过早就接触到了家庭的虚无本质，明白父母只是结合在一起的两个人。

穆斯巴赫出生的时候，迈扎特十三岁。他记忆中的婴儿非常小，脸蛋儿嘟起来，眼睛下面挤出了褶子，手臂上也胖出一道道深深的褶子。有时他看起来很严肃，有时像个愤怒的小人儿，一边用小小的拳头敲打自己，一边叫喊。

这对夫妻和婴儿来了纳布卢斯后，三辆马车组成的车队也跟着从开罗运来了好多家具。房子里很快就装满了各种小玩意儿，房间一下变得大了很多，拥挤了很多。起居室的中央放了一张华丽的木头桌子，旁边的一个衣柜上全是珍珠母贝嵌成的花瓣装饰；一模一样的八角边桌，满房子摆放，又高又窄，有棱有角，就像是奇怪的工具。欧洲款式的床架，三个人搬进屋，花了四个小时才组装好。

因为塔希尔在耶路撒冷忙生意，就由莱拉监督工人。迈扎特从门后往外张望的时候，她并没有责骂他。"本来有个美丽的床头板，"她举起双手说道，"全是丝绸。没法带过来。路上就会毁掉的。"工人们拿着奇奇怪怪的木头和铁制品，光着脚，笨手笨脚的，时不时地还要对着戴面纱的女主人鞠躬。

自从莱拉和他父亲回来后，那还是迈扎特第一次进他们的卧室。第二次是在一次放学后，路上他碰到了朋友阿德尔·贾瓦里。阿德尔正在哭泣。

"他们在课堂上打我。"

"为什么打你？"

"阿布·纳西尔的腿撞在他自己的椅子上，我笑了。"阿德尔的脸上浮现出微笑，给迈扎特看了看他瘦瘦的小腿后面。黑色的淤青，有红色的伤口，血迹未干。

"提塔用明矾。我们家有些明矾，进来吧。"

进了屋，关上门后，迈扎特才想起药柜在父亲的卧室里。当然了，塔希尔和莱拉在开罗的时候，这房子到处都是空房间，父亲的卧室不过是其中之一，里面放有药品，还储藏有招待客人的甜食和橘子。他打手势示意阿德尔不要作声，踮着脚尖走进卧室。赫赫有名的床架摆放在房间中央，上面全是鲜艳的靠垫。他朝柜子走去，没有一点儿声音地拉开柜门锁，伸进手去摸瓶子。一个黑色头发的身影出现在门口，尖声叫起来。

"滚出去！你们怎么敢来这里！"

阿德尔嗖的一下冲出房间。迈扎特还没来得及跟上，莱拉用身体堵住了门口，举起了双手。十个红红的指尖。

提塔出现在她身后。"哈比比，出来。"

迈扎特朝他祖母走去。但莱拉一把抓住了他的胳膊，挥动巴掌，打在他的脑后和脖子上，出手很笨，可是力道很大，长长的指甲刮破了迈扎特的皮肤。他挣脱了，从前门跑出去，阿德尔出去的时候没关门。外面山上没有他朋友的影子。他转过拐角，没看见人影。两张床单挂在邻近的绳子上晾晒，形成走廊的样子；迈扎特跑进去，坐在地上，远处的女仆从篮子里又拎起一张床单。

"迈扎特？"不一会儿，阿德尔的声音传了过来，"迈扎特？"

接下来，只听见女仆抖动湿棉布的嚓嚓声，然后她把棉布抛在绳子上，发出啪的一声。天色渐渐暗了下来，迈扎特腿上汗毛乍起。咔嗒咔嗒的马蹄声宣告塔希尔从耶路撒冷回来了；门砰的关上；莱拉开始高声喊叫，她一次次从窗户经过，尖叫声就一阵阵地传出来。声音平息了。终于，女仆来叫迈扎特用晚餐，他们围坐在低矮的桌子旁，一声不吭地用了一顿餐。

他去君士坦丁堡的决定是在这件事之前，还是之后，迈扎特记不清楚。他只记得，一天晚上，在他床上，提塔躺在他身边，给他描述了奥斯曼的首都，描述了他即将前往的新学校。他就要给父亲告别，给小婴儿告别，给莱拉告别。

迈扎特低头看着继母，看着她的手放在两个儿子的肩头，意识到毕竟她还很年轻。她不可能超过三十岁，也就是说她嫁给迈扎特父亲的时候，差不多就是迈扎特现在的年龄，也许还要小一些。她讨厌自己前任留下的继承人，不足为奇。她想要住在开罗，住在家人附近，而且还力劝哈吉·塔希尔如此安排，也不足为奇。她当然要划定自己的领地，赶走入侵她卧室的陌生男孩子。婚姻是她人生的大冒险，幸运的是她已经赢了。

迈扎特给父亲筹划的惊喜全给了莱拉，他刚一离开房子，莱拉就给在纳布卢斯的丈夫拍去电报。哈吉·塔希尔回电报说，他当然可以延长计划在巴勒斯坦多待一些日子；考虑到现状，推迟前往大马士革也无妨。真主在上，一个人有多少次能够迎接回归的长子呢？

纳布卢斯卡迈勒的家里，乌姆·塔希尔欣喜若狂。塔希尔去了商栈，她走到楼上，把消息告诉了乌姆·贾米勒，让她去告诉邻居们；女仆们窃窃私语，消息就会传遍全城。她的孙子要回来了，迈扎特医生去了蒙彼利埃，还去了巴黎，就要回来了。她们必须举办女人的聚会来庆祝一下。第二天，乌姆·贾米勒来到楼上，帮着准备食物，一进门就大声嚷嚷，贾米勒真是非常开心，非常开心！战争这几年，乌姆·贾米勒老了很多，眼角的皱纹扩散开来，布满了她鸟儿一样的脸庞。她和乌姆·塔希尔一唱一和，揉南瓜，压大蒜。等到其他的女人们来了，就把剩下的活儿交给了乌姆·马哈茂德，她们互相亲吻以示祝贺，昂首阔步地朝客厅走去。

"二十四岁？他还有大把的时间！"乌姆·达乌德说道，"让他玩一玩吧。"说着，她就抖动肩膀，咯咯地笑起来。

"达利亚，"乌姆·塔希尔说道，"迈扎特是个好男孩。"

"还是好男孩？"乌姆·达乌德说道。

乌姆·塔希尔露出惊讶的表情。一秒钟后，她放弃了俨然之态，就如她之前全心全意展示美德一样，现在轻蔑地发出了笑声，把手里的刺绣往老花的眼睛前凑了凑，肚子在绣品下面直摇晃。

"乌姆·马哈茂德！"她大声喊道，"你在煮咖啡没？"

"是的，夫人。"乌姆·马哈茂德的声音传了过来。

"我们还要巧克力饼！"

"塔希尔激动吗？"乌姆·布尔汉问道。

"当然。"乌姆·塔希尔说道。

女人们交换了一下眼色。看到乌姆·塔希尔这么开心，真是好事。

"他会做什么呢？他会在纳布卢斯成为我们的医生吗？"乌姆·达乌德说道。

"他必须先帮他父亲做事，"乌姆·塔希尔说道，"虽然他父亲的妻子还有几个孩子，但他是长子。"

"我想来都是，他是做大事的，"乌姆·贾米勒说道，"把他扔进海里，他就会嘴里叼着鱼冒起来。"

乌姆·塔希尔埋着头，仿佛她早就知道了一样。

乌姆·塔希尔在基利心山的客厅里招待女士们之际，哈吉·塔希尔去拜访纳布卢斯的英军长官。这位长官住在北街那栋石灰岩的老市政大楼里。去年之前，这里一直都是土耳其高级代表和顾问委员会所在的总部。

塔希尔用英语跟门卫打招呼。他说自己是来见约翰·哈伯德上校的，有特别的请求。请告诉上校，来者是他的朋友哈吉·塔希尔·卡迈勒先生。门卫鞠了一躬，做了一个手势，示意哈吉·塔希尔可以进来，接着转过一个拐角，不见了人影。过了一会儿，哈伯德大声说道：

"卡迈勒，进来呀。早上好，今天过得怎么样？坐下吧。"

哈伯德穿着红色衣领的卡其色军装。他有一张年轻的脸庞，就因为这张脸，一开始纳布卢斯的名人们还有些不满，觉得派来了这么一位嘴上无毛的外国主事是一种侮辱。然而，仔细一看，就会发现哈伯德的额头上有细小的皱纹，两鬓和上唇须发已经灰白。哈吉·塔希尔是在哈伯德的就职接待会上与他第一次见面。那一次接待会表面上是庆祝，实际上是为了讨好当地有影响力的人物，让他们觉得参与了当地事务。哈伯德演讲后，房间里氛围轻松，三三两两成群，各自交谈。塔希尔在一个角落里与长官本人在一起攀谈。哈伯德告诉哈吉·塔希尔，他之前一直驻守开罗，两个人谈到了各个街区，塔希尔说他在城里出资赞助了各种事业，有新高中和市政医院，哈伯德似乎很有好感。几天后，他出现在商栈的卡迈勒商店里，与哈吉·塔希尔一起喝了咖啡，离开之前买了一个红色绳边的小棉布包，送给妻子做礼物。

"约翰上校，上午好，多好的上午呀。你今天一切可好？"

"卡迈勒先生，我非常好，你呢？"

"我很好，谢谢询问。"哈吉·塔希尔深鞠了一躬，亮出了塔布什帽的缨子，"我从开罗为了生意而来，很快就要去大马士革。"

"很好。天气非常热，不是吗？"

"是的，非常热。"

"所以，我能帮你什么忙呢？"哈伯德的指头做成尖塔状，顶着嘴唇。

"我有一个问题。"

"畅所欲言吧。"

塔希尔不太确定这句话是什么意思，停顿了一下，以待进一步的线索。哈伯德没有说话，他就继续说了。

"你说法语吗？"

"是的，我会说法语。会一些，不太多。"

"可以请你为我读一下这封信吗？"

他手伸进兜里，站起身来，把紫色的信封递给哈伯德。

"当然可以。"

哈伯德从兜里掏出一副折叠的金属框眼镜，打开戴上，透过镜片，往下瞅着那封信。

"迈扎特·卡迈勒先生——卡迈勒府邸，纳布卢斯，巴勒斯坦。"

他抬头看了一眼塔希尔，翻过信封，从里面掏出那封信，清了清嗓子：

"亲爱的迈扎特。"

自从你离开我们，离开蒙彼利埃，已经四年了。四年！——甚至写下这两个字，我都不能相信有四年了。我发现自己常常想你。感谢你的来信。说实话，得知你在巴黎，想到我们可能在这之前就能通信，我心里有些痛苦。你也许也在想，为什么我没有给你写信，事实就是，很长一段时间，我觉得愤怒，觉得痛苦。我想，最重要的是我觉得糊涂。

"事实上是尴尬或者迷惑。也就是说，感觉有些乱七八糟。"

我担心你在离开之前是收不到这封信的，所以我就寄往纳布卢斯，也就是说你现在是在家里读这封信。我希望你的旅途安全舒适。

哦——很长时间以来，我都想给你写信，现在我终于拿起了笔，却不知道该写什么。我一直想说的事情突然变得难以——

"表达。"

你离开了，这家里的温暖也随你而去。我觉得我们都没有注意到，你的存在是那样地让人愉悦舒心。我真希望我没有那样做——可我们不能重拾已经失去的过去。但你是对的，这样的尝试是荒谬的。我真希望已发生的过去是可以改变的。

我有一种感觉，我是对着一片空白在写信——我并不知道你读了这封信会有什么样的感受，这很奇怪。我真心希望我能看到你的脸庞。哦，迈扎特。有时我觉得，我能在自己的呼吸中感受到你。真是难以忍受。

这漫长的战争给我们所有人带来了重压，现在战争结束了，我想要问你最后一件事：你会回来吗？我知道你刚刚到家，所以也不会期望你立刻回来，我不想乞求，我只是想要告诉你我多么渴望——

"停！"

哈吉·塔希尔的脸红了。

"看起来是一封情书。"哈伯德放下手里的信，把眼镜推到头顶上。"迈扎特是谁？"

塔希尔没有回答。他深吸一口气，鞠躬，站起来，伸手去拿那封信，与此同时礼貌周全地说道："哈伯德先生，感谢你。"转身的时候，嘴里还喃喃地说道："帮了我一个大忙。"

哈伯德半起身，给哈吉·塔希尔道再见。

"赛俩目。"哈伯德的发音有些不标准。

"赛俩目，"哈吉·塔希尔说道，"真主保佑你。"

在开罗，莱拉的司机开车送迈扎特前往巴布·哈迪德车站。迈扎特坐在车上，透过车窗看着当地人和外国人分开行走，热浪之下，车流行人的嘈杂喧闹变得沉闷起来。

"请给我一张去耶路撒冷的火车票。"他对售票亭里的售票员说道。

"今天没有去耶路撒冷的火车。"

"什么？"

"延时了。维修铁轨。"

"见鬼。下一班什么时候？"

"是同一列火车，延时，"售票员说道，"上午六点出发，法兰克时间。一张票，七个皮阿斯特。"

迈扎特叹了一口气，如数付钱。

"喂，穆阿利姆，"他招呼司机，"带上我的行李，早上五点半在这里见我。早上，不是下午，明白了？"

"好的，哈吉。"

"哈吉！"迈扎特讽刺地重复道。他递给司机一个皮阿斯特，转过身来对着售票员，"这附近有用午餐的好餐馆吗？要清淡一点的。"

售票员身体前倾，靠在桌子上，把迈扎特上下打量了一番。接着，这人就从售票口消失了，然后从大厅的拐角处再次出现。他示意迈扎特过去，用手遮挡住刺眼的阳光，指明了艾兹拜基耶花园的方向，说那儿周围都是餐馆和酒店，长官老爷肯定可以找到满意的地方。接着，他就等待小费。阳光下，迈扎特看到这人蓝色制服上薄薄的一层灰尘，伸出的那只手上裂了道口子，裂口里面也满是灰尘。

风吹过途经花园的小路。菩提树干上凹陷的地方就像是张开的嘴巴，树旁的花朵吐露芬芳，迈扎特呼吸着这样的空气，悠闲地走在木麻黄树和桉树的树荫下。他路过纺锤形的橡胶树，路过棕榈树，还有一棵非洲吊灯树的枝丫伸到路上，树上悬挂着奇怪的果实，果实的旁边是它们巨大血红的花瓣。走出这片树丛，外面是一片草地，上面聚集了一支乐队。乐师们身着宽大的白色长袍，但他们的弦乐器看起来是舶来货，所演奏的肯定不是埃及的音乐；可是三个袒露肚皮的格瓦济舞女穿着灯笼裤，站在乐队面前的草地上扭动臀部翩翩起舞，仿佛在告诉路人这是本土曲子。接着，他路过一座空荡荡的日本宝塔，再往前走则是一座有山墙的建筑，木材和灰泥的建筑正面，看起来像是瑞士木屋，但路标上清楚地写着基督教青年会"士兵俱乐部"。一对对的欧洲人戴着宽檐帽，穿着白色的裤子，在平台上跳舞。透过树木的缝隙，看得到西落的太阳，随着漫漫长夜展露出丰富的可能性，迈扎特的惆怅慢慢消失了。这夜晚突如其来的收获，远远超过了火车延误的损失。

过去的一周中，他每天都在"考克斯号"的甲板上散步，脚下感觉得到引擎的脉动；空气带着苦味，从海面的泡沫上升腾而起，夹着盐分，袭面吹来，刺得脸颊生疼。每次在甲板上转悠都让他想起前往欧洲路途中的自己，十九岁的他担惊受怕，对欧洲的礼貌规矩一知半解，因为孤立而心酸。如今，他泰然自若，风度翩翩，回望那个年轻人，可以一笑置之。但这些想法带来的快乐只是一时的放松，并不能真正缓解回到巴勒斯坦带来的焦虑。

虽然他成为法国人的旧日幻想已经破灭，但依旧还有国际化生活的执念。在上层甲板，他从船尾走到船头，再从船头走到船尾；或在甲板下面，他在天鹅绒大厅和走廊过道之间来回走动，他这样转悠散步不仅是祝贺自己最近的成熟，也是准备迎接前面的路。他就要踏进谨慎行事的新阶段，再也没有彻夜不归、到了黎明才休息的时候；再也没有白兰地来麻醉心中的疑惑；再也没有到了八点钟对接下来数个小时该在哪儿如何消磨的举棋不定。在纳布卢斯，有什么流言蜚语，很快就满城风雨。鲁莽给很多家庭带来了耻辱。但也许他可以和父亲商量一下自己的未来，去耶路撒冷，或者去那些因为朝圣线路已经松散的港口城市，真的呢，也许可以去开罗；也许他们可以想个办法让他回法国。他可以朝西边扩张家族的生意，去购买法国布料。

纳布卢斯有他期待的东西：他的同辈亲人，他的祖母，会客厅里的家人。但也有他厌倦的东西，也有对不是自己观点的尊敬。因此，海上的旅途就成了思考的时间，他思考职责，思考自己在繁琐目标和传统中的位置，过去的五年中，他并未履行这一位置的职责，而是带着身处异国的自由，忽视了家庭的法则，随波逐流，寻欢作乐。

让内特的影子一直在他身边，挥之不去。他没有收到回信，他告诉自己不要期待回信。写信这一行为已经平息了他在过渡阶段的躁动，所以当他踏上亚历山大港的海岸时，心中想的是他的父亲和北方的骄傲之城纳布卢斯。当他在火车站外爬进轻便马车的时候，他心里想的是他父亲。行驶在尘土飞扬的路上，看到巨大的金字塔冒出来，看到它们硕大的几何形状成为沙漠天际边的一道影子，他心里想的还是他父亲。

然而上天眷顾，火车延误，回纳布卢斯延时，他一个人在开罗，得到了最后一晚的自由。

他走到一片湖边，湖边一圈白色的灯，他绕湖而行，穿过一道门，回到了拥挤的街道上。前面一块招牌，上面写的是洲际豪华酒店，酒店旁边是一溜咖啡屋的遮阳篷，下面是一位盘腿而坐的客人。迈扎特走到远一点的地方，找了一个法文招牌的：埃及大咖啡屋。

进去后，过了片刻，眼睛才适应过来。房间里点着油灯，满满当当地摆放着圆桌子，顾客坐在桌子边上，面朝舞台。他选了一张靠前的空桌子坐下。

"牛排和炸薯条。请给我一杯酒。"

侍者皱起眉头，与另一位侍者商量。油灯光线暗下来，一个女人走到舞台前面。她画着黑色的眼线，假发和紧身衣上面是成片的钱币，串在绳子上，闪闪发光。上腹部的肉凸出来一块，随着她臀部的转动而摇晃。舞台后面的一排男人开始敲击响板；女人举起手臂转动面纱，一列伴舞出现在舞台上。伴舞轻快地转动，在女人背后拱起后背；乐师们放下响板，分别拿起了卡侬弦乐器、手鼓、小提琴和达拉布卡鼓，这时女人张开嘴，开始唱歌。

她的声音中有一种刺耳的颤音；有时她唱一个音符，颤音的摆动非常明显，她似乎在间隙中摇摆起舞。她仰着下巴，似笑非笑。迈扎特环视房间。有些观众肯定是欧洲人——金色头发的可能是英国人，其他的可能是希腊人或者意大利人。有些显然是黎凡特地区的人。在座很多都是显贵的埃及人，他们身着精致的服饰。舞者的手在空中划过，与他们调笑。迈扎特看着她盯着某些男人的眼睛，让同桌的其他男人或是表露嫉妒，或是拍他的背，或是起哄吹口哨。迈扎特渴望成为被选中的男人之一。他双目凝望，一动不动，舞者转身离开观众，露出背部下端两个美丽的腰窝。她再次转身，终于，她的目光直接投向了迈扎特。他立刻感到了奔涌而来的快乐和挑逗，他知道这是刻意而为的。

等到他喝光第四杯葡萄酒，一桌年轻的埃及人邀请他过去坐。他们问迈扎特哪儿来的，他回答"巴黎"，一圈人都笑了起来。这之后，就没了聊天的时间。迈扎特不知不觉地跟着舞台上下来的一个女孩站了起来，他身后的人发出欢呼声。这个女孩身上一股茉莉花和红葡萄酒的气味。她长长的黑辫子摸起来很光滑。

上午一个人坐在火车车厢里，他用领巾裹住眼睛，时睡时醒。他想，与父亲交谈，如果结果好，那就是在开罗的卡迈勒商店得到一个职位。在开罗，没人知道你是谁，几乎就像在巴黎一样。回欧洲，希望不大。

刚过中午，火车到了耶路撒冷的大马士革门，他下车雇一辆出租车，往北而行。白色岩石的山谷，树木繁茂的平原，山坡上，石头梯田上的麦子仿佛要溢出来，收割的人跻身其中。看到群山连绵，他心潮起伏，在这意想不到的心境中，他望着车外，盯着窗外群山投下的暗影。纳布卢斯映入了眼帘，车的两边是橄榄林。白色的房子，圆形的平台，洋葱状的尖塔。汽车在山路上放慢了速度。迈扎特从后座付给司机钱，走出来，大口呼吸着弥漫着野生鼠尾草的空气。

"哈比比！"

"提塔！真主呀，提塔，你变小了。"

"你长大了。脸色这么苍白，你不舒服吗？进来吧。"

"我父亲在吗？"

"等着你呢。"

走进房子，他闻到了洋葱和盐麸木果油的气味，此外还有一股特定的气味，就像是冷冰冰的灰泥和霉菌，不经意间撩拨起他一部分已经麻木的记忆。他脑子的一部分活跃起来，复苏了。厨房窗户的形状，那块有裂痕的玻璃，那个银盘子，之前他没想起过，但现在都认出来了。莱拉那些低矮的大马士革桌子，即便是上面堆满了他不能一一道明的东西，他也认出来了。刺眼的阳光透过有格子的窗户落在刺绣品上。看着这东西，过去的记忆爆发了。

火盆里点着火。他的目光落在了窗户对面的书法板子上。他朝会客厅走去，心里想着会不会有欢迎派对，会不会有乌姆·贾米勒和楼下的贾米勒，或者是两三个其他的邻居。但是，看不到有人的迹象，听不到有人的声音。接着，他父亲挺拔的身影从一个角落转了出来，他穿着正装，戴着塔布什帽。

"父亲。"

"欢迎回家。"

迈扎特伸出手拥抱父亲，一开始哈吉·塔希尔没有回应。迈扎特的胳膊落下来的时候，塔希尔做了一个小小的举动，仿佛是违背他的意愿一般，只见他微微点下了头，闭了一下眼睛表示允许。这个拥抱短暂而僵硬。

"见到你很高兴。路途还顺利吧。现在，我必须和你谈点事情。"

"当然。"

"坐在这儿。好。现在，我们必须讨论一些事情，必须尽快做出一些决定。"他停顿一下，打量着迈扎特。他的手指交叉在一起，一根拇指在揉捏另一只手的手背，食指周围的皮肤皱了起来。"首先，我理解年轻人有一定的自由。应该有一定的自由。是的，这是正常的。然而，迈扎特，我一直是这样理解的，奥斯曼交战这几年，你在欧洲接受欧洲教育。这之后呢？我一直认为你应该作为一个受过良好教育的、有阅历的人回到我们的地方，准备继续你祖辈和你同龄人要走的道路。受人尊敬的道路，明白？尊敬，还有……稳定。"

哈吉·塔希尔用的是古典语言和方言的高贵混合体，迈扎特听起来觉得非常陌生。他很想喝一杯水。他的父亲继续说话。

"你不会再回法国。如果你有回法国的企图，你就会失去继承权。没有钱，没有支持，什么都没有。你明白？我不会包容任何丢人的行为。"

迈扎特惊讶不已，一声不吭地坐着。接着，他说道："爸爸。"

"你看起来好像是把脑子借给别人了。"

"我做了什么？"

"我只是希望，只是希望，你在国外的这五年，至少对什么是成年人有了一些了解。我付了全款。"

"是的，我的意思是，我希望如此，"他的声音低了下去，"除了真主，没有任何东西是完美的，我们乞求真主的原谅和帮助。"

"赞美真主。既然你现在是成年人了，我们必须安排你的将来。

当然，正常说来，我会建议花上几年行医以获得一些经验，然后再进一步规划。但现在你这种情况，我觉得必须早做决定。你有了这些经历，我们不能让你……悬而未决。首先，我有责任说，既然你在法国学了医，如果你愿意，你应该有在此行医的自由。然而，既然你是我唯一的成年儿子，我也给你跟我学习经商的选择。这样我死的时候，至少是年老的时候，你可以接管家族生意。"

迈扎特在等待。沉默继续，他意识到父亲期待他立刻决定。

"我……"他停了下来。他不知道该说什么。他有所准备，但最多也只是想到了闲暇的行为会受到新的限制；他完全没有想到会如此直接地面对自己的未来。他一直想象着父亲的生意最终会到他手里。但这比他的预计快得太多。未来的现实强占了他们重聚的时刻，而他父亲似乎根本没有注意到这一点。想到自己本来还可以当医生，迈扎特觉得有些痛苦，他脱口而出：

"但是，为什么我不能回法国？"

哈吉·塔希尔的耳朵立了起来。"如果回法国，"他慢悠悠地说道，"你就会失去你的继承权。"

"但是，开罗呢，开罗怎么样？"

"迈扎特，这不是玩的时候。"

"我并没有要玩！"

"你是一个男人，我给你选择。你想要行医，或者你想要学做家族生意。"

迈扎特的目光朝旁边望去。"我不明白。"

"回答我。你的教育已经结束了。"

"我——我想要学做家族生意。"

"好。那我们就立刻着手这件事。这周末过后，我就打发你跟着希沙姆干。一年后，你来开罗，在布拉克街学习如何记账，如何与顾客打交道。但这些我们之后再谈。我刚才说了，你显然是精力充沛，需要转移，我们得抓紧办你的事情。很不幸的是，我明天必须出发前往大马士革。之后，我会回开罗，很有可能至少要在开罗待上三个月。否则的话，我会亲自处理这件事。但考虑到这些情况，我已经让你祖母负责为你挑选一位妻子。"

"妻子?"

"是的，迈扎特，一位妻子，"塔希尔咂了咂嘴，"我的心待我儿子如火焰，我儿子的心待我如石头。这就是我的命。"

迈扎特全身心地反对这句话。他张开嘴，没有出声。他沉默了，因为他害怕父亲，也因为他有了一种说不太清楚的耻辱和失败感，这是以前没有过的感觉，现在涌上心头，他的耳朵红了。

哈吉·塔希尔站了起来。迈扎特也站了起来，眼角的余光看到了祖母。塔希尔离开房间，提塔大步走过来，把迈扎特拉到她身边，坐回沙发上，用胳膊搂着他。提塔身上散发出橄榄油肥皂的气味。

"不能做什么，就想要什么，孩子。"

"我不明白，提塔。"

"他认为你太过自由。但当时在打仗呀，我们又能怎么样呢。"

"我不明白。我没有做错事。"

"你累了。睡个觉，洗个澡吧。乌姆·贾米勒盼着见你呢。你休息一下，她几个小时后再来。"

迈扎特推开祖母的手臂，祖母并没有拦着他。他走进以前的卧室，立刻躺在了床上。他到了这个房间，什么感觉都没有。看到小时候坐在上面的窗户，他没有感觉。他的反应都耗尽了，父亲的声音给所有的反应都蒙上了阴影，依然回荡在他心中，有切肤之痛。居然期待过温暖，期待过骄傲，期待过关心，真是幻想呀。他并不知道开着的门，砰的一声，关上了；他不知道门外是什么，而他本来是可以看见的。这是一种无法控制的感觉，蒙彼利埃的记忆从各个角落渗漏出来，充满了他的思绪。一种危险的渴望冒出来，摆脱了法鲁克所讲过的浪漫故事，丑陋而脱节，让人痛苦。他头胀脑热，使劲闭上了湿润的眼睛，想起了那栋房子，那里的一砖一瓦都是那么亲密；他想起了和洛朗第一次在花园里散步，那仅仅是一个平淡无奇的下午，此刻在他心中甚至比他回家，回到五年未见的家人身边，再次躺在童年的床上还要重要，真是荒唐。多么愚蠢呀，他曾如此渴望这一时刻，最终却没有快乐，只有痛苦，这是对他理智沉重的一击。

4

"所以，会是谁呢？"贾米勒问道。

"谁会是什么？"迈扎特说道。

商栈外面有人争吵。迈扎特伸长了脖子，透过挂起来的布料缝隙往外瞅，但只看得见几个人的后脑勺。

"你的妻子，"贾米勒说道，"她会是谁呢？我的意思是说，你知道不？"

"哦。不知道。外面什么事情？"

"一直都那样。每天在这儿工作，你有的看呢。"

迈扎特跨过卡迈勒商店的门槛。广场边缘，挨着马纳尔钟楼的地方，一个英国士兵对着一个蔬菜马车的车夫比画手势，周围一圈看热闹的人。迈扎特只看得到士兵的背影：他戴着圆顶帽子，身着沙色军装，穿着齐膝盖的短裤，小腿上缠着绑腿带，一只胳膊上背着步枪，手里挥舞着一本账簿。车夫在车上，高一些，脸露在外面，表情指挥着人群的反应：生气、高兴、恼怒。第三个人说话了，也是个纳布卢斯人，站在马车的另一头。

他对车夫喊叫道："西红柿，数了没？"

"我没有数。为什么我要数西红柿？"

"他为什么不配合？"

"他……说……他没有数西红柿。"

"上帝呀。你问问茄子呢。"

"什么是茄子？"

"这个，还有那个。"

"你数了茄子吗？"

"茄子？不知道。"

"他说他不知道。"

"见鬼。威尔逊！你能过来一下吗，他们都快把我逼到墙角了。"

"是，先生，请吩咐。"

"其他人怎么样？"

"已经列了一个单子。"

"好。这个人很麻烦——不，你这儿还没有完呢！不要离开。请告诉他不要离开，他的事情还没有了结。"

"先生，他说他现在得去清真寺。"

"我不管，我们的事情还没了。"

"先生，"威尔逊说道，"先生，也许最好就这样吧。他们容易骚动。我之前见过的。"

车夫瞪大眼睛看着人群，拉着一张马脸。迈扎特突然觉得这人只是装作不懂英语。

"他叫什么？"第一个士兵对口译人说道，"我把名字写下来。"

"他的名字？"

"是的，叫什么名字。"

"他的名字是……"

"是什么，说吧。"

"哈拉米！"人群中有人叫道。

"他的名字是哈拉米。"

大家都笑了起来。两个士兵转身大步走出广场，路过了卡迈勒商店，迈扎特正站在那里。两个士兵手里都拿着簿子，从佩戴的徽章看来，第一位士兵的军衔要高一些，他长着浓密的黑色胡须，戴着一副眼镜，双颊的颜色很深，看起来像是晒伤。

"那人是谁？"人群散去了，迈扎特问道。

"车夫？阿布·阿明。真是搞笑。"

"不，那个英国人。"

"哦，他们登记货物清单。他们对付不了犹太人，就转而对付蔬菜。打住，那个法国女人的事情，你还没有给我讲完呢。"

"你说让内特吗？嗯，老实告诉你，我真的想过要娶她。但我当时年轻，并不知道自己在干什么。"他陷入沉默。

"到了最后，家庭就是一切，"贾米勒带着一些意想不到的温柔说道，"我们都欠我们父母的。自从你走了之后，你真的变成了一个马吉努¹了，不是吗？"

迈扎特笑起来。"真主在上，我希望不是。告诉我，军队的情况怎么样了？"

"不好。但最近——我说，你非得待在这里吗？我们能去谢赫·卡西姆吗？"

"等等。希沙姆？"

希沙姆从摊位后面走出来，伸着的胳膊上搭着一块有流苏的红色布料。

"是的，亲爱的迈扎特？"

迈扎特犹豫了一下。"希沙姆，我们要去咖啡屋。"

希沙姆眨了眨眼睛，看着贾米勒，动了动嘴唇，发出了一点模糊的声音。

---

1 7世纪晚期，带有传说性质的阿拉伯贝因诗人的绰号。

"我保证，不会去太久的。"

"但凭天意。但凭天意。"希沙姆鞠了一躬，流苏跟着抖动。

谢赫·卡西姆是纳布卢斯最受欢迎的咖啡屋，里面随时都坐着人。高高的墙体，淡绿色的墙面，总是看得到一排男人的脑袋，他们抽着水筒烟，吞云吐雾，你一言我一语，激动不已。迈扎特跟着贾米勒跨过门槛，传入耳朵的是一个男中音，另外还有嘈杂之声。他们随即看到了大约三四十个男人，老老少少，围坐在后面的一张桌子旁，有人就着旁边窗户的亮光，大声读着一张报纸。

"成千上万的人在大马士革的中心示威游行，高喊口号，要对法国宣战。有传言说埃米尔·费萨尔已经与克里孟梭达成交易……"

一个年轻人靠在椅子背上，脚尖点地，他看见两人进来，笔直地站了起来。

"迈扎特·卡迈勒！"那人是塔赫辛·卡迈勒，迈扎特的同辈亲属。他一把拉过迈扎特，来了个拥抱。他身后是另一个同辈亲属瓦斯菲，瓦斯菲在英国上的大学。卡伊斯·卡拉克和阿德尔·贾瓦里，这两个人是有名的至交，自从上次见过后，他们如今蓄上了大胡子，胸膛变得结实宽阔。还有年少的布尔汉·哈马德，他是哈吉·尼姆最小的儿子，长长的脖子，窄窄的脸，最多不过十四五岁，但已是这群人中个子最高的。最边上，排着队迎接迈扎特的是穆拉德家的两兄弟，汉尼的同族兄弟：巴西勒和穆尼尔。

大家叫着迈扎特的名字，更多的脸转过来，更多的人站起来看他。

"哈比比迈扎特，亲爱的迈扎特。"

坐在窗户亮光中读报纸的男中音也站了起来。迈扎特并没有立刻认出他，因为他也变了很多。此人是哈吉·阿卜杜拉·阿特万，阿特万家族的小族长，阿特万肥皂厂的拥有者。

要描述纳布卢斯的社会关系网，有几种不同的方式。有些人从东边和西边来描述这个城市，觉得这是两个不同的世界，只是在过节的时候才会在布料市场的拱廊里相会，届时两边的年轻人就会装模作样地干架，释放这一季度积累下的矛盾。有人把这一恩怨归于古代卡伊西和也门部落的对抗，追溯到伊斯兰民族早期定居迦南乐土的时期。古时的对抗到了现在，集中在阿特万、奥马尔和穆拉德家族间的具体恩怨上，并且在上个世纪的内战中达到顶峰。其余人则会耸耸肩，说这是地理的自然划分，东边的就在东边，西边的就在西边；然而也有人说这两方拥有两种不同的文化，这才是分歧的根源。比如说，东边的人吃库内法[1]是夹在两片面包中间，当作三明治，早餐吃；而西边的人吃库内法是当作午餐之后的甜点。所以，东边和西边的恩怨只是嗜好和习俗的一种自然对立。

事实上，这座城市并非一直如此分裂。但在世纪之交，随着纳布卢斯财富的增长，随着与埃及、大马士革和贝鲁特间的贸易线路的加强，这里的大家族膨胀出了不同的派别，成立了各种各样的联盟。这些阵营往往建立在祖辈传下来的暗斗故事上，如果是新成立的阵营，就号称古老，用以扶持当前的行为。如果一个奥马尔家族的人想要跟阿特万家族的人过意不去，苦于找不到现成的借口，他总能翻一翻也门老祖宗的旧账，找出点陈芝麻烂谷子的事情。

随着这座城市肥皂和纺织业的发展，这也成了常态：这些新兴资本家工作的时间越来越少，休闲的时间越来越多，在这些有钱人的客厅里，流言蜚语启动了马达。财富带来了不幸，有了诡计，有了恶毒笑话的传播，女人们的生活变了，她们以前可以自由地在田里割麦子，可以用围裙装橄榄，如今终被锁在家里，枕着靠枕，身姿越来越丰腴，精力消耗在生孩子和弹奏音乐上，还有剩余的精力，

---

1 源于中东地区的甜食，一层奶酪，夹在两层油酥面皮之间，还会浇上糖浆。

都一股脑儿地投入到散播宿敌的谣言上了。

阿卜杜拉·阿特万皮肤苍白，毛发稀疏，嘴巴两边皱纹密布，看起来比实际年龄老，而他最多不过四十五岁。众所周知，他喜欢回忆阿特万家族和奥马尔家族的斗争，喜欢长篇累牍地念叨那些犯下过罪行的人，还有那些受害者的名字。

土地拥有者家族的下面一层是乌力马[1]，比如像哈马德这样的学者家庭，他们还占领了政界。乌力马之下是新富的商人家庭，他们现在开始侵占政治乌力马来之不易的地盘。人们对这一新类别感觉复杂，卡迈勒家族就属于这一行列，属于上升阶段，也与前两类人一起参加派对，一起出席会议，娶他们的女人。

当然，人可以蔑视过往，交新朋友。人跪在绿色清真寺[2]的地砖上，也可能把过往抛在一边。但阿卜杜拉·阿特万不是这样的人。现在他放下手中的报纸，并不是因为迈扎特，而是因为迈扎特的出现打扰了全神贯注听他读报的听众。阿卜杜拉·阿特万伸手与迈扎特相握，他的举止包含阶层和祖辈的古老交汇点。

"高兴见到你，祝你平安。"他说道。

"祝你平安。"迈扎特说道。

"你父亲的生意做得很好。"阿卜杜拉说道。

"看看你，"布尔汉·哈马德说道，"就是个欧洲人嘛。"

这是真的，这天早上，迈扎特并没有多想，穿上了从皇家大道上买来的细条纹套装，拿着钢制顶端的手杖。他看了一眼其他人身上的当地套装，还有村妇缝制的领带。他从外套里掏出一盒香烟，拿了一根给布尔汉。布尔汉虽然年少，但已经得意扬扬地蓄上了时尚的打蜡胡须。他羡慕地打量着迈扎特的套装。

"我的主呀，迈扎特！"卡伊斯·卡拉克叫道，"终于，所有人都

---

1 穆斯林的学者，或者宗教、法律权威。
2 位于土耳其历史名城布尔萨城内最华美的清真寺，建于 1415—1419 年期间。

回家了。"

"我哪儿是欧洲人了？"两个人的香烟都点上了，迈扎特问道。

"你的派头。"布尔汉笑着吐了一口烟。

迈扎特坐在房间中间的一张桌子旁，四周新围上了一圈人，贾米勒要了咖啡。年少的男孩子们怂恿迈扎特讲故事。

"我能告诉你们什么呢？"迈扎特说道。

"给我们讲讲女人吧。"塔赫辛说道。

这些男人和少年，年长了五岁，他们知道另一个迈扎特。即便是短短几分钟的交流，他们肯定看到了迈扎特身上巴黎那些人看不到的方面。感觉自己暴露无遗，迈扎特燥热起来。他没法隐藏，甚至无法察觉残留下来的童年习性，或者说大家都如此认为的性格痕迹。对某些甜食或是某些游戏孩子气的偏好——这一类的事实在纳布卢斯被放大成了个性，然后蒸馏成简单描述的品性，放在屋顶上，信手拈来，就能编成故事。迈扎特真希望能把这些痕迹找出来，抹掉。不仅仅因为这些东西是缺陷，还因为这些东西让他手足无措。

周围的人乐呵呵的，显然是觉得迈扎特奇怪。也许他们是有理由的：对于迈扎特而言，咖啡的味道让他想起了塞纳河，明亮的窗户让他想起了枝形吊灯和女人们的脸庞。

"迈扎特刚才正在给我讲他在巴黎的一桩情事。"贾米勒说道。

迈扎特瞪着他的族兄。贾米勒对他微笑。

"贾米勒，不是在巴黎。"

"你说的是在巴黎。"

"不是……我……巴黎是……"

"告诉我们吧，迈扎特！"塔赫辛说道。

迈扎特开始编故事，用经常一起上床的女人们拼凑出一个来。玛丽亚的帆布高筒靴，尼科尔的红头发——在他的叙述中，她们呵气如兰，再加上著名叙事诗的情节，最后有人大声叫起来：

"我不相信你。"

迈扎特轻声笑起来，他们都拍着自己的大腿。"好了，行了！"他说道。贾米勒笑而不语地看着。迈扎特突然想到，他应该问一问贾米勒在君士坦丁堡的冒险经历。他的族兄已经成了英俊的男人，雕像一般的五官——两道笔直浓密的眉毛，上扬的嘴角，鹰钩鼻子，军官一般的厚实胸腔，宽阔的肩膀上恰到好处的骨头就像是外套上缝有战斗肩章。如此美好的形象，他肯定斩获了不少芳心。

"迈扎特，你会涉足政治吗？"瓦斯菲·卡迈勒问道。

"我已经涉足其中了。"迈扎特说道。

"真的？"贾米勒用手背拍着他的肩膀说道。

"巴黎当然有一些政治活动。讨论、会议。有很多流亡在外的人。法塔特[1]——"

"你是法塔特的成员？"瓦斯菲说道。

"不，我不是。但我的好朋友汉尼·穆拉德是创始成员之一，他有时给我写信。他是埃米尔在巴黎和会的秘书。"

"哦，非常好。非常了不起。"瓦斯菲说道。

自从这群人换了桌子重新围坐下来，听到这里，阿卜杜拉·阿特万第一次说话了。

"如果你的关系网这么好，有什么消息吗？费萨尔与法国人是成交了，还是没有？叙利亚会独立吗？如果你没有夸大你们的友谊，我觉得汉尼·穆拉德应该是把最新的消息告诉你了。"

"稍安勿躁，给他一个机会。"卡伊斯·卡拉克说道。

"没关系的，"迈扎特说道，"嗯，从汉尼的那封信来看，整体局面——"

"所以，只有一封信。"

---

1 青年阿拉伯协会，1909 年创立于巴黎。

"法国和英国已经达成了交易。那个英国人劳伦斯一直都是这样说的。所以，要么……嗯，他必须和法国人达成交易，否则就有战争之虞。"

"我知道这个。"穆尼尔·穆拉德说道。

"他已经达成交易了？"瓦斯菲说道，"真主呀，再也没有比这个更糟糕的。"

这一冲击之下，大家身体都往后一仰，但穆尼尔·穆拉德却朝迈扎特凑得更近了。

"巴勒斯坦呢？他有没有提及费萨尔对锡安运动的立场？报纸上没有半点消息，只是'传言满天飞'等等。"

阿卜杜拉不高兴，头往后一仰，手里的报纸哗啦啦地对折起来，仿佛他不仅订阅了报纸，还负责撰写了报纸。

"没有，"迈扎特说道，"他没有说。我感觉巴勒斯坦应该是叙利亚的一部分，因为统一比独立更强大。"

这并不是他在巴黎一贯持有的观点。但听话听音，他觉得纳布卢斯人会喜欢听这样的观点。在法鲁克的公寓里，"统一比独立更强大"这样的话出现频率很高，很容易就鹦鹉学舌。

"哈比比，我们当然应该是叙利亚的一部分，"穆尼尔·穆拉德说道，"别忘了你是在纳布卢斯。这不是感觉，这是事实。但耶路撒冷的老人们看法不一样，他们只在乎自己的他施[1]。可悲可叹呀。谁更有可能敲掉你头上的塔布什帽，是埃米尔·费萨尔，还是劳合·乔治[2]？"

"你们呢，"迈扎特说道，"你们都涉足政治了吗？"

穆尼尔和巴西勒·穆拉德交换了一下眼神。穆尼尔昂头挺胸。

"我们是自我牺牲社团的成员。"

---

1 《圣经》中的一个古国。
2 劳合·乔治（1863—1945），英国自由党政治家，1916—1922 年出任英国首相。

这时，卡伊斯·卡拉克和阿德尔·贾瓦里交换了一下眼神，接着阿德尔翻了一个白眼。

"是什么社团？"迈扎特说道，"我从未听说过。"

"是新成立的。"巴西勒说道。

"是雅法的社团。"塔赫辛·卡迈勒说道。

"是的，但现在也是纳布卢斯的社团了。"巴西勒说道。

"他们跟农民一起。"布尔汉说道。

"你是这一话题的权威？"巴西勒说道。

"巴西勒，行了。"卡伊斯·卡拉克说道。

"真的？干农活儿？"迈扎特说道。

贾米勒在桌子下面踢了迈扎特一下。

"不是，"穆尼尔说道，"我们想要得到整个巴勒斯坦的力量。"

"他们都得发誓，如果有人叛变，就应该被杀死。即便那人是你的朋友，也是如此。"塔赫辛屏息说道。

布尔汉·哈马德咬紧了牙关，瞪大了眼睛。

"塔赫辛。"穆尼尔说道。但他没有抗议。如果非要说有什么变化，听了这样的描述，他的腰板挺直了一些。

"这些社团的问题，"阿德尔·贾瓦里说道，"是他们需要钱。因为纳布卢斯是最富有的城市，最后是我们付钱，其他人呢，没一个做分内的事情。"

"我觉得不是这么一回事，阿德尔。"

"是这么一回事，"阿德尔说道，"这些社团本是全国范围的，但并非人人都尽了自己的职责。我的意思是，这些社团请愿，购买武器，我是说那种小手枪，并非德国步枪。德国步枪也没有给土耳其人带来什么好处，但英国人东西多得很，我们什么都没有。"

"只要犹太人什么都没有，我们也是没有，那就没关系。公平就是公平。"塔赫辛·卡迈勒说道。

"公平就是公平？你失去理智了吗？"穆尼尔·穆拉德说道，"英格兰的犹太人，你知道他们有多少钱吗？他们有一个帝国。他们已经开始在这里殖民，他们在北边干涉农民的事情，这就是为什么那儿没有钱——钱都到了犹太人手里。你可以说是战争的缘故，但战争已经结束一年多了，有所改变吗？"

此刻，阿卜杜拉·阿特万接过了缰绳。

"我们必须抵制所有的犹太人，"他说道，"即便是我们自己的犹太人，我们本地的犹太人。"

"在纳布卢斯，我们只有大约十个犹太人，"有人说道，"他们是阿拉伯人。"

"撒马利亚人呢？"另一个人说道。

"他们不是犹太人。"又有人说道。

"不，他们是犹太人。"阿卜杜拉说道。

事实是，那天坐在谢赫·卡西姆咖啡屋的男人们几乎都没见过欧洲犹太人。犹太人聚集区大多距离纳布卢斯太远，其实他们对欧洲犹太人的认识都来源于别处：有现居在耶路撒冷的虔诚之人，他们甚至不是锡安主义者；还有纳布卢斯的撒马利亚人，他们声称自己是最初的以色列人，他们认为基利心山是圣山，易卜拉欣[1]得到感召，在这座圣山之巅献出了他的儿子。

阿卜杜拉·阿特万的愤怒具有普遍性，他的偏见没有边界。他能够抓住愤愤不平的热点，通过三言两语彰显自己的长者智慧，赋予同仇敌忾的外壳，而并不在意犹太人和犹太人的微妙差别。

等他们离开谢赫·卡西姆咖啡屋，已是下午五点，暮色降临，山谷中晚风乍起。迈扎特脸颊发麻，一路冲回商栈。他到了商店的拐角处，裁缝室已经关门，但还看得见希沙姆柜台上油灯的光芒。他

---

1 易卜拉欣，《古兰经》中记载的古代阿拉伯地区著名先知之一。

摆出了一副友好而漫不经心的表情，这是他磨砺来抛弃怨妇的技艺。其指导原则就是：如果你装作什么都没有发生的样子，或是这不过是小事一桩，受伤的那一方很有可能就会忘记自己所受的伤害。

"希沙姆！真是脱不开身，"他一边说话，一边往里走，"我和一个叫萨利姆什么的人聊天，他想要在我们这儿给他女儿买布料，置办婚礼，他说可能是大订单。我们在谢赫·卡西姆咖啡屋外面聊了好久，嗯……他明天可能会来。但他可能也只是随口一说，因为他真是很长时间没有见到我了。"他装作谦虚的样子，耸了耸肩。"新近才回来，可能就有这个问题，每个人对你都极其礼貌。不用担心，我很快就会成旧闻的。"

希沙姆眯缝起眼睛。"哪个萨利姆？我没听说有萨利姆家的女孩近期要结婚呢？"

"哦，他们是纳布卢斯东边来的，"迈扎特摇了摇头，"你不可能听说过。"

希沙姆点了点头，轻轻地关上账簿。"现在你可以回家了，天不早了。"

5

"法蒂玛，"维达德·哈马德在去澡堂的路上说道，"乌姆·塔希尔·卡迈勒邀请我们今天下午去喝咖啡。"

法蒂玛和努扎走在母亲身后，一步之遥。三个人都穿着黑色的棉布，个子最矮的努扎手里拎着个篮子。

"谁，妈妈？"努扎说道。

"没有你。只是法蒂玛。"

法蒂玛没有回答。前面商店的店面外，一群男人默默地围坐在水烟筒边。她们靠近的时候，那个拿着烟嘴的人身体往后一靠。维达德、法蒂玛和努扎大步往前，鞋后跟在坚硬的地面发出嗒嗒的声音。她们转过拐角，维达德继续说话：

"乌姆·达乌德说，这位卡迈勒女士自从孙子回来后，一直把他挂在嘴边。我的孙子做过这个，我的孙子住在巴黎。这边走，哈比比。法蒂玛，她肯定会想要你嫁给她孙子，所以没必要让你妹妹一起去。禁忌之事，努扎。反正也没用，因为法蒂玛要嫁给亚西尔。"

"但是，妈妈。"

"现在，我们不要再谈这事了。"

现在，她们路过雅斯米内区，来到了商栈，道路变得狭窄起来。中午祈祷的时间已过，市场很安静，有的商店老板在转动筐子里的水果，掩盖发霉的地方，有的则是坐在摊位外面的椅子上闲聊，看着孩子们在拱柱间踢球。前面是钟楼，右边是纳斯尔清真寺。这三个穿着黑色衣服的身影转过清真寺，通过石头入口，进了浴室。

维达德每周带女儿们沐浴一次。这对身体的健康很重要，但对于健康社交甚至更为重要。除了在家里的聚会，公共浴室是女士们闲聊的地方，也给了母亲们为自家儿子审查别人女儿的机会。聚会的时候，女孩穿着天鹅绒和刺绣花边，或是最能展示她财富和品位的衣物，财富和品位可是女孩子的两大美德——但在公共浴室的蒸汽中，脱了衣服，才能露出自然所给她的东西。

"卡迈勒是谁？"努扎问道。

"把毛巾递给我，哈比比。"

她们的母亲带着她们走进了昏暗的前厅，母亲付费的时候，她们除下了面纱。在第一个房间里，她们脱掉长袍，穿上条纹浴袍和木屐；到了第二个房间，其他洗澡的人一群群地聚在一起，身上水光闪闪，置于蒸腾的水汽中，就像是海里的生物。维达德高声招呼着她的朋友们。法蒂玛装着低头看地面的样子，眼睛瞟向女人们进私人盥洗室的地方。她喜欢看她们脱下袍子。母亲总是告诉她，不要盯着看。怎么可能不盯着看呢？城里所有女士们的身体都展露在她面前。挂着水，出了汗，闪闪发亮的肉体，荡起涟漪，在屋顶彩色玻璃的照耀下，五彩斑斓。她最喜欢看老年女人们的背部，厚厚的脂肪耷拉到臀部，就像是一层层的奶油。

法蒂玛跟着努扎走进一个盥洗室。袍子从胳膊上顺下来，她低头看着胸脯在怦怦的心跳下一起一伏，一起一伏；接着她盯着自己的脚看，脚后跟已经有了皱纹，因为走路的缘故脚底发红，袜子的黑色线头粘在汗渍渍的脚趾头缝里。法蒂玛的母亲只告诉过她一件关于身体的事情，那就是要擦洗。她自己擦洗，或是被擦洗。在橄榄油肥皂的泡沫中，女工搓掉一层层的死皮，四肢、肚皮和背部的皮肤因为摩擦而变得粉红。就这样，事情了了，她们从浴室走到外面干燥的空气中，一个字都不会再提身体的事情。法蒂玛在家里换衣服的时候，速度很快，也没怎么想过她穿上衣服和脱了衣服的身体。但到了浴室就不一样了，这里炙热昏暗的房间带有一种宗教的电荷，光从屋顶的彩色圆环玻璃上透下来，照着弥漫的水汽；女人们行动缓慢，穿着条纹浴袍，呼吸着氤氲的空气，坐在绕墙一圈的凳子上说长道短，从女仆端来的藤条托盘上取食西瓜和奶酪。法蒂玛低着头，饶有兴趣地看着自己裸露的双腿。蓝色的静脉从腹股沟处一直延伸到大腿。

两个女仆把丝瓜瓢放到铜盆里。墙上的水滴答落下，大理石地面热气腾腾。两姐妹坐在盥洗室的凳子上，努扎身体前倾，乳房摇晃起来。她只有十五岁，乳房已经比法蒂玛的大，但法蒂玛的乳房要圆润些。看得到静脉从上往下的走向，也看得到皮肤下面的肋骨，再往下就是她微微起伏的腹部，中间的肚脐大而深，想来当年她与母亲相连的脐带是不同寻常的粗大。她妹妹的臀部要宽大些，而其他方面两人是非常相像的。但那团缠绕的毛发之下才是生物学最奇怪的偶然，法蒂玛从未见过妹妹的私处。那儿隐藏了一张丑恶暗红的嘴巴，不仅有经血，还有其他的分泌物，或者说从那儿开始，流到其他地方的咸腥味分泌物，晚上会有奇怪的疼痛，战栗全身。这个身体，忙忙碌碌的动作和感觉，是她生活中的中心谜团。汗水从她的额头上慢慢往下滑落。她身体往前倾，让女仆给她擦背，一颗汗珠沿着鼻侧飞快落下。

她母亲在靠近门口的地方，拿着社交场合的腔调与人说话。法蒂玛厌恶这种虚假的抑扬顿挫。她觉得听起来谄媚。"演戏？就是这样吗？"

"请转过来，小姐。"女仆说道。

"屋顶上的事。"维达德说道。

纳布卢斯的女人说知道什么的时候，总是说"屋顶上的事"。走在山路上，每座房子都历历在目，如果要给别人指点方向，站在邻居的屋顶上总是看得到的，但似乎也没人站在屋顶上指点方向，大家都知道的事情，谁又会去问呢？法蒂玛的母亲把这句话与"当然"互换使用，所以这句话可能更多的是女人的交谈方式，一个个都热衷于强调自己知道很多。

法蒂玛对卡迈勒家非常好奇。她在一次聚会上见到过乌姆·塔希尔，但其余知之甚少，只是两个星期前，一天晚上弟弟布尔汉从谢赫·卡西姆咖啡屋带回来一些细节。一个叫迈扎特·卡迈勒的男人从法国回到了纳布卢斯，在商栈他父亲的商店里工作。他已经参与了政治。他穿漂亮衣服，长得非常英俊。他在巴黎有个叫波利娜的情人——刚讲到这里，他们的母亲就责骂布尔汉不成体统，打了他的手背。

法蒂玛和努扎冲洗干净，再次穿上条纹浴袍，回到主厅用点心。一盘盘的食物摆在喷泉旁边，水烟筒靠墙而放，管子缠绕在气罐周围。她们的母亲在身边给她们挪出位置。两姐妹小一些的时候，吃东西总是互相竞争。贫寒家庭的孩子会想成为吃得最多、吃得最快的那个，但这两姐妹是看谁吃得最慢，到了最后谁剩下的食物最多，因为她们并不是为了吃到肚子里，盘子里东西最多的人是王者。法蒂玛看着努扎拿起一块西瓜放到嘴边，用牙咬了一口，嘴唇变得亮晶晶的。

"我听说他们如今自己造肥皂了。"另一边有人对她们母亲说道。

"屋顶上的事。"维达德说道。

另一个女人的话题更有意思。"她气坏了，就说我不和你睡了，我要离婚，天，她就罢工了，不肯睡在床上，搬到浴室地板上睡，说，我要一直坐在浴室地板上，直到你跟我离婚为止。她把毯子和花都搬到浴室，搞得漂漂亮亮的。一天，她回去一看，发现丈夫也到了浴室，正在睡觉，就躺在她的好东西上，她就说，怎么回事？她丈夫说，你把这里搞得这么安逸，我也想睡在这里。"

女人们仰头大笑。

她们离开公共浴室的时候，法蒂玛的指头都起皱了。她和母亲走路送努扎回家，然后继续往上走，来到了基利心山上的卡迈勒家。棉布贴在她的皮肤上，感觉软软的，风刮过来，布料贴在嘴巴上，呼出的气湿润了整个脸庞。

一个女仆前来开门，维达德称呼她乌姆·马哈茂德。乌姆·马哈茂德领着她们来到接待室，两人并排坐在沙发上，风吹得窗子哗哗响。

"赛俩目。"乌姆·塔希尔站在门口，面带微笑地问好。她身着黑色针脚的红色裙子，稀疏的灰色头发往后梳成了一个发髻，圆圆的脸，红润的双唇。

"赛俩目。"维达德一边说，一边站起来取下了面纱。法蒂玛也是如此。

"赞美真主，法蒂玛，"乌姆·塔希尔说道，"你比我上次看到你的时候高多了。"

她们坐下来，乌姆·塔希尔和维达德讨论了最近城里一次婚礼上的客人。法蒂玛旁边的窗台上，一只苍蝇仰躺着，拼命挣扎。苍蝇停了一下，黑色的细腿扭在一起。它又乱动起来，震动细腿。

"这孩子歌声很美。"她母亲说道。

"赞美真主。"乌姆·塔希尔说道。

"法蒂玛，唱一唱？"维达德说道。

"她不想唱，就不必唱，"乌姆·塔希尔说道，"下一次吧。也许可以在阿特万家的聚会上唱一唱。你弹乌得琴吗？"

"当然。"法蒂玛声音嘶哑地说道。她清了清嗓子。

"她弹乌得琴很有天赋。"

乌姆·塔希尔说道："弹乌得琴，对灵魂非常有好处，嗯……可以是一种解脱，对于女人尤其如此。我的意思是说，真主呀，你听说了没……真主保佑我们所有人。"停顿了好一会儿。乌姆·塔希尔对着她们，喘着气微笑了一下。"女士们，请原谅，我稍微失陪一下。"

乌姆·塔希尔显然是年龄大了，但她的举手投足并不是老年人的那种。她行动缓慢，但并不虚弱。她腕部粗壮，但不是农民的那种。她皮肤苍白，双目炯炯有神。门关上后，法蒂玛的母亲在座位上扭动身体，叹了一口气。仿佛要安慰法蒂玛一样，一只手放在了法蒂玛的腿上。

从窗户望出去，两只硕大的黑鸟站在花园的石墙上，嘴里叼着什么东西。一只鸟低头啄食，另一只则在站岗放哨，它在石墙上摇摇摆摆地走着，绒羽闪现出靛青色。接着，这只鸟也拍打翅膀，跳到门柱上，开始吃它的东西。两只鸟拍打翅膀，飞过来，飞过去，过了一会儿，突然振翅飞到空中，大声叫唤起来。顷刻间，石灰岩的墙上粘上了长长的白色痕迹。

"看，"法蒂玛说道，"鸟儿在他们的墙上拉了鸟粪。"

她母亲倒吸了一口气。法蒂玛知道这肯定是什么兆头。维达德犹豫着，仿佛是在选择如何反应。她拍了拍法蒂玛的手。"法蒂玛，那真是恶心。"

法蒂玛再次望向墙上的白色痕迹，心想乌姆·塔希尔是不是真的在替孙子相看自己呢。她并没有请自己唱歌。如果母亲并不支持这门婚事，为什么要带她来这里呢？突然，她悟到了母亲的逻辑。虽然不想把她给这家人，但母亲在拿她显摆。她深刻感到了自己的脸庞，有点沮丧。她问道：

"妈妈，刚才她说的是什么，什么真主和乌得琴？"

"跟真主没关系。说的是哈吉·哈桑的妻子，亚西尔的母亲。她不开心有些年头了。她有幻觉。"

"疯了？"

"是的。哈桑一走就是很久。他回来的时候，她……我们不应该谈论这个。"

"好的。"

"嗯，哈桑给了她一把乌得琴。哈桑给的。因为她看见了东西，哈桑就让她弹琴。这个幻觉，你知道的，她一直都很虔诚，一天天的，不是看到这个，就是看到那个。但是，她看到的东西越来越多，祈祷都没用。但是，音乐起了作用。她成了乌得琴的高手。声音很美。她以前可以用所有的颤音来唱埃及民歌，那些关于哈伦·拉希德[1]的民歌。但我们不应该谈论这个。"片刻后，她补充道："她是*非常*好的女士。你嫁过去了，她会是很好的婆母。"

"她去哪儿了？"法蒂玛说道。

"扎瓦塔？"

"不，我是说卡迈勒夫人。"

---

1 哈伦·拉希德（764—809），阿拉伯阿拔斯王朝的第五代哈里发，在位时间是786—809年。

维达德轻轻拍了拍她的膝盖。"嘘。"

维达德猜到了乌姆·塔希尔的意图。这位女主人一关上门，就沿着走廊飞奔去找迈扎特。迈扎特坐在床上，抬起的膝盖上摊着一本书。

"赶快，"她嘘声说道，"没多少时间。"

迈扎特跟着她，进入走廊。她一只手放在身后，紧紧抓住迈扎特的手腕，走一步，顿一下。到了客厅紧闭的房门口，她指了指把手。迈扎特伸手要开门。

"住手！"她嘘声说道，再次抓住迈扎特的手腕，"别开门，你疯了！从钥匙孔往里看。快。趴地板上。"

迈扎特忍住笑，蹲下，用手指拂开地板上的灰尘。祖母打了他后脑勺一下。迈扎特难以置信地抬起了头，祖母瞪大眼睛，一根手指头朝着钥匙孔的方向猛戳。

从钥匙孔往里瞅，并不容易。在迈扎特的记忆里，这个钥匙孔里从来就没有插过钥匙，这么多年的灰尘都积在里面，几乎一丝光都不透，还散发出一股绿色铜臭的冰冷气味。他对着钥匙孔吹了吹，没用。提塔站在他身后，从兜里掏出一张餐巾，用手指捻出一股麻花，再放到嘴里咂了咂，递过来。迈扎特把这东西放进钥匙孔，再拿出来，看到上面沾满了灰尘，变成了灰色。他把脸靠在门上。提塔紧握门把手。

房间尽头的沙发上坐了两个女人。母亲和女儿。母亲的头发用散沫花染成了红黑色，剪短齐耳，波浪发型，像欧洲人一样别在脑后，穿着深棕色的裙子，红绿色的上衣，尖尖的鼻子，大胸脯。女儿年轻，大约十七岁的样子，纤细苍白，黑色的头发从中间分开，露出一点苍白的头皮。她的外眼角下垂，眼皮上两道黑色的眼影加重了眼角下垂的效果。圆润的颧骨似乎提升了唇形，因此，虽然眼角向外下垂，显得忧伤，但嘴唇紧绷，富于表现力。在这之前，迈扎特从未见过本阶层未戴面纱的年轻纳布卢斯女孩。他只见过女仆，见过他祖母那一辈的女人。最多还有开罗的舞女，还有莱拉。这真是难得一见，就像是通过显微镜看到了细胞的隐秘结构。提塔叹了一口气。钥匙孔里的女孩双手合拢放在膝盖上，看起来很严肃。母亲坐立不安。有人说，如果想要知道女儿会长成什么样，那就看母亲。然而，这个女孩肯定是随了父亲，一点儿也不像母亲。

提塔又叹了一口气。迈扎特正要转过脸询问女孩父亲的事情，钥匙孔里的女孩大笑起来。虽然隔了一道门，声音有点闷，但还是听到了爽朗的笑声，她笑得打颤，正指着窗外的什么东西，举着胳膊的样子，就像还把握不住四肢的小女孩，就在这一瞬间，她下垂的忧伤眼睛完全变了，突如其来的快乐冲淡了她的严肃。母亲厉声说了一句，打了她的一只手。

接着，发生了一件奇怪的事情。有那么一瞬间，女孩转过头，直接看着迈扎特。毫无遮掩的凝望，就像是一支瞄准了钥匙孔的箭，两只忧伤的眼睛好大、好黑。迈扎特猛地站了起来。

"看到了？"提塔轻声说道。

迈扎特顿了顿。他揉着膝盖，看着自己的脚，点了点头。

"好，你走吧。"提塔说道。

迈扎特踮着脚尖走进厨房，他听到祖母大声说道："耽搁这么久，真是抱歉呀。"门关上后，声音小了。"女仆呀，女仆，真是让人发疯。"

他走回卧室，还是之前的姿势，重新坐在床上，打开他的书。书页上的字仿佛到处乱爬。不知道过了多长时间，后来提塔走进来，坐在他的脚边。她的脸有点红。

"好了，"祖母盯着迈扎特，"哈比比，你觉得怎么样？"

"我觉得她很美。"

"够漂亮吧？乌姆·达乌德跟我说，她母亲想要她嫁给他们的亲戚，亚西尔·哈马德。事情并没有定下来，他们没有订婚。我们依然可以做点事情。我已经有了一些想法。”

"她父亲是谁？"

"哈吉·尼姆。学者，去年的市长。他们在扎瓦塔有土地。跟你父亲一样，他也是医院的创立者之一。她长得美。非常美。他们都叫她纳布卢斯的女王。他们说她有点傲气，但是……我觉得她是很好的结婚对象。我觉得她母亲……嗯，是个好家庭。但是，你知道的，那么多纳布卢斯的女孩，我不可能个个都这样干，邀请她们的母亲来喝咖啡，还让你从钥匙孔瞅。哈比比，别这样愁眉苦脸的。"

"你真的觉得我可以娶到哈马德家的女儿？"

"迈扎特，我们卡迈勒也是体面人家。"

"提塔……"

"你父亲的生意做得好。我当然觉得你喜欢谁，就可以娶谁，你是个富有的商人——或者说，你会成为富有的商人。我们可以办得到。你想要我们试试不？你想要娶这个女孩不？"

"提塔。"

"我只是想给你最好的选择。这个法蒂玛长得非常美，她的乌得琴也弹奏得非常好。"

"但是，我怎么……我不可能娶一个我不了解的人。"

"如果你不娶回家，又怎么去了解一个女人呢？先结婚，然后就能了解这个女孩。好好想吧。如果你想要娶她，我们就试一试。"

"我会好好想想的。"

"你爸爸说，你今年要结婚。要么这个女孩，要么我们再给你选别人。卡迈勒家有很多到了婚嫁年龄的女孩。你，孩子你呀，非常抢手。你是医生，你英俊，你富有。我觉得我们可以有点野心。"

现在，迈扎特回纳布卢斯已经三周了。到了晚上，一开始他想要自己进入无意识的状态，但后来他就发现，数个小时过去了，自己依然还乏味地陷在似睡非睡的炼狱中。有时，他点上一盏石蜡灯，打开一本书，念咒一样给自己嘟囔法文诗歌。还有其他的办法，比如说装作只闭一会儿眼睛，待会儿继续阅读；这法子有时奏效，就这样骗了自己，进入睡梦中，而书还摊着，放在脸上；等到他醒过来，很遗憾地发现书页都皱了，汽灯的火焰在身边摇曳。但更多的时候，即便他的大脑滑入了第一层的无意识状态，隔了一层柔软的薄膜，周围的动静变得含混，呼吸减慢，可就在这时，某个淘气的想法轻易就飘荡入他的耳朵，再次启动他的心绪，他立刻在厌倦中醒来。他会想到让内特读他的信；脑子里出现想象中的表情，或是难过，或是遗憾。这些时候，他渴望喝上一杯威士忌。他可能会从床垫上爬起来，在房间里走动。如果夜色清朗，他透过厚墙上的窗户，看着月亮斑斑点点的脸庞。有时，他看到酋长山的山峰上黎明破晓；有时，他躺回去，不知不觉中就睡着了，没有做梦，睁开眼睛，发现白昼已悄然降临，只是这样幸福的时候太少。

脑子在晚上绷得太紧，到了白天就太松弛，本来很正常的反应都变得断断续续。他坐在市场里，检查账簿，就像是透过水面看账簿格子，仿佛有微风吹过，水面起了涟漪，墨水写的数字在晃动。但等到夜幕降临，这种疲惫的感觉就进入了新状态，思绪的灯总是亮着，不让他休息。

那天晚上，他躺在床上，凝神想着哈马德家的那个女孩，想着他透过钥匙孔残留的灰尘看到的忧伤眼睛。他在被单下面扭曲着身体。他胃里不舒服，肠道不适，症状清楚明白，经常出现，应该是胀气。昨晚，或者是前天晚上，他打嗝难受到醒过来，及时赶到洗手间呕吐，满嘴酸水地回到房间，躺回床垫上。今天，痉挛的部位往下一些。他想，如果持续如此，就应该去看医生了。法蒂玛·哈马德。法蒂玛·哈马德不可能嫁给这样的病秧子。

然而，也许是奇迹，今晚他甚至不用去想睡觉的事情，思绪游荡在别处，混合在一起的画面，模糊了女人们的样子，成了不同种类的痛苦，这时睡眠悄然而至。那些他伤害的女人：让内特，他的母亲。那些伤害了他的女人：莱拉、让内特。现在，法蒂玛·哈马德，她纤细的五官完美地聚焦在钥匙孔里。宣礼师[1]的声音传来时，他在冰冷的晨光中，躺在枕头上转着脑袋，不知道这一夜是怎么度过的。胃里非常难受，很想吐，他从床上爬起来，朝着麦加的方向拜倒在地。

"上午，我们检查账目。"希沙姆说道。

十一月了，天气还算温和。市场热闹，车轮碾过，卷起尘土，压得玻璃和石头叮呤哐当响，人声鼎沸，叫喊着数字和货物的名称。玻璃水烟筒之间是闪闪发亮的波西米亚水晶制品，德国小提琴的调音弦轴绑在绳子上，风每次刮过，小提琴就摇摆扭动。光柱从商栈屋顶的缝隙落下，卡迈勒店门口展示的刺绣夹克也在风中转动，露出肩部和背部，间或挡住了阳光。迈扎特和希沙姆坐在店铺的后面，阳光照不到，冰冷。

"没有那么难。但有时，傍晚的时候，我们要为第二天必须写上去的东西留下注释，所以就必须检查，这儿，要看记录是否正确……嗯……看到没，这里记错一位数。我们就是检查这一类的错误。接着，我们检查订单的进程，确保裁缝的进程一致。赛俩目，你是约好的，好的，布特鲁斯在呢。好，处理中的订单列在账单的这一边……迈扎特？你还醒着吧？"

"是的，希沙姆。抱歉。你刚才在说话，说裁缝的进程一致。"

"是的，然后我们检查订单，我们询问订单的进程。待会儿我

---

1 在清真寺光塔楼台呼唤穆斯林祈祷的人。

们就办这事。我们……目前我们的订单不太多。但开斋节或宰牲节来的时候，无论日子多么艰难，人们都要买东西。如果有婚礼，你也知道的。每一笔交易都记下来，我们在此处标记是否付款。日期，一定要有日期。这一页上是欠款。利息在这儿……我们根据欠款的天数计算利息。明白了？现在，你来计算，我来看订单进行得如何。"

贾米勒说迈扎特有的是东西看，说的没错。卡迈勒商店在通道最宽之处，位于最西边，很容易就看到往市场里打望的英国人，而英国人似乎很喜欢在出口的地方徘徊，仿佛只有看得到逃跑路线，他们才能放心与人交谈几句。即便是坐在商店后面，迈扎特抬起头，也能看见商栈的横切面，阳光之下就像是电影屏幕一样。英国士兵们总是在簿子上画来画去，迈扎特都认得出他们的面孔了。那个士兵埋着头看记事本的时候，小下巴往回一缩，就像手风琴的风箱；他眯缝着眼睛打量周围的时候，嘴巴就会张开。从远处也看得到他玻璃蓝色的眼睛。

偶尔也会有英国人的妻子出现，抚弄出售的物件。这样的女人通常都戴着某种头纱，脸上挂着战战兢兢的傻笑，很远就看得到。城里的女人并不常见，但通常还是有仆人或是农夫的女儿来给家人买东西，当然了，乡下卖蔬菜的农妇不在其中，她们通常都不戴黑面纱。奇特的是，或者说在迈扎特眼中似乎奇特的是纳布卢斯女人的标准服饰，有时真的是很难区分她们的年龄，到底是中年妇女、老年妇女，还是年轻女孩。纳布卢斯的女子总是穿着斗篷一样的衣服，面戴黑纱，头裹披巾。这些黑色的身影很少出现在人群中，一旦出现，就吸引了迈扎特的目光。他从远处望去，通过体型大小和步态猜测年龄，个子矮的是年轻女孩，个子很大的很有可能是生产过多次，但还没有步入骨质稀松、失去胃口的老年分水岭。如果那个身影走近了，通过露在面纱和披巾缝隙之间的眼睛，他或是肯定自己的猜测，或是更正。有一次，一位纳布卢斯女子靠近卡迈勒摊位之后，他发现自己完全猜错了，女子实际年龄远远没有他猜测的大。女子裹着黑色布料，说话则是年轻女孩的声音，这时他才猛然意识到，这个女孩是刚刚开始学习穿着黑衣料理家务，她步伐纤弱并不是因为年老，而是因为犹豫。

"进行得怎么样了？"希沙姆弯着腰，从裁缝间的过梁下面钻过来。

"我……嗯，抱歉，希沙姆。我分神了。"

"没关系，我们现在来做。这儿的日期……已经又过了一个星期，阿布德·瓦哈卜家的欠款已经是五镑了。"

迈扎特在欠款一栏写下了一个五字。

"如果他们永远都不付钱，会怎么样？"他说道。

"永远都不付钱？"希沙姆犹豫了。"首先，"他终于开口了，"我们就不再赊欠。其次……商人是有办法可想的。有时，可以……可以和税款包收人协调，但你知道的，你父亲没这么坏。别忘了，让人赊欠是好意。有时，这些欠款和债务可以追溯到我们祖辈身上。"

迈扎特的注意力已经转移，一个戴着面纱的黑色身影径直朝着商店大步走来，她走路带风，袍子鼓了起来。她从阳光里走来，踏进阴影中，接着迈扎特看到了她坚定的棕色眼睛，闻到了她身上一股熟悉的家的味道。

"提塔！你到这里来干什么？"

"欢迎你的提塔，"她的祖母说道，"听着，哈比比。我们去见撒马利亚人。你准备好了？走吧。"

"什么？"

"希沙姆，抱歉我们得走了。这非常重要。他父亲吩咐的。"

"当然，乌姆·塔希尔。真主保佑你。"

"迈扎特。站起来吧。"

迈扎特从凳子上溜下来。"但是，提塔，我正在记账呢。"

这时她已经转过身，再次来到街上。他慢跑跟上。到了商栈里，太阳暖暖地照在他的脸上，尘土扬起，落在他的脚上。披巾之下，提塔的裙子像个气球一样鼓了起来。他们穿过拱门的时候，迈扎特跟上了祖母。

"父亲吩咐的是什么？为什么这么赶？"

"去见撒马利亚人。如果你父亲在这里，他也会这样做的。"

"撒马利亚人？"

迈扎特犹豫了。她身体一摆，走进一条小巷。

"提——塔。"他叫着，跟了上去。

又转了一个弯，她带着迈扎特走到撒马利亚人居住区的边缘，一头扎进了一条阴冷狭窄的通道，两边的墙壁是刷了石灰水的岩石。她轻轻拍了拍他们右手边的一道矮木门，咔咔地摇动门把手。她一边听着脚步的动静，一边盯着迈扎特的眼睛，然后朝着黑乎乎的窗户里张望。

"我们应该谈一谈。"他忍不住提高嗓门说道，"我觉得你太着急了。"

一个女人从他们身后的小巷里走上来，穿着灯笼裤，没戴面纱，头上裹着围巾。看到乌姆·塔希尔和迈扎特，她吓了一跳。

"你好，"提塔说道，"劳烦请问祭司在哪儿？"

迈扎特用手捏住自己的鼻梁。头又疼了起来。

"伊扎克！"这女人朝着通道下面大声叫道。没人回应，她叹了一口气，打量了乌姆·塔希尔一番，做了个手势，示意他们跟上。迈扎特还用手捏着鼻梁，两眼看着地，落在后面。他们到了一个露天的石头楼梯前。

提塔向那个女人表示感谢，然后对迈扎特说道："孩子，上去。"

台阶被人踩得滑溜溜的，又陡又窄。走到楼梯顶，提塔双手放在腰间，呼吸沉重。面前是一个空荡荡的敞开式庭院。"我老了。"她嘟囔道。

迈扎特笑了起来，回声传过来，听起来比他的感觉要开心很多。这上面挺暖和，太阳把石头晒得热乎乎的。目光越过三面低矮的墙体，可以看得到圆屋顶的城市，边上则是绿色的群山。站在这样的高度，听不清街道的嘈杂。庭院的第三堵墙，最大的那堵墙是一栋楼的正面：撒马利亚人的会堂。

"我们到这儿来干吗？"迈扎特说道。

这并不是真正地提问。穆斯林女人来见撒马利亚人的祭司长只有三个原因。提塔的嫉妒心还没有到用恶目伤人的程度，而且她本人就能未卜先知。所以，只剩下一个原因。她一只手抓住迈扎特的肩膀，另一手去够抬起来的脚。

"我不想用法术。"他说道。

她手里拿着一只鞋子，直接看着迈扎特的眼睛。"你不想？"

"不想。"

"但是，哈比比，你知道的，这对她没有害处。"

"不是这个问题。我不想用法术。我甚至还没有……还没有决定我想……"

"好了，我们已经到这儿了，不是吗？我们就进去见他吧。你可以，不管怎样，你说了算。但你听我说，我在帮忙。我站在你这边。你说了算，但如果我是你，我就会这么干。"

"提塔，我不想。"

"我听到了。我们都到这儿了，进去看看呗。"

她脱下另一只鞋，把两只鞋放在柠檬树下，呻吟了一声。迈扎特把食指塞进鞋带下面，脱了鞋子，跟着她走了进去。

他之前可能来过这个庭院，但他确定自己从未走进过这个会堂。上方是拱顶，前方是尖拱门支撑的墙壁，墙壁上没有装饰，拱门把空间划分成了房间。拱顶的接口处有水渍，有些地方的涂漆开始剥落。一个巨大的木制钟，像是由落地钟切割而成，悬挂在祭司长椅子的附近。分针逆时针方向猛跳了一下。提塔光着脚，悄无声息地领着迈扎特走到一个拱门下，停了下来。

祭司长白色的头发，黑色的眉毛，身着蓝色的袍子，头戴蓝色包头巾，坐在凹室的一张椅子上。他不是独自一人，身边的地毯上跪着一个男人。跪在地上的男人穿着一件灰色的长罩衣，扣子一直扣到脖子下面，下摆是土褐色，双脚伸了出来。他的脑袋完全秃了，但下巴上胡须一大把，就像是扫帚。他瞪着眼睛，看着面前地毯上的东西：一份卷角的褪色文件，也许是卷轴，上面密密麻麻全是很小的字迹。这份文件放在一块打开的红色缎子上。

过了片刻。跪着的男人沿着边角拎起卷轴，向外延展，露出了下面的一页。下一页褪色更厉害。祭司长凝神望去，目光挪动，两道厚重的眉毛就像狗的眉毛那样抽动。最后，他抬起眼帘，朝迈扎特和提塔的方向望去。

"赛俩目。"

"赛俩目，"提塔说道，"阿布·萨拉马，你好。我是乌姆·塔希尔。这是我的孙子，他叫迈扎特。"

迈扎特对祭司长鞠了一躬，祭司慢慢从椅子上站起来，也鞠躬致意。

"赛俩目。"

大胡子男人现在也站了起来。长罩衣贴在了身上，他理好衣服，伸出一只手与迈扎特相握，对乌姆·塔希尔点头致意。他眼睛间隔很近，仿佛在皱眉一样，一对泛红的小眼珠子。

阿布·萨拉马介绍了这个人。"哈达·阿布纳·安托万。"

"你好。"提塔说道。

"你好。"神父安托万说道。他的发音有法国口音。

"日安。"迈扎特用法语说道。

安托万神父眨巴了一下眼睛。

阿布·萨拉马学究般，一字一顿，使用了几个古典动词的形态，对这位法国人说道："如果你认为三言两语就能说完，我可以请这位女士和她的孙子等一等。若非如此，敬请明天同一时间再来。"

安托万神父的回答同样谨慎：

"非常感谢你的好意，阿布·萨拉马。我明天再来拜访。"

这位法国神父再次跪在地毯上，把他拎起来的那张纸放了回去，然后轻手轻脚地用红色缎子包好四个角，系上下面的黑色缎带。另外三个人站着，看着他。这个法国人的指头粗大，指关节突出，指节上长着一簇簇的白毛。安托万神父再次站起来，对祭司长点头致意，他没有从迈扎特和乌姆·塔希尔身边经过，而是转身穿过另一个拱门，绕到会堂的另一边。他的脚步声咔咔直响，回荡在他们周围；等到最后他再次出现的时候，迈扎特扭过头去，看到了他背衬阳光的身影和大胡子的剪影。咔咔的脚步变了调子，慢慢减弱。

"乌姆·塔希尔，告诉我，"阿布·萨拉马说道，"想要我怎么帮你。"

迈扎特瞪大眼睛望着那个缎子包裹。

"我们需要一个护身符。"提塔说道。

"可以。祈福还是辟邪？"

"祈福，"提塔说道，"祈福爱情。"

迈扎特猛地扭回头看他的祖母。动作太大，太阳穴又疼了起来。

"你带有什么——"阿布·萨拉马说道。

"我有头发。"

提塔从袍子里面掏出一个拉绳袋，伸进两根指头。食指上出现了一根黑色的头发。头发两端绕在一起：一端弯曲，闪着银色的光；另一端有白点。一根带发根的头发，来自法蒂玛的脑袋。迈扎特觉得浑身发热。

"不。不可能。不，提塔，"他一只手放到祖母的背上，"阿布·萨拉马，抱歉浪费你的时间。但事实……不。提塔，收起来吧。"

迈扎特呼出气来，那根黑色的头发直晃，提塔用拇指按住，免得头发落下。

"嗯，如果他不愿意，"阿布·萨拉马说道，"恐怕就没法做。很不幸，不会有作用的。"

阿布·萨拉马朝上打开手掌，目光望向天花板，似乎是在说，他无能为力。祭司长的目光刚从提塔身上挪开，她就立刻望向迈扎特。她的眼睛露在面纱边上，目光就像是烤肉叉子，穿透了迈扎特。她把那根头发放回拉绳袋，拉上绳子的工夫，用恼怒的目光狠狠地看了迈扎特一眼。接着，她对祭司鞠躬行礼。迈扎特拼命忍着大笑的冲动。

他领着祖母穿过庭院。他们从陡峭的台阶往下走的时候，她再次说道："你说了算。"迈扎特真希望能看到祖母的脸。他们一路无言，疲惫地走出了撒马利亚人的聚居区，她送迈扎特回到店里。希沙姆已在入口处放了一把椅子。现在是下午祈祷的时间，宣礼师的声音传遍了安静的商栈。迈扎特坐在椅子上，两条十字针法的镶片在他耳边摇摆，提塔渐渐走远。太阳穴的疼痛有所缓解，有了节奏。他挤压鼻梁，手指放在眼睛上。

他的一部分并不反对爱情护身符的想法，事实上，他的一部分是接受这个想法的。是的，他接受了科学和理性思辨的教育，但迷信是童年的残留，很难抹去。想到撒马利亚人传说的法术，即便现在他也感到了以前的敬畏之心回响在知识黯淡的门槛上。并不仅仅孩子和老妇人才迷信。信仰扎根很深，表面的怀疑往往是心底的执念，在祭司长的办公间喃喃说出父母的名字，让解密的拇指挠着摊开的手心，在回家的路上低声重复占星术的判词，付了钱的东西可不能忘。孩提时候，他听说过传言，说有人用石膏包住死鸟放在门道口的上方。成年后，童年感受到的神秘，那种又害怕又好奇的感觉，依然有一些存留在他心中。那本臭名昭著的书和其中神秘的咒语不过是他们的语言写成的一套宗教文本，迈扎特也是知道的，但有人提及的时候，他心里还是会咯噔一下。他思绪一转，想到了会堂地板上褪色的卷轴，想起了法国神父安托万和他的胡须。

等他再次睁开眼睛，在纳斯尔清真寺的方向，看到了希沙姆瘦弱的身影。

"你今天可以回家了，"他走了过来，"这里没人。"

迈扎特走在回家的山路上，他觉得自己精神疲惫，耳根变得太软，不应该让提塔领着去会堂的。让内特进入了他的思绪中，如果让内特知道了，他真无法想象她会怎么想。或者说，他是知道的，但他不想知道。

他们一言不发地吃着乌姆·马哈茂德准备的酿西葫芦瓜[1]。 他的脑子放松下来，忘记了他和祖母的斗争，说道：

"提塔，你得多吃点。再吃一个西葫芦瓜。"

乌姆·塔希尔等了片刻，才回答道："我不饿。"

就像是平常一样，他们晚餐后到客厅里坐着。乌姆·塔希尔做针线，迈扎特装作读小说的样子，整理自己的思绪。乌姆·马哈茂德在厨房砰砰砰地准备第二天的早餐，然后，她的脑袋探进客厅门，道了晚安。

随着他思绪的进程，头疼神奇地慢慢减退。疼痛慢慢减弱，在头颅里慢慢下移，最后似乎消失在了颈骨附近。如果最后他非得娶个女人回家，是什么让他不肯同意提塔的选择，不肯与她共谋呢？法蒂玛·哈马德真的是非常美丽。

---

1 往西葫芦瓜里面塞大米，或是塞肉再烹饪的一种食物。

问题是让内特。这么些年的沉默后，他的想象力还能编造理由，罔顾事实地保存希望，真不同寻常。他需要集中精神，触摸事实，让它们变成现实。他不想重温与西尔万·勒克莱尔和弗雷德里克·莫里诺的那一幕。然而，除了回忆餐桌边的受辱，回忆让内特的置之不理，还有其他的方式可以摆脱她吗？她已成了一种黏稠的物质，粘在他的脑海里。法鲁克会称之为禁忌之爱或是其他的陈词滥调，但根本不是那么一回事。所有的形容都像是滑溜溜的冰块，站不住脚；她就在那儿，模糊一团，不可解释。那栋房子，房子里的走廊，它们穿越到了现在——肯定是这样，人们才说恋人是疯子。一个人失去了与一个地方的所有联系，那又怎么能说他在这个地方的过去为真呢。他没有蒙彼利埃的照片。什么都没有，只有他买的那件外套、那顶法国帽子，他的外套和领带。

提塔把她的针线活儿转过来，拉紧了一根线，舔了舔一根手指，在线轴上找摸出一个新线头。

纳布卢斯是迈扎特的责任所在地。他欠自己父亲的，仅此一点，他就必须结婚。这笔债在他出生之前就安排下了。他父亲照顾他，其基础是迈扎特就像一份债券，会渐渐成熟，会生利。人可能会暂时认定家庭关系微不足道，但正如贾米勒所说的，家庭关系就是一切。

窗户外面渐渐黑了下来，炉火更为明亮。迈扎特停止了思考，眼角的余光中，火焰变得清晰可见，他不由自主地玩起了童年的游戏。他直接盯着火焰看的时候，边缘就渐渐模糊起来，这个游戏就是要快速移动眼睛，捕捉到最清楚的火焰，但这是不可能的事情，所以游戏就没有结束的时候。

"迈扎特，你得尽快决定。"提塔突然冒出这句话。她把针线活扔在膝盖上，"你不能什么都不做，"她的声音高了起来，"不能不做决定。因为我们必须给你另找一个女孩，那就太晚了。太晚了！"

"提塔，你问过我之后，才过了一天。"

她又拿起针线活，扬起眉毛，看着手里的针，温和地说道："你这孩子，傻呀，傻。"

"难以置信，"迈扎特说道，"你装作给我选择的样子，但我没有选择，显而易见。因为你已经做了决定。"

"你认为你是谁？"她朝一边歪着脑袋，"你回来了……穿得像模像样——你觉得是谁付的钱呢？"

她指着随便扔在脚凳上的外套。外套的口袋里挂着一块丝绸手绢。迈扎特朝窗户转过脸去。

"我给了你一个非常好的选择，"提塔说道，"你为什么要让事情这么难办呢？"

她站了起来，有东西飞了过去。那是她的针线活儿，她给扔到了沙发上。

"我该说的，都说完了。你爱怎么办，就怎么办吧。法蒂玛·哈马德会嫁给她亲戚，你父亲会剥夺你的继承权，然后你就会后悔，孤孤单单，或者是娶个给你生不出儿子的蠢婆娘。"

她弯下腰，捡起针线活儿，摔门而走，留下迈扎特一个人在黑乎乎的屋子里。他呼吸沉重，直愣愣地看着火焰模糊的边缘。

第二天是星期四。太阳升起，商栈里装满了人，相邻的店铺老板拖来椅子，坐在一起闲聊。一些顾客摸了摸布料，但大多数人只是驻足说话，而非买东西。店铺老板们互相吹牛讲故事，迈扎特望着外面通道上戴面纱的身影。

"嗯……他说话的时候，你知道的，他真的相信自己做的事情。他说他到亚历山大港的时候……"

"我知道这件事。"

"他在沙滩上看到一个士兵。"

"是的，我知道这件事。"

"他的眼睛掉了出来，从他的……他的……"讲故事的那个人笑得喘不过气来，使劲儿拍着大腿。

"他的眼眶。"

"他给那人——"

"他给那人放了回去！"

另一个人喘得厉害，开始咳嗽。

"还有咖啡吗？"

"稍等。"迈扎特说道。

他打开水龙头，给咖啡壶灌上水。接着，他擦了一根火柴，点上火，无意识地陷入了幻想当中——有人跑过商栈，叫着他的名字。

在巴黎的时候，法鲁克解释过他的一个理论，说婚姻虽然不属于浪漫领域本身，但可以是一种浪漫的局限。他从读过的书中萃取出了各式理论。他第一次对迈扎特描述这一理论的时候，躺在圣日耳曼区的沙发上，一只手放在脑后，没穿鞋的脚放在扶手上，样子像是某些西方照片中阿拉伯女人夸张的休息姿势。他说，外部限制越多，真爱就变得越醇厚，变得纯粹——当然，这是对另一个女人的爱，而非对妻子的爱。限制越是强烈，里面的生活越是丰富。当时，迈扎特不顾一切地想找寻指点人生的原则，点了点头，记在心里。但此刻站在纳布卢斯的卡迈勒商店里，一只手拿着咖啡壶，另一只手拿着一摞杯子，回想起那一幕，迈扎特觉得法鲁克也和平常人一样，错误地把人生打包成一个个便携理论。他思忖着到底发生了什么改变，之前他那么信任法鲁克，现在却开始怀疑摇摆了。只是因为地理位置的改变，他回到了巴勒斯坦？或者婚姻眼看着就要成为事实，而不再是梦想？

"谁要咖啡？"他对那一圈男人说道。所有人都举起了手。

这些男人都结婚了。有人离婚结婚了两次，三次。大家都知道的，那个讲眼睛故事的男人，绰号是"阿布·伊斯兰"，娶了一个纳布卢斯东边的基督教女人。如果非要说，这就是为爱情结婚的证据。

迈扎特往第一个杯子里倒咖啡，心想可不可以对抗父亲，同时又对父亲言听计从呢。他在法国生活的秘密，是快乐，也是羞耻——他遇上了戏剧化的大事，导致他放弃了父亲安排的道路，选择重新开始，自作主张搬到巴黎，另觅他人的指导，没有学医而是学了历史，最后他知道了西欧的所有英雄事迹，却对人体一无所知——他可以静观其效，他的隐私可以变成一种力量。不要去在意他隐藏了多少痛苦。因为痛苦是诗情画意的，他的痛苦也变得更容易忍受，压抑过去也成了美德，是优雅的秘密来源。

这一天平淡无奇地过去了。商人们收摊关门。迈扎特正在上门闩，这时真的有人叫着他的名字，穿过商栈跑了过来。

"迈扎特！迈扎——特！"

来者是塔赫辛·卡迈勒，他的裤腿拱到了膝盖上。

"哈比比。谢赫·卡西姆咖啡屋有个说书人。"

迈扎特耸了耸肩，挂上了门锁。

"来吧，快走。"

"稍等，我马上就来。你知道他在讲什么吗？"

"去了就知道了。"

他们不是唯一朝着谢赫·卡西姆咖啡屋方向走的人。不一会儿，他们就走在一群人中，大家点头致意往前行。农民的头上戴着阿拉伯头巾，年长的男人穿着松垂的衬衣，软嗒嗒的肚皮上挂着腰带，年轻一些的胡须浓密，上面涂抹着廉价的油脂。三个擦鞋的少年头戴脏兮兮的塔布什帽，胳膊下还夹着擦鞋的工具，他们就像小大人一样互相打着招呼。一个老农头上是红色的头巾，穿着一件超大的外套，冲迈扎特微笑，露出没牙的嘴巴，他弯曲的手指指了指咖啡馆的方向。

谢赫·卡西姆咖啡屋里光线昏暗，已经挤满了人。一个角落里有一圈油灯，照亮了说书人，他坐在卡侬琴乐手身边，周围的桌子被推到了后面，露出舞台空间。他身后是闲置的留声机，没有声音的喇叭就像是一朵巨大的黑色百合花。说书人和坐在旁边的听众说话，他的乐手拨动膝盖上的乐器，调整琴栓。塔赫辛的脑袋靠在后墙上，做了个鬼脸，意思是说：他们什么时候才开始呀？大家族的人占据了椅子。迈扎特看到窗户边的阿卜杜拉·阿特万，他耸着肩膀，一只手搭在他儿子的肩膀上。阿特万的旁边，过去几张桌子的位置，他认出了贾米勒宽阔的背影。他在桌子间穿梭，溜了过去，给族兄一个亲吻，打了个招呼。此刻，有几个人跟着卡侬琴弹奏的熟悉旋律时断时续地唱了起来。说书人抬起头来，看到一个小男孩端着一面鼓走了进来。卡侬乐师拉过一把椅子，小男孩扭动身体坐到位置上。看到说书人老练的面孔，听众安静了下来。他转动脑袋，哼唱起来，卡侬琴的音符在他周围响起，宛如水声。人们喝彩，吹口哨。

他唱了起来。

卡侬琴安静下来，小男孩的手指在鼓面上轻轻颤动。说书人开始说话：

万能的真主在上，这故事讲的是贝尼·希拉尔的阿拉伯人。在苏丹萨尔汗的时代，贝尼·希拉尔最伟大的武士是勇敢的里兹克，他是纳伊尔的儿子。勇敢的里兹克娶了八个女人，生了很多女儿。但他的八位妻子都没有给他诞下男性继承人。他心中烦恼，开始唱歌——

啊，啊，啊，这世道，命运，天数
我眼睛看到的所有东西都会消失
我很富有，哦天呀，我却没有继承人
没有继承人，一代人之后财富就会消失。

"贾米勒，"迈扎特轻声说道，"我们可以谈谈不？"

他的族兄吸着水烟，点点头。他们沿着后墙往外走，站在门口的少年们往边上靠，让他们走过去。到了外面，天色已经暗了下来。

"出什么事了？"贾米勒透过玻璃往回看，玻璃上有擦痕，里面的灯光照出来，出现了一圈圈的黄色光晕。

"从何说起呢。我有自己的事情告诉你。"

说书人的声音渐渐高昂起来：一只黑色的鸟儿从远处飞到他们身边。

"那是阿布·扎伊达！"有人叫道，人们鼓掌。

一只黑色的鸟儿……（"啊啊啊！""真主。"）……看着让人害怕……

"不要告诉任何人，嗯？"迈扎特说道，"我祖母想让我娶法蒂玛·哈马德。哈吉·尼姆的女儿。他是法官，去年的市长。"

"我当然知道他。"

"提塔邀请那个女孩和她母亲到我家，她让我通过客厅门的钥匙孔看到了她们的面孔。"

贾米勒的肩膀靠在墙上。"可以嘛，迈扎特。她如何……我的意思是，她长什么样？"

"她的脸——真的，你知道吗，她看上去像月亮一样。"这样的陈词滥调，他笑了起来，他和法鲁克就是这样的；接着他看到族兄的脸上闪过一丝不解。一道光一闪而过，他们之间又多了一道鸿沟。

"像月亮的面孔，"他看着暗下来的街道，重复说道。街道上有一个孤独的身影朝着西边墓地的方向走去。

贾米勒当然不会笑，陈词滥调是法国人的概念。在纳布卢斯就没有陈词滥调，这里只有大家公认的行为渠道，大家都有的愿望。

卡德拉大声呼喊，说书人的声音情感奔放，哦，你多么美丽，哦，鸟儿呀，你的黑色多美呀……

"提塔想要我去施法。我说不行。"

"你不相信那个？"贾米勒说道，"是的，我觉得我也不信。试试也没什么坏处吧。"

音乐插入，伴随着轻柔的鼓声。

"你听我说，"贾米勒说道，"我知道你心思还在那个法国女人身上，但这不应该成为障碍。我的意思是说，法蒂玛·哈马德？如果你*可以……*"

贾米勒抱着双臂，站在窗户边，迈扎特看着族兄不露声色的面孔。贾米勒几乎比迈扎特大了整整一岁，他们都还是孩子的时候，年长一岁就占了上风。他不仅早一年上学，他的胳膊腿儿更长，他的肌肉更结实。他们拿着树枝击剑的时候，贾米勒总是胜利者，逼得迈扎特一脸树枝地躺在地上。现在，时间追平了他们的身高，差不多一样的个头；然而，迈扎特还是很留心族兄的语气。是因为鄙视，或是钦佩，他才说出"如果你*能*……"的呢？迈扎特的法国故事让贾米勒刮目相看，他看得出来的。他感觉到，带着辉煌折射出来的奇特尴尬，他的高大形象在族兄的眼中摇摆。

"我给她写了信，"过了一会儿，他说道，"法国女人。"

"是吗？"

"是的。但她没有回信。"

说书人讲到了故事的某个高潮部分，眼睛熠熠发光。水烟筒冒着一股股的烟。

"我感觉……"迈扎特说道。

"什么，哈比比？"

"我不知道，"他双手捧着自己的脑袋，"你觉得我应该做吗？这个哈马德女孩？"

"你在开玩笑？"贾米勒说道，"如果你能。当然了。"

里面有人在大声叫唤。"你不能把他留在监狱里！"

一个年轻人打翻了一张椅子。其他人站了起来。有些人脸上是消遣的表情，有些人是愤怒。塔赫辛·卡迈勒出现在门口，理了理领带，鼓着腮帮子吐气。

"怎么了？"迈扎特说道。

"因为阿布·扎伊达被捕了，大家都愤怒起来。"

"故事到后面才是这个情节。他讲故事不能这么跳。"

塔赫辛耸了耸肩。"嗯，他们就是因此生气的。"

迈扎特走进咖啡屋，看到说书人挥舞双手，一只手里拿着一根笛子。

"安静！"他叫道，"请安静，我会讲完的。好了，好了，大家请坐下。"

"看哈吉·阿卜杜拉。"贾米勒说道。

在另一头的窗户附近，哈吉·阿卜杜拉也站了起来。他大声叫喊着，一只手放在儿子头上，另一手冲着说书人挥舞拳头。

"他带着他儿子呢。"迈扎特说道。

"我知道。他有时让我害怕。"

群情激愤。接着，说书人开始吹笛子，打破了紧张的氛围，零零星星的掌声响了起来，这些人再次坐下，说书人开始讲述下一节的内容，在这一部分，阿布·扎伊达就会从监狱里被释放出来。

6

哈吉·哈桑1918年结束了流放的日子，回来不久，他就发现自己在约旦河谷的土地有两万德南[1]的小麦被人全毁了。庄稼全被烧毁，颗粒无收。他的族弟哈吉·尼姆认为，这很有可能是有人蓄意破坏，

---

1 前奥斯曼帝国的土地丈量单位，大约等于900平方米。

或是从战场上归来的野蛮步兵所为。无论是哪种情况，都无能为力：英国人还没有建立起他们的司法体系，但依然不准伊斯兰教法庭审理土地纠纷。哈桑在扎瓦塔，情绪低落；他给妻子的乌得琴，妻子整日都在弹奏。

一年后，到了1919年的11月，一个来自犹太人国家基金会的代表前来拜访，出价八万英镑，要立刻买下这片土地。虽然价格高得令人咋舌，哈桑还是拒绝了。英国军政府关闭了土地登记，他知道这样的交易目前是非法的。不管怎样，这件事推了哈桑一把，他安排下预售以待禁令解除之时。他找到耶路撒冷拉丁教会的大主教，达成交易，价格是四千。

"这是正确的选择。"哈吉·尼姆说道。

他们坐在哈吉·尼姆楼上的会议室里，在座的还有新市长阿布·奥马尔·贾瓦里。阳光从窗户照进来，外面花园里果树摇曳，斑驳光影在地板上跳动。

座位倾斜得厉害，三个人坐在上面，要么就是完全斜躺的姿势，要么就是屁股挨着一点，坐在边缘。哈桑在尼姆的左手边，往后靠着。奶油色大外套，放大了他体重减轻的感觉；短胡须已是盐白色。即便是坐着，塔布什帽也戴得笔直，他缓慢地眨眼，下嘴唇因为担忧而发抖，看上去有些戏剧性。哈桑的对面，尼姆的右边，坐的是阿布·奥马尔·贾瓦里，手里晃荡着念珠。他接近五十岁，紧绷的肉皮，看上去远远比另外两位更为官僚：宽大的脸，圆圆的眼镜，身着修身的羊毛外套。

维达德端来橙汁和杯子，尼姆接了过来。他妻子轻声说道："你先全部倒好，然后递给他们。"尼姆挥手让她走。她刚走，尼姆就把倒满的第一杯递给了哈桑。

阿布·奥马尔说道："你们知道的，现在这种事情很多，把土地卖给犹太人。但又能怎么办呢，人在贝鲁特，现在有了边界……"

"是呀，是个难题。如果遇到哈桑这样的情况，当然要出售的。"尼姆说道。

"我没有卖给犹太人。"

"我知道，我是说你本来可以。这时，农民的问题就出来了，他们没了土地。那个哈伯德上校来见我……那是他们的问题了。"他又倒了第二杯。

阿布·奥马尔这人，从来不会让别人显得比他还重要，他说："他也来见了我。我告诉他，我们需要司法权来处理这个问题。"他翻了翻眼睛。"他不肯听我的。"

"他们不会听我们的，"他把装满的杯子递给了阿布·奥马尔，"耶路撒冷是英国人设的首府。这也是地方习俗，不是法律规定。越来越多的人在意白纸黑字的东西，不仅仅是英国人。正如伊本·阿比丁说的……"

"很多话都在伊本·阿比丁名下，哈吉。"阿布·奥马尔说道。

"他是个天才。地方习俗必须要包括在内，否则人民就要受苦。白纸黑字和日常生活之间应该有个平衡。这就是运用理智的地方。"

阿布·奥马尔摇了摇脑袋，大口喝着橙汁。上唇留下半圈橙汁印，他握着念珠的手伸出食指，抹了抹嘴巴。"这就是问题。哲学和神学混为一谈，甚至连古兰经学校也沾染了这种风气。年轻的穆斯林接受了这些非信仰的训练。"念珠在他手指中间咔咔作响。

"听我说，"尼姆伸手去拿第三个杯子，"上周我处理了一个案子，一匹马的纠纷。甲方是塞巴斯蒂附近的一个农夫，我都不记得有这么一个村子。他卖了一匹母马给一位老买主。交易达成，买主花了若干英镑买下了母马，大家都很高兴。过了几周，这位农夫到纳布卢斯收割庄稼。他路过洋葱市场，偏偏看到了他的朋友，也就是那位买下母马的买主。这位买主一脸喜气，说，谢谢你把母马卖给我，我真是太高兴了。母马生了一匹小马驹，生产很顺利，小马驹非常健康。"

尼姆把杯子放在托盘上，阿布·奥马尔短促地笑了一声。

"所以，我们当然就有两个蠢人。第一个是农夫，他不知道母马已经怀孕。也许他觉得母马只是太肥或是什么的。第二个是买主，一匹马的价钱买了两匹马，他还觉得农夫知道了会无所谓。当然了，农夫觉得很不痛快，他要求买主为第二匹马再付一笔钱，因为他是不知情，才在买卖中交出了这匹马。他还说，或者买主可以选择归还第二匹马。那么，发生了什么呢？买主当然说绝对不行，这匹马是我的，我正大光明从你那儿买来的，作为一个……整体买来的。农夫说，但是，如果我们往回算到母马受孕，那肯定是在我喂养期间，让它受孕的应该是我的公马，所以这个后代理应是我的，等等。

"所以，那些愚蠢的细节我们就不谈了，这案子很有意思。如果一匹马还没有出生，那它属于某个人吗？不要忘了，我的职责是找到非常公正的解决方案。什么是非常公正的呢？公正让人们生活得*轻松一些*。这不是可以轻松量化的东西，农夫失去了这匹马，而他现在又知道了，谁又能说他没有受到严重的伤害呢？谁又能说得清楚那些突发的相关事件呢，也许他女儿生病了，也许他想要到耶路撒冷去看病。当然，这些需求和欲望要在一定程度上算数的。所以，阿布·奥马尔，这一案子摆在我面前，不仅是*道德*问题，同时还是*逻辑*问题。生活离不开逻辑，无论是否是哲学家，哲学都是我们生活的标准。"

"你怎么判决的？"哈吉·哈桑说道，"那匹马。"

"我知道你的观点了。"阿布·奥马尔说道，他头一斜，眼镜反光，就像是镜子一样。"但你怎么把这一点应用到土地买卖上呢？假设贝鲁特有个地主，他想要卖掉自己在加利利[1]的土地，现在那儿成了边界地区，他怎么才能拿到收成呢。新买主并不把农民放在心上。如果《古兰经》说耕种的人是主人，伊本·阿比丁会说什么呢。我的意思是说，这儿是逻辑，那也是逻辑，我们就会迷失在故事中，看不到真相。事情讲的是马……可以有五十种不同的使用方式，扭动它的四条腿，什么观点都可以有。"

哈吉·尼姆咂了咂嘴唇，从杯子里喝果汁，眼睛还盯在果汁上，从牙缝里吐了一口气。"最终还是让你明白了我的观点。因此，这就是一种合理的推理方式。"

"哈吉，你还没有说你的判决是什么吧？那匹马和小马驹怎么处理的？"哈桑说道。

哈吉·尼姆正要回答，楼梯上响起了脚步声，他转过脸去看，门开了，维达德·哈马德戴着面纱的脸出现在门口。

"阿布·布尔汉，你有客人。"

哈吉·尼姆站了起来，一个脸色苍白的年轻人走了进来。他身材修长，穿着一件海军蓝外套，戴着深红色的塔布什帽，浓密的黑色头发，大大的眼睛，绿色的眸子，很亮。虽然外面很凉爽，但可以看到他额头上的汗珠。他手里拿着手杖，有点局促不安，手杖的末端悬在靠近地面的地方，仿佛是他不太确定应该靠在手杖上，还是拿着为好。他瞟了一眼其他在座的两位，迅速鞠一个躬。

"赛俩目。我叫迈扎特·卡迈勒。"

"赛俩目。"其余三个人喃喃地说道。

"尼姆·哈马德，"尼姆一边说，一边伸手与迈扎特相握，"要喝一杯橙汁吗——维达德！请再拿一个杯子来。端橙汁过来。坐吧。"

---

1 巴勒斯坦北部一多山地区。

迈扎特已经认出了在座的其他人：市长阿布·奥马尔·贾瓦里，当然还有著名的哈吉·哈桑·哈马德。与哈吉·尼姆见面，已经负担不小，现在还看到另外两个人，真是承受不住。迈扎特真希望有父亲一道前来。

"我是哈吉·塔希尔·卡迈勒的儿子。"他开口说道。他坐下了，但立刻就希望自己没有如此，因为哈吉·尼姆没了座位，只能站着。"穆罕默德·卡迈勒的孙子。"尼姆此刻依然站在门口等果汁和杯子，迈扎特坐在座位上，半扭着身体，对着尼姆说话，可实际效果却相当于对所有人宣布："商栈的卡迈勒商店和开罗的卡迈勒商店是我父亲的。我最近从法国的巴黎回来，我学了医学、哲学和历史。"

阿布·奥马尔·贾瓦里看着哈桑，嘴角往下一拉，仿佛是说，不错嘛。迈扎特绷紧腿部，免得发抖。

"我认识你父亲，"哈吉·哈桑说道，"他是我的朋友。阿布·奥马尔，哈吉·塔希尔是市政医院的创建者之一。"他转过头对着迈扎特说道："他在战争中帮过我。"

"是吗？"迈扎特说道。他们家庭之间有联系，本应让他更为勇敢；然而，他对此一无所知，没人想要给他解释，他觉得迷惑了。他觉得着愧，仿佛与父亲并不亲密的事实刚刚暴露在众人面前。沉默。他转身对着尼姆。"我想请——尊敬的哈吉，我能和你单独说句话吗？"

"哦，好的，当然，"尼姆看了一眼门口，"请跟我来。"

迈扎特起身的时候，阿布·奥马尔把剩下的一点儿橙汁倒在自己杯子里，举起来对着光看。

尼姆带着他走进一个狭窄潮湿的房间，天花板是倾斜的。透过窗户，可以看到外面的街道；迈扎特瞅了一眼他几分钟之前才爬上来的椭圆形前台阶。

哈吉·尼姆两手合拢。迈扎特看到了法蒂玛与他相像的地方：眼睛和嘴唇。他深呼吸。

"我想求娶你的女儿。"

尼姆的表情没有改变。眉毛慢慢扬了起来。

"啊。很不幸，答案是不。"

迈扎特低下眼帘，想要摆出中立的表情。他已经失败了，这么快就失败了。他的脑子进入了慢动作模式。他听到了厨房传来的嘈杂声，听到了楼下有女人的声音。等他抬起头来，哈吉·尼姆还看着他呢。很不幸，答案是不。贾米勒说到法蒂玛的时候，他说的是"如果你*能*"。这几个字回响在迈扎特耳朵里，有了新的意义，热得发烫。最终，他努力说道：

"我明白了。"他的声音非常安静。

哈吉·尼姆亲切地嘟囔了一声，微笑道："感谢你的来访。喝果汁吗？"

"不喝了。谢谢你。感谢你的时间。"

迈扎特真希望能够闪电一样从楼梯下去。尼姆的妻子打开前门的时候，他鞠了一躬，盯了一眼她的手：手很精致，皱纹很细，指甲修整打磨过。等到了街上，他忍不住，立刻飞奔起来。

他两腿交替往前跑，一辆车经过，他猛然停住，然后又跑起来穿过马路，这一切有人看见了。这个人在房子的最上面一层，房子有三个拱形窗户，这人坐在第三个窗户边，用一把小刷子蘸上橄榄油，再放到一盒眼影粉里，正朝外面打量着。她的妹妹努扎半靠在一张床上，往脸上抹白色的面霜。

"你在看什么？"为了拉开眼睛下面的皮肤，努扎对着小镜子做了一个夸张的悲伤表情。

"没什么。"法蒂玛说道。

那个身影消失了，然后又出现在棚架外面。接着，那个身影跑了起来，举起一只胳膊，手放在塔布什帽上。

7

迈扎特跑着上山。路越来越陡，他的势头跟不上，脚步慢下来，成了快走。他们所要求的，他已经试过了。他不属于纳布卢斯。这里的生活，这里的一套，不适合他。脚步再次慢下来，变成了走路，他抬脚踢了一块鹅卵石。当然，提塔永远不会这么看。

"这不是我的错，"他说出声来，"他势利。如果她要嫁给自家亲戚，可不是我的错。你想要我等到她订婚了再去求婚吗？提塔，这不是我的……我认为这事实上是*你的*错——"

暮色下，前面的山上出现一个黑色的影子，就像一棵长着粗枝丫的树。可能真是一棵树，只是在熟悉的视野中，远处的这个形状显得陌生。那影子在动。迈扎特从一簇树丫中走出来，又一次看到那个影子，然后那个影子就被吞没在起伏的山势中。天色越来越暗。迈扎特加快了脚步。

"迈扎特！"一个声音从身后传来。"迈扎特，等等！"

"贾米勒？"

"是的，是的，是我。"贾米勒高高的个子向前倾斜，走上斜坡。"你为什么跑呢？"他笑起来，一个冲刺赶了上来，"你吓到了？"

"没有。"

"没事？"

"我没事。"

"你看起来不大好。"

迈扎特皱起鼻子，表示抗议。"我看到上面有个人，"他终于说道，"蓄着大胡子。"

"很有可能是修女们的朋友。"

"他是谁？"

"神父。他喜欢坐在出乎意料的地方。非常奇怪。"

"他是法国人？"

"很有可能是。为什么这么问？"

"我在撒马利亚人的会堂里看见过一个蓄胡须的法国人。"

"会堂——你在那里干什么？"

"他在看什么东西，我觉得。一页纸，或是一本书。"

"你在那里干什么？"

迈扎特犹豫了一下。"我告诉过你的。提塔想要作法。"

贾米勒没有回答。迈扎特心想，发生在哈吉·尼姆家的那件事，要不要告诉他。他不太确定自己承受得了贾米勒的鄙视。

"你知道不，"贾米勒从路边捡起一根树枝，"她要嫁给他了。"

愣了一下，迈扎特才醒过神来，他们说的是亚西尔。他心里一沉。"什么？"

"他们已经签了婚书。"

迈扎特停下脚步。贾米勒发出一串笑声，迈扎特等他继续往下说。终于，贾米勒喘着气说道："我在开玩笑。"他把树枝举过肩头，越过斜坡的边缘。他似乎没有注意到迈扎特的惊慌。"我认为他们是在卖古书吧。撒马利亚人。这些外国人是来买古书的。"

"他们买来干什么？"

"钱呀，哈比比，还能是什么。时局艰难。哦，顺便说一句，我本来想要告诉你——"

"你是说撒马利亚人赚钱，还是外国人赚钱？"

"我在商栈工作了，在地毯店。"

"哦，好呀，好消息，"迈扎特说道，"我们可以一起用午餐。"

"我父亲模仿你，或者说模仿了你父亲。我必须在那儿干一年，然后升级到办事处。所以，我整天都在和地毯打交道。很有意思。"听他声音，并不觉得是这么一回事。

他们转过一个弯，看得更远了。旁边的斜坡上有条窄窄的岔路，那位法国神父正从上面往下走。他拎起袍子，爬过岩石，终于踏上了主路。这时，他打开肩上的包，塞了一本书进去。相比迈扎特在会堂的记忆，神父个头更高，更魁梧。他大步朝他们走来，袍子在脚上一扫一扫的。

"日安。"迈扎特用法语说道。

让他惊讶的是，神父完全停下了脚步。"日安。"

两个年轻人也停下脚步，站在路中央。

"这是我族兄，"迈扎特用法语说道，"贾米勒·卡迈勒。"

"幸会，"神父点头致意，"神父安托万。"他伸出手来，握手。

"幸会。"贾米勒说道。

迈扎特看着神父安托万手里的铅笔，继续用法语问道："你在写什么呢？"

神父打量着他。他眼珠子的颜色看起来很是粉红。他用阿拉伯语说道："笔记。我在做研究。"

"在大学？"

"我在耶路撒冷的圣经学院，"他顿了顿，"我是法语老师。但目前我没有教书。你是学生？"

"不。我以前是学生。现在，我工作了，我们都在……市场工作。"

"啊，"安托万眨巴了几次眼睛，"很有意思。"

"不是特别有意思，"迈扎特立刻说道，"事实上，我要说这工作很无聊。是不是，贾米勒？我要说，真是一点儿意思都没有。"

"我觉得也不算太无聊。"贾米勒用阿拉伯语说道。他的表情很奇怪。

"我只是说，做过学生，然后在市场工作，没意思。这就……"迈扎特耸了耸肩，"稀松平常。同时，我觉得这也不具备代表性。"

这话说出来，似乎怎么回答都不合适。一股劲风穿过山边的草丛。没人说话，迈扎特知道这份尴尬是自己的错，都是他没话找话。神父做了一个继续往前走的动作。

"很高兴见到你。"贾米勒说道。

回家的路上，两个年轻人都没有说话。他们走在房子前面的小树丛中，贾米勒说道："你知道吧，我的法语，忘得差不多了。"

"忘了？"

"是的。没有再继续用，自然就忘了。"

提塔在厨房里等他。迈扎特坦白交代了，把屎盆子扣到了哈吉·尼姆头上。

"你真是个蠢货，"提塔并不为所动，说道，"你应该让我来办这件事，你为什么要阻止我？"

"你是说施法的事情？"他回击道，"那根本就说不通！施法的对象是法蒂玛，并不是她父亲。除非你能搞到他脑袋上的头发。"

提塔大步走出了房间。"现在，我得给你另找姑娘了。你这样，真是不敢相信。不敢相信！你想要把我当驴子使唤。"

"这并不是我的错。"迈扎特说道，但提塔已经走开了。

那天晚上躺在床上，他就想，提塔会不会是正确的呢。或者说，如果他同意了施法的事情，哈吉·尼姆就同意了呢。显然，没能娶到哈马德家的女儿，婚姻这个问题并没有完结。如果不是她，就是某个别的女孩。清晨，他早早就起来，提塔还没有醒，他就离开了。

那天希沙姆大惑不解，迈扎特全身心地投入到记账的工作中。整个上午，整个下午，他全力以赴，计算欠款和赊账，他所追求的并不是表面的目的，并不是要完成这项工作或是那项工作，他要的是之后的感觉。他想要那种筋疲力尽的感觉，那种全神贯注后的狂喜空荡。他只想要干工作，什么别的都不干，脑子里不留一点儿思索过往的余地。那天晚上，他很快就睡着了，第二天清晨很早就醒了过来。

就这样，三个星期过去了。他花了这么长的时间，学会不用希沙姆监督，独自记账。有几件事情，必须马上做：他必须监控信用额度累计的利息，同时还要注意不同的家族姓氏，交情不同，利率有所不同，或者买主亲自来办事的时候，要加紧办事；要关注未完成的订单，关注裁缝的进度，关注存货是否不足。然而，随着他在这些细节方面越来越娴熟，做起来就不再需要那么全神贯注，工作时间里的空闲变得越来越多，忙碌的状态被打破，危险的停滞状态趁虚而入。

提塔不再提新娘的事情，迈扎特也不提。他依然没有把自己求婚失败的事情告诉族兄。一看到族兄迈着大步朝商店走来，左顾右盼地找他，他就表现出一种没有感觉到的倦怠。他怀疑贾米勒在他面前的生硬也是有意为之。虽然这可能是他们长期分开后残留的羞涩，但迈扎特觉得，自从那晚在谢赫·卡西姆咖啡屋，他把提塔的计划告诉了贾米勒，他们说话就只是泛泛而谈。这一来，他就想要保护自己的私人情感。如果贾米勒要问，他就准备说还没有决定是否与哈吉·尼姆谈这事。贾米勒并没有问。迈扎特努力不去想这事，但思绪就像是歪斜地板上的水，总有办法往回流。

为了分散注意力，他在裁缝室里打发时间，给布特鲁斯送去一杯杯的咖啡，看着一层层的布料变成被子、枕头和床罩，看着黑金色的胜家¹缝纫机的针头一上一下给丝绸腰带和手帕锁上了边。购买卡迈勒商店产品的买主大多来自内陆，虽然农民举办婚礼也要穿得

---

1 美国缝纫机品牌。

漂漂亮亮，但类型和款式并不丰富。这家店并不想要争取上层客户，那些是撒马利亚人裁缝的领地。

那家撒马利亚商店就在他们这一块儿的角落处。店里有四个工作人员，两个女人和两个男人，通常至少有三个人围坐成一个半圈做衣服。埃利最喜爱交往，高高瘦瘦的个子，头发早早变成了灰白色，一张有朝气的橄榄色面孔。他总是高高兴兴地给迈扎特展示他们手里的活儿，这成了迈扎特一天当中的兴趣点。午餐后，他就钻到别人店里，看着欧洲款式的羊毛大衣渐渐成型，看着短上衣的后背上有了金色的刺绣，看着他们为女士们改制私下派对穿的长袍。成品熨烫折叠好，放在入口附近。除非买主明确说过不行，成品还会短暂地展示在橱窗里。展示的时间不长，不足以招惹恶目，但足以宣传款式。

虽然通常都号称"西方款式"，但准确说来，他们制作的衣服并不像西方的衣服。迈扎特回忆起巴黎的款式，觉得这里的短外套更为方正一些。虽然布料大多是进口的——最近就从英格兰进口了大量的棉布——但习惯上进口布料还是要和当地的布料混合剪裁，没有那种完全进口的东西。撒马利亚人也不依赖于欧洲的缝纫式样；他们根据当地的需求来设计款式，那些难得一见的美国或是埃及默片，甚至是探头探脑进入商栈的英国女人，也给他们的设计带来了一些影响。这些英国女士并不知道，那些目光在她们暴露的体型上来回打量，看的其实不是她们的身体，而是包裹她们身体的面料。每一份订单在款式上都有所不同，每次缝制的衣物都是根据这位客户的喜好而量身定制，其中的改动往往会用到下一次的订单中。在迈扎特看来，这些款式上的改动并不是让步，而是犯错。他离开巴黎时，巴黎的派对上出现了一种束腰外衣，这种款式赶在他之前到了开罗，现在纳布卢斯人也在用黑色丝绸和棉布尝试这种款式。一开始，他觉得这些束腰外衣是为体型特别庞大的女士而作，后来他才意识到，这是遵循当地的宽松款式，放大了尺寸，免得不体面地暴露了女士某个身体部位的曲线。

十二月没有下雨，商栈的生意也慢了下来。顾客来卡迈勒商店，不是买布料或是找裁缝，更多的是还债，或是请求延期到下个收成付款。这一天，下午特别冷，一个男人弓腰驼背得厉害，头上的塔布什帽破了几个地方，他迈过门槛，放了一个包裹在柜台上。

"这是什么？"希沙姆问道。

"上个月买的布料。"

这个声音听起来耳熟。男人的手指上筋腱突出，一直放在包裹上。迈扎特弯下腰，看了看男人的脸。

"阿莫·艾曼？"

"迈扎特！"

这是迈扎特童年认识的人，他的女儿是红头发的哈拉·萨巴。时间流逝，他整个人都变了形，太阳穴的皮肤出现了长长的龟裂。

"阿莫，你好吗？"

"我听说你已经回来了，"艾曼疲惫地说道，"祝贺。"

"货品呢？"

艾曼敏捷地打开了包裹。希沙姆正要展开布料。

"希沙姆，不要这样。"迈扎特说道。

希沙姆目光往上一瞟。迈扎特摊开手掌，说话的声音不太像他本人："没事。我来处理这件事。"

希沙姆注视了一下迈扎特，若有若无地对着艾曼鞠了一躬，从他们身边走过，进了后房。

迈扎特拎起麻布包裹的一角。"你把这个拿上。没有欠债。已经了结。"

艾曼看着迈扎特胸前的纽扣，从上看到下。"哦，不。哦，迈扎特，哦。真主保佑你。"

那一天接下来的时间，迈扎特都没有看见希沙姆。他在门边吸烟，天色变得苍白。布特鲁斯裹着大衣，要从门口出去，他说，希沙姆已经走了。迈扎特看着其他摊位一个个地关上了挡板，商人们互相挥手道别。他们的家庭也和他的一样，据说是生活在平民和精英的夹缝间。但迈扎特似乎觉得，真正受苦的是像萨巴这样的人家。萨巴一家也曾富有，也曾为人所知。虽然不知道他们因何变得贫困，他们这种基督徒，归属于这座城市的唯一标识也就只有家里戴面纱的女人。他心想，现在哈拉在哪儿呢，是否已经嫁人。

"天好冷呀，"贾米勒从拐角处走了出来，"你能不能快点？"

"稍等片刻。"

贾米勒身影一闪，进了屋。迈扎特继续抽着烟，看着香烟烧成灰烬，看着灰烬掉下去。他听到族兄说：

"这是什么？"

"什么是什么？"

"真主呀。你是个艺术家呢。"

"哦，不。"烟头从他手指间飞走了，"不要看，请不要看。"他三步并做两步走到柜台，伸手去拿账簿。他一边用胳膊挡着那页纸，一边提高了嗓门，编造更好的借口来掩饰自己的恼怒："见鬼，你干吗翻看我们的账簿？"

"你摊开放着的。"

账簿关上了。左边的一页纸上画了几款马甲，以及几种不一样的翻边裤腿。右边的那页纸上，迈扎特试了几次，想要画出一条裙子。贾米勒往后退，迈扎特合上账簿，蹲下来，打开放账簿的柜子。

"你不应该看别人的东西。"他一边说话，一边把账簿往搁板上推。

"打开放着呢！"贾米勒大笑着说道，"你为什么要画这些东西？"

"那你又为什么做事情呢？"

迈扎特不擅长画画，他们在君士坦丁堡的学校没有学过。在蒙彼利埃，植物课上有时需要画出植物的横截面来注释和记忆。事实上，那是他第一次尝试观察和复制，眼睛盯着载玻片的标本，目光扫来扫去。但之前他从未根据记忆画过画，账簿上的作品很笨拙。他一直在回忆派对上的客人，商店橱窗的模特儿，还有吸收了军装风格的女士裙子。然而，他完全没能表现出那些微妙之处，所有的裙子都是三角形的，看起来都像是半开的雨伞。

他直起身来。贾米勒捧腹大笑。他看到迈扎特的脸，才收敛了。"你怎么了？"

"天快黑了。"

"哦，好的。我在外面等你。"

他很快就整理好柜子，上了锁。想到他今天第一次对希沙姆执行了某种权威，他有些上头的感觉，就多花了一点时间清理好柜台周围。柜台前面，顾客的鞋子拖泥带水留下的痕迹，干了就成了灰尘，有时还落了线头；他拿起扫帚，把前面的地板打扫了一下。他拿着挂锁走到外面，看到贾米勒在寒风中弯着腰，用手指捅外墙上的一个缝隙。贾米勒猛地直起腰，看到迈扎特的眼睛。他的食指上全是白色绒状物。

"蜘蛛网。"他说道。

迈扎特并不想，但还是微笑了一下，接着翻了个白眼，增加些意味。

"我一直想问你，"他们走在路上，贾米勒说道，"巴黎汽车很多吗？"

"当然。"

"你见过布加迪吗？"

"是什么？我不知道。"

"是赛车。"

"也许见过，这就不清楚了。"

"之前，德国人在杰宁有很多这种车，"贾米勒说道，"军事基地里。塔赫辛坐过一辆。他说，三小时就能到耶路撒冷。"

"你怎么突然痴迷汽车了？"

"不是痴迷。并非人人都见过那么多的汽车。"

"你在君士坦丁堡肯定见过。"

"我没见过福特车。当然，巴黎造的车，你肯定都见过。"

"哦，贾米勒，好了。这挺傻的。"

"什么？"

"你别这样。"

"别哪样？"

"就是……"他吞吞吐吐地说道，"你知道的，就是嫉妒我。巴黎这事。"

贾米勒的喉咙里响了一声。

"我遇到的事情，并非都那么好。"

"我不知道你在说什么。"

迈扎特嘟囔了一声。他们到了城边，日落之下，树木变得黑乎乎一团。

过了一小会儿，他说道："你知道的，我跟哈吉·尼姆提了亲。他拒绝了我。"

"嗯，我挺遗憾的。"

"不，你不遗憾。没关系的。我想说的是，我也不是顺风顺水的。"

"我从未说过——"

"我说了，没关系的。我不应该提这事的。"

贾米勒没有回答。他们沿着斜坡往上走，在道路转弯的地方，迈扎特突然回忆起了过去。就像是滞后的思绪长时间一直在寻找某种联系，而就在那一刻，找到了。回忆涌上他的心头：刮风的一天，在蒙彼利埃的那个平台上，那片草地，那个水池。弗雷德里克·莫里诺询问基利心山上的撒马利亚人。他扯了扯脑海里的场景，不太光彩的其他细节也哆哆嗦嗦地浮现出来。他瞪大眼睛看着让内特湿漉漉的光腿。他们从树丛中走了出来。

"你知道如何检测轮胎气压吗？"贾米勒说道。

"如何。"

"把手指打湿，感受气流强度。"贾米勒双手放在一起搓了搓，"我觉得你应该再试一次，你知道的。"

"试什么？"

"求娶法蒂玛。"

"法蒂玛。"

"哈比比，你走神了？"贾米勒碰了碰他的肩膀，"我看得出来，你很不安。哈吉·尼姆怎么拒绝的？把他的原话告诉我。"

"他说，'很不幸，答案是不。'"

"说的是这个。嗯，即便是这样。如果我是你，我就会再试一次。他不了解你。你会是完美的选择。"

"真主保佑你。"

"我不嫉妒。迈扎特，我甚至不敢相信你说了那话。我的确认为——"

他们从主路走下来，看得到坐落在低矮树枝间的房子，还看到了没有亮灯的玻璃前灯。前灯下面，是前轮的轮廓。

"啊。"一个声音传来，随即一个挺拔的身影走到了路上，"迈扎特。"

迈扎特感到小腹一紧。

"父亲。我不知道你在。"

"贾米勒，"哈吉·塔希尔说道，"很高兴见到你。我见了你父亲，你如今在商栈工作了。"

"是的，很高兴见到你。"

"我在海法开会。准备回开罗，顺道来一趟，看看事情怎么样了。大马士革一片混乱。和我们一道用餐？"

"是的。"迈扎特说道。

"走吧。"

提塔站在大厅里。她的眼睛很明亮，嘴唇紧紧地贴在迈扎特的脸颊上。

"你母亲呢？"她问贾米勒。

"楼下。"

"你应该带她一道来的，我想她了。给妈妈吧，"她接过塔希尔的外套，对他说道，"大马士革怎么样？"

"我刚才还在跟他们说呢，天天都在游行示威。"他揭开自己的塔布什帽，用三根指头梳理了一下自己的银发，"人人的日子都更艰难，商人也是。那么多的人，你们真应该看看……哎呀。"

"是什么会呢？"迈扎特说道。

"有会议？"祖母坐在沙发长椅上说道。

"海法的一个会议。有甜食吗？我饿了。"

"等着吃晚餐吧。"提塔说道。

塔希尔的手指捏在一起，做了个不耐烦的手势，提塔站了起来。他转身对两个年轻人说道："各种各样的团体。海法、雅法、纳西哈……"他挥了挥手，已经厌倦了。但等靠在椅子上的时候，他的举止变了，从牙缝里吸了一口气，声音也变了，对所有人解释道："我们要建立一个全巴勒斯坦的委员会，三个中心，海法、纳布卢斯、耶路撒冷。说是要让巴勒斯坦人加入费萨尔的军队，与法国人作战。"

提塔回来了，手里端着一盘果仁蜜饼。塔希尔从边上拿了一块，蜂蜜黏着，牵出丝来。

"餐巾在哪儿？"

"军队，"贾米勒说道，"要打仗吗？"

"还得看情况。他们让费萨尔成立了政府……但人民不高兴。你有收到你朋友汉尼的信吗？"他伸出黏乎乎的中指，指着迈扎特。

听到这个问题，迈扎特挺开心，可惜他没有更好的答案。"有一段时间没信了。事实上，我应该给他写信。"

哈吉·塔希尔往后一靠，双腿交叉。"你怎么样了，妻子找到了吗？"

迈扎特的余光看到提塔目光一闪。

"我觉得是吧。"

提塔咳嗽起来。

"我想，我应该求娶法蒂玛·哈马德。哈吉·尼姆的女儿。"

贾米勒身体往前探，伸手拿蜜饼。哈吉·塔希尔转身看着提塔。"她是个好女孩吗？"

提塔耸了耸肩，同时点了点头。

"哈马德是好人家，"他说道，"你应该快点。她多大了？"

"这个我还真不知道。"

"十七岁。"提塔用了些力气说道。

"怎么了？"哈吉·塔希尔说道，"你怎么了？"

"没事。"

"晚餐呢？"

"乌姆·马哈茂德在做呢。半个小时之内就能准备好。"她眼睛看着门口。

"迈扎特，你的表呢？"

迈扎特并没有立刻明白过来。他一下子很在意自己放在大腿上的手。他看着父亲的脸庞，看着父亲调整领带，黑色的胡须翘起来，看着父亲太阳穴的银色头发，他无法移开目光。他父亲也直截了当地看着他。

"在修。"迈扎特说道。

"坏了？"

"哦，只是……机械上的问题……他说很容易就能修好。"

"他是谁？"

"修……表的人。就在路边，去……在……"

"耶路撒冷？"贾米勒提供了一个答案。

"耶路撒冷。希腊人，修表，修相机……什么都能修。"

"嗯，我希望价格不要太高。"塔希尔又撕下一块蜜饼，"商店怎么样？我见了希沙姆。"

"很好，是的，很好。我挺喜欢的。"

"喜欢。嗯，我们很快就带你去开罗。你会更喜欢的。"

用餐的时候，话题再次回到政治，迈扎特松了一口气。他父亲说，耶路撒冷的一些要人对费萨尔不是特别有兴趣。他们想要巴勒斯坦为了自己的独立而战。

"有些骚动。人们是什么样的，你们也知道，有东西着火的时候……"

"什么样的骚动？"贾米勒问道。

"我觉得这对大事没有好处，"迈扎特说道，"我们的力量还不足以威胁到任何人。欧洲人的军队一直都更强。如果使用暴力，同时又是最弱的一方，我觉得结果不会好。"

"你怎么知道我们就是最弱的？"贾米勒说道。

"看看这场战争就知道了。"

"有了阿拉伯人的帮助，英国和法国赢得了这场战争。"

迈扎特做了一个鬼脸，摇了摇头。"那是另一回事。那是内部的事情，不一样的。"

"嗯，"哈吉·塔希尔说道，"我同意你最后的那个观点。但关于暴力，我想说，这当然是*合理的*。我们在海法的活动就是以这个为基础的。但是，记住了，人处在群体当中，并非人人都是理性的。如果人都吃不饱，你怎么能对他说要理性呢。你和我，我们不饿。*你*能够用自己的方式去思考。我并不是说不同意你的观点，我只是说人和人是不一样的。从某种意义上说，这是与经济相关的。"

迈扎特点了点头。他仔细打量父亲的脸，看父亲有没有恼怒的痕迹。他所察觉到的只是父亲嘴角和眼角的淡淡笑意，这让他一阵小激动。他趁热打铁，赶紧提出了几个新观点，在泛叙利亚统一和巴勒斯坦独立两个角度之间建立了一种平衡。他一边说，一边揣测父亲的立场，想要与父亲站在一起。但是，父亲讲了关于人民的那番话后，就变得很难琢磨清楚，他的脸上没有浮现出真正的微笑。他几次长久地盯着迈扎特看，目光难以捉摸，偶尔点点头，仿佛是记下这一信息，以供日后的判断。

"但巴勒斯坦太小了，"贾米勒说道，"我觉得没有大马士革，我们打不了。"

"我祖母就是大马士革来的。"提塔高高在上地说道。

"显然，锡安主义者不想与我们搅在一起，"塔希尔说道，"既然如此，他们的经济就自成一体，这就是说我们得独自解决我们自己的经济。"

听了这话，迈扎特反复想了几遍，但都没能明白其中的意思。他意识到自己在皱眉头，随即就打开了眉头。

"你妻子怎么样，孩子们呢？"提塔问道。

"挺好，所有人都挺好。穆斯巴赫一直在上学。"

"哈比比，把面包递给我。"

"父亲，你什么时候再回来呢？"

"回纳布卢斯？春天。春天是举行婚礼的最佳季节。"

盘子撤了下去，贾米勒回家了。哈吉·塔希尔在客厅喝咖啡。提塔在门口一把拽住迈扎特的胳膊。

"你为什么告诉他？他拒绝了你。"

"谁？"

从客厅的门望过去，正好看得到他父亲的两条腿，一只脚搭在另一只上晃荡。香烟冒出的一股烟从门口钻了出来。

"哈吉·尼姆！"她轻声说道。

"哦，只是——提塔，不要着急。让我再试一次。"

"空中建城堡。你知道的，这会落到我头上。"

"为什么是你头上？"

"因为应该是我来安排这事。"

"等一等吧。先让我试试。如果不行，我们再谈。"

早上，迈扎特提出要陪同父亲去车站，塔希尔拒绝了，但他用一只胳膊搂住迈扎特，吻了吻他的面颊。迈扎特站在门口，听着脚步声消失在岩石上。父亲离开的记忆，就像水反复冲刷一块石头的同一地方，汇成了一次单独的离别。被父亲留下的寒凉之感，再加上还有整整一天要面对，这一剂童年感觉比他回来之后的任何感触或是回忆都要强烈得多。

父亲暗示春天举行婚礼，寻觅新娘的时间所剩不多，但迈扎特并没有立刻筹划第二次向哈吉·尼姆提亲。接下来的一周，他把哈马德一家住的房子放在了心上。这栋房子有三个拱形窗户，还有气派的入口，开始出现在他的梦境中。他比平日里起得更早，在去商栈的路上，悄悄路过这栋房子。光线昏暗的清晨，他站在街上，抬头凝望房子的屋顶，然后穿过街，走到对面，摸一摸前门的顶端。他没有仔细想过自己为什么要这样做。他也没有要进去的意思。一开始，他想要通过窗户的轮廓琢磨出第一次求婚的房间，那个房间在厨房之上，天花板是倾斜的。但是，只从外观来判断，根本没法确定内部结构。有时，里面有人走动，百叶窗的叶片上有光影闪动，除此之外，再没别的信号。

那一周快结束了，他决心已定。他成功忘记了第一次羞辱的感觉，再次拿出了勇气。他好好花时间自省了一番，思维清晰。他工作做得好，在自家店里，他与布特鲁斯相谈甚欢，在撒马利亚人的商店里，他与埃利愉快攀谈。他没有祈祷；他只考虑此刻的人生，根本不去想此刻过后会怎么样。

一天下午，他正在记账，翻到了账簿后面画了画的地方。头一页画的是马甲。他把整页纸撕下来，再撕成小块，撕纸的声音挺大，感觉悦耳动听。巴黎人的裙子，没了。三件套的西装，没了。他把撕碎的纸揉成一团，目光落在了下一页纸上。上面全是同一个女人的面孔。微微有道沟的下巴，下面有细纹路的眼睛。他放下揉成球的纸团，把这一页纸放到阳光下。他心里一沉。他画了不同款式的发型：长的，短的，别在脑后的。但他突出的是五官中的下巴和眼睛，牺牲了其他的地方。嘴唇不对。

"如果我们需要更多的蓝色塔夫绸，我们还需要更多蓝色——"希沙姆的声音从商店的后房传来，他正在和布特鲁斯说话。

想到希沙姆可能看到了这些，迈扎特脸红了。他的双手平放在温暖的木制柜台上。他要放纵自己一次，仅此一次。就像是做起了春梦一般：一开始，他唤醒了对她下巴的记忆。他等待其他部分的到来。线条断断续续地出现了，她的动作，她的脸型。她的嘴唇。甜美，柔软，下唇圆润。他胃里一阵痉挛。眼睛没有来，他还在等待，这时身后响起了希沙姆的脚步声。他强迫自己醒过来，双手颤抖，拿着这页纸，连撕三次，连同其他的碎片一起扔到了垃圾桶里。

"在你说'我想要娶法蒂玛'之前，"贾米勒说道，"一定要好好介绍自己。我是迈扎特，我在巴黎生活过，受了教育。明白？然后你再说，我想娶你的女儿，等等。"

"我上一次就是这样做的。"

"那这一次多花点时间谈论你自己。这之后，不要忘了赞美家族。也许……穿着注意一点。你上一次穿的是什么？换一条更好的领带。"

迈扎特选择了一条蓝色的手帕，一双与之相配的蓝色丝袜，擦亮了皮鞋。在楼下的街道上，他开始冒汗。他摁响了外面的门铃，门房带他走上台阶，穿过棚架，朝着房子走去。

即便是与族兄讨论了数小时，他还是无法想象这件事的进程会与第一次有什么不一样。维达德会来开门，带他上楼；他甚至想到了同一群男人在喝橙汁。但是，当时是秋天，现在已经快要入冬，北风带来了雪的气息。他爬上楼梯，正要敲门，门自己打开了。哈吉·尼姆就站在门里面。

"抱歉，吓到你了，并非我本意。"迈扎特说道。

"啊……你好。需要我效力吗？但我正好要出门。"

"我想……我叫迈扎特·卡迈勒。"

"迈扎特·卡迈勒。祝你平安。我正要去迪万[1]。一起走吧。"

"我学了医，"他的声音在前往大门的拱廊里回荡，"还有哲学和历史。我父亲的生意在开罗很是红火。"

他们走到了大街上，尼姆对门房挥了挥手。

"这个姓氏变得非常有名了。卡迈勒。我的父亲，他也参与了政治。他刚刚从大马士革回来，参加了海法的一次大型会议。他将成为纳布卢斯在巴勒斯坦委员会的代表之一，其目的是联合叙利亚。"

---

1 伊斯兰社会中的中央财政部门、主要行政办公室，或是地区主管机构。

最后一句并不完全属实，但能够增光添彩，贾米勒说即便尼姆忘了细节，还是能记住这句话的感觉。

"哦，非常好。"尼姆说道。

迈扎特觉得有了继续的信心。"综上所述，我认为我是你女儿法蒂玛丈夫的上乘之选。"

他们走在街上，这里的人行道顺着山势，陡然下降。尼姆停下脚步，扭过头来。他微微惊讶地张开了嘴巴。

"你已经提过这个问题了。"

迈扎特吸了一口气，准备插话。尼姆继续说道："我也回答了你——很不幸，答案是不。"

"我知道，我知道，"迈扎特说道，"我想要再试试。"

"答案依然会是不。"

"她要嫁给亚西尔·哈马德吗？"迈扎特没打算过问这个，也知道自己的脸红了。

"对不起？不……不，她不会嫁给亚西尔。"哈吉·尼姆打量着他。接着，迟缓了一下，仿佛是受了耻辱一样，他说："我要迟到了，走好。"

哈吉·尼姆朝着山下走去。第二次，迈扎特又被拒绝了，他站在原地没动。但至少他知道了，法蒂玛不会嫁给亚西尔。

即便是第二次被拒绝后，他仍然继续去看哈马德家的房子。天还没有下雪，只是下雨，一阵阵的暴雨，断断续续，无法预测。尖尖的窗户露在高墙之上，破晓的微光在窗户上颤抖。他清晨的拜访变成了一种秘密的强制行为，接下来的数周，他分裂成了两个人：其中一个是另一个的医生，努力克制他的欲望。作为医生的他把拜访哈马德房子的频率限制为两天一次，这一来，在不能前去的日子里，他胸中升起强烈的渴望。在放纵自己的日子里，他一大早就跑下山，有了一种等同于跑去见情人的愉悦舒心。只不过他去见的仅仅是房子，甚至还见不到整栋房子：只是露在围墙上面的窗户和屋顶。

情况一直都是这样，直到有一天清晨。天飘着蒙蒙细雨，他沿着街道往下走，前门打开了。两个身穿黑衣的身影迈了出来。一个矮一些，一个高一些。其中一个肯定是法蒂玛。他蹑手蹑脚地走着，冷雨飘在脸上，他斜眼一看，其中一个在台阶上半扭身体，打开了一把雨伞。她们消失在高墙后面。大门打开了，她们走到了路上。他与其中一个四目相对，他记不得是高一点的那个，还是矮一点的那个，只记得他们四目相对，他知道就是她。接着，她用雨伞遮住了脑袋，两个人脚步轻快地沿着街道往下走。

雨势加强，雨点啪嗒啪嗒地落在他周围。迈扎特觉得不舒服。他看着石头围墙，雨水流下了，露出一条条的暗色痕迹；让内特活灵活现地朝他走来。他看见让内特在楼上的走廊里转过身来，柔软的面颊带着拒绝的表情。他心中突然感到厌恶，抓下了头上的塔布什帽。他的衬衣湿了。路面上的积水很宽，很深，等到他回到家里，双脚湿透。乌姆·马哈茂德看到大厅里的脚印，惊呼起来。桌上摆着一封信，收信人是他。他用毛巾擦了擦手臂，用一根手指划开信封：是汉尼的笔迹。

亲爱的迈扎特：

我在大马士革给你写信，但我很快就会跟着埃米尔·费萨尔回欧洲。我希望你一切都好，上一次见到你，你正在写信，我希望一切都能有最好的结果。你回到纳布卢斯与家人在一起，肯定很幸福。亲爱的迈扎特，我想念你。等到局势稳定了，我希望我们能再次见面，现在的情况你可能也知道，很是艰难，与克里孟梭的最近一轮谈话失败了，即便是大马士革的人，或者说叙利亚的所有人都觉得艰难，但除了继续协商似乎没有其他的路可走。

英国军队撤军之后，法国人就驻扎在沿海地区，有很多的冲突。费萨尔一直在与古罗将军通信，希望能够解决紧张的局势，而就在刚才古罗指责他挑起事端。这当然是荒诞无稽之谈。古罗让费萨尔否认法国人想要入侵的传言。现状看起来就是这样，他们怎么能够期望他否认呢？马哈茂德·阿布德·萨拉姆和其他人在西顿[1]游行示威的时候大喊"费萨尔国王万岁"，这种情况下，他们怎么能指望他同意把这些人都关进监狱呢？报纸提名费萨尔，说他理所应当成为叙利亚的国王，我们又怎么能阻止这些报纸呢？的黎波里表示要忠于叙利亚——他们怎么能指望我们采取行动对付他们呢？叙利亚处于暴动中，我们必须派出阿拉伯代表去平息西部地区的局势。法国人说这样做后果很严重；我倒是要问，叙利亚人与他们的同胞讨论自己国家的前途，让他们放心，说他们都是独立叙利亚的成员，怎么就后果严重了？法国人说基督徒不想和穆斯林在一起——这也不是真的；他们一直叫叙利亚军队为圣族后裔，而没有一个士兵来自希贾兹，他们都是叙利亚人！我们都是叙利亚人。法国人想要挑起宗教战争，现在他们拦住了前往阿勒颇[2]送食物的车队。这难道是同盟的行为？我不这样认为。

至于巴勒斯坦——锡安主义运动会给所有人带来麻烦。费萨尔想要做到正直体面，法国人自然给他施压，想要让他妥协。这些日子里，我犹豫不决，不知道该叫自己叙利亚人，还是巴勒斯坦人；"阿拉伯人"这个称谓怎么样？但欧洲人用这个词的时候，我肯定他们事实上只是想说穆斯林——他们用这个词，似乎也经常指住在帐篷里的人。整体而言，对于基督徒，对于

---

1 黎巴嫩西南部港口城市。
2 叙利亚城市。

犹太人，对于在黎凡特地区的人，这个词是什么意思呢？我们在谈论这个话题的时候，我们用这个词的时候，我们自己又是什么意思呢？对此，我们应该清楚才对。这只是语言的问题，还是更大的问题？因为到了最后，"阿拉伯人"可能会和"欧洲人"这个词一样粗放——而法国人和德国人有多么不一样，我们是知道的。这就是为什么我认为，我们应该称作叙利亚人。在基督的时代，或是他诞生之前，犹太人也被称作叙利亚人吗？是的，希罗多德[1]一直都是这样称呼他们的。

最终，我希望我们能够给自己命名；美国委员会报道说，只考虑单个民族的解决方案不会得逞，但恰恰相反，亲爱的迈扎特，我们都知道，最强的力量终会得逞，一直都是如此。

至于法鲁克——我离开巴黎的时候，他还继续留在语言学院，自从停战后，学生的人数已经回升。他想念你，他问候他最喜欢的朋友，这让我想起给你写信，当然我也想你。我希望你回家的旅途是安全的，希望现在发生的一切还没有让纳布卢斯陷入困顿。

你的兄弟

汉尼

1920年2月9日

伊斯兰历1338年5月18日

8

"给我检查一下，"乌姆·塔希尔说道，"我病了。"

"什么？"

---

1 古希腊历史学家。

"我说了，给我检查一下。"

"我做不到。"迈扎特说道。他犹豫了，找了一个借口，"我什么器械都没有。"

"没有器械，你就做不到？"

他合上了手里的书。"你在咳嗽吗？"

"当然是咳嗽。你晚上没听到我咳嗽？"

"咳嗽有东西吗？"

"有时有。"她清了清嗓子，什么都没有。她低声抱怨道，"哦，我不知道。"

"疼痛呢？"

"一直疼。"

"哪儿疼？"

"有时这里，有时又是这里。我可能要死了。"

"你觉得，人要死了，还能到处走动？我可不这样想。"迈扎特说道，然后猛地打开了书。

提塔装出漫不经心的样子，一只手放在门把上："如果是这样，我可能得去趟绿色清真寺旁边的诊所。"

"不，不要去。你去医院找以巴路山下的修女。我不信任诊所。"

"哦，先生。"她扬起一边眉毛。

乌姆·塔希尔没有再找孙子给她检查。她也没有去医院，也没有像她威胁的那样去诊所。这并不是因为她害怕，只是她见医生的次数太少，不过是两个指头加个拇指，其中还包括生儿子塔希尔的那次。

几天后，她发现迈扎特站在厨房的窗户边上，盯着橱柜和架子之间的墙壁，架子上是脏兮兮的香料瓶子。迈扎特还是个孩子的时候，经常梦游；当年乌姆·塔希尔常常看到那个小男孩鬼魂一样出现在门厅里，现在她对自己嘘了一声，缓步前进，再次感到了那种熟悉的恐惧——面前的孙子并非常态。他们四目相对，他的眼睛泛红而疲惫，他用力噘起嘴，嘴唇在颤抖。

“提塔，我觉得我做不了。”

“做什么？”

“结婚。”

她咬了咬牙。“人人都能结婚。我是个小女孩的时候，我爱上一个男人——”

“我知道，提塔，我知道这个故事。”

“孩子，过来，坐下。听我说。”

“我不想听这个故事，我知道的。”

“我不是要给你讲这个故事。我是要说，你看不到自己的这一辈子。你只能看到你面前的这些小事——我了解你。相信我。我会给你选一个配得上你的人。”

“我——”

“不要说话，听我说就好。你知道我见到未婚夫的时候有多么烦心吗？”

他抬起头来，眼睛湿漉漉的。他摇了摇头。

“我尖叫起来。”她一只手从空中挥过，“我母亲觉得丢脸。但是，孩子，相信我，我很快就爱上了他。真的。他对我很好。我很幸福。我母亲和父亲给我选的人很好——”

迈扎特突然站了起来。他朝门口冲去。

“你到哪儿——你在干什么？”

他双手抓起餐具柜上的装饰黄铜水罐，用力朝墙上一扔。哐当一声，水罐从墙上弹开，在地板上砸了两次，滑开了。

“住手！”

他靠在墙上，像婴儿一般张着嘴巴，涎水流淌出来。乌姆·塔希尔俯下身，捡起水罐；水罐肚子上有了一道凹痕。

"你毁了我的罐子！你明白自己有多幸运吗？你明白这城里的人有多嫉妒你吗？"

"你为什么*在意*？"

"我为什么在意！你个坏小子，你要想杀了我吗？我要*打你*。"

"我做不了的，我不能……抱歉。"

"不要再说你做不了。"

"我做不了。我需要自由。"

这就过分了。乌姆·塔希尔重重地把倒霉罐子放在桌子上。"什么让你不自由了？"

他把指尖放在嘴唇上，再往外一飞。

"提塔，帮我，你必须帮我。我太累了，我只想一个人待着，我只是——提塔，帮帮我，我不想要不认识的女孩。"

"我给你解释过了——"

"你不明白吗？我爱着别人。"

"哈比比，你和别人没什么两样，"乌姆·塔希尔强有力地说道，"你必须忘记。这已是定局。"

迈扎特惊恐地看了她一眼。"你什么意思？"

"现在，你人在这里。你想得太多，都病了。我看得出来，这对你不好。"

乌姆·塔希尔感觉到咳嗽即将到来，它正在肺部深处兴风作浪，噼啪作响。

"我保证，我会给你找一个美丽的女人。美丽、*聪明*的女人。你独自与她住在一起，你会独立的。我保证，你不会和我住一起的——"

"提塔——"

"我不可能永远都在的，到时候谁来照顾你呢？谁来保证你房子的清洁，给你吃的，你生病了，谁来照顾你？你觉得鬼会给你铺床？你觉得鬼会保证你有干净衣服穿？"

他抿紧了嘴巴，下巴都露出了小坑。提塔改变了说话的方向。

"哈比比，等我们给你找到了妻子，你父亲会非常骄傲，非常非常骄傲。到了那时，哈比比，你想干什么，就干什么了。去开罗，去和爸爸一起工作，去旅行——什么都行。你身边还有这个美丽的女子，可爱的女子。你会有孩子，想要多少孩子，就有多少孩子。"

她深吸一口气，想要继续说。咳嗽猛地冲上来，咔咔咔地从她嘴里冒了出来。

"提塔，你必须去医院。"

"不。"她感到迈扎特的手放在她的背上，好不容易说出话来。她吸了一口气，喘了喘，又不停地咳起来。

"你更懂婚姻，但我懂医。"

"水。"

水龙头嗞嗞作响。他大声说道："医院不是哈马德家的吗？"

她厌恶地发出了摩擦的噪音。"哈马德家。势利人。彻头彻尾的势利。"

人人都知道，有一位英国传教士医生想要劝哈吉·陶非克·哈马德的妹妹改变宗教信仰，一怒之下，哈吉·陶非克创建了市政医院。在其他富有居民的帮助下，其中就有哈吉·塔希尔·卡迈勒，陶非克和他的侄儿尼姆翻新了以巴路山脚下的一座老府邸，敲掉了几堵墙，建成了四个长长的病房，聘用了圣约瑟修道院的法国修女来做工作人员，她们不会传教的。

即便自己的儿子是医院的创始人之一，乌姆·塔希尔也不愿意走进那幢有死亡和消毒酒精气味的奇怪建筑。她吸气的时候，还是听得到轮子在岩石上拖动的声音，但她忍着，不抱怨。如果她当众咳起来，她就责怪天没下雨，责怪灰尘太多。

最近，雨已经完全不见踪迹。山上的梯田变成了灰白色。树木摇摆起来，枝叶发出脆脆的声音，落了下来。但是，伊玛目[1]们忙着祈祷降雪前再来一次雨的时候，女士们传播的消息则是阿特万夫人要在她府邸的院子里举办派对，天气干燥的晚上，肯定没问题。乌姆·塔希尔没有参加派对的心情，但她必须要去，她要在塔希尔春天回来之前给迈扎特找到妻子，这是她的事情。

虽然空气中已有冬天刺骨的冷，但院墙周围的植物依然给人以春日的幻觉。风拂过，叶子翻了过来，一片接一片露出背面的脉纹。仆人们端着咖啡杯子从房子里鱼贯而出。黑色的液体在杯子里晃荡。

庭院的一头，女人们排队观看一台放在三角支架上的照相机。她们两人成对地观看，用手指触摸伸缩皮腔，用指甲敲一敲镜头周围的黑色珐琅，按照吩咐不去碰镜头的玻璃。她们依次消失在黑色的遮光布下面，从取景器往外看，发出鸽子一样的叫声。这台设备的主人是从拿撒勒[2]来的亚美尼亚女人，名叫埃尔马斯；她站在旁边看着，指点各种零件，高声说出这些零件的正式名称。"柯达"这个词，她重复了几次。

阿特万夫人站在庭院的另一侧，瞧着今晚第一幕的进展。或者说，这是第二幕，因为她本人就是第一幕：她依然伸出一只手让下一个来到的客人亲吻；时间越是往后，她的手放得越低，姗姗来迟的客人几乎都要跪下才能吻到她的手。前臂戴的手镯往下滑落，肘部下面的镯子勒得紧紧的。丝质袍子遮住了她的肩膀，随着她不时地变换重心，弧形的后跟交替从裙子下面探出来。

乌姆·塔希尔到达后，亲吻了这位夫人的手指，第一个想法是夫人肯定年纪很大了。她一边咳嗽，一边和乌姆·贾米勒一起排队观看照相机。

---

1 清真寺内领着穆斯林做礼拜的人。
2 巴勒斯坦地区北部古城，相传为耶稣的故乡。

"注意身体。"乌姆·贾米勒说道。

"灰尘的缘故。"

女士们围着照相机发出赞叹声。

"我的肺部已经开始唱歌了。听。"

"听不到呢。"乌姆·贾米勒说道。

"但是,如果觉得疼,就应该到山脚下的医院去看看修女们。"

"我不喜欢医院。"

"你问过迈扎特了吗?"

"问了,他没有设备,说让我去见以巴路山脚下的修女。我不想去见修女,就这么一回事。"

"他怎么样了?"

"他需要一位妻子。这个年龄的年轻人,他们精力太旺盛,他们不知道怎么办才好。"

"贾米勒也是一样。情绪多变。"

两人到了队伍的前面。乌姆·贾米勒朝照相机走过去。有仆人经过,乌姆·塔希尔从盘子上拿了一杯咖啡。咖啡已经冷了,很甜。她抿了一口,咳起来,紧紧地闭上了双唇,眼睛里噙满了泪水,为了掩饰这一点,她走过去和乌姆·贾米勒一起看镜头。

"来吧,到下面来。"乌姆·贾米勒揭起遮光黑布。

乌姆·塔希尔扶着乌姆·贾米勒的胳膊,走进黑暗中,在取景器前站好。她抽了一口气,眼前出现了一块明亮的玻璃。玻璃上面,或是说玻璃里面,派对的整个场景倒了过来,反了过来。她一下站不稳,抓住了乌姆·贾米勒的胳膊。图像在动。眼前的景象真是魔幻:女人们悬挂在空中,一上一下地走在应该是放脑袋的地方,而她们的脑袋悬吊在下面,就像是一个个黑色的大勋章,聚集在喷泉旁边,喷泉则像是一个巨大的石头枝形吊灯,悬挂在地面上。

"哦啦啦。"她轻声说道。

阿特万夫人的声音响了起来。

"维达德·哈马德。"

悬挂着的面孔都转了过去。血涌上了乌姆·塔希尔的脸颊，她很庆幸有黑布挡着。维达德·哈马德出现在倒置的场景中，她微笑着伸开双臂，朝着女主人走去。后面跟着两个女孩。两个人当中，高的那个，或者该说长的那个是法蒂玛。真主知道，即便是颠倒过来，她都是美的。乌姆·塔希尔看得头都晕了，伸手去扶乌姆·贾米勒，后者帮她揭开头上的那块布，她走出来透透气。

庭院的对面，头朝上站着的是哈马德家真正的女人们。法蒂玛穿着一条黑色天鹅绒裙子，戴着珍珠项圈。第二个女儿模样儿要平凡一些，两只眼睛挨得近了些，法蒂玛脸上丰腴的嘴唇到了她的脸上，显得太大。

哈马德母女到达，对女仆们来说，可能是个信号。乌姆·贾米勒刚从照相机旁边走开，两个女仆各抬起三脚架的一只脚，挪到凹室里，第三个女仆已准备好了一张更大的黑布，把照相机盖了起来。还在等候的女人们露出失望的表情，但她们很快就分散开，在庭院里围成一个个的圈，盘子里的咖啡也一杯杯地被端走了。

"他的妻子很美。裙子很贵重。"一位坐在凳子上的女士一边说话，一边调整胳膊，免得咖啡溅出来，"项圈，就像是半个月亮，银质的。"

"他哪里搞到这么些钱的？"

乌姆·塔希尔一只手捂在胸前，乌姆·贾米勒捏了捏她的胳膊。

"需要我的围巾不？"

她摇了摇头。

"*她*非常美，"乌姆·贾米勒指了指一个卷发女孩，"她母亲是谁？"

"我不知道。"乌姆·塔希尔还看着哈马德母女和阿特万夫人。维达德·哈马德穿着一件绣花的金色上衣，背部有红色的绳边，腰部不同寻常的窄。没有半点征兆，维达德一个转身，看到了她。

"乌姆·塔希尔！"

"你好，"乌姆·塔希尔庄重地说道，"好久不见。"她开始慢慢走过去。

维达德穿着昂贵的鞋子，得得得地走了过来。"你还好吧，"她亲吻了乌姆·塔希尔三次，"有什么新消息吗？"

"老样子，你呢，你还好吧？"

"老样子，努扎、法蒂玛，来给卡迈勒夫人问好。"

"祝你平安。"两个女孩说道。

"你们好，"乌姆·塔希尔说道，"你的女儿们多美呀。"她闭上眼睛，露出了微笑。她无法面对迈扎特的失败，无法面对。

"我们在讨论法国神父的事情，"阿特万夫人从旁边的圈子走过来，加入她们的聊天，"你们见过他吗？"

"我没见过。"乌姆·塔希尔说道。

"他长什么样？"维达德说道。

"大胡子。"一位穿着绿色打褶束腰外衣的女士一边说话，一边用手在自己下巴比画了一把胡须。"长袍子。总是提问。"她的手在空中乱画。

"是的，他提问，"夫人说道，"他们总是提问。他们就想知道我们是如何生活的。"

"我知道他。"乌姆·塔希尔突然说道。

维达德看着她。

"你在医院见过他？"阿特万夫人问道。

"不是，我是在——"庭院上方的一扇窗户的灯亮了起来，她凝神望过去。"我记不起来了。"

"但为什么人们对他感兴趣呢，"穿绿色束腰外衣的女人说道，"我们要想的事情多了去了。我真是受够欧洲人了。我讨厌他们，我告诉你们吧，再也没有比他们更背信弃义的。阿拉伯人至少是当着你的面撒谎。"

维达德张开嘴唇，正要说话，这时阿特万夫人大声说道："现在我们要拍照了！"

乌姆·塔希尔和维达德都露出了吓一跳的表情。她们看到阿特万夫人朝天上看。天空乌黑一团，就要下雨了。

"我们要拍照了！"一阵惶恐，这群女人忙乱起来。两个女仆一人握着三脚架的一条腿，另一条腿上挂着落下来的黑布，照相机被抬出来，玻璃镜头一闪一闪的。

"埃尔马斯！埃尔马斯？"

"夫人，我在这里。我给谁拍照呢？"

阿特万夫人犹豫了一下。"我。接着就是其他人。我坐哪儿？"

她并没有等待回答，只见她快步走过瓷砖的地面，选了一个空靠垫，把它放在靠近庭院的中心位置，客人们集体后退。她坐下来，调整姿态，像罗马人一样斜在靠垫上。

她招呼一个人过去。她摸了摸自己的耳环，把有雕刻花纹的一面翻出来。她低头检查项链，露出了双下巴。

一个年轻的妇人应声弯下腰，整理好了夫人的裙子。

摄影师埃尔马斯准备好了照相机。她旁边的女士们看着她调整好光圈，又看到照相机的脑袋在短短的底座上前伸后缩。"好了，夫人，"她大声叫道，"头请朝这边偏一点。"

她轻声对一个女仆说了句什么，那个女仆跑进房子里，回来的时候手里拿着一个小盒子和一个装置。这个装置看起来就像是短小的簸箕，配了一个木制的手柄。埃尔马斯打开小盒子。她就像魔法师施法，或是科学家做实验，从盒子里面捡出两个小罐子，拿起来亮出了标签：一个上面写的是 Mg；另一个写的是 B.N.。

"五小勺这个，"她一边用勺子量了五勺，放到金属槽里，一边大声说道，"然后六勺这个……五，六。请拿一根火柴。"

一股淡淡的硫黄味道散出来，小小的火柴咝咝烧了起来。埃尔马斯向前一步，一只手拿着与照相机相连的电线末端，另一只手把装有粉末的盘子举起来。靠在垫上的夫人清了清嗓子，用一根指头挑开一缕散发。埃尔马斯让金属槽子挨了一下火柴，她们还没有反应过来，只见一道强光闪过，随即又是黑暗一片。烟气散开，庭院里爆发出掌声和叫声。阿特万夫人面带微笑，正要起身，几个女人跑上前去搀扶，大声叫着："小心！"埃尔马斯羞涩地半鞠躬致意，手里还举着盘子。

强光照花了乌姆·塔希尔的眼睛，看什么都有一团光斑，东西上有，周围拍手交谈的女人们身上有，年轻女孩们和亮闪闪的珠宝上也有；她看自己身上的血管，血管变得又大又白，就像是一条条的闪电。

"乌姆·塔希尔，你还好吧？"

乌姆·贾米勒站在她身边。

"没事，没事。"

"下一张，所有的女士们！"

雨开始了，天上落下了小水珠。庭院周围的叶子开始颤动。

乌姆·塔希尔被拉到了第二排，站在乌姆·贾米勒身边。埃尔马斯在准备第二剂闪光混合物，乌姆·塔希尔扫了一眼周围聚集的严肃面孔，便睁大眼睛盯着前方。轰的一声，一道强光，接着就是玻璃渣落下的喳喳声，雨下大了。"哦，夫人！"乌姆·贾米勒英勇地把她的披肩盖在了乌姆·塔希尔的头上，排成三行的女士们土崩瓦解。雷声突如其来，大家拍手叫好，就当作是这晚的另一幕。她们跑到门边躲雨，对着倾盆而下的雨欢呼。女仆们帮着埃尔马斯保护照相机，嘴里叫着："一切平安！"

雨水冲走了所有的礼节。这群人大笑着，重新聚集在客厅里，抖着衣服上的水，嗓门高过了暴雨的声音。一个戴着面纱的矮个子女人从里面的一道门走进来，大步走到房间中央，对阿特万夫人鞠了一躬，面对其他的人，唱起一首节奏缓慢的歌。

女人们鼓掌，欢呼。

"乌姆·贾米勒。"乌姆·塔希尔说道。

"嗯，哈比比。"

"我想要问你一件事。最近，你有没有听到什么关于迈扎特的传言？"

乌姆·贾米勒偏起脑袋。

"我的意思是说，有没有什么，那个——"

"啊。没有，没有，我没有听到任何传言。你有什么担心的？"

她挥了挥手，好像是拂去某种气味一样。

"我倒是听说了哈吉·哈桑的事情，"乌姆·贾米勒说道，"你听说了吗？"

"没有，说来听听。"

"他山谷的土地全没了。贱卖给了犹太人。"

"为什么？"

"我听到了三个版本。版本一、他担心自己的妻子，因为他妻子疯了。二、那片地的收成不够，他需要钱。三、他赌博。我不知道哪个是真的。"

话说到这里，乌姆·塔希尔注意到维达德和法蒂玛·哈马德站在不远的地方。法蒂玛看着地板，但维达德盯着她们看，脸色灰白。

"我真替他儿子难过，"乌姆·贾米勒继续说道，"什么都继承不到了。"

之后，乌姆·贾米勒把她送到家门口，乌姆·塔希尔这才意识到她在这场派对上什么都没干。哪家的女儿要找丈夫,她压根儿就没有打听。

一阵咳嗽直冲上来,她猛地咳起来。如果她真是要死了,她至少可以与天堂的乌姆·迈扎特团聚。她想象自己停在木板上,乌姆·贾米勒一边哭泣,一边处理她的尸体。庄严的面孔,闭合的双眼。不,眼睛要睁开。让他们在葬礼前给自己闭眼,这动作可爱。她在黑暗中抬起一只手,用手指模仿了那个动作。她靠在一边,想到了迈扎特。她不能把他抛下。她叹了一口气。气管里有痰堵着,咳嗽又开始了,胸口有一根根针在扎的感觉。

早上天气阴冷。昨晚暴雨过后,留下的只有寒冷。她慢慢给自己裹了一层又一层的衣服,终于下定决心到医院看看。

风吹得她嗓子疼,吹得她喘不过气来。她走上了朝东蜿蜒的北路,穿过城镇,朝以巴路山的脚下走去。到了医院的休息室,她注意到的第一样东西就是那股气味,强烈的化学甜味,直冲脑门。休息室的中间是一个有槽口投放硬币的大箱子,后面是一排高高的窗户,看得到外面满是树木的花园,还看得到耕地。有扇窗户外面是游廊,看得到两个位置,也许是一把椅子的扶手。她伸手拿钱袋,朝柜子里投币,一位护士出现在她的右手边。护士示意乌姆·塔希尔跟上。

长长的病房里摆满了病床。石膏墙面有弧度,挂在上面的画歪着斜着,天花板上悬吊着一个很大的煤气灯。乌姆·塔希尔避免直视病人,但余光中瞥见躺着的都是女孩,头上什么都没有戴,只有一根细布条拴在头发下面。护士走在瓷砖上,鞋子发出哒哒哒的声音。病人们扭动身体,看着她跟在护士后面,被单也随之扭动。她们整天就这么躺在床上,看有谁经过,再也没有别的事情可做?肯定还另有私密的房间,老年的尊贵女士们可以休息的房间。

她的目光转向倒数第二张病床。被子、床单一动不动,一开始床上似乎没人；然而，一个女人躺在上面。她仰躺着，睁大眼睛看着天花板。这不是休养的状态。

"什么，夫人？"

"她，"乌姆·塔希尔指了指那个一动不动的女人，"还好吧？"

"是的，她还活着，"旁边病床的女孩说道，她的一只眼睛上戴着眼罩，"她疯了。"

一个男人从亮着灯的门口叫道："请问你的名字？"这位护士立刻回答道："特法达利。"她请乌姆·塔希尔走进去，自己站在门外，关上了门。

一个秃顶的阿拉伯男人正在盆子里洗手。

"我是易卜拉欣医生。你的名字？"

"迈赫迪安·乌姆·塔希尔·卡迈勒。"

"谢谢。"易卜拉欣医生在一条法兰绒布上擦干手，拿起一个记事板，"请坐。"

也没有别的地方可坐，只能坐在一张看似一碰就坏的床上，上面铺了一条白色的毯子。房间挤满了物件，同时又非常洁净。乌姆·塔希尔专注地看着对面的架子，上面放着各种各样的透明瓶子，瓶子上的标签正对着她。医生打开一个抽屉，又给关上了，她伸手去摸最尽头一个非常小的瓶子。标签上的字看起来就像是一粒粒的大米。

"你读得懂法语？"

她抬起头来。医生穿上一件罩衣。

"完全读不懂。"

"啊，没关系的。不用担心，我不会检查你。我是外科医生。萨拉嬷嬷，她来了。日安，嬷嬷，这是卡迈勒夫人。这位夫人肺部有问题。"

刚刚开门进来的这位修女个子矮，黑色的头发，憔悴的面孔。

"好的，明白。"

医生从自己脖子上取下一个橡皮管子的东西，递给了嬷嬷。"就这样了，卡迈勒夫人。"他举起一只手，离开了。

萨拉嬷嬷的阿拉伯语比刚才那位护士好一点。她请乌姆·塔希尔摘掉面纱，把橡皮管子一头的冰冷金属块放在乌姆·塔希尔的胸口，请她吸气呼气。接着，嬷嬷请乌姆·塔希尔前倾身体，然后撩起她的袍子，把金属块放在了她的背部，金属块接触过她的皮肤后有了点温度，但还是很凉。嬷嬷再次请她吸气呼气。乌姆·塔希尔都照办，在嬷嬷的关注下，她肺部的声音更大了，哗哗哗的。有个硬硬的，金属的东西在她脊柱周围轻轻拍打。背部露在外面，她感到了寒意，知道护士已经检查完毕。

"是痨病？"

"不是。"萨拉嬷嬷说道。她在一本很大的簿子里写着什么，"不，不是肺结核。"

她不用在这里过夜。嬷嬷给了她一小瓶带橡皮塞的药剂，吩咐她晚上睡觉之前滴两滴到一大盆热水中，雾化吸气。

乌姆·塔希尔正要离开，透过休息室的窗户看见一个光秃秃的脑袋，头骨凹凸不平就像是沙丘一般。她从外面的台阶走下，走了好长一截路，绕到后面。他在铁杆游廊的角落里，坐在一把椅子上摇着。他泛白的袍子肩部有一块像围巾的东西，头上戴着一顶宽边黑色帽子，膝盖上搭着一块毯子，看起来是在画素描。

她选了一张透过窗户看不到的椅子。下一次的风吹草动正在酝酿中，周围生动的景致停滞了，她的心也随之平静下来。

过了一会儿，神父站起来，朝她走来。他的阿拉伯语有口音，措辞小心，询问他是否可以坐在她附近，他指的那把椅子并不是紧挨着乌姆·塔希尔，而是有几把椅子的距离。她点点头，把围巾裹得更紧些，理了理脖子上的面纱。但神父并没有转头对着她，也没有再理她，只是盖好毯子，面对景色，继续作画。也许他只是换个位置调整视角。乌姆·塔希尔气喘吁吁。她听着神父的铅笔在纸上磨出的沙沙声，听着鸟儿模糊的叫声，听着远处墙上时钟的滴答声。过了一会，他发话了，手里还继续作画。

"你经常来医院？"

"不。我不常生病。而且，我孙子就学了医，是医生。"

"哦，真的吗？"他看着乌姆·塔希尔说道，"他在哪儿学的？"

"法国。"

"啊，我是法国来的！法国的哪儿？"

"巴黎。还有，蒙彼利那。蒙彼利……"

"啊。"神父说道。

他们说了一些关于医院、战争和英国人的玩笑话。神父讲了一个英法恩怨的笑话，她大笑起来。她讲起了一个搞笑故事，说的是撒马利亚人和一个好色的希腊牧师，这是一个有名的故事，这时，她注意到神父是在笔记本上写字，不再是画画，于是她打住了，问道："你在写什么？"

神父的笔往下一划，停住了。

"我想要记住的事情。抱歉。请继续。"

她不想继续，她说她必须走了，要吃药。她打开游廊的门，穿过树丛，从那儿离开了。走到下面那条路的时候，她回头一看，发现阳台上站了两个人：那个神父和一个女人。女人的黑色身影在动，双手在面纱下做着手势。

两天后，她来医院复诊，提前半个小时到，医院还没有开门，她被领到了游廊。神父拿着他的记事本坐在一把摇椅上。她对神父点头致意，神父点头回礼，看着眼前的景色。鸟儿唱着歌，时钟滴答。神父没有说话。她看着分针摆动。最后，她断断续续地深吸一口气。

"我听说你和哈马德家有交往。"

脸一动，他的长胡须也跟着颤动，他眨巴了几下眼睛。

"哈吉·尼姆·哈马德对我非常好，"他说道，"当然，这是他们的医院。"

"他们还好吧？"乌姆·塔希尔说道，"有什么新闻吗？我有些时间没有见到他们了。"

停顿了一下。"你知道哈吉·哈桑流放的事情？"神父说道。

"哦，是的，是的，明摆着的事情。他把约旦山谷的土地卖掉了。可怜人，"她安静地说道，"还有别的吗？"

"恐怕我就只知道这些。我来……我来看看我的笔记。"他的手从角落处翻起一页页的笔记，纸发出叹息的声音。

"那个，有谁……最近去见了撒马利亚人？"

她想起了自己那个关于希腊牧师的故事，直接挑战地看着他的眼睛。这是交易。她给神父消息，神父给她消息。

"嗯，有过一位女士，想要给她的孙子求符咒。"

她的胸膛怦怦跳。

"除了那个，一次我在的时候，看到一个大家庭的男人，但他们不让我在旁边听。他们进了另一个房间。"

"啊，哪个家族的？"

"那人姓阿特万。"

"阿特万。你不知道符咒是给谁准备的？"

"不知道。我记得说了什么鸟儿的事情。我应该是没有记在本子上，我想要……恭敬有礼。"

他脸颊一张，下巴往下，胳膊也颤抖起来，嘴里发出了咯咯咯的声音。她明白过来，神父是在笑。

"当然，当然。"她赶紧表示自己明白。

门打开了，护士说道："夫人。"

“谢谢你，阿布纳。”乌姆·塔希尔站起来说道。

“不客气，希望再次见到你，夫人。”

9

安托万神父站在基利心山的东峰上，看着风穿过山谷，树摇草低，风起风落之间，草木荡漾起伏。风一阵阵吹到他健壮的躯体上，微微有前后摇晃的感觉，法衣黑色的披肩被吹了起来，就像是女人的裙摆一样飞舞。

他坐的岩石就像是一块巨大的臼齿，顶部的凹痕非常光滑，不难想象，数千年来，牧羊人、流浪的人，还有像他这样的托钵僧，不知多少人把它当成椅子坐。大岩石的前面还有一块小石头可以搁脚，眼前斜坡陡峭，土地消失了，白色的城堡和行走的人影一览无遗。他的左手边，一棵巨大古老的橄榄树扎根而立，树皮扭曲变形、沟痕纵横，眯眼望去，看到的是一群变形的人影张着嘴蹲在那里，就像是最后审判日上的中世纪好色之徒。最重要的是，这棵树的周长大约三米，一天早上，安托万用手臂抱树，估算出来的。他不止一次听人宣称，这是巴勒斯坦最古老的一棵树，向导嘴里总是这样的奇闻轶事，只希望听者狠掏腰包。但他们认为这棵树是奇迹，那是没错的。因为这棵树，因为这个美丽的老妖精，安托万一次次地来到这里，它是这一景色的绝佳陪伴。

下面的山谷里有雅各井。十多年前，俄国人开始在井边修建教堂，但他们国内革命爆发，工程停止，所以这教堂还没成型就成了废墟一样的东西，井里虽然没有垃圾，但依然是半露天的状态。亚伯拉罕[1]不同信仰的后人在各处遗址和地理位置上争论不休，但至少

---

1 希伯来人第一个族长，传说中古希伯来民族和阿拉伯民族的共同祖先。

在这一地点上是达成了共识，他们都认为这是雅各的井，耶稣在此处遇到了那位撒马利亚女人，根据《约翰福音》，耶稣"因为旅途而疲惫，所以坐在了这口井上"，向女人讨水喝。然而纳布卢斯人从不费心粉饰这口井来讨好游客，他们也从不在山谷的其他圣地上花心思。除了那位奇怪的向导野心勃勃，纳布卢斯人根本就不把欧洲游客放在心上。其他城市逐渐有了大片的区域供游客朝圣和寻找手工品。纳布卢斯还没有一家供外国人居住的旅店。

但这就是为什么纳布卢斯成为安托万的完美研究地点：这座城市几乎没有改变。这座城市的居民不表演。他看到过贫穷的雅法人打扮成牧羊人，带着耶稣十字架上的碎片，等候游船的乘客。纳布卢斯绝不会这样。虽然纳布卢斯有基督教和撒马利亚文化的元素，或许正是因为有这些东西，纳布卢斯是伊斯兰教城市的完美样本。无论是在山上，还是在山下，安托万都充满爱意地观察着这座城市，记录下他从市政医院病人那儿听到的各种传闻。

神父安托万的正式职位是耶路撒冷圣经学院的东方学教授。大约二十年前，他作为学生进入这一学校。当时出了德雷福斯[1]事件，法国驱逐宗教团体，道明会[2]会士潮水般地离开里昂。通过教会的小道消息网，年轻的安托万听说神父拉维涅在耶路撒冷有个新学院。拉维涅的学校想要捍卫天主教，对抗现代主义者，他另辟蹊径，认为学者真要从科学和历史的要求出发，使用"现代"方法给教义设定语境，但要用他们所学来*捍卫*超自然的信仰。

安托万当时十九岁，从未离开过法国。他搭乘邮轮从马赛到塞德港[3]，再坐火车前往耶路撒冷，到了之后才发现，给学校添砖加

---

1 德雷福斯·艾尔弗雷德（1859—1935），法国陆军军官，犹太裔。1894 年被冤枉，罪名是给德国人提供军事机密，其审判和监禁在法国引发了重大的政治危机。
2 又译为"多明我会"。
3 埃及一港口城市，位于苏伊士运河北端地中海岸边。

瓦的是拉维涅的名声，而学校实在是还未成型。神父们在圣墓对面丈量出了土地，但修道院还没开工。学期一开始，安托万和其他三个神学院的学生被安置在了临时宿舍里，其前身是土耳其人的屠宰场。

然而，神父拉维涅不会让人失望。他中等个子，和气的歪嘴巴，棕色的胡须不多不少，快要秃顶的脑袋，他的热情立刻感染了这些年轻人。开学典礼，他发表演讲，安托万觉得为了远大的前景，需要奋力向前，道路上并非没有恐惧，但却有足够的勇气引领他们走向真理。

没过两周，就出现了双赢的效果：在他所在的班级，教友安托万是闪米特语言的明星；拉维涅说，他发现安托万心胸宽广，志存高远。接下来整整五年的学习中，举行涂油礼之后的很长时间里，拉维涅都亲自指导安托万。在他的鼓励下，安托万为人严格、独立，有德行。安托万就是拉维涅的翻版：一丝不苟，信仰纯正，敏锐地关注人世间，是那种少有的天主教徒。

对于每一位《圣经》诠释人而言，现代化危机也是个人危机。拉维涅的勇气就在于他公开了这场危机，引导整个学校一起作战。他教导学生，要捍卫信仰，要寻找真正的意义，他们必须无畏地用文学分析的技巧去诠释《圣经》的文本。穿过针眼的是一只骆驼吗？或者是因为文本窜改和误读，原来是绳子？院长的信念给了他们力量，这些年轻的教友们每天都走在耶稣行走过的土地上，居住在距离圣墓一层楼高的地方，阅读希腊文的福音书，学习并使用阿拉米语[1]，逼近无数的问题，英勇地面对他们从小阅读的拉丁文《圣经》不过是稀释版本的可怕事实。在耶路撒冷狂热的呼吸中，很容易想象出耶稣的肉体，看到他瘦骨嶙峋的双手给人治病，看到他的

---

1 闪米特语族的一个分支，古老的语言，特别是指公元前 6 世纪在近东作为通用语的叙利亚语，在当地代替了希伯来语成为犹太人的语言，但后来其地位在公元 7 世纪被阿拉伯语所取代。

双手被钉在各各他[1]惨白的石头前，头顶上是苍白炽热的天空；这样的情景给了他们勇气，去面对已经让新教徒踟蹰退缩的事情。

因此，虽然大目标是形而上学的，拉维涅给学校的规划是绝对的地方化和实际可行。他花了很大的精力寻找师资，开设语言、考古和地理课程。学校的规模扩大了，另一宿舍侧翼平地而起。教友和神父们都以阿奎纳[2]的形象自居：天地万物汇聚，万物皆有其本原。作为学者，他们耗费心力想要触及这些本原，就像朝圣者把手放在涂油石上一样。

教皇那边盯着呢，并不怎么买账。他们站在拉丁文的角度，觉得拉维涅的"历史学方法"看起来很可疑，类似于他们意图攻击的现代主义。拉维涅《创世记》的注释版本被禁。然而，消息传来，这种自以为是的怀疑根本没有让神学院的学生泄气，事实上却起到了鞭策的效果。临时的授课大厅里师生们热血沸腾，上下齐心。他们是先驱者。一开始，他们遭受了法国的愤怒，现在又是罗马的愤怒。他们同舟共济，驾驭理性主义的风暴，要用他们的思想瞄准教会权威当局的神圣灯塔。

远处，一辆汽车出现在城市的边缘，看上去就像是一只甲壳虫，沿着山谷的马路前进，路过了一个拿着东西的小小身影。那个身影移到路边，车子转过一个弯，车轮卷起一阵尘土。肯定是英国人的车，纳布卢斯的阿拉伯人是没有汽车的，但司机有时是当地人。那个身影穿过尘土，继续往前走。安托万在本子上写了一句：

"询问医院的女士们——汽车？"

宣礼师的声音从各个方向传来。他挪了挪脚。一个披着斗篷的

---

1 耶稣被钉死在十字架上的地方。
2 托马斯·阿奎纳（1225—1274），中世纪经院哲学的哲学家、神学家。他把理性引进神学，用 "自然法则"来论证"君权神授"说，是自然神学最早的提倡者之一。

女子从小路走下，朝他走来。她戴着头巾，不，戴的是温帕尔头巾[1]。来者是修女露易斯嬷嬷。

"嬷嬷！我刚才都没认出你来。"

他站起来，指了指空出来的岩石。嬷嬷默不作声地表示了反对，小心翼翼地走到岩石后面，再绕了出来。神父有些艰难地蹲在了她的身边。

"今天病人们怎么样了？"

"又来一个得了流感的男孩。"

"听声音，你像是心情不好。"

露易斯嬷嬷抿紧了嘴唇。"也许我是心情不好，"她叹了一口气，"我有事要告诉你。我们讨论有一段时间了，现在做了决定。我们很快就会把医院交到纳布卢斯人的手里。"

"真的？"

"这一次，是真的。我们会继续培训当地的女孩子，但也有人手足够的那一天。他们想要我们扩建女子学校。别那样看着我，这是大家的决议。我们非常洁净，他们喜欢这一事实。"她没有微笑，噘起了嘴，"他们视其为一种穆斯林属性。所以，我们会有附属的诊所，继续为村里人看病。但是，医院……你知道的，易卜拉欣绝对能胜任。神父，我不知道这会不会影响你的研究，但想来呢，你在游廊坐一坐，他不会在意的。知道吗，我倦了。他们指责我们搞间谍活动，等到下一刻伤者从耶路撒冷转来，他们又要死要活地请我们留下。疲惫不堪。"

露易斯嬷嬷的确一脸疲惫。她有一张干瘪的面庞，皮包骨头，看上去就像是一只优雅的乌龟。

圣约瑟修道院的修女们沉静而忍耐。她们与纳布卢斯的名人们

---

1 修女佩戴的头巾。

博弈多年。从劝说病人信奉基督教，到抢了当地医生的生意，她们被冠以若干罪名。但是，战争期间她们染上了伤寒，活下来的人有了免疫力，因此就有了价值，所以当时的市长哈吉·尼姆·哈马德力劝她们留下来，并且让她们管理新的市政医院。英国人没有给这些修女提供资金。她们的茶点寒酸，她们体形消瘦，看上去是勤俭持家的干净乏味气质。最让安托万敬佩的是，她们完全放弃了法国人的作派。她们真的只是在侍奉上帝。

"你的工作怎么样了？"

"哦，杂七杂八的。我担心自己还没有一个凝聚性的……"他盯着她的面孔，"这样说吧，有时我看看自己的笔记，看到了有意思的东西，觉得可以往下走。换一天再看，就想不起是什么东西有意思了。"

他两根指头朝下，敲了敲笔记本的皮革封面。他与露易斯嬷嬷的关系奇特。在嬷嬷面前，他不再沉默寡言。嬷嬷外表看起来是冷漠的人，但总能让一贯谨慎的神父说实话，而神父坦言相告的时候，嬷嬷显然是不去评判。对外来人而言，纳布卢斯差不多就是个滴水不漏的地方，嬷嬷真是给神父的研究帮了大忙。生病、医院、吃药——人们就这么熟悉起来。嬷嬷让安托万接触到愿意交谈的病人；在病人眼里，神父与医院有联系，这是优点。神父开始完全依赖于她——不仅是在了解纳布卢斯方面，还有他本人的依赖。

"你所写的肯定是这座城市。"她说道。

"是的，是的，但现在我的笔记更像是当地蜚短流长的索引。我关心的是我应该得出的结论——但结论还在前面，我抓不住。"

"给我讲讲，你现在知道了些什么。"

"清单。敌对的，拉帮结派的。家族之间的对抗。特别是这个阿特万家族，"他的食指弹了弹笔记本封面，"肥皂厂就是他家的。你认识他吗？他总是要找一个深仇大恨的对立面。但总体而言，这是纳布卢斯的常事。这座城市……"他眺望山下的建筑，摇了摇脑袋。"这山谷之间，总有嫉妒和流言蜚语。"

"自古以来都是这样，每个地方都有流言蜚语。"

他含糊地哼了一声。"不，我不这样认为。这里不一样。我必须说，这地方让我着迷。空气中有某种强烈的气息。"

话音刚落，风有节奏地吹来，露易斯嬷嬷的念珠碰到岩石，砰砰响。

"不管怎样，我在寻找那个形状。"

"形状。"

"研究的形状。如果当地的阴谋阳谋真的成了我的研究，能说明什么道理呢？"

她打开双手。"穆斯林城市的生活？"

"这肯定是前提。但是……这样是不是有点微不足道了？理想状态肯定是想要说明——教会的教义学说。我在想，自己选择了这座伊斯兰教城市，是不是选错了……"

"你上一个项目是贝都因人。"

"但是，你知道的，沙漠是防腐剂。贝都因人就像是从《圣经》时代走出来一般，与《圣经》研究直接相关。这一点，我一开始就知道的。"

"坚持下去。也许就变得清楚了。"

安托万什么都没说，一根指头在笔记本边上搓来搓去。

"如果你改变心意，我会难过的。"她对他微微一笑。"我的意思是说，如果你选择研究别的地方。"她紧紧扶着岩石，站了起来。"我得为明早的工作做准备了。你也不应该在这里待得太久，天气冷，而且很快就要黑了。你今晚会来拜访我们？"

"我应该回耶路撒冷了。我离开了很久，他们说就要下雪了。"

"那再见了，神父。希望你早点回来。"

"再见。"

嬷嬷朝小路走去，他坐回岩石上，呼吸沉重。他打开笔记本，再次把腿放在前面的小石头上。

战争结束后，情况发生了改变。圣经学院的学生越来越多，已经无法再保持拉维涅对学院构想的纯粹性。虽然安托万在耶路撒冷的同事们和蔼可亲，他和其中一些人的确也是朋友，但他觉得，他们现在代表的更多的是法国人的利益，本不应该如此。他们与纳布卢斯的露易斯嬷嬷和其他修女们很不一样。当然，整个圣城目前处在被围攻的状态，不仅仅是法国人，每个欧洲国家都想抓点什么在手里，这里一个收容所，那里一个教堂，角落里再来一个外交机构，二楼上入住一位考古主席。房檐下处处旗帜招展，仿佛艾伦比[1]什么都没有干的样子；这些外交人士表面上不过问宗教，但其中总有狂热之人，从自我灵魂的拯救者到别人灵魂的拯救者，再到那些只是垂涎古物或是宝物的人，品种齐全，应有尽有。一言蔽之，就没有完全置身事外这件事。即便是那些表面上宣称唯独信心[2]的人，也苦苦挣扎，仔细鉴别胸膛中神秘主义的悸动，免得与民族主义冲动混为一谈，而这些日子里，民族主义仿佛是长在骨髓里的东西。看到新发现的书卷，听到有人提及拜占庭传说或是美索不达米亚，他们就血往上涌，脸色发红；他们每天都会发掘到十来个护身符，碑文放在办公桌上细细察看，抬头往外一瞅就是香料市场；虽然这些人自称科学家，翻领上别着各式徽章，但所有人眼中都露出同样的疯狂目光时，真的很难区别出谁是游客，谁是学者。

但是，安托万坚持个人的严谨，完成了贝都因人群体的专著论

---

1 艾伦比·埃德蒙·亨利·海尼曼（1861—1936），英国军人，作为反抗土耳其人的埃及远征军司令，于1917年占领了耶路撒冷，并于1918年在美吉多击败了土耳其军队。
2 基督教的五个唯独之一。

文。现在又是他在纳布卢斯的研究。他的导师拉维涅神父胡子已经全白了，依然带着超越年龄的热忱继续强调民族学实践的重要性；即便大家并不清楚这一点会给信仰带来什么样的阐释，他也是如此。他坐在堆满文件的桌子后面，表扬之余不忘提醒："安托万，周围的世界模糊不清，你要准确。不存在的东西，绝对不要转嫁到研究对象上。"

安托万想知道，是不是学者在某种意义上一直都是狂热者。只是耶路撒冷这地方拥有一种力量，唤醒了本来处于休眠状态的东西。有位瑞典女子，大家都知道她拿的是神智学会[1]的学术助学金。一天，背负十字架的情景再现，一个鼻子很长的阿拉伯人拖着木头，像个木偶一样迈着沉重的脚步走在苦路[2]上，神父看到这个女子跟在后面真真切切地放声号哭。是的，甚至神父有时也感觉到了，沙漠的洗礼就在耳边沙沙作响。面对纳布卢斯的山谷，坐在巴勒斯坦最古老的树边，风拂过他的胡须末端，他在笔记本上记下了形而上学的魅力，它既能企及朱迪亚[3]的群山，也能走进安静书房。即便是在安静的书房中也能听到英国锡安主义者声音尖利，轰轰烈烈地催促事态的进展。

一块巨大的云，锯齿状的边缘，就像是大陆的形状，遮天蔽日地经过这座城市，靠在山脉的斜坡上。安托万还模模糊糊地看得到市政医院：一个小小的长方形，就在以巴路山脚下，偎依着一小片橄榄树林。他看不到法国修女们的住所，很有可能被挡在了某个高大的府邸后面。

他收拾好东西，想着露易斯说的离开医院的事情，朝山下汽车站走去。纳布卢斯人居然如此想念土耳其人，还继续替他们操心间

---

1 也译为通神学会。
2 耶稣经过耶路撒冷前往各各他的路程。
3 古代巴勒斯坦的南部地区，即原来的犹大王国。

谍的事情，真是古怪。说的做的都摆在那里呢，折磨他们的难道不是土耳其人吗？一个农民牵着驮着东西的骡子从山路走上来，从他身边经过。

也许，人就是会忘记过去法律的严苛。过去似乎是永恒的：已经发生的事情不可改变；人不可能永远保持应急的状态；没有发生的事情，已经被遗忘。但在当下，人们更加在意的是*如果这样*，那会怎样的假设；现行的法律抓住了人们的手腕，如今的严厉之处让人们回想起当年的宽松。也就是说，英国士兵在老监狱前巡逻之际，纳布卢斯人很自然会想起奥斯曼土耳其军官的和蔼可亲，想起迎娶他们女儿的事情，因为他们意识到这些英国佬绝不会把女儿嫁给阿拉伯人。

他找到去耶路撒冷的第一班巴士，付了车费。车子靠近大马士革门的时候，太阳西落。

10

那天晚上，雪落了下来。第二天清晨，大雪纷飞，如厚重的白烟，严严实实地裹住了纳布卢斯，积雪深及大腿，所有的房子都安静下来。没有鸟儿唱歌。数日内，潮气侵蚀了储存的粮食，腐坏了蔬菜。邻居们用粗麻布裹在腿上，艰难地走到彼此的门前，这样的消息传递方式，能不传的消息，根本就不会提及。

基利心山各家的窗户上结了一层层的冰花。迈扎特整日窝在卧室里，只有用餐的时候才出现。自从上次交流后，乌姆·塔希尔还提过结婚这件事。除了针线活儿，她也没什么可干的，就一门心思地琢磨神父那一番关于撒马利亚人的话。当然，这么一点小道消息什么都算不上；无论他看到的诅咒是什么——涉及鸟的法术肯定是诅咒，可能是给某个人下的。她透过厨房窗户，望着外面茫茫雪地，脑子里浮现出了心怀嫉妒的纳布卢斯人给她孙子下咒语的场景。诅咒他不能结婚。诅咒他发疯。她的思维不受控制：迈扎特可能看不清眼前的东西，但乌姆·塔希尔对未来的想象则是太多。

到了1920年2月中旬，第一批蓝刺头[1]从山边一圈圈的残雪中探出头来。天空中的白色凝固下来，慢慢退去，最终空气中透出了苍白空荡的蓝色。山上覆盖的白雪渐渐消融，街道上的积雪变成了灰色。城里的人勇敢地走上了大街，孩子们在开阔的地方玩耍。

3月的一天清晨，一觉醒来，寒意已经收起了锋芒。空气流动起来，鸟儿在鸣叫，冰块从山上滑落到山谷中，街道上到处都是烂泥。纳布卢斯的女人们徒步走到艾因峰，拎着装了坚果的篮子坐在瀑布边，她们的孩子们则在冰水中清洗莴苣，用手掌捧着，免得流水撕烂了叶子。又可以看到报纸了，电报线路也开通了，纳布卢斯终于听说了大马士革和耶路撒冷发生的事情。

汉尼在给迈扎特的信中，描述了费萨尔和法国人的谈判，这如今已是众所周知的事情。大家也都知道了内陆地区的暴力冲突。巴勒斯坦开始了动荡的局势，人们在照片中看到，沿海城市的人们打出标语：巴勒斯坦是南部叙利亚必不可少的一部分；巴勒斯坦没有锡安主义者的容身之地。"英国人暴力镇压，"记者写道，"如今禁止了所有的集会。"

"你听说了吗？"一个声音说道。

迈扎特刚刚到商店，脱下外套。他透过展示柜的缝隙可以看到说话人处在阴影中的脑袋，但看不清他的面孔。

"布尔汉？"他试探问道。

---

1 菊科，多年生草本植物。

"是的，是我，"布尔汉说道，"你没听说什么吗？"

阿德尔·贾瓦里的脸出现在布尔汉旁边，手里拿着一盏煤气灯，照亮了两个人的面孔，地板上也照出一道光。"你们在谈论那事吗？"

迈扎特从牙缝吸了一口气，张开手。

"有新闻，"阿德尔说道，"我觉得是费萨尔成了国王。"

"哪儿的国王？"

"我们就想知道这个呢。"

布尔汉耸了耸肩。"嗨，嗨，"他对着外面某个人，"那是报纸吧？哦，抱歉，早上好。"

"早上好，迈扎特。"希沙姆说道，阿德尔让开路，他走了进来，"你听说了吗？费萨尔国王的事情？"

"你知道？我们什么都没听说。"

"早上好，迈扎特。"另一个声音说道。

"我们什么都不知道，"迈扎特说道，"哦，卡伊斯，刚才没有看到你。"

"你们马上就知道了。"卡伊斯咧开嘴笑道，"看我手里是什么。"

"你从哪儿搞来的？"布尔汉说道。

"我父亲一个小时前刚从耶路撒冷回来。"

外面有人叫道："卡伊斯有报纸！"

"该死。"迈扎特用法语说道。

"你说什么？"布尔汉说道。

"快，"迈扎特说道，"放在这里。"

那一嗓子喊出去，再加上若干重复的喊声，人们都在朝卡迈勒商店里挤，卡伊斯被挤到了一边。迈扎特推开几个箱子，腾出空间，递给卡伊斯一个空板条箱，其他人都在找椅子坐。天色开始泛白。

"准备好了？"卡伊斯说道。

"是的！"

"等一下。"一位老人摇了摇关节炎的手。"有咖啡吗？"

"费萨尔！"卡伊斯大声叫道。他双腿叉开站在板条箱上，演说家的派头。

"尊敬的哈吉，给你咖啡。"迈扎特轻声对那个老人说道，递给他一个杯子。

"埃米尔·费萨尔公开宣布——成为——叙利亚——的国王！"

口哨声和掌声。目光越过这么多的脑袋瓜子，迈扎特看到了贾米勒，他抱着双臂，斜靠在门柱上。他们四目相对。

迈扎特大声叫道："有没有说叙利亚的范围？"

"等一等！"卡伊斯说道，"大家，别着急！让我读完。"

但人太多了，没法安静下来。有几个人想领着大家唱一首古老的田歌。希沙姆举起骨瘦如柴的胳膊，摊开双手，往下挥动，但没有用。迈扎特挤到卡伊斯的旁边。

"说了巴勒斯坦吗？"

"是的，"卡伊斯说道，"大马士革是我们的首都。"

"给我。"一个高个子说着话，掏出了一副眼镜。

"所以，"卡伊斯说道，"我们现在是叙利亚的一部分。"他转身对着阿德尔说道，"对吧？"

阿德尔眨巴了一下眼睛。"我不知道。他们不是才禁止我们集会吗？"他瞪大眼睛看着那篇报道，"不要忘了，我们没有军队。"

"费萨尔有一支军队。"贾米勒说道。

那天晚上，穆拉德家的兄弟巴西勒和穆尼尔要做一件他们称之为"行动"的事情，请迈扎特和贾米勒帮忙。他们母亲那边的一位表叔与费萨尔一道，参加了反抗土耳其人的阿拉伯大起义，带回了一面红黑绿白的旗帜作为战利品，他曾坐在马背上挥舞过这面旗。快到半夜的时候，巴西勒和穆尼尔带着这面破破烂烂的旗帜，爬上市政大楼的顶部，把它升上了空空的旗杆。迈扎特和贾米勒按照吩咐，绕着大楼转圈，面对面经过的时候，就点点头。听到巴西勒的口哨声，他们到了建筑后面帮着楼上的两个人下来。

第二天清晨，他们在山路上看到了这面旗帜：曾经的阿拉伯大起义颜色，如今是阿拉伯独立的颜色，飘扬在城市的上方，让人看到了风的动向。

"参与某件事情的感觉真好，"贾米勒说道，"你知道我的意思吧？"

那一天，一直到天黑，从商栈的边缘到大门口，迈扎特反复来回，就是去看街道上的动静。人人都躁动不安。每一个小小的动作，手轻轻弹一下，裤子动一动，积聚成一波行动，就如森林中每一片叶子都在动，整个森林成了一头躁动不安的动物。次日清晨，旗帜不见了。但没有关系，所有的人都看见了。

虽然迈扎特和贾米勒在旗帜行动中出了一份力，但接下来的一两周里，他们大多数时间都不与穆拉德兄弟在一起，而是与卡伊斯·卡拉克和阿德尔·贾瓦里一起。巴西勒和穆尼尔一说话就是喊口号，而且两兄弟总是一条心，但卡伊斯和阿德尔喜欢辩论。一天的工作结束后，他们四个——迈扎特、贾米勒、卡伊斯和阿德尔，一起走到谢赫·卡西姆咖啡馆研究报纸。阿德尔是穆斯林-基督教社团的成员，他第一个告诉他们，有人计划在先知穆萨[1]节的时候在耶路撒冷举行支持费萨尔的游行。

迈扎特不知道他父亲什么时候回来，四月就要来了，提塔还没有给他找到妻子，他当然不着急提醒祖母。四月也是这一地区宗教节日闪亮登场的月份，其中先知穆萨节——穆斯林朝圣前往杰利科[2]摩西之墓的日子，最近变成了最重要的节日。在日历上，先知穆萨

---

1 穆萨（摩西）为伊斯兰教的先知之一。
2 也译为杰里科，巴勒斯坦一城镇，位于死海以北西岸地区。

节与东正教的耶稣受难日老是巧合地碰在一起，但最近几年来，这一朝圣节日的世俗分量越来越重，越来越多的基督徒和穆斯林一道走在路上，至少他们同在第一个星期日通往耶路撒冷。有时，耶路撒冷的犹太人也会参与进来——但想来这一年他们不会这样做。这一年，很不吉利，先知穆萨节的第一天是逾越节的第一天。

"这是难得的机会。"阿德尔一边说话，一边催促着迈扎特和巴西勒加快步子。贾米勒已经走在他们前面，"他们可以禁止我们集会，但他们绝不能禁止宗教活动。他们总是说要维持现状。如果禁止宗教活动，反应会相当大。"

这天是星期五，他们拿着水烟筒朝艾因峰走去。走到卡西萨利耶路上，他们碰到在路边吸烟的巴西勒。巴西勒问他们去哪儿，阿德尔叫他一起去。巴西勒说，能叫上穆尼尔吗？迈扎特和阿德尔交换了一下眼神。两兄弟中来一个人，还可以忍受；两个人可能就让人受不了。"那你们过来找我们吧？"阿德尔说道，听到这话，巴西勒就作罢，说道："我来了，我来了"。说着，就跟着迈扎特一起走在了路上。

"你们去吗？"

"先知穆萨节？"巴西勒说道，"我们当然要去。"

他伸手去挠后背下面；挠的时候，打开了外套。他的裤子上别了一把手枪，枪柄朝下，挂在腰间，有光泽，像是刚打磨过的。

"真要去？"

巴西勒脸朝上，牙齿咬着脸颊里面。

"你们计划做什么？"

"你听说过亚博京斯基吗？"他过了一会儿问道。

"没有。"

"他是锡安主义者。他要组织一支锡安主义者的军队。如果我们想要打败他们，我们就必须训练自己。"

前面的阿德尔突然大笑起来。贾米勒摆动长胳膊，做着手势，衬衣袖子在阳光中白得耀眼。

"他有一只很小的狗，"贾米勒说道，"他叫这只狗奈拉！"

"我可以问一问吗？"迈扎特说道，"你为什么要带它去艾因峰？"

"我习惯带上这东西了。"

"伙计们，我们坐在哪条泉水边呢？"阿德尔转过身问道。

"你喜欢哪条，就哪条吧。"迈扎特说道。

路边坐了一排女人，她们一个哆嗦，站起来，像是一群黑鸟，很快走开了。

"你们还有吗？"迈扎特问道。

"你想要一把？"巴西勒说道，"在过节前，我们可能还能搞到一把。找的人——"

"不不不，我不想要。"迈扎特说道。

"哈比比，只是如果的话，"巴西勒宽容地微笑了一下，"只是如果而已。"

节日第一天的队伍相安无事。朝圣者开始了旅途，到了耶路撒冷，在阿克萨清真寺祈祷，在城墙外野营过夜，然后继续朝杰利科前进。星期天一大早，天还没亮，迈扎特和贾米勒在路上碰头，朝着山下走去，听得到内陆地区前来的朝圣者在唱歌。他们在北路上见到了节日的车队，锣鼓齐备，一辆辆地停在看不出颜色的草地上。

贾米勒和迈扎特搭乘头班火车到了图勒凯姆，然后再换车到吕大。在吕大的站台上，英国女人们手上拎着收拢的雨伞。迈扎特注意到，她们所有人都端着下巴，带着一种自以为是的味道。过了一会儿，他觉察到，她们当中没有一个人正视他的眼睛。他随便挑了一个。那个女子一头淡橘色的直发，塞在一顶丑陋的帽子下面，廉价的皮革手套，一个照相机。

"我已经疲倦了。"贾米勒说道。

橘色头发的女孩不肯看他。火车嘶嘶一声巨响，就要启动，那个女孩和她的朋友走到栏杆处。所有的女子都要上车。迈扎特想起了法国火车运送士兵到前线的照片，他看着女人们的伞尖，就像是看到了枪杆一样。

"我觉得阿德尔在那儿。"

贾米勒对着站台后端做了个手势，接着抓住扶手，踏了上去。他从一个人胳膊下面探出脑袋，迈扎特也跟着蹿了上去，服务生关上车门。火车车头一阵哀鸣，站台从窗户外面消失了。火车车厢拥挤温暖。他们看到前往耶路撒冷的队伍在山谷中蜿蜒，延绵到前方好远的地方。

接下来的三个小时，迈扎特陷入了白日梦状态。他想起汉尼在信中所说的话，说他们可以自称为叙利亚人，他不知道接下来会发生什么事情。也许会为独立而战。哪一方又会对纳布卢斯怎么样呢？他知道的，战争时期，平日的规矩会暂时搁置起来。也许他就不用听从父亲的命令。叙利亚要自由了，迈扎特也会自由了。贾米勒与他对视一下，眨巴了一下眼睛。窗外的群山时不时地挡住阳光，动态的影子投在他族兄脸上，颧骨如雕刻出来一般。在他身后，外国女人们坐在椅子上，缩成一团。那样的自由会带来什么呢？提塔是对的：他不知道自己想要什么。他脑子里费萨尔国王统治巴勒斯坦的热闹场景轰然倒塌，取而代之的是他在开罗，结了婚，有了几个小孩子。他不知道这样的画面从何而来，费劲想了想，迷惑地意识到自己是在想象娶了莱拉。

鼓声回荡，与车轴的节奏相争，并不合拍。一个女人用英语大声说道："这么多人！"车窗外面人头攒动，旗帜招展。嘈杂之声模模糊糊地传到他们的耳朵里，就像是山谷中的瀑布声。

迈扎特伸出一只胳膊拦住贾米勒，让女人们先下车。有几位表示了感谢，迈扎特鞠躬，揭起他的塔布什帽；贾米勒用手背拍了一下迈扎特的胸口，大笑起来。迈步下车，就像是踏上了雷云。

"迈克尔，那不是希布伦[1]队伍吗？"一个戴着平顶硬边草帽的英国女人大叫道。"我以为他们还有一个小时才会到呢。"

他们跟着人群前往旧城。一个头戴塔布什帽的家伙满脸得意，脑袋上顶了个留声机，但听不清放的是什么音乐。人群密集，速度慢了下来；一匹马出现在路边，上面坐着一个长着一缕小胡须的矮胖男人。他马甲上中间两枚扣子已经崩开，一块鸡蛋形状的白色衬衣凸了出来。

"亲爱的同志们！"他的双下巴膨胀开来。"举止文明！亲爱的同志们！"

到了雅法门，他们停下来，前面一群年轻的欧洲男人不肯再朝里面走。迈扎特抓住贾米勒的胳膊。

"我们要进去？"

"当然。"他大声叫道。他用力穿过人群，来到了拱门下方，松开贾米勒的胳膊，腾出手来鼓掌。

那群欧洲人移到了一边；游行的人群调整队形，穿过入口，迈扎特看到队伍后面是阿拉伯女人。很多女人像男人一样拿着横幅标语；有几个甚至挥舞着红黑绿白的旗帜。他们叫喊着什么。他听得清楚"巴勒斯坦是我们的土地"几个字，剩下的一句没有听清。一瞬间，人群涌过来，他们从拱门下被推到另一边的露天地带（"跟着我。"迈扎特一边说，一边抓住了族兄的袖子），他们看到了更多的女人站在上面的阳台上，把彩色的手绢扔到他们头上。

一位苏非派[2]的托钵僧站在一群鼓手身边，穿着长袍，外加一件秃毛的平绒外套，开始跳舞。他扭转身体，一开始这个方向，接着

---

1 约旦河西岸的巴勒斯坦城市，是犹太教和伊斯兰教共同的圣城。
2 穆斯林禁欲主义和神秘主义者。

另一个方向，袍子转起来，裙摆散开。他前后晃动脑袋，用脚踏地，尘土飞扬。人群变成了观众，围在托钵僧周围。一个人开始鼓掌，继而周围很多人也乱糟糟地鼓起掌来，与此同时响起了歌声；有人在推搡，迈扎特距离托钵僧更近了，身边没有了贾米勒。舞者跺脚的动作越来越快，越来越快，迈扎特靠得很近，听得到那个男人的声音："除真主外别无神灵，除真主外别无神灵。"

接着发生了意想不到的事情。两边都是人，迈扎特夹在中间，胸中有了一种奇怪迟钝的爆炸感觉。有点像快乐，但更为深层，更为肃穆。他的头跟着托钵僧的节奏晃动，舌尖在硬腭上跳动。迈扎特看不到托钵僧的脚，只能看着他双腕向上伸，涡旋转动，带动整个人机械平稳地旋转。一只手抓住了他的脖子。

"没事吧？"贾米勒的头发乱糟糟的，额头发亮，上嘴唇上一层浮渣，"看，快看，狄布开步[1]。"

托钵僧抱住手肘，单脚跳上跳下，把空间让给了排成一行的村夫。这一行人，一个接一个地拖着脚步走到中间，又跳又踢。不知从什么地方传来了芦笛的声音。迈扎特低头看了看自己的腿。鞋子上蒙了一层灰白的粉尘。他感觉到有人从后面推了他一下。

"你知道狄布开步！"

"不，我不知道！"他空笑了一声，往后一退。

队伍后面的那些女人们已经移到了拱门下面。人群凑在一起的工夫，她们靠在墙边，也在拍手。站在前面的一个女人没有拍手，迈扎特注意到了她。她目光直视迈扎特。事实上她是盯着看，一动不动地站着。迈扎特想要让她留在视线范围内，这时有人推搡了一下，接着她很快移开了目光，迈扎特知道，她发现了。她依然是绝对的侧脸姿势，一动不动。迈扎特甚至就没有想到贾米勒，他推开

---

1 阿拉伯传统民间舞蹈。

人群，朝她走去。虽然她的脑袋没有动，眼珠子在转动，迈扎特看到她眼角的白眼珠变成了黑色。看不到另一只眼睛，这一只眼睛看上去就像是一件东西，他没有与他人对视目光的感觉。迈扎特就那么望着她看着自己。跳舞的那圈人自己围了起来；一个人挡在迈扎特面前，他推开旁边的人，引得有人在他肩膀上敲了一下，那个女人再次映入眼帘。人群开始移动。大门边等待朝圣的人群朝他涌来，接着她转动了一下身体。迈扎特认出了她：法蒂玛·哈马德，两个眼角朝下，虽然他没有看见她的整个脸庞，但看到眼睛，就足够想起她的整张脸庞。

人群涌动得厉害。他被挤到了更靠右边的地方，法蒂玛消失在女人组成的人墙中。迈扎特一个转身，想要告诉贾米勒他看到了什么，但人头攒动，没有了族兄的身影。他扫视着路过的人。

"迈扎特！"一个声音传来，"迈扎特！"

叫他的人是巴西勒·穆拉德。他挥着手，站在几英尺远的地方，他俩之间有七八个人的距离。巴西勒那部分的人群移动得比迈扎特这边快，人影交错间，他往前滑动。人群向前涌动，迈扎特停滞不前，心里盘算着跑回雅法门，回到刚才那些女人们站着的地方。

转过身一看，刚才那地方已经没有了那些女人。他看着眼前的人群，他们V形前进，以进入狭窄的庭院。人们从后面涌来。贾米勒肯定在某个地方。他朝着刚才巴西勒叫喊的地方挥手，但巴西勒也不见了人影。除了接受，别无他法。他跟着众人往前挤。

天亮之前，法蒂玛和努扎在门厅里见到布尔汉，一起朝出发的朝圣者们挥手。他们的母亲在吕大，不会知道的。外面的街道还黑乎乎的，他们听得到喇叭声和鼓声，法蒂玛立刻想起了先知鲁宾节，回忆一颤：那种瞌睡的兴奋，一大早就在帐篷里醒来，听到乐师们在乐器上调音。

黑暗放大了朝圣者的脚步声。沿着北路，音乐的声音越来越大，最后他们看到了跳舞的人群。天还没亮，挑在棍子上的油灯，胳膊举着的油灯，晃来晃去，火焰摇摆，就像是一团摇曳的星光。

最大的一群祝福者是城里的女人们。两姐妹站在这群人的边上，努扎试探着，也开始大喊大叫。她大笑起来，往后张望，看法蒂玛在不在。一时间，布尔汉也在人群边犹豫起来，接着，他摒弃了这一冲动，走进了散开的男人群，叉开腿站着，举起双手鼓掌。

"法蒂玛？是你吗？"

"你是？"

"穆纳·贾尤斯。你不认识我了？"

看得到一对眼睛。淡色的眼睫毛。

"穆纳？我当然认识你！你还好吧，没去学校后，就没见到你！"

朝圣者们唱着歌，踏步而行。

"和我们一起去吧，"穆纳说道，"我们从图勒凯姆搭乘火车。道路会很堵的。"

"去耶路撒冷？"

"很安全的，我们只是去看看。来吧。"

"火车还有二十分钟就开。"一个细细的声音说道。

"如果你想……法蒂玛。"穆纳说道。

这群人要走了。法蒂玛一把抓住妹妹的胳膊。努扎浑身都僵硬了。

"如果他问，"努扎说道，"我就说你在学校帮忙。"

法蒂玛转头寻找布尔汉。他的脸朝着另一边，挥舞着他从他们母亲梳妆台上偷来的一块手帕。

她们一行总共十二个人站在月台上。到了火车上，她们坐在三排木凳子上，窗外是破晓的阳光。

法蒂玛因为焦虑而心绪不宁。努扎肯定会说话算话，但布尔汉可能会告诉父亲，而父亲当然会告诉母亲。法蒂玛害怕的是她母亲。她父亲并不是这家里的立法者，更像是法律本身，是维达德口中愤怒的幻影，用来吓孩子们的。

不久之前，法蒂玛都一直信服于父亲盛怒的神秘力量，父亲一进房间，她就安安静静。但阿特万家聚会的第二天早上，她听到了母亲的声音情绪饱满地从父亲的办公室传来。

"我知道，"她父亲在说话，"哈桑给我说过的。我建议他卖的。"

"你建议他卖的？"

"是的。"

"天呀！成天都有男人来提亲，你想要拒绝所有的人。"

"成天？"

"我知道迈扎特·卡迈勒来过。我也在这房子里。不要一脸惊讶。"

"够了。"

"够了，你甚至连这也不打算告诉我？他的祖母邀请我们去喝过咖啡——真主呀。真主呀。哪有这样的丈夫。"巴掌的声音。

"我说了，够了。"

"她很抢手。她不会永远抢手的。你想要她嫁给埃米尔吗？你理想的女婿是谁？尼姆，她没有那么美，美丽的女孩成千上万，美丽并不罕见。我知道你的，我知道你要等到家族的名字没落，等到被人遗忘。你想要我死吗？你想要我死，你想要杀了我，是这样吗？地狱里也没有这样的丈夫。"

之后，法蒂玛意识到她见证了父母联盟的一道裂痕。她从中明白，母亲并不是真正通往父亲的渠道，"你父亲会生气"的威胁并不一定是真的。从那以后，法蒂玛害怕的就是母亲的愤怒，而非父亲。她害怕的不是法律，而是法律的管事。看着自己的父亲，她有了一种想不通的感觉，自己怎么会那么容易就被骗了。父亲的心思似乎都在房子之外的生活上，对他们并不怎么关注。虽然近年来她可能多得到了一些关注，但父亲关心她是否嫁得好，就像是他法官角色在家里的延续：从远处冷静地评估女儿。

"别害怕，"穆纳说道，"我们只待几个小时，就听一听演讲。"

天亮了，法蒂玛注意到她朋友眼睛周围出现了细微的皱纹。

"你结婚了？"法蒂玛问道。

"没有，"穆纳的眼睛带着笑意说道，"我成了老师。在法蒂米亚学校。你结婚了？"

法蒂玛转头看着窗户。"还没有。"

她们在月台上逗留了一会儿，火车里的人都下车了。她们这群人中出现了一个领队：一个大一些的女人，戴着面纱，还有一把白色的雨伞，当作棍子一样拿着。她领着这群人走到了街上。穆纳握住法蒂玛的手。

"我想你了。"

法蒂玛一只手放在胸前，说了同样的话，惊讶地发现自己心跳得厉害。

路上人群涌动。风刮过，依然带着夜晚的寒意，女人们挤在一起。法蒂玛真希望自己穿了厚实一点的鞋子。到了雅法门，在钟楼下面，人流汇成人海，骑马的人下马牵着缰绳前进。喧天的嘈杂。她本以为这跟先知鲁宾节一样，现在明白自己全错了。先知鲁宾节是露天海滩的节日，是孩子们的节日，这是男人们的节日。她从来没有见到过这么多男人。她看着男人们高高低低地在眼前通过，看到他们的下巴和露出的脖子。在她心里，离开家过先知穆萨节和离开家嫁人成了一样的东西。两件事情都危险，两件事情都让人反胃。她的两只手扣在披肩之下，空出的拇指紧张地拨弄着腰带结。

"女士们，靠墙站好！"

她们跟着那把白色的雨伞，站到了拱门下面。

"我还真没想到这么多人！"穆纳一边说话，一边举手鼓掌。

法蒂玛瞪大眼睛望着人群，觉得鼻涕流了出来，举起一只手在面纱下擦鼻子。

就在这时，她看到了迈扎特·卡迈勒。之所以看得到他，那是因为他站在前排，面前是跳狄布开步舞的人。她知道迈扎特长什么样，因为几周前迈扎特从他们房子前经过，布尔汉看见了，就叫她到窗户前看。现在，他正在大笑。另一个年轻人个头高一些，皮肤黑一些，笔直的鼻梁，抓住了迈扎特的脖子，他正举起双臂保护自己。看到迈扎特，法蒂玛感觉轻松了一些。他不让人害怕。他那古铜色的面孔，他那样的微笑。她看着迈扎特。不知怎么的，这幅场景，他既置身其中，又游离在外，就像她一样是个旁观者。他那样笑着，洋溢出某种自由的感觉。他跟同伴说话，笑容再次绽放在他的面孔上，五官明朗。

鼓声再次敲打她的胸腔，一个冷冰冰的想法袭来——她很有可能是在臆想，就像往常一样，不断地幻想，还信以为真。她不认识迈扎特·卡迈勒，只是听说过迈扎特的名字，再加上布尔汉告诉她的只言片语，就从中臆想了一个画面，显然她是在想象迈扎特的性格，把他从这一场景中剥离出来。这就是为什么迈扎特在人海中脱颖而出，显得有人性，在她眼中醒目的缘故。

他的目光稍稍偏离了舞者，眉头微微皱起，充满笑意的眉毛耷拉下来，强烈的阳光照在他的面孔上——她知道，迈扎特看见她了。她赶紧扭头。接着，就像是小心翼翼不要露出影子的动物，她忍不住转动眼珠，从眼角望过去。他还在张望。虽然自己遮住了脸，但她觉得自己被认出来了。没错，他正朝这边过来。所有的想法都有阴暗的一面，她突然想到，很有可能是因为自己盯着他看，这才吸引了他的注意力。她激起了对方的兴趣，他不可能知道她是谁，而她是一个挑逗男人朝自己走来的女人。两种可能性都让她不知所措，到了最后一刻，她兼顾了两种可能性，勇敢地正面直视他。接着，她转过身，消失在了披肩、裙子和雨伞组成的女人群中。

在阿拉伯俱乐部外面，纸杯出现在人群头顶上，人们开始了抢夺。迈扎特抓住了一个杯子，里面的东西洒到手指上，立刻黏黏的，不舒服。杯子里面还有几毫升柠檬水。他口中生津，一口喝下去，柠檬水温热又甜腻。

俱乐部的四周挤满了庆祝的人，阳台上站着一排戴塔布什帽的人，他们穿着雪白的外套，手里拿着一张张的纸，还摆弄着领带。一个人挥舞一面旗帜，吸引了他们的注意力。在前面不远的地方，隔了几个人，他又看到了巴西勒。巴西勒挥舞着拳头，大声叫喊着。

其他的声音加入进来，一起有节奏地叫着："巴勒斯坦是我们的土地！"一个个地张嘴叫着，口号在人群中散播开来：*巴勒斯坦是我们的土地*。叫声敲击着迈扎特的耳膜，在他的脑海里弥漫，很快他就感觉不到不舒服，感觉不到灰尘和汗水，也感觉不到柠檬水唤醒的干渴。他的身体成了他们的身体。他的胸中再次膨胀出那种奇怪的快乐。只听到节奏，听不到词语，这一次，那种感觉传遍了他的肢体，他仿佛是在反射槌的敲击下行动。他鼓掌，跺脚。

迈扎特一个转头，看到大门口一个拳头打在某人的脸上，墙上溅上了黑色的点子；就在这一瞬间，他感觉像胶水脱落，自己掉了下来，嘴里出现一股金属的味道。他胸口疼，耳朵也疼，敲打声的撞击下，恐惧喷涌而出。有人跌跌撞撞，其他人变了脸，就像是开了槽沟的面具。唾沫横飞，白眼直翻，胳膊伸直了变成了棍棒。此刻的暴力语言是真实的；他的身体蜕变回自己的躯体，衬衣被汗水打湿了，外套的羊毛纤维扎得他背部和胳膊生疼。终于，阳台上的第一位演讲者开始了演讲，鼓点声就像死寂的风，无声无息地沉静下去。

演讲者背后有一面旗帜迎风招展，上面有埃米尔·费萨尔的画像。迈扎特再往后一看，刚才目睹的暴力小片段已经结束；他看不到血溅在墙上的污点，但雅法门的钟楼在老远的地方，中间站了那么多的人。他居然认为自己可以在这里找到贾米勒，真是大错特错。

人群又沸腾起来。离他最近的那堵墙在右手边，迈扎特朝那个方向推，汗渍渍的胳膊碰到汗渍渍的背。"劳驾，让一让。"他摆出一张痛苦的面孔，一点儿用也没有，还是只能慢慢挪过去。那堵墙潮湿而粗糙，靠在墙边的人被挤压得受不了，这才有那么多人爬到了墙上。一个小男孩在哭。迈扎特从口袋里掏出一块手帕，用力递过去，但那孩子认不出面前皱皱巴巴的棉布是什么，眼眶里眼泪不断，一颗颗地落下来。

喊口号的声音又开始了。迈扎特在男孩身后看到了墙体有个开口。

"孩子，拿着。"

他伸手碰了碰孩子的背。那个孩子猛地一缩，一拳打在迈扎特的肚子上。迈扎特喘着气，大吃一惊，睁大了眼睛，看着男孩皱着一张面孔，转向一边。他深吸一口气，从墙上的开口挤了过去。穿过去一看，外面是一条小巷，挤满了想要钻进广场的人，但往下一看，这群人还不算太多。迈扎特用力拨开人群，走过去，一路还是装作一脸难受的样子，嘴角倔强地往上咧，就像那个哭泣男孩的样子。

街道上空气流动，衣服上的汗冷了下来，他喘了几口气，肋骨隐隐作痛。他从小巷走出来，来到一个厚重的拱门下，不一会儿，拥堵的人群就抛在了后面，只能感觉到石头墙面传来的微弱震动。

他靠在墙上休息，脖子也凉快下来。他往上一瞧，看到了建筑围起来的一块蓝天。

从另一个方向传来了新的动静。另一种节奏，另一种鼓点，越来越近。节奏越来越清楚，那是大步前进的脚步声。一二，一二，一下下地撞击在石板上。

头两个人出现在拐角处，接着他们就像幽灵部队一样，从他身边列队经过，没有看他一眼。一二，一二。米黄色的外套，打着领带，棕黄色的短裤。军靴，一二。他的第一个想法是：英国人带了军队来维持节日秩序。但看到了他们的面孔后，迈扎特知道他们不是英国人，也不是印度殖民兵。他想起了巴西勒嘴里的"锡安主义者军队"。他们继续从他身边列队经过，肯定有上千人，不仅有男人，他还看到了别在脑后的卷发。所有的人都整齐划一地大步前行，他们背着步枪，身上缠着一捆捆的子弹。一二，一二，他们的脚重重地踩在地上。最后两个人转过拐角，不见了踪影。

迈扎特拔腿就逃。也许，如果他在军队里参加过战斗，可能就会明白这么多人如此统一，就不再像人。他之前阅读过关于群体大众的书，在大学里写过关于法国大革命的文章，看见过照片，听说过报道，他从未置身其中。他不寒而栗，跳起来就跑，继而听到了身后的叫喊声，其中最让他恐惧的是*他*感觉到了什么。在阿拉伯俱乐部外面，那种团结的狂热。

从锡安门出来，他在城墙边上看到了几个警察挥舞着武器，惊慌失措地朝里冲。正午的太阳火辣辣地照下来。从这里到大马士革门，一路都是出租车站；看到前面这条路，他体内的肾上腺素渐渐褪去，才走了几步，一个戴着遮阳帽的警察握着枪，朝他跑来。

"搜身检查。"

"什么？"

警察举起了枪。迈扎特举起了双手。

"搜身检查。"

"但是——我要走了。"

"举起双手！"

警察动作粗鲁，他的肋骨挨了一拳的地方又疼了起来。警察挤压迈扎特腰部一圈的位置，然后顺着腿往下，摸排两条腿，察看裤脚，最后让他脱掉鞋子。他的袜子里全是汗，脚底踩在地上生疼。

"好了。你可以走了。"

一辆出租车沿着马路猛冲过来。迈扎特又吹口哨，又挥手，坐进车子后座，吐了一口气，轻声说道："纳布卢斯。"

"我们得绕路了。"司机说道。

"好的，绕路吧。"

他闭上眼睛，靠在皮革座椅上休息。喇叭声，叫喊声。他的呼吸变得匀净起来：他要睡一下。马上就要闭上眼皮，贾米勒出现在他的眼前。贾米勒，被扔到了一堆尸体上面。他猛地睁开了双眼。

一行稀稀落落的朝圣者沿着马路下面走着。路边的小商贩用手撑着额头。

"应该有人提醒他们。"出租车司机说道。他靠在方向盘上，朝车窗外面张望。

"是的。"迈扎特说道。

朝圣者们敲着鼓。迈扎特在脑子里勾勒出了贾米勒的另一幅画面：他比其余的人高出几个脑袋，就像是在湖里涉水而行，费力穿过人山人海。

***

"怎么回事？"提塔问道。

"我要喝水。"

"怎么回事？"

"我不知道。我们不应该去的，太傻了。"

"贾米勒呢？"

迈扎特咕嘟咕嘟地喝水，抹了抹嘴巴。

"你扔下他了？"

"不是，提塔，人太多了。你不会明白的。"

"什么？我不会明白什么？"

"人山人海，提塔！是……是……"他坐了下来，头埋在手里。"他不会有事的。"

"我们必须告诉乌姆·贾米勒。"

"为什么要让她担心？再等等，再等一会儿。"

提塔盯着他看。"再等一会儿"是让步。他站在那里，认识到了自己的失败。

"来吧。"他说道。

迈扎特看了一眼乌姆·贾米勒的脸，明白不能全说实话。他们坐在厨房餐桌边，两个女人用问题围攻他。他精疲力竭，但还是从自己所见当中透露了几个连贯的事实和场景：人群，数量；温度，口号；与贾米勒失散；他强调说他决定最好是跟着人群，找到贾米勒，但之后发现根本没有可能；关于演讲，他几乎什么都记不起来；费萨尔的旗帜；他逃走的过程。她们就像听说书的孩子一样，张着嘴巴。过了一会儿，乌姆·贾米勒抬起一只手，紧紧闭上了嘴唇。迈扎特注意到她的脑袋颤抖起来，他真希望乌姆·贾米勒没有阻止他继续说下去，希望能够纠正刚才已经说的内容，希望能够阻止她的想象。现在，他不用在提塔面前为自己辩护，反而全然意识到自己扔下贾米勒的行为多么可怕。他透露出来的事实，虽然有所保留，明明白白地让他看到了这一点。

"我去烧水。"提塔说道。

她扔了一把干鼠尾草在桌上。迈扎特从茎上摘下一片叶子。"什么事都没有的，我肯定。"

乌姆·贾米勒的眼中噙满了泪水，顺着脸上的皱纹流了下来。

"什么事都没有的。"提塔大声说道。

水开了，冲泡出了金色的液体。乌姆·贾米勒的胸膛一阵阵地起伏。提塔倒了三杯茶，在食品柜里到处翻检，搜出一点面包，还有一罐橄榄油泡的酸奶球，倒了几个在盘子里。迈扎特慢慢擦着酸奶球上的橄榄油，看着它在瓷盘里滚来滚去。

快七点的时候，他们听到前门打开的声音。

"哦，我的妈呀！"乌姆·贾米勒叫道。

他们的椅子发出尖利的声音。贾米勒一只眼睛乌青，嘴唇也破了，衬衣领子全是汗和灰尘，黑乎乎的。他突然抓住柜子的一边，仿佛他觉得柜子要倒下一样。

"哦，我的真主呀。"迈扎特说道。

"你在这里。"贾米勒说道。

迈扎特想要说点什么。但他惊骇地发现，自己什么都说不出来。

"你的脸怎么了？"乌姆·贾米勒说道。

"有人胳膊肘打在我脸上了。"贾米勒的脸抽搐了一下。"他们在跳舞。你去哪儿了？我跟你走散了，我还想着找你。"

"抱歉，"迈扎特说道，"警察——我——我走了。"

"你丢下了他！"提塔说道，"你丢下了他，让他挨打！"

"他没错。"贾米勒说道。

"坐下，哈比比。"他母亲说道。

贾米勒没坐下。"很糟。他们直接去了犹太人区。"他看着迈扎特的眼睛，迈扎特知道话中有话。"英国人封了门。我只好等到天黑了爬的城墙。"

"巴西勒……"

"我没看见巴西勒。我只是想方设法离开那地方。说真的，我不知道发生了什么事情。"

"你受伤了！"乌姆·贾米勒指着他的肩膀喊了出来。乌姆·塔希尔倒吸一口凉气。

"没有，妈妈，"贾米勒轻描淡写地说道，"那不是我的血。"

沉默。

"我们不应该去的。"迈扎特说道。

"你们不应该去的！"提塔大声吼了回去，仿佛是要反驳他一般。

"不，不。"贾米勒说道。他疲惫地举起一只手，"我们去是对的。目睹这一切，很重要。"

女人们很快就排成一行，离开了翻滚躁动的人群。雅法门外面，骚动甚至更为厉害。她们挤到人群边上，法蒂玛慌得不知所措，从热辣辣的太阳底下跑到了克里斯塔基斯药房的遮阳棚下面。几个女人扶着面纱，免得落下，紧跟着跑过去，与她一起贴着玻璃挤在一起。星期天，药店关门，橱窗里没有半点动静。阳光下，一排绿色药瓶上的灰尘暴露无遗。遮阳棚投下斜斜的阴影，阳光和影子，界限分明。接着，满是灰尘的阳光下出现了一坨坨的黑影，一片嘈杂中响起英国人的叫喊声。十来个警察跑了过来，头上戴着红色的便帽。他们盘旋一旁，雅法门发出了很大的嘎吱声。到处都在动，很难分辨出任何具体的暴力行为——之后，在空出的地方，有人抓住了另一个人的衬衣。一个长得像海豹的英国人，高个头，大鼻子，溜肩膀，端起枪，向前冲去。

"跟我来。"领头的女人说道。她举起雨伞，遮住两个同伴。"去出租车站。"

她们挤成一团走在路上，然后分散开，进了几辆车。法蒂玛用手捂住脸，诵读经文。突然，她大声叫道："我没带钱！"

"我带了钱，"穆纳说道，"抱歉，我不知道会是这样。如果知道，我不会带你来的。"

"我没事。赞美真主。我们都没事。"

出租车先把法蒂玛放下。她鼓足勇气准备好面对母亲，至少要有一份说得过去的实话。她浑身都是灰尘，说谎又能瞒得过谁呢？她站在大厅里听了听，什么都没有听到。她母亲还没有回来。

她到了浴室，抹干净额头，脱了衣服，清洗了全身。她的耳朵里还在嗡嗡作响。行进队伍和暴动的场景，翻腾中的人山人海，在她脑海中一幕幕地闪过。人影闪动中，一个信念冒了出来，在脑海中雕刻成型。

努扎在他们的卧室里，趴着看一本杂志。

"布尔汉在家吗？"

"哦，你回来了。他在家呢，但他不会说出去的。那儿怎么样？"

"暴力。"

努扎惊讶地抽动了一下身体。

"想吃点东西不？"

她姐姐摇了摇头。法蒂玛退出房间，下了楼梯，来到父亲书房外面，很小声地说道："爸爸。"没有声音。她轻声说道："爸爸。"

里面椅子嘎吱一声。"谁？"

"法蒂玛。"

门打不开，卡在地毯上了。

"你用力推。"

门嗖的一下，开了，里面太阳晒得暖洋洋的。父亲坐在那里，两本好大的书翻开摆在他面前。房间里到处都是靠垫，体味和纸张发霉的气味。窗户玻璃闪着蓝幽幽的光。

"什么事。"一副眼镜压在尼姆的额头上。

"我可以坐下吗？"

他看起来有点不解的样子，但并没有反对。

"爸爸……"她轻声说道，"我想要问问你……"她一根手指的指甲在腿部的裙子上滑动，抬起了头。她并没有看着父亲的面孔，而是看着书架。从别处传来了一点声音，音乐声，从另一个房间传来的。"我害怕。"

"害怕?"

她低下头。

"啊。不要害怕那个。不要听你母亲的。"他取下额头上的眼镜，侧身坐在椅子上，"她什么都不懂。听着，哈比比，我们会给你找到丈夫的，不要担心。找一个富有的、名字有来头的家庭。"

"迈扎特·卡迈勒怎么样?"

他深吸一口气，然后呼气，摇了摇头："卡迈勒家什么都不是，法蒂玛。"

"为什么?"

"因为我想要更好的。我想要——"他的嘴唇无声地翻动，欲言又止，"你怎么敢质问我，"他终于说了出来，语气显然很惊讶，"我是你的父亲。真的，丢脸，法蒂玛，丢脸呀。"

"抱歉，我只是担心，我觉得迈扎特——"

"你为什么想要这个人?你母亲让你来说这番话的?"

"布尔汉给我讲了他的事。我就想——"

"你就想嫁给这个姓卡迈勒的。"

"是的。"

"他配不上你。"

"为什么?为什么配不上?"

他又张开了嘴巴。但这一次女儿让他惊讶得没了怒火，只是很快地回答道："因为他不够好。他不够做我的女婿!谁是卡迈勒?什么都不是!"他喉咙处发出恼怒的声音，"说吧，你喜欢他什么。告诉我。"

她犹豫了。这一天真是奇特！她所做的事情都完全出乎意料。她努力想了想迈扎特的特征，她知道的并不多。"我喜欢他去过法国，"她说道，"他们叫他巴黎人。他们说，他非常优雅。我喜欢他的样子。我喜欢……"

"你见过他？"

"布尔汉指给我看的，"她立刻回答道，"透过窗户看到的。"

"我必须跟布尔汉谈一谈。"

"他不是故意的，事实上是我要求的。这是我的错，我想要看看，因为我听到你和妈妈提到了他，提到了迈扎特，我就想知道他是什么样的。布尔汉那天和我一起，就指着窗外对我说，那个人，那个人是他，当时他正和其他人一起路过。"

"你认定你喜欢他。"

"是的。"

"家里的钱从哪儿来的？"

"布料。做生意。据我所知，纳布卢斯和开罗两地。"

"嗯。那钱这方面还安全。并非人人的钱都安全。"他摇了摇脑袋，"我必须考虑一下。"

他坐正了，往后一靠。这就是谈话结束的信号，她一时间还没有反应过来。

"谢谢你，爸爸。"

"去吧。"

法蒂玛在浴室里所下的决心就是这个。也许她是凭空想象了迈扎特与其他男人不同的地方，但凭空想象总比一无所知好。即便是按照毫无根据的信念，做出了自己的决定，也要好过被人抓住脖子，扔过峭壁，落进大海。

11

人们问，暴动到底是怎么开始的？不同的描述相互冲突，所有的目击证人都信誓旦旦，说自己所言不虚。有个版本说，冲突开始是因为一个犹太年轻人抓住了先知的旗帜，撕下了一个角。另一个版本说，举旗的人对着一位东正教的年老女士吐口水，骂她是锡安主义的狗崽子。其他的版本里压根儿就没有旗帜这回事，而是集中在发生于阿姆杜斯基酒店大厅的一件事——乱棍之下，一位老人倒在了地上。有人说，老人是犹太人，打人的是阿拉伯人；还有人说，老人是阿拉伯人，打人的是亚博京斯基军队的犹太人；所有的人都说，这位老人头破血流地躺在大理石地板上，有人前来帮老人，行凶的那些人立刻就用刀子捅帮忙的人；酒店前面的街道随即爆发了暴力冲突，死了四个阿拉伯人和五个犹太人，很多人受伤，酒店里行凶的歹徒应该为这场冲突负责。

到底发生了什么，没人说得清，耶路撒冷这座城市本身的特性是造成这一现象的原因之一。它的小巷蜿蜒，不知通向何处；道路崎岖，让马匹和车辆摸不着头脑；石墙厚重牢固，这条街上发生的事情，旁边的街道完全就听不到。没错，当时英国人已经花了数月的时间绘制这座城市的地图，正在根据四大身份特征把这座城市划分成四个区，这一设计将会名垂历史，五十年后兜售项链垂饰的阿拉伯人都认同了这一划分，已经忘记了这是英国人的发明；这一地图本是为了让士兵轻松识别道路，并且根据最近的街道名字辨别行人的身份：你是基督徒，你是犹太人，你是亚美尼亚人。但是在1920年的4月，英国人还不认路，还得让人指点方向，而且在先知穆萨节的那天上午人手不够，所以接下来发生的混战持续了整整三天。三天的时间，床垫被划破，羽毛飞扬，从积雪刚刚融化的窗户飘落下来，落到下水道黑色的血迹上，浸染成了红色。这三天结束后，宵禁开始，染红的羽毛已经染上污垢，再次变成黑色。那些领导人曾走在人群前面，站在阿拉伯俱乐部房顶上催促大家不惜一切代价反对锡安主义行动，或者用高贵而安静的方式来反抗，他们已经逃到了埃及，在缺席的情况下被判入狱。

"神父，这不再是12世纪，"神父安托万说道，"没想到还有'圣战'。"

神父拉维涅的胡子扫在书桌上，他伸手夹住一张往前飞的纸。

"安托万，这不是'圣战'。这是暴动。请不要戏剧化。英国人才来不久。但我不知道这笔怎么回事，突然就不出墨水了。"

他在大页书写纸上压笔尖，留下了一个"I"形的划痕。

"我担心基督徒们。"

"你担心基督徒?"拉维涅带着一丝笑意说道，"啊，这倒提醒我了。新成立的巴勒斯坦东方学会下星期四开会。你来吗? 我要发表主题演讲。"

"怎么会这样?"

"他们选我做会长。"他的眼睛一亮。也许是光线的缘故。

"很棒，祝贺。"

"会议在这里举行，在修道院里。那么——不要去纳布卢斯，好吗，就这一次?"

"当然，我不走。"

拉维涅又压了一次笔尖。"神父，上帝与你同在。"他头也没有抬地说道。

神父安托万缩了一下脖子，戴上帽子，走进热浪中的修道院。现在是五月，耶路撒冷热得就像烤炉。他沿着墙壁一溜窄窄的阴凉处，朝宿舍走去。

英国已经开始了对巴勒斯坦的民事管理，但安托万依然因为先知穆萨节的动乱而不安。暴动者四处乱窜之际，他就在耶路撒冷，那群瘦高结实的男人们穿过高高的木门时，他就站在圣墓大教堂[1]外面的庭院里。人群中裂开一个口子，他猝不及防地看见了这样一幕：一副摇摇欲坠的担架。血滴到了石头上。一具集会者的尸体，无辜的胳膊吊垂着。这人在祈祷的时候被屠杀了。

他在这里住了这么些年，从来没有这么紧张过。看到街道角落的年轻阿拉伯人，他会心跳加速。在纳布卢斯，坐在医院的游廊里，他失去了胆量，采访举步维艰。他认为最好是和自己的导师谈一谈。现在他明白自己错了，而且这一错误带来的痛苦还不小。他爬上楼梯回到自己房间，想着怎么把整件事给露易斯嬷嬷讲一讲才最好。

那天下午，他搭乘巴士往北出发，黄昏前来到了修女们的住所。萨拉嬷嬷站在过道里说，露易斯外出去看村子里一个生病的孩子，七个小时的步行路程，没人知道她什么时候回来。接下来三天的时间，安托万在医院里零零星星地记下一些道听途说的东西，感觉脆弱而疲惫。他没有见到露易斯，情绪没有像平日那样得到缓解，但还是遵守对拉维涅的承诺，回到了耶路撒冷。

星期四下午，距离拉维涅的学会开会还有半个小时，安托万坐在学院图书室的书桌前，抬头一看，发现自己不再是独处一室。三位英国警察从图书室的台阶上走下来。他们身处圣地，赶紧摘下帽子，有些战战兢兢，若非如此，安托万还以为自己被捕了呢。

"下午好，安托万神父，"中间的一位警察说道，"这位是霍奇斯少校。"

"下午好。"安托万说道。

---

1 又称"复活大堂"，耶稣坟墓所在地，基督教圣地，耶路撒冷基督教大教堂之一。

“我们来请你帮忙。”

霍奇斯少校个头不小，可是按照身体比例，他的脑袋特别大，给人以个头小的感觉。他头发灰白，黑色的小胡子，修剪得很短，小下巴，或者说只是显得小，因为下巴下面的肉太多，从衣领凸出来，挂了一圈。他清了清嗓子，身体硬邦邦地转过来对着他的一位警官，下巴挂着的那圈肉，荡漾出了涟漪。

“安托万神父，关于纳布卢斯，我们听说你有某方面的专长。”

“专长？哦，我毫无专长。兴趣是肯定的。我有兴趣。”

“好的。纳布卢斯这件事——我可以坐下吗？”

“当然。”

“坐下吧，先生们。”

三把椅子在石头地板上发出了刺耳的声音。霍奇斯坐的位置距离安托万最近，他手里抓住便帽的皮革帽檐。

“纳布卢斯这件事，就是他们难以管束。顺便问一下，这里有别人吗？”

“没有。”

“很好。纳布卢斯。整个地区最糟糕的地方。我们的麻烦是，我们没有任何……”他压低了嗓门，“情报……那地方的情报，还有附近的情报，1917年之后就没有了。请过法国修女帮忙盯着，但是……纳布卢斯这件事，你很有可能也知道的，嗯，满城的狂热分子。很多制造麻烦的人。我们的CID，也就是刑事调查局所说的闹事者。事实上，很有可能比希伯伦[1]那地方还糟糕。”

安托万斜着脑袋，并不赞同，但表示自己在听。

“在耶路撒冷抓闹事的人，三个当中就有两个来自纳布卢斯或是附近。这是真的。我要说的是，这么说吧，在纳布卢斯收集信息似

1　即哈利勒，位于耶路撒冷以南约 40 公里的地方。

乎一直都挺棘手的。最近我们新建了一个部门，但说实话，即便是脱了制服也无济于事，没人跟我们说话。"

安托万瞟了另外两位警官一眼。一个长着橘色的络腮大胡子。另一个五官稚嫩，看起来像是十多岁的少年。

"我们一直都非常努力，想要找当地人来帮忙。我们多方调查，听说你对这地方有些了解。我们想要确定的是，最近发生的事情中有多少是提前计划好的。纳布卢斯是更有组织的一个地方，嗯，从行动方面是如此，还有我说过的，在不服管束方面也是。所以，如果有任何计划，比如说闹事者想要有系统地煽动人群，我们就要盯紧了。你明白了？犹太人这边，我们都知道谁是谁。阿拉伯人有些不一样。这样吧，我就给你交个底。我们消息滞后，而且人手也不够。我们已经开始收集指纹，但我们真正需要的是事实、姓名和联盟。闲言碎语，道听途说。我们有一份三年前的关于大家族的报告，但事情总是不断变化的。我要告诉你的是，要在纳布卢斯找一个肯同我们交谈，而且我们还能信任的阿拉伯人，真是难得要死。"他喘了一口气，眼睛盯着安托万。"我们需要知道的是——"

"我有没有听说什么。"

"是的。"他点了点头。"还有，"他长吁一口气说道，"不仅如此，我们也想问一问，你是否愿意为我们工作。我知道你是神职人员，但信不信由你，在你们这一行，干这个事情也挺常见的。我们知道你会说当地的语言，也知道你在阿拉伯人研究方面很有一套。"他露出了讽刺的微笑。"你会得到一些补偿，金额有限，但当然了，国王陛下的政府会表彰你的工作。"

这就算是总结陈词，他的嘴巴抿了起来。安托万注意到他的手指紧紧地捏着帽子，指甲发白。安托万扭过头，看着另一边的窗户。

"涉及哪些事情呢？"

"涉及，"霍奇斯重复了这个词，"在市场里闲逛。到处听听消息。一开始小消息也挺好，只是为了找到感觉……知道谁是闹事者。接下来，就是交几个朋友。"

安托万不慌不忙，看着外面的天空。*纳布卢斯不服管束。*它也许是这样的。它很复杂，就像是一台迷人的引擎，零件不同，互相冲突，不肯让这辆车往前开。这些从英帝国各个地方收罗来的白痴警察，面对不同的殖民地混乱，却想着以不变应万变。安托万强压对这些人的不屑，他感到了微光一闪，是什么呢？可能性？

事实就是，他可能已经知道了他们想要的信息。那些家庭，谁和谁是宿敌，谁和谁交好，他都知道。犯下的罪行，通常如何报复，他也知道。他从未想到过，他有时记录下来的报复行为会成为英国警方想要监控的内容；他只是从人类学的角度来看待这些行为。然而，他的笔记本里就罗列了这些东西，正是警方想要分析的。先知穆萨节的血腥场面在他脑海里跳动。

"耶稣啊，住在马利亚的人，住到你的家里。主呀，耶和华，请以慈爱之心怜悯我。"他低下头，双手放在肚子上，"哦，耶和华呀，请听我祷告。我举棋不定。请指导我的方向，请指导我下一步的决定。在你面前，我是如此卑微。"

警官们睁大了眼睛。

"抱歉。但我真是没有什么可以给你们的。"

"啊，"警官控制住了自己的惊讶，"如果是这样。嗯，也许你还可以再考虑一下。"他的手伸进口袋，掏出一个封好的信封和一张名片。"霍奇斯少校，我在警察总部，老俄国建筑。"

"我的回答是不。"

霍奇斯犹豫了一下。"是的。是的，不。不管怎样，过几天我再来拜访，看你如何……感觉。"安托万还没来得及再次打断他的话，霍奇斯就站了起来。"好了，小伙子们，给神父道别吧。再见了，安托万神父。我们走了。"

神父拉维涅的会议上有几个学者模样的犹太人和阿拉伯人，但听众似乎主要是英国人和法国人，很多人是从学院来的，还有一些美国人、希腊人和亚美尼亚人，他们当中最醒目的是穿袍子、戴头巾的神父和拉比，其他的考古学家和外交官则是整洁程度和头油使用多少的区别。虽然这次会议对外做了宣传，但安托万明显能够看出来，是非研究者的，也只有后排闲聊的四个女人。神父拉维涅走上讲坛之际，四个女人互相发出嘘声，告诫对方不要说话。

拉维涅一个人站在讲坛上，他的先天性震颤更为明显。他扶了扶眼镜，手在抖；他的脑袋也在抖，强度介乎于点头和战栗之间。

"我们在做什么？"他咧嘴微笑，开始说话，"我们在这里展示了一个真正奇特的景象。欧洲、亚洲，乃至整个世界，刚刚遭受了历史上最可怕的折磨，地球依然在颤抖。放眼全球，各地苦苦追求的是如何给他们的公民提供日常所需。先生们，我们聚集在这里讨论词语的意义、语法的规则，讨论古代地理、野生花卉、古曲，还有巴勒斯坦石刻文字方面的事实。"他轻轻笑了一下，"但是，我们知道这是一项重要的工作。我们要开创的并非无用之物。不，恰恰相反。如果有什么东西可以穿透未来的黑暗，如果人类有什么东西可以照亮眼前，引导我们前进，帮助我们经受考验，唤醒我们最崇高的希望，那就是过去的经验，那就是历史的光亮。"他停顿了一下，翻了一页，手指着第一行，"可是，我们不再想要那种历史，那种历史是想象的产物，那种历史把杂乱无章、不可控制的事实理顺粉饰，整理成波澜壮阔的篇章。不。先生们，我们的方法看起来可能显得更为平庸，但讲究的是精确和准确的数据。仔细而耐心的研究——这就是今日的历史。为了这个目的，一个人的力量是远远不够的。希罗多德[1]的时代一去不复返，甚至连波舒

---

1 希罗多德（约公元前 480—约公元前 425），古希腊作家、历史学家。

哀[1]和麦考莱[2]的时代也成了过去。先生们，我们要携手共进。真的，此刻我环视四周，可以确认的一点是，除了耶路撒冷，除了这个数千年来被各种文化淬炼的地方，很难再有何处能够聚集像诸位如此多样化的群体。"

掌声中，拉维涅再一次伸手捏住了眼镜的镜片。有人想上前扶他下讲坛，他挥手示意不用，小心翼翼地走到前排坐下。他扬起一边的浓眉，对身旁的那个人微笑了一下。

接着，美国领事发表了简短的演讲，然后宣布休息一会儿，再宣读第一批论文。他们在旁边的房间里提供茶点。

"我只要牛奶。"安托万对服务生说道。

那个男孩一脸茫然。

安托尼换了一种语言，指了指牛奶罐子。

进口饼干堆成了金字塔形状，旁边站着一个梳中分头的金发男子，他大声说道："惹人厌恶。土耳其人真是没有品位。"

"看上去就像是灯塔！"跟他攀谈的人说道。

"你们在说钟楼吗？"第三个人说道，他个子矮一些。

"是的，"金发男子说道，"斯托尔斯想把它拆了。"

安托万非常了解那座钟楼。钟楼矗立在雅法门上，老苏丹统治下的遗物，用的是工厂切割的石头，刻意要保持老城墙的风格。钟楼颜色苍白，直线造型，尖马蹄形拱门，拱门上是环绕钟面的一圈阳台。顶部伸出一轮弯月，怀抱一颗星星。他们说，这钟楼修建于计时方法更替之际，是苏丹现代化的标志。

茶歇就要结束。有人宣布了第一篇论文的题目《含族语[3]中的名词分类》。大家朝会议室走去，安托万在门口找到拉维涅。他握住

---

1 波舒哀，又译为博须埃或博絮埃（1627—1704），法国主教、神学家、演说家。
2 麦考莱（1800—1859），英国历史学家、政治家。
3 含族语（Hamitic）也译为哈姆族语。

导师柔软弯曲的手，祝贺导师的精彩演讲。他说，这份引言，完美无缺。

"你准备走了？"拉维涅张着嘴巴。他的下唇有点出血。

"有事情要处理。抱歉。我保证下一次一定在。"

等到了修女们的住所，他看到露易斯嬷嬷独自一人在小餐厅里喝水。

修女住所的餐厅几年前扩建过，拆掉了与小温室相隔的一堵墙，整个看上去就像是有玻璃盖子的盒子侧放在地面上。她们坐在餐桌边就能看到前面郁郁葱葱的花园，还有一小片草地，旁边有一排开花的草本植物，现在都笼罩在暮色中。餐厅的每面墙上都有一个十字架，天花板上悬挂着碗状的铜质灯具，垂饰已破旧，银色珠子也已失去光泽。没有点灯。

"嬷嬷。"安托万坐在一张椅子上，柳条椅子嘎吱作响。手放在大理石的桌面上，他突然感到了一种垂直下落的疲惫，"嬷嬷，我一时遭到了诱惑。"

露易斯嬷嬷没有作声，接着，她说道："安托万，你知道的，我不能给你赦罪。"

靠近大理石桌面的边缘处有一块圆形的腐蚀痕迹。他用手指摸了摸，感觉粗糙。有人在桌子上扔了半块切开的柠檬，切口朝下。

"你做了什么事情？"她问道。

"我没有做。"他的语气中有掩饰不住的难过，"我战胜了诱惑。"他的手放在冰冷的大理石上，仔细听了听动静，确定周围没有别人。接着，他直视露易斯的眼睛，并且注意到嬷嬷的眼睛比语言流露出更多的担心。"你是怎么办到的？"他说道，"我的意思是说，能够如此不为所动。"

"怎么办到的？"她直面安托万的凝视，"我办到了，因为我不是一个人。"他移开了目光，嬷嬷继续说道："你绝不能失去勇气。"

"我已经忘记了一开始为什么要做这件事。"他听到了自己抱怨的声音，觉得有必要以手掩面。"主呀，请你帮我。我不知道发生了什么。"

"只因为你是一个人，所以忘记了。"

安托万盯着她。"一个人?"

"你想要给我讲一讲发生了什么事情吗？我们可以去别处——"

"不。我的意思是……好的。我可以在这里谈。我就在这里谈吧。可以关上门吗?"

露易斯嬷嬷已经站起身来，立刻扭动钥匙，然后回到座位上。

"当时，我在图书馆。"他抬头看着黑暗中的玻璃门，他们的身影映在了玻璃的横竖支撑杆之中，"只有我一个人，是的。我在耶路撒冷，修道院的图书馆里，一个警察来找我。我正在看书……看的是什么并不重要。他带了两个人一起来的。"他眼睛往下看，"也许我应该把前面的事情也讲一讲，我不知道该从何说起——"

"就从这里说起吧。你当时在图书馆里。"

"在图书馆，是的，警察来了。他还带了两个人。他们问我，愿不愿意帮他们。专长的问题，你明白的。他说，他们担心纳布卢斯这地方，这里的人最为狂热，最……嬷嬷，你知道的，他说了诸如此类的话。他说先知穆萨节的闹事者有三分之二都是纳布卢斯人。你相信吗?"

露易斯嬷嬷随手捏着盘子里的一小块面包皮。平日里，她并不是手里喜欢摆弄东西的女人。"你知道的，我们在纳布卢斯也是不顺利。"她放下面包皮，弹了弹手指头，"在我说其他的话之前，我首先要指出，*我们仍然在这里*。"

"但是，关闭医院——"

"不，我们不是关闭医院，神父，我们只是转交。我们计划留下来，我们要继续开办诊所和学校，还要继续到村子里看病。神父，你知道的，我们的目的从来不是去改变他们。我们不劝人改变信仰，甚至不传教，上帝派我们到此，我们只是完成我们在此的职责。"她飞快地画了一个十字。

"是的，我知道这个。但是，狂热这个问题——我的意思是说，你们也*遇到了*问题，你对我说过的。这里狂热，这一点我是肯定的。我爱纳布卢斯。我爱过这个城市。但你知道的，我看到了旧城里可怕的场景，这让我觉得我一直忽略了什么，一直装作它无关紧要……警官给了我这个。"

他从法衣里掏出那个信封，打开。里面只有一张纸，最上面是黑体字：**绝密**。

类别

民族主义者

亲法派

抗英派

反锡安主义者

顺从派

"顺从派，"几秒钟后，露易斯嬷嬷说道，"我的天呀。你同意干这个了？同意帮他们了？"

"没有，我给你说了。我说不。"

"但是，你受到了诱惑？"

"诱惑，哦，是的，我受到了诱惑！我从头说起吧。首先，在那之前，我在先知穆萨节的现场。我看到那些可怕的事情——我感觉……露易斯嬷嬷，我感觉自己之前或许错了。我曾深信不疑，认为不要参与其中是更好的选择。但我看到了那些事情，我怎么能假装——因为真是假装！假装我只看民俗。仿佛民俗可以单独存在一般。我的意思是说，只看法律规定范围之*内*的习俗——或者是他们的法律，或者是英国人的法律，仿佛违反法规不是集体生活的一部分。但我错了——全都是整体的一部分！"

露易斯嬷嬷瞟了他一眼，然后转头看着花园的门。

"凡是观察，"安托万激动地继续说道，"不可能假装这世上没有框架。总是有框架的。我来自法国，我*真的*相信法国是天主教在黎凡特地区的保护者，我是其中的一部分，我不是单独的一部分。是的，我有批评意见，但不是单独的一部分。我开始觉得，我的工作是否可以有目的，在一定程度上澄清原因，接受我是这一体系的一*部分*，不再装作我的存在多少超越了……"他突然打住了，"我不知道，嬷嬷。我不知道自己错在哪儿。我不知所措。我只知道自己错了。是错在说了不呢，还是错在*这上面*，"他对着自己做了个手势，指了指他的身体和脸，"*它*继续质疑。有过诱惑。嬷嬷。我不信任自己的直觉。"

"哦，好了，神父。好了。"她身体前倾，把那张单子扣在了桌子上。"不要哭泣。"

"我没有哭泣。我只是不知所措。"

"不知道你是否听说了什么。"

"我听说了几件事情。医院的女人们说什么的都有，看起来都是小事，但凑在一起，可能也看不到整体画面，但能窥见一斑——是否有罪犯，我不知道，但肯定是隐秘的事情，肯定是*有用*的……"

"肯定的，是的，你听到了很多事情。但事实上我想说的是别的东西。我就直截了当问你吧。事实就是，你身为神父，却在向我忏悔，而不是向正规受了神职的神父，你在耶路撒冷轻易就能找到忏悔的神父。"

"什么？你的意思是——"

329

"你不要认为我是在拒绝你。"

他仔细看着嬷嬷的脸。虽然光线很暗，但他还是看得出嬷嬷紧张慌乱。

她补充一句："这就让人不得不问。"

天花板传来了重重的脚步声。嘎吱，好大一声，很重的东西放到了地板上。

"你说我一个人的时候，"停顿后，安托万安静地说道，"是什么意思呢？"

"我自然指的是我的修女们，因为我们一起做决定。当然，你有圣经学院，但我也知道，这也是你本人告诉我的，那里人来人往，不一样的。没有共同的……也算不上展望，但我们有共同的目的。我们当中一个人倒下了，旁边就有几个人扶她起来。"

"那你说我一个人，并不是想说我没有上帝。"

"哦。"她再次乱了方寸，惊骇不已，"不——天呀。"她显然是无法继续说下去。安托万更痛苦地感到了羞愧。

门把手晃动起来，有人在过道里大声叫道：

"里面有人吗？"

"稍等。"

露易斯嬷嬷站起来，打开门，外面站着一个穿护理服的年轻女子，她手里拿着一根蜡烛，一脸迷惑。

"非常抱歉，玛丽安修女。我肯定是不小心锁了门。"

"我来点灯。"玛丽安修女往里瞅了一眼安托万神父。

他也站了起来，立刻伸手去收桌上卷起来的那张纸，弯着腰，没有露脸。

"请再给我们一点时间，玛丽安修女，"露易斯说道，"还有几句话，马上就说完。"

玛丽安修女行了礼，拉上门。露易斯嬷嬷和安托万互相看着，等着玛丽安的脚步声远去。

"我的建议，"她简短地说道，"是继续你的工作。你的工作是有价值的。不要让国家、法律和权力侵犯到你的工作。不要忘了，一直以来，圣经学院都有不偏不倚的声誉，这一点有分量。只要你能决定，就不要参与。相信我吧。"她目光炯炯，饱含深意，"不值得。请你原谅，我必须去睡觉了。"

第二天早上，大家都在喝咖啡，餐厅通往花园的门大开着，微风吹进来。露易斯嬷嬷已经恢复了常态，又是那个能干而深沉的她，但安托万注意到，她没有与前往医院的修女们一起出发。他们走在路上，安托万听到玛丽安修女说，嬷嬷又要前往村子里看病。

他们昨晚的谈话并没有解决安托万的困境。事实上，露易斯最后那番话让他很是惊讶，他躺在床上翻来覆去地想，还反复思考了霍奇斯所说的话，*信不信由你，在你们这一行，干这个事情也挺常见的。我们请过法国修女帮忙盯着。*

医院的游廊上空荡荡的，椅子上没有人。远处的角落里，安托万的旧摇椅在风中摇晃。他坐上去，靠在了熟悉的椅背上，打开笔记本，翻到空白页，开始画素描。他对眼前的景致非常熟悉，几乎就不需要看。近景处，三棵橄榄树。光影之下的石头斜坡。后面是拔地而起的以巴路山。山顶上是天空。

他听到了一个明快的声音。

游廊的门开了，一个长脖子的小个子女人走了出来。

"兰达，"安托万说道，"赛俩目，上午好。"

兰达的丈夫是肥皂厂的工人。她是打临工的女仆，就爱说长道短，一直以来是安托万研究的有用渠道。每次谈话后，安托万总要给她几个钱。最开始他总是轻声说上一句"麻烦你了"，后来他认为最好把这当作神父对乞丐的仁慈，与她提供的信息分开对待。但交易并非那么容易掩盖：兰达说话，神父付钱给她。兰达也尽了力，她抱怨自己的背疼，这星期日子不易，食物变得好贵，这些都成了借口，让他给钱变得顺理成章。

"哎呦，我的背好疼。"她一边说话，一边坐在神父旁边的椅子上。

安托万翻了一页。

"祝你平安。那么，最近有什么故事吗？"

"有一桩血仇，"她带着呼吸声说道，"穆拉德家和沙瓦夫家之间的。穆拉德家的一个人去沙瓦夫家。沙瓦夫家的人砍了他家的树。"

"为什么要砍树？"

兰达一脸沮丧。"因为他不肯付钱！"

安托万点了点头。他在右上角写下日期：1920 年 5 月 20 日。记录是：穆拉德—沙瓦夫。

"这些天，城里其他人还说些什么呢？"

"哎呦，"她又来了一声，"麻烦，各种麻烦。"

"什么样的麻烦呢？"

"天，"她咬了咬嘴唇，"你听说暴动没？纳布卢斯的暴动。还有雅法，海法。到处都是暴动。太糟糕了。"

"因为锡安主义者。"

"锡安主义者太坏了。他们想要土地。"

"大家……大家想要怎么办呢？"

"天。"

"什么？"

"他们会战斗。"

"谁会战斗？"

"年轻小伙子。"

安托万把笔记本翻回素描那一页，轻轻勾勒出前景的一块小石头，然后又画了一块。他倾斜铅笔，画上阴影部分。

"给我讲讲……先知穆萨节的事情过后，大家是怎么想的？"

"大家争论呀。"

他等着。

"有人说，我们拿点东西给犹太人吧，"她叹了一口气，"又有人说，你给他们一点东西，你就要把所有东西都给他们，然后我们就什么都没有了。因为英格兰有很多犹太人。新上任的巴勒斯坦总督是犹太人。所以，这会变成犹太人的帝国。吵呀，吵呀。总是这样。纳布卢斯就是建立在嫉妒和阴谋之上的城市。"兰达的方言中突然来了这么一句犀利之词。

"那你是怎么想的呢，兰达？"

她摆弄着自己的指甲。"我不知道呢，尊敬的神父。"

"我有一个问题。在你看来，纳布卢斯是不是更——怎么说呢……比巴勒斯坦其他城市更为有力量？更，我的意思是说——"

"当然！"

安托万等着。*满城的狂热分子*，霍奇斯的话在他耳朵里回响。

"表现在什么方面呢？"

"他们运武器到纳布卢斯。"兰达嘟着嘴说道。

安托万大吃一惊。"武器？"

"从贝都因人那儿来的。"

"我明白了。只有纳布卢斯？"

她耸了耸肩。栏杆上的一只蜘蛛抬起了轻飘飘的一条腿，在空气中试探。安托万挖空心思地想下一个问题。

兰达接着说道："我听马尔万说，他们用小扁豆的罐子运武器。他们在村子里见面……"她打住了。

"马尔万？"安托万说道。

但兰达没有往下说。他的铅笔滚到了合页处。

"你家人怎么样了？"

"我们饿得不行。养的鸡，养的鸡也出事了。上个星期，天气太热，鸡受不了。"

安托万伸手去拿皮革钱袋，掏出了一个先令。

12

1920年5月，其他人都在讨论英国托管的时候[1]，迈扎特脑子里想的是法蒂玛·哈马德，尤其是她在先知穆萨节的样子。每次想起那个犹豫不决的身影，他就有了一种强烈的身体感觉，几乎就像是过去的那种冲动——一大早，像个梦游者一样走到她房子外面，凝望窗户，渴望得到回应。

快到晚餐时间了，他闻到洋葱的气味，听到瓷器叮当的声音。他睁大眼睛，望着卧室的天花板，忍着袭来的睡意。几个月前，他希望能够说服自己，让自己向往婚姻，现在他觉得自己可能是成功了。想起那个女孩看着他的眼睛，自己在数千人中认出了她，她也认出了自己，一种命中注定的诱惑留在了心中。

想起了聚集的人群，那不露声色的暴力，心怦怦直跳，他坐了起来。他的书摆在窗台上，暮光斜照过来，落在上面。他翻出一张纸片和一支笔。他的卧室甚至没有书桌。这房子唯一的书桌在隔壁，在他父亲没有使用的书房里。

"乌姆·马哈茂德？"他祖母的声音传了过来。

他蹲在床垫上，拎了一本书垫在纸片下面，笔尖对准左上角。这是本能的冲动，想要理清事情的来龙去脉，诊断分析，解释清楚原因和结果。他写下题目：法蒂玛·哈马德。他看着从左到右书写

---

1 英属巴勒斯坦托管地，一战结束后，国际联盟委托英国暂时统治巴勒斯坦期间。

的罗马字母。难道不能用阿拉伯语吗？他又用阿拉伯语写下"法蒂玛·哈马德"这几个字。可之后，他再也想不出别的阿拉伯文，脑子里冒出来的都是法语。他往上一看，一阵眩晕袭来，他看到了他在蒙彼利埃房间的条纹墙纸，看到了面向绿色草地的窗户，感到了脚下冰冷的木地板。

思绪如此走向，逻辑和偶然如此舞动——当然，他在莫里诺家的经历不可能永远成为他思维的烙印。他不想永远都在生活的表面，至少要试着探个究竟。在托钵僧面前，在齐声高喊的激昂人群中，他暗淡而行——他并不想要这部分的自己。笔拿在手里，他犹豫了好长时间。过了一会儿，他写道："亲爱的让内特。"亲爱的让内特，然后呢？他愚蠢地看着这张纸，画了一个圈，然后之字形用笔，涂抹上色。

第二天，希沙姆出去了，他坐在店里看书。花粉横飞，空气都是黄色的。书是两年前在塞纳河边买的。当时他随意翻看，正好碰到一段关于圣地的文字，立刻掏出法郎买了下来。打那以后，读一读这本书就成了他私下的消遣，另一种文字之下，故乡是如此准确且色调柔和，仿佛身处其外，甚至有了一种对童年景象的渴望。一个暗影落在书页上，他跳了起来。

"赛俩目。"哈吉·尼姆·哈马德说道。

迈扎特喃喃地做了回应。哈吉·尼姆穿着夏日外套，腰间系带，看起来瘦削。他迈了一大步，角落里挂着待售的成衣，接着他往下看了看小炉子和喝咖啡的一套东西。他走到一面墙边，墙上的搁板上放着叠好的布料。一块黄底蓝花的布料放在与视线齐平的地方，他摸了摸，然后像医生翻看下嘴唇一样，拉下来看了看，用大拇指搓了搓图案。

"请问有特别需要的吗？"迈扎特说道，"如果是为了特别的场合，我倒是推荐撒马利亚的裁缝。"他语速太快，辅音变得非常清晰。"他们的店就在拐角的地方，我们这儿，"他耸了耸肩，"大多数货物，对象是农民。"

尼姆的目光转回布料搁板。"农民。"他重复了一句。"你以后也在这里工作?"

"抱歉?"

哈吉·尼姆正面看着他。尼姆的眼眶深陷，浓密的灰色胡须。

"我在这里培训，"迈扎特小心翼翼地说道，"之后我会到开罗，我父亲在那儿。"他停顿了一下。"你知道的，开罗的那家店要大一些。宽敞。"

尼姆点了点头。"你还没有订婚?"

"没有，"迈扎特说道，"我没有订婚。"

他又点了点头。"这样的话……这样的话，如果你还想娶我的女儿，你可以娶她。"

迈扎特瞠目结舌。想要放声大笑的感觉从胸中升起，一只手出现在他的嘴上，那是他自己的手，挡住了笑声。

"谢谢你。真主保佑你，尊敬的哈吉。"他从椅子上滑下来，站在地上，双腿像是装满了水，直晃荡。"当然，是的，"他听到自己在说，"真主在上，我想要迎娶你的女儿。"

哈吉·尼姆的目光滑开了。"那么，你应该很快就会来提亲。"

"是的。"

"婚礼只能是在斋月之后。"

"是的，是的，当然……"

"回见。"

黄色的阳光中，哈吉·尼姆的外套最后一闪，不见了踪影，店里安静得惊人。迈扎特大笑了一声，声音非常大。突然，他想要跑起来。他坐下来，翘起腿，仿佛有一块看不见的踏板，他翘起来的脚在踏板上快速下压，又放开。最后，一个人影出现在门口，他一跳，站了起来。

"希沙姆，我得走了！我得走了！"

他冲刺上山。陡峭的路段，三个农妇挡着了路，他跑上旁边的山崖，松软的泥土直往下滑，绕过这三个人，沿着小路朝房子跑去。

"提塔！提塔！你在哪儿？哈吉·尼姆同意了！"

他的祖母灰白的头发扎了一根辫子，穿着睡衣从卧室走出来。她尖叫一声，抓住迈扎特的耳朵，把他的脑袋拉到自己的高度上。

"什么时候，什么时候，什么时候？"

"就在刚才！"

"我们必须马上告诉你父亲！"

"他说我们得等到斋月之后。"

"他怎么改变心意了？"

"我不知道。"

"去，告诉贾米勒，之后再告诉你父亲。哈比比，去呀！"

她拍了一下手，小声尖叫了一下。

"你疯了。"迈扎特说道。

乌姆·贾米勒在她家的厨房里切番茄，手指上全是番茄汁和籽儿。

"贾米勒在商店里。"她说道，笑容绽放在她脸上，"发生了什么事？"

"我之后再给你讲。我想要先告诉我族兄。"迈扎特捏了捏她的上臂，吻了她一下。

他飞奔下山。快到山下的时候，他停在一棵大树的树荫下，才发现自己快喘不上气。他仰头望着清澈的天空。无需担心太阳，他看到树冠上灼热的阳光，绿色的树叶闪闪发光，就像是萤火虫的身体。剩下的路程，他走着过去的，整理好领带，把太阳穴旁的头发理到脑后。商栈外面，男人们在日头下吸水烟，一个个转过头来，他致意问候。入口处的奶酪店，正好在泼水，一股水泼在他的裤腿上，哗啦一声，裤腿成了深灰色。"没关系的！"他大声叫道。他闻到了牛奶发酵的酸味。四个英国警察从路口走过。他们身后有三个阿拉伯人，也穿着制服，拿着步枪，弹药带里装着子弹。其中一个英国人冲他点头，他的喜悦就是那么明显。迈扎特也冲英国人点了点头，他此刻爱心泛滥，甚至可以与他们分享一下。

他的思绪飘得挺远。这是怎样的一个城市呀！他大步走在小巷里，心里想着，孩子们事实上是属于这片土地的，各种关系把他们的小脚丫拴在这片土地上；人们指点评论他们的相似之处，在这样那样的基础上对他们进行预测。但对于成年人而言，从小就有的关系可能依旧存在，但不足以构成归属。你需要别的东西——而他现在有了这东西，现在他有了归属。现在他的行为目标变得非常清楚，就像正午日头下一堵坚实的墙体。他在纳布卢斯的生活缺少的就是这个；他朝地毯商店走过去，为人所知和知晓他人的感觉在心中澎湃，而之前他几乎没有认识到这种缺失，真是好笑。远在法国的岁月里，这种为人所知的感觉是他怀旧的主题——真是脑袋发晕，这种感觉甚至不属于过去。不，不，不，这种感觉是属于将来的！这是显而易见、顺理成章的。过去的每一件事情造成了现在。欧洲所有的不幸，所有的偶然和奇迹，甚至还有先知穆萨节，他看到的和感受到的恐惧，所有的羞耻和痛苦，还有老博物馆过道里所有的陈列物都指向此刻的他。昨天他还思绪繁杂，理不清自己对法蒂玛·哈马德的渴望，是因为自己的父亲，因为想要得不到的东西，还是因为渴望女人。但现在胜券在握，他全都看清楚了。这就是他面前一堵坚实的墙壁，这是房子的地基。他服从了——他也蔑视过。他是属于他们的，他也是他自己。他用自己强壮的身躯奠定了第一块基石，其他人看见了，哈吉·尼姆·哈马德看见了，而且同他一道预见了就要拔地而起的高楼。

贾米勒的商店里每堵墙上都挂着地毯，每扇窗户都挂着地毯，店里黑魆魆的。一脚迈进去，黑暗中，动物纤维和染料的味道熬制在一起，直冲迈扎特的鼻子。贾米勒穿着薄罩衣，手里拿着刷子和簸箕。一个顾客双手比画着描述图案，贾米勒点着头。看到迈扎特，他举起了食指。

"哈吉·尼姆同意了。"那位顾客刚离开，迈扎特就说道。他咬着下嘴唇，露齿一笑，"我要娶法蒂玛了。"

"祝贺你。"

迈扎特等着更多的表示。接着，伸出手的人是迈扎特，他握住了族兄的手，凝望贾米勒的眼睛，贾米勒的眼中没有笑意。他心里一沉。

"嗨，贾米勒，"商店后面一个年轻些的人说道，"这些还要吗？要不我们给扔了？"他举起两块破布。

"那待会儿见。"迈扎特说道。他又看了族兄一眼，什么都没看见，硬凑上去挨了挨脸颊，掩盖自己的表情。他的手摸到了贾米勒脖子上的汗水。贾米勒肯定是在想其他的事情。

走在回去的路上，迈扎特心想，最终得到哈吉·尼姆的同意是否终于开启了他族兄心中的妒忌之泉。显然，之前他承认求婚失败的时候，泉眼封得更严实了。愤怒闪现。但之前的失败又让他想到了现在的胜利，这可是一个洋溢着快乐、炙手可热的想法，只要一想到这儿，心中就豁然开朗。现在，没有东西可以压倒这一点。他的决心成了他自我的中心，他赢了。

"你好。"他对电报员招了招手，"我要发电报到开罗。"

电报员从纸条堆里拿出一张，递给他。迈扎特写道："哈吉·尼姆同意了。我要娶法蒂玛·哈马德。婚礼在斋月之后。请你回纳布卢斯一趟，正式求婚。问好。迈扎特。"

他付钱、致意、离开。想到父亲的赞扬，一股电击的感觉穿脊柱而下，他冲上了山路。城市就在下方，白色的建筑，处处都是露台和尖塔。

他打开门，立刻就听到女人们的声音。乌姆·塔希尔穿戴整齐，在客厅里与一群朋友喝着咖啡。他站在门口，抬起手打招呼。

"赛俩目。"

"过来呀，孩子！"他祖母说道。

"恭喜呀。"乌姆·达乌德说道。

"啊，谢谢。我祖母都告诉你们了？"

"为什么这么不高兴的样子？"乌姆·塔希尔大声叫道。

"不是不高兴。只是累了。太兴奋！我给贾米勒说了。"他对着婶婶点点头。

"高兴点，真主给的东西要珍惜。"乌姆·塔希尔一脸得意地对周围的人说道。

"法蒂玛·哈马德！"有人说道。

"长得美。"另一个人说道。

提塔伸出一只胳膊欢迎他。他坐到提塔身边，伸出指头挑起一块巧克力。乌姆·贾米勒在抱怨地毯生意越来越不好。其他人应声附和。卖地毯不像卖布料，斋月要来了，但对地毯销售没用。她说，贾米勒的心思也没真正放在店里。他心不在焉，完全生活在自己的世界里。

"你觉得呢？"她问迈扎特。

"老实说，我自己也不怎么见得到他。我一直忙着……"他手在空中做了一个手势，仿佛已经在为婚礼做准备，"但我不知道，你可能是对的。他似乎不是他自己的样子。他很多时间都和穆拉德兄弟在一起。"

"自从你们两个从那场暴乱回来，一切都不一样了。"

"都不一样了。"乌姆·达乌德说道。

"也许贾米勒需要找个女孩了,"提塔说道,"你知道的,这样不健康。必须释放出来。"

"提塔。"迈扎特说道。

"我觉得这是年龄的问题,"另一个女人说道,"我儿子三十岁之前,脾气都坏。"

"给他找个女孩,就好了。"提塔说道。

"也许他不太喜欢地毯生意。"迈扎特说道。

乌姆·贾米勒嘟起嘴唇。"你可能是对的。"

迈扎特订婚的消息很快就传开了。随后几天里,他不认识的老女人看到他,声音如鸟儿啼啭,老男人则是哈哈大笑:"哈马德!哈马德!"传言说阿布·奥马尔·贾瓦里本人主持了婚约的签署。一个炎热的晚上,在曼希耶花园,哈吉·阿卜杜拉·阿特万甚至还冲他点了点头。

"巴黎人,"他大声说道,"我听说消息了。"

"谢谢你。"迈扎特老练优雅地说道。

阿卜杜拉大笑起来,好大的气流声音,嘴角两边的线条加深了。迈扎特这才意识到,阿卜杜拉还没有说出祝贺之词,他就提前道谢了。

阿卜杜拉随即说道:"是的,做得好。这些天纳布卢斯很少有喜讯。人们都喜欢婚礼。"

除此之外,每个人嘴里念叨的都是英国正式托管巴勒斯坦的事情。工作后回到家里,迈扎特常常听到女人们问:"你知道英国人和法国人有什么不一样吗?"殖民部的传单满街飞,上面有阿拉伯文和希伯来文两种文字,宣布欧洲国家的托管得到了国际联盟的认可。法国统管叙利亚和黎巴嫩,英国统管巴勒斯坦。没有哪个地方得到了独立。托管是走向自治政府路上的暂时举措，是阶段性的监督"直到他们能够独立为止"。

几天后，迈扎特的父亲发来电报：生意的财务问题，他在开罗分不开身，但问题很快就能解决。结果是他不能出席正式向哈马德家求婚的仪式。"我会来参加七月的婚礼，"电报上说，"几天内，我就会汇来聘礼和婚礼准备的钱款。我很骄傲。"

迈扎特感到了揪心的渴望。只有最后几个字表达了一些情感："我很骄傲。"他对折好电报，走进了父亲昏暗的卧室，深吸一口气，继而走进父亲的办公室，坐在了书桌前。

这房间比塔希尔在开罗的办公室小得多。房间里只有这张书桌和椅子，门口有一个橱柜，一小架子书放在窗户边上，窗户外面就是斜坡，黄昏中有一只小鸟在山楂树的枝条间跳来跳去。房间里没有灯。迈扎特打开书桌的一个抽屉，一支笔哗哗作响。他拿出那支笔，从旁边的一摞纸中抽了一张，抬脚把抽屉关上。笔帽里全是墨水。他看着空白的纸，手里转动笔杆。墨水染黑了他的手指，他动笔写道："我亲爱的父亲"，昏暗的光线中，看不清楚这几个字。他伸手另外拿了一张纸。

亲爱的汉尼：

　　我要结婚了，新娘是法蒂玛·哈马德，哈吉·尼姆·哈马德的女儿。我明白大马士革局势艰难。最近的事情让我们都很不安。但我希望你能参加婚礼——大概是在开斋节后的第三天。我希望你一切安好。我想你。我要结婚了，我很开心，但纳布卢斯现在整体的情绪并不好。我们担心自己的命运。神圣的斋月就要来到，祝福你。真主与你同在。

你的，
迈扎特

哈吉·塔希尔缺席，提塔坚持要出席订婚礼。即便哈吉·塔希尔要来，她很有可能也要坚持去的。但到了订婚的早上，她花了好长时间考虑穿戴——最后穿了蓝色的长裙，戴了银耳环，等他们到哈马德家的时候，卡迈勒家的其他男人都已经在外等候了。贾米勒靠墙而站。他的父亲阿布·贾米勒看到他们过来，挥手致意。瓦斯菲也在，他的两个兄弟也来了。

"塔赫辛来了。"贾米勒说着话，目光越过迈扎特肩膀，手指向前面，只见一个瘦瘦的身影从山上冲下来。

"不要跑！"阿布·贾米勒大声叫道，"脚上的鞋给跑坏了。"

阿布·贾米勒摁下门铃，迈扎特紧张地笑了笑。门房出来了，他们一行人穿着套装，带着塔布什帽，点着头，鱼贯而入。乌姆·塔希尔和迈扎特一起走在最后。他已经忘了主厅有多大。看起来像教堂一样。哈马德家的人比卡迈勒家的多，但乍一看，他们站在巨大的天花板下，像是只有一小群人。哈吉·哈桑站在后面，人群中有哈吉·陶非克，其他几个年长一些的，还有几个年轻一些的。哈吉·尼姆双手相扣，站在边上。哈马德家的男人胡子都比卡迈勒家的白一些，阿布·贾米勒是卡迈勒家最年长的一位。卡迈勒家的与哈马德家的一一握手，点头致意，嘴里念着祝你平安。

他随队而行，看到法蒂玛在他们后面，站在尽头的沙发旁边，身边是她母亲。她的头发从中分开，低低地扎在靠脖子的地方，一张薄薄的面纱遮住了鼻子和嘴巴。奶油色的裙子，长长的珍珠项链。眼睛画上了浓重的眼线。他露出了微笑。法蒂玛看着他，并没有回以微笑。她的鞋子是水蓝色的。迈扎特有了一股不属于他的力量，他从握手的队伍中撤出来，大步朝法蒂玛走去。他从外套口袋里掏出一朵从山边采摘的罂粟花。花茎耷拉下来，绉布一样的鲜艳花朵垂下了头。法蒂玛伸出了手，迈扎特一见，心中一动，她手指圆润，从指根部到指甲，渐渐变得纤细。法蒂玛迎上他的目光，蒙着面纱的嘴巴轻轻一笑。所有的人都看着呢：哈吉·尼姆、维达德、法蒂玛的妹妹，她的弟弟。提塔眉开眼笑。

女仆端进来第一盘咖啡，男人们拖着脚步，整齐地站成两排。维达德走开了，然后端着第二盘咖啡走了回来，她端着咖啡来到两排男人中间，每人都能拿上一杯。接着阿布·贾米勒清了清嗓子，对哈吉·尼姆说话了。

"我们的孩子迈扎特·卡迈勒，哈吉·塔希尔·卡迈勒的儿子，想娶你的女儿法蒂玛·哈马德为妻。"

停顿。哈吉·尼姆对着他的家族成员点点头，他们同时举起杯子啜了一口，然后伸手把杯子放到托盘上，腾出手来鼓掌，还有几个人吹起了口哨。乌姆·塔希尔走上前拥抱维达德。阿布·贾米勒吻了吻迈扎特的面颊。

迈扎特挪不开眼睛地看着法蒂玛。她一直都盯着地板，但嘴角肯定是带着笑意的。他只有靠着这个活过整个斋月。

订婚后，迈扎特只有和提塔在日落后到楼下用餐，隔着餐桌才见得到贾米勒。斋月期间，大多数下午的早些时候，他都是和阿德尔·贾瓦里和卡伊斯·卡拉克在一起，高兴一下，身体也渐渐适应了斋戒。开斋小吃[1]后，这三个人会到午夜庭院看木偶戏，或是到人满为患的咖啡馆逛一逛，咖啡馆里说书人在讲故事，眼睛还瞅着一顶翻过来的塔布什帽被人群踢来踢去，喤喤作响。

阿德尔和卡伊斯是好伙伴儿。他们互相友爱，没有妒忌；他们接受了迈扎特，没有质疑。卡伊斯为人诚挚，近乎天真，举止有长者风度；两只大手，胡子拉碴；笑起来的时候往往微微皱眉，仿佛他觉得事事都有些荒谬一样。他给耶路撒冷的一份报纸写了四篇文

---

1 斋月期间，所有穆斯林从每天日出到日落期间禁止一切饮食，日出前吃一顿"封斋饭"，日落之后才可以吃"开斋小吃"。

学评论，就说想要到耶路撒冷在这一领域发展，但如此背离了家族的肥皂生产行当，他父亲和叔伯们肯定不会高兴。

阿德尔比卡伊斯风趣，但他的道德观让自己的很多观点不堪重负。一年前，他从贝鲁特的大学回来，寻找人生目标，参加了穆斯林-基督教社团的当地分支机构。他是该社团最年轻的成员之一。托管即将落地，他刚刚在反对的请愿书上签了字，一半的时间都在给卡伊斯和迈扎特灌输政治。

到了斋月的第九天，晚祈祷后，三个人离开清真寺，走路前往阿德尔家里用开斋小吃。

"我一直都想问你，"卡伊斯说道，"你还想做医生吗？"

"医生。不，"迈扎特说道，"为什么问呢？我很早就放弃那个了。"

"那政治呢。"

"不。我不想。我就干布料这一行。我们很有可能会住在开罗，就像我父亲一样。"

"你这样的经历。只干家族生意。"

"不要去开罗。"阿德尔说道。

"为什么不？"卡伊斯说道。

"我们这儿需要迈扎特，需要像迈扎特这样的人。"

"是呀，巴黎人……"卡伊斯像唱歌一样说道。

"我们需要优秀的人。"阿德尔说道。

"嗯，你知道吧，我真的意识到一些东西，"迈扎特说道，"不仅仅是与家族生意相关。是更有意义的东西，这东西……我还没有整理清楚。但如果生意要朝开罗发展，那我们就住在开罗。"他总结了一句："就这么简单。"

"我明白的，"卡伊斯说道，"在这里很难自由自在。"

"不，不，我不是那个意思。不是关于自由。是关于……归属。"

"你知道他们怎么说纳布卢斯的女人，"卡伊斯说道，"你带她们离开纳布卢斯，她们就满心欢喜。你懂我的意思吧。"

阿德尔从牙缝里吸了一口气。"明白？他是要结婚的人了。"

阿德尔和父母，还有兄弟姐妹住在城中心，但他坚持说是住在西边。他住在一楼，房子是新修的，但风格是老式的，有个小内庭和一个收集雨水的池子。他们坐在外面的桌子旁，阿德尔的两个弟弟来了，后来他父亲也出来坐下。周围的房子黑乎乎一片，但天空却奇异地显出白光一团。凉爽的天气中，迈扎特神清气爽，开始讲故事。

"一次，我在法国坐火车。"

"坐什么？"阿德尔父亲的耳朵不好使。

"他说坐火车。"阿德尔说道。

"我在火车上，看到一个男人，就坐在那个位置。"

他指了指两个椅子外的卡伊斯。烛光中，卡伊斯的眼睛睁得大大的，鼓励他继续说下去。

"他穿着优雅时髦，"迈扎特说道，"外套，领带。"他在自己身上比画，坐得笔直。"薄薄的小胡子。金发，帽子。我们看着彼此。"他闭上眼睛，正式问候地半鞠一躬。

卡伊斯默认了金发法国人的角色，也一样鞠躬问候，大笑起来。

"这之后，火车去往——"

"你是去哪儿呢？"阿德尔说道。

"哦，嗯……里昂。"

"去那儿干吗？"

"那又是另一个故事了。"迈扎特用手指拂了拂灰尘。"后来，那个人起身下车。我要下一站才到。火车正要离站，我发现他在座位上落下了东西。不大，皮革的，是钱包。我捡了起来——啊，先生，先生！我探出窗户挥手——可他已经离开了。明白？我拿着钱包坐了下来。我不想别人偷了去——"

"里面有钱吗？"卡伊斯说道。

"*很多钱*。一千，一千五百法郎。明白？我不能拿这个钱，那是非常不名誉的行为。我看了看钱包，看到了地址。就像这么大的卡片。姓名和地址。"

"他叫什么名字？"阿德尔说道。

"洛朗。"迈扎特说道。

这两个字一出口，迈扎特感到肚子里一股热流，直冲脸面。他的头皮都着火了。洛朗。亲爱的洛朗。他第一个想到的就是这个名字。

"继续。"阿德尔的父亲温柔地说道。

"于是，"他的声音安静下来，抬眼望着铅灰色的天空，慢慢呼出一口气，"地址是如此这般的一个地方……就在里昂附近。我下了火车，穿过月台，轨道之间有座小小的天桥。我等待下一辆火车，大概花了十五分钟的样子。接着我就在金发男子下火车的地方下了车。我坐上出租车——法国有很多很多的出租车。然后我就告诉司机，请带我去这个地方。司机说，哦，你想去这个地方？我说，是的，我想去这个地方。路途很短，我们很快就到了。看到了什么？一座城堡。真正的城堡，像这样一条长长的道路，还有树木。我沿着道路往上走，看到了田野里骏马在奔跑。"

昏暗的庭院里，白眼珠子会暴露人的眼睛朝哪儿看。迈扎特说到骏马的时候，他看到卡伊斯怀疑的目光朝阿德尔方向滑去。阿德尔毫不掩饰他自己胸脯的起伏。他的动作并不夸张，有可能是吃了东西打嗝。尽管如此，迈扎特还是加快节奏，直奔关键点。

"于是我敲门，求见这位先生——洛朗。他们告诉我，他不是先生，他是公爵！这不是吹牛，我向真主发誓。我看到这位金发男子从远处穿过一道道的门走过来。"他指了指庭院对面的一扇灯光闪闪的窗户，"他走出来，拥抱了我，所有的仆人都跟我握手……我们成了很好的朋友。他非常优雅。他说他本来以为所有的钱都丢了。我在那里住了三个晚上。后来就回巴黎了。"

"天呀，"阿德尔最小的弟弟说道，"真是太精彩了。"

阿德尔紧紧盯住迈扎特的眼睛，大笑起来。迈扎特心中还因为偶然提到了洛朗的名字隐隐作痛，他想阿德尔是否要质疑故事的真假，让他尴尬。接着，心情一变，他感觉腹肌一松，也笑了起来。阿德尔没有了拘束，往后一仰，拍打自己的膝盖。

他是否编了这个故事，也许并不重要。这是个好故事，这就够了。用这样的方式讲述他本人更好，没有必要直接讲。欢快的感觉褪去后，他少有地迎来了自我认知时刻。他身在其外地感到了自己的存在，这种感觉不仅是空间上的，还是时间上的。这一瞬间，他看到了自己在纳布卢斯男人中所扮演的角色，就是他在巴黎形象的逆转——他以前在女人面前所扮演的角色的反面。他的标识就是他的与众不同。在追求女人的过程中，他甚至多次有意弱化自己当时已几近流畅的法语；他发现他可以轻松扮演可爱小丑的角色，与此同时还能保留有所隐瞒的魅力。皱褶当中总隐藏了某种内核，让人渴望的神秘。现在，他又能感觉到那种双重的视角。

他想到了让内特敏锐的目光从桌子对面看过来。他想，如果让内特知道了他编的故事，会怎么想呢？他隐约感到了羞耻的可能性。这种可能性立刻就被愤怒所替代。他压制住怒气，这一刻过去了。

天彻底黑了，谈话像往常一样转向先知穆萨节。阿德尔的父亲坚定地认为，就是为了处理先知穆萨节的事情，才有了托管，流血的场面毁了他们的机会。阿德尔并不完全赞同父亲的看法，就把自己平日的观点说了说，谈到了要用对话来反对剥夺公民选举权。这样的讨论之前就有过太多次，还是平日那些转来转去的争论。他们没了热情，迈扎特突然想到了巴西勒的枪。就像他想到让内特一样，此刻眼前的画面也不知从何而来。真是奇怪，他已经完全忘了枪的事情。先知穆萨节后不久，哈吉·尼姆就接受了他的求婚，这件事的风头肯定是盖过了他脑子里所有的其他事情。

"先知穆萨节上有人开枪吗？"他说道。

"当然有人开枪。"阿德尔说道。

"什么？"他父亲说道。

阿德尔以为父亲耳聋没有听清楚，大声说道："我说，当然……"

"你没有告诉过我这个！"他父亲说道。

"我不想让你担心。"

"谁带的枪？"

"我怎么会知道。亚博京斯基的人有枪。很有可能是犹太人。"

"哦，"迈扎特插了一句，"我记得……"

另一个画面闪入脑海。耶路撒冷的那支军队，或者说民兵。

"你记得什么？"卡伊斯说道。

但只有卡伊斯听到他说话了，其他人在说别的。迈扎特挥了挥手。"没什么。"

他对自己感到惊讶。他看到了亚博京斯基手下的男人和女人排队前进，却视而不见地忘记了这一幕。走在回家的路上，他一直想着这件事。他对提塔和乌姆·贾米勒所描述的先知穆萨节替代了他真正的记忆。真是奇怪呀。他记忆的边缘感觉很模糊。他心情沮丧地想，他还忘记了什么，或者说还能忘记什么呢。

第二天工作后，迈扎特独自一人爬山回家，在入门口叫他祖母。桌上摆着一个电报信封。从开罗来的。

"提塔，"他一边叫祖母，一边拿起信封走进厨房。

厨房里没人。一扇橱柜的门开着，他给关上了。祖母不在客厅里，也不在她卧室里。他朝自己的房间走去，透过房间窗户，看到了红红的太阳歇在地平线上。他站在垫子上，开始祈祷，手放在耳朵上，弯腰，直身，跪下。跪拜两次后，他抬起头，吓了一跳。提塔就坐在他的床上。

"你吓到我了！你是鬼魂吗？"

"我犯了一个错，"她带着哭腔说道，"原谅我。我对乌姆·马哈茂德发了大脾气。她走了。"

"怎么回事？"

"我不知道怎么回事。"她双手在空中一抛，接着手又垂下来，"我不知道我这些天怎么了。她烧坏晚餐，把锅底烧坏了，我就发了脾气。我从未想过她那样离开。"

"哦，哦，提塔，没事的，没关系。"他在提塔身边坐下，看到她的手指在膝盖上颤抖，"你看，你把自己都搞疲倦了。"

"有关系！婚礼！乌姆·马哈茂德是个好厨娘，通常都挺好的……我们需要她做手抓饭。"

"没事的。我们再找一个人就行了。"

"我想用乌姆·马哈茂德。别告诉你父亲。"

"我们会找到——你知道的，要不我去找乌姆·马哈茂德说说，看事情有没有转机？"

"哦，你去吗？"提塔看着他，眼泪流了出来，"我爱她。她跟了我们这么长时间。"

"我当然会去的。一切都会好的。"

"我知道，我知道。这是什么？"

祖母说的是他扔在床上的信封。落日的余晖照进来，白色的信封变成了粉红色。

"我想是聘礼金吧。"

她眼里还有泪花，给了迈扎特一个讽刺的微笑。"你没打开？"

"我在祈祷。"

"真主在金钱之前。哈比比是个好穆斯林。"

她撕开信封，掏出电报。她的微笑消失了，眉头皱了起来。

"我看不明白。上面说什么？"

"让我看看。"

亲爱的乌姆·塔希尔和迈扎特：

     我亲爱的丈夫去世了。愿真主保佑他平安。他心脏病发作。他在办公室，我们都睡着了。请来吧。

莱拉

迈扎特的嘴巴张开了。

"不。"提塔说道。

"爸爸。"

背脊从上往下一阵痉挛，尖锐而暗黑的感觉。他紧紧闭上眼睛，下巴贴在胸前，仿佛是要躲开袭来的拳头。

这就足以让提塔明白了。她从床垫上滑到地板上。迈扎特抬起头，看到了她颤抖的背部曲线。她开始哀号，低声预警地咆哮，接着就是声调越来越高的悲鸣，一只手无力地敲打墙壁。一个滑腻的东西在迈扎特脑子里膨胀。提塔的哀号是一首歌，可以抓住不放的东西。痛苦中，他的胳膊和腿变得轻飘飘的。他看着提塔的手敲击墙壁，床掉了下去，地板也没了。

他们明天早上出发去开罗。迈扎特找到一些剩饭，他把锅子放到炉子上，咕嘟咕嘟加上热水。他不停搅拌，最后奇形怪状的饭团在水里散开了，接着他把锅里煮饭的水倒进了后门边上的下水道。他正在盘子上摆放老葡萄叶，提塔进来了。她一个字也没有说，把米饭倒进了灶台上的炖锅里，从橱柜里摸索香料。等提塔做好饭，迈扎特热好的面包已经变硬了。他们一言不发地吃东西。

早上，斋月敲鼓人的鼓声传到他们房子旁边，他们醒了过来。封餐饭之后，他们坐火车前往图勒凯姆，接着换乘直达火车前往开罗。因为是斋月的缘故，乘客很少，他们在靠近餐车的地方，两个人占了四个座位。提塔全程都在祈祷，伸出双手，身体前俯后仰，偶尔抬头看着天花板。迈扎特有了一种奇怪而干燥的孤寂之感，仿佛全身的水分都蒸干了一样。

他们到了开罗，已是晚上。他上一次来这里，已是八个月之前，城市已经修葺完毕，到处都是开斋小吃之后的庆祝人群。出租车搭着他们驶离车站，顺着宽敞的林荫大道而下，道路两边全是茶室和书店，穿着高筒靴子的男人们守卫在百货商店闪闪发亮的入口处。到了阿巴西亚区的房子前，他们在台阶上等了几分钟，女仆才来开门。女仆带着他们走进客厅。莱拉一身黑衣。她的腰粗了一些，但不是怀孕的形状。她伸手与迈扎特相握，一脸生气的样子。凑近了，迈扎特看到她眼睛红红的，有才哭过的泪痕。

"是心脏病。"她的上唇抖了抖，"愿真主怜悯他。他在吃东西……在吃东西……开心果。在他的办公室里。傻男人。"

迈扎特喃喃地说了一句。那一幕在他的脑海里慢慢呈现出来。他让这一幕暗下去，闭上了眼睛。"愿真主让他安息。"

"妈妈。"莱拉一边说，一边伸手握住了她从未爱过的婆母。

乌姆·塔希尔哭了出来。"他在哪儿？"

"在土里。"

"他已经下葬了？谁给他清洗的身体？"

"我清洗的。"莱拉说道。

莱拉打发女仆带迈扎特和他祖母去他们同住的卧室。提塔呆呆地盯着金色的天花板和床上天鹅绒的靠枕。一个薄床垫展开铺在地板上，迈扎特把自己的包放在床垫边。这时，提塔询问女仆浴室在哪儿。她回来后，轻声说道："去看看吧。"接着她慢慢走过去，抓住角落里的椅子。她用罗盘定了定方向，扭动椅子对准麦加的方向，与窗户成了一个角。迈扎特躺在床垫上，很快睡着了。

他醒来的时候，椅子上没有人。声音透过地板传了上来。他外套背后一圈圈的半圆形皱褶，他伸手打开袋子重新拿了一件。

"非常大，不是吗?"一个很大的声音从下面传来。

接着又是另一个人的声音："玛丽! 我没想到你会来。"

浴室的尽头是一个现代的白色马桶。一面墙的边缘处是一个独立式浴缸，对面是一个立式洗手盆。这三样东西就像干净的牙齿一样闪闪发光。迈扎特跪在地砖上，灰浆缝隙里积了一些水，他把头放在浴缸的边缘上。陶瓷很硬很凉。有人在喊他的名字。停顿好长时间后，他听到了轻柔的脚步声，还有一个孩子的声音。

"迈扎特?"

"我就来。"他回答道，用的是公共场合说话的声音。他站起来，打开水龙头，又关上，然后打开了门。

前来叫他的是穆斯巴赫，同父异母的弟弟妹妹中最大的孩子，他浓密的眉毛，细长的双腿，毛茸茸的上唇，怯生生的。他等迈扎特穿上鞋，接着走在前面下了楼梯。下面的门厅里全是人，男男女女都有。莱拉的声音很大，她说道：

"这是他的儿子。长子。"

穆斯巴赫走下最后一级楼梯，一时间大家糊涂了，没有互相问候。接着，客人们看清了两人的区别，转向了迈扎特。他跟在穆斯巴赫后面，穿过门厅，与客人握手，没有记住一个名字，也没有记住一张面孔。他看到莱拉从某人手中接过一盘食物，端着盘子穿过尽头的一道门。椅子沿墙摆放。孩子们到处晃荡，进来又出去；迈扎特同父异母的小弟弟纳迪姆和纳沙特穿着一样的平绒外套，迪尼亚和以西拉穿着格子裙子。穆斯巴赫一个人坐在窗边的角落里。

"我与你父亲很熟。"一位老者说道。他把一本很重的银色《古兰经》放在迈扎特的手里，"他善良友好。"

客人们逗留得太久，尊敬的低语声渐渐降格，变成了慵懒的闲聊。孩子们已经上床很久了，提塔坐在一圈开罗女人边上，突然开始一阵咳嗽。一个女人给她揉背，莱拉瞅准这一机会，催促道："乌姆·塔希尔，你必须躺下休息了。去躺着吧！"终于，最后一批客人们穿上外套，用披巾围在脖子上，与他们道别。

睡到半夜，有东西用力拉扯迈扎特的耳垂。他睁开眼睛，看到提塔苍白的面孔凑到了他上方。

"你不要那样仰躺着。看上去就像死人。"

"什么？"

"我睡不着。我害怕。"

他一直都在做梦，但记不得梦到了什么。往事汹涌而至。

"孩子。"她坐回床上，语气悲哀。

"躺下。"

黑暗再次笼罩了他们。不一会儿，阳光粗鲁地穿过窗户，压在迈扎特的眼皮上。另一个房间里传来了一个孩子的哭声。他的手摸到外层的被单，冰凉，有点潮湿；提塔在打呼噜，背对着他。

白天没有三餐来划分，迈扎特就根据祈祷召唤来串接自己的时间。他半个小时一个小时地数着。一听到街面上传来宣礼师的声音，他就离开家人聚集一起的房间，上楼清洗祈祷。提塔整个上午都在他们的卧室里，摊开手掌对着天花板，坐在椅上上摇晃。中午的时候，她会来和家人呆在一起。孩子们断断续续地哭泣。孩子们明白多少，莱拉告诉他们多少，这并不清楚，但他们至少是捕捉到了空气中的悲伤气氛，轮流哭泣，间断的时间从来不会长。每次另有孩子哭出来的时候，提塔就目视上空。穆斯巴赫这个年龄，肯定是明白的，他几乎不哭。他也是唯一一到了斋戒年龄的孩子，午餐时间，他就在一旁悲哀地看着弟弟妹妹止住泪水，一勺勺地吃着东西。食物是他们唯一的安慰，即便这样也只是暂时的安慰。其他人想要帮忙，或是拥抱，或是安慰，但他们都挥舞胳膊打了回去。偶尔，他们会喃喃地发出"妈—妈"的音节，但莱拉把他们抱起来的时候，他们似乎并不想要她。

金头发的迪尼亚颧骨宽，长得最像他们的父亲。她的鼻子还保留着婴儿期的甜美曲线，她常常皱着眉毛，额头皱巴巴的。上个秋天见过后，纳沙特长高了；莱拉气呼呼的，不住地抓他过来，把他的衬衣拉到肚子下面。以西拉和纳迪姆的眼睛长得像莱拉。以西拉瘦削的鼻子也长得像莱拉，但纳迪姆头颅宽大，嘴巴小，不知道长得像谁。迈扎特就这样默默地看着，消磨祈祷之间的时间。如果运气好，他今天就不用再靠近这深渊之地。晚上不会有时间的，到处都是人。明天他们就要回纳布卢斯，到时候这一切都会被包裹在过去当中。

夜幕降临，又一轮的悼念者来了。迈扎特没有胃口。

"我没事。"他一边说话，一边推开了盘子。

"你一直都饿着，"提塔发怒了，"你太瘦了。"

可能是这么一回事，但这样饿着很好。所有的注意力都在胃上，他什么都不想。

晚上，他睡得很沉。但黎明前几个小时，他惊醒过来。水管发出低沉的嗡嗡声，在他听来，这声音很大，一开始他以为是这个声音惊醒了他。接着，他意识到胃饿得生疼。这让他感到眩晕，即便躺着也觉得晕。他悄悄走出卧室，下了楼。他正要进厨房，看到了父亲书房的门。门关着。他打开了门。

两扇窗户的百叶窗都关着，街灯黄色的光线从扇叶缝隙溜了进来。椅子塞在书桌下面，文件一摞摞地叠好放在桌子边缘，中间是空荡荡的长方形。房间里还有父亲的气味，那是麝香和烟草的气味。

一切都涌来了。抵挡不住，他之前就没有任何心理防御建设。不知不觉中，他所知道的各种细节肯定在自我酝酿，现在阻挡不住，那一幕呈现在了眼前。他看到了，他感觉到了，父亲正吃着嘴里的开心果，胸膛有了挤压的感觉。绝对的恐惧，一步步逼近：他父亲的胳膊突然僵住，不明的疼痛在腹部深处跳动，死神从半开的窗户走进房间，已经嚼烂的开心果从他嘴里溢出来，流到衬衣的前面。他在喘气，脸色通红。身体抽搐，已在胃里消化的开心果被吐了出来。接着，就没了动静，生命结束了，躯体倒在了书桌上。

只有空荡荡的书桌瞪着迈扎特。他抬起一只脚，踢了一下。桌子很重，移动了一点位置。他更加用力，又踢了一下。他哼了一声，拿出了全部的力量，抬起右腿，狠命一踢，这一次书桌完全转到了另一边，桌腿在地板上的白色印记露了出来。

他淹没在狂怒中。他所做的一切都是为了这个男人。为了赢得他的好感，每个选择都是为他而做。他成功了！他和哈马德家的女儿订了婚！他父亲在哪儿呢？迈扎特的整个人生都垮了，就像是风中飘零的芦苇。没有父亲，一切都坍塌了。他一拳头砸下去，拳面朝下。他感到了手指的疼痛，这让他发疯，他握着拳头，换了方向，用拳轮砸书桌，敲打出的节奏就像提塔的哀号；他听到了自己扭曲的嘴巴发出了一声呻吟。他抓起一张纸，看了一眼，题目是关于许可证的，他根本没有读，全是生意上的往来信件。他夸张地从中间撕开，一撕到底。撕开这份文件就像是抽血一样，撕纸的声音让他一惊，平静了下来。

大厅里有动静；无论迈扎特处于什么样的情绪中，他都从中掉了出来。他头晕目眩，吸了一口气，伸手拉桌子，一开始拉的是桌面，但桌子纹丝不动，于是他弯下腰，抓住桌腿，一摞纸没有重物压住，往上一弹，哗哗地往下落。大致还原桌子原来的位置后，他捡起落下的文件。开门的时候，他注意到自己的手在流血。

门口站着穆斯巴赫，脸色非常苍白。他看到是迈扎特，松了一口气的样子。也许他是害怕幽灵回来，害怕逝者的神灵；现在他头一缩，挪步就要走开。就在此时，迈扎特才意识到自己已泪流满面。他用袖子抹了一把脸，叫道："等一等。"

穆斯巴赫已经快要走进厨房了。迈扎特用手理了理头发，检查了一下睡衣的扣子，舔掉手上的血。

"等一等。我有话告诉你，要和你谈一谈。我们到那儿去。"

他们来到黑乎乎的客厅，坐在沙发上。迈扎特听得到穆斯巴赫的呼吸声，他瞟了一眼这孩子放在膝盖上的小手。这孩子已经换好了白天的衣服，平绒外套的袖子有点短。他双唇闭合，下巴松松地掉着，眼睛鼓出来。他有一张奇怪的面孔：双眉浓重，五官却纤细如女孩。

"我想要告诉你，"迈扎特用温柔的声音说道，"你知道的，我很小的时候就没了母亲，就在迪尼亚这么大的时候。"

穆斯巴赫的一对大眼睛转过来，望着他。

"一切都会好的。"

他等待着。那孩子什么都不说。

"他在天堂会很好的。那儿更好。他是好穆斯林，一个友善的、有道德的人。他会得到奖励的。懂了吗？他会幸福。是的，我觉得他已经得到了幸福。想想这一点吧。"

"是的。"

"他是一个好父亲。"迈扎特的嗓音粗哑起来。

"是的。"穆斯巴赫说道。他转身从迈扎特身边走开的时候，脸上绽放出幸福的表情，仿佛他记起来什么一样。

第三天，提塔一直睡到太阳升起，然后到了离开的时间。莱拉眯缝着眼睛，挥着手，站在前门的阴影中，孩子们站在她腿边。出租车出发了，迈扎特等着提塔张嘴尖刻地评论莱拉，或是评论这房子。他惊讶地发现提塔什么都没说。她凝神望着车窗外。迈扎特突然意识到，他并不知道提塔之前是否来过开罗。

火车上，提塔要么就是冷漠祈祷者的样子，要么就是近乎焦躁的状态，僵硬地摊开双手，左右晃动，仿佛在拍打手鼓一般。"我们该怎么办？"她说话的绝望程度不一，说话的对象也在变化：有时是自言自语，有时明显是对迈扎特说话，其他时候又介于两者之间。等到她再次进入祈祷状态的时候，反复的问话就在她心里回荡。她在说话；检票员在说话；还有报站员大声叫出地名，就像是在兜售货物，所有的声音混合在一起。迈扎特重复着各种空洞的安慰话。"一切都会好起来的"是一个。"我和你在一起"是另一个。

火车沿着加沙的海岸线前行，阳光白得耀眼，海面闪闪发光。生平第一次，迈扎特希望自己更加虔诚。他当然祈祷，但那是一种私下的机械行为，有时感觉就像是公开表演；《古兰经》听得那么频繁，整个人都泡在里面，其教诲是死记硬背而来的。这些是他所在世界的质地，但并没有占据他心灵的中心和关键部分，而此刻在这咔咔行驶的火车上，他拼命想要掌控生活的碎片之际，这一部分就在颤抖。还是个孩子的时候，他同样对其他的教义有些好奇心，好奇基督教的圣火，好奇撒马利亚人的字母表。但是，还没有长大，这种感觉就迟钝了，那时他已经开始觉得传统宗教似乎是一件世俗的事情，是道德和法律，终归都是那些古老故事和节日。它们是行为，不是思想。

此刻，他面朝大海，凝神遥望慢慢移动的远方，目光越过轨道边模糊的树影，落在了波涛起伏中的孤独渔船上。有个很大的东西，黑黑的，像一口井，同时又像空无一物的容器，而他在追随这个东西的边缘移动。他在想天启最初可能的含义，但又不是准确地思考，只是感觉到了思维敏感痛楚的边缘。为什么他们要剑拔弩张地争论上帝是否有手，争论上帝是否创造了宇宙，有那么重要吗？其实都是现有的紧迫感，是原始的大小问题：从纳布卢斯到开罗，几百英里的路程，想起来不算什么，火车一天就到；但同样的距离，如果垂直放置，就暴露出躯体的渺小，突然就让人想到了死亡。人需要面朝大地，鼻子贴着土壤，才能感到这样高不可及的距离吗？这里面有他注定要死亡的含义。但是为什么在另一个人去世之际，他必须要去想自己的消亡呢？

"我们该怎么办呀？"她的祖母说道，仿佛是刚刚想到这一点。

"一切都会好起来的。"他咬着牙齿回答道。

他是图解思维的那种人。这就是问题所在。他在一件事情上绘制上另一件事情。脑子里这样一笔笔地画下来，他感觉到的那个黑暗的大桶已在塌陷中，他把持不住，只能用一个个的拙劣的比喻去修补，这只是添乱，大桶变成了另外的东西。他试着抽象地想象圣书中描写的来世。他想象不出父亲在花园中的画面，那是虚假的，他想不出来。

"哈比比，不要哭。"他的祖母说道。

"会好起来的。"

他让自己去想法蒂玛，想婚后生活的无声画面。时间滴答，分钟累积成小时，他们很快到了图勒凯姆，换乘去纳布卢斯的火车。

下午三点左右，他们到了家。没有乌姆·马哈茂德在门口迎接他们。台阶上有东西映入眼帘：一个白色的信封。邮局的圆形印章，一半在阴影中。看到信封真是可怕。信封已经变成了让人痛苦的东西。提塔完全就当没看见，大力开锁。她迈步跨过门槛，迈扎特把信封捡了起来。

亲爱的迈扎特：

恭喜恭喜——你肯定很幸福吧。我希望到时候能参加婚礼。你应该也听说了，法国人正在纠集军队对付我们，我不能说太多，费萨尔紧张不安，各方面都有要求。各种游行示威的消息传来，这里的人真的认为巴勒斯坦人有了太多的自由。等着瞧吧。

哈马德是名门望族——好样的，我期待庆祝你的婚礼。

你的兄弟

汉尼

1920年5月18日

伊斯兰历1338年8月29日

13

哈吉·塔希尔遗嘱的正式执行人是一位来自西奈的律师，曾经帮他做布料生意。非正式执行者是莱拉，在实际效果上，她的权限比正式执行人的大。莱拉对钱的事情一直都很精明，在丈夫去世的事情上也是如此。迈扎特回到纳布卢斯不到一个星期，收到了他那部分遗产的电汇款项。莱拉付清了哈吉·塔希尔的债务，剩下的钱分给了她本人、迈扎特和其他的儿子，还有一小部分拿出来给迪尼亚和以西拉。迈扎特用他的这部分钱支付了法蒂玛的聘礼，还在城市西南郊区买了一栋房子，婚礼之后居住。

这是一栋单层的房子，之前住这里的老人把家具都搬走了。新家具的钱是哈吉·尼姆出的，挑选家具的人是维达德；因为乌姆·塔希尔还在悲痛中，维达德也接管了婚礼的准备。斋月刚刚结束，马上就举行庆典，三天的派对，正好赶上开斋节的庆祝活动。那些足够幸运得到邀请的人开始自吹自擂。撒马利亚的裁缝们也因此赚了一笔，他们给新娘的客人们做袍子，生意好得很。

最后汉尼没能来。他们在大马士革的军队被法国人击溃，他和埃米尔·费萨尔流放在外：他从安曼[1]发来致歉的电报。这场婚礼提前就有了这么些缺席的人，迈扎特心中的每个快乐都有悲伤的嗡嗡回应之声。

撒马利亚人埃利帮迈扎特选好了服装：高高的塔布什帽子；软薄绸的领结；他最柔软的手绢放在口袋里；最亮最尖的意大利靴子，靴子尖是黑色，其他部分是棕色，这两部分用双股之字形针脚相连。法蒂玛身穿欧洲款式的白色长裙，双肩和肘部有缎子蝴蝶结，低腰，宽大的腰带。她妹妹用面粉和熔化的糖调成糊状，抹在她的眉毛上；她头发做了卷儿，硬邦邦地修饰脸部一圈，其余部分编起来，梳成发髻；她母亲在她的额头别了一张粗网眼的面纱。脚踝处的丝质白色长袜皱着。她离开父母的家，散沫花染过的双手捧着各种象征物：一小块木头，一面镜子，一把剪刀，还有一块糖。

迎亲的那天晚上起风，蜡烛不断地被吹灭。他们在公共浴室举行了清洗仪式；他们跳舞，女人们用手轻拍嘴巴，弹舌头，就像是鸣叫的鸟儿；《法谛哈》[2]诵读了，哈马德家台阶上的祝福也完成了，这对年轻人走在游行队伍的前面，横笛和手鼓伴奏，仅用五颜六色的威尼斯灯照明，他们朝着西南方向的新房子走去。到了后，队伍在门口展开，又是唱歌，又是大声喊出他们的祝福。迈扎特和法蒂玛跨过门槛，把狂欢的人关在门外，一言不发地听着这一行人喧闹着回城。他们礼貌地露出微笑。她的眼影很浓，脸上一层厚厚的粉。

"你好。"他说道。

"你好。"

地上放了一盏户外大灯笼，迈扎特故作泰然神色，弯下腰，打

---

1 现为约旦首都。
2 《古兰经》的第一章。

开玻璃小窗，从兜里掏出火柴点燃灯芯。接着，他拿起灯笼的手把，招呼法蒂玛跟上。于是，一时兴起，迈扎特和法蒂玛婚礼晚上的第一件事是查看他们的新花园。

整块地在斜坡之上，后花园顺势而下，有四个窄平台。第一个平台最宽，上面摆着一张熟铁桌子和三把椅子。第二个和第三个平台上有正方形的花床，以前应该是种过花草和蔬菜，现在杂草丛生，蔓延到小路上。第四个平台最窄，有一簇没有开花的玫瑰丛，旁边好大的一个笼子，裂缝的水泥顶棚。迈扎特举起灯笼，他们往里一瞅，没有鸟儿，只见地面上有些白色鸟粪的陈年旧痕。迈扎特转身往回，灯笼摇摆，灯光晃荡照过低矮的后门，栅栏一样的阴影投在后面的小路上。法蒂玛的丝绸裙子闪闪发光。她也开始往回走，迈扎特赶紧转回来，用灯笼照着她脚下。

"想吃点东西吗？"

"不想。"

他在考虑，是问"你累了吗？"，还是"我们该睡觉了吗？"，每句话都暗含下流的意思，于是他选择静默不言。

他走进门厅，熄灭了灯笼，换上室内的灯盏，走在前面，迈下三节矮台阶，到了卧室。房间挺冷，半陷在地面之下。墙面的石砖没上涂料，唯一的窗户又小又高，已经关上了。床上铺的是奶油色的丝绸床罩，床的对面是两把有绿色垫子的椅子，椅子中间是一个镶嵌珍珠的橱柜，马蹄柜腿，靠墙而立。门边的墙上挂着一面镜子，花饰镜框。他看着法蒂玛把一切都看在眼里。这样的装饰老式而且女性化，并不对他的胃口，但这并不重要，毕竟是母亲送给女儿的礼物。她的手上还染着散沫花的颜色，迈扎特看得到她眼睛下一圈圈的痕迹。她身上香水味很重。迈扎特把灯放在床边的桌子上，轻声唤道"哈比比"，握住了她精心描绘过的一只手。

她双唇开启，露齿一笑，害怕的表情。迈扎特往前一步，吻上了她往后退缩的额头。她想要逃避，迈扎特慢慢捏住了她的下巴，吻上一只疲惫的眼睛，接着又吻了另一只。他的左手到了自己腰间，把裤子的第一颗纽扣往一边翻，从扣眼中解了出来。

"你在干什么？"

"没什么。脱衣服。"

他身体前倾，想要吻她的嘴唇。两只手抵在了他的胸前。

"哈比比。"

她双手还是放在迈扎特的衬衣上，但肘部松了下去，允许迈扎特亲吻了她的唇。但第二颗纽扣解开了，噗的一声，声音更大；她的双臂又伸直了。迈扎特握住了她的手腕。

"不要怕。"

她扭动手腕，挣脱迈扎特的双手。她的脸上没有了笑容。犹豫不决中，她颤抖了一下，脚下一步没站稳，被床边绊了一下，哐，好大的一声，她坐在了床上。一只脚后跟露了出来，她提起裙摆盖住。

"让我帮你。"

她动作太快了，手指像乐师一样敏捷。她就像钢琴师急匆匆地弹起了托卡塔[1]，两只鞋立刻脱了下来，她正弯着腰把鞋放在床下。她直起身来，脸色绯红。迈扎特衣服脱了一半，只是朝她迈了一步。

"没有灯可能要好一些。"迈扎特伸手捻灭了火苗。周围立刻一片漆黑，她吸了一口气。迈扎特坐在床上。

"不要靠近我。"

迈扎特有些迷惑，她的声音是从几英尺远的地方传来的。

"我会尖叫的。"

微弱的光线从百叶窗周围透进来，或是来自月亮，或是来自远

处，房间里只有这么一点儿亮。这点光亮中，照出了法蒂玛身体的轮廓，却隐去了她的面孔。迈扎特看到她胳膊弯曲，手指虽然放松却戒备。紧绷绷的沉默。

"你是我的妻子。"

她长长地深吸一口气。在那一刻，迈扎特觉得自己做得对，她在稳定自己的情绪，接着她的十根指头往后弯曲。虽然迈扎特真的没有再靠近，她依然撕心裂肺地发出了之前宣告的尖叫声。叫声尖利，穿破空气，像针尖一样刺进他的耳膜。

"哦，真主呀，不，请不要这样。"

她没有偏离那单一恐怖的音调。她再次吸气，又叫了，随着她往后退，音量小了些。她喘着气，停下来。现在她在窗户旁边，迈扎特看得到她的面孔。她的眼睛睁得大大的，胸口起伏。

"我不会靠近你的。我什么都不会做的，请不要叫。求你了。"

迈扎特准备好再次迎接尖叫声，但她没有再叫。迈扎特的眼睛适了黑暗的环境，看着她坐到了窗户边的那把椅子上。她把脚挪到椅子上，仿佛要抱着膝盖，但她却抓着旁边的橱柜站了起来，一开始好像是为了平衡，可接下来家具发出嘎吱一声，迈扎特看到她一只脚站在椅子扶手上，正在往柜子顶上爬，柜子稍稍倾斜，另外两只柜脚离开了地面。四只柜脚摇摇晃晃，她的衣服发出窸窸窣窣的声音，苍白的双手抓住柜子顶部的装饰物，她停了下来。

"现在你没法接近我了。"

迈扎特想要看她的眼睛，但只看得见她的手。

"没错。"他说道。

他看了看空荡荡的椅子，想象了一下站在上面拉她下来的场景。他双手放在腰间，不自觉地笑了一声，笑声听起来残酷无情。他的小腿靠在床边，他坐了上去。

"赞美真主。"他对自己说道。

油灯的调节阀生锈卡住，他手指都摆弄疼了。光亮中，房间展现在眼前：她盘腿坐在柜子上。他一只脚搭在另一只腿的膝盖上，右脚的鞋子很快就脱了下来，左脚却需要两只手的帮忙，用力的时候，他喉咙发出了小小的一声"砰"。他用食指松开领结。

"你整晚都要待在那里吗？"

他本来是想表现出洞察一切，甚至是傲慢的味道。可惜呀，这话一出口，就显得悲凉，立刻给了法蒂玛力量，她一言不发。迈扎特脱下外套，又脱了衬衣，庄重地叹了几口气，刻意避免看她，等脱到只剩内衣，躺在床上，这下轮到他退缩了。很自然，法蒂玛一直都盯着他看。

"从上面下来需要帮忙吗？"

"不需要。"

"我给你留着灯？"

她不回答。不知从哪里吹来一股风，火焰乱窜，舔到灯罩壁，留下一道道的黑痕。他伸手转动调节阀，往小调就容易多了。黑暗释放出他压抑多日的疲惫，几秒钟的工夫，他就淹没在疲惫中。

一夜无梦，转眼即过。他仰面睡着的，以同样的姿势醒了过来。天花板看起来还是昏昏暗暗的，一开始他觉得只过了几个小时，但坐起来后，看到了清冷的晨光从百叶窗缝隙透进来。法蒂玛蜷曲在椅子上睡着了，婚礼穿的裙子卷在大腿周围，两只散沫花染色的脚翘起来搭在一起，就像是祈祷中的两只手。他从床上爬起来，好看得更清楚一些。法蒂玛的嘴巴张着，脑后的辫子散开了，头发乱糟糟地缠在一起。他的影子落在法蒂玛身上，只见她眼皮颤动一下，嘴巴也抽动了一下。迈扎特转身离开，想让她一个人穿好衣服，一个人好好看看这房子，与这地方熟悉起来，他不要在场。

他的行李箱放在过道的尽头。他轻轻把行李翻过来。他黯然想到这些年在路上，就只有这个箱子陪伴他，箱子上的各种擦痕见证了轮船的颠簸和搬运工的粗暴对待。打开箱子，最上面放着一条亚麻布裤子。他在客厅里穿上裤子，这房间不宽，外面是花园，采光充分，很明亮。他穿上外套，朝基利心山出发了。

计划是卖掉家里的房子。乌姆·塔希尔搬到楼下与乌姆·贾米勒同住，卖掉顶层的收入用作她的生活费。虽然这一步要到婚礼之后才执行，但乌姆·塔希尔已经大部分时间都待在楼下了。迈扎特在乌姆·贾米勒的厨房里找到了祖母，她正在用手指搅拌加了蜂蜜的茶。

"你到这里干什么？"她说道，"你妻子在哪儿呢？"

他叹息一声，一屁股坐在椅子上，把新婚之夜的事情告诉祖母。提塔耐心地听他说话。接着，她大笑起来。

"你对她干了什么？"

"你说我干了什么，什么意思？"

"她吓到了。哈比比，你得慢慢来。乌姆·贾米勒，"她突然大声说道，"快来。"

迈扎特本以为祖母要问婶婶什么不相干的事情；让他沮丧的是，提塔一五一十地把刚才那番话告诉了乌姆·贾米勒。他想要阻止祖母："你非得这样吗？"但祖母只是讲得更快了，只是在必要的时候喘气停顿。乌姆·贾米勒睁大眼睛，来回看着迈扎特和乌姆·塔希尔，点着鸟儿一样的脑袋，仿佛知道最终的结果一样，嘴角已经露出了笑意。

"所以，我告诉他了，"乌姆·塔希尔总结道，"你得慢慢来，天呀，可怜的孩子，她吓坏了。"

"你爱抚她了吗？"

"哦，主呀，"迈扎特说，"我做不了这个。"

"你必须得做，"乌姆·贾米勒说道，"天，亲吻，天，非常重要。"

"不，不是……"他呻吟一声，"我回去了。就不该来。"

他赶紧出去。现在回新房子又太早，法蒂玛在那儿等着他，或者说害怕他回去。他沿着老路线，下山，进城，走进了商栈。

门口没有椅子，但从外面看起来，卡迈勒商店空荡荡的。走进去，听到裁缝室有说话的声音。布特鲁斯坐在工作台前，旁边站着三个人。迈扎特走进来，他们抬起头，三人散开，跟他打了招呼，都是他的老朋友，撒马利亚的裁缝们。他们面带微笑，埃利走上前，说恭喜新婚，他们参加婚礼很开心。

"希沙姆在哪儿？"

"他出去找你了。"埃利说道。

"出了什么事？"

埃利看着坐在桌前的布特鲁斯。

"等希沙姆回来吧。"布特鲁斯说道。

接下来的半个小时真是奇怪，迈扎特不断地打断谈话逼问答案。每一次，这些裁缝都不安地交换眼神，摇着脑袋。"等希沙姆回来吧。"布特鲁斯煮了咖啡，撒马利亚人拉出椅子坐下，询问婚礼的事情。迈扎特一心想着他们在隐瞒什么，仔细观察他们的面孔寻找线索，心不在焉地回答问题。他甚至没有去看希沙姆回来没，等希沙姆出现在他椅子后面的时候，他吃了一惊。

"你们已经告诉他了？"希沙姆对裁缝们说道。

"没有，他们没有告诉我，"迈扎特站了起来，"出了什么事？"

希沙姆一脸担心的表情。"你父亲。"他说道。

迈扎特等着。"我父亲怎么了？"

"他，他……"希沙姆吞了一口唾沫，眼睛望着地面。

"什么？"迈扎特说道。

"这份生意，他写在了乌姆·穆斯巴赫的名下。"

"什么？"

"这生意。在他妻子的名下。"

迈扎特沉默了一下。"*什么？*"

希沙姆举起双手。

"这是什么意思?"

意思已经非常清楚了。他们的脸上写满了怜悯。埃利显然是很难受,紧紧地抓住了椅子的扶手。

"我和他签了合同,"希沙姆指了指裁缝,迈扎特看到他的手在颤抖,"为她工作。你,哈比比……我很难过,我,我——"

"你之前就知道?"

"我很抱歉。"希沙姆的嘴巴皱了起来。

迈扎特喘了一口气。"你知道的,却没有告诉我。希沙姆!"

"我不想让你那样去找你父亲,"希沙姆可怜兮兮地说道,"我不想你那样,那样生气地去找他。"

"我应该怎么办?"迈扎特感到自己哭丧着脸。他希望没有别人在场。这是个愚蠢的问题,当然没人回答,"你们的合同签了多长时间了?"

"我们的薪水都是开罗发的。纳布卢斯没有销量。"

"希沙姆,你们的合同签了多长时间了?"

希沙姆绝望地看了裁缝一眼。

"我理解的,"迈扎特说道,"你需要薪水。没关系的。"

并不是没关系。他走到街上,震惊升级成为愤怒。他环视四周,想要找个东西来踢。铺路的石头有一个松动了。一个老西红柿,皮破,瓤爆。他握紧拳头,拳面砸在墙上,钻心的疼痛顺着手传过来,接着他撒腿就跑。他不想看到有裁缝出来安慰他。

现在,他怎么能去见法蒂玛呢?告诉她自己突然没有了生计?当初是因为这份营生,哈吉·尼姆才认为他是女婿的合适人选。如今他名下只有刚刚买下的那栋又小又黑的房子,花园的尽头还有一个粘着鸟粪的笼子。老房子卖出去后,他必须把那笔钱分给提塔一部分,即便这样,也不能持久。想到提塔,他以手掩面。他看到一个工人从入口走进地毯店。

"贾米勒在哪儿？贾米勒，你有时间吗？我有话跟你讲。"

他领着族兄来到街上，解释了他才发现的情况。

贾米勒一脸惊骇。"什么？那是不可能的。当然，她至少也要雇用你呀。"

"什么，就像她雇用希沙姆那样？你知道希沙姆挣多少钱吗？我养不起一家人，我的祖母……不管怎么说，我不能为那个女人工作，即便是她付钱……"

"但这不可能。这不可能，迈扎特。你确定吗？我以为他承诺了把生意给你？"

迈扎特摊开双手。

"我无法相信。肯定是她，肯定是她的主意。那个女人到底有什么毛病……"

"我不知道自己该怎么办。"

"难以置信。"

"是的，是的，是难以置信。"迈扎特咆哮道。

"但你的父亲答应了。我真的很惊讶。"

听到"父亲"这两个字，迈扎特胸口憋得厉害，他尖声叫道："我父亲！"

贾米勒朝街上看了一眼。"来吧。我们出去走走。"

迈扎特跟着去了。他们沿着街道走下去，路过了法蒂米亚学校，路过了上郊区的拉菲迪亚。他们走到巴拉塔村子，北向而行，走在山中；过了一会儿，迈扎特没了说话的冲动。愤怒就像一群鸟，飞走了，他觉得沉静。他傻里傻气地看着田野。蓝色的天空到了山顶上是白色的，而山顶的绿色上有一道阴冷的粉红色。他们身边的斜坡上是一团团的野生圆形灌木，前面的强光勾勒出灰色岩石上的条纹。

"我筋疲力尽。"他喃喃地说道。这几个字听起来很舒服。他又说了一遍。"我筋疲力尽。"

然而，这并不是真的。这样走一走，疲惫赶走了，原本的死水一潭也搅动起来，如果再继续死水的状态，他感觉会淹死在里面。爬山也让他的思绪流动起来。

"你知道大家都叫我巴黎人这回事？"

"嗯。"

"真奇怪，才仅仅一年的时间。我已经觉得那是很遥远的事情。我一直在想。如果我回去，会怎么样。"

"哈比比，你不能回去。你的人生在这里。"

"什么人生？"他毫无幽默感地笑了一声，"我一无所有。"

"行了吧。你刚刚娶了这城里最美的女人。你成功了。大家都这么想。"

"我为了*他*才娶的法蒂玛。我还不如放弃我得到的一切。这里没有我留恋的——"

"你不仅仅是为了他才结婚的。我知道你的。你爱她。"

迈扎特上下牙一碰。"人不可能爱上陌生人，就没有这么一回事。"

他们此刻算是到了一个山顶，前面山坡往下，然后又再次往上。他们停下来，周围的一切都生动起来。

"你想要知道昨晚发生了什么吗？法蒂玛——她躲我。她爬上柜子顶，不肯下来。"

他眼睛飞快地扫向族兄，等着他大笑。贾米勒的一只脚放在岩石上，正喘着气，一只手放到了迈扎特肩头。

"会好起来的。她是个女人。她还什么都不懂呢。"

"不要告诉别人，好吗？"迈扎特说道，"但老实说来，提塔可能给所有人都说了。"

"你会没事的。我知道你会没事的。"

"为什么我犯错误的时候，你只是爱我呢？"

"真主呀，"贾米勒从迈扎特肩膀上抽开手，"并不是这样的。迈扎特。你真是自大傲慢！"他突然大笑起来。

"你什么意思？我怎么自大傲慢了？"

"我的意思是，真的，你认为你是一切的中心。不，我也不是这个意思。好了，不要生气。"

"我没有生气。我只是不明白。"

"好吧。你想知道过去的两个月我是怎么过来的吗？你有兴趣吗？"贾米勒的脖子奇怪地动了动，就像是此刻他在和自己对话一样。他恢复了温柔一些的语气，"首先，我看见两个人被杀。先是一个，接着是另一个。就在我眼前，几英尺远的地方。全是血，所有的东西上全是血。我看到最后……"他的嘴唇抿得紧紧的，"第一个是犹太人，年轻人，我们这个年纪。第二个是阿拉伯人，那个犹太人的朋友们杀了他。这一幕一直在我心里，你知道吗？黏在那里……"

"是在先知穆萨节？我不知道。"

"你不问！你甚至不问。我们回来了，你又再次进入了你的世界里，读诗歌。巴黎人，戴着各种颜色的领结晃荡。你甚至没有找我，径直走了。"

迈扎特努力回忆先知穆萨节之后的那段时间，发生了什么，他在干什么，这时最后一句话的指责让他感到了刺痛。

"我说过的，你知道我在人群中跟你走失了，我怎么才能找得到你？"

"我知道。"贾米勒挥了挥手。也许他并没有打算提这件事，只是言语激烈中流露出来，"你多少应该看看你外面的事情。国家要玩完了。到处都是要饿死的农民，他们四处抢劫。你知道上周有多少人被抢了吗？你听过别人谈论事情吗？"

"贾米勒，我父亲死了。你怎么能说出那样的话，你不知道我是怎么样过来的，你甚至很少见到我！"

"没人买地毯，但他们还是来，他们来看，装作要买的样子，你知道为什么吗？因为他们没有其他的事情可做。你父亲的事情，我很难过，但我们失去了大马士革，现在这里要变成犹太人的国家了，因为英国人就想这么干。天。那就是当年最糟糕的土耳其人。很有可能更糟糕。"

贾米勒继续往前走，但迈扎特止住了脚步。贾米勒很快也注意到了，他在斜坡上面一点的地方停住脚步。两个人都还没有喘过气来。

"你为什么要这样对我？"迈扎特说道。

他们站在山边的一个缺口处，一个中空的小窟窿。风吹透衬衣，迈扎特感到冷飕飕的。贾米勒一脸平静，一绺头发被吹到了另一边。

"你这么没有同情心，我真是不敢相信。"

贾米勒猛地举起瘦瘦的胳膊。"同情！"他说道。

迈扎特立刻转身，朝另一个方向走去，要下山。他一门心思想要消失，想要赶紧回去。此时此刻就像是一块光秃秃的岩石，没有遮挡。过去所有的痛苦都已经终结，一切都知道了，没有任何东西可以再伤害他。

"迈扎特！"

他继续往前走。太阳之下，一切都是那么清晰。没有安全。

他再次走回小路上，看到贾米勒没有跟上来。在他的脚边，一只蜥蜴在岩石上伸舌头，接着就消失了。面对眼前的旷野，那种感觉又回到了他身上：他安然待在君士坦丁堡的宿舍里，曾经渴望过的灼烧感。现在那种感觉更为强烈。他躯体的轮廓收得紧紧的，灼烧他的皮肤。唯一解脱的方式就是奔跑。

法蒂玛打开自己的行李，把衣服装进柜子里，再把迈扎特的行李拖下台阶，拖到卧室。箱子盖子打开的时候，她笑了起来，这男人的衣服比她还多。她摸了摸放在第一层的衣服，很柔软，家里穿的袍子，面料厚实，褐红色的内衬。衬衣、领带，有缎子的，也有印花棉质的。她伸出手关上盖子，右胳膊刚举起来，脖子一阵剧烈的疼痛让她不得不放下胳膊。她揉着痛处，站在那里照镜子，一边肩膀明显比另一边高一些。她需要胡芦巴[1]。

食品储藏室里放着一盘盘的食物，都是他们的亲戚备好的。一碗碗的甜麻叶、葫芦瓜和扣饭[2]，上面是一碟碟的米饭，还有两袋子新鲜西红柿和黄瓜，再加上两大碗水果。看不到胡芦巴。她的确是找到了一袋干葡萄叶。左胳膊不疼，她左手拎出水果，放在桌子上。番石榴又小又硬。橙子粗糙的果皮上有白色的尘土。她在锅子里灌上水，放到炉子上煮，然后伸手拿起一个洋葱和一把刀。她在桌子上把洋葱一切两半，然后换方向切数刀，洋葱散开，成了透明的小片。她唱起了歌。房间里全是水蒸气，她打开了面朝花园的窗户，阳光中，铁艺椅子看起来锈迹斑斑，很不入眼。她把食指伸进衣领，按摩脖子。

晾凉米饭的时候，她听到前门有动静。迈扎特走进来，她并没有转身。她把摘下来的叶子堆在一起，在碗里倒了一汪橄榄油。片刻后，迈扎特走了出去。她包好第一批叶子，留神听着动静，有没有嘎吱声或是脚步声，想要判断迈扎特的位置。但是，接下来的动静就在她的身后，就在厨房外面的过道里。她很快掩饰住自己的惊讶。

"可以给我一杯咖啡吗？"迈扎特说道。

抹布别在腰带上，她在上面抹了抹手，打开一个橱柜。一摞摞的盘子。

"这里，在这个里面。"

---

1 香豆子，又名胡芦巴，为豆科一至两年生草本植物。
2 中东地区的传统菜肴，有肉、大米和煎炸过的蔬菜放在罐子里，吃的时候反扣出来。

"壶呢?"

"这个里面——不是,这个。你……你需要的东西都有了?"

"胡芦巴。我们没有。"她拧开咖啡罐子,"但是,是的,我需要的都有了。哦,除了……"她转过头来。

"除了什么?"

"谁送水呢?我家房子里有水井。"

"送水工会来这儿的,"迈扎特说道,"我们没有那么远。但你还行吗,我的意思是说,你需要女仆吗?"

"哦,我觉得不需要吧。至少现在不需要。"

咖啡泛起泡沫。她倒了一杯,迈扎特接了过来,一开始并没有去喝。法蒂玛手上忙碌着,他坐在桌子边上,望着打开的窗户。她又做好了四个叶子包,与其他的一起放在盘子上。

"你在想什么?"她说道。

迈扎特抬头望着她。她心想,自己的问题是否冒犯到了他。但他立刻说道:"我在想……想我在法国遇到的一些事情。"

"让你难过了?"

"也不是特别难过。我有——有一个去世的朋友。他非常聪明。他认为人生就是一件事情,死亡也是其中的一部分。"他啜饮咖啡。"我不太清楚这是否有意义。你在做什么?"

顿了一下,她回答了,声音里有明显的难以置信:"葡萄叶子包饭!"

"你的手很巧。"他的头埋到靠近桌子的地方,仿佛要从侧面好好看看的样子。"非常小。"

"我母亲教给我的。事实上也不是,我母亲没有教我,我从土耳其人那儿学来的。你知道的,我们家楼上以前住过土耳其人。"

她又把一片叶子浸到橄榄油里。她感觉得到迈扎特在看她。

"这我还不知道呢。"

锅底的米饭黏在一起，结成饼状。她用勺子来挖，椭圆形的米饭落在盘子里。

"现在我们结婚了。"她说道，咬了咬脸颊里面。

迈扎特笑起来，她知道迈扎特已经移开了目光。

"是的。现在我们结婚了。"

到了晚上，法蒂玛觉得自己是胜利者，但这一点并不怎么让她开心。一整天，迈扎特没有碰过她，也没有提及昨天晚上。他们继续亲切友好地说着无关紧要的事情，但完全没有丈夫和妻子私下应该有的行为。法蒂玛一直想着公共浴室那些大笑的女人们。她们知道婚姻应该是怎么一回事。婚姻真正属于她们，属于那些在热气中家长里短、在她脑海角落里晃悠的光身子女人们。随着下午时间的推移，她觉得做葡萄叶包饭已经耗尽了她的镇定。她对着厨房窗户，虚弱地哭了片刻。回想起来，相比白天清醒状态的笨拙无知，昨晚的恐惧似乎都要轻松些。现在光线已经暗下去，房间里女人站在一边，男人在另一边，看不清未来不确定的模糊轮廓，其时间和空间的跨度超过了女孩心思的范围，同时淹没了她对几英寸距离、对几秒钟的时间，还有对他呼吸声的恐惧。她站在窗户前，甚至都不知道该如何摆弄自己的双手。最后她双手紧握，手指捏出了粉白相间的颜色。她想要好好想一想接下来的几个小时，但她的思绪不受控制，总是去想接下来数年会什么样，而那也是未知的岁月，其结果也包裹在迷雾中。

夜幕降临，迈扎特在客厅里读书，她则是弹奏乌得琴。人们认为女子能够弹奏乌得琴是美德。她想只为自己高兴而弹奏，就像不知道迈扎特在房间里一样；她甚至哼唱起来，就像是为了另一场合而练琴。但迈扎特根本没有抬头，所以她可以放心观察。她觉得迈扎特神色疲惫。他脸色苍白，耷拉着眼皮。他的衬衣袖子卷了起来，法蒂玛挺喜欢他的胳膊。几次弹奏都半途而废，她把琴放在腿上，调试琴弦。

"你在读什么？"她说道。

"嗯？"

之前法蒂玛问他在想什么，他也是这样望着法蒂玛。他的面孔非常具有表现力，挺吸引人的特点，但暴露出他的漫不经心。他把书脊拿给法蒂玛看，上面是一门欧洲的语言。布料封面，红色的，一个黑色的丝质书签吊在书脊上，书签磨损得很厉害。

"福楼拜，"他说道，"你会法语？"

"不会。英语会一些。我知道三个德语单词。"

"哪三个呢？"

"Abendessen，Mittagessen和Heisse[1]。还有些其他的单词，我忘了。"

他皱起眉头，头偏向一边，嘴唇分开了。她回答道：

"土耳其人走了后，我们家里来了德国人。"

"哦——对的。这个我记得。我父亲给我说过。"

他的目光在法蒂玛身上停留了一会儿，又回到书页上。法蒂玛心想，或许是个伤感的故事。他又抬起了头，显然是想要说话。一时间，他保持了那个状态，法蒂玛等着，心里并不高兴，然后他就不在说话的状态了。她把乌得琴圆润的背面靠在了墙边。

"你去哪儿？"他说道。

"厨房。"

厨房里没事可干。她拿起一块湿布擦桌子边缘，上面有一道凸纹，可能会有灰尘。湿布干干净净的，之前她已经擦过了。

她有意先于迈扎特进了卧室，在镜子前脱了衣服，穿上睡袍。

---

1 三个单词意思分别是晚餐、午餐、叫做。

迈扎特敲门进来，他已经穿上了黑色绲边的蓝色睡衣裤。如果是昨晚，这样的场景会吓到她。现在，她轻轻笑了，这就是说迈扎特猜到了她的心思，之前就拿走了睡衣裤。上衣最上面的纽扣是松开的，他上床的时候，衣领掉了下来。她钻进去，躺在迈扎特身边。被单很重。他们仰躺在床上，沉默了一会儿。然后，迈扎特说道：

"你去耶路撒冷看先知穆萨节的游行了？"

她的呼吸停止了。"是的。"

"我看到你了。"

危险的感觉划过法蒂玛的脑海。丈夫就像父母一样，很在意女人丢脸的事情。她僵住了，等待着。

"你一个人去的？"

"是的。"她轻声说道。她突然有一种很想哭的感觉。

"不要害怕。"

但这几个字让她想起了昨天晚上，仿佛那不是过去，就是现在，她的心怦怦狂跳。她渴望黑暗，想要掩饰发烫的脖子和脸，她无助地瞟了一眼迈扎特那边的油灯。她觉得自己暴露无遗，就与昨晚爬上柜子之前的感觉一模一样。

"你干吗害怕呢？"

被单动了起来。迈扎特转身对着她。她看得到迈扎特的白眼珠。

"我感觉得到，你在害怕。我不在意你去先知穆萨节。我问是因为……我在想，你是否看到了什么。恐怖的事情。"

"我什么都没看见。几乎就没去过的感觉，我去了，我走了……"

"但很奇怪，你不觉得吗？"他说道，"那么多人，那么多愤怒的人。"

她吸了一口气，发出很大的声音。"他们没受过教育。天，穷人。穷人愤怒。这就是为什么我们有天课[1]。"

---

1 伊斯兰教五项基本功课之一。穆斯林个人资产超过一定限额时，按一定比率缴纳课税，用于施舍贫困者。

迈扎特翻身仰躺着。他关了灯。法蒂玛慢慢地不再脸红耳赤，她听着让人安心的风声。等到平静了，她安静地对迈扎特说道：

"给我讲一讲巴黎吧。"

"巴黎？"

"我想知道。"

他一开始语速慢，讲得中规中矩。"战争期间，我住在巴黎。男人不多。老年男人除外。另外，还有一些阿拉伯人。"

一开始他似乎不太情愿，但很快就放松下来，开始了独白。他的描述勾勒出一幅幅的图画；法蒂玛看到了阳台，看到有平台的咖啡馆，她走在空荡荡的街道上，走在戏院的过道上，到处都是憔悴的女人泪光闪闪地思念战场上的男人，她听到了说话的声音，听到了玻璃和瓷器的声响。黑暗中，她不再拘束，靠得近了一些，迈扎特喉咙的声音震动更近了，半裸胸膛的热气也更近了。她的肩膀碰到了转身的迈扎特，原来身体靠得这么近！她有足够的敏感，意识到这番话透露出了迈扎特内心的某个部分，这番话挣扎着抓住那一部分，翻译给她听。这样的信任让她心中一动。她突然胆大冒失地把手放到了迈扎特的胸口上，隔着丝质的睡衣，她感到了迈扎特的心跳得猛烈起来。

"我们以后会去那儿吗？"

迈扎特的手放在她的手指上。"有可能吧。"

迈扎特说了句什么，她没有听清楚。她摸索到迈扎特的嘴，吻了上去。他们的额头笨拙地碰了碰。迈扎特刮过胡须的上唇有汗。她立刻把手放到了迈扎特的两腿之间，自己居然还有这样的勇气，她又惊讶又震惊。更让她惊讶的是迈扎特裤子里勃起的下身形状，她猛地抽回了手。

"不要看着我。"她说道。

"我看不见你。这里一团漆黑。"

这显然是撒谎，因为她仍然看得见迈扎特。她闭上眼睛，羞得浑身发烫。迈扎特的手指放到她的腿部，非常轻柔地撩起她的睡裙。她抬起臀部，接着举起双臂，睡裙脱了下来。虽然她皮肤发红，但还是冷得起了鸡皮疙瘩；迈扎特的手碰到了她的臀部，她躲闪了一下。接着，她看到迈扎特的身影犹豫了，她伸手搂住迈扎特的胳膊，把他拉到自己上方。

难以置信的疼痛。无论有怎样的羞愧，在那种难以忍受的炽热感觉中，立刻化为虚无。他撑着身体的胳膊在发抖，头发落下来，扫着法蒂玛的额头。等到他们四目相望，迈扎特说"你没事吧?"，这时她才意识到他沉重的呼吸。

她露出微笑。"没事。谢谢关心。"

第二天早上，她独自醒来。两个工人在外面大声说话，或是在互相指点，或是问候。她起身，把床单拿到厨房泡在盆里。红色的痕迹浮起来，在水中晕开。她打开摇摇晃晃的窗户，风一下灌进来，吹皱了水面，她的脖子立刻感到凉意。

肯定不是轻松自在，但她觉得稳当，就是这个感觉。风一阵阵穿过花园，吹得尽头的两棵树枝摇来晃去。外面的空间，既封闭又开阔，全是她的——她冲进卧室，从柜子里拉出一件外套，头上包上棉披巾；脚上是拖鞋，外套下面只是露出了脚踝。她拉开客厅的门闩，转动把手，打开门，来到第一个平台上，一把铁艺椅子被推开了，斜靠在直立的桌子边。她朝花园外望去，看得到的只是山，尽管如此，她还是到了靠近后门的地方。

哎呀，如果有人看到她怎么办? 他们住在郊区。一开始这是她的担心之一，但现在似乎挺好的。她担心过这里离市中心太远，离有名的府邸太远，离她的家人太远，但现在这份担心在消退——毕竟，也许这意味着她得到了解放，不再生活在别人的赞许中。这难道不好吗？她想起了刚才听到的声音，有人在田地里说话——当农民，就是这么自由？出发去干活，跟男人走在一起，大呼小叫的？

眼前好景色。且不说头顶上是白蓝交融的天空，眼下的风也是蔚然壮观。她看着风刮走了花园的寂静，看着平台上的晾衣绳像项链一样摇摆，想着应该把床单拿出来晾干。她走进去，在水池里拧干床单，拿了出来。拧在一起的棉布重重地坠在晾衣绳上，她用失去知觉的手指抹平床单上的皱褶。

也许是风声太大，一开始她没有注意到那个人。等她察觉到有人的时候，那个身影站着一动不动。她往后一缩，脖子那块地方又酸痛起来。没有开大门的声音，没有脚步声。鬼魂一样的身影站在第二个平台边上，完全处于阴影之中，斜坡遮挡住了大半的脚部。她抬起手来放在额头遮挡阳光，看到那个不知是谁的身影移动起来，往上走。她看清是个穿着厚重农妇裙子、没戴面纱的女人，最初的恐惧得到了缓解。那女人停在第二个平台上，法蒂玛现在看得到她的面孔。一个老女人，这个年龄了，嘴里还能有那么多牙。温和的大眼睛，额头很宽。她用一只手捏住胸前的披巾。

"我敲了门。"她大声说道，声音沙哑低沉。

法蒂玛朝着椅子和客厅门的方向走了一步，惊恐地看到客厅门大开着。

"你没有听见。"那女人说道。

"你是谁？"法蒂玛大声叫道，但风刮走了她的声音。

那个女人继续厚颜无耻地站在那里；法蒂玛突然有了一种怪异的感觉，仿佛无礼闯入的不是那个女人，而是她。这种感觉多少是因为对手坚定厚重，而法蒂玛感觉像亚麻布一样轻飘。对方可能是之前的住户，可能为那个老人工作过，或者是精灵。法蒂玛伸出一只胳膊，拿出最大的声音尖声叫道：

"这是我的房子，你出去！这是我的花园——出去！"

"夫人。"那个女人伸出弯曲的两只手掌，仿佛要抓住什么一样，"夫人，求你了。"

法蒂玛睁大了眼睛。这女人是来乞讨的？她是不是应该往客厅跑？也许这个女人听说了她，听说她是新娘，看到她年纪轻轻一个人在这里，觉得是抢劫的好机会。听说过这样的事情。但法蒂玛没有朝房子里跑，她突然感觉气愤异常，居然有人觉得她好欺负。她裹紧了外套，固定了一下头上的围巾。这些小动作，她做得很快，很刻意，就是要表现出咄咄逼人。这几秒钟给了那个女人时间，她说出了此行的目的。

"夫人——我来见你丈夫。"

"谁？"

"你丈夫。"这个女人第一次踌躇了，"尊敬的迈扎特。"

"你找他干什么？"法蒂玛大声吼道。

"我想说抱歉。"

这个陌生人往前走了一步，像是要走上平台一样。她垂下眼睛看着地面，法蒂玛看到她眼睛周围一圈圈的皱纹。"你可以转告他吗？我很抱歉……"真正的眼泪落了下来，挂在脸上，泛着银光。"告诉他……乌姆·马哈茂德离开了他，很难过。他父亲的事情，她很难过，真主保佑。告诉他，求你了，夫人。"她与法蒂玛目不转睛的目光对峙了一下，又用手抓着胸前的披巾，开始往下退。她挥着另一只手，一边走，一边转身鞠躬。"拜托了，夫人，拜托了，赞美真主。"她到了大门，拉开门闩。"真主在上。赛俩目。赛俩目。赛俩目。"

Part Three

第三部

1

汉尼的叔叔，福阿德·穆拉德还有半个小时就要被执行绞刑，他的牢房就在绞刑架附近。坐在牢房里，他从一本小说后面小心翼翼地撕下一张空白页，接着他把纸放在书的封面上，背对太阳，在自己的影子下写了一份遗嘱：

> 现在是伊斯兰历1333年10月14日，星期六晚上八点半，我的死刑将在今晚九点执行，也就是说我在死亡前半个小时写下这份法律文书。在我书写这份文书的同时，与我一同判刑的罪犯穆罕默德·阿布德·卡利姆已经被送上了十字架，他已经去见他的神，我为他感到高兴。我以开诚之心迎接死亡，我离开这个世界之际，是作为穆斯林离开的，相信真主和来世。
> 看到没，我写字的手并没有发抖……

书的封面上有烫金的字，笔在凹进去的部分卡了。他在遗嘱中安排自己的叔叔为执行人，具体分配了给他姐妹的及他妻子的现金数额。他财产的大部分留给女儿萨哈尔——

> 这样我就能了无牵挂地去迎接死亡，我还欠鲁巴伊·杜拉的钱，他从大洲酒店给我带来了毛巾，五个半库升[1]。

---

1 货币单位。

1915年，她的父亲福阿德站在了阿利的绞刑架下面，旁边两个也是叙利亚人，套索挂在他们的脖子上面，真的是一身罪行——他们的罪行被写在大纸上，就像是围裙一样，别在他们的胳膊下面。那一年萨哈尔·穆拉德六岁。

她当年的记忆是这样的。她在杰宁的家中，信使送来一个信封。她母亲在前门外双膝跪地。当时是夏天，非常热。几天后，也可能是几周后，有人前来拜访。

"早上好，妹妹。"一个高个子男人走进过道里。他低头看着萨哈尔，弯腰到她的高度，说了句"你好"，然后碰了碰她的头发。他眼睛看着萨哈尔，对她母亲说："我们有事情商量。"

又过了几天，萨哈尔听到门厅传来另一个男人的声音。她以为是她父亲，就过来查看。

"她在这儿。"那个人说道。那人不是他父亲。他冲萨哈尔张开双臂，萨哈尔谨慎地走进去。她立刻就腾空而起，靠在那个男人的肩膀上，坐的是那个男人的臂膀。她已经不小了，这样托举，她听到了那个男人的呼吸声。他明快地说道："哈比比，过几年，我再来看你。"

萨哈尔记得最清楚的是第三个前来拜访的人。他的眼睛下面几道黑眼圈，身上的气味并不好闻。他看着萨哈尔，但并没有像其他人那样欢迎她。他只是转身对着她母亲，说道："来吧。说一下。"她母亲一脸担心，萨哈尔一直记得母亲担心的表情。

她并不清楚自己具体是什么时候明白父亲死了：也许是逐渐明白过来的；也许是直接告诉她的，而她后来抹掉了那一记忆。她记得母亲的焦虑。她母亲随时都在身边，只有工作日的上午，一个叫玛丽亚姆的女人来教她认字，还有星期六下午女仆诺拉来帮忙做家务，母亲才会让她一个人待着。很少有客人，如果有人来访，母亲就戴上面纱，把她锁在卧室里。这些孤独的时候，萨哈尔打开母亲装头巾的抽屉，拿出头巾裹在自己头上。卧室里没有镜子，也看不到效果。

然而，总体而言，萨哈尔的童年并不孤单。在母亲、玛丽亚姆和诺拉这三个女人的庇护下，她吵吵闹闹，富有好奇心，在房子后面的花园里一玩就是几个小时，观察胡桃木的树根，扯草，挖泥。玛丽亚姆提供了书籍，那是通往遥远国度和过去的通道。随着阅读能力的增长，萨哈尔独自一人，一头扎进了伊斯兰历史的篇章中，领略了埃及小说的浪漫故事，到了晚上她就把自己所学的内容概括给母亲听，母亲不能阅读。

关于父亲，她记得两件事。一件是坐在他的膝盖上。膝盖上下颠着，她大声笑着，那是跳跃的笑声，本身就很好笑。另一件是父亲的大手放在她的胳膊下面，把她举起来。她十一岁，第二年战争结束了，萨哈尔终于问母亲，父亲是怎么死的。让她惊讶的是，母亲当时坐在椅子上，用一块湿布擦鞋上的灰尘，直截了当地给出了答案。

"有人不喜欢土耳其人，他和那些人是朋友。"

萨哈尔单腿站着。"为什么那些人不喜欢土耳其人？"

母亲停下双手，目视前方，手腕朝上弯曲，免得鞋子碰到她的大腿。"因为——那是帝国。"

萨哈尔叹了一口气。如今这种情况越来越常见，她看到了母亲知识的局限，感到一种迷惑的失望和怜悯。

接着她母亲说道："你知道，我们阿拉伯人想要独立。"

抹布之下，皮革鞋跟周围泛着一道亮光。

"现在土耳其人在哪儿呢？"

"应该是在土耳其吧。"

"现在我们有了英国人。"萨哈尔说道。

"没错。他们说，这只是我们独立之前的暂时情况。听天由命。

听天由命呀，希望能比土耳其人好一些。"

十三岁那年，萨哈尔来了初潮。之前她母亲警告过她很多次。"你要告诉我，"她母亲说过的，"等来的时候，你要告诉我。"这样的警告后，萨哈尔并不知道那有什么意义，怎么会不害怕呢？她大步走到卧室，给母亲报告了消息。无论她预想过什么，母亲的反应都出乎意料：她紧紧捏住萨哈尔的手，捏得好紧，萨哈尔感到了血脉跳动。母亲盯着萨哈尔，仿佛想要看穿她一般。

"出什么事了，妈妈？"

母亲长长地重重地吸了几口气。"你要结婚了。"

萨哈尔再次感到一波失望的情绪，她一动不动，等着情绪过去。她怜悯母亲的局限，怜悯母亲的孤独。最后，她说道："我会让你和我住在一起的。"

母亲张开了嘴巴，仿佛要大笑的样子。但是，天呀，那只是哭泣的前奏。

"哦，不，不，妈妈，不要这样。"

"萨哈尔，我必须得告诉你。先给我一块手绢。"

她父亲去世的时候，有三个舅舅来过。她还记得吗？

萨哈尔想起了那个臭烘烘的男人，眼睛下面还有几道黑眼圈。"是的。"

"我的三个兄弟都想娶你做儿媳妇。为什么？因为你继承了你父亲的大部分财产。他们是坏人。他们依然来看我们。经常来。我每个月都见他们。我不允许他们见你。现在，不，我们不要让他们知道你可以嫁人了。我们要找个法子——"

萨哈尔进入青春期的事情，她们决定保守秘密，甚至瞒了诺拉和玛丽亚姆。她们放开了萨哈尔裙子上的褶子，以掩盖将要发育的乳房。

就这样，萨哈尔过了整整一年。很可悲，她所生活的小小世界第一次缩水了，总共只有三个人，其中两个就不能再信任。白天，她在门口渴望地望着花园，不敢迈入敞开的空间半步，也许会有人看到她，把她抓住。虽然她的好奇心与之前一样旺盛，但现在混杂上了恐惧。她对舅舅们的戒备，几乎成了困扰。

玛丽亚姆似乎并不知道发生了什么，或者说并不知道现状。她上课的内容变成了交谈，因为萨哈尔的阅读能力几乎和她旗鼓相当，只需要练习了。有时她们一起读报纸，讨论时事。现在也没有什么值得报道的，上一年的动乱后，报纸挺清静的。玛丽亚姆带来的新闻大多数是关于重建的铁路，还有一个叫做电话的东西，邮局有这么一个。她说，你可以跟在耶路撒冷的人通话，声音是通过导管传播的。春天的时候，玛丽亚姆带来一则甚至更离谱的新闻。她在一份当地报纸上看到了，然后又在她个人订阅的埃及杂志上读到了一篇双开页的文章。

1923年5月28日，两个女人在开罗下了火车。其中一个非常有名，她丈夫死于英国人之手。这个女人从罗马参加会议回来，她们从车厢里走下来的时候，到月台迎接的朋友和仰慕者一看到她们，鸦雀无声。两个女人身穿黑色衣物，裙子到脚踝部分；其中一个佩戴的粗项链上挂着一个很大的银色坠饰，另一个则是玫瑰花坠饰，帽子别在耳朵上方。很多人瞠目结舌。两个女人都没有佩戴面纱。一个面带微笑，另一个扬起下巴。接着，她们周围的女人们爆发出雷鸣般的掌声，其中有几个撕下自己的面纱，露出了脸庞。照相机的闪光灯亮了又亮。

萨哈尔注意到，玛丽亚姆翻动报纸的时候，手指颤抖了一下。

"这意味着什么？"萨哈尔说道。

"我不知道。"玛丽亚姆说道。

那个夏天，天气最热最不舒服的时候，萨哈尔就在床上看书。她把历史书放在一边，只生活在小说中。一天下午，她正读着一本关于埃及王后的书，这位王后很多个世纪前是统治者，已经快到结尾部分。她不想一下读到高潮部分，等读完了，她就会伤感的。就在这时，她意识到母亲已经进了房间。

"他们知道了。"母亲说道。

萨哈尔仰躺着，书放在胸口上。"谁知道了？"

"你的舅舅们。两个舅舅今天来过了。第三个随时就到。"

汉尼·穆拉德最初到巴黎的时候，渴望波澜壮阔的政治生涯。但为埃米尔·费萨尔工作一年后，他已经开始梦想家庭生活。等代表团最终在大马士革安顿下来，着手建立新政府，他和其他的助手遭遇到越来越大的阻碍。眼看法国人的行动越来越暴力，他们运动的明灯一盏盏地被审查部门剪灭，公共事务的绝望变成了个人的绝望，宫廷里人人都开始反省个人的失败，汉尼也开始了私下的幻想。他想象自己在律师事务所工作。还有写作——他还可以回归之前翻译的土耳其历史。他想象出一栋房子。在纳布卢斯？耶路撒冷？一位妻子。可以合理地推测到每个小时在做什么，真是一种安慰。

1920年，叙利亚抵制法国的运动彻底失败了，随即，他们就输掉了独立战争。汉尼和这位埃米尔成了大马士革的逃亡者，坐在一辆出租车的后座，在脸颊上吻了四下，就此别过。费萨尔准备接受英国人的任命，即将成为伊拉克的国王，还有一个英国女人做他的首席顾问。1923年汉尼回到了巴勒斯坦，他是巴勒斯坦人。正如他预料的那样，在这件事情上他没有选择。他们统一黎凡特地区的梦想已经成为泡影，至少目前是这样的。

他到达耶路撒冷的时候，这里很安静。或者说，这座城市一直都如此安静。汉尼走进客厅里，拍着老朋友们的背，他们吻他，他咧嘴笑。他从半途中听大家说话，有人询问他的看法，他就娓娓道来。他们应该接受英国人和英国人的准民主体系吗？这是否意味着接受锡安主义？或者他们应该彻底抵制，不要妥协，继续争取独立？独立是他们应得的东西，之前就是这样承诺的，而且也是他们天生的权利。

"汉尼，你怎么看？"他们问道，"英国人会改变心意，不再致力于锡安主义吗？"

汉尼被拖到桌子边，被强迫坐到沙发上，他说着自己的观点，声音变得沙哑。他在耶路撒冷租了一套公寓，与大家族的家长见面，毫不吝啬地分享他积累下的智慧和经验，询问他们的立场，是合作还是抵制。他订阅了所有的报纸，熟悉当地民意。他买了一张书桌，安放在新书房的窗户边上，抬头就看得到大马士革门。他观察进进出出的人群。

他乘火车北上看望家人。那天，他想的最多的就是婶婶乌姆·萨哈尔，他一直都担心婶婶怪罪他害死了叔叔。

多年前，汉尼刚到巴黎，天真烂漫，给在杰宁的叔叔福阿德写了一封信，怂恿叔叔加入流亡阿拉伯思想家的行列；当时，这群人到了晚上就在彼此家里聚会，热烈讨论。战争已经打响，新的潮流席卷而来，他的朋友们兴奋不已；汉尼年轻，充满了理想，想要与叔叔分享他的新世界。通常，他们这群人都用数字密码通信，但福阿德不懂这套密码，汉尼就用阿拉伯语写了那封信。他没能收到回信。不久，他听说福阿德被执行死刑的消息。在富尔街随意投进邮箱的那封邀请信成了汉尼的梦魇。

多年来，他一直想着怎么给婶婶道歉。到了杰宁，他发现婶婶样子大变：手腕从袍子的袖口露出来，纤细的腰身弯曲了。过道里没有点灯，他看到这个瘦弱孤独的身影，立刻明白自己想要请求原谅是多么自私的念头，他知道什么都不能说。要让她回忆遥远过去的暴行，太过分了。已过了这么多年，而他的想象中，婶婶还是原来的样子，困守四十天的服丧期。汉尼握住她的双手，问她怎么样，她露出微笑，说，哦，也就是这样那样的琐事。她提到了一个女儿。阳光在云层后面跳动，时有时无的光线照进来，房间里的书架和家具亮了又暗。汉尼说，自己想念她，见到她很高兴。但事实上，这栋房子让他压抑，等要走的时候，他觉得一身轻松。

走到门口，她说了一句："你让我想到了他。"

"谁?"

她露出微笑。

"我寄过一封信，"他按捺不住自己，开了个头，"从巴黎——"

她依然面带微笑，摇了摇头。

"如果有需要我的地方，"他说道，"一定要告诉我。"

回耶路撒冷的路上，他在纳布卢斯下车，去看老朋友迈扎特·卡迈勒。

结婚三年来，迈扎特和他的妻子和孩子一直住在城边的小房子里。孩子名叫马萨拉特，是个一岁的女孩。

与汉尼的婶婶相反，自从上次见面后，迈扎特几乎没有变，只是肚子变得圆了一些。他一头浓密的长发，虽然第一眼看过去，他似乎没有了少年的气息，但等他们坐在客厅里，寒暄结束，他开始说笑话，眉毛像以前一样往上扬，还是熟悉的恶作剧样子。一开始，他非要把小女儿抱在膝盖上，可是女儿又是挣扎又是哀叫，法蒂玛出现了，默默地抱起孩子，一晃一晃地抱回厨房。

"听说了你父亲的事情，很遗憾，"汉尼说道，"真主保佑他。"

"哦。"迈扎特的手在空中拍了一下，拂去这个话题，但一时间似乎找不到其他的话说。法蒂玛做了一些饼干，还温热着，非常脆，他们默不作声地吃着。接着，迈扎特说道："我们新起炉灶。成衣定制。我和一个撒马利亚人一起干。还有我们以前的裁缝，布特鲁斯。我们制作正装。"

"很好呢，"汉尼说道，"恭喜恭喜。真主保佑你生意兴隆！"

迈扎特咧嘴一笑。"我们也从开罗进口女性服装。"

"嗯，我现在看上去真是一身破烂，"汉尼说道，"也许我该来找你。这套衣服真是古董了。你还记得不，我在那个地方买的。"

"金头发那家？"

"正是。他们的领巾很不错。"

"我还保留了三四条。"

"不会吧！"

"是的，"迈扎特咯咯地笑起来，"占了半个抽屉的空间。法蒂玛觉得我疯了。可是，还是说一说政治的事情吧。怎么样了？"

"天……锡安主义者没那么狂热了，所以阿拉伯人就互相争斗。纳沙希比、侯赛尼，你知道的。"

"纳布卢斯也是一样。"

"但是，我对前往伦敦的下一个代表团持乐观态度。我是乐观态度。"

没有什么可乐观的。汉尼不知道他为什么要在迈扎特面前这样。也许朋友久别重逢就是这样：阔别之后的第一印象比真实更为重要，肩负的是回忆所生成的期待。真正的第一次见面需要诚实；久别后的第一次见面需要吹嘘。事实上，这个新代表团的英国支持者建议他们降低要求。他们说，你们别去要求独立，得不到的。你们要争取好感，要展示出你们爱好和平。请求在移民问题上有发言权。这样，你们就有了讲道理的样子，当权者可能会发慈悲。

几天后，阿拉伯人抵制选举立法委员会。接受任何英国的制度，就是接受英国人的统治。汉尼坐在书桌前看着大马士革门的人群，这时，他的电话机响了起来。

"这边是接线员，"对方说道，"汉尼·穆拉德？"

"正是。"

"穆拉德夫人与你通话。"

咔嗒一声，一阵沙沙的声音，不同的声音说道：

"你可以回来一趟吗？"

"婶婶，你好。出什么事情了？"

"你来吗？我不……我不想……在这个东西上说……"

"明白了。"汉尼说道。对于他，机密已经成了第二本能，"我这就出发。"

他的婶婶站在门厅里，甚至比上一次看到的还要虚弱。

"你说过的，如果我有需要，就找你。是真的吗？"

"千真万确。"汉尼说道。

"我女儿十四岁了。她是福阿德唯一的继承人。她的三个舅舅……"

她还没怎么说，汉尼就已经明白了婶婶的请求，伸手扶住了椅子背。

"啊，你看我！"他的婶婶示意他坐下，"我只记着自己是母亲，忘记还是主人。我去烧水煮咖啡。"

"年龄相差太大了。"婶婶在橱柜里摸索着，汉尼说道，"你知道我多大了吗？三十四。等她二十的时候，她就会意识到……"他的一只手放在另一只手之上，"我明白你现在的困境，但我觉得这样做未必——"

"我知道她是怎么长大的，"乌姆·萨哈尔拿着咖啡壶，面对汉尼说道，"她绝对不会那样想。我求你了。我没有别的选择。"

没有半点虚与委蛇的空间，她把水壶放在炉子上，坐在汉尼身边，手压在汉尼的手之上。他的目光在她脸庞上搜索。他害死了婶婶的丈夫。他让这两个女人无依无靠。他垂下眼帘看着婶婶的手，瘦骨嶙峋，指关节看上去就像是一个个的硬币。

"我可以见见她吗？"

母亲叫她的时候，萨哈尔已经在门边偷听了。她拖延了片刻才走进来。真是噩梦。可能吗？又是一个大叔。

"他是好人。"她母亲说道。

这个好人已经双鬓灰白。他又高又瘦，厚重的眼皮让他面带讥讽的表情。他对萨哈尔微笑了一下。萨哈尔想要生病。

那天晚上，他们给她戴上面纱。她母亲大声祈祷，满脸泪水。天黑后，他们坐上一辆小汽车，一路开往耶路撒冷。萨哈尔睡在后座，发动机隆隆作响，她时不时地醒过来，伸手握住母亲的手。

他们肯定把她抱上了楼，因为她醒过来的时候已是清晨，身边的母亲还没有醒。一个男人的声音透过墙壁，断断续续地传到她的耳朵里。萨哈尔悄悄起床，把门打开一条缝，看到那个好人站在窗边的桌子旁，对着一个亮闪闪的东西说话，她立刻明白过来，那肯定是电话机。

谢赫[1]的个头甚至比萨哈尔还矮，脑袋就像个闪闪发光的栗子。他十一点来的，把一摞文件放在桌子上，打开他的《古兰经》，几乎没看萨哈尔一眼，就说请母亲做代理人。萨哈尔就像认命的女主角，一声不吭地坐在沙发的另一头，而她的母亲和汉尼跟着念了《法谛哈》，回答了谢赫诵读的法律问题。几分钟之内，他们签订了婚书。

"我们会送你去上学。"谢赫离开之际，汉尼摸了摸萨哈尔的脑袋说道。

---

1 穆斯林社区或组织的领导人。

亲爱的萨哈尔：

　　首先我要告诉你的是，希望你不要介意，但我在你的上一封信中注意到两个语法错误。你写道："我班上十二女孩中，只有我们四个是穆斯林。"这里，你把"十二"当作定语误用。"四个"的用法是正确的。另一个错误就是虚拟语气。

　　我还是像往常一样忙于政治。各种分歧。学校也如此吗？

问好

汉尼

1924年2月11日

亲爱的汉尼：

　　感谢你的指正。课程还好。我非常喜欢地理、英语和历史课。因为我很喜欢阅读，我本以为会喜欢文学课，但我不喜欢那个老师。她总是觉得自己无比正确，不喜欢听其他的观点！

　　我最喜欢的老师是施密特小姐。她教地理学。乍看起来，她并不友好，但我认为她是个有良心的人，而且人很聪明。

　　老师们在学校并不谈论政治，但学生们要谈。这儿的大多数女孩子不喜欢穆夫提[1]。甚至穆斯林女孩也在说不戴面纱的事情。请不要告诉我母亲。

　　你的工作艰难吗？你对穆夫提怎么看？

问好

萨哈尔

1924年3月15日

---

1 伊斯兰教教职称谓，教法说明官。

亲爱的萨哈尔：

拖了这么久才回信，很抱歉，我一直很忙。我们没能召集议会，分歧太大。锡安主义者的移民越来越多，到处都在买卖土地；阿拉伯人依然没有形成统一的战线。我还不太确定是否应该把我对穆夫提的看法告诉你。事实上，我还没有确定的看法。我不想确立一个立场，然后就像捍卫荣誉一样坚持这一立场——这一习惯阻碍了民族运动，随处可见。有人声称有原则，但他们真正在意的是保留权力。他们不想看到更大的画面：我们争吵不休的时候，别人掠走了我们脚下的土地。

我知道你更喜欢故事和小说，但我推荐你阅读诗歌，即便是他们没有教你们诗歌也是如此。开始可以读巴鲁迪，他很有道德智慧。我也非常喜欢埃及诗人哈菲兹·易卜拉欣。这里是几行来自阿哈默德·舒基的诗句，供你欣赏：

那颗星就像是凝望我们的眼睛，不为所动，一眨不眨
于是分别在即，我们的缘分到此。
如今我们之间相隔汪洋，汪洋之外是荒野。
我的夜晚在这里，在埃及；她的在那里，在西方，
有她相伴，那里的黑夜该有多么满足！

你的
汉尼
1924 年 12 月 23 日

亲爱的汉尼：

我很喜欢你信中关于阿拉伯人所面临问题的那部分。

我觉得那首诗很美。我知道一些巴鲁迪和舒基的诗，我会多读的。

我们听说了贝尔福勋爵来访之际的抗议活动。这一例子难道没有展现出面对更大的目标而暂停争吵的能力吗?

抱歉不能写得长一些。今天是运动日,我在打网球。

萨哈尔

1925 年 1 月 17 日

亲爱的萨哈尔:

之前在你母亲家里见到你,真是非常高兴。你长得真快呀,我得说,看到你那么高,真是吓我一跳!你口才很好。

我在安曼给你写信。我来拜访我的朋友伊拉克国王费萨尔,开会讨论叙利亚最近起义的事情。和他在一起很开心,他是君子的典范,非常在意其他人的命运。

汉尼

1925 年 5 月 26 日

亲爱的汉尼:

我们学年的考试结束了,现在是假期。因为我母亲不想我回杰宁,我们就待在雅法,一直待到八月。

你在叙利亚吗? 一直都听说叙利亚有反抗法国的起义活动。我希望你在耶路撒冷。但反正我都是要把这封信寄往耶路撒冷,等你看到这个问题的时候,你就是在耶路撒冷!我祈祷你不在叙利亚。

现在我不在学校,一直都在读报。你听说了吗?英国政府截断了通往一处阿拉伯村庄的水源,把水给了在耶路撒冷修房子的犹太人,阿拉伯人把英国政府告上法庭,阿拉伯人胜诉。我觉得这是一个信号,说明英国政府是一个公正的政府,如果举证恰当,他们会在自己的司法系统前服软。

问好

萨哈尔

1925 年 6 月 29 日

亲爱的萨哈尔：

你如此看待水源纷争这件事，我不禁微笑了。有时法律似乎很无聊，但有时，没错，法律就是生活的本质。但至于英国政府是否公正，还有待观察。

很幸运，我没有在叙利亚。然而，自从起义开始，我们一直在筹建叙利亚受害者救济中央委员会。我们已经给国际联盟写了信，抗议法国人残忍轰炸大马士革。

最近我在想，也许就像他们叙利亚一样，我们巴勒斯坦需要的就是一场革命。有人在北方推广这一观点。我们的悲剧就是目前巴勒斯坦的民族运动没有悲剧发生。每个月都有一千多的犹太移民进入巴勒斯坦，他们显然是想要创建一个犹太国家。我们是多数派，但我们却受到了少数派的待遇。我现在觉得他们想要把我们变成少数派。英国人所谓维持现状的政策都是假的。

我正在穆斯拉社区修一栋新房子，希望你会喜欢。建筑师是土耳其人，在附近设计了几座房子。同时，我还在处理国内争端和土地纷争；我们陷入政治困境的时候，英国人的社交氛围似乎颇为浓厚。比如说，有很多派对。

现在你回到学校了，最后一学年的开头可还好？

问好

汉尼

1925 年 10 月 2 日

亲爱的汉尼：

进入最后一年的学习，我有一种异样的感觉。我舍不得离开我的朋友们，特别是玛尔戈和拉梅。我知道虽然不能天天看见她们，但还是能见面的。然而，我也感到兴奋。今晚，我们在庭院里有一场音乐会，拉梅会演奏钢琴。

穆斯拉的房子建得怎么样了？想到只剩下几个月的时间，就感觉奇怪。今天，我们上了缝纫课，我在给自己做头巾。恐怕这些细节会让你觉得无聊，可我也只有这些可说的了，原谅我吧！

萨哈尔

1925年11月15日

亲爱的萨哈尔：

你告诉我的细节一点儿也不无聊。知道你每日在做什么，一直都是让我高兴的事情。如果情况允许的话，不久后你就是在晚餐时间告诉我这些了。我希望之前已经告诉过你，真的，你的阿拉伯语有了极大的提高，你的书写也非常好。

请原谅我写了一封短信，但我现在必须去准备，晚上有一个欢迎高级专员的接待会，明天我和几位同事要在旧城参加一场会议。非常期待在五月见到你。房子已经准备好了。

问好

汉尼

1926年1月9日

那年春天，萨哈尔最后一次从学校大门走出来，她没戴面纱，叫了一辆出租车，直接到了丈夫在穆斯拉的新房子。穆斯拉在耶路撒冷的西边，距离旧城的城墙并不太远。她丈夫就站在台阶的最上面，背后的门开着。他没有萨哈尔记忆中那么高。肯定的，他看起来更老了。在学校，这个男人是她同学们嫉妒的对象，是她默默骄傲的源头。但她穿着新裙子，拎着一箱箱的书，一言不发地迈过门槛时，第一感觉是汉尼与她心中创造的、告诉别人的、尊重的那个形象并不太符合。

这是一座两层的房子，有很多卧室，街道这边是拱形窗户。一楼是传统风格，以庭院为中心，院子里有一个水池和喷泉，地面是华丽的黑红蓝色瓷砖。萨哈尔跟着丈夫去看起居室，走在瓷砖上，脚下发出哐哐哐的低沉声音。

一年后，耶利哥地震贯穿耶路撒冷，地砖出现裂痕，横穿庭院，正好在中心的水池处打住。等到城市平静下来，伤亡人数统计完毕，萨哈尔着手开始修复地面的工程。她和女仆收拾好破碎的瓷砖，有裂痕的，有翘起来的，地面上的空缺处大致是在对角线上。汉尼还是同往常那样，各种事务缠身，想不起建筑师是在哪儿买的瓷砖。萨哈尔从妇女协会的同事那里借来几本埃及的家具用品目录，戴上一顶头巾帽，到亚美尼亚区的陶瓷店看了看，还带了一小口袋碎片作为样品。店主人知道她丈夫是谁，立刻恭恭敬敬，在柜台上摆满了许多陶片和瓷片样品，各种色泽的都有。全都不合适，颜色都太亮，本身就带有连贯重复的花纹，完全配不上，不是整个地面图案的一部分。店主人现在已经开始冒汗，坚持再去后面搜一搜，最后萨哈尔果断地说出了建筑师的名字，问建筑师是否在这家店买过陶瓷。

“哦，夫人，”他说道，“如果是这样，那就是我莫大的荣幸。”

“那意思就是没有了。”

她转身就要离开，店主人透露说，如果她想要询问建筑师本人，可以到阿克萨清真寺找他。他在那儿主持修理地震破坏的工程。

建筑师身穿黑蓝色的外套，蜷缩在清真寺建筑群的西边角落。他看到身边站着的萨哈尔，站了起来，露出微笑。他一只手拿着尺子，另一只手拿着一张脏兮兮的纸，打蜡的黑色小胡子里夹杂着一些灰色的胡须，黑灰相间的头发朝一边梳，形成了一个尖儿。

“我们的房子是你修的，”萨哈尔说道，“你在庭院里所用的瓷砖是从哪儿买的呢？”

一开始，建筑师装模作样地回忆她描述的房子，但很快就装不下去了，他承认说，自己在那一地区修了太多的房子，像瓷砖这样的装饰决定是留给实习生和助手做的，说到他们，人数就太多，而且不停地轮换。

"我认为，"他最后说道，"应该是从意大利订购的。"

"意大利？"

"是的，但我记不清楚具体地点了。"

萨哈尔神情难过，表示了感谢。建筑师询问她的姓名，凝望她的眼睛，握手的时间稍显长了一点。萨哈尔退了出来，绕路回到那个亚美尼亚陶瓷店。店主人一看到她，立刻从柜台后面冲了出来。

"我可以再看看那些瓷砖吗？"她问道。

她选择了一摞纯黑、纯蓝和纯红色的瓷砖，遗憾地与自己带来的碎片进行比对。原来的瓷砖是柔和的橙红色，新选的红色瓷砖镶嵌上去后，看上去最糟糕，闪闪发亮的俗气感，很不和谐。

但不到一年的时间，新瓷砖开始褪色。汉尼几乎就没有注意到，她指给汉尼看，汉尼只是说："挺好的。"又过了一年，看到不匹配的瓷砖，萨哈尔不再觉得心烦，她也习以为常，甚至喜欢上了它们。1929年秋天的一天，他们的院子里挤满了两百位来自全国各个妇女组织的代表，她们戴着帽子，穿着高跟鞋，这么多人走在瓷砖上面，就像是大炮打响的声音。丈夫职位最高的耶路撒冷女人们坐在椅子上，其他的女人站在墙边听，举手插话。

所有人都对因哭墙而起的暴动感到愤怒。那是犹太人的哭墙，穆斯林的西墙，先知在那里升入天堂。奥斯曼帝国创立了圣地现状，英国人保持了现状，而犹太人建立的性别划分破坏了圣地现状，看起来像是要进一步夺走整个地方。暴动接踵而至：阿拉伯人死了，犹太人死了；但事后处理的过程中，阿拉伯人受到的惩罚要严厉得多，有几个人被判绞刑。

这些女人们选出侯赛尼夫人做主席。她抬起手来，示意大家安静。她们要到总督官邸游行。她们选出的代表团（萨哈尔只有二十岁，也是其中的一员）要径直去找高级专员和他的妻子，提交要求，宣布游行的计划。

（"她们把面纱往后一甩，"汉尼对迈扎特复述道，"就像这样，她们告诉他，我们要去游行，我们要抗议《贝尔福宣言》，抗议虐待阿拉伯人。专员说什么——他说，如果有必要，我会用武力制止抗议活动。所以，这些女人干了什么呢？"

"什么？"迈扎特说道。

"她们还是要游行示威，但她们要坐在*车里*游行示威。"

"不会吧。"迈扎特面带微笑说道。

"是的，一百二十辆车。"）

***

萨哈尔坐在一辆别克154的后座，前面是专职司机；她的身边是一位从雅法来的基督教女性，名叫贾米拉。年长的阿卜杜勒太太坐在副驾驶座，伸出手，越过方向盘去摁车喇叭。车前车后，还有人行道上挤满了警察。这些女人组成车队，鸣着喇叭，穿过大马士革门，打开车窗，对着外面尖声叫出她们的口号。每到一处外国领事馆，五个女人就从最前面的车子里下来，一起走过去递交她们的备忘录。到了下午六点半，火红的太阳已经西落，车队散开，驶向各自的社区、城镇和村庄。

1933年的一个夜晚，汉尼又把这个故事给迈扎特讲了一遍。他的妻子有几个故事让他引以为傲，似乎总是挂在嘴边，这就是其中之一。那天晚上，他刚从伊拉克回来，疲惫不堪，走出去买香烟，正好在雅法街的街头，新修的大卫国王酒店[1]附近看到了朋友的身影。他立刻认出了迈扎特的侧影：挺拔的身姿，慢吞吞地走在大街上，仿佛是在悠闲地查看周围的环境，再安静地做出评判，手里一双手套上下拍动。汉尼迈着大步，十步就赶上了迈扎特。

"你在这里干什么？"他说着话，一把抓住了迈扎特的肩头。

他们的背后就是酒店，那么大，那么多的窗户，就像是国家办公楼一般。

"汉尼！"迈扎特说道，"我们来看电影。"他惊讶的表情转为微笑，眼皮垂着，上嘴唇的胡子很精致地打了蜡，"我祖母，还有孩子们——他们进去了，但我需要呼吸点新鲜空气。汉尼，上次见到你是一年前了，真是想你。你去哪儿了？"

"刚从巴格达回来。费萨尔国王的葬礼。"

"干得好。"迈扎特点头说道，仿佛汉尼完成了他吩咐的事情。"真主保佑他，了不起的人。我们去喝一杯，你觉得怎么样？"

一个女人穿着灰色的舞会裙子，挽着一个穿燕尾服男人的胳膊，穿过酒店的门厅。迈扎特和汉尼跟在后面，那个女人焦虑地回头张望。他们转身走上一个过道，进了酒店的酒吧。钢琴曲从角落的留声机流淌出来。墙体是暗色的，调酒师的架子后面安装了玻璃，灯影交错中让人感觉有无数的瓶子和面孔。迈扎特选择坐在靠窗边的凳子上，看得到酒店一处葱葱郁郁的花园，树丛中亮着电灯，照亮了一桌桌激动的游客和头发灰白的记者。

"两杯威士忌。"

"你再也猜不到我看到了谁。"汉尼说道。

---

1 耶路撒冷的五星级酒店。

迈扎特摇了摇头，仿佛是清理一下耳朵，好听得更清楚。

"法鲁克·拉兹马。"

"哦，我的天。在巴格达？"

"他要去见一个女人。你知道他的。"

迈扎特扶着吧台边缘，身体后仰。

"他询问你的情况，"汉尼说道，"他想要知道你是否还在阅读，是否还在恋爱。"

"哦，那你可以告诉他，我在恋爱。"

"你知道吗，他就快秃顶了！当然，他还没结婚。"

"我很惊讶。"

"真的？他的整个哲学都是反对婚姻的。"

瓶子后面的镜子中出现了一个穿黑裙子的迷人中年女人身影。迈扎特看着她从后门走了出去。"我并不认为法鲁克反对婚姻，"他说道，"他只是特别喜欢婚外情的想法。"

汉尼轻轻笑了，啜了一口酒。"看看我们，两个已婚男人。"

这是汉尼讲故事的开场白，长叹一口气后，他就一头扎进了故事中。迈扎特已经听过这故事几次了，但这是汉尼第一次如此详细地描述了他如何救出年轻的妻子，如何在深夜带她来到了耶路撒冷，让她免于落入三个贪婪舅舅的魔爪。

整件事情在汉尼的口中讲出来，就成了行动，时不时地透出了荒诞的意味。汉尼一直在讲，大多数时候迈扎特都咧着嘴，恰当的时候轻轻笑出来。但是汉尼又开始描述他妻子在妇女委员会和游行的事情，全都是已经熟知的事实，迈扎特惊讶的表情完全是装出来的，但这也是交谈过程中必需的。故事开头的某些部分还让他觉得怪异，汉尼对萨哈尔舅舅们的描述中，隐藏了某种东西，某种其他的情绪或是意思。即便是好笑的部分，或者特别是这些好笑的部分——三个男人，婶婶打来电话，深夜出行，都隐约有着什么更尖锐、更深层次的东西，不仅仅是挫败权力的事情。迈扎特突然想到，悲剧讲得太仓促，很容易变形成为喜剧，没有了深度，听众就会发笑。汉尼继续絮叨那些称赞他妻子的新闻报道——"她发表了演讲，讲到了统一，讲到了自由，真的，我为她骄傲"，但迈扎特心不在焉，因为他已经在想自己死后，等到他丧失了对记忆的控制，自己的故事讲出来又是怎么样的呢。他的思绪天马行空，各种想法和想象在心中翻腾。

"悲惨的是，"汉尼说道，"三个阿拉伯人依然被绞死了。比最开始判绞刑的人少了很多。但也足以让人扼腕，足以成为英雄。因为死亡，才有了神话，你知道的。"

"是的，"迈扎特说道，"真是可怕。纳布卢斯有个故事，讲的是一个绰号叫巴巴尔的人，你记得吗？"

"不记得，"汉尼说道，"我不知道这个故事。"

"你不知道？嗯，我来告诉你吧。据说这个人很讨厌自己的绰号。他有这么一个名字，是因为他小时候话太多。"

杜松子酒和白兰地酒瓶后面的镜子里，又掠过了那个黑裙女人的身影，这一次旁边有个幽灵般的男人，穿的是花呢外套。

"所以，等他长大了，他在纳布卢斯修了一座清真寺，用自己的真名命名。萨利姆·巴沙，诸如此类的，我记不清了。后来他就去了萨图[1]，一去就是很多年。等他回到纳布卢斯，他在街上问一个小男孩，萨利姆·巴沙清真寺在哪儿？小男孩回答说，你是说巴巴尔清真寺吗？"

汉尼大笑起来，凳子都往后滑。调酒师猛然一惊，看到他们在笑，也吃吃地笑起来。

---

1 萨图（as-Salt），安曼西北方向的一处古城。

2

像这样的夜晚，在满是犹太人和欧洲人的咖啡馆或是酒吧饮酒，迈扎特从不觉得内疚。他需要一点自由，逃离纳布卢斯，逃离那种气闷炽热的气氛。老实说，他需要喘口气，离开自己的家，离开法蒂玛越来越尖刻的对答，离开动不动就扭打成一堆的孩子们；孩子们一打架，房子就成了战区，他不断地拉架，不断地审判谁对谁错。

迈扎特和法蒂玛有四个孩子。老大是马萨拉特，接着是塔希尔。老三是卡勒德，耶利哥是地震那一年出生的，唯一一个在助产士怀抱里不哭的孩子。

第四个孩子出生在1929年，比卡勒德小两岁。那一年发生了哭墙暴乱；希伯伦发生了屠杀犹太人事件；还有萨哈尔·穆拉德去找高级专员示威。这一年，法蒂玛在孕期之初，心中悲凉，不得不承认的事实就是：她已经二十八岁，自己的身体，自己却从未做主。一天，她悄悄躺在浴缸里，用勺子吃下了整整一瓶草籽粉，那东西闻起来，吃起来，都是土腥味。老城里还有为数不多的几个江湖医生，她花了大价钱从其中一个人手里买来的，那人把东西交给她的时候，并不直说，还让人不舒服地眨了眨眼睛。几个小时之内，这瓶灵药效果出来了，火烧火燎，她痛苦地拉了几次肚子，但没有出血，也没有看到胎儿。几个月后，皮肤红红的婴儿加达迎着凉爽的春风，出生在市政医院，迈扎特很开心，法蒂玛则是筋疲力尽。

法蒂玛每月都要举办接待会，邀请纳布卢斯的贵妇们，一年又一年都是这样。准备接待会的时候，迈扎特通常把孩子们交付给祖母，自己坐出租车到耶路撒冷，找朋友新闻记者卡伊斯·卡拉克过上一夜，还有马里夫咖啡馆的舞女们。他不再邀请贾米勒，听到这样的话，后者只会嘲笑的。但他有时会劝说阿德尔·贾瓦里一起去，三个人驾车到海边，大摇大摆地站在遥望海面的酒店阳台上。迈扎特抽着阿德尔的小雪茄烟，有衬里的睡袍敞开着，脖子上系着他从法国进口来的印花领巾，散发出浓重的法里纳古龙水香味。

在这样的海边城市里，夜晚和白天之间有一种难以言说的态度转变，白天是劳作之人欲求下的敌意，晚上则是舞者的自由。至少迈扎特是如此理解的，他并不像阿德尔那样在意这些矛盾。1934年夏天的一个晚上，在雅法的卡西诺咖啡屋，他们与一个人聊上了，那人透露说他是狂热的锡安主义者。

"真是不敢相信，我居然和他说了话，"阿德尔跟着迈扎特走上了亮着灯的码头，"你信吗？我真是不敢相信。"

迈扎特拍拍他的背，温和地来一段乌托邦的论调，他们身边是黑色的大海，波涛撞击着海岸。他们都住在同一地区，想要避免杂居是不可能的；今晚，他们一同欣赏舞蹈，在音乐中觥筹交错，有人说了个笑话，到了破晓时分，这一切就会戛然而止，为什么不享受一下这种友爱之情呢？

"哈比比迈扎特，"阿德尔站在路灯下说道，"你幼稚呢。"

迈扎特沉默不语。他想起了贾米勒。家族聚餐的时候，他时不时地会见到贾米勒，他知道贾米勒的基本生活状况。但是，自从迈扎特婚礼后那次争吵，他们的关系就不再亲密，很少见面。甚至可以说，自从先知穆萨节后就是如此。贾米勒没有结婚，这十五年来一直致力于"事业"，组织人支持抵制托管和托管机构。迈扎特看得出来，法蒂玛仰慕贾米勒的奉献执着，他觉得这是法蒂玛暗中批评他没有这样做。另一方面，孩子们在开斋节坐在叔叔身边的时候，似乎小心翼翼的。卡勒德是个例外，他入迷地打量贾米勒，这让迈扎特感到羞耻。

他们回到里面，他给侍者做了个手势；还不到一个小时，阿德尔与一个叫波林卡的黑头发俄国女孩吻了起来。迈扎特坐在一个角落里望着他们，膝盖上坐着一个跳舞的女孩。

迈扎特讲究吃穿，引以为傲，但到了三十九岁的年龄，他还真不能自诩健康了。医生说他吃得太多，咖啡喝得太多，雪茄也抽得太多。他还非常喜欢亚力酒[1]，但这一点是私下的恶习，甚至医生也不知道。

加达出生一个半星期后，有一段时间，他晚上出现了一种奇特的幻觉：一旦合上眼睛睡觉，他就觉得床在摇晃。一开始他指责法蒂玛晃床，法蒂玛予以否认，他就开始想象整个房间都在摇，有人在屋顶上行走。半夜后，逻辑没有了用武之地；第二天晚上，他感觉摇晃得厉害，肯定是大地在震动，也许是地震的先兆。他非常警觉，就那么等着，每一次微小的震动都感觉得到，几乎就没有睡觉。他也不是默默忍受，而是不断地叫醒妻子，问她有没有感觉到这一次的，或是那一次的。第二天早上，法蒂玛全权负责调查，她强迫迈扎特躺在沙发上，然后又躺在草地上。这样试探下来，全然没有结果。到了晚上，迈扎特在一团漆黑中突然说道：

"有特别的节奏。咚—咚，咚—咚。"

法蒂玛坐了起来，怒目望着他，床也随之摇晃。她的眼睛熠熠发光。她的头发盘在头顶，黑乎乎的一团。

"那是你的心跳，"她说道，"你个蠢货。"

迈扎特仔仔细细地听了听。她是对的。晃荡的感觉，稍微慢一点点，与他的心跳一致，那是他自己身体内的血液在跳动。法蒂玛捶他的肩头，迈扎特兀然大笑起来。她嘘声道："吵醒孩子们了！"但下一刻，她的举动让迈扎特吃了一惊。她咯咯地笑了，瘫倒在床头，笑得浑身打颤，毯子下的双腿都蜷了起来。这是亲密的时刻，又延

---

1 烧酒的一种，特别是用谷物、米、甘蔗制成的。

长成了幸福的一两个小时，这一期间，床甚至比平时晃动得更厉害了。第二天，医生告诉迈扎特，睡觉前的几个小时里，他必须减少咖啡和糖的摄入量。但真正的情况是他习惯了这种有节奏的晃荡，他知晓了原因，晃荡也不怎么明显了。

他与法蒂玛更多的亲密时刻是在清晨，特别是他去了耶路撒冷或是海岸边，而她在纳布卢斯举行派对，如此一夜分开之后。迈扎特认为，这样的火花最可能是因为日常的生活发生了改变，彼此稍微有了点陌生感，唤醒了他们的怀旧感觉，想起了婚姻之初更有神秘感的日子。一夜在外，回来之后，他发现妻子温和一些，没有了往日习惯性的反话，应该是节奏改变的原因，还有昨晚大大耗费心智的缘故。而且，与人交往一番，她再次确认了这世界，在她口中也就是纳布卢斯这个世界与他们两人的世界没什么两样，似乎因此而平静。这样的时候，晨光透进来，看着躺在床单上的配偶，除了欲望，心中还有一丝纠缠，他们知道前一晚有人见过自己的配偶，还对他们做出了评价。这样的想法就勾起了心底的嫉妒，他们欢迎嫉妒走进心中，还要一番抚慰，因为在这样的情况下，嫉妒就是欲望的升格，把整个世界带进了卧室，独处一室也容易多了。

1935年11月的一天，迈扎特朝厨房走去，听到说话的声音。他走在瓷砖上，鞋子哒哒哒地发出声音，说话的声音停了下来。

从厨房的窗户望出去，远处的山脉笼罩在清晨的薄雾中，在远山薄雾的映衬之下，花园里的一切——树木、家具、灌木和墙体，都是灰色。法蒂玛坐在餐桌旁，收拢双膝，脚后跟靠在椅子边上。她的脖子很僵硬，这就是说她刚刚靠墙休息过。努扎在她身边，探着身体看平放在桌上的东西。

虽然比法蒂玛小，但过去十五年来，努扎老得比姐姐快。她还不到三十，然而脸庞周围的头发已经灰白，嘴角也出现了皱纹。背着努扎，法蒂玛经常说妹妹缺心眼，但努扎并不缺心眼，她只是无忧无虑，法蒂玛从未有过这样的状态。

"看这个，"努扎说，"我们在母亲的东西里找到了这个。"

两根瘦瘦的指头把图片转了过来，这样迈扎特就不用倒着看。那是一张照片，有些年头，已经褪色发黄，上面有两排穿着舞会裙子的女人，前排的一些人跪着。大多数的面孔都是花的，眼睛鼻子是模模糊糊的线条和圆圈，但有些地方的裙子和珠宝却拍得非常清晰。背景花盆上雕刻的植物很是古朴。花盆上面是真正的叶子，照成了一团迷雾的样子。

迈扎特用小指头指着第二排的一个身影，为数不多的可识别的面孔之一，说道："这是你。"女孩子气的努扎面无表情地看着照相机。她旁边是灰蒙蒙的一团。

"是的，那是我。我们看起来是不是像在跳舞？"

迈扎特研究了一下这些身影，想象她们在动。

"你们在哪儿？哪儿拍的照片。"

"我不知道。是不是很好玩儿？那时候人们没有照相机，所以我不认为……"

"阿特万家的派对。"法蒂玛用厌倦的声音说道。窗户透进来的光，照亮了她的鼻子和额头。

"哦，"努扎说道，"是的，阿特万家。但我们怎么这样在动？"

迈扎特说道："肯定是因为——"

"肯定是什么？"法蒂玛说道。

他望了望妻子僵硬的脖子，拿起照片，凑到眼前。他仔细看了看花盆。

"在下雨。"他把照片放回桌子上。

他妻子所有的习惯当中，最让迈扎特恼火的就是她不表现出有兴趣的样子。这是让他痛恨的贵族特性；而在这一点上法蒂玛有天然的优势，只需要不露声色就表现出无聊。法蒂玛放松面部肌肉的时候，她的眼角和嘴角就自然下垂，仿佛她不怎么愿意睁眼的样子。有时，迈扎特就想惹她生气，基于这一点，他把照片放在远离法蒂玛的地方。但与往日一样，努扎高高兴兴地插手进来，把照片递给了姐姐，这样法蒂玛动也不动就能看见。她看了一眼，什么都没说。

迈扎特敲了敲女儿们的房间，加达跑出来迎接他。

"爸爸，爸爸，爸爸，我梦见我们又地震了。"

"哦，天呀，"迈扎特说道，"马萨拉特，你梳完头了吗？"

马萨拉特正在扎辫子，把梳子往身后一递，眼睛还看着镜子当中的自己。

"地震了。"加达继续说道，而迈扎特坐在床垫上，把她拉过来站在自己的两腿之间，"接着，我们就放假了。"

"你头发真是一团糟，怎么搞的。"女儿的一侧头发团成了一大块，他用手摸了摸，"地震让你满床打滚了？"

加达咯咯地笑起来，偏过头来；迈扎特扭过她的肩膀，好好看了看后面，加达则是笑个不停。迈扎特用梳子轻轻梳理了几次，要挑开最大的那个发结，把头发一缕缕地理出来。迈扎特梳头的工夫，加达双手箍在额头上。发结终于解开了，他用梳子理顺弯曲的头发。一张椅子上放着两只干净的袜子。他弯腰抓起加达的一只脚，加达一只脚站着，双手抱着他的脑袋保持平衡。

"鞋子。"他指了指窗户下面的那排鞋子，"塔希尔，哈比比，早上好。"

常常都是这样，他的长子走近了，别人才会察觉到。塔希尔十一岁，个子很高，态度缄默，目光大胆，长方形的脑袋，全是黑色的卷发。他不理睬父亲，穿过门，消失了。

"马萨拉特，你准备好了？卡勒德呢？他人在哪儿？"

"再给我四分半钟。"马萨拉特说道。

"卡勒德在哪儿？"

"在我床上。"

"你没有叫醒他？卡勒德，起床了。"

"我叫醒他了的！"马萨拉特愤愤不平地扭过头来，扎好的一条辫子缠在她的脖子上，手里拿着另一条，"他又睡着了，难道不是嘛！"

早餐是面包和肉饼，几下吃完，男孩子们出发去学校。迈扎特在大厅里等着女孩们给母亲和姨妈再见。接着，他牵住了加达的手。

晨雾渐渐散去，但晚上下过雨，他靴子上很快就黏上了一圈泥。加达的鞋子前面有了泥污，他把加达抱了起来，加达的屁股靠在他的肚子上，两条胳膊绕着他的脖子。

马萨拉特拉了拉加达的裙子。"我可以抱她。"

"她太重了。"

"不，她不重。看你搞的，一塌糊涂。"

他没有回答。他们已经走到学校附近的铺砌路段，反正也该把加达放下来了。

"牵着她就好。"

马萨拉特似乎满意了。"来吧，小家伙。"她说道。

校门两侧贴着传单，女儿们的身影消失在传单中，然后再次出现。七八张传单上都是一样的内容：权利高于权力，人民高于政府。一股风从远处吹来，到了他跟前，传单噗噗乱飞。"打倒英国人，打倒犹太人，打倒阿拉伯叛徒。"——落款是：革命青年。

女学生们穿过水泥小路，熙熙攘攘地上了台阶。

1920年他们刚结婚的时候，迈扎特和法蒂玛的打算是最终要离开纳布卢斯。两个人都想过去欧洲，或是开罗，但这里有交织在一起的微妙舒适，有互相了解的社会网络，有了这一切，离开这里到一个新地方，就像有一道不可逾越的鸿沟，他们扎根得越久，梦想实现的希望就越渺茫。

事实就是，没有了他父亲的生意，迈扎特一切有价值的东西都在纳布卢斯。要在另一个国家或是另一个城市从头开始，那就是白手起家。当地的卡迈勒商店关闭后，他和撒马利亚人埃利开了一家新店，取名叫"新潮加达"，坐落在新城区，商店的一边是巴克莱银行，另一边是体育用品店。虽然有起伏，但新店生意一直都还不错。五年前纳布卢斯似乎终于开始追赶其他城市，随着人们对女性时尚的兴趣大增，该店的销售额也到了高水位区。就像是在耶路撒冷比较保守的地方和海岸地段，面纱虽然还没有完全消失，但已经变薄，成了雪纺纱；裙子在膝盖上，新潮店的货架上一旦出现黑色长袜，立刻售罄。

他们这么好运，纳布卢斯并非人人都高兴。过去十年里，迈扎特的几个熟人已经变得冷漠。不止一次，一群女人停在他商店门口，仿佛觉得她们是隐身一样，对着挂出来的裙子怒目而视。提塔说，当年他父亲也是这样：因为特权不是继承而来的，自我奋斗的人更容易招惹恶目。"他搬去开罗，这也是部分原因。"

"真的？"迈扎特说道。他从未想过他父亲也希望逃离纳布卢斯。

"他们说过，"提塔说道，"狮子的尖牙也要好过嫉妒的眼神。"

当然，人们看到迈扎特的时候，他们看到的是在婚姻中攀了高枝的人，奢侈逸乐之人，乐观主义者，吸引女人的男人，住在西边的无忧无虑的情人。虽然他全然没有赚上足够的钱可以举家迁往国外，迈扎特和他妻子很快成了当地人嫉妒的对象。他们时髦，有魅力，受过良好教育；他们的房子当然比不上阿特万的府邸，但法蒂玛的派对以时髦新颖而出名，其女主人就像是坐在亚美尼亚马车上，漫不经心得恰如其分。她在乌得琴上的天赋本身就招人怨恨；她把乐器放回天鹅绒里衬的盒子里，客人们放下最后一杯柠檬水，鱼贯而出，从花园门离开时，她嘴里会轻声念诵晨礼的《古兰经》以驱赶恶目。

到了1935年，纳布卢斯有了恐慌情绪，随着恐慌而来的就是恶意。指责敌人的手指无情地转向，对准了身边的变节者；所谓"变节者"，任何一位邻居，只要有人认为他在意识形态方面缺少热情，都会落入这一范畴。犹太人居住地已有了军械库，而阿拉伯人的精英阶层继续鼓吹不同程度的合作，他们的民族运动也停滞不前。欧洲的警钟响起，随着难民的到来，犹太移民的数量激增。纳布卢斯人的愤怒没有正常的宣泄渠道，于是市场上就充满了火药味。走过卖洋葱的集市，听得到人们高八度说话，情绪高昂，完全与眼前的交易不相匹配。甚至女人群体也变成了愤怒的力量。邮局前面，戴着薄薄面纱的纳布卢斯女人站到讲台上，手指天空，发泄她们对英国人虚伪的盛怒，指责所有的当地人太软弱，不为事业而奋斗。

阿德尔痛惜这样的内讧。巴西勒·穆拉德甚至还指责过*他*不够激进。他坐在桌子边上，手里转动杯子，往往又补充说，这之后，长期以来的仇恨会以政治愤怒为幌子，浮出水面。不止一次，迈扎特回到家中，看到法蒂玛拿着燃烧的鼠尾草，冲着起居室的角落晃荡，嘴里念念有词。他想要一笑了之，但法蒂玛还是害怕，她的丈夫不是政治活跃分子，而且还和撒马利亚人一起做生意，她害怕招惹上恶目。

虽然新潮店的生意还是可以，但埃利认为，正是因为政治局势，最近销售才出现下滑。人们不想表现出有钱花的样子。消费不利于抵制活动。就在上个月，雅法发现了犹太人购买的大量弹药，阿拉伯人号召全巴勒斯坦罢工一天。马萨拉特一定要迈扎特带她去游行，但接着加达在花园里摔了一跤，伤了膝盖，求着迈扎特不要离开她，然后就是一场无意义的大喊大叫，最后孩子们在卧室里闷闷不乐地度过了罢工日，而迈扎特小睡了一觉。

肥皂工厂大受其害。埃及市场大大萎缩，犹太人开了自己的工厂做出口生意，卖的也是"纳布卢斯肥皂"，但他们用的是蓖麻油而不是橄榄油，蓖麻油便宜得多。一天晚上在耶路撒冷，卡伊斯·卡拉克略带惊讶地一笑，对迈扎特和阿德尔承认说，他父亲，鼎鼎大名的肥皂制造商现在要依靠他做新闻的收入了。很多次，迈扎特路过阿特万肥皂厂敞开的门口，都听到阿卜杜拉·阿特万对别人大吼大叫地说着犹太人。纳布卢斯困在两山之间，无论如何也赶不上其他城市的发展速度。雅法、耶路撒冷、海法和阿卡都面向大海，有基督教的朝圣路线和旅游业，通了电，到处都是电影院；相比之下，这个城市死水一潭，日渐衰落，固守往日的辉煌记忆，这里的居民有意频繁地回忆他们被称作"小大马士革"的日子。

"等到新潮店发展起来，"有时，夜深了，迈扎特就对法蒂玛说，"我们可以考虑开罗。"

然而，家里所有人，即便是他们的孩子都感到了留在纳布卢斯的紧迫性。他们有责任留下来。忘记当地的恩恩怨怨吧，到了最后，就像贝都因人说的那样，敌人的敌人就是朋友。虽然迈扎特不太可能像贾米勒和阿德尔那样活跃，但他也是纳布卢斯人，纳布卢斯的所有人都呼吸着同样让人魂牵梦绕的空气。

他并不常常停下来思考本来可能会怎样，但在查看库存台账的时候，有时也抬起头来，耳边仿佛听到了风呼啸而过的声音，这时一股眩晕的感觉涌上来，就像是站在船头一般，他的一生慢慢展现在眼前。他的婚姻，他的职业，他的家庭，他的房子。从这个角度看过去，选择的问题似乎无关紧要了。

大多数时候都是阿德尔告诉他贾米勒的消息。贾米勒在民族主义者的俱乐部里辩论，他做演讲，撰写请愿书，召集拥护者，动用约旦河对岸的关系从贝都因人那儿收集武器。有时，迈扎特在族兄的生活中看到了自己人生的另一条路。他想起自己做学生的青年时期，在巴黎与法鲁克、汉尼和其他人陷入了"流放"的戏剧人生，自我陶醉地认为辩论很重要，会有成效；他在房间里手持一杯利口酒，对着朋友们意气风发，心怀壮志，高谈阔论，那是波澜壮阔画面中的一小部分。现在，亚力酒让他说不出话来，对着族兄和同胞们，他讷讷而言，微笑应对。这不是他的人生。

＊＊＊

迈扎特朝新潮店走过去，看到埃利弯腰驼背地趴在柜台上。埃利头戴塔布什帽，耳朵支棱在外面，伸着两根指头梳理胡子。

"早上好，阿布·塔希尔。"埃利猛地一晃，睁大眼睛站了起来。他翻动柜台上的报纸，报纸一声叹息。迈扎特斜着看了一眼大标题。

"发生什么事情了？"

"不，不是报纸上的，"埃利说道，"我们出了事。"

"什么？"

"来看看吧。"

他跟着埃利走进裁缝室。布特鲁斯还没有来，但百叶窗已经打开了。桌子上，一边是缝纫机的飞轮，一边是一摞棉布，中间是两盏汽灯。两盏汽灯的灯罩都碎了，留下一圈锯齿状的玻璃。

"啊，真可惜，"迈扎特碰了碰一个尖头，"算不上大事。碎片呢？"

"不是钱的事情，"埃利用警告的声音说道，"关键是怎么回事。为什么这些东西碎了。"

迷信表现出来是什么样的，迈扎特很清楚，迷信折磨他的妻子，他的祖母也是如此。他从埃利的行为中也看到过迷信：目光停在黑暗的角落，嘴角抽动，喃喃地念出护身咒语。然而，埃利如此直接地承认了，这就不同寻常。

"你认为这是人为的？我不这样想，埃利。"

"你听我说，两盏灯都这样？在我看来，这是信号。"

迈扎特看到，一盏灯残留的灯罩很规则，直愣愣的，就像是假皇冠的锯齿。"我们还有一盏灯。在哪儿呢？"

埃利推开竖铰链窗，百叶窗撞在外面的墙体上，窗户透过一点光，迈扎特打开了橱柜。

纳布卢斯没有电力，就像这里很多其他事情一样，都有其政治原因。十年前，市政委员会投票抵制了电力公司——一家锡安主义者的公司，背后有英国人的支持。如此禁了电力，纳布卢斯一直引以为傲：巴勒斯坦没有哪个地方如此有凝聚力。海法没有，雅法没有，耶路撒冷也没有。迈扎特和埃利还算幸运，他们店面的窗户很宽，白天不用点灯；但布特鲁斯待在后面，经常工作到夜晚，用汽灯的时候很多。

迈扎特爬上楼梯，到了储藏室。他把一个空板条箱放在另一个上面，走到栏杆边，看到埃利徘徊在下面的货架之间。不一会儿，埃利站到最下面的一级台阶上，歪着身体，对着上面的迈扎特说话。

"阿布·塔希尔，有件事情，我必须告诉你。"

他想要看着迈扎特的眼睛说话，身体歪得更厉害了。他的皮肤很清爽，在一定的光线下，看上去就像个孩子。他的身体仿佛是扭得过于厉害，一下弹了回去，于是就对着放领巾的货架说话。

"也有些年头了，我听说有人对你施了恶目。我记得……我记得是阿布·萨拉马告诉我母亲的。"

迈扎特等了片刻，不由自主地觉得身体发软。

"你知道是谁吗？"

"不知道。"

"但你觉得是同一个人？"

"我不知道。大家看到你，他们认为……现在日子艰难，阿布·塔希尔。"埃利恳求地回过头来，"大家愤怒……什么？你为什么笑？"

迈扎特用手捧着脑袋。"哈比比，我们不能把一切都怪在恶目头上。"

"这不好笑。"

"抱歉。我不笑了。"他摊开手掌，"不管怎样，你不是说了吗，有些年头的事情了？"

"是的。"

"这样说来，我们大概也是无能为力了，是不是？"

"不，有事可做。你可以找到诅咒。"

"在哪儿找？"

"应该是在你家里某个地方。很有可能是一只鸟。一个象征物。"

迈扎特的脑袋左右摇晃起来。"抱歉，哈比比，但我真不相信这东西。抱歉。两盏灯！啊，但为了你高兴，我回家的时候看一看吧。"他高声大笑起来，从楼梯上走下。"来吧，我们开工了。"

迈扎特故作幽默，他和法蒂玛也是这样的。他妻子越是偏执，越是神神叨叨，迈扎特就笑得越夸张，坚持要用理性来证明一切。但是，这一天的生意真正开始的时候，他脑子里忧虑的杂念杀了回来。有可能吗？纳布卢斯有人这么恨他，以致要施法来让他遭罪。且不论是否相信这样的事情，反感就是反感，反感造成损失的方式就五花八门了。他把城里的人梳理了一遍。他想到了贾米勒，但贾米勒是家人，绝对不会做这样的事情。

迈扎特与埃利的合作是埃利一手促成的。他说，他有联手的想法，因为迈扎特对款式有感觉，因为迈扎特在撒马利亚商店表现出对服装的兴趣。迈扎特同意后，他们就开始计划怎么开店，埃利问迈扎特，是否还保留了那本画册。

"画册？什么画册？"

"你从巴黎回来的时候，画过服装的，"埃利说道，"我也是听说的，记不清谁说的。"

迈扎特只不过是在父亲商店的老账簿后面乱涂乱抹过几张画。早就撕下来，毁掉了。难道那些粗糙的速写还被夸大成了"画册"？肯定是贾米勒。或者是希沙姆。这城里就没有秘密可言。

"哦，是的，那个呀，"迈扎特轻快地说道，"有的。我早给扔了。我可以再画一本。我可能还记得那些款式。当然要在你的帮助下，亲爱的埃利。"

这发生在父亲的事情之后，迈扎特尽量不去想埃利是在同情他。当然，人不可能因为同情而与别人做生意，但他也觉得有必要强调自己作为艺术家、生意人和知识分子的专业身份，他手指转动铅笔，目视远方，无言地佐证他屈尊与埃利一起合作的传言。所以一开始，他们的关系就有装模作样在里面，到现在也差不多，两个人都不会把真正的意图说出来。对于迈扎特而言，他的愿望是想要别人高看一眼，并不是要得罪谁；对于埃利，身为少数教派的一员，处境不利，在另一种文化中求生存，这是根深蒂固的谨慎。撒马利亚人和穆斯林一起做生意，这并不太符合惯例。

虽然迈扎特从来没有证据证明埃利保守有秘密，埃利的行为在很多方面的确是让他看到了隐讳。他总是要等一等再给出答案，一般都是保持沉默，而不是说不。迈扎特发现自己渴望埃利与他交心，几乎就像他渴望法蒂玛与他推心置腹一样。到了最后，他妻子不肯给，他觉得怨恨；但如果埃利谨言慎行，至少他还有个理由。就在上星期，他告诉迈扎特，他们撒马利亚人惊醒过来，听到石头像雨点一样砸在他们的房子上。"我们甚至不是犹太人！"他一边说话，一边挥舞着布特鲁斯让他查看的领结。撒马利亚人越来越害怕离开他们的旧城区，不愿住到基利心山这边的新城区来。面对这些破坏他人财物的人，似乎也没有人拿起教鞭给这些人讲一讲，在希腊语和阿拉米语的编年史中，早在摩西时代，以色列人就和撒马利亚人分道扬镳了。但对于无依无靠的农民而言，他们都一样，都是"犹太人"。

地震那年，春天的一个晚上，埃利邀请迈扎特去他家用晚餐。上一次迈扎特到撒马利亚人的社区是七年前跟他祖母一起，他阻止了祖母讨要爱情符咒的行为。他们顺路去拜访老祭司长。阿布·萨拉马家的前门敞开着，祭司长不在第一个房间里，埃利走在前面，带着迈扎特走进第二个房间，同时大声叫道：

"下午好，阿布·萨拉马。"

因为阿布·萨拉马年事已高，他很有可能只是没有听到他们进来，或者他动作太慢，没来得及掩盖他的行为。无论是哪个原因，他们进入房间的那一刻，迈扎特就知道他们碍眼碍事了。

阿布·萨拉马和一个小男孩坐在桌边上，上面摆着一系列东西。桌子中间是一张长长的羊皮纸，一头一尾用石头压着，四个角卷了起来。羊皮纸的旁边有一碗干净水，里面带点颜色；水碗旁边扔着一堆黑乎乎的破布。羊皮纸的另一边是一套杵和臼，旁边有一瓶黑色液体，瓶口有些黏糊发亮的残留物。靠近迈扎特和埃利的桌子这边有一张打开的纸，上面是藏红花色的线。一块破布掉在阿布·萨拉马的手里。这位老人没有起身迎接他们，而是两眼凝视，脸上的嘴巴就像是风化岩石上的一道裂缝。

迈扎特扫了一眼埃利，看他的眼色。埃利脸色惨白，对着阿布·萨拉马鞠了一躬，喃喃地问候了一句，赶紧带着迈扎特退出了房子。

看到埃利惊骇的表情，迈扎特意识到自己看到了不应该看的东西。他早就有样学样，不该看到的东西，就不放在心上。但一路上，埃利不吭声，只是带着他往家里走。迈扎特本能地想把这件事置之不顾，却感到一种凌驾于本能的吸引，一部分是好奇，一部分不太说得清楚。认同——或者，也许是亲切，但那只是略见一斑。祭司长在给羊皮纸染色。纸上有一抹颜色。他看到的是藏红花色，那个黏糊瓶子里装的是汁液，或是染料。

用餐的时候，埃利从头至尾都不肯看迈扎特的眼睛。他下唇抽动，并且不断地盯着老母亲看；其间，母亲端上来烤肉马铃薯，就说道："你出了什么毛病？我脸上有东西吗？"迈扎特感激他的沉默。埃利惊慌失措，明明白白就是因为羞愧。这也许说明了撒马利亚人卖给外国人的一些文书是伪造的；当然，这也就可能说明他们在其他事情上也弄虚作假。这丢人吗？不一定。迈扎特的脑子里浮现出一个外国人，一个法国人，手拿伪造的文书，在欧洲的图书室里刻苦解读，把他觉得真实的事实放到书架上，而真正的撒马利亚人却从索引中溜掉了。他们造了假，得到了自由，就这么回事；实质上，他们造假是因为贫穷，但也可以从其他角度进行解读。创造出自己，就是抵制他人的创造；造假就是创作。比如说，染色的是祭司长，而不是其他身份低微一些的人，这很有道理。造假也要准确。想要瞒天过海，也需要精致，需要艺术家的眼光。

***

埃利郑重其事地让迈扎特看了破碎的汽灯，一个小时后布特鲁斯到了店里，他花三分钟就找到了第三个汽灯。他把汽灯藏在了一堆布料后面，他说这是他的习惯，以防其他汽灯找不到了的情况。灯罩破了，他的看法是："很有可能是蝙蝠。"他脱下外套，用牙咬着软尺，给第一位顾客量尺寸。

这一天接下来的时间平淡无奇，还没有到打烊时间，迈扎特请假提前走了，因为家里有客人来用晚餐。五点半，他到了家。六点钟，门铃响了。

"晚上好，哈比比！"

汉尼·穆拉德从门口走进来，大衣上挂着亮闪闪的雨珠。

"晚上好。"萨哈尔探进头来，也如此说道。

迈扎特拥抱了他们，法蒂玛穿着一件圆领的黑色裙子从卧室走了出来，耳朵上的小耳坠一闪一闪，分层的银项链挂在胸前的黑色丝绸上，闪闪发光。

法蒂玛和萨哈尔不得不交往，关系勉强。两人相差六岁，迈扎特和法蒂玛的年龄差距都比这个大，但这一点足以让法蒂玛觉得有些矛盾，不太想把萨哈尔当作平辈对待。这些年来，她就像她母亲过去一样，变得很在意身份，有时她似乎居高临下地对待萨哈尔。说到对付纡尊降贵的态度，萨哈尔可是专家，她可以极为自然地表现出尊敬，泰然自若，同时礼貌地不予理睬。

虽然萨哈尔和汉尼的家族来自纳布卢斯的两山之间，但他们却是自由自在的耶路撒冷人。甚至可以说，终极的耶路撒冷自由人就是来自别处的人，因为他们远离亲属，所以在大都市里不受羁绊。萨哈尔依然是活动家，她为民族运动和全阿拉伯世界的女性权利奔走呼告，主张提高适婚年龄和不戴面纱，她在集会和游行示威中发表演讲，从而享有名望。与她相交的女性来自社会各个方面，其中有农妇，包含了所有的阶层，所有的宗教。

凡是与汉尼和萨哈尔在一起，迈扎特就凭空感觉妻子纳布卢斯女子的傲气更甚，比平日还要不肯让步，仿佛成了这一城市精神的化身。

法蒂玛生硬地欢迎朋友的到来，吻了吻萨哈尔的左右脸颊。

"旅途怎么样，"迈扎特帮汉尼脱下外套，"还好吧？"

"哦，还好。"

法蒂玛伸出一根指头，慵懒地指了指餐厅。

"请到这里坐吧。"

法蒂玛接过萨哈尔的包，放到客房；迈扎特看到汉尼的目光随她而去。今天晚上，他的妻子打扮得比萨哈尔耀眼，后者只穿了一条简单的棉布裙子。

餐厅里点着灯，他们坐了下来，汉尼对面是迈扎特，萨哈尔对面是法蒂玛的空椅子。窗户外面是黑色的天空，雨声就像是翅膀在拍打玻璃。法蒂玛用托盘端来了沙拉，盛菜的是她最好的瓷器，一套网格纹的德国盘子，金色蝴蝶的饰边，边缘处还有红色和粉色的花朵。她很宝贝这套东西，这是她母亲送给她的礼物。既然他们买不起新瓷器，那永远不会过时的东西一定要保护好。这套德国盘子有专属橱柜，还加上双重锁。

"孩子们呢？"汉尼问道。

法蒂玛往他的盘子里放了一勺沙拉。"在我母亲那儿。"

"你想他们了？"迈扎特咧嘴一笑，对着萨哈尔眨了眨眼睛，"也许这是一个信号。"

"萨哈尔，给我们讲讲吧，"法蒂玛说道，"图勒凯姆女士们争论不休。你知道吗？"

"什么争论？"迈扎特说道。

"不过是小小纷争，"萨哈尔微笑道吗，"认真说来，我知道的也不多。"

法蒂玛给自己添菜的时候，眯起了眼睛，仿佛要问其他什么事情，这时汉尼插话了。

"说到女人们，"他一边对着迈扎特说话，一边扭动身体，仿佛要在椅子上钻一个洞，"她们比我们更擅长合作。我们在她们身上可以学到很多东西。派系纷争，太糟糕。说真的，纳布卢斯也是一团糟。真是如此。我想要在原则和合作之间找到一条路，但是……"

"这些人当中的一部分人，"萨哈尔说道，"没法去想象未来。他们担心的是失利。但是，我们女人一直都在幕后合作。我们真有必要摒弃我们的……我们的……"

"自私？"迈扎特补充道。

"是的，你可以那样说。"萨哈尔的脸颊红润起来。她散发出一种和蔼可亲的魅力，无论她说什么，都很悦耳，"但竞争还是存在的，女人也是如此。我的意思是说，目前要合作，是困难，因为你无法想象另一面的情况。"她做了一个仿佛把面团折叠起来的手势，表达出另一面的意思，"因为我们从未独立过，就不知道那是什么样子的。"

"当然，演讲的时候，她并不这样说话，"汉尼说道，"你必须传达出统一的信息。"

"嗯，现在我也不怎么演讲了。"

她对法蒂玛微笑了一下。法蒂玛看了她一下，意味深长地眨了一下眼睛，也报以微笑。

"但人们已从你身上学到了东西。"汉尼继续对着妻子说道。然后，他转向迈扎特，"这就是你说的，事半功倍。有时，女人说出来就是刚刚好。女人什么都可以说。"

"可以吗？"迈扎特说道。

"卡萨姆呢？"法蒂玛说道。

"卡萨姆什么？"汉尼说道。

"他说话的方式。"

"嗯，显然很不一样了。卡萨姆是传道者。"

"但他说话有效果，"法蒂玛说道，"特别是在雅法发现武器后。人们想听他的。"

迈扎特惊讶地看着她。

"农民是这样的，"汉尼说道，"但效果……不一样。我的意思是说，女人说话，效果不一样。"他指了指他妻子，"这对欧洲人有好处。对我们也有好处。这是启蒙的标志，是进步社会的标志。这表明我们可以统治自己。我说女人什么都可以说，这就是原因。"

法蒂玛没有放弃话题。"但英国人当然是害怕卡萨姆的。"

"哦，绝对的，"汉尼睁大了眼睛，"他们不害怕女人。"

"那么，"迈扎特跳出来说道，"你和卡萨姆有很多联系？"

"我们有联系，是的，"汉尼说道，"他可以成为强有力的盟军。"他说这话的时候，抬起了肩膀，摊开了双手，仿佛是要请求原谅一样。"除了卡萨姆的人，谁还愿意跟英国人对着干呢，也许还有纳布卢斯人……军事对抗的那种，对，还有非暴力对抗。这么多年来，我一直都认为非暴力对抗最好。你们看了报道，知道那些数字。犹太人有武器。如果到了这一步，卡萨姆就比那些民主派的这个那个强大得多。"

长长的沉默。迈扎特撕开一块面包，热气在灯光中丝丝缕缕地散开。

"这房子很美。"萨哈尔说道。

"取暖很难，"法蒂玛说道，"山风很大。"

"晾衣服很好。"

"你之前见过花园，是吧？"迈扎特说道。

"是的，是的，"萨哈尔说道，"上次来见过，我还记得。很可爱。"

"现在天已经黑了，真是可惜，要不我就带你去看看小鸡。"

"为什么她想要看小鸡呢？"法蒂玛说道。

"玫瑰，树木，什么的，都可以看看，"迈扎特拿着面包在空气中挥舞，"但我觉得小鸡很好。"

萨哈尔和汉尼相视而笑。大家又吃起东西来，法蒂玛站起来，走进厨房。

"雨已经停了。"汉尼说道。

"嗯，天黑了，我们不能下去看小鸡。"迈扎特说道。他等着大家发出笑声，可没人笑，就补充了一句，"我放点音乐？"

"晚餐之后吧。"法蒂玛大声说道。

"她的耳朵就像蝙蝠一样灵敏。"迈扎特说道。

"我们在开罗听的音乐很棒。"汉尼说道。

"哦,是的,很棒。"萨哈尔说道。

但没时间顺着这个话题继续往下谈了,法蒂玛端来了热气腾腾的肉,配上撒了香料的米饭和松子,这得啧啧称赞了。干净的盘子砰的放在桌子上。法蒂玛对萨哈尔说道:

"所以,你这是有孕在身了吗?"

迈扎特正要伸手去拿公勺,对她皱起了眉头。

"你怎么知道的?"萨哈尔说道。

"你刚才说现在也不怎么演讲了,"法蒂玛说道,"我就想是不是。"

晚餐后,女人们到客厅喝茶。迈扎特一直等她们走出视线范围,才对汉尼扬了扬眉毛。"亚力酒?"

"当然。"

汉尼坐在椅子上,转过头来。迈扎特在橱柜面前弯下腰。

"法蒂玛不知道。"

"不知道什么?"

"她以为是牛奶。"

"真的!"

"有些东西,你就得保守秘密。啊——音乐,我忘了。让我看看,让我看看。"

虽然晚餐吃得很实在,但啜了一口亚力酒,他脑子里的一根弦就松开了,感觉轻松一些。他慢慢移到柜子前,手指划过一堆唱片。他选了一位来自阿勒颇的歌手,放下了唱针。弦乐开始。

"有时,我认为……"他说道。

歌声压过管弦乐,唱了起来。

"告诉我吧，哈比比，你想什么呢。"

他的朋友往后靠着，双腿交叉，一只手放在椅子上。汉尼认识他很多年了。不仅如此，巴黎的时候，他们就认识。汉尼不在蒙彼利埃，但他也是唯一对迈扎特整个生命历程有所了解的人。他一直在另一个城市里，也许从远处看去，甚至更好些。有了距离，就有了一种特别的清晰度，就像是从大海瞭望海岸线。迈扎特坐在萨哈尔的位置上，简略地开了个头。

"这世上从未有完美的事情。通常而言，内在和外在之间有一些区别。我们的生活也是如此。我们行动的方式。不是吗？"

汉尼做了一个有辨识度的姿势，如今这已固定为成熟的风度：头稍稍往一边偏，嘴巴张开，紧闭双眼，然后睁开一只眼睛，往房间上面的一角望去，仿佛在心算一般。"呃，我的意思，事实上我不这样想。我相信一致性。我认为——我非常理想化地相信一致性。"他一边说话，一边在桌子上一点点地挪着他的杯子，"你知道的，有些人坚持他们的立场，就像是荣誉系于此，所以，无论情况如何，他们都抱着自己的立场不放，因为——他们的家族说他们应该这样，或者别的原因。这是荣誉的问题。表面是这样。但到最后，这些人差不多*都*堕落了。他们说的是一件事，做的是另一件事。当然，人人都会犯错，但这些人往往都言之凿凿的样子，因为他们觉得有必要掩盖自己的踪迹。"他的一根指头在空中戳了戳，"虽然*这样*说，但我还是觉得，等你找到了自己想相信的东西，你就得坚持。"他的手在水平方向切了一下，"比如说，与英国人不合作的政策，我们必须坚持。绝对的。我依然相信我们应该有一个统一的叙利亚，至少最终要有一个。这是我们应得的，我们跟英国人一起作战了，这是我们应得的。我们差点，*差点儿*就有了。但重点是我们不应该教条化，其代价——可能就是改变心意。灵活是另一种坚持。我想，我一直都相信这个。相信……怀疑。"

汉尼这番话完全偏离了迈扎特最初的意思，一时间，他觉得不知所云，正要把话题拉回去，汉尼继续说道：

"就拿妇女问题做个例子。我以前认为，我肯定你过去也是这样认为的，那就是女性绝对不应该参与政治。我曾对此确信无疑，觉得女人参政荒谬，女性有她们的职责，就应该待在家里。现在，事实证明我错了。我能说什么。我修正自己的观点。为什么我这样说——是的，因为人就应该灵活，不能教条。当然，以前我还没有结婚。婚姻改变了一切……"

"是的，"迈扎特精神抖擞地说道，一把抓住了谈话的缰绳，"婚姻会改变一切。其实，我刚才说那话，想的并不是政治——但我觉得你是对的，非常敏锐，很有哲理性。"他笑了起来。他觉得他们回到了二十年前，大家都在巴黎，坐在法鲁克的起居室里，"我想的是更为简单的事情，关于内心生活的。当你的生活不……完美……"他眼睛看着汉尼，留神他有没有不悦，"年轻时候期盼的事情——我的意思是说，过去就变成了一种私下的哲学，变成了你记忆中的事情。我记得……"他戏剧化地摇了摇脑袋。

汉尼咧嘴笑了。"哦，我明白了。以前的迈扎特！"他晃了晃杯子里的亚力酒，"我的哲学，我的情愫……"

迈扎特又没达到预期的效果。沉默中，他看到了朋友的微笑。唱片的管弦乐高昂起来，嚓嚓的停顿之后，一首缓慢一些的新歌开始了。他笑了一声，手挥了一下。"我想你，哈比比。"他从罐子里倒了一些水，又加了一些亚力酒。

"我也想你。"

他们喜爱地看了对方一眼。一年之内，他和汉尼只见面了一两次，但他们的友谊从未褪色。迈扎特与贾米勒的关系却恰恰相反。他与贾米勒见面不少，感情却疏远。

"但你刚才说的，"迈扎特重新开始，语气严肃——如果他不能说心里话，那也不能陷入浪漫小丑的角色，"也可能是激进转折的结果，会不会呢？人们坚持自己的信念，罔顾现实。也许，有没有可能是宗教的本质呢。看到不和谐背后的统一。"

"哦，希望如此，哈比比。我倒是希望了，"汉尼说道，"如果那是真的，就好了。"他摇了摇头，"事实上，我认为，正是不和谐的东西让卡萨姆这样的人如此有吸引力。一个外来者，一个传道士，人人都可接近。天，想象你是一个贫穷的穆斯林农民。对你而言，'国家'这个词意味着什么？你之前从未有过。你从未到过其他地方，也不认字，为什么你现在要国家呢？这太抽象了。你有你的土地，有你的生计，有你的宗教。问题就是如何让人们参与进来。我们要让他们看到，你的土地受到了威胁，你理应是一位公民，理应有权利。这就是我们要做的事情。但现在，卡萨姆直接诉诸他们的宗教……"

他们听到前门有动静。接着，迈扎特小女儿的声音传了过来。

"嗨，宝贝。"迈扎特身体往后一靠，双手放在胸口。

"别这样，我说了，别这样。"

"怎么回事？"迈扎特说道。

努扎的头从门口探了进来。"他们没事，只是吵架。晚上好，哦，汉尼先生，刚才没有看见你，好久不见。"她的头偏向一边，咧嘴一笑。她上气不接下气，"萨哈尔在哪儿？"

"客厅，"迈扎特回答说，"嗨，宝贝，哦，你的衬衣怎么了？"

卡勒德从努扎的胳膊下面钻出来，一脸雷霆万钧。

"加达朝我扔泥巴。"

迈扎特瞟了一眼汉尼，然后又看着他儿子。"去吧，赶紧洗了，不要让你母亲看见。"

"我来洗吧。"努扎说道。

客厅的电话响了。迈扎特用力站起来，肘部推开卡勒德，从他身边走过。他走进客厅，法蒂玛坐在沙发上，抬头看着他。

"孩子们回来了?"

他点了点头，伸手拿话筒。他喜欢这个动作，强壮的手一伸过去，就接通了黄铜嗓子。但他把圆盘听筒放在耳朵上的一刻，快乐没有了，取而代之的是一种灌满了亚力酒的忧伤，那个为电话而自豪的男人已是过影。

"接线员。埃利·卡恩呼叫迈扎特·卡迈勒。"

"我是迈扎特·卡迈勒。"

电话里传来咔咔的声音。

"迈扎特!"

"是我。"

"迈扎特，着火了!"

"什么?"

"着火了! 商店着火了! 有人放火烧了商店!"

"不。"

"是的!"

话筒在挂钩上哐哐作响。

"什么事?"法蒂玛说道。

"爸爸，让他别这样。"加达尖叫道。她跑进房间，"爸爸!"

"没工夫。"迈扎特用低沉的声音吼了一句。

加达在过道口吓了一跳。

"发生了什么事?"法蒂玛站了起来。

"没事，"迈扎特说道，"店里出了点问题。"

汉尼开车。天空低沉，黑压压的一片，随时都要破裂流水的样子。迈扎特在想象把消息告诉法蒂玛，她会有什么样的反应。她觉得丢脸，永远都是她觉得丢脸。对于他本人，失败已经不像过去那样让他觉得丢脸；他多少感觉到这破碎的边缘只是整体的一部分，未来缩小成了一个点。如果无论什么都只有一个结果，害怕还有什么意义呢？但法蒂玛不一样：什么要做，什么没有做，谁看见了，谁没有看见？她在各种观念之间艰难地保持平衡；这样的灾难会让她愤怒得一头倒地。距离商店还有两条街，坐在副驾驶座就闻到了烧焦的气味。黑暗中，飘在屋顶上的是浓烟吗？

"不，不，不，不。"他汗淋淋的两只手紧扣在一起，"不，不，不，不。"

他们转过街角，看到一群人。明火似乎已经灭了。穿着制服的英国警察；马匹；成直角停靠的两辆福特T型辅助救火车，拉出来的水龙软管还没有收起来。汉尼停好车，迈扎特从车里钻出来，瞅着这烟气弥漫的黑夜。他立刻闻到了刺鼻的辛辣气味，又甜又酸。他顺着斜坡走下去，烧焦的碎片就像是黑色的蝴蝶，在空中乱飞。有人在呼喊他的名字。埃利跑上前来，风吹起他的裤子，瘦腿都露了出来。他双手黑乎乎的，迈扎特看得出来，他哭过。

商店面目全非。窗户玻璃破了，石墙上是一道道燎黑的痕迹。一股股的烟不慌不忙地腾起，散开成为无形的烟雾，笼罩一切。一个消防员等着他们打开温热的金属安全门，接着他走在前面，进入里面。很难看得清楚，在消防员的手摇手电筒的照射下，他们不断看到一圈圈的灰色漩涡。房间的气味很奇怪，闻起来像是不新鲜的肉。楼梯上面的盒子似乎没问题，燎痕只到了栏杆的一半高度。但他们走进布特鲁斯工作间的时候，臭味更浓，还加上了布料烧焦的酸味。警察指了指已烧成一堆灰烬的桌子，说道："火就是从这里开始的。"接着，他指了指后窗，他们从那里破窗灭火，窗沿和天花板之间有一层厚厚的黑色烟灰。埃利紧紧抓住迈扎特的胳膊。

"所有的东西都这么难闻。"

迈扎特看见汉尼跟着走了进来，他回避汉尼的目光。他们往外走，踩碎了脚下的焦炭。到了街上，人群已经散去。

"其他店面没有受到影响?"迈扎特朝体育用品店走了一步。

"没有,银行也没事。"埃利说道。他压低声音,"那盏灯。我就知道会出这样的事情。"

"布特鲁斯知道了吗?"

"他没电话,我给他母亲打了电话。阿布·塔希尔,回家睡觉吧。我们明天早上再来处理这件事。"

"天一亮,我就来。"

"不,不行。"埃利转过来,面对着他,"你在家里找一找我给你说过的那东西。"

"我们回去吧,"汉尼说道,"来吧,哈比比。"他们打开车门,汉尼说道:"我很抱歉,真不知道该怎么说。很糟糕。如果有什么我可以做的——即便是你想让我们走,你们需要单独在一起——"

"不,绝对不。"迈扎特说道。他努力微笑了一下,"挺吓人的,我很抱歉。你绝对不能走。我才是那个应该抱歉的人。你们长途过来,不该如此的。"

"我会尽力帮忙的。明天早上,我要去杰宁,等我回来了,如果有需要我帮忙的……"

等他们到了家,空气给人一种干净的感觉。黑暗中,车门关上了,哐的一声响。房子很安静,迈扎特走下台阶,进了卧室,神经绷得紧紧的,他听到妻子在房间里走动的声音。火灾,恶目:灾难和流言,这两件事会让法蒂玛烧起来。

3

他们没有过上那种辉煌的生活,这显然是法蒂玛痛苦的源头之一。她的丈夫并非身处高位,而是与他人共同拥有一家商店。婚姻早年,他们重温神秘的浪漫史,迈扎特怎么求婚一次、两次,第三次法蒂玛选择了他。这个故事是之后一切的基石，他们远处相望时对彼此的想象——大多数都被证伪，或是因其他因素变得复杂，基石因此而倾斜，需要别的东西加以平衡。法蒂玛不再喜欢重温早年。显然，回想当年前景未定的日子让她感觉痛苦。她到底想在婚姻中得到什么呢？迈扎特到底什么让她失望了呢？富有？带她去国外？只是不一样？

卡迈勒家的生意在莱拉名下，消息传来，第一道裂纹出现了。一开始，法蒂玛似乎不明白这是什么意思。但这些年过去了，她看着迈扎特从无到有，努力经营，她在朋友们面前夸大了丈夫的成绩，在希望和现实之间挖了一道鸿沟，里面填满了她的失望。与此同时，迈扎特知道，正是她这些小小的谎言，新潮店在纳布卢斯的女人们中大受欢迎，对此，他心存感激。女人们钦慕法蒂玛。女人们与迈扎特不一样，她们倾心于法蒂玛贵族式的漫不经心，想要模仿。如果法蒂玛对选出来的几个人说，她丈夫店里卖的开罗外套最为时尚，那很快就变成最时尚的抢手货。

那天晚上，他并没有告诉法蒂玛有人可能对他施了法术的事情。一个晚上，火灾的消息就足够了。他们脱衣服上床的时候，他轻描淡写地说是个小火灾，他不由自主地叹气，说埃利反应过度，他说这些撒玛利亚人，总是小题大做，大惊小怪，并没有不可挽回的损失。

第二天早上醒来，他满心害怕。汉尼出发去了杰宁。迈扎特送女儿们去了学校，回到家里看到门厅里留了纸条，说法蒂玛和萨哈尔去朋友家了。他给埃利打电话，接电话的人是埃利的妻子，她说，她丈夫去处理现场了，但留下口信，请他从门道口开始，之后查看树根，靠近床的地方，松动的地板或是石头下面。买撒马利亚符咒的人都知道，东西不要放在储存空间里，但他也必须看一看，因为有人惊慌失措，赶紧就把东西藏在了橱柜里。

他们的房子有八个门道口。他没有找到松动的石砖，也没有在灰泥里找到任何裂缝。门槛上下也没藏有任何东西。他想起后门的一块铺砖已经松动很多年了，等他拿着厨房刀子，跪在铺砖旁边，发现撬不动水泥，忙了一会儿，决定放弃。

他跪在床边，扶着床框往下看，立马就希望有个瘦子来帮他。他应该去商店，让埃利过来，听听他的建议。不说别的，如果有人在场看到这一切，他自己都会觉得好笑。

新潮店开了十年后，他收到同父异母弟弟穆斯巴赫的一封信。自从父亲葬礼后，他们就没说过话。那封信是成年人的语气，有成年人的负疚感在里面。已经过了这么长时间，他写信来解释他们父亲去世的时候债务累累。

当时，迈扎特在客厅里看信，看到这里，他一个站不稳，靠在门边的墙上。穆斯巴赫继续解释说，哈吉·塔希尔支付了大笔钱把一个朋友从开罗的监狱里保释出来，朋友还没还钱，他就去世了。他和母亲耗费了大量的精力和时间想要让那个人还钱，但因为各种变态的法律，他们的所有努力都付之东流，家庭生意贬值了，他们搬出了阿巴西亚，搬到了便宜一点的社区，住进了小房子。

至此，这封信并没有打住。穆斯巴赫也许猜到了迈扎特深感不公，而且久久不能平复，他似乎觉得他目前的不幸正是机会，可以进一步反省他们的处境。即使还没有读下面的内容，迈扎特已经知道了其走向。他关上客厅门，坐在电话旁的椅子上。火盆里的火快要熄灭了，法蒂玛做饭的香味从门框的缝隙飘了进来。

我们的父亲以你为傲。他不止一次这样对我说过。我得告诉你，他经常在我母亲面前这样说，她并不高兴。你受到了教育，他骄傲；你受训成为医生，他骄傲；你深得同龄人尊敬，他骄傲。

正因为如此，我认为——事实上我应该说我知道，他觉得你有能力自立，因为你受过良好教育，还订下了那么好的婚约；因为这些原因，他觉得你不需要支持，而我母亲需要。我母亲承担了抚养五个幼小孩子的重担。我很抱歉，遗产的分配本可以更均衡一些，但考虑到所剩无几的现金，我也能理解为什么父亲如此决定，生意还能提供一些稳定性，我们的情况不如以前，他认为母亲需要这个。

这是一种摸索式的道歉，一部分是借口，一部分是辩护。如此解释他们父亲的行为，有多少是权威信息，有多少是推测，也是不清楚。迈扎特看着关于他们父亲为他骄傲的措辞，父亲相信迈扎特"有能力"，他无法从句法的角度推测其可信度。

他把这封信对折，又对折，再对折，用指甲压紧折痕。真是的，为什么要揭开这些旧伤口？死亡封存了父亲的掌控，已经很久了，从那以后，再也没有确定无疑的东西。按照穆斯巴赫的说法，似乎父亲的行为也说得通，可能会让父亲看起来没有那么残忍。但无论多么有说服力的解释也不能完全抚平他心中的伤口，这么多年来，这个伤口没人去看一眼，一直没人护理，已经成了他内心深处的疮口之一。父亲为他骄傲，由此而生的任何一种喜悦瞬间就淹没在悲伤之中。学医这件事半真半假，而提塔大肆宣传，虽没人质疑，一直都是迈扎特的羞耻。羞耻总会带来愤怒，他受够愤怒了。他把手里的信又对折一次，扔到了火里。木炭火吞没了那封信，它立刻化为卷曲的灰烬。

父亲为他骄傲，真是无用的安慰。法蒂玛喊大家用晚餐，叫声在走廊里回荡。他等着痛苦过去，但太痛了，他用拳头抵着额头。然而，他在法国的日子再次决定了日后的岁月。多么完美呀，他的父亲会认为那段日子赋予了他儿子力量。

他从未向任何人提及过穆斯巴赫的这封信。但随着日子一天天地过去，他开始认为也许父亲并没有全错。他曾经一个人生活过，真的是比同父异母的弟弟妹妹好一些。一个人在国外，没人保护，很早就知道了人生和人际关系的脆弱，他可能是比他们更能面对灾难。

迈扎特查看了柜子，没有收获。他走向花园的那棵树，没有铲子，他就用大勺子挖树根周围的泥土。他冒汗了；衬衣下面，一股热气升到胸膛。他找了一份旧报纸，跪在地上用手刨。昨天的晨雾，到了今天又回来了，但没有那么浓；太阳穿过云层，烘烤着他的脖子，感觉就像是发烧一样。鸡笼在最后一个平台上，里面的鸡在扑腾，叫得很欢。他蹲坐在一只脚上，用手掌的根部抹了抹脸。坐在那儿，可以看到鸡窝的水泥顶棚。受惊的鸡渐渐安静下来，他突然想到，鸡窝可能是藏符咒的绝佳地点。鸡窝距离大门那么近；很容易就能瞅准没人的机会，从栅栏翻过来，把东西埋在干草里。

鸡粪的味道总是让他猝不及防。迈扎特用领巾遮住鼻口，从铁丝门的缝隙里挤进去；鸡全部挤在一边，荒诞地又叫又跳又踩，他还挺欣赏的。

"来吧，小鸡们，来吧，"他说道，"告诉我，来吧，他把东西放哪儿了？"

它们栖息的架子上挂着干草，没有鸡蛋。一只母鸡大胆地走过来研究他的脚，脑袋在上面蹭来蹭去，从侧面瞅着。迈扎特用脚尖踢了踢装草籽的盘子。

"阿布·塔希尔，"法蒂玛的声音传了过来，"你在干什么？"

他转过头。法蒂玛和萨哈尔站在低矮的大门边上，头上戴着围巾，斜着眼睛看着他。

"你在捡鸡蛋吗？"萨哈尔说道。

法蒂玛的脸色苍白。

"哈比比。"迈扎特提起裤腿，爬了出来。他搓了搓脏兮兮的手指，用手腕部分撩起一缕掉在脸上的头发。他的妻子正在控制呼吸。选择摆在面前：要么就是承受她的勃然大怒；要么就是告诉她实话，诉诸她的迷信，冒险一搏，看是否能化愤怒为恰当的恐惧。看起来，说实话对两个人都要好一些。"我有话跟你说。"他说道。

萨哈尔立刻就明白了。大门嘎吱一响，她迈上台阶，朝房子走去。法蒂玛剑拔弩张的样子，仿佛准备好了，要么前进，要么后退。已经没时间了，无法判断她最终是袒护，还是责备，既然已经选择了这一步，就必须就往下走。

"埃利告诉我，家里有符咒，"他轻声说道，"有人对我施了恶目。对我们。"

她的目光飞快地在迈扎特脸上搜索。她不再深呼吸，迈扎特知道自己胜利了。

"你确定是在这栋房子里？"

"你什么意思？"

"符咒什么时候下的？如果是很久以前，可能在你的老房子里。"

"啊，是呀。对，你可能是对的。"他打开铁丝门，母鸡们咯咯地叫着，点着头往前走，"是的，哈比比，这个想法很妙。他的确说是很久以前。"

"很妙？"法蒂玛说道，"不，不，一点儿也不妙。"

她躲闪了一下，目光往平台一扫，仿佛刚刚看到什么东西动了一样。

现在，老房子属于他的族弟瓦斯菲。乌姆·塔希尔住在楼下，与乌姆·贾米勒、阿布·贾米勒和贾米勒同住，他们共同决定把楼上卖给家族成员，正如大家经常说的那样，选邻居比选房子重要。乌姆·马哈茂德又在那里工作了，雇主是瓦斯菲和他的妻子。虽然年龄大了，乌姆·马哈茂德动作还是很敏捷，每次看到迈扎特，都要拥抱他。房子里住着这些人，迈扎特来看望一个，就看望了所有人。他轻手轻脚地朝瓦斯菲前门走去，希望没人看见他，可立刻有人从下面的窗户对他叫了一声。

"你好！"

乌姆·贾米勒在一瓶花后面热情地朝他挥手。

"哦，你好，"迈扎特说道，"这棵树挺不错呀。"他含糊地指了指，接着就往回走，到了楼下的门口。

"嗨，孩子。"他的祖母叫道。

提塔坐在沙发上，身上放着好些刺绣的布料，身边的座位上是一堆彩线轴，上面插着针。厨房里传来了锅盆和烧水的交响曲，乌姆·贾米勒盖过了这些声音，大声叫道：

"我们听说了着火的事情！"

"是的，怎么回事？"乌姆·塔希尔说道，"坐下吧。"

"哦，天呀。"迈扎特叹了一口气，坐到扶手椅里，摘下塔布什帽，放到桌上。

"嗯？"

"提塔，我们不知道是怎么回事。"

"很糟糕？"

"不，不算糟糕。埃利在整理。只是事故。汽灯，你知道的。"

"真主呀，"乌姆·贾米勒用托盘端着滚烫的咖啡，平稳地走了进来，"如果有电，那就好多了。"

乌姆·塔希尔从牙缝里倒吸了一口气。"合作呗。"她看着手里的线说道。她一只手里的布料上翻下翻，另一手就像是在拉小提琴一样地引针走线。合作——就是八十岁的老太太现在也能义正词严地说出这一类的词了。

"贾米勒在开会。"乌姆·贾米勒对迈扎特说道。

"知道了。"

"有时，你知道的，民族主义。关于罢工的事情？"

她期待地扬起了头。她依然把贾米勒的活动告诉迈扎特，显然是希望从他这儿听到进一步的消息。她也常常担心地谈起贾米勒对结婚没有兴趣。有时，她说"现在，人们不怎么结婚了"，但她的语气并不肯定，眼睛看着迈扎特，想要得到肯定或是否定的回答。有时，他觉得同情；他看到了乌姆·贾米勒的挣扎，她的生活局限在起居室里，想要从能够收集到的有限事实里去理解儿子的行为。但即便是迈扎特最强烈的同情心也经不住过度使用的考验。

他面带微笑正要说话，提塔突然说话了，免得他喷出傻话来。

"你看上去像你父亲。"

"是吗？哦，提塔。"

"通常情况下你看上去像你母亲，但你今天看上去像塔希尔。真主保佑他。是你的脸，你现在的脸要大一些了。"

"谢谢。你最近身体怎么样？"

"我一直都是快死的样子。请把糖递给我。肺部疼，还有膀胱也疼。谢谢你。这就是人生呀。法蒂玛不想过来？"

"她在家，我们有客人。汉尼和萨哈尔。"

"汉尼！他还好吧？汉尼哈比比。我喜欢他。"

"他很好，很好。就是忙，很忙。"

"忙呀，"乌姆·塔希尔从牙缝吸了口气，"人人都忙。"

"瓦斯菲在家吗？"

"哦，瓦斯菲，他最坏了，"乌姆·塔希尔说道，"他几乎都不来看我们。是不是？"

乌姆·贾米勒温和地做了个鬼脸，摇了摇头，眼睛看着墙上的一道裂缝，啜着咖啡。

瓦斯菲和他妻子都不在家，但他们的前门没有锁。迈扎特童年的大部分家具都留了下来，瓦斯菲和他妻子做了一些改动，但大多不明显——在墙上复杂的瓷器装饰前加了栏杆，提塔还抱怨这些装饰，因为其蓝白颜色与镶嵌工艺的椅子不匹配。走进这房子，迈扎特总有擅自闯入的感觉，往自己小时候的房间里瞅的时候更是如此；现在他们往里面又挤了第二张床，给瓦斯菲的小儿子用。他有如此感觉，一部分是因为这些熟悉的物件都不再拥有过去的那种魔力，只是让他感到自己的年龄，感到远离了与这些东西朝夕相处的岁月。

他用手指摸索着厨房门道口的灰泥。他睁大眼睛看着门槛，用脚尖踢踢边缘处。他走进了自己以前的房间。瓦斯菲的儿子们很整洁，床下面只有他们的鞋子，其余什么都没有。柜子里只有衣服、备用的床单和毯子。

他迈进他父亲的卧室，现在这里是瓦斯菲和他妻子的卧室。迈扎特惊讶地看到，他们还在用当年莱拉从开罗带来的欧式床架，那是道路还没铺好、火车也没有直达的岁月。他的目光扫过地板和墙壁。他打开衣柜，麻利地在衣服里摸了一遍，什么都没有发现，他关上柜子门，朝父亲的书房走去。

这个房间的变化比其他房间还少。放在窗户前面的还是那张桌子，还是那把椅子，还是那个书架，但里面的书不一样了。一本老版本的孟德斯鸠《论法的精神》放在最上面，好像是最近才有人读过，漫不经心放回去一样。这本书的封面是暗褐色的，书名上下都有槽沟。他手一往下按，书翻开落在了他的手上。

> 人的行动总是要么太懈怠，要么太暴力。有时，他们用十万胳膊推翻了眼前的一切；有时他们有十万只脚，却像昆虫一样爬行。

这些文字在他脑子里僵硬地通过。他不读法文已经很多年。家里的书柜里都是法文书，但他已不再翻看，不想再费脑子读法文。

几年前，他想要跟圣约瑟修道院的一位天主教修女说法语。有些人还是叫她们"以巴路山修女"，而她们早就不再管理市政医院，而是把医院交接给了当地几个受过西方教育的医生和她们训练出来的护士。但是因为对医院和常去医院的病人有感情，以巴路山修女们依然时不时地去看看，零零碎碎地给一些过时的建议。她的祖母一开始是不信任，后来已经变得崇拜这家医院，至少一个星期要去做一次检查。有时，迈扎特陪祖母去，有一次他就想跟一位生病在床的瘦弱年老修女说话。她叫露易斯嬷嬷。但是，说了一句"晚安"后，迈扎特发现自己什么都说不出来了。一个个的词塞在嘴里，就像是一个个的物件儿，又干又硬，嚼不动。提塔的尴尬让他感觉更糟糕。回到家里，他伸手拿了一本以前喜欢的诗集。法蒂玛说，半个小时后就看到他在椅子上睡着了，眼镜推在额头上，书打开着趴在胸前。

他强迫自己看完孟德斯鸠这段文字。读起来，就像是推开厚厚的沙土，想要翻找下面的硬物。他觉得自己脑袋里的零件就像钟表的齿轮，转动得太慢。

现在日光正充足。他眼睛往上一瞟，看到阳光照了进来；然而，温度还是低，他耸着肩膀，把书举到面前。阳光慢慢照过窗户，刺得人睁不开眼睛，照在手指上，手指变成了红色。阳光经过之处，看得到闪闪的灰尘在空气中荡漾。一道刺眼的阳光照出了地上的阴影，他看到一个铺着瓷砖的角落。那里曾摆放了什么东西。也许是个抽屉柜，或者是架子，或者是椅子。真是奇怪，住了多年的房间，你熟悉里面所有的东西，但东西搬走了，却怎么也想不起是什么。不管以前放过什么东西，此刻阳光对比之下，那块瓷砖很醒目。黑色的轮廓。他把孟德斯鸠的书放在一边，蹲在角落里，用手指摸了摸，瓷砖在动。他需要一把刀。

厨房还是老样子，抽屉里的餐具不一样了。他选了一把骨瓷手柄的刀，再次跪在了书房的地上，把刀的圆头插入了瓷砖的一边。嚓的一声，瓷砖的边缝松开了。他左手的手指抓住这条边，瓷砖很重，刀片承受不住，已经变形弯曲。瓷砖比看起来厚一些；等他终于把整块砖掰起来，一小股灰尘和碎水泥片飞了起来。他手伸到坑里，摸索到一个东西，体积比石头小，分量比石头轻，他拉出来一个木头雪茄盒子。

他拍掉上面的灰尘。盒子打开过，绿色的标签一分为二，贴在盒盖两侧。裹在盒子上的彩纸已经破破烂烂。盖子很容易就打开了，溢出一股浓烈的雪茄味，辛辣，甜香，雪松气息。他闻到了父亲的气味。他感觉到父亲的胡子在扎他的脸颊。

盒子里面有几件东西。他在裤子上擦了擦手指，再伸手去摸：两个铜质小雕像——希腊女人的形象，袍子褶皱里有淡绿色的铜锈，脸上也有铜锈，看不清面孔。铜像旁边有一小扎布料。他打开一看，奶油色的柔软布料，没有锁边，上面没有任何记号。用来擦拭小铜像的抹布？一个小小的硬纸盒，里面有一枚戒指，女人的银戒指，上面有刻纹。他用拇指和食指捏起这枚戒指，真的惊讶了。这些小玩意儿是瓦斯菲的？但他肯定，这个气味让他肯定，这些东西是他父亲的。那这枚戒指是谁的呢？他母亲的？他迷惑了。父亲不在了，线索全部中断了，这些东西没有了意义。但看到这些东西，那个叫做哈吉·塔希尔·卡迈勒的人已经开始变形了；暗处的那一部分在黑暗中变得越来越大。他从未想过父亲也迷信；恰恰相反，父亲高度理性，他把继承的遗产变成了赚钱的企业，很多心胸狭隘的邻居用嫉妒的目光看着他。但是，这堆东西，这样藏起来，这是迷信人的行为。银戒指装在雪茄盒子里，埋在石头下面？里面没有珠宝，这样的东西不值得藏起来。里面还有什么吗？他把手塞了进去。几份文件。一条皮带，又薄又旧，上面扎有孔，可以扣起来。皮革的颜色已裂开剥落，在他的手指上留下棕色的粉尘。他转而去看文件。第一个信封里有一张锡版照片，上面是一栋他不认识的房子。他对着光照了照，金属熠熠生辉。这不是纳布卢斯的房子，入口是有条纹的石头，窗户上有栅栏。照片里没有人。他转而去看第二个信封。淡紫色的，上面写的是：

迈扎特·卡迈勒先生
卡迈勒府邸
纳布卢斯
巴勒斯坦

他瞪大了眼睛，盯着上面的字迹。他熟练地压开信封边缘，抽出信。他的双手开始颤抖。与刚才阅读孟德斯鸠不一样，上面的字毫不费力地进入了他的脑海。

亲爱的迈扎特：
　　自从你离开我们，离开蒙彼利埃的我们已经四年了。四年！——甚至写下这两个字，我都不能相信有四年了。我发现自己常常想你。感谢你的来信。说实话，得知你在巴黎，想到我们可能在这之前就能通信，我心里有些痛苦。你也许也在想，为什么我没有给你写信，事实就是，很长一段时间，我觉得愤怒，觉得痛苦。我想，最重要的是我觉得糊涂。我担心你在离开之前是收不到这封信的，所以我就寄往纳布卢斯，也就是说你现在是在家里读这封信。我希望你的旅途安全舒适。
　　哦——很长时间以来，我都想给你写信，现在我终于拿起了笔，却不知道该写什么。我一直想说的事情突然变得难以表达。

你离开了，这家里的温暖也随你而去。我觉我们都没有注意到，你的存在是那样地让人愉悦舒心。我真希望我没有那样做——可我们不能重拾已经失去的过去。但你是对的，这样的尝试是荒谬的。我真希望已发生的过去是可以改变的。

我有一种感觉，我是对着一片空白在写信——我并不知道你读了这封信会有什么样的感受，这很奇怪。我真心希望我能看到你的脸庞。哦，迈扎特。有时我觉得，我能在自己的呼吸中感受到你。真是难以忍受。

这漫长的战争给我们所有人带来了重压，现在战争结束了，我想要问你最后一件事：你会回来吗？我知道你刚刚到家，所以也不会期望你立刻回来，我不想乞求，我只是想要告诉你我多么渴望你的陪伴。我错待了你，请一定要知道，那不仅仅是你一个人的错；我希望，我妄想能够修补那次晚餐事件所打碎的一些东西。我真是无法告诉你，等我醒来，发现你已经走了，我是多么羞愧。我也无法告诉你，这四年过去了，我心中依然充满了懊悔、痛苦。我觉得，一开始我并不知道那是懊悔，我转移了注意力，到迪沃恩莱班去找玛丽安。说真的，作为一个护士，我毫无用途，但他们急需人手，即使有人做清洁也是好的；那么多的伤员涌进来，也没有多少时间，但我还是喜欢在晚上给他们读书，特别是给那些必死无疑的人读书。

迪沃恩不是什么让人高兴的地方，但我很久没有与那么多人一起，的确也转移了我的注意力。我也为玛丽安感到高兴，她不用独自一人目睹这场浩劫了。那儿有个花园，距离医院有点距离，通常没人，我在花园里感到平静，一动不动地坐着，想着你。等我离开了，等到蒙蔽所有人眼睛的战争结束了，我一下就非常清楚地看到了自己做了什么。

我并不知道西尔万和我母亲之间到底发生了什么，但我的理解是她很有可能是爱上了西尔万。我并不认为他有过什么不名誉的行为，事实上，他充当了桥梁的作用。我觉得，他就像是我母亲的哥哥一样，肯定呵护了她。我只知道，当我外祖父问他是否要娶我母亲的时候，他婉言拒绝了。我只知道这些。我以后可能也不会知道得更多：西尔万很难对付，年龄越大，越难对付；我也有过一两次想要问他，他对我很不友好。我感觉到其中有伤痛，而且是我没有权利触碰的地方。而且，最近他更多的时间都在巴黎，我们几乎见不到他。

　　我很抱歉，把你卷进了我母亲的故事，而且还让你觉得我想要你解决这一问题。其实我只是想要安慰，想要和人谈一谈。这是一种不健康的沉迷状态。在你离开之前的可怕晚上，我没有护着你——我真的是很抱歉。我能想到的唯一借口就是：我惊呆了，不够坚强，不能处理自己的想法、道德和欲望。在那一刻，我只想到了要对家庭忠诚，对我父亲忠诚，毕竟到了最后家里就只是我和他，我再也没有别的家人。突发事件当前，这一点决定了我的行为。那是我本能的反应，但过后反思，我知道自己做得不对。至于我的母亲——我现在强烈地认识到，早就应该关闭过去，早就应该不再去寻找她的死因。我长时间地沉溺于她的过去，阻止了自己全身心地体验现在。我感觉自己紧紧咬住那个谜团不放，就像是挂在了破鱼钩上面，想要抽身而去，已经或是将会非常艰难，肯定会痛苦，但我必须这么做，否则我只会原地踏步。我绝对不想永远挂在那里。她不想活，她让自己生病，不想走进这个世界——很多我归在她名下的事情，真正说来，都是关于我自己的。我觉得，这些事情也可以放在我名下，因为我觉得正是这一切让我没能珍惜你，亲爱的迈扎特。但是，这封信里，我到底要说多少个"我感觉"

呢！我不擅长写信——

这里已经是冬天了，水池已经结冰。蒙彼利埃很安静；我不知道我们会不会再举行派对。昨天，我们调试了钢琴，我一直在练习。我非常想念你。请回来吧。

你永远的，

让

1919年10月7日

迈扎特读信的时候，完全没有感到痛苦，然而，到了信末，感觉到自己必须回到现实的房间里，他立刻翻回第一张纸，重新读起来。接着，他读第三遍、第四遍，最后就像是念咒一般，他也不知道自己读了几遍。

他退出了此时此刻。让内特说着话，就在他的身边。这是奇迹。这封信让他穿越到了另一个时空。他和让内特在花园里，在水池边；他走在蒙彼利埃的街道上，他坐在演讲厅里，到了晚上肯定会回到她身边；他醒来看到窗外的草地，在过道里找到她。让内特的呼吸声就在他的耳边。

动静声。他恍然回神，把信放在地上。

"迈扎特？你还好吧？"

一个人站在他面前，挡住了阳光。

"你怎么了？他怎么了？"

贾米勒背对着太阳，脸黑乎乎的一团。他看起来害怕，或者是愤怒。

"迈扎特？"

迈扎特环顾四周。他在父亲的书房里。光线充足。他的目光穿过贾米勒的两条腿，看着那张书桌和窗户，他看到了书桌和窗户的阴影，看到了下面的天空，房间一下下地抽打他的脸。此刻，残忍的通透，烧灼的白光。他脑子的一部分被压抑了太久，在抽搐的疼痛中喷涌而出。他呻吟起来。贾米勒蹲了下来，他感到了贾米勒身体的热气，也看清了族兄的面孔。

"他为什么要留着这个？"

"留着什么，迈扎特？"

"他为什么要留着这个？"

"迈扎特？"

房间里又进来一个人。他看得到两条腿走过来。

"他在干什么？"

什么样的迷信让他父亲留着这个？迈扎特迷惑地看着贾米勒的面孔。他父亲认为这是撒马利亚人的东西？撒马利亚人做的假货，染上了假颜色？父亲认为这是符咒，因为上面是另一种语言？迈扎特的两只手都放在了地上。

"这不是真的！"

"什么不是真的？"

呻吟的声音从他嘴里冒出来。"不要碰我。"

"迈扎特，什么不是真的？"

只是因为父亲读不懂上面的内容，他就觉得这封信有他不能触摸到的能量？是的。他能明白他父亲为什么会那样想。明白又怎样。

"迈扎特，哈比比，你必须得起来。"

房间里有超自然的东西。他紧紧抓住自己的肚子。墙上挂着一个好大的东西，半透明的，就像是一池子的水停在了半空中。他的心脏开始狂跳。

"迈扎特，你听得到我说话吗？"

汉尼在他身边。他的眼睛里全是爱意和关切。他想要说，哦，汉尼，可是说不出来。眼泪顺着脸颊流淌而下。

"你能扶他起来吗？"

"迈扎特，你得用点劲。你能握住他的手吗？"

"我要回去，我必须回去，不要拦着我。"

"回哪儿去，哈比比？"汉尼温柔地说道，"我不会拦着你的。你能站起来吗？扶着他的胳膊——轻点。"

接着，他们把他扶了起来，就在这一刻，高亢的铃声突然炸响，就像有一把银刀插入了他的耳膜。迈扎特捂住耳朵，呻吟起来。声音听起来仿佛无害，仿佛很美。但那是痛苦，那高亢的铃声是痛苦。那个声音就像病毒一样进入了他的耳朵。它在那里好管闲事，在做不应该做的事情。来呀，做点什么呀，让这个声音停下来。

"不要再响了！"他们领着他从房间往外走的工夫，他如此说道。

到了过道里，时间过得很慢。他知道有人牵着他走，他感到地面撞上他的脚底。但现在眼里只有一点儿泪水，他在往外看。有人在强迫他往外看。他伸出胳膊，隐隐感到了腿部抽动。

"迈扎特，迈扎特，坐这里好吗？我是汉尼。你坐下，好吗？"

"汉尼！"迈扎特说道，"你是我的朋友。"

"是的！是的，我在这儿，"汉尼说道，"你现在感觉怎么样？你还……"

"我很清醒。绝对清醒。这是什么，这是什么疯狂？"他说的是法语。

他仿佛才看到自己一样，瘫坐在皮革座椅上，开始大笑。

4

法蒂玛在去她父母家的路上看到了飞机。飞机在以巴路山的那头，就像是尾巴上有个标记的大虫子，即使这么远，也听到了飞机推进器的声音。飞机仿佛乘着微风，微微上下起伏，接着又往前开，转圈，侧飞，露出了巨大的两翼。

今天是星期三。一般情况下她都是星期五拜访自己的父母。她站在台阶上，看到母亲的脸上闪过一丝恼怒。

"我们有客人。"维达德往后一站，让她进去。

"谁？"

"阿莫·哈桑。还有法国神父。"

"那个法国神父？"法蒂玛说道。

"你父亲的朋友。来吧，我们在喝咖啡。"

"我们可以单独说话吗？"法蒂玛说道，但她母亲已经转过去，往楼梯上走。

站在楼梯平台上，维达德推开门，含混的说话声变得清晰了，说话的人是她父亲。

"这是我的理解，我真的相信……"

两个女人走进房间，大家并没有正式的问候，只是头戴深褐红色塔布什帽的哈吉·哈桑冲侄女轻轻点了点头，法国神父飞快地瞟了她一眼，顺着她父亲的话补充了几句。只剩下一把椅子，维达德让法蒂玛坐下，她自己坐在了脚凳上。法蒂玛好奇地看着那个法国人。他的黑袍边上有一层灰，胡须全白了，硬邦邦的就像是刷子毛，他的眉毛长而且宽。虽然外面是蓝天，从窗户望出去看到的是灰色。桌子上，托盘里是饼干和咖啡，哈吉·尼姆身旁的凳子上有一本没有装订的毛边书。

"有些女人要去搬运食物和子弹。"维达德说道。

"哪些人？"尼姆说道。

维达德闭上了眼睛。

"我希望，至少你不在其列。"他说道。

"从哪儿领子弹？"法蒂玛说道。哈桑和尼姆交换了一下眼神，法蒂玛立刻用倦怠的语气掩饰自己的意图，补充了一句，"我在外面看到飞机了。"

效果达成了。哈桑转头看着她。"你看得到?"

"是的,刚才在那个方向飞。"

"法蒂……他们杀了一个人,你知道的,"他的头转了回去,"一个英国人。"

"现在他们在哪儿呢?"

"藏起来了。"她母亲说道。

"我想要说的是,"尼姆语气就像是被打断了很久才有机会说话一样,"这样的事情,不能太严苛。"

"什么事情?"哈桑说道。

"就像是政府不要太集权,"尼姆说道,"根据民间的需要,宗教律法的实施也不要太集权。"

"说实在的,这样的话我们已经说了很多年。"哈桑伸手拿了一块饼干。

法蒂玛用眼睛暗示她母亲。维达德不肯看她,扬起了下巴。

"你处在国家*内部*,民法、宗教律法就像是自然法则。"她父亲说道。

此刻,他只对着法国神父说话,似乎只有他在听。哈桑在拂胸口的饼干渣,完全没有意识到下巴上粘着一点嚼过的无花果。

"只有我们跨出去,看到了边界,才能意识到它们是人力修建的建筑,并非无边无际。"

"建一建筑!"哈桑一时气急地说道,"人力修建的!"他朝法国神父望去,想要神父认同他的难以置信,可神父只是看着尼姆。

"当地这些不符合伊斯兰教教规的圣徒、圣人、领导者,"尼姆继续说道,"深得农民的喜爱。但这正是法律在伊斯兰世界的边缘如何延展和变形的方式。"

法蒂玛本来想着这场谈话尽早结束。她已经抓住了要点,现在一头扎了进去。"爸爸,海法可不是伊斯兰世界的边缘,"她说道,

"卡萨姆的追随者也不仅仅是农民。"

她父亲仔细看着她。这些年来,法蒂玛已经赢得了与父亲意见相左的权利。她因理性而著称。寡妇有权威是因为年龄,因为别人死在她前头,在这样的讨论里,法蒂玛的地位就像是寡妇,区别在于没人去世,而她只有三十二岁。努扎则相反,这样的讨论,她从来不在场,即便是在,她应该也是不知道说什么的。可是,法蒂玛有时会太过,这也是她年轻的表现。她当众顶撞了父亲,虽然这里人并不多,只是一位亲戚和一位神父。她屏住呼吸,看到身边的法国人大力点头,她不知道是否应该视其为鼓励。

"她说得对。"这位法国神父断然说道。他口音很重,"事实上,上个星期我就在海法,我发现大多数对卡萨姆感兴趣的是工人。铁道工人、港口工人、邮政工人。村子里有人支持他,只是最近才开始的。"

哈吉·哈桑斜眼看着神父的胡子,他的下巴摇晃不定,想要说话的样子。"我可以确定地说,阿布纳·安托万,"他举起一只手,"那些工人们以前都是农民。他们失去土地后,到了海法。而且我不知道工人这个词是否正确,他们中大多数人都没有工作。不是吗?"

法国人抬起眼睛,望着天花板,脑子里在消化这番话。

"孩子,我的意思是说,"哈吉·尼姆对着法蒂玛说道,语气抹平了女儿那句话的棱角,"他们喜欢当地领导者。这是农民的心态。他们喜欢酋长,喜欢圣人。卡萨姆把政治和宗教结合起来了。这是以前没有过的方式。"

"我下面要说的话,你不会喜欢的。"法国人说道。听到这话,哈吉·哈桑皱起了眉头,"但我的学校对此有些研究。"

仿佛没有听到刚才的话一样,尼姆明快地说道:"你要待在纳布卢斯,住在以巴路山修女们的住处?"

"是的,"法国人微笑道,"她们不再年轻了。"

法蒂玛看到她父亲的额头抽动了一下。

"亲爱的法蒂玛。"她母亲站起来，仿佛是面对顽抗的动物，她做了一个好大的手势，"我们去泡茶。"

法蒂玛站了起来。她面无表情，以此掩盖被带走的恼怒，二十分钟之前她来到前门也是这副表情，掩饰的是痛苦。

早上与萨哈尔一起，之后她就没法一个人回家，她害怕那栋可能被施了恶目的房子。花园发生的事情让她心如针扎，她看到丈夫窝在鸡棚里，双手沾满泥土，萨哈尔站在她身后也看到了。妒忌和恶目在对峙，然而法蒂玛渴望妒忌，害怕失去妒忌。可谁会嫉妒萨哈尔看到的那个婚姻场景呢？萨哈尔出发去杰宁后，法蒂玛就躲到她父母家里了。

她觉得焦虑不安的时候，常常到父母家来，即便这里也得不到她想要的庇护，还是要来。当然，期待这个地方与她结婚前没两样，或者期待这里能恢复以前的状态，本就是不切实际。虽然每次都失望，但下一次她还是一厢情愿地走进门口，希望房子的感觉、家人的行为和装饰品的颜色都与她十七岁那年一模一样。当年在家，她的身份是有保证的，最重要的是当年她没有维护自己身份的责任，她渴望回到那样的地方。待嫁闺中的时候，不知道最终花落谁家，她是让人垂涎的奖品。结了婚，也就是说有人给她贴上了价签。没错，她自己选择了伴侣，但这一点并不重要：在纳布卢斯人的眼中，她已是明码实价，不再有待价而沽的神秘感。这就是她必须忍受的事实。她已经忘记了自己还是个女孩的时候，有多么讨厌待定的状态；现在用自认为清醒的目光回首年少时，她觉得对荣耀的期盼才是真正的荣耀，应该珍惜才对的。

像这样痛苦的时候，父母家的变化总是让法蒂玛感触很深，但记忆中的失望总是比不上此时此刻情感上的需求，她总是不长记性。啊，现在她想起来了：她母亲，以前是激昂，现在是暴躁；她父亲，以前是思维灵活，现在是僵化。今天，他纠缠不清地谈论对卡萨姆的看法，还是他那套僵化的老旧世界观，即便是法蒂玛知道的事实，他也视而不见。这么多年的学习，这么多年为明察事理而努力，尼姆僵化在了冲顶的半路上；他的思想发展到了一定的限度，就此一成不变，而且不加区别地用在一切事情上。

她们走进冰冷的厨房，她母亲打了个喷嚏。

"你想要单独谈谈？"

"是的。"

"想说什么。说吧。"

"我只是担心。我觉得累。"

"出了什么事？"维达德拿起靠在餐边柜的一个盘子，用指甲摸了摸边缘上的一个细小裂纹。

"我丈夫的商店着火了。"

她母亲猛地一抬头。"啊，火很大？"

"他说是小火灾。"

"你觉得有人故意干的。"

"我不知道。"法蒂玛防御地说道。她绕桌子转了一圈，"我只是紧张，仅此而已。"

"不要紧张。但凭天意吧。"

"是的，是的。"

维达德放下盘子。"你丈夫怎么说的？"

"他说不是大问题。"法蒂玛说道。她讨厌跟母亲说迈扎特的事情。在法蒂玛的亲戚圈子里，迈扎特是法蒂玛自由意识的表达，"我不知道，妈妈。我觉得……我也不知道是什么。"

"那孩子们呢？"

"很好，孩子们很好。"

"你从来不带他们到这儿来。"

"你说什么呢？我昨天晚上才送他们过来。"

"但你来的时候，你不带孩子一起。你总是一个人来。"

"嗯，有时我需要休息一下。我不明白为什么……"

"你觉得我的人生中有休息两个字？"

"妈妈，干吗呢，你总是动不动就生气……"

"打扰了，夫人。"塞尔玛耸肩站在餐厅的门口，细声细气地说道，"门外有人求见。"

维达德走过去，伸手要打开通往大厅的门，塞尔玛补充道：

"不，抱歉，夫人，在那边。"她指了指身后对着厨房花园的那个窗户。

维达德跟着她走到门口，接着突然往后退。

"谁呀？"法蒂玛说道。

"我不认识。"

法蒂玛走过去，看到了一个男人的两条长腿在花台的边上蹀来蹀去。两条腿停了下来，男人弯腰从窗户往里瞅。

"贾米勒？"法蒂玛说道，"迈扎特的族兄。"

贾米勒从花台上跳下，冲法蒂玛挥了挥手，脸上没有笑意。他又高又瘦，双颊瘦削，年轻激进人士的那种表情，领巾紧紧地围在脖子上。

维达德穿上外套，推开法蒂玛走过去，打开竖铰链窗。"你为什么不走大门？"她大声说道。

"没人来开门，"贾米勒说道，"我能同你女儿说句话吗？"

"发生了什么事？"法蒂玛说道。

"夫人，抱歉。"他眼睛看着维达德背后的法蒂玛，"我们可以说句话吗？"

"要进来吗？"

"迈扎特出事了。"

"什么?"法蒂玛说道。

"出事了。你明白?"

"还活着吗?"维达德说道。

"是的,是的,还活着。"

法蒂玛想要跑,但控制住了。她手指发颤,扣好大衣,朝贾米勒走去。这时贾米勒已经走到了大门,在平台上等她。

"他在哪儿?"法蒂玛说道。

"不要着急,"贾米勒语速很快,"他在我母亲的家里,现在他很好,睡着了。我们不知道发生了什么事。"他们走到了下面的大门口,法蒂玛打开门闩,"我觉得他是伤到了头。他不是……"

"不是什么?"

"他不是……很清醒。他有一点……"他的手在脸前挥了一下。

"你想说什么?"

"你自己看吧。"

他们转过角落,走上去基利心山的南路,法蒂玛感觉很想打贾米勒。

"你就不能直接告诉我发生了什么事情?"

"我给你说了,我不知道发生了什么。你马上就会见到他了。"

乌姆·贾米勒打开了前门。乌姆·塔希尔和汉尼坐在客厅里;乌姆·塔希尔坐在一把椅子上,来回摇晃。

"他睡着了!"看到法蒂玛,她叫了起来,"不要叫醒他!"

"他怎么了?"法蒂玛说道。

汉尼跳了起来。白天,他的头发看起来灰白得厉害;法蒂玛注意到他颧骨上的一块淤青。"我们在上面发现他的,"他温柔地说道,"我们发现他的时候,他非常痛苦。来吧。"

他领着法蒂玛顺着过道走下,来到乌姆·塔希尔的卧室。她转动门把手。"我在外面等。"汉尼说道。法蒂玛点了点头。

床在尽头的窗户下面。迈扎特盖着毯子，她看见迈扎特睡得很沉，身体随着有规律的呼吸一起一伏。从这儿，只看得见他黑亮的头发顶部。她走了过去。他面朝窗户躺着，法蒂玛只看得到他眉毛的尾部，鼻翼的末端。张开的嘴唇压在枕头上。法蒂玛坐了上去，床垫发出一声叹息。她拨开落在迈扎特脸上的头发，看到了闭着的眼睛。

"发生了什么事？"她轻声说道。她的手掌放在迈扎特温暖的头上，迈扎特的眼皮动了动，但他身体没有动弹。她的手指拂过迈扎特的发际线，轻柔地拨了拨，好像会看到伤口一样。

等她走进客厅的时候，所有的人都转过头看着她。男人们站着，女人们坐着。她让自己坚强起来，对汉尼说道：

"他怎么伤到了自己？"

汉尼与贾米勒交换了一下眼神。"等明天早上看他的情况吧。"

"也许惊吓是一部分原因，"贾米勒说道，"火灾，还有别的。我们听到他在楼上，非常不安。"

"他找到了什么？"法蒂玛说道。她在想恶目的事情。

汉尼惊讶得五官都变了形。一时间，他什么都没有说。他用眼神征询了贾米勒的意见。"我带她上去。"

外面的阳光好刺眼。淡蓝色的天空，一阵阵的风刮来，树上还没有落的叶子一直晃呀晃。他们转了一圈，来到楼上，瓦斯菲打开了门。

"法蒂玛，你好。他怎么样了？"

"在睡觉，"汉尼说道，"我想让她看看盒子。"

"来吧。"瓦斯菲说道，然后领着他们走下过道。

法蒂玛很少来这房子。他们拜访迈扎特家，去的都是乌姆·贾米勒家。如果遇到瓦斯菲在家，他就会下楼来。她知道迈扎特在客厅外偷看她的故事，这房子有了与那一桩事相关的特别氛围，所以她对这种兔子窝一样的设计很敏感，感觉每一道关上的门都有光圈一样。瓦斯菲带着他们来到哈吉·塔布尔以前的书房，等在外面，汉尼进去拿书桌上的东西。那是一个雪茄盒子。

"我发现他眼前是这些东西。"他张开瘦瘦的指头，罩在盖子上，用指尖打开了盖子。

里面有几件东西。她一边摇晃盒子，一边拨弄。两个铜质女人像。一枚戒指。一张空白的布巾。她打开信封，里面是一栋房子的锡版照片。

"这些是什么？"

"我不知道。"汉尼说道。

"没别的东西了？"

"没了。"

"汉尼，"法蒂玛说道，"他打你了？"

汉尼用手捂住了脸上的淤青，动作就像是女人在回忆往事。"是的，"他说道，"但我觉得他不是有意的。"

一股羞辱的感觉涌上心头，法蒂玛闭上了眼睛。她眼前就像是出现了记忆中的真实画面，清晰逼真，她的丈夫毫无风度，大打出手。

哈吉·尼姆的女儿离开不久后，神父安托万也告辞了。飞机还在山区上空飞来飞去：英国人还没有发现那些强盗。一旦发现，他们肯定要干掉那些强盗，即便是为了杀鸡儆猴也会如此。

他叹了一口气，开始往前走。这一次来拜访哈吉·尼姆·哈马德，本是他这一项目最后的里程碑：把他研究纳布卢斯的作品交到一位纳布卢斯人手里——或者说是一位至少会读一读的纳布卢斯人手里。调查这些年来，哈吉·尼姆一直都是他为数不多的贵族信息来源。他是医院的创始人之一，与修女们关系不错；他与有些人不一样，愿意回答有关这座城市和其家族的问题。虽然尼姆很有风度地收下了这本书，然而安托万感觉到他不感兴趣。当然了，委婉是纳布卢斯的方式。搜捕卡萨姆的行动是昨天才开始的，他们心有旁骛也是情理之中，但任何事情也不能减轻那种没人在意的伤感。

去车站的路是斜坡，飞机往下，隐到了建筑背后。飞机发出很大的咕噜声，再加上安托万自己身体的声音，吸气呼气间，喉咙和鼻腔发出呼哧呼哧的声音，还有靴底的鞋钉在铺路石上敲出的叮当声，他爬到山坡顶上，闹哄哄的飞机又映入眼帘：清真寺的边上，一个小白点，深灰色的棱角。

他脑海里浮现出齐柏林飞船几年前飞越耶路撒冷上空的情景，当时场面甚至更为怪异。暴雨倾盆，飞船出现在天空边缘，圣经学院的人都出来看。那样的天气条件下，整件事有了一种奇迹的观感：太阳穿过雷电交加的天空，银色的飞艇现身漫漫雨幕中，绕着旧城盘旋四圈，就像一根发胀的大管子，越过城市的尖塔和圆顶。当时，一位神父说，耶路撒冷就像是沉没在海底，有一艘潜水艇前来查看遗址。就在圣墓大教堂上方一百米的空中，齐柏林飞艇关掉了引擎，展开一面德国旗帜，橄榄山[1]上一片掌声和喧哗。短短的四年，发生了多少变化呀。现在，英国人绝对不会让带有十字标志的德国齐柏林飞越耶路撒冷。

黄昏时分，巴士车到达了耶路撒冷。安托万到警察局的时候，那里很安静。

“晚上好，神父，”门卫放下手中的报纸，“你来晚了。”

前台的灯上有一层毛茸茸的灰尘。

“我要交报告。”

“迈克尔斯在后勤办公室。”

---

1 耶路撒冷东部的一座山。

走在过道上，安托万呼吸沉重。如今，他在纳布卢斯的学术研究完成了，他提供消息的工作也要结束了。他已六十七岁，想要在纳布卢斯退休。三年前，露易斯嬷嬷死于伤寒，他是唯一一力争把她葬在纳布卢斯的人。他力劝玛丽安嬷嬷，说纳布卢斯是露易斯嬷嬷的家，就应该把她葬在以巴路山脚下的天主教墓地里。但嬷嬷们得听教会的指令，不能擅自做主，于是花了很大的代价把遗体运回了法国。从那以后，玛丽安取代了露易斯的位置，成了安托万在修道院的主要联系人，但是她当然无法像露易斯嬷嬷那样给他安慰和陪伴。现在想来，安托万认为露易斯是他唯一真正熟悉的人。他的确是没能让露易斯嬷嬷葬在纳布卢斯，但对他而言，现在与其他修女一起留在纳布卢斯，就像是去看望了嬷嬷的墓地，在她墓碑旁边放上鲜花一样。

拉维涅神父自然是想要安托万退休后生活在耶路撒冷的修道院。但是，拉维涅的健康情况急剧恶化，如今安托万已经没有了露易斯，他觉得他不想眼看着自己的导师衰老死去。

他走进去的时候，迈克尔斯抬起了眼帘。眼镜戴在他脸上，显得特别小。灯在他桌子上照出了一个醒目的黄色圆圈。

"神父，晚上好，你来晚了。"

"晚上好，长官。我带来了报告。"

"请放在那里吧。"

"我想要加点内容——与这位酋长卡萨姆相关。"

迈克尔斯放下了手中的笔。

"今天，我到纳布卢斯一个有身份的家庭做客，他们在讨论这位酋长，还有追捕他和他手下的行动。说是有女人给山里运武器。"

"在你的报告中吗？"

"没有，我今天下午才听说的。"

"我明白了，"他若有所思的样子，"贩运武器的事情，还有其他消息吗?"

"报告里有。有一条线索,也就是医院里一个病人说,武器是约旦河对岸运过来的。贝都因人的部落。我需要更多的细节。"

"尽量打听到日期。还有时间。我还会派其他的特工来做这件事。"

安托万同意给英国人提供消息这件事,他从未给露易斯嬷嬷说过。虽然嬷嬷暗示他不要做,但嬷嬷如此说,他才确定了要做的心。"相信我吧,"她说道,"不值得。"然而正是因为这句暗示,他才开始渐渐地不再把心里话告诉嬷嬷。嬷嬷的这句话让他感到耻辱,这种感觉很快就变得无法忍受。短短的一两秒中,露易斯充分展示了他们亲密关系的不对等:他什么都告诉嬷嬷,而嬷嬷什么都没有给他说。

迈克尔斯接任了霍奇斯的位置。合作开始的时候,他就问一些关于纳布卢斯非常基础的信息:当地的人口,经济活动,名人。局势紧张起来后,安托万开始提供更有针对性的情报。但整体而言,英国人更关心犹太人的共产主义动向,不太在意关于阿拉伯人的情报。比如说,安托万在医院听到了只言片语,从中推断了纳布卢斯人从约旦河外购买武器的事情,上报之后,他们一开始并不当回事。"盯着点。"迈克尔斯说道。"你是说,听着点吧。"安托万说道。

*不要卷进去,不值得。*安托万依然会回想起这些话,仿佛是听到嬷嬷喃喃地说出来一样,就像事后回忆一般。他常常想,嬷嬷扮演了什么样的角色,是为英国人工作,还是为法国人工作,到底是什么让她心灰意懒,让嬷嬷警告他不要卷进去呢。如今,他虽然觉得英国人不够称职,安托万并不觉得这件事本身是什么负担,反倒卸下了他心头的重担,他可以做点什么,不用眼睁睁地看着纳布卢斯这样,不用目睹动荡不安的局势恣意发酵成为暴力。提供信息就

像是他的道德阀门：他出了一份力，控制了危险的局面。比如说，上个月，他上报了四个上层社会穆斯林女士的谈话，其中一位暗示说有人在准备秘密行动。看到那架飞机飞在上空，想到自己可能也起了小小的作用，他的灵魂得到了安慰。

十五年前，他开始了纳布卢斯专题论文的工作。十年的笔记，编撰成章，整理目录，让他欣喜若狂，在这样高度集中的幸福之下，工作完成后，失落感尤为强烈，回归自我就像是从高处跌落一般。拉维涅自然是鼓励，但这份研究表面上与基督教信仰并无关系，虽然如此，安托万的分析准确详尽，他描述了城市在两山之间得以保存，类比于贝都因人文明在沙漠中得以保存。在障碍重重、无法直接接触到纳布卢斯女性的情况下，他在女性受压迫方面的研究也是高度原创。当然，他的秘密武器是医院和神父的身份。所有在这种处境下的人，无论是否为基督徒，都会信任神职人员。他报告给迈克尔斯的大部分情报也源自相同的渠道。

然而，在圣经学院，没人评价这本书。从法国带回印刷本后，他在巴勒斯坦东方学会的小组座谈会上浓缩讲解了这本专著，作报告的另外两位讲的是加利利[1]的植物和各种古代动词形式的语法特点。这些会议的参与人数大幅缩减。拉维涅在开幕仪式上提到的观察年代已经结束了。那到底是什么呢？是某种共同的目的感吗？或者是他的记忆已经开始不准确了？之后是茶歇，大家礼貌地讨论了一下，拉维涅早已经不能进行真正的思辨，强撑着来听自己以前的学生演讲，面带微笑，亲吻了他的面颊。仅此而已。

现在，他必须凝望天堂了。露易斯不在了；天堂是荣耀之地。他一直都希望自己是巴勒斯坦社会的局外人，因此他就这样做了。他追踪每一条线索，仿佛自己可以找到答案一样，这些线索带他走

---

1 巴勒斯坦北部一多山地区。

到了哪里呢？一本书出版了，满打满算也是一本几乎没有人会花时间去读的书。然而，上帝作证，回望过去，调查的岁月是多么宁静美好！这个穆斯林城市在他的人生中画了一条铅垂线。他已经筋疲力尽，需要退休——然而想到他提供情报的工作也要结束，想到要切断他穿越巴勒斯坦的最后一条路，一切仿佛都罩上了柩衣，他却无能为力；他就像是要回归恩典一样，热切盼望完成幻想中的最后职责。

修道院的餐厅里，桌子上点着蜡烛。大家吃着炖菜和米饭，面对一群圆瞪眼睛的神学院学生，一位方济会修士和多明我会修士在讨论教会的统一。拉维涅神父滴下的棕色汤汁粘在他的胡须上，他两眼空洞地盯着远处。晚餐后，安托万没有参加弥撒，拖着脚回到宿舍楼。一个送信人在暗处拦住了他。

卡萨姆死了。请回纳布卢斯。J.M.

第二天一大早，他就出发了。刚过十一点，巴士到了纳布卢斯；下了车，安托万经过阿特万肥皂厂，注意到肥皂的广告柱子已经拆了，店面也上了锁。邮局前也设立了路障。他穿过铁路线上那座摇摇欲坠的天桥，数分钟的时间，就到了北区，走在了整洁干净的建筑群中，周围是开着晚花的花台，还有果树。现在这里是时髦的社区，相对而言，没有受到地震的破坏。修女住所的窗户亮着灯，安托万有一种回归的感觉。耶路撒冷是陌生的地方，法国甚至更陌生，纳布卢斯是他的家。

手放在大门上，他听到里面惊慌失措的说话声。刚敲了一下，大门就打开了，玛丽安嬷嬷像一阵风把他卷了进去。另外两位修女像鸽子一样朝楼上飞奔而去，墙上的神像都抖动起来。

"怎么回事？"

"哦，安托万神父。"玛丽安用拇指拨弄了一下她太阳穴上的温帕尔头巾。她的脚下有一个篮子，上面盖着毯子。

"玛丽安嬷嬷，我需要——"说话的人是一个年轻一些的修女，戴着眼镜，模特一样的明朗五官，"哦，天呀。"她抱着一个子弹袋。

安托万的眼神变得犀利起来。他瞪眼看着。

"神父，我会解释的，"玛丽安嬷嬷说道，"但是，等士兵来的时候，你必须谨慎，否则我们就危险了。"

"好的，当然。"

"等他们来了，"她一边说话，一边领着安托万走进餐厅，"我们都要镇静。"

安托万坐在餐桌旁，玛丽安嬷嬷坐在他旁边，紧握双手开始祈祷。他看着嬷嬷嘴唇张合，喃喃自语。突然心境一变，恐惧袭来，他意识到自己犯了个错误。

正如玛丽安嬷嬷预测的那样，第二天早上，敲门声大作。七个士兵在栏杆外排开。

"我们可以提几个问题吗？"

修女们镇静沉稳。最让安托万惊讶的是这些年轻士兵拿着枪，抓着帽子，显得如此不设防，如此茫然而失落。感于对方的请求，他觉得从中听到了他们对安慰的渴望，而男人们往往在女性神职人员身上寻觅这种泛泛的安慰。他自然是从中看到了自己年轻时的影子。想起了露易斯嬷嬷，他感到了痛苦；钝痛中，再加上他平时的隐身技能，他退到了餐厅一个不引人瞩目的角落里。

就是这个房间。就是坐在那张餐桌旁，安托万向露易斯嬷嬷坦言自己受到了诱惑，想要为英国人提供情报。现在士兵们抽出椅子，坐在那张餐桌边。当时或是之后，他为什么都没有想到也许嬷嬷已经站在了对立面呢，这一点，他也不清楚。也许是嬷嬷知道他的决定，因此保守了秘密。他低下头，是的，也许就是这样。她这样做，也是无可指责。

玛丽安嬷嬷摆出了富有同情心的面孔。玛丽安与露易斯嬷嬷一样能干，如果非要说，她的执行力甚至更完美。她一边泛泛地说着阿拉伯人的个性，一边往七个小杯子里倒咖啡。

士兵们终于走了，安托万一个字都没有说就走上楼梯。从卧室的窗户望出去，一个牧羊人赶着一群呆滞的山羊走在山谷里；紧闭的房门外，修女们在悄声说着话。他不知道自己是否误解了这些修女们，不知道她们是不是法国利益下驱使的神职人员，是不是秉承了暗中破坏英国统治的目的。似乎说不通。

脑子里突然冒出了他一直都在回避的想法，惊讶中，他用手掩住了嘴巴。从根本上，这些修女和阿拉伯人之间肯定存在更为深远的关系。露易斯在他们身上看到了他没有看到的东西。心里一阵凉意，他抬起双目，注视着窗户上方的圣母画像，圣母的头笼罩在画出来的黄色光芒中；他心想，如果之前就知道这一真相，他对纳布卢斯的感觉是否会不一样。这一切是多么奇怪呀！他用手掩住了刺痛的脸。到了最后，他对一个民族的看法是如此易变，如此受制于同行的观点。不，不是同行，而是露易斯。

第二天，卡萨姆的葬礼在海法码头区的清真寺举行。安托万和修女们在报纸上得知，整个地区，成千上万的人结队前往海法，葬礼拖延了一个多小时。

"预示了即将发生的事情。"塞莉纳嬷嬷说道，她靠在柳条椅子上，椅子发出嘎吱声。

法语的大幅报纸摊开在餐桌上。修女们信任安托万，毫无隐藏。安托万惊讶于塞莉纳嬷嬷的预言。预示了即将发生的什么事情呢？

"他是什么样的人？"

"卡萨姆？"玛丽安嬷嬷说道，"非常聪明。让人望而生畏，显然是很有领袖气质。"

"你知道的，"他说道，"巴勒斯坦东方学会，一直都糊涂。我经常听他们宣称阿拉伯人没有民意。在他们的脑海里，阿拉伯人就是受制于他们精英的乌合之众。"他指了指那张航拍角度的照片。"现在看看吧。这些麻木的群众已经自己组织起来了。"

但他做了个鬼脸，掩盖了此时的心境。他的耳边清晰地响起了数个谚语，都与他此刻抨击的观点有惊人的相似之处，听到这些记忆中的声音，他心中迷惑起来。这个穆斯林城市，"迷失在群山中""与世界的大进程相隔"——记忆中的这些话都到了他的嘴边。

塞莉纳嬷嬷说得没错。那个冬天，事态明朗起来：英国人一不小心让这位卡萨姆成了殉道的烈士，而现在，他们的目标，也就是大量的农民和黎凡特的无业游民，都染上了想要成立国家的愿望，活跃异常。1936年1月，当地的政治人士在一家纳布卢斯肥皂工厂碰头，讨论大罢工。受到卡萨姆鼓舞的武装群体继续在乡下活动。犹太平民遭到袭击，继而是阿拉伯人遭到报复。到了四月，阿拉伯人在整个地区建立起罢工委员会，商议出了他们的要求和目标——比例代表制，停止犹太移民；全巴勒斯坦地区开始拒绝纳税或做生意。山区，针对士兵和犹太移民的暴力激增。

英国人既没有充足的人力，也不具备对这一地区的足够了解。冬去春来，安托万收到了迈克尔斯的多份电报——"等你的报告。J.M.""向总部报告。J.M.""我们要派人来吗？ J.M."。到了第四封电报，安托万发出了以下答复：

"抱歉，最近我病得厉害，一直卧床。我很快就会去医院的。你的A.K."

至少最后一句话不是说谎，他当天下午就出发去了医院。已经是五月，街道上没有声音，几根电报线在微风中摇摆。邮局外面是防爆的沙袋，人行道上有一块血污。转过角落，一辆英国军车被掀翻在地，玻璃砸碎了，仪表板上的马蹄铁尖指着地面。一栋房子被毁，两堆碎石瓦砾之间是残垣断壁，仿佛随时都可能恢复成原来的高度一般。

　　他对医院前厅的护士点了点头，还像原来一样坐到了游廊的角落里。他的摇椅不见了。他坐在一把普通椅子上，看着眼前的小树林，想着露易斯。当时，他们给她穿好尸衣，把她放在餐桌上，他看了她好长时间。他想起露易斯的双手叠在一起，放在胸前，手指上的皮肤呈褶状，就像是薄薄的黄色布料。

　　过道上传来男人的说话声，声音越来越大，最后游廊的门打开了，护士用螺栓扣住了门，十来个男人走了出来。缠着绷带的胳膊，打着绷带的腿，好些人拄着拐杖，一个人头部受伤，还有一个人明显是失去了一只手。他们闹哄哄地坐下，聊天。有一两个人冲着安托万点了点头，他也庄重地点头致意。他记忆中从未有过这么多的病人一起出来透气。距离他两把椅子的位置，一个男人嘎嘎嘎地压着指关节，眼睛的颜色就像是蓝色的火焰，灰白的头发。"剧痛，之后就是钝痛。"他说道，优雅的城市口音。他旁边的人没有说话。这个人虽然胳膊上和头上都缠着纱布，却有迎战的姿态，看上去他随时都可能伸出手，抓住外皮剥落的木头栅栏，跃身而过，进入外界的荒野中，翻身上马，消失在灌木丛中。再往下，坐着一位戴白头巾的绅士，鼻子就像雕刻出来的一样，他正在喝咖啡。有人打开了无线电，收音机先是嗡嗡响，接着开始说话："……纳布卢斯到图勒凯姆的公路上发生了袭击……报告了两人伤亡……"一个小时后，护士过来在窗户玻璃上敲了敲。听到这声音，这些晒太阳的人摇摆着站了起来，毯子就扔在椅子上，排成一列走了进去。

第二天，安托万来的时候，发现游廊上坐着女病人。他从椅子后面走过去，坐在角落里。坐了没多久，女人们一阵交头接耳，接着所有的人都噤若寒蝉。下面的小树林里出现了一群阿拉伯男人，他们手持各式各样的武器，有步枪、厨房菜刀，还有削尖的木棍。一瞬间，他们冲上斜坡，分散开，爬上岩石。英国士兵在后面追，但汽车无法穿过树林，他们笨拙地从车上跳下来，穿着大靴子，在树林里集合。他们犹犹豫豫，转动身体，查看有利地形，在橄榄树的浓密气根下穿来穿去，时隐时现。他们终于上了山。安托万后来得知，他们上去后只看到了耕地和干普通农活的农民。

天气好的时候，安托万每天都到这里来，他听到了各种各样的故事。谁在这里作战，谁在那里作战，谁是叛徒，谁杀了犹太移民，谁杀了那个警察。阿里夫·阿布德·拉扎克是个有名的人物，他可以这一刻出现在某个地方，下一刻就在十公里外开枪射击，因此而闻名。关于犹太人的流言蜚语，从貌似有理到匪夷所思，应有尽有：屠杀，图谋占领圣地，还有其他各种令人发指的恶行。这些话传到战斗者的耳朵里，就像是火上浇油。故事活灵活现，暴力也变得合情合理。英国人是一切邪恶和压迫的源头，所有最恶毒的故事都与他们有关，医院里那些被鞭笞的、抽泣的病人就是充分的证据。

安托万就坐在那里，但这些病人似乎都不在意。安托万觉得这要归功于他与"以巴路山修女"之间的关系；嬷嬷们依然在医院有很高的声望，而且她们最近还在帮助起义者，但也有可能是其他更为明显的原因。有可能因为他是法国人，不是英国人，相比之下，他们觉得安托万属于无害的一类人。他们甚至认为他也是住院的病人，很快就会回病房躺着。他们不在意，也有可能是因为他们觉得他是个老疯子。既然是老疯子，就没有什么好计较的。

他手里没有笔记本，也没有笔。他没有做笔记，只是观察，而他专题论文的前提就在他的眼前崩裂瓦解。他曾认为，纳布卢斯夹在两山之间，与世界相隔，有几分琥珀的特质：一开始是流质，但之后硬化成为防护层，给外面好奇的目光展示出一幅本质的画面。但现在看来，习俗很快就丧失了其纯粹的形态。虽然疾病面前没有阶级，但之前只有基督徒和下层阶级的人才经常光顾这家医院，如今这游廊上各个阶层的人并肩而坐。纳布卢斯当地的诊所已经落伍，人们现在绝对相信的是现代医学，再加上医院扩建，饮食得到了改善，还有训练有素的助产士，特别是有了透气的新奇做法。整个城市有了大的变动，医院这个小环境相应地有了变化，也是情理之中，可以理解。这当然也算不上不同寻常，战争改变习惯，这就是开战的感觉。最重要的是这次罢工本身，事实就是阿拉伯人可以在如此广泛和持续的层面上采取合作行为；这非常不同寻常，完全超越了安托万的理解范围。

五月的一个下午，他坐在那里，一股强劲的春风吹来，他扶了扶帽子。然而这样的天气也不能阻挡病人们，他们还是照常出来晒太阳。其实也没有什么阳光可晒。安托万瞅了瞅天空，层层的白云，上面染了几抹黄色和蓝色。

"大家上午好！"[1]

一个大个子男人，穿着浅色的羊毛三件套外套，大步走进游廊，双手背在身后，满脸笑容地看着病人们。

"尊敬的哈吉，"门口坐了一位皱眉头的老人，他对这老人说道，"肺部感觉怎么样了？好些了？"

"好些了，好些了。"老人说道。

"感谢真主。"

旁边的病人在椅子上扭来扭去。虽然安托万听不到医生的回答，但他看到医生同情地摇了摇头。这位新医生显然是不畏感染，一路

---

[1] 这里是迈扎特说的话，此刻他分不清上午和下午。

走过去，双手都放在椅背上，安托万听到了各种口音对话的片段。几个农夫和男孩，来自纳布卢斯外的村子；那些上层阶级的病人，从他们说话的语气听来，彼此已经很熟悉了。一个耳朵感染的中年男子脸上闪过一丝恼怒的神情。

"什么？"一个缠着绷带的战士说道，"我当然疼了。两个人那么近，朝我开枪。不到一米的距离。谢谢你，是的。"他点了点头，转向一边，碰着了胳膊，夸张地眨巴眼睛。

"有时剧痛，"另一个声音说道，"有时是钝痛。"

"抱歉听到这个。"

"他们给我冰敷，但冰感觉很烫，我真是担心了。"

"不用担心，这是正常的。"

灌木丛一阵乱响，又是一阵风吹来了，声音随风朝另一个方向飞去。

"早安，先生。"

穿三件套的人到了他身边，脸部背光。他伸出一双手，问旁边的椅子是否没人坐。安托万手掌一翻，做了个请的姿势。

"谢谢。"

"你会说法语？"安托万问道。

"当然，"这人吸了吸鼻子，"我在法国住了很长时间。战争期间。"

"战争期间——上了战场？"

"不，不，学习。"

"学医？"

"是的。我宣了誓的，伪学生誓言。"他开始拍自己的口袋，脖子上系着绿色圆圈花纹的褐红色领结。

"医学生誓言。"安托万纠正道。

"是的，一样的嘛。"

"啊，"安托万轻轻敲了敲自己的膝盖，"现在我知道你是谁了。你开了一家布料店。卡迈勒。"

沉默。卡迈勒先生从他的前胸口袋里抽出一条长长的手绢，擤了擤鼻涕。安托万看着果园，听着树木的声音，就像是在瞭望大海一样。

"普罗旺斯，"迈扎特说道，"太美了。"

"的确如此，"安托万说道，"但我更喜欢这里。这里让我想到了普罗旺斯的风景——但是，你的法语说得很好，医生。"

之前都是法语对话，到了这里，迈扎特改用阿拉伯语。"我不是医生。"

安托万看了他一眼。欢乐的神情不在了，他面颊丰满，眉毛细长，神色凝重起来。一阵风从山谷刮下，吹过游廊的栏杆。迈扎特前额的头发被吹到了后面，他闭上了眼睛。风吹来，颊上的皮肤仿佛贴在了头骨上，嘴唇成为一条闷闷不乐的直线，风微微吹乱了上唇的小胡子。

"你的病床在哪儿？"

"哦——"安托万说道，"我不是病人。"他笑了起来。

迈扎特发出了啧啧的声音。"神职人员都没有病床！我们这是要怎样。"

接着，迈扎特的动作极其缓慢，先是握住椅子的扶手，然后站了起来。他从其他人身后慢慢走过，一动不动地停在门口。一个护士冲了出来。

"你在这儿！"她一把抓住了迈扎特的胳膊，"你为什么穿好了衣服？来吧，回去吧，回去吧。"

回去的路上，下雨了。看不见的雨点飞快地落下来，落到他的脸上和手上，冰凉。他看到玛丽安嬷嬷站在小教堂外面，一只手撑着雨伞，另一只手整理外套的翻领。看到走过来的人是神父，她露出了微笑。

"嬷嬷，你今天非常高兴？"

她把伞撑到神父的头上，跟上神父的脚步。

"自己的学生会如此影响自己的心情，也真是奇怪。"

"你今天一直在上课。"

"孩子们的表现总是无法预测，她们今天非常热情。"

"多大的孩子？"

"七岁和八岁。大多画的是花儿，除了这个——你看这个。是不是很棒？"

他接过雨伞，嬷嬷拿出了藏在外套下面的那卷纸，把第一张举了起来。孩子气的一张画，画的是玛利亚的圣心，红红的，小小的，闪烁着一道道金色的光芒。这幅画的下面那张，他只看得到一根强健的绿色花茎上面有一朵紫色的花。

"很有才华。"

"她是穆斯林。"玛丽安嬷嬷抿着嘴巴，下巴往下，忍住了没有微笑，"孩子们把这些送给我做礼物。我要把它们挂在餐厅里。医院怎么样？"

安托万在想该怎么描述他的这一天；一辆两匹马拉的货车从他们身边慢跑经过，他冲马车夫点了点头。

"我们晚餐吃羊肉。"玛丽安嬷嬷说道。

"很好。"

"杰宁城外受伤的一位村民给了玛格丽特嬷嬷一只羊。"

"嬷嬷治好了他的伤？"

"据我所知，他失去了一只胳膊。"

走到了门口。玛丽安嬷嬷转动钥匙，他们走进了阴冷的过道里，嬷嬷问道："你决定了吗，下一个要写的是什么？"

终于，这句话让他表露了心思。"嬷嬷，我觉得，"他意味深长地说道，"我什么都不会再写了。"

这些话一出口，他感到了其中的分量。但玛丽安嬷嬷对这些话却毫无感觉；神父在心里再次把玛丽安错当成了露易斯。玛丽安并没有相应的语境，无法读懂，或是没有兴趣去深究安托万话中的含义，她这样问，只是寒暄聊天。她手上的一张纸皱巴巴的，本来就是水粉画，再者又淋了雨。

"我们到了一定的时候都得退休。"她说着话，把手里的纸放在一边，又拿起另一张。"上个星期，教育局长的助理热罗姆先生到我们这儿来了。他急于建议我们的课程不应该太书面化。他们担心我们会给这些女孩子灌输想法。"

"*书面化*，什么意思？"

"我认为，他们想要我们教她们绣花，其余的就不必再教。还有就是卫生，他们对此很执着。这位巡视员称之为保持原样，让阿拉伯女孩待在家里……或是保持传统，他说的。滑稽的是"——她说这话的时候，没有微笑；她注意到桌布上有一块污渍，弯下腰用手指甲刮了刮——"现在反倒流行送女孩子去学校。我们人手都快跟不上了。在纳布卢斯，所有的父亲都想自己的女儿学习历史，你知道为什么吗？这样的妻子才吸引人。纳布卢斯男人想要健谈的妻子。"她叹了一口气，站直说道："所以我觉得，到了最后，他们的目标是一致的。"

她把那些画放在餐边柜上，收起了桌布，下面是抛光的棕色木头，没有上漆，女仆不如嬷嬷讲究整洁，留下了几处划痕。

"无论是何种情况，"她一边说话，一边打开柜子取干净的桌布，"管控历史课本也阻止不了他们。"

"嬷嬷，你帮他们多长时间了？"

"阿拉伯人？"

"是的。"

"我个人吗？"

"你们所有人。"

"从战争结束就开始了，"她看着神父的眼睛说道，"你知道的，神父，帮助是一个非常宽泛的概念。与卡萨姆这件事……一开始，只是默不作声。后来，一点一点的，就发现自己支持某一方。帮助这一方，很简单，就会是不帮助另一方。"

"是的，当然。"安托万沉着地说道。但几秒钟的工夫，他就不想装作知道，而是真心想要知道，于是他说道："露易斯嬷嬷呢？她在……"

"一样的。我们都帮了忙。我们都在帮忙。如果这里是我们的目标，为什么我们要和当地人对着干呢？"

"的确呀。你们——如果我可以问的话，你们从哪儿搞到的武器呢？"

"哦，神父，只是一点儿弹药而已。"她展开桌布，一抖，一挥，亚麻布利落地铺在了桌子上，接着她伸出手，用掌心抚平褶皱的地方。

他转身走开，走到门口，他忍不住说了出来：

"你知道的，我想知道所有这一切当中必然的成分。这场战斗，还有这个……局势。"他看着嬷嬷的反应，"需要帮助的人，侵犯了另一个人的权利，我不知道有多少……"

玛丽安嬷嬷皱起的眉头往上升，构成一个三角形，露出了期待的表情。

安托万说道："我这一生的后半部分"——他惊讶地发现，这话让他痛苦——"试图建构出这一城市的模式。根据我的知识结构，要如此，就得首先来到这座城市。但为了观点的连贯性，人们总是会简单化看问题吗？"

嬷嬷打开了放餐具的抽屉。

"强加……"嬷嬷并没有认真听。他停不下来,"玛丽安嬷嬷,我真的是在观察他们。我不知道为什么。我不知道为什么我在这里。纳布卢斯已成了我的整个生命,我离不开这里。但我的观察却没有明确的意义。我没有帮助任何人。"

"你需要帮助人吗?"玛丽安嬷嬷数着叉子说道,"你并不是传道士。"

"我不是。"

"你服务的对象是知识。"她简单地说着,一把将手里的叉子放到桌子上。

5

在迈扎特的意识中,这病房要小一些。每次睁开眼睛,病房的空间都让他惊讶,一张张的病床摆起来,四周的墙仿佛都被拉开了。其他人有翻身的,有睡觉的,有眨眼睛的,有咳嗽的,有祈祷的;可是,一旦他闭上眼睛,耳朵也就堵住了,他的病床周围拉有帘子,里面温暖而安静。

睁开眼睛看到了这个巨大的病房,迈扎特扭过头,从身后的窗户望出去。有一片橄榄树林。这些树一排排地站着,树上结满了果子,一动不动。树苗瘦小活泼;老树则是矮而壮实,枝丫螺旋状撑开。他伸出一只手,抓住树干,伴随着崩裂的声音,树从泥土里被拔了出来,扬起一阵棕色的迷雾。但这些树有个问题,它们虽然倒了,却还留了些东西在原地;那棵树虽已经在他的拳头里,却还留在原地,于是他一把抓住那棵原封不动站在地上的树,但现在它变成了一块薄薄的脆饼,在他手心的热度中融化了,穿过手掌消失了。

橄榄果已经采摘完,但树上又有了绿色的果实,硬硬的,小小的，长在树叶之间。显然，生生不息。

护士尤马纳扶他坐起来。她干燥的手指给迈扎特解开衬衣扣子，再帮他脱下。她对着盆子拧干海绵，迈扎特听到了嗒嗒嗒的水声，皮肤顿时紧张起来。温热的感觉从肩膀开始，接着就是胳膊下面柔软的腋毛处，然后尤马纳的盆子又响起了叮叮叮的声音。她用海绵擦拭迈扎特的手腕，海绵的粗糙边缘碰到皮肤上，痒痒的；最后海绵到了他的手上——擦洗到这里，他就大笑起来。有人帮他洗手，这是从未梦到过的感觉。接下来是胸口，身上一圈圈的肉，海绵塞进去，拭去脏东西；然后是脖子，脖子是最能展示个人清洁的部分了，如果脖子擦洗干净，人就觉得很干净，甚至都不需要洗澡了。怎么会这样？也许是因为脖子最靠近大脑。一股刺痛的感觉到了后背下方，海绵在空气中已经晾凉了。

有时整个病房都是呻吟声、咳嗽声、说话声和祈祷声，他扭过脖子去看窗外月光下的树林，到了晚上尤马纳也会在百叶窗上留一条缝隙，他觉得是特地给他留的，这种时候他感觉自己一辈子都没这么清醒过。他到医院已有一段时间，他不太清楚到底是多久。也许几个月吧。他找回了一大思考能力，在他看来，这一能力已经沉睡数年。谁知道为什么会沉睡这么久呢。也许他一直在梦游。也许他被掏空了，一天天晕头转向的破碎日子，他的家人，他的商店，还有那些其他的琐碎小事，就像是在锅里吸走水分的米粒。躺在医院的床上，虽然周围是咳嗽、喷溅、哭泣和怒吼的声音，但却从那些日常羁绊中摆脱出来，他专心思考，感受到了相对的平静。他停止思考，问题就会出现，他就成了一具躯体，因为他不能同时进行两种活动。当他停止思考的时候，肉体就开始膨胀。躯体就像是个巨大的粉红色物体，他无能为力，恐惧地看着自己的双手。思考；思考，就像是香油膏——无济于事，只是一种行为，一种抚慰的动作，安抚那些咄咄逼人、躲在病房角落蓄势待发的东西。他想一件事情，又想另一件事情，他用手捧住这一个个的想法，摩挲它们的质地。他想的是什么呢？大多数是他自己。在关于自己的两个想法、三个想法、四个想法之间，他跳来跳去，也就是说想的是迈扎特·卡迈勒。这些想法就像是同一地方的不同地图，有相互矛盾之处，也有重复的地方。他看着自己想法中前后不一致的地方，没有得出任何结论。有时，他父亲走进了这些想法中。在这些短暂的时间里，他情绪激动地斜眼看着这个男人，他没有去看那个盒子，他不想去打扰那些没有意义的东西。

他右边的病床上躺了一个叫萨米的男孩，两条腿都断了，晚上哭哭啼啼的。

"你听得到那个声音吗？"

"什么？什么声音？"

"很大的声音。吵得我睡不着。"

"我什么都听不到。"

"难以忍受。"

迈扎特接着说："肯定是水管的声音。"

他突然想起他这个人经常说这样的话："肯定是水管的声音。""哦，肯定是天气的缘故。""肯定是这个，肯定是，肯定是什么呢？"是的，肯定是。

她纤细的长手指，圆圆的指甲就像是满月。为什么他那么清楚地记得她的下巴？小小的下巴，有个浅浅的凹陷。一个灯具吊在天花板上，摇摇晃晃。

他立刻陷入恐慌中，紧紧抓住床单：她不可能还是那个样子。他抓着床单，伸直了胳膊。多少年了呢——一年，两年，三年，四年，五、六、七、八、九、十、十一、十二、十三——他数到了十五年。不止十五年！二十年。二十年了。她别过脸去。他心中发紧，戚戚然，满脸通红，泪流满面——可怜的迈扎特。他大声说了出来：“可怜的迈扎特。”他听到床单发出窸窸窣窣的声音，知道有人转身看着他。“哈比比，迈扎特，”迈扎特说道，“可怜呀，可怜的迈扎特……”他又开始哭泣。在那一刻，沉浸在自我怜悯中，幸福似乎就在不远的地方。

他梦到了让内特的母亲，阿里亚纳·莫里诺，梦中的阿里亚纳就是让内特。他醒过来，看了看橄榄树，橄榄树还在，朝阳似火，他回想起那个梦，想起两个女人是一个人的事实。这一点可能会澄清什么东西。与此同时，雾气中，它又变得一团漆黑，像罩在灯上的玻璃。

草地上的光线发生了变化。他走上自家后花园的台阶，感到了自己脚步的熟悉节奏，先是迈出右腿，走到一半，换成先迈出左腿。站在最上面的平台上，他遇见了那一天，就是找到那封信的那天，就像是一张扑克牌不知放在哪儿，然后又找到了。他看着那一天，看着他的四肢在动，在砸东西，硬的软的，都在砸。他想到了自己的恐惧，就从侧面接近，不要暴露太多的表面积——梦中的第一个恐惧显现出来，他的内脏穿过皮肤，暴露在空气中。在这个阶段，他更多的是觉得恶心。

如今他重获思考的能力，过去的入侵不再让他惊恐万分。新的恐惧超越了第一个，那就是所有的人都装作过去并非那样。所有的人都活在人生肤浅的表面，装作他们不知道自己立足之地的样子。现在，已经知道这一切是多么虚无缥缈，他迈扎特·卡迈勒又怎么能回到那种装模作样的状态呢？

“嗨。”提塔说道。

他惊讶地看到提塔坐在他的床脚边。提塔面朝他，坐在一张椅子上。这是白天。他有一点儿饿。他听到过道上有脚步声。祖母脸上挂着混杂了疲惫和惊吓的表情。他就像是看照片一样，仔细看提塔的模样。脸上真的全是皱纹。如果他还能区分的话，就知道比他记忆中的皱纹多得多。她撇着嘴，上唇看不见，亮晶晶的粉红色下唇扁而平，嘴唇下细小的皱纹往上拉，仿佛下巴都吸到下嘴唇的粉色边缘。蓝棕色的眸子，湿漉漉的，眼神混浊。灰白色的稀疏头发，挽在脑后。她一副虚弱的样子，如果不是颧骨，脸就直接贴着头骨了。迈扎特突然感觉到，人的生命力通常不是戛然而止的，却像是排水沟里的水，一点点地减少，慢慢拉长，就像是冒起来的火焰。

"不要走，提塔。"他说道。

她嘴唇收拢，满脸都是皱纹。"最终还是得走呀。你不想我吃东西？"

迈扎特重重地躺回床垫上。他不知道自己会不会消失。有这么多人的时候，很难抓得住自己；有这么多的其他人，他们快要把他挤了出去。就在几分钟之前，他还有四个关于自己的想法，现在他想要拎一个出来，但甚至一个都找不到了。现在，他所有的只是这个躯壳。他是一个相反的镜像。他是一个客串演员。

数周过去了。提塔又来了。看到祖母的怪癖，比如说翻白眼和其他习惯性的表达，迈扎特采用了以前惯用的微笑和语言，还有现成的恼怒。看到她皱起了眉头，迈扎特胸中感到一阵同情。她脸上的皱纹真是太多了。他拿出了非常理性的医生口吻，但很快就觉得太假，行不通。过了一会儿，他觉得累了，想要小睡一觉。

脑海中浮现出一段记忆。他的女儿加达在花园的水坑里踏水。她胳膊往后一甩，一跳，水溅起来，一腿都是。横幅卷起来，落了下来。

到了冬天，提塔宣布说就这一两个月，他们要送他去伯利恒的精神病医院。那是一家英国人的医院，护士受过专门训练，知道怎么处理他这样的病人。

"好的，"他说道，"想法很好。"

汉尼动用关系，把迈扎特的名字列在了等待名单的前面。这些事实就像是道听途说一样进入了他的意识，之后他就不知道自己是从哪儿听说的了。

下一次，他说道："我觉得好多了。我觉得没必要去伯利恒。"

"是的，你是好多了。这儿的护士们——"

提塔的眉毛颤动了一下，她像是吓到的样子。迈扎特的心里一声咯噔，恐惧也压在了他的心头：他做了什么让提塔害怕了？

"你误会了，"他柔声说道，"我没有病。我不是疯子。我只是非常伤心，仅此而已。"

"是的。"提塔虚弱地说道。

法蒂玛来了。她坐在提塔坐过的位置上，呆滞而愤怒地盯着他看。

"孩子们在哪儿？"

"在家。"

"他们怎么样？"

迈扎特看着她双手紧握放在膝盖上，就像是看着提塔一样，他也感到了无限的怜悯。他的感情是疏远的。他什么都没有说。他躺在那里，心里怜悯自己的妻子，感觉自我再次消融。为了扛住这一波，他两只手紧紧抓住床垫的边缘。等这一波过去了，他睁开眼睛，看见一个女人坐在法蒂玛的位置上，头上戴着厚厚的黑色面纱，只露出两只眼睛。

"你为什么戴着面纱？"

"我们都必须戴面纱。"法蒂玛说道。

"这里是医院，"迈扎特说道，"不是清真寺。"

她叹了一口气。一个护士手拿一卷棉绒布，从旁边走过。

"我很惊讶，她们让你进来了，"他继续说道，"很不讲卫生。"

"迈扎特，革命者命令我们都戴上面纱。"

"革命者？"

"可能是为了让我们不同于犹太女人吧。"

"*革命者?*"

"是的。起义了。领导我们的是伟大的农民。"

"商店怎么样了?法蒂玛,商店着了火。"

"罢工了。所有的商店都关闭了。"

接下来又谈了些什么,迈扎特记不清了。他知道自己挣扎过,因为之后就累了,醒来的时候,他发现被子塞在床垫下面,紧紧地把他困在床上。空气暖暖的,盖在身上的被子只是两层床单,他看得到自己双腿和肚子的轮廓。肚子上绑了一条床单,与膝盖相连,就像是风中拉紧的帆。

法蒂玛下一次来的时候,戴着一条头巾,却挂在脖子上,所以露出来的不仅仅是眼睛,而是整张脸。他毫无幽默感地笑了起来。

"我的乖乖,你改变风格了。"

法蒂玛是如何回答的,他不知道。他完全陷入自己的思绪中,只是模模糊糊意识到自己还在说话,她在回应;等到他醒过来,法蒂玛已经走了,他什么都记不得。

天气暖和起来,尤马纳也就同意他到游廊透透气。风吹到脸上,他觉得清醒;在户外,他有了思维更清楚的时候。他与其他的病人和来访者说话,惊讶地看着大地回春。

一天,尤马纳帮他穿上了外套,打上了领带,迈扎特靠着手杖,朝着栏杆走去。他一转头,看到一个人坐在游廊的尽头。他的心猛然一沉,沉到肚子里。他听到了尖锐的铃声。

"他在这里干什么?"

"谁?"尤马纳往回一看。

那是莫里诺博士。老了很多,身体当然没有以前的柔软活力。更圆了,长了大胡子——但绝对没错,就是他。迈扎特盯着尤马纳的眼睛。

"带我离开。"他轻声说道。

就在说这句话的工夫，他突然有了新的念头。他的心又从肚子里升了起来。博士在这里，他也许可以带个口信给让内特。

"离开谁——"尤马纳轻轻抚摸他的胳膊，说道，"你看见什么了？"

"一个我认识的人——"迈扎特的身体开始发抖。他的脑子里泛起了泡沫。他能让博士说什么呢？他举起胳膊一指。"那儿。"

"哪儿？"

他又看了一次，沉默了。尽头坐着的男人并不是莫里诺博士。事实上，是一个老神父。长着白色的大胡子，一顶黑色的宽边帽子。

他们开着一辆很热的汽车，送他去伯利恒。

"汉尼在哪儿？"他问道。

"萨拉芬德。"

"萨拉芬德？"

"是的。"

"那法蒂玛呢？"

"照顾孩子们。"

他坐在后座，两边分别是提塔和乌姆·贾米勒，她们开始祈祷。

到了伯利恒医院外面，有两个护士等着他们。其中一个扶着迈扎特坐上轮椅，对乌姆·贾米勒说话。

"你们星期四可以来看他。"

迈扎特咳咳呛呛地哭了起来。提塔从另一边下了车，靠着发动机盖子站着。

"你们会给他什么样的治疗呢？"

"没有治疗。"个子高一点的护士说道。

"什么？"

"我们不治疗。"

"如果你们想要治疗，就到耶路撒冷犹太人的诊所里去吧。"

"把他送到这儿来的目的是什么？"提塔对乌姆·贾米勒说道。

"这张床位，你们要，还是不要？"高一点的护士说道，"很多人等着呢，至少有一百个——"

"他必须待多久？"

"看情况。"

她们吻了他好多次。他一点儿也不掩饰地哭泣。护士把他推进过道里，过道里很黑；过道里的门关着，背后传来低沉的说话声。她们想要给他脱衣服，他坚持自己来。他惊讶地发现，她们居然同意了。他一个人在这个小屋子里解开纽扣，把裤子放在床上，心里苦涩地想到了他与汉尼·穆拉德的交情，这也许就是他们这场交情给他的最后体面了。床垫上有一层薄薄的床单，他把外套和衬衣整整齐齐地放在上面，再放上袜子，接着穿上了她们给他的绿色袍子。她们给他称重，用轮椅把他推到一间病房尽头的病床边，一边是冰冷的泥灰墙，一边是一个额头突出的男人。那个人也很胖，看到迈扎特，他面露喜色。迈扎特看了一眼那人另一边迟钝的邻居，猜他肯定是缺人陪伴。轮椅到了床边，意识到自己体积也不小，想到那个疯子可能是看到了他俩的相似之处，他顿觉厌恶。

"晚上好，先生。"迈扎特用法语说道。护士给他盖上被子，他喃喃地说了一句："谢谢你，小姐。"

"哦，哦，"那人说道，"巴黎。"

"是的，"迈扎特坐在床垫上说道，"我在巴黎住过。"

这也没拦着那个人继续说话。没一会儿，迈扎特就得知了病人间传播的小道消息，比如说，关于前护士长惠特克小姐的传闻。英国护士们说惠特克小姐"神经错乱"，把一位巴勒斯坦护士锁在狂躁症发作的单人间。惠特克小姐已被驱逐，送到了贝鲁特的一家收容所。

"英国人得掏钱，"他说道，"他们要给她掏钱，但他们不给我们掏钱。你等了多久进来的?"

"没多久。"迈扎特冷冷地说道。

终于安静了。过了一会儿，迈扎特听到那人又去勾引另一边的邻居，但他听不清楚对方的回答。

在这个病房里，他感觉不到平静。接下来一两天，他注意到他们从餐厅回来后，气味经久不散；他床边的地板上有一坨黏糊糊的残留物，为了避免踩上去，每次站起来他都要弯着腿，看准了才下脚。他劳神费力地想要躲避呻吟声，还有晚上从过道穿透而来的哀号声，那个声音更为不祥。等到哀号声骤停，迈扎特却不知道是不是自己在精神上战胜了它，是不是他成功屏蔽了那一噪声，即便是用心去听，也听不到了。但他听到了其他零零碎碎的声音，有拖着脚走的声音，还有低声说话的声音；这一来，他就开始担心哀号声是因什么而停止，到底是用了什么万恶的镇定药，还是暗示了其他的故事。他怀念纳布卢斯市政医院那种无害的嘟囔声。一个英国护士来到他床边，告诉他可以与护士长单独见面，这时他情不自禁地回答道:"求你了，让我出去吧。我真的没有疯。"护士搀扶他坐到轮椅上，他还继续解释说他多么希望利用这个机会走一走；接着，护士就推他经过来时的那条阴湿过道，来到了另一头的办公室。

护士长是个高个子的女人，古铜色的皮肤，脸上有雀斑，乱蓬蓬的黑色头发别在一顶白色帽子下面。护士长坐在钢制桌子后面，对他说，护士们对他的判断是"温顺"。迈扎特分析护士长的语句，翻译成法语，她似乎有些怀疑地打量着迈扎特。他觉得应该是想要他回答的意思，就点了点头，食指交叉放在膝盖上。他的肌肉非常熟悉这个姿势，这是店主人居高临下听顾客说话的样子。一股强烈的羞辱感袭来，他的指尖紧紧压入指关节的缝隙之中。

"卡迈勒先生，你升级了，"护士长说道，"升级到了康复病房。"

他注意到，这位护士长的嘴巴有点像鸟喙，门牙和嘴唇之间有空间，里面可以储存喂养后代的谷粒。

新病房的光线要好一些，但透过他床边安装了栅栏的窗户，他只看得到另一堵内墙。他的左手边躺着来自希布伦的优素福·卡德里。右手边，一个叫亨里克的波兰人。亨里克非常瘦，金色的头发，脚丫子从床柱中间伸了出来。他是小提琴演奏者，因为"大屠杀"受到了惊吓。优素福也差不多一样瘦，从来不说一个字。亨里克的话就太多，太多，他的法语非常好。

第二天，亨里克说："你知道我们为什么会在这里吗?"他瞟了一眼窗户，脖子上的肌腱就像钢琴的高音琴弦。

"为什么。"迈扎特说道。

"因为我们有内心的生活。"

"什么?"

"这是文明的疾病。这就是为什么这里的疯子犹太人比疯子阿拉伯人多。"

迈扎特看着亨里克的脸。他颧骨棱角分明，显得眼珠子很大，眼皮耷拉下一半，就像是光滑的灯罩。

"不是。"

"是的。我们脱离了自然，"亨里克说道，"我们是文明人。而阿拉伯人，也就是你们，与自然生活在一起。"

迈扎特呻吟一声，用枕头盖住了脑袋。他闭上眼睛，跟随他在花园有节奏的脚步声，走上平台。右左，右左。走到一半，他换了换：左右，左右。他突然惊醒过来，光脚丫碰到了冰冷的搪瓷床柱。

已经是上午，一个护士站在他床边。

"你有客人。到会客室去。现在就走。"她说话了，明朗的语气与她的表情错位。

他穿上拖鞋，跟着护士走进一个走廊，走廊的一边靠墙放着床，另一边是椅子。他就想，躺在这里，人们在你的脚边走来走去，那会是什么样的感觉。接着，面前是一级台阶，上面是一个房间，墙上没有抹灰泥，门开着，外面是干枯的花园。意识到已经是夏天，他惊呆了。另外有两个病人与来访者坐在一起。提塔在门边，手放在膝盖上，拧着手指。他坐到提塔身边的空椅子上，从她的眼睛中看出来，这是一座可怕的医院。

"哦，提塔。"他说道。

他觉得丢人，仿佛他代表了医院一样。提塔靠过来，想要低声告诉他什么；他瞥见了提塔外套下面的棉布裙子，深蓝色的底色上缀满了星星。片刻后，他意识到提塔还没有张口，再次凝望提塔的眼睛，他顿感心口一阵疼痛，他看到提塔已经认定他不会明白的。他们之间有了一堵墙。他非常想说，我明白。但每次要张口，心中就涌起一种热辣低沉、非常痛苦的感觉，嘴巴就闭上了。他感觉得到他紧绷的表情。他想要告诉提塔，他不属于这里。他看着提塔坐在旁边的椅子上，看着她控制自己的悲伤，看着她深吸一口气，然后又呼出来。在他身后，一个女人说道：

"巴斯曼下周就要开学了……"

突然，提塔费劲地站起来。她弯腰亲吻他，他笼罩在提塔的影子中。提塔对门边的护士说了句话，摇晃着老腰走了出去；他的整个身体都朝着提塔的方向。

等他回到病房，亨里克挂着一副眼镜，正在看书。手指挡住了书名。

"你读的是什么？"

"小说。"

迈扎特等着对方说话。从窗户透进来的光线落在对面的墙上，蓝幽幽的；迈扎特突然觉得很遗憾，她们摆放病床的位置不好，看不到外面。虽然外面也没有什么可看的。也许护士们就是不想他们脑子里有东西。之前病房里，他旁边的那个人给他说过，曾经有人试图逃跑。

"船上面非常冷。"亨里克说道。

一开始，迈扎特认为他是在念书中的句子。接着，他注意到书正面朝下，放在了亨里克的膝盖上。

"你说什么？"

"非常拥挤，"他看着迈扎特的眼睛说道，"我说的是那艘船。我怎么来这儿的，我们怎么来这儿的，我和我的家人。"

"啊。"

"是九月。所以，我们觉得天气应该还可以。天气却很糟糕。"他拿出了说笑话的节奏，露出了微笑。"有几百个人，我们坐上火车去保加利亚，我，我的妻子，还有我们的儿子亚历山大。那一年的限额已经用光了，所以我们的身份是旅游者。我们到巴勒斯坦度假。我们带的东西并不多。我知道士兵知道我们不是来度假的。事实上，我觉得他们是受命一路保护我们。我们要从保加利亚登船出发，我妻子说我不能带上小提琴，谁会在度假的时候带小提琴呢？你知道的，一开始，我是不同意的。我一定要带上小提琴。我们遇到了一个代理人，他的名字叫莱吉巴。我们付了钱……每个人七百五十兹罗提[1]，加上我儿子，一共是两千多，就是两千两百五十兹罗提。你能想象吗？他们给了我们新护照，姓氏改了，变成了沃尔马克。亨里克·沃尔马克是我的新名字。我不会给你讲我以前的名字，它属于波兰，和我的小提琴在一起。然后，这位代理人，他也说我不能带上小提琴。他说，带着乐器的旅行者惹人怀疑。但是，如果"——亨里克转过头，再次看着迈扎特，他的眼皮第一次抬了起来，灰蓝色的眸子周围是没有一点儿杂质的白眼珠——"如果边境的士兵知道

---

1 波兰货币单位。

我们在干什么，拿上我的小提琴又有什么问题呢？"

他似乎真的在等回答一样。迈扎特什么都没说。迈扎特想好了，他不想听这个故事。

"英国人，"最终亨里克说道，"是这个问题的答案。但这个，我之后再讲。一开始，我们踏上了快乐的旅程。"他发出了咯咯的笑声，"我和我的妻子带了两件外套，一直都穿在身上。"又笑了一声，"亚历山大，可怜的亚历山大。*爸爸*，他对我说。*爸爸，我好冷呀，你的外套，我们一起穿，好不好？* 我不知道为什么，如果他们一心想把我们运到这儿来，他们却没有让旅途舒适一些。吃的东西——我发誓，船长肯定是故意欺负我们。我把亚历山大裹到我的外套里面，我们就那样坐着，唱歌。"

一段沉默。优素福·卡德里发出一声呻吟，亨里克叹了一口气。迈扎特等待着。亨里克拿起书，看了一眼封面。迈扎特看到书名了，波兰语。

"犹太人面临的局势已经很糟糕了，"亨里克最终说道，"但还没有这糟糕。我们还算幸运。我的一个姨妈和姨父住在但泽[1]。"

他转过身去，他的睡衣顺着皮包骨头的侧腹卷了上去。迈扎特不知道亨里克是自己住进来的，还是像他这样，由家人和朋友送进来的。他决定下个星期四留点神，看有没有护士带亨里克去会客室。迈扎特看不出亨里克有什么明显的不稳定的症状，但想到自己的窘境可能会影响自己的判断力，让他分辨不清楚其他人是否理智，他身体往下一溜，平躺到了床上。

这是一个可怕的想法。迈扎特被锁在了自己的思维里，他无法信任自己的判断。他想起了那个时不时突然闯入耳朵的铃声，接着毫无防备地考虑起自己的病情。

---

1 波兰港口城市。

他有过二十年的时间去思考发生在莫里诺家里的事情。很早以前，他分析自己的致命错误就是指责了西尔万·勒克莱尔，本来那一刻让内特可以站在他这边的，可这一步把让内特推开了。他接受了这一点，就像是一个人接受了别人故事的结尾一样。当年他在巴黎给让内特写信道别，已经开始认同这一结尾，那是他最后一次心如所愿地用准确的法语表达自己。当时是在斯波蒂尼街，他郑重其事，优雅地把那封信读给汉尼听，确保每个句号都正确无误。接着，他回到了巴勒斯坦，慢慢地，决然地抹掉了残留的希望。他勇敢地往前看——是的，自己能够着眼将来，他称赞自己。随着时间的推移，过去已经褪去。他结婚了，有了孩子，有了收入，有了社会地位——实际上，他还是一个靠个人奋斗成功的人。

那封信就像是穿越屏障，飞过来刺穿他的武器，不这样想，还能怎样想呢。如果他留在蒙彼利埃，如果他没有那么傲气，一切都可能不一样了。在过道里，让内特从他身边走开的那个姿势，烙在了他的脑海里，让内特不看他。他怎么可能知道——那不是不可改变的！他怒从中来，直指让内特。她自私得让人不敢相信。到了这个阶段，她伸出胳膊，毁了他的生活，这真是太像她了。

一时间，他放任自己。他闭上眼睛，想象起来。他觉得自己一直都在抵制这样的幻想，现在放松了警惕，他整个身体都发出了一声叹息。他在这里，在纳布卢斯。刚从邮轮上下来。门厅里有一封写了他名字的信。他拿了起来，撕开封口。他听到了让内特的声音，现在她的话有了不一样的意思，充满了紧迫感、机会和希望——他抓起还没有打开的行李，心脏几乎都要跳出来，一脚迈上了山路。到图勒凯姆的火车，到亚历山大港的火车。他要离开——离开提塔，离开他的父亲，离开他的家人，离开这一切。他在开往埃及的火车上，他在开往马赛的邮轮上。让内特在那里，在码头上等他。他很远就看见了让内特，看到了她黑色的头发。现在，她的面孔，他可以看到她了，他抱住了她实实在在的肉体，鼻子就埋在她的头发里。泪水噙满了眼眶，他的整个身体都微笑起来，凝望着医院天花板上的让内特。

有东西发出了吱吱吱的声音：护士穿着橡胶鞋的脚步声。几个病床之外，有个病人打了个喷嚏。迈扎特眨巴一下眼睛，抹去了脸上的泪水。

他注意到，自己思考的能力提升了。他记录了自己的感觉：平静、目光镇定、没有视力模糊。他十指交叉放在肚子上，聚精会神。有可能吗？他这场迷糊的暴风已经达到了顶峰，开始减弱了？一只脚抽筋了，他抬起腿，转动脚踝，解决了问题。他觉得这条腿酸痛无力。他动了动，朝亨里克望去，亨里克也仰躺着，抱着双臂，咬着上嘴唇。他朝优素福·卡德里望去，优素福在睡觉。

到了这个新阶段，他清晰的脑海里走进来了法蒂玛，接着是提塔，埃利，那间烧掉的商店，家里的样子，还有他的孩子。他的心猛然一扯。他得回去，他们需要他。他之前同化过痛苦，他可以再来一次。事实上，让内特的那封信只说明了一件事：他的父亲很残忍，背叛了他。当然，与他之前的认识不一样，他并没有失去那份爱情。但现在已然这样，所以也毫无意义了。

"我们非常爱我们的父亲。"他大声说了出来。

他伸出下巴，想要止住眼泪。他想起了加达，想起把她举到空中，他父亲那样对他，他有可能那样对加达吗？他会离开她吗？太痛苦了，没有尽头的痛苦，但即便这样，有什么可以弥补的吗？他不能回信，不能打电话，不能说，让内特，我是迈扎特，你想见面吗？他也不能登上前往马赛的邮轮。他无法跨越那段距离。

他看到了一道自己年轻时的暗影，就在那里，站在另外的月台上。有亨里克故事的痕迹，模式和语气很像，亨里克以前的名字留在了波兰和他的小提琴在一起——属于远方的某种东西，交汇了时间和空间，融合在一起化为一个年轻人，他从火车上走下来，来到了蒙彼利埃。看看他吧：一身疲惫，拖着一个巨大的行李箱，饱满的五官，没有一点伤痕，一脸茫然，全是热情和恐惧。一个人是怎么从那儿走到了这儿？这是多么巨大的一条鸿沟呀。他用脚试探着山谷的边缘，山谷的那边是那个人生，拥有以前的未来感，没有已经发生的事实，不是他现在立足的这块地。他是两个人：一个在这里，一个在那里；他看到了那个人，年纪轻轻，身材修长，单纯朴实，没有在人生中历练过。他为那个年轻人感到难过，那个年轻人不知道自己要面临什么。

"这里很不一样，"他说道，"和我所期待的很不一样。"

亨里克呼出一口气。"非常不一样。"

天花板传来隆隆的脚步声，还有盘子哐哐的声音。一个护士手里挥舞着剪贴板，带着他们上楼用午餐。迈扎特把脚塞进床边的方形拖鞋里，拖着脚，走在亨里克后面。

餐厅里蒸汽弥漫，飘着炖汤的气味。迈扎特站在亨里克身后，排队等待汤碗，一边看着那些人端着盘子走向桌子，观察他们的面孔。他心想，是否也有人像他一样清醒，只是因为他们看到了世界某处的颠覆腐烂而被囚禁在这里。肯定的，这里有些人看起来就像是孩子都认得出来的疯子，他们或是唱歌，或是呆滞沉默，无法好好地坐在椅子里。但很多人就像亨里克一样，看起来礼貌而克制。

拿着长柄勺的女人嘴里说着："拿好，拿好。"

他朝亨里克走去的时候，棕绿色的液体倾斜了，溢在盘子上，形成了砂粒状的一层泡沫。优素福·卡德里紧跟在后面。他们坐在一盘荞麦片的两边，优素福握住叉子的手指在发抖。

迈扎特厌恶护士们盯着他们吃东西。他已经知道，最好是吃得不紧不慢，不要引人注目；或是不想吃东西，或是吃东西很有胃口，都会吸引她们的注意力，引得她们沙沙地用铅笔做记录。那个女巨人一样的护士长，就像是船长一样，在桌子之间走来走去。迈扎特把面包放进炖汤里。

"我喜欢听她们聊天。"亨里克说道。迈扎特注意到有三个护士在他的另一边说话，"她们觉得我们听不到她们说话。"亨里克举起他的勺子，"我听得到。那个护士刚刚说，一句流露感情的戏剧台词。真有意思。"

一切都要按部就班地进行。首先，护士们把盘子里剩下的东西刮到一个桶里，接着把盘子摞到钢制容器里，推走；只有到了这个时候，病人们才能排队离开，这时椅子腿就发出尖锐的摩擦声。

病房里，光线不好，有人打开了天花板的灯。阳光在墙上留下了窗户栅栏的影子，灯光之下，这影子几乎看不出来了。迈扎特脱掉拖鞋，钻进被子里。

"到了达达尼尔海峡，"亨里克说道，"英国人抓住了我们。"

迈扎特一句话不说地听着。他的确是想知道亨里克的生死故事。他想知道亨里克是怎么到这儿的。他闭上眼睛，看到了炫目的画面，紫色的大海，细细的粉末，粒粒水珠，搅拌在一起，轰然倾倒在他的床上。他面对自己陷入黑暗的身体，他的血液在跳动。他睁开眼睛，把精力转移到了耳朵。

"他们追赶我们，不让我们进港口。我们只能回到希腊。你可以想象，我们多么灰心沮丧。我的妻子在哭。我们停靠在蒂诺斯岛的码头。这个时候，我们已经交上了一些朋友，我们的船上有三百多人。我觉得是三百五十人。我们特别喜欢这个叫朱利安的年轻人，特别热心于赫哈鲁兹[1]运动。我们，不是很热心。我妻子，她喜欢，但你知道的，主要是因为我们在波兰是穷人，生活不好，有大屠杀，她不想在那儿抚养亚历山大，她害怕附近发生的事情也会发生在我

---

1 赫哈鲁兹（Hehalutz），在华沙犹太区起义中被捕的赫哈鲁兹战士。

们家里。我们听说了巴勒斯坦的事情，这儿的生活……朱利安，他真的是热心分子。他给我们讲了锡安主义的很多事情，之前我都不知道的。我们在希腊待了一个月，到了十一月，再次出发。哦，迈扎特。太可怕了。"

听到对方直接对自己说话，迈扎特转身看着讲故事的人。亨里克仰躺着，凝神望着上方，双手做着手势。

"在海上待了十个星期。我想想，我们一开始为什么要来的呢？为什么我们要来呢？我想起来了。"他一只手的手指轻轻敲着另一只的手背，"是我的妻子。我妻子想来的。我们想要回希腊，但这一次希腊不肯要我们。"迈扎特看着亨里克的双手在动，窗户透过来的微弱阳光照在他的手上，就像是海草一般，"我们又在特拉维夫¹试了一次，但是不行。你能想象吗，我已在海上待了几个月，我非常想念我的小提琴。这不是一件小事。我觉得很痛苦，看到的全是水。不是蓝色的海水。水很脏，灰色的，恶心的绿色。是冬天，天空是黑色的。我们在希腊的时候，给亚历山大买了一件外套，但我们没有足够的钱买其他的东西。记住，我们都没想到会在海上漂那么长的时间。"他的食指和拇指张开，右手来回摆动，"配给的东西，分量很少，比这儿的还糟糕。吃的是陈面包。可怕。

"终于，一天晚上，我们逗留在靠近地中海海岸的地方，朱利安把我们从床铺上叫醒。他说，我们要单独行动，你们要不要一起来？我说，怎么行动？朱利安说，救生艇。我说，那看管我们的人呢？朱利安说，他们都知道，他们跟我们一起走。也许总共有四十个，五十个人，都到了甲板上，有些还穿着睡衣裤，但穿上了靴子。我们做了一件可怕的事情，坐上了救生艇。我们在黑暗中划船，好冷呀。船很小，大部分东西都留下了，没法带上行李箱的。那天晚

---

1 现为以色列港口。

上，就在海上，我的上帝呀，一团漆黑，我们就那么哆哆嗦嗦，朝着海岸的灯光划去。"

他沉默了。

"接下来发生了什么？"迈扎特说道。

"嗯，我就在这儿。"亨里克说道。他像个孩子，伸直双臂，手放在被子上面。

迈扎特有一种从故事中被强行弹出来的感觉。他心想是不是自己错过了什么高潮事件，本来可以解释亨里克为什么住到精神病院的事情。他想要问问妻子和孩子，可怎么措辞都觉得不妥。此刻，阳光在墙上的光斑消失了，天花板上一圈圈的黄色灯光变得更加明亮。一只蚊子在哼哼，吸饱了某人的血，叫得懒洋洋的，叉开腿，趴在床边的墙上休息。

"感谢你的来信。"一个声音说道。

一只手拍了上去，灰泥墙上留下一道血痕。

迈扎特不需要四下张望去找说话的人。他感觉得到，她就在身边。他感到一阵兴奋。

"哦，是的，那封信，"他说道，"不用客气。真的。我写信，很高兴的。我得说"——他咯咯笑了起来——"你收到信，我松了一口气。"

他转过身去看她的脸。真是神奇呀。她的面孔比记忆中的清晰得多。她露出微笑，眼睛下面的皮肤上出现了细细的小皱纹。他伸出手，碰了碰她的肩膀，那种熟悉的感觉传来，他倒吸了一口气。他所有的愤怒都消失了。

"你离开了。"让内特说道。她垂下眼帘，费力地说道，"这家里的温暖也随你而去。"她露出微笑，"作为一个护士，我毫无用途，但他们急需人手，即使有人做清洁也是好的。"

"我肯定，虽然你这样想，你实际上比这儿好得多。"

她摸了摸他的手，冰冷干燥的手指让他的心一阵狂跳。他深吸一口气，感觉到了她身体的热度。这真的发生了。

"自从你离开我们，离开蒙彼利埃，已经四年了，"她说道，"四年！我都不能相信有四年了。"

"我也不敢相信。你的声音……"他摇了摇头，"我想念你的声音。"

"我真希望已发生的过去是可以改变的。"

痛苦激荡起皱纹，闪现在她的额头、脸颊，从眼角滑落下来。

"很长一段时间，我觉得痛苦。"她说道。

"我知道。"

这张面孔！多少次呀，他想要在脑海中画出这张面孔，但只能抓住一点点残留的印象。他的一只手紧紧抓住她的肩膀，感觉到了硬硬的骨头；另一只手的指头碰到了她的下巴，感觉到了她脸颊奇妙的柔软和冰凉；一种感觉冲上了他的耳朵、鼻子和上颚——那是草地上的阳光，枝形吊灯上的水晶，窗户外的一棵树；那是黑暗中高高的教堂传来的回音，是发酵葡萄汁的气味，是嘈杂的说话声从墙面反弹回来——他感觉到胃部在灼烧，热气上升到脖子。高亢的铃声。

"我真心希望我能看到你的脸庞。"让内特说道。

他伸手握住她的手，紧紧捏在一起。

"但是，我在这儿呀。"他说道。

"我能在自己的呼吸中感受到你的存在。"

"我希望我能去耶路撒冷的诊所。"亨里克说道。

迈扎特环视四周。亨里克坐在床上，揉着眼睛。

"我听说，他们有一些治疗手段，可以让你陷入昏迷。我厌倦了清醒的状态。"

"让内特？"迈扎特说道。

"谁是让内特?"

迈扎特伸出双手。他摸到的是空气。

"那你为什么不去耶路撒冷!"

"太贵了。"亨里克说道。听他的语气,像是被冒犯到了。

迈扎特看过去,看到亨里克把手放到被子下面,又从被子里抽出手来。他的手掌里有一个金色的小圆盘。他用拇指抚摸边缘部分。那是一块怀表。他掀开盖子,露出表盘,开始上发条。迈扎特睁大了眼睛。这只机械怀表发出嘶嘶的声音,然后滴答作响。他可以看到上面的数字,是阿拉伯文。他的心剧烈地跳动起来,一下下地撞击着肺部。

他慢慢说道:"你从哪儿搞来的?"

"搞来什么?"

"那个,"他指了指,"那块表。"

"哦,这个?"亨里克说道,"这是礼物。"

"谁给你的?"

亨里克的表情不仅是惊讶,还混有其他的东西。他饶有兴致地看着迈扎特。

"你为什么想知道?"他说道,"是一个朋友送的礼物。"他夸耀地张着嘴巴,没有必要张那么大的。

"我可以看一眼吗?"

"不行。"

迈扎特等了等。然后说:"求你了。"

"我为什么要给你?"亨里克说道,"我可不想你给我拿走了。"

迈扎特躺在被子里,整个儿地转过身体,正面对着亨里克。"你朋友叫什么名字?"

"塞丽娜。"

"不,不是的。"

"你狂躁。"亨里克说道。他看起来很开心。

迈扎特换了一种冷静得多的语气,仿佛是刚刚想到一样,他重复说道:"谁给你的表?"但他的手不受控制地从床上伸了出来,破坏了他的诡计,"让我看看。让我看看。"

"这是我的。"亨里克大笑起来,"不给你。你觉得我会把这么宝贵的东西给一个阿拉伯疯子?你疯了吗?"

"给我!给我!"他下了床。他的手指掐住了亨里克的脖子,在锁骨上方用力压,亨利克的眼睛鼓了出来,脸变红了。一双手推到了迈扎特的胸口,但这双手太软弱无力。他的敌人痛苦地挤出了一句波兰语,接着又是法语。

"放开我!放开我!"

有人抓住了迈扎特的手腕,另外一个人抱住了他的身体。他被拖到了床上,他的脚踝和胳膊被紧紧压在床垫上。

"不,不,不。"他的喉咙深处发出了声音。四个护士钳制住了他。他的胸口在燃烧,"我杀了他,我杀死了洛朗。"他大口大口地喘气,"无缘无故,我无缘无故地杀了他。"

6

加达·卡迈勒喜欢看葬礼。学校三点钟放学,这时她就留神听有没有鼓声。如果从校门口出来的时候,她听到了鼓声,即便是远处传来微弱的鼓声,她也会跟上去。她仔细查看道路上是否有异常的迹象,尖着耳朵听汽车里有没有伤心说话的声音——啊,那儿,交通慢了下来,行人转向小巷,于是加达胸前抱着空三明治盒子,飞奔而去。转了一个弯,又转了一个弯,终于看到了穿着黑色和暗蓝色衣服的送葬队伍,男人们走在前面,女人们走在后面,鼓手走在女人后面。尸体旁边的近亲轮流带领其他人有节奏地叫道:"世上唯有真主。"其余的人就和声道："世上唯有真主。"加达溜进他们的队伍中，淹没在闹哄哄的噪声中，欢欣鼓舞地一路跟着棺材走到墓地。

爸爸不在家，待在尼姆西多和维达德提塔家里的好处就是：这里比家里距离学校近，距离市中心也近。不好的事情就是：这家里只有一个入口。以前在家里，她可以从门栅翻进来，装作一直都在花园的花床里的样子，但西多的花园墙太高了，也就是说她一摁门铃，就暴露了自己；她不摁门铃，也要暴露，因为她母亲要询问家里人有没有听到铃声，这一来轻轻松松就能发现最小的女儿是否在家。马萨拉特会替加达掩饰，模棱两可地说道："我不知道，也许我听到了，也许没听到。"但塔希尔随时注意着呢。"加达在哪儿？"她母亲问道，"加达回来了吗？"

"问一问今天谁家死了人，"塔希尔回答道："加达就跟他们在一起呢。"

这件事的真相是，他们母亲事实上似乎并不太在意。准确说来，让加达困扰的是她现在做事情，想要不让别人知道是越来越难。她觉得这肯定是长大的害处。

之前，她母亲穿着米黄色的睡袍，走进她们在西多家的卧室，告诉她们，在她们父亲回来之前，她们会继续待在外祖父的家里。加达呼出一口气，没有说话，直接躺在了床上。她听到马萨拉特问父亲什么时候回来，回答是："我不知道。"

加达七岁的生日，爸爸不在。"你知道的，你只是大了一天，不是一年。这是幻觉。"卡勒德说过的。也是在那一天，他们宣布大罢工，也就是说她的生日全泡汤了，客人们来吃蛋糕的时候，他们谈论的全是罢工的事情。加达人生的灾难就是：她想要人关注的时候，没人关注；她想要没人关注的时候，有人关注。

她生日过后，除了晚上的枪声，街道上一直都异常安静。她出去参加送葬队伍的时候，加达发现商店都关门了，金属百叶窗都拉上了，还上了锁；以前，每天的生意下来，地面上通常到处都是废弃物、包装纸、彩带、纸张和空盒子，现在则是干干净净的。除了偶尔有一群武装农民在城里大步通过，没有任何人打架[1]。她的"猫"是一团羊毛线，她拖着这卷羊毛线爬上了面对东边墓地的空山，心想纳布卢斯人是不是都到耶路撒冷去打人了。无论是什么原因，现在这么安静，就更容易听到葬礼的鼓声，更容易找到送葬的队伍，看到还没有埋入墓地的棺材。

她最喜欢基督徒的葬礼，因为他们除了打鼓，还要奏乐。她出神地望着乐师的面孔，着迷于他们风驰电掣般的灵活手指。她自信地迈着大步，人人都觉得她认识死者。她肯定非常熟悉墓地；她知道墓地墓碑的轮廓，就像是一个人开车回家，认识自家城市的天际线轮廓一样。她知道不同教堂周围的基督教墓地；东正教和罗马的各种纪念碑；西边穆斯林的墓地，她母亲家族的人都葬在这里，他们的坟墓会定期重新粉刷成白色；还有东边的墓地，往北就是以巴路山和火车站。装有死者的棺材入土后，谢赫或是神父铿锵有力地念几句圣谕，加达就大步从墓碑间走出来，穿过安静的街道回到外祖父母的家里。

六月的一个下午，参加葬礼的人都散了，加达留了下来，往希腊东正教教堂的拱门里瞅。一场晚雨落下，外面一股浓郁的气味，她的鞋子上沾满了墓地的泥巴。几分钟前，有人举着焚香的小香炉在过道上来回晃荡，这时还有烟气从教堂里散出来。里面只剩下神父一人。他穿着黑色的袍子，带着黑色的帽子，胡子垂到法衣的前襟，手里拿着一根点燃了的细蜡烛，靠近一根根的小蜡烛，火焰一舔，灯芯燃了起来。

这些天，白日渐渐长了起来。然而，因为潮湿空气中残留的热

---

[1] 英语"strike"有罢工的意思，也有打人的意思，七岁的小女孩不懂什么是罢工，也没有人给她解释，她自行理解为打人。

度，加达没有预料到夜晚的降临。等听到尖塔传来祈祷的呼唤，声音此起彼伏，她才注意到身后的光线已经发生了变化。她倒吸一口气，本能的第一反应是跑。她本来也会跑起来，可是此刻教堂前面的街道上全是人在跑。

她屏住呼吸，在拱门下倒退一步。半黑的光线下，跑的人聚集起来。他们的脚重重地踏在地上，头巾在脑后甩来甩去。她听到衣服在他们身上摩擦的沙沙声，还有拿着的东西发出的哐哐声。她紧紧抓着三明治盒子，一动也不动。跑过去的人越来越少，现在一次通过就两三个人。这场景有些诡异的地方，愣了一下，她才明白过来这是因为没人说话。远处枪声齐发，几个幽灵影子一样的农民加快了速度。街对面，一个女人出现在门口。她站到门边，三个男人一点儿也没有减速，冲进了她房子里。

"小家伙，你在这里干什么？"

加达抬起头来。神父一只手撑在拱门的一角。他眉毛很宽，深陷的眼窝处在阴影中。

"你父亲和母亲呢？"

加达脸一拉，嘴巴一张。

"不要哭。不哭，不哭，不哭。"

没有孩子的人就像他这样的，对着孩子发出啧啧的声音，噘着嘴巴哄孩子，他弯下腰，把加达抱了起来；神父的胳膊搂着她，把她抱进了教堂。一看到有人对她友好，她抵御恐惧的唯一一堤坝崩溃了，眼泪奔涌而出。

"你知道自己住在哪儿吗？"

"我当然知道自己住哪儿！"她满是鄙夷地脱口而出。

"我们等一等，"他对着门口做了个手势，轻声说道，"等到起义者藏起来。"

两辆巨大的装甲车辆出现在门前，上面安装着探照灯，照亮了道路。最后，声音传了过来，英语的叫喊声。

　　加达靠着光滑的硬木板椅背，坐在长凳上。神父把门都关上，上了门闩，再次蹲在她面前，动作敏捷，神父一般都慢吞吞的；他又说话了，但加达什么都没有听进去，她哭得专心致志，费心费神，哭个不停。神父用一块粗糙的布给她擦了擦鼻子下面。接着，神父坐在了她的身边。门外传来子弹的尖叫声；神父的手很大，他想要替加达捂住耳朵，但加达推开了他的老手。等到再次安静下来，她已经不哭了，现在已是绝对的夜晚。神父拉开门，外面是漆黑的晚上，他做了个手势，让加达过来，把她抱了起来。

　　他们走在路上，神父大声唱歌。这是一首缓慢单调的曲子，非常肃穆。神父双手抱着加达，一只手上拿着三明治盒子，盒子一下下地敲打在神父的腿上；加达抱着神父的脖子，身体一侧感到了深深的震动。他们经过一栋房子，房子的窗户边站着一群士兵，正在向外张望，神父唱歌的声音更大了。士兵们就像是一群动物，眼睛往上，凝神而望，神父在歌声中加上了几个英语单词，加达在学校里学过，听出来了："赞美圣父、圣子、圣灵——神圣。"士兵们没有了兴趣。

　　神父把加达放在大门口，她轻声说道："谢谢你，神父。"

　　"晚安。"三明治盒子挂在他的指头上。他碰了碰加达的头，有那么一秒钟的时间。走到台阶一半的时候，神父的歌声再次响起。窗户透出的那点光照下来，看得到他黑色的袍子左右摇摆。

　　她母亲打开门。"真主呀，你到哪儿去了！"

　　"神父带我回的家。"

　　"神父？"她重重地关上门。鼻翼都张开了，"不准再看葬礼！不准！如果你放学不立刻回家，妖精就会跟在你后面，吃掉你。她会吃了你。"

　　加达看着母亲的脸。愤怒中，她伸长了脖子，看上去特别丑。

"加达去哪儿了？"塔希尔出现在门厅里，他身上的花呢外套和头上的塔布什帽都太大了。

"走开。"加达说道。

"不要叫你哥哥走开。"

塔希尔嘴巴一裂，露出微笑，一边走开，一边用英语唱道："加达有一匹小母马，皮毛如白雪。马儿和加达去了哪儿，知道才怪呢。"

"你在哪儿学的这个？"法蒂玛说道。

儿子耸了耸肩。"你到哪儿去了？我到大马士革去见哈吉·阿明啦。"

"不准说英语。"

加达强行从母亲身边走过。母亲并没有拦她，她跑上楼梯，进了卧室。马萨拉特坐在窗户边上，腿上搭着一条裙子，正在缝补裙子上的一个洞。加达进来的时候，她抬头看了一眼。

加达平躺下，等着惩罚。她仔细听着脚步声，一旦听到脚步接近的声音，就屏住呼吸。每一次，脚步声都是从门前经过。她转过身，对着墙壁。外面风声低吟，细雨滴答落在了窗户玻璃上。

等她醒来，已是早上。她姐姐不在。她身上盖着一条毯子，揭开毯子，她看到自己还穿着衣服。有人帮她脱了鞋，放在地板上。

她换上灯笼裤，鞋子上的泥巴已经结块，她碰都没有碰泥巴，就穿上了鞋子，从厨房拿了一块奶酪，走出房子。没看到她母亲。这是一个凉爽明媚的清晨。有几辆车从街上开过；没有行人。一辆福特救火车后面挤了一堆士兵，全副武装。他们对加达视而不见。她站在西多家门口这条街的最上面，停了一下。接着，她转身往上走，那是去他们自己家的路。

她一边走，一边想象爸爸就在家里。她邪恶的母亲不让她见爸爸。走到一半，因为渴望，她更是深信不疑地觉得爸爸就在家里，等看到房子的一角，她跑了起来，就想跳到爸爸的怀抱里。看到大门，她放慢脚步，又笑又喘。

百叶窗都关着。树荫下，空气凉爽下来。看到空空的大门，她受到了刺激。然而，想见到爸爸的渴望是如此强烈，她一只手推开了生锈掉漆的铁栅，爬上台阶，握住门把手，想要开门，她手上的汗沾在了冰冷的门把手上，但门动也不动。这时，什么东西发出了一点动静。在房子里，在房子附近，她不知道。她飞快下了台阶，飞奔起来。这一次，这条路感觉好长，她的腿都疼了，鞋子敲击地面，发出啪嗒啪嗒的声音。跑到路口，她慢下来，走在了路上，心脏还在怦怦直跳。

"我在找你，"萨哈尔站在门阶上说道，"你的邻居告诉我，你在这里。"

这是下午早些时候，法蒂玛没想到有客人。萨哈尔显然是热得出汗。

"都这样了，你觉得自己还应该到处走？"

"很多事情，我可能都不应该做。"萨哈尔叹了一口气，叉开十指，放在孕肚上。

她们在大厅里，法蒂玛坐在朝门的沙发上，萨哈尔坐在斜角边的椅子上。孕期的肿胀都到了她的脖子处，她看上去笨重迟钝，身体不堪重负的样子。

"请用。"法蒂玛指着一碗枣子说道，"士兵不多吗？"

萨哈尔点点头。"从耶路撒冷一路过来，很多。我看到一辆翻过来的火车。"

"天呀。你丈夫怎么样了？还是拘禁中？"

"是的。我听到的消息也不多。我知道他没有停下来。给英国人写信，给最高委员会写信。换言之，他在工作。他对我说的，"她笑了起来，"他告诉我说，他们每天都在沉思。这是唯一的应对方式。"

"他们可以出来透气吗？"

"是的，可以到室外。"萨哈尔说道。

"我听说，这很重要。"

"迈扎特呢？"

"迈扎特没有写信。"法蒂玛说道。她顿了一下，又说，"他的腿恢复得很好。"

"啊，那就好，那就好。"

法蒂玛仔细看着萨哈尔。她真正想要交谈的对象是汉尼。她想要听到汉尼的保证，保证一切都会好的，一切很快就会结束的，迈扎特只是暂时神志不清，很快就会恢复的。汉尼是出了名的有智慧，除此之外，他比谁都了解迈扎特。她想要有人告诉她，事出有因，有理性的原因。通常都是迈扎特给她说这样的话。他不在身边，要保持平衡的心态越来越艰难，寄居别人家里，一直担心灾难降临到头上，如履薄冰，步步艰难，一早起来就喘不过气来，没有胃口。虽然现在是与父母住在一起，他们给不了她安慰。她父亲完全是置身事外，不肯跟她讨论任何事情；她母亲一贯不喜欢迈扎特，态度明朗不变。

她心里装着这些事情，却一个问题都提不出来。她太习惯于自己那副铮亮的社交盔甲，永远都是无欲无求的样子，虽然她想要得到萨哈尔的安慰，也不知道怎么才能如愿以偿。几秒钟的沉思后，她发现萨哈尔面带微笑，于是明白过来，自己的表情肯定大致表达出了想说的话。她说道：

"你觉得罢工会持续多久？"

"我觉得，一两个月的时间他们会做出让步吧。"

"他们？"

"英国人。"她费劲地换了一下腿，长呼一口气，"你知道的，有些人会说，嗯，如果我们是对的，那他们当然就会觉悟过来。你知道的，他们相信英国人的公正。但是，法蒂玛，老实告诉你吧，我觉得他们惊呆了，英国人惊呆了，我们吓住他们了。这是唯一可能让他们宽厚的事情。他们称之为犯罪。如果想要一个国家是犯罪，"她笑了起来，疲惫的嗓音第一次提高了语调，"我们都是罪犯！他们应该把我们都关起来。"

"哦，真主呀，不。"法蒂玛突然替萨哈尔感到难过。这种感觉随即被一股自我怜悯的情绪所替代，"只要一个孩子。"她说道。

"一个？"

"四个太多了。"

"他们很难管教？"

法蒂玛摇了摇脑袋，轻声说道："加达。"

外面传来一个声音。"法蒂玛？法蒂玛！开门！"

"来了，来了。"

乌姆·塔希尔站在台阶下面，头发下面露出一点薄薄的雪纺绸。她看起来筋疲力尽的样子。一只手伸出来，打开门闩，掩上。法蒂玛跳下两级台阶，伸出胳膊肘，让乌姆·塔希尔抓住。

"发生了什么事？还好吧？"

"还好，孩子。"乌姆·塔希尔拖着一条腿，慢慢往上走。她几乎没有让法蒂玛的胳膊承力，"只是瓦斯菲和贾米勒把战士们带到家里，挤满了人，到处都是灰尘。我病得要死。吵得很。他们穿的*靴*子。"她喘着气走进房间，"萨哈尔！你丈夫呢？哦，哦哦，你这肚子很大了。"

"他在政治犯拘留营。你还好吧？"萨哈尔颤巍巍地站起来，身体前倾，接受了两个亲吻。

"还在呢？真主赐予你力量，哈比比。"乌姆·塔希尔拍了拍她的胳膊，"我今天看见迈扎特了。"

"他怎么样？"法蒂玛低声问道。

乌姆·塔希尔嘴唇朝两边一扯，一点儿笑意都没有。"加达在哪儿？"

"打听一下谁家死人了吧。"马萨拉特走进房间，张开双臂，"你好，提塔。"

"今天谁死了？"乌姆·塔希尔问道，"你外祖母呢？"

"我还活着呢。"维达德脚步嗫嚅，走进房间，装着一脸疲惫的样子。她用待客的声音高声说道"你还好吧，还好吧"，亲吻了两位客人。"还好吧，"她看着萨哈尔的肚子说道，"几个月了？"

"今天死了很多人，"萨哈尔说道，"在阿恩·哈拉米耶。七个。我是说七个月，不是死了七个人。我不知道死了多少人。"

"谁死了？"法蒂玛说道。

"哦，跟往常一样呗，"乌姆·塔希尔说着话，坐了下来，"起义者在路中间堆石头，军车砰砰响，停下来，英国人走出来，战斗人员就从山上往下开枪。有些起义者死了，其余的就去了我们家。"

"你家里的是战斗人员？"法蒂玛说道。

"是的，是的。"

"马萨拉特上楼去？"

"妈妈，为什么呢？"

"让她留下吧，"乌姆·塔希尔说道，"孩子们也应该知道。我们都在战斗，即便是你们和我也是在战斗。"

"除了我，"萨哈尔说道，"我没有战斗。"

"怀孕也是战斗。你会生出一位战斗者。会是个男孩的。"乌姆·塔希尔说道。

"你孙子怎么样了？"维达德说道。

乌姆·塔希尔眯缝起眼睛。"他的腿恢复得很好。"

"你不需要……"维达德温柔地开了个头，没有继续说下去。

"马萨拉特，回楼上去。"法蒂玛说道。

"为什么?"马萨拉特说道。

乌姆·塔希尔双手合拢。"嗯,他好一些了。"

"我知道爸爸在哪儿。"马萨拉特说道。

在座的都抬头看着她。如果她的腿没有扭来扭去,再配上她最近剪短的发型,她看起来还真像个大人了。

"他在疯人院。"马萨拉特说道。

"爸爸没有疯,"乌姆·塔希尔说道,"爸爸只是心里难过。"

"但他为什么难过呢?"马萨拉特说道,"这一点,没人告诉我。他因为巴勒斯坦而难过吗?"

乌姆·塔希尔笑了起来。"也许吧。也许他是因为巴勒斯坦而难过。"

"医院怎么样?"维达德说道。

"我不想再说这个,"法蒂玛说道,"妈妈,不要摆出那样的表情。"

"我没有表情。"

"我们得把他弄出来。"乌姆·塔希尔说道。

"为什么?"法蒂玛嘴上这样说,头却摇了起来,表示反对乌姆·塔希尔的说话,"我们谈得越多……"

"我发誓,我不会告诉任何人的。"萨哈尔说道。她一只手放在心脏的位置,另一只手还是放在肚子下方,仿佛是把肚子撑起来一样,"我也没人可说。说起来,我算是孤身一人。"

"孤身一人?现在这个状态?"乌姆·塔希尔说道,"我们这是怎么了。你身边应该有人陪着。你应该来和我住在一起。"

"谢谢你,提塔,"萨哈尔说道,"我母亲去世后——"

"真主保佑她。"乌姆·塔希尔说道。

"谢谢你,真主保佑。那之后,除了我丈夫,我在耶路撒冷就没有了家人,现在他们把他关起来……"

维达德戏剧性地发出啧啧的声音，摇了摇脑袋。"他们剥夺了我们。他们剥夺了我们的一切。"

"当然，我有个女仆，"萨哈尔说道，"所以我真还不需要什么。"

"需要，需要。有需要的东西，"乌姆·塔希尔说道，"门外有人。"

"有吗？"法蒂玛说道。

"是的，有人，我刚听到了。"

这一次，她们都听到了，很大的敲门声，就像狗叫声一样。法蒂玛走到窗边，手做成筒状，贴到窗边，眼睛往外边瞅。

"是个男人。我的头巾在哪儿？"

乌姆·塔希尔发出打鼾一样的呼呼声。维达德从自己脖子上取下头巾，套在头上，绕了两圈，末梢塞在下巴底下。在挂外套的地方，法蒂玛把萨哈尔的黑色面纱捡起来，又给自己选了一条棕色的。

"我还没有面纱呢。"马萨拉特说道。

"我给你说了，上楼去，"法蒂玛说道，"提塔。"

"嗯。"乌姆·塔希尔说道。

"你要一条面纱吗？"

又是一波敲门声传过来，声音更刺耳了。

"不用，谢谢。"乌姆·塔希尔说着话，闭上眼睛以示强调。她的头微微转向一边，仿佛是要露出已经挂在头发上的那一小块布料。布料拴在后面，脖子和一缕缕的灰色头发都露在了外面。

"上楼去，马萨拉特。"法蒂玛一边大声说道，一边匆忙朝门走去。

马萨拉特也像她曾祖母那样发出了呼噜呼噜的声音，溜达出了房间。

门外站着一位起义者。他长着球根状的鼻子，棱角分明的颧骨。

头顶上有黑色的发箍固定头巾，身着卡其色的奥斯曼款式军装上衣，下面搭配得很古怪，是一条脏兮兮的棕色传统裤子。枪背在身后，枪口在头部以上。

"下午好，"法蒂玛说道，"请问这是？"

"你丈夫在哪儿？"他的手轻弹了一下胸口，手指摸索着子弹袋而下。

"医院。"法蒂玛说道。

"他是医生？"

"不是。"

他无所顾忌地打量着法蒂玛。"我们想要知道你家有没有弹药，有没有可以参战的男人。"他说这句话的时候，口音出来了，法蒂玛猜他是北边的加利利人。他的目光越过法蒂玛，朝房间里一瞅，女人们都坐在椅子上和沙发上，一动不动，除了乌姆·塔希尔，其他人都戴着面纱。

"那是犹太女人？"起义者说道。

"不是，"法蒂玛说道，"那是我丈夫的祖母。"

他皱起眉头。"那么，有男人吗？"

"只有我父亲，"法蒂玛说道，"他年纪太大。"

"你的儿子呢？"

"我儿子分别是十二岁和十岁。"

"兄弟呢？"

"我的弟弟已经参加战斗了。布尔汉·哈马德，也许你认识他。"

"不，我不认识。"这位起义者说道。这时他作为军人的态度有些懈怠，仿佛陷入了沉思，头朝向一边。顿了一下，法蒂玛才明白过来，他是在听动静。他转过头去，对下面的一个人叫了一嗓子。"这里没人。"转过身来，他举起一个拳头，拳轮对着法蒂玛。

她点点头。"真主保佑。"

"真主在上。"

法蒂玛关上门，把头巾从头上拉下来，这时萨哈尔说道："我们一直在为战士们筹款。"

"干得好，"法蒂玛说道，"我担心加达。有人知道她在哪儿吗？"

又传来了敲门声。

"就没完没了了！"

"也许是你的女儿。"萨哈尔说道。

法蒂玛再次戴上面纱，这时她听到母亲说道："乌姆·塔希尔，你身体怎么样？"

"总之快要死了。"

"我觉得你会比我们所有人都活得长久。"维达德干笑了一声。

这一次是另一个起义者。第一个还在，但站在了几级台阶之下，而才来的这个起义者个子要矮得多，所以他们的脑袋在一个水平线上。

"我必须进去看看。"这个新来的说道。他的声音粗鲁，头发花白，肌肉发达，额头上有晒伤的痕迹。

"请吧。"法蒂玛往旁边一站。

"姓氏？"

"他也进来吗？"

"他待在外面。"

关上门的工夫，法蒂玛看到第一个人撩起衣服，伸出一只手，摸着台阶坐了下来。

"姓氏？"这个新来的说道。

"哈马德。"

"职业？"

"什么？哦……我父亲是学者兼法官。"

"哪个学派？"

"哈乃斐学派。[1]"

他的下唇往下一翻，点了点头。

"已婚?"

"我吗? 是的。"

"姓氏?"

"卡迈勒。"

"职业?"

"商店……店主。服装商店。"

"当然是关闭了，罢工中。"

"是的，当然。"

"他在这儿吗，你丈夫?"

"不在。"

他等着详细信息。

"他在医院，摔断了腿。"

"啊，作战受伤。"

"差不多。"

"好的，我要查看一下。"这位起义者就要朝坐着的三个女人走过去。萨哈尔大张旗鼓地抚摸着肚子。

"请等一等，先生，"法蒂玛马上说道，"我必须给孩子们说一声。"

走在楼梯上，她听到母亲说要给这人倒一杯咖啡，这位起义者回答道:"夫人，事实上我非常饿，我们跑了几个小时了。只需要一片面包，或者……"

她先去了男孩子们的房间。塔希尔侧躺在床上看书。卡勒德在地板上，拿着一支笔尖很粗的铅笔在练习本上写数字。

---

1 伊斯兰教逊尼派四大学派之一。

"有人要到家里查看一下。收拾一下你们自己，把东西放好。"

"妈妈，谁呀？"卡勒德说道。

她低头看着自己的儿子，不情愿地说道："一位起义者。"

卡勒德的嘴巴一下张开了，接着嘴角上扬，露齿而笑。

"别兴奋。你们两个就待在这里。你们要非常安静，非常安静。"

女孩子们的房间在过道对面。

"马萨拉特，加达在哪儿？"

"我在这儿，妈妈！"

加达在窗沿边上，胳膊抱着腿。

"你之前在哪儿呢？"

"她一直在这儿。"马萨拉特说道。

没时间盘问。法蒂玛用成年人的语气对马萨拉特说话。"他们要查看这房子。我需要你的帮助。你们必须安安静静的。"

马萨拉特郑重其事地点头。

哈吉·尼姆的书房门发出了沙沙的声音，打开了，法蒂玛看到她父亲趴在书桌上。他的右手朝手腕蜷曲，就像是睡着的动物，嘴巴张开着，下面一圈干唾沫的印记，两边唇角还有一层。放在书边的油灯几乎没油了，火焰很小。

"爸爸。"她轻声说道。

他吧嗒了两下嘴，头转向另一边。

"爸爸。"

他的眉毛扬了起来。"哈比比，我在睡觉。"

"我知道，我很抱歉。但楼下有两个起义者。他们想要查看这房子。我们有钱吗？或者——或者武器。"

沉默。接着，他坐直身体，眨巴眼睛，醒了过来。"有一把德国枪。在厨房柜子里。但枪很老了。"他眯缝眼睛看着女儿，仿佛是有强光照来一样。"至少有二十年的历史了。"

"爸爸，你来一下好吗？我们这儿全是女人。"

他坐在椅子里，朝侧面挪了一下，再次闭上眼睛。"告诉他们，我在睡觉。"

到了楼下，两个起义者坐在了沙发上。维达德端着银托盘送上咖啡，旁边还有一盘饼干，和一盘撒了混合香料的面包。看到法蒂玛，第一个起义者有些歉意地说道："我们只是想吃点东西。"

"请便。"法蒂玛说道。她正想加一句"祝你好胃口"，他们家里人经常对迈扎特说这句话，但她及时打住了。

"你们从哪个村子来的呢？"萨哈尔说道。

"我是从沙布来的，在加利利。"第一个战士说道。他用牙齿撕咬一片面包，这个动作仿佛需要全身用力一样。维达德把盛橄榄油的盘子朝他推了推。

"塔依巴。"第二个矮一点的人说道。显然是不情愿的样子，他补充了一句，"在图勒凯姆附近。"

脚步声传来，法蒂玛的两个儿子从她身后的门道里走出来。卡勒德穿上了花呢外套，对于他来说，袖子太短了。塔希尔头戴塔布什帽，手拿一本书。法蒂玛恼怒地闭上了眼睛。

"你们叫什么名字？"卡勒德踮着脚尖，身体前倾。

两个起义者盯着他看。卡勒德回望的眼神有些渴望的味道，但法蒂玛注意到，塔希尔有些慌乱不安。他拿着的书紧紧靠在胸前，牙关也咬紧了。

"我叫阿布·拉贾。"那个从沙布来的高个子说道。

他转身看着同伴。那个从塔依巴来的矮个子耸了耸肩，摇了摇头。他端起一个杯子，一饮而尽。

"你是阿里夫·阿布德·拉扎克吗？"卡勒德说道。

"不是，"这个矮个子起义者说道，"但阿里夫是我的族兄弟。你在哪儿听说他的？"

卡勒德喜形于色。"人人都知道阿里夫……"

"好了，好了，"法蒂玛说道，"到此为止。孩子们，上楼去。去。"

塔希尔拽着卡勒德的胳膊肘。法蒂玛等着听到他们的脚步声到了楼梯的平台上，然后安静地对阿里夫的矮个子族兄弟说话。

"我们有一把枪。在楼下的厨房里。是你来看一看，还是我带上来？"看了一眼其他人，她看到乌姆·塔希尔沮丧的表情，这倒让她不解。

"我去拿，"维达德说道，"失陪片刻。"

他们一言不发地等着。阳光从门上面的窗户透进来，越来越少。萨哈尔的表情变得呆滞，她眼神涣散，看着地面。法蒂玛想请这两个人谈一谈他们自己，但她感到双腿一阵冰凉紧张。为什么她不直接问呢？他们不可能那么不近人情，直接说不。恰恰相反，他们是为了大家而战斗，乌理玛委员会[1]和政治家们没能做到的事情，他们准备好了要干。她父亲在哪儿？在楼上睡觉。她丈夫呢？这辈子没有摸过枪。汉尼在拘留营，是的，瓦斯菲和贾米勒，还有其他人出了力，很多名人的妻子在抗议活动中发表演讲，但大多数勇敢的人，武装的男人和女人依然是农民。

她觉得马上就要头疼。怀孕的萨哈尔躺在那里，筋疲力尽，裹着她一直反抗的面纱。牵强的起义者传说，擦鞋童唱的是穿西式服装的淫妇，这一切都有报复的意思，但却伪装成了豪情。为了自由要付出如此沉重的代价吗？阿里夫的族兄弟距离法蒂玛最近，她看着这个人。他十指交叉，目光从两臂之间凝神望着地面。法蒂玛深吸一口气，闻到了酸臭的气味。法蒂玛认为，这是他身体散发出来的气味。

乌姆·塔希尔与萨哈尔相反，她似乎非同寻常地警觉。她嘟着

---

1 伊斯兰教神学家和宗教法学家组成的委员会。

嘴，表情似赞同又非赞同，双手合拢，目不转睛地看着起义者。等他们走了，法蒂玛就会问她迈扎特的事情。阿布·拉贾打量这个房间，扭头去看四周没有什么装饰的墙壁，关着的几扇门；他嘴巴张着，舌头卷在后牙之间。等他的目光落到法蒂玛身上，法蒂玛觉得他看起来微微有点窘。终于，楼梯上传来了维达德高跟鞋的声音。

她讲究地两手高捧着那把用粗麻布裹着的武器。法蒂玛让出自己的椅子，她母亲坐了上去，打开包裹，露出了一把枪；法蒂玛真是惊讶，这么大的一把枪，自己在这房子里长到十多岁，居然从未见过。长长的银色枪筒，破旧的木柄；母亲的手上爆出了青筋，这么看来，这把枪分量很重。维达德双手把枪交给了阿里夫·阿布德·拉扎克的族兄弟，枪柄下面的一个小铜环发出叮当的声音。

他吃力地晃了晃这把枪。"没有子弹？"

"很不幸。"维达德说道。

但真正会摆弄枪的是那个态度温和一些的阿布·拉贾，他顺着枪筒往下瞅，检查瞄准线。他和同伴交换了一下其余人都没看懂的眼神。

等待已久的巡视匆匆而过。吃了东西，拿到一把枪，这两位起义者的态度似乎温和起来，他们略带遗憾地说起他们还有其他房屋没有搜查，还说他们当然不想打扰女士们。阿里夫的族兄弟首先从前门走了出去，这时，阿布·拉贾想起还没有问过萨哈尔。

"你的丈夫在哪儿？"

"萨拉芬德。"

他头一歪。"名字？"

"汉尼·穆拉德。"

"以真主的名义起誓，"阿布·拉贾说道，他的同伴也倒吸一口气，再次走进来，"你怎么不早说！汉尼·穆拉德。真主呀，你的丈夫是个了不起的人。了不起的人。"

法蒂玛的手指紧紧地扣在门把手上。

"谢谢。"萨哈尔说道。

"她怀孕了。"法蒂玛说道。

"真主在上,"阿里夫的族兄弟说道,他现在站得笔直,接着一只手放在胸口鞠了一躬,"真主保佑,真主保佑。"

法蒂玛看着两个起义者在黑暗中静静地离开。他们的脚就像是猫爪,一点儿声音都没有,疾步穿过平台,走下台阶,下到了街道上。

女人们一言不发地取下了面纱。维达德带着乌姆·塔希尔到楼上的空卧室休息,法蒂玛凝神望着她们的背影,她渴望得到安慰,又不想乌姆·塔希尔再下楼来。

"你感觉怎么样?"她对萨哈尔说道,"需要什么不?你必须留在这里,就睡在我床上。"

萨哈尔皱起了眉头。她说道:"谢谢。如果可以的话,我想要一杯水。我跟你一起去。"

"不,不,不,你留在这里。你吃够东西了吗?"

"很多。"

法蒂玛在厨房里,打开水龙头放水,完全没有必要放这么久。她抓住水池冰冷的边缘,一股凉意顺着手传遍她全身。排水口周围的陶瓷上全是长长的刮痕,一条绿色的东西挂在过滤口上。背后响起了脚步声,她回过神来,很快装了一杯水。

"你应该休息,"她说道,接着吃了一惊,"哦,提塔。"

"哈比比。"乌姆·塔希尔费劲地走到窗边的光线下。她的脸上没有了在楼上时的紧张;脸颊松弛,眼睛发亮。"我必须告诉你,"她喘不过气来,"我们得把他带回纳布卢斯。我们得把他带回来……"

"坐,坐,坐下吧。"

提塔双手发抖。"他说他杀了人。"

"什么?"

"不要担心。"她费力地露出了倨傲的微笑,"他没有真正杀过谁。"她脸上的肌肉一下松弛下来,微笑没了,"他只是疯了。"

"你怎么知道?"

"相信我。我知道。"

"他杀了谁——或者他说杀了谁?"

"他不是杀人犯。"仿佛法蒂玛这样说勾起了她的想法,她脸上又浮现出了那个笑容,"也许是个白痴,但不是杀人犯。不管怎样,我们得把他弄出来。"

法蒂玛的目光从乌姆·塔希尔的脸上落到她的手指上,她的手稳稳地放在桌子上,仿佛皱巴巴的皮肤只是套在手上的手套。法蒂玛轻声说道:"我们怎么把他弄出来?"说完,她的目光又往上扫,落到乌姆·塔希尔的脸上。

乌姆·塔希尔提高了嗓门,有一种抱怨的味道。"为什么我得一个人干这些事情?"她张开双手,"孩子妈,你为什么不跟我一起去?"

"抱歉,"法蒂玛说道,"孩子们——"

"你可以让你母亲照顾孩子!我讨厌那地方,我讨厌……为什么汉尼会觉得那儿好,为什么!我们知道,英国人的东西都不好,只要是他们的,就不好。愚蠢。"她继续喃喃地说话,最后她和法蒂玛四目相对,她绷紧的脸松弛下来。"不要哭,"她厉声说道,"早知道你要哭,就不跟你说了。"

法蒂玛的身体摇晃了一下。她的语气就像是一座愤怒的冰山:"乌姆·塔希尔,我说过了,我很抱歉。如果你想这样,下次我就和你一起去。但萨哈尔还在楼上等我,她要喝水。所以,我就失陪了。"

"哦,去吧。"乌姆·塔希尔手一挥,说道。

萨哈尔在楼上睡着了。她放在肚子下方的手松弛开了,头发缠在一起,落在椅背后。法蒂玛正要给她拿一条毯子,她坐直起来。"啊,谢谢。"

"不客气。"法蒂玛放下杯子。萨哈尔伸手去拿杯子,法蒂玛徘徊在旁,"你丈夫给你说过什么吗?"她听到这话,仿佛是从另一个人嘴巴里说出来的一样,"关于我丈夫,到底发生了什么事?"

除非是法蒂玛自己看错了,她看到萨哈尔畏缩了。但片刻之后,看到萨哈尔像加达一样双手捧着杯子,拼命喝水的样子,她那种不舒服的状态更像是身体上的,而不是精神上的。萨哈尔喝完了水,皱起了眉头。"你说的是哪一种事情?"

"随便什么事。"法蒂玛绝望而随意地说道。她一只手扶在椅背上,另一只手随意地做着动作,"任何你记得的事情。"

"我很抱歉。我想,这肯定很艰难。"

法蒂玛不由自主地微笑了一下。"很艰难,是的。当然,你是看得出来的。当然,这是显而易见的。"

"不,你做得非常好。这很艰难,是我想象的。我觉得很难,我只……"

"我母亲还在。丈夫的祖母也在。"她做了一个啼笑皆非的表情,"真的,我周围都是母亲。"

萨哈尔露出微笑,法蒂玛突然记起来,萨哈尔的母亲才去世不久。她赶紧没由头地说了一句,打破沉默:"真主保佑"。这话说出来,她的额头还是热辣辣的。但萨哈尔一点儿也没有流露出注意到的样子,她的微笑无懈可击;法蒂玛再一次感到自己的社交风度不如以前。

"商店怎么样?"萨哈尔说道,"火灾之后怎么样了?损失肯定不小。"

"埃利——你知道埃利?他前天来过。修理的工作基本上完工,但存货……气味太大,只能扔掉。也没什么不同。他们不能开张。"法蒂玛感觉到了自己脖子和肩膀的姿态,知道自己露出了母亲言谈举止的影子,那种显而易见的急切。她聚精会神,脸上没有半点表情。

"很艰难。"萨哈尔同情地说道。

"我不是在抱怨。这更重要。我们都做出了牺牲,为了更大的……"

"是的,完全正确。"

法蒂玛沉默了。"我该带你去卧室了。"

"有一封信。"萨哈尔说道。

一时间,法蒂玛没有反应过来她在说什么。

"谁写的?"

"一个女人。很久以前的信了。"

这几个字悬在空中。法蒂玛瞪大了眼睛,什么都没看见。一根尖针穿透了她肋骨。她仿佛听到自己站在远处说道:

"法国来的?"

萨哈尔点点头。"法语的一封信,"她安静地说道,"我没有读过。汉尼……"

"我不想知道。"法蒂玛轻声说道。

她突然觉得非常疲惫。她闭上眼睛,看到迈扎特躺在医院的病床上。当然,可能是有过其他女人。她的胸口疼了起来。

但就在一瞬间,迈扎特从她脑海里消失了,她意识中是这个怀孕的女人坐在面前。她转过头,凝望着萨哈尔;萨哈尔就像是一只高贵的动物躺在镶嵌工艺的椅子上。为什么萨哈尔决定告诉她这个?她的动机是什么?她脑子里暗流汹涌:萨哈尔想要给她下药,让她仇恨自己的婚姻，因为她自己的丈夫在监狱里。她孤独，孤独让女人变得恶毒。萨哈尔脸转向一边，眼睛依然看着法蒂玛，额头皱了起来。法蒂玛知道，她应该带萨哈尔上楼躺着，但她没法动。她的内心在起伏，在冻结。天渐渐黑下来，需要点灯了。她戴了戒指的手放在椅背上看起来很苍白。

"妈妈。"一个声音传来。

马萨拉特站在楼梯下面，一只脚还没有收起来，腿弯着。

"我们饿了。"

"你们饿了，什么意思？"

"我们没有吃东西。"

她顺着女儿的目光看到了咖啡桌上的银盘，空空的杯子，撕下来的面包碎片，那碟子油和混合香料，还有一盘无花果饼干。加达出现在姐姐身后，站在楼梯上，毫不费劲地大声叫道："妈妈，我饿了！"

法蒂玛吼了起来。

"那就自己做去！"

马萨拉特没有吓到。她犀利地看了母亲一眼，只是嘴唇颤抖了一下。

"你不是孩子了。"法蒂玛说道。

"我知道。"马萨拉特说道。

法蒂玛伸出手，给了她女儿一个耳光。萨哈尔站在法蒂玛身后，倒吸了一口气。加达站在楼梯上，突然显得弱小而苍白。马萨拉特满脸通红，不仅是母亲留下的手指印发红，整个脸都发红。她咬紧了牙关，肌肉跳动。她转过身，说道："来吧，加达。"加达犹豫了。接着，她握住姐姐伸过来的手，跟着姐姐走下了楼梯。

法蒂玛依然是背对萨哈尔，看着刚才女儿们站着的地方。

"如果让你不安了，我很抱歉，"萨哈尔说道，"我本以为说实话是对的。"

法蒂玛此刻面目难看。她失去了控制，半转身，只希望黑暗足够掩盖自己的表情。她的心在重重地乱跳。

"你应该休息了，"她喃喃地说道，"让我带你……到你的房间。"

7

贾米勒举着步枪，看到体育俱乐部的后门打开了。他深吸一口气，把肺里的空气都挤出来，身体紧靠枪柄。他的心在狂跳。门板慢慢往后，陷入黑影中。他手扣扳机，瞄准范围内的黑影越来越大。门停了下来。然后，门板以同样缓慢的速度，慢慢朝着有光线的地方反方向移动。最后一推，门轻轻颤动了一下。贾米勒的手指从扳机上拿了下来。巴西勒·穆拉德在他身边，鼓起了腮帮子。

他们在卡拉克家房子的二楼卧室，距离体育俱乐部有两条街。卡拉克太太把床推到墙边，还从墙上取下了一面镜子和几幅画。贾米勒不太喜欢她最后这个举动，嗤之以鼻，而卡拉克太太双手拿满东西，垂下眼帘，嘴里说着准备早餐的事情，匆匆走了出去。

贾米勒没有穿外套，躺在通往阳台的双开门前。他的格子头巾披在肩膀上，枪筒对准阳台栏杆最下面那个圈，双肘放在从邮局偷来的一个沙袋上。有违卡拉克太太的愿望，巴西勒肚子朝下躺在竖铰链窗下面的床上，他把窗户开了一条缝，步枪就架在上面。他们之间的地板上摆了一盘切成四分之一大小的无花果。

这是1936年6月：大罢工的第三个月。这是个阴天的早晨，街道上空无一人。上一周，他们听说英国人轰炸了雅法的老城；老城巷陌蜿蜒，庭院后门布局迷离，到处都是起义者，根本无法占领。轰炸之前，疏散通知从天而降，称这种破坏行径为"改善措施"。第一轮轰炸后，一条十米宽的马路从阿亚米警察局铺到了海边。雅法罢工委员会宣布，损失比地震还要严重。

英国人在纳布卢斯占领了伊斯兰教法庭和体育俱乐部。现在贾米勒用步枪瞄准的体育俱乐部曾是纳布卢斯罢工委员会的总部。幸运的是没有文件或设备落在那座建筑里。事实上，抵制运动一直都很分散，甚至就没有委员会名单这个东西，基本上所有的事情都是口头通知。英国人的胜利就没有打击到运动的核心，但他们占领了这地方是一种侮辱，有损士气。现在，委员会不得已，只能换到废弃影院的礼堂开会。

"屋顶。"巴西勒说道。

贾米勒闻声望去，他盯着空荡荡的天空，眼睛已经酸涩。巴西勒躺在床上，一只手端着枪，另一只手拿着双筒望远镜放在眼前。望远镜轻轻碰在了他的眼镜上。

"有什么？"

"机关枪。"

贾米勒抬起头，眯缝着眼睛，看着体育俱乐部的平屋顶。天空的背景下，两架机关枪的黑色枪筒正对着他。他什么都没说。低头，再次瞄准，盯着门口。巴西勒伸手拿了一块切好的无花果。

"他们觉得，我们得到了意大利人的帮助。"巴西勒手指轻轻一弹，扔掉了果柄，"我在警察局听伊萨说的。"他闭上一只眼睛，单眼瞄准卡宾枪，"其实是伊萨的母亲。"

体育俱乐部的后门猛然动了一下。贾米勒快速地吸气呼气，紧紧抓住枪柄。

"等一等。"巴西勒说道。

"什么？"

"屋顶。"

门口出现了一个警察。全副武装：戴着头盔，手里握枪，短裤，绑腿。几米开外停了一辆军车，他跑去开门。一只脚迈进去，另一只也不见了，关门的声音穿过安静的街道，传到了他们耳朵里。引擎发动的声音。

"呸。"贾米勒说道。他正面转过来，张开一只手，"你为什么拦着我？"

"屋顶，"巴西勒不慌不忙地说道，"上面有人。"

贾米勒抬起枪筒，凝神望过去，瞄准机关枪的枪口。瞄准之下，不见了天空的缝隙，枪筒对准屋顶，枪口的半圆弧形微微发光。一个影子晃过。贾米勒当机立断瞄准，扣动扳机。一声枪响。

"咻！"巴西勒说道，"你在干什么？"

一声叫喊，一个人瘫倒在机关枪上，进入了视线。贾米勒拉动枪栓，子弹壳掉在瓷砖上，发出叮当声。他再次瞄准。

"干的就是这个。"

"咻，"巴西勒从望远镜望过去，"完美。"

那个人的手在晃荡。贾米勒不用望远镜也看得到，那人五根白色指头没有动弹。体育俱乐部屋顶上有其他东西在动。屋顶上有一条细长的棕色石头横档，那东西沿着横档移动。胳膊，穿的是军装。贾米勒再次瞄准，开枪。

"停！"巴西勒咬着牙缝说道。

"打中了没？"

贾米勒伸手去拿望远镜，带子挂在巴西勒的脖子上，连带巴西勒也给拽了过来，他调整焦距望向刚才士兵胳膊出现的地方。石头上有点点血迹。他的心猛然一跳：看不到死人的手了，也看不到对方搭档的手。是的，真够蠢的。

巴西勒靠在墙边，靴子小心翼翼地放在床上。眼睛下面的眼袋投下黑影，戴着眼镜阴影更厚重了。

过道里哐的一下，好大的声音，他立刻站了起来。贾米勒的枪柄顶在了肩膀上。门打开了。

"干得好，尊敬的沙巴布[1]们。"卡拉克太太说道。她就当没有看见枪口，弯腰把托盘放在他们中间。两杯黄色的薄荷茶，一堆热乎乎的面包，还有一盘奶酪。她在围裙上擦了擦手，踌躇了一下，"你们需要待多久？"

"半个小时。"贾米勒说道。他伸手去拿茶杯，"也许一个小时。"

"非常感谢你，太太。"巴西勒说道，"真的，真主保佑你平安。"

"不用谢。"

巴西勒在衬衣上擦了擦镜片，撕下一片面包。

贾米勒和巴西勒认为自己是跨界人士。跨越了城市和乡村、纳布卢斯人和农民，还有罢工和起义的界限。有些报纸评论认为，大罢工的非暴力抵抗是城市的抗争，武装起义是农村的抗争，两者的区分不可避免，可悲可叹。贾米勒决心纠正这种错误认知。贵族家庭出来的年轻人真的已经拿起了武器，越来越多的人在这样做，特别是在纳布卢斯这个地方。没错，大多数大型的战斗仍在山区，但这是地域的问题，他们在熟悉的峭壁上健步如飞，而英国人穿着靴子，没有好地图，举步维艰。雅法有着迷宫一样的街道，直到上周之前难道不是起义者的要塞吗？因为地域的问题，英国人无法渗透进去。所以，他们轰炸了雅法。没错，有钱人当中，有些人开始变得不情不愿，有些人厌恶被农民呼来唤去；农民们开始威胁，如果地主和商人们不交钱，就破坏他们的财产，而一个月之前他们还自豪地捐赠。如果能得到意大利人的帮助就好了，这样的长期消耗，他们所剩无几，粮食也不多了，纳布卢斯在忍饥挨饿。但自从军队入侵以来，城里的人也不是坐等救援。纳布卢斯的马路上洒满了钉子和碎玻璃，用来扎破英国人的轮胎。旧城的拱廊之下，人们目光炯炯，手放在手枪皮套上。从楼上卧室开枪，这两人并非独一份。

---

1 也译作青年党。

贾米勒和巴西勒也是重要人物，纳布卢斯罢工委员会四月成立之际，他们就在，是创立成员。他们仍在协调纳布卢斯与其他城市罢工委员会的工作，还协调当地的其他委员会在纳布卢斯分发麦子、大米和食糖，以资助穷人，防止破产，监督没有罢工的例外情况——其中包括晚上开门以交换消息的咖啡屋，还有轮流开门的药房，以保证每天有一家药房开业。但他们也携带武器。贾米勒·卡迈勒和巴西勒·穆拉德是狙击手，这是他们主动进行的第三次狙击行动。从叙利亚、约旦和黎巴嫩来的老兵很有经验，给他们传授技巧，其中主要一条就是：开枪后，不要动。他们在看动静。贾米勒开了两枪，冒了很大的风险。

巴西勒用半个面包裹上一片奶酪，重新回到了窗口，用望远镜监视情况。

"真够蠢的。"

贾米勒翻了翻白眼。他击中了他们，有他们疼的。

"赞美真主。"

他小口喝着凉下来的茶。他没有胃口。没有必要那么早，但他还是早早起来，天还没亮，他打开水龙头冲脸，惊醒了母亲；他母亲悄悄走进厨房，严厉地责备他睡眠不足。"妈妈，我睡得很死。"他说道。但母亲是对的。作为城市和起义军之间的桥梁，他兴奋紧张，事务繁杂，本来可以委任他人的事情，他都担在了肩上；到了晚上，奋战一天，筋疲力尽地倒在床上，第二天恍惚觉得胜利在望，猛然惊醒。要么就是与巴西勒筹划，要么就是与耶路撒冷的领导者或是叙利亚的武装力量通电话，统计胜负，跟进约旦河对岸的武器交付进程；在约旦河对岸，他们用骆驼从拉塔基亚[1]运来大麻，贿赂阿拉伯巡逻队。他不是公众人物。他不是汉尼·穆拉德。他视自己为

---

1 叙利亚港口城市。

暗箭，行动者，也是纽带，战士和战士之间的衔接。

　　自从十六年前，他在先知穆萨街第一次目睹了死亡，贾米勒就渴望亲自上阵。那两具沾满尘土的尸体依然躺在他的回忆中。他抬起了那个阿拉伯人的尸体，犹有余温的血浸透了他的外套，那一刻至关重要，改变了一切。那一次的经历在接下来的数月中，慢慢施展巨大的影响力，改变了贾米勒的责任感。到了现在，已不再是见证和忍受的时候，也不再是在集会中辩论和撰写备忘录的时候，这一切已经结束。他踌躇满志，蓄势待发。他全身心地投入事业当中，他身体的每一个细胞都是为战斗而生：他双脚的力量是阿拉伯人的力量，他的决心是纳布卢斯人的决心，他脚踝上的病痛是巴勒斯坦的病痛，他骨子里的疼痛是巴勒斯坦的疼痛。英国人暴力的消息，穿过他的肝肠，结为愤怒。一幕幕的场景留在他的脑海中：他看到警察在市长办公室外面鞭打抗议学生剥光的臀部。农妇们被赶在路边搜查有无武器，警察在一边对她们做出淫荡的手势。一家人拿着自己的东西，站在山丘边，看着自己的房子被拆毁，被炸掉。他的怒气随着脉搏跳动。他小心翼翼地控制着自己的愤怒：既要足够让自己燃烧，又不能烧得太旺，变得一无是处。因为第二枪，他生巴西勒的气，其实是生自己的气，因为他真的不能如此冒进。他心里后悔，弯下腰喝茶，强迫自己吃了一片面包。胃里有了东西，舒展开了。

　　撤离路线是提前规划好了的。吃完东西，他们在卡拉克家的浴室里洗了手，背上武器，从厨房门出来，走进了隐蔽的后院。一道银色的光闪过，一个小女孩的胳膊一撑，打开了楼上的一扇窗户。她往下瞅，看着贾米勒和巴西勒溜进了房子下面的通道，角落里的那道门特地半掩着。房子的主人站在门廊里，鞠了一躬，他们两人快步走进起居室。巴西勒带着他们上后面的楼梯。一扇窗户开着，他们站在楼梯顶上，听到了警车的声音。巴西勒靠在墙上，但贾米勒从肩膀上取下武器，走过去看。三辆车开了过去，一道道的光反射进来。

"他们的方向错了。"他说道。

"你们可以把东西放在这里。"一个女人的声音传过来。

贾米勒吓一跳，转过身去。一个戴着面纱的身影站在门口。

"放在床底下。"她补充说道。

巴西勒取下他的步枪，贾米勒握着两把枪的枪筒，交了过去。"谢谢你。"

"我们今天晚上来拿。"巴西勒说道。

"但凭天意。"这个女人疲惫地说道，一手拿着一杆步枪。

他们从外面的楼梯走下，进入一条后巷，周围是高墙，光线暗。到了交叉路口，巴西勒捏住贾米勒的脖子。接着，他转过身，耸着肩膀，朝自己兄弟家房子走去。

此刻，贾米勒除了背心里的一把小匕首，没有其他武器，他抄了一条最近的路穿过老城，很快就到了山上。他开始放松警惕。他想起了第一个人，那道模糊不清的影子，到死亡的那一刻，砰地扑到前面，手滑下来进入视线。他硬要想出这个人什么样：一个平庸的警官，穷凶的胡子，虽然还活着，但死期已到。接着，他再次感到了这一行为的简单快乐：瞄准，开枪，看到手落下来。直接命中目标

他母亲的卧室里烧过鼠尾草，气味浓烈。

"啊，哈比比。"她从靠椅上站起来，"孩子，回来了。"

"啊，孩子他妈。"乌姆·塔希尔从卧室里走出来，理了理下垂的胸脯上的长袍领子，"啊，他也在。来吧，哈比比，我们需要谈一谈。阿布·贾米勒呢？"

"他在睡觉，让他睡吧。"乌姆·贾米勒拍了拍手上的灰尘，这意思是说：他反正也帮不上我们的。她面带渴望的表情，转头看着儿子。

贾米勒一屁股坐到沙发上。他是他家族与这场斗争的沟通渠道；虽然他知道他有责任给他们解释，帮助他们，但这事让他觉得很累。家里的职责与外面的职责形成了对比，有时他也想，外面的职责还大得多，但他毫无怨言，可却反抗家里的小职责，仿佛面对母亲，他的心就只有一个方向，那就是反着干。

"我们需要谈一谈。"乌姆·塔希尔坐在对面，又把这话说了一遍。

"好吧。"贾米勒说道。

"是关于迈扎特的。"他母亲说道。

"我，"乌姆·塔希尔的手放到膝盖上，呼出一口气，"我去那家医院看了他。"

"嗯。"贾米勒说道。

"我不喜欢那家医院，"乌姆·塔希尔说道，"一点儿也不喜欢。哈比比，你肯帮我们吗？我们得把他弄出来。"

"我恐怕没法子帮什么忙。"

"我们需要更多的人。"他觉得伯祖母的动作态度变得很眼熟，她拉紧了白色的眉毛，手指仿佛要抓住她所说的每个字，这是谋划之人的态度，"我们从家里去的人越多，他们的感觉就越大。我们要坐两辆车去，法蒂玛也要来，你父亲也是——凡是能去的，我们都要。特别是男人。我们需要你。"

"在这些地方，这样是行不通的，"贾米勒说道，"如果他们觉得他危险，就不会放他出来。"

"但我们要试一试。"他母亲一边说，一边用力地点头。

"你们一开始就不应该把他送到那儿，"贾米勒说道，"你们应该让以巴路山的修女们照顾他。"

"我当时就是那样说的呢，"乌姆·贾米勒说道，"我们应该找一找谢赫。我们该用别的法子。我听说原因复杂，人发疯，原因是多样的，复杂的原因引来了神灵。"她握起一个拳头，拇指转来转去，"有爱，有悲伤。爱加上悲伤。悲伤加上惊吓。就像是做算数。一个人能承受的就那么多。商店着火，时机不对——伤心加上……"

"我们不找谢赫。"乌姆·塔希尔看上去不高兴，"他没有着魔。"

贾米勒几乎是微笑的样子。乌姆·塔希尔一直都是这家里迷信的那个人，但他母亲似乎赶超上来了。也许女人在走向被淘汰的路途中都要经过这一阶段，她们到了这个时候就会因为恐惧而喃喃自语，紧紧抓住那些小玩意儿，抓住古老的把戏，最后她们从中走出来，满头白发，变得理性，变得听天由命。

"我知道，贾米勒，"乌姆·塔希尔说道，"现在不是干这事的时候。你有其他需要考虑的事情。但是，想想吧。他是你的族弟。他是你的兄弟。他在那里受苦。"她的嘴巴张开了。她一只手捂住脸，咽下了之后的那些话。

"听着。"贾米勒沉重地说道，但他不知道自己接下来要说什么。

"我们要把他带出来，"他母亲说道，"等他好了，他就会成为战士。"

"妈妈，迈扎特永远也不会成为战士的。"电话铃响了，"给我一分钟。"

"巴西勒·穆拉德找贾米勒·卡迈勒。"接线员说道。

"我是贾米勒。"

"啊，哈比比，"巴西勒说道，"我们得出发了，阿纳巴塔到努尔沙姆斯的公路。准备好了没？阿布德·拉希姆·哈吉·穆罕默德领头。穆尼尔已经出发去拿枪了。"

贾米勒瞟了一眼他母亲和他伯祖母，她们正看着他呢。"我们说过的那件事呢，有消息吗？"

"是的。英国人叫援助去了——那些巡逻车去的方向。"

"阿纳巴塔，准确位置？"

"就在它前面。"

"我到你兄弟家与你见面。"他放下电话。

"你不要去。"他母亲说道。

"不要去哪儿?"

"战斗。你不要去。"

"妈妈,不要紧张。"

"他想要战斗,让他去吧。"乌姆·塔希尔说道。

"他是我儿子!"

"看一下呢,几点了?十一点。我回来吃晚餐。我保证。好吧?"

他母亲呻吟一声,一只手握成拳头,指关节在另一手的手掌里揉捏。"真主保佑你安全。真主保佑,真主保佑。"

贾米勒穿上外套,走了出去。

一般情况下,他都尽量避免去想迈扎特。那天,他发现族弟浑身发抖躺在瓦斯菲家书房的地板上;在汉尼面前,他一时流了泪。迈扎特整个冬天都在纳布卢斯的医院里,但他没有去探望过;上个月迈扎特被送到了伯利恒的医院,他也没去过。他也没计划要去。

过去十年来,他们的接触降到了最低值。迈扎特的消息大多都是乌姆·贾米勒和乌姆·塔希尔传递过来的,还有阿德尔·贾瓦里和其他认识迈扎特的活动家们;有时也有城里那些不太了解迈扎特,却要模仿他手势的人,他们略带嘲弄地称他为"巴黎人"。"我要去银行。"——迈扎特说银行的时候,用的是法语。到现在贾米勒的同事们依然还要说,顺带还要挥一下手。即便是从远处观察,贾米勒也认为迈扎特故意夸张了这种形象,就是为了好玩儿。他并不是这些笑话中的蠢货,而且即便脱离了"巴黎人"的形象,下面的那个人也不完全是他,而是他随意扮演的一个人。虽然如此,这些年来,听到族弟的名字,贾米勒还是觉得丢脸,觉得生气。自从叙利亚人站起来反抗法国托管后,纳布卢斯的那种崇敬之情已经慢慢变成了敌意。人人都知道，法国是帝国力量的毒瘤，在吸阿拉伯人的血。在纳布卢斯当巴黎人，就是与时代脱节，就是陷在了以前的殖民格局中，就是殖民对象想要模仿主子，仿佛想要在他们老袍子的褶子里找到一些残留下来的权力粉末。但迈扎特的情况并不是这样的，他似乎完全不知道他如此穿着打扮的深层次意义。他细致地叠好手帕塞进口袋里，用法语说"你可愿意?"。他们谈论政治，他眨巴眼睛，温和地表示赞同，然后我行我素，对领巾的图案爱不释手，背着妻子花重金从欧洲进口回来，这样的时候他肯定不是想要权力或是想要高人一等。

战争结束后，迈扎特刚从巴黎回来，贾米勒还记得他精力充沛，反应敏捷，观点清晰明了。法国改变了他，让他成了一个男人，完全不同于他们童年时期的那个腼腆学童。看到他讨论费萨尔和叙利亚问题的自然态度，纳布卢斯的很多人甚至推测迈扎特会步入政坛。迈扎特，一个政治家! 他回来不到一年的时间，却深陷自我，有人跟他说话都要吓他一跳；他们两人的关系也变得紧张，而且两人都没有想过要缓和。有一段时间，贾米勒非常思念他们少年时曾有的亲密，到了最后也很清楚了，那种共情是不可能恢复的。在人群中与族弟分开后，贾米勒的怨恨慢慢变成了鄙夷。

日头底下，他开始冒汗。从某种角度来说，纳布卢斯在造反，迈扎特住在疯人院，这也挺好。要不这个巴黎人如何能忍受穿上打补丁的裤子呢? 那个人哪里有勇气去面对他骨瘦如柴的孩子们和每个人眼中的饥饿和疲惫呢? 愤怒中，贾米勒疾步而行，他冷静地看待了一下他最后一个想法。不是每个人都可以成为战士的。迈扎特从医院回来后，他很有可能就像大多数人，还是应付得过来吧。

他溜进老城，顺着城墙走。最危险的愤怒就是对异类的愤怒。最近，大家对破坏罢工者的谴责到了狂热的程度：上个星期，一群八岁到十四岁的少年把一桶堆肥倒在了一个蔬菜商人的头上，打青了他的眼睛，又用石头把他砸成重伤。这个人的罪行呢？他们怀疑他想要破坏罢工。委员会建立了一套允许证人在众人面前作证的法庭。他们希望，在这样的劝说场景下，被告能够忠诚于这份事业；但他们更多的是想要安抚原告，想要万众一心，共同奋斗。如果不能妥善处理，这样的愤怒就会将他们埋葬。

贾米勒转过角落，朝穆尼尔·穆拉德家走去。他的脑海里浮现出迈扎特手里拿着信，坐在地板上的样子。他看到了迈扎特痛不欲生地瞪着眼睛。他感觉自己心中再次涌起了久违的深沉的爱，惊讶地发现自己的眼睛湿润了。穆尼尔开了门。

巴西勒在另一个房间里招呼他。

餐桌上放了一个松垮垮的皮革扣帆布包；还有一个小木头盒子，与两个有铜线的汽缸相连。

"我还没有收拾好东西。"巴西勒说道。

贾米勒双手举起那枚炸弹。上个星期在电影院，一个从大马士革来的专家帮他们组装了这个炸弹，零件是放在蔬菜车后面偷运过来的。巴西勒打开帆布包的扣子，贾米勒把盒子放进去，然后举起背包，背上。虽然知道导火索要点燃了，炸弹才会爆炸，但这东西一压到背上，他就担心得胃里一缩。巴西勒递过来一把步枪，一个装子弹的布包。

"大白天的，你就去拿了？"贾米勒看了看枪膛，填进去三枚子弹。

"他们都到山里去了，"巴西勒说道，"说真的，如果不是需要我们去，我们真应该去夺了体育俱乐部。"

"穆尼尔，你来吗？"

"下次吧，伙计们，下次吧。"

他们半个小时就到了扎瓦塔。烤干的街道上，四位战士跑了上来，问候他们。其中有两个年龄还小，没有胡子。一个年纪大一点的瘦子，只拿了一根棍子。问候之后，没人说话。远处传来机关枪苍白的隆隆声，还看得到腾起来的灰色烟雾。

"我来背一会儿吧，"巴西勒说道，他看到年轻的两个人转过头来，"不用等我们。"

巴西勒背上帆布包，拇指扣在背带下面，他们再次迈开步子，靴子踩在泥土地上，喳喳作响。那四个人的身影已经远去，他们前方的街道蜿蜒进入了村子的主广场，还有一半的路就到山边战场。两位勇士骑着嘶鸣的马儿从他们身边一跃而过，马蹄声打破了沉默，枪声更密集了。村子边上，农妇在井边往水罐里装水。这三个农妇鞠了一躬，水罐在肩上晃荡，他们排成一行，一声不吭地走在路上，穿过了村子，看到了浅浅的盆地，后面是干河床，他们灵巧地踏着岩石走了过去。轰隆隆的枪声变成了一声声的枪响和叫喊声。他们端上步枪，开始爬山。

爬了一段路，巴西勒脚下一滑，喘着粗气抓住了一丛灌木。贾米勒伸出手抓他的胳膊，心悬在嗓子眼，留神不去碰背包；巴西勒站稳了脚，听到前面传来树枝的哗哗声。只见一个人朝他们疾步跑下来，他身着土耳其军装，衣服上满是奖章。他挥舞胳膊，一个女人叫了起来："真主呀!"他脸上鲜血直淌：一只耳朵被炸飞了。他们闪开，让他通过。脆生生的枪声从山那边传来。

他们到了山顶。起义军卧在岩石后面，顺着陡峭的山谷往下开枪；有些人在扔石头。贾米勒一个俯冲，躲进一个小壕沟；壕沟周围都是灌木，他脸挨着地面，抬眼查看。

硝烟笼罩，大约在下面十米的距离，山谷中用石头垒成的路障拦下了对方车队。刘易斯机枪架在最前面的车上，没有动静，想来是没了弹药，也有可能是枪手被打趴下了；但有人在车窗后面交替向他们开火。三辆军车后面是火力保护下的民用车，因为山谷蜿蜒，他看不到车队的尽头。贾米勒在勇气之下感到了恐惧的热度。他用手分开面前的干灌木，找位置躺好，在壕沟上面的一块岩石下找了一处缝隙，架好枪。他对准第二辆车的车窗。上膛，开火。再上膛，开火。他不知道子弹是否命中了目标。后面传来一声尖叫，有人从他左边跑过，一块石头落在了一辆车的车顶。对方火力回击，那人往后逃窜，一个趔趄，突然痛苦地吼叫起来。

贾米勒装上子弹，对准另一个窗口。对面的山谷中，一架机关枪的枪口抬了起来。一辆坦克慢慢进入了视线。震耳欲聋的呼啸声连续不断地响起，他们这边的山顶上立刻尘土滚滚。贾米勒一个翻身，缩成一团躺在壕沟里。哪儿也看不到巴西勒的人影。其他人都收起腿，贴在地面上。有鲜血溅出来，染红了岩石，湿润了泥土。附近的一个人，大腿受了伤，还在继续射击；他的旁边躺了一个死人，另一个人躺在下面一点的地方，就要死了。一个没戴头巾的女人跌跌撞撞地爬上来，抓住那个人的两只脚，拽着他往斜坡下走。那人还没有死，高声叫道："啊！啊！"

一架军用飞机飞来飞去，炸弹轰鸣，大地震动，贾米勒往前一翻。他的头撞到岩石上，剧烈的疼痛从上而下，覆盖了整个头颅。他看见了巴西勒。巴西勒的手松松地抓着步枪，背包放在身边的地上，镜片上全是土，他的嘴唇在动，在祈祷。

"去那边！"贾米勒尖声叫道，手指着一堆没人的岩石，"用枪！炸弹——小心——"

山谷中有人发现了他们，朝他们方向的火力增加了；贾米勒用脚蹬土，力求身体平铺在地面上，同时摆出射击的姿势。他的愤怒在燃烧，他愿意这样。他觉得双手有力了。又来一枚炸弹，落在下方一点的地方，砂土扑面而来。他停下来用手指抹眼睛，又用衬衣抹了抹。更多的起义军从后面冲上来，新生力量。

"喝吧！"一个声音说道。

他小心翼翼转过头。树丛中，一个和他母亲年纪差不多的女人拿着一罐子水。

"回去！"

"勇气！"她大声叫道。

"回去！"

一个有胡子的战士出现在她身后，豪情壮志地背着三个子弹布袋，腰间还扎了一圈子弹带。他身体一缩，牢牢地蹲在几英尺远的地方，开始快速朝下射击，不断地朝卡宾枪里装子弹。

贾米勒调整了一下膝盖跪在地上的位置，脚趾头蹬在石头上，另一条腿弯曲，步枪顶在肩头。他调整枪头，对准另一辆军车的挡风玻璃，这辆军车上面有一架机枪；他扣动了扳机。子弹呼啸而下；上膛，再次射击；上膛，射击。一个年龄大一些的男人拿着一把剑从他身边经过，冲下斜坡，冲向死亡；他举着剑，在头顶上挥舞，就像是在先知诞辰日上的信徒。贾米勒目睹这一幕，心生怜悯，喃喃地求神保佑。他伸手往布口袋里掏子弹，只剩下两颗。

"分一些子弹给我！"他对着旁边那位大声叫道。

那人没有听见。三个子弹袋自然是不少，但看起来他像是要全部用光的意思。巴西勒已经挪到了那堆岩石后面，终于在射击了。装炸弹的那个帆布包却不见了踪影。

"巴西勒！"贾米勒叫道。他的勇气在飞快消失中。对面的山顶出现了第二辆坦克。他张开手指，抓住一块石头，朝车队扔去。石头落在了路边的灌木丛中。他浑身发抖，趴在了石头后面。

今天将是他的死期。他必须像其他那些牺牲的农民一样，手拿棍子朝山谷跑去。他对着地面大吼一声。他的嘴唇上全是沙粒，嗓子眼很痛。枪声在他腹腔中回荡。他很想站起来，跑掉。等跑到斜坡下面，面对那些等待在那儿的女人们，他该说些什么呢？他的子弹用光了？她们就会说："勇气！"勇气就是拿石头砸大炮。勇气就是要赤手空拳地跑下山谷。

"巴西勒！"他又绝望地叫了一声。

巴西勒抬起眼睛。他看到了贾米勒，伸出胳膊一挥。帆布包出现在他的膝盖处，在不暴露自己的情况下，他尽量把帆布包往贾米勒这边推。他聚精会神，脸上绽放出光彩。贾米勒压低嗓音，低吼一声，翻身滚进了没有遮挡的区域。他把帆布包拉回角落，打开扣子。他跪在地上，拉出塞在角落上方的导火索。他双手哆哆嗦嗦地在口袋里掏火柴。他点燃导火索，站起来，开始助跑，猛然往下扔出了他的礼物。这个冒烟的盒子在空中旋转着朝车队飞去，他扑倒在地面。

爆裂的轰鸣声。气浪袭来，栅栏状车头和人字形图案轮胎的前车腾空而起，这第一辆车的车顶被抬了起来，第二辆车也跟着腾起。热浪席卷山谷，接着就是浓烟。引擎燃了起来。云雾状的小细渣滓从天而降，贾米勒遮住脸。他等着这一波爆炸过去。接着，在烟尘中，他大声叫道："巴西勒，我没子弹了！"

山谷中，一个士兵想要从炸毁的车中逃出来，巴西勒正对着他射击。他的眼镜沾满了尘烟，抹上了一道道的指痕。贾米勒爬过去，抓住了他的胳膊。

"等你的子弹打光了，一起来，"他说道，"我没子弹了。我——我——"

"我还有，"巴西勒说道，"拿——"

"不，不。"

巴西勒目不转睛地盯着他。"我明白，"他说道，"去吧。"

贾米勒的前方烟尘弥漫，看不太清楚。他不是一个人；一路上，三个人从他身边经过，穿过灌木丛，朝公路跑去。他走上斜坡，突然背部一阵剧痛，他一下站不稳，喘不过气来，斜靠在一棵树上。他伸手去摸左边肩膀，摸到外套和衬衣上一个口子。一块皮肤露了出来，伤口很疼。他的手指湿了，一看，红色的。肩膀动起来没有问题，中弹了，但只是擦伤，他转了转肩膀，继续往前走。树林越来越稀，听到女人们的声音，他吓了一跳，抓住了自己的胳膊。他身体一缩，摆出了一张痛苦沮丧的面孔。这是一张面具，是要表演痛苦。但与此同时，朝着脚步前进的方向，他真真切切地感到了恐惧。今天不行。不，今天不行，在战场上赤手空拳地死，不行。死在这里是浪费。他不仅仅是战士，还有别的地方需要他。他是重要的一环。他抓住自己的胳膊。他的左手已经麻木了。

两个女人正要把一个浑身是血的男人抬起来。看到那身土耳其军装，贾米勒停住了脚步。他之前看见过这个人。耳朵被打飞了，头发和头巾染满了血。

"阿布·拉米，阿布·拉米。"一个女人哀号道。她紧紧抓住这个男人肩膀处的衣服，"我认识他的女儿们。他是个好人。"

"你们村子的？"贾米勒说道。

"是的，是的。"

"为什么穿这身军装？"

"他们给他的。"她说道。仿佛这一句话让她清醒过来一样，她松开了手，不再抓着这人的衣服不放。

"我想——我想他是牺牲了。"那个年轻一些的女人说道。她伸手打开这个男人的手枪皮套，掏出一把重重的手枪。很老的一把枪，银色的枪筒，木头枪柄。

贾米勒看着这个死人。血污的嘴巴张着，眼睛痛苦地闭着。贾米勒像懦夫一样感到了寒意，嗓子眼一阵恶心。死得其所，就是这个样子的。可怜的阿布·拉米。耳朵被打掉了，几乎露出了脑子。那么多血，淌进了泥土里——山顶上肯定有什么东西蒙蔽了贾米勒的双眼，在这样的鲜血中，他不再看得见应该看见的东西。在那红色的污泥中，这一举动的崇高在哪里？为了祖国，为了天国的回报而勇敢奋战，信仰的双重含义在哪里？他只看得到丑陋的污泥，看得到一具肮脏的肉体。他厌恶自己。突然他想要活下去的美好愿望显得很可疑。

"真主保佑。"他说道。喉咙发出的声音，很混浊。

"真主保佑。"年纪大一点的女人重复道。

是什么让他优于这个倒霉的农民？这个农民是因为码头没有工作才入伍的，或者只是个简单的农民，响应了行动起来的口号，就像是这些女人一样，秉着自我牺牲的精神与同胞团结起来。贾米勒并不比他们优越，只是因为傲慢，他才有了这种感觉。恰恰相反，阿布·拉米比他纯粹得多，他，贾米勒·卡迈勒，成长在奥斯曼帝国的精致环境里，身上有污点。

"拿上他的武器，拿上他的子弹。"年纪大的女人一边说，一边拿起那个男人的步枪。泪水冲刷过的眼睛，闪闪发亮，"拿上它们。去吧，去吧，回去战斗，去吧。"

"啊——但是，你在流血。"年轻的女人说道。

"没事。"贾米勒掂了掂他手里的武器，看了看皮革带子里的子弹，"只是擦伤。谢谢。真主保佑你平安。"

他转身，重新往坡上走去。一个男人手里拿着棍子，伴随着来自肺腑深处的吼叫声，从他身边冲了上去。贾米勒知道那个声音。那是愤怒的声音，用来淹没恐惧的。

巴西勒看到贾米勒的时候，亲热地碰了碰他的胳膊。贾米勒开始扣动那个死人的枪。但是，不一会儿，一位指挥官带来消息说他们被坦克包围，现在该躲起来了。贾米勒和巴西勒跟着其他幸存者穿过山坡，朝着一个山洞走去。他们喝着罐子里的水，洗脸洗伤口，等着夜幕降临。贾米勒坐在边上放了一会儿哨，战斗的狂热渐渐褪去，他蹲坐在脚上，想着迈扎特。他觉得胳膊沉甸甸的，就像是把迈扎特搀扶到车里一样的感觉，当时汉尼神情严肃地问他，能不能读懂法文。

"以前读得懂。"他回答道。汉尼几乎是带着歉意的表情，把迈扎特的那封信和信封折起来，塞进了他自己胸前的口袋里。

贾米勒大概想得出那封信写的是什么。他并不觉得好奇。一部分原因是他觉得无论写的是什么，他都翻译不过来；但大部分原因是因为族弟的抽泣声灌满了他的耳朵，那一刻除了感受到无能和恐惧，再也没有给任何感觉留下余地。他咬紧牙关，抬眼看树。日头西斜，天色渐晚，寒起风涌，树影晃动。

8

萨拉芬德的拘留营在现役英军卫戍军营的一个角落，是改建而成的。牢房是一排沥青屋顶的木头营房，外面是高高的带钩铁丝网围墙。汉尼刚刚被抓进去的时候，营房里只有五张行军床上有人。夏季一天天地过去，越来越多的高级人员被捕，一张张的床铺上都有了人。等到了炎热的八月，每间牢房都挤满了人，在密不透风的夜晚，他们肩并肩地打鼾睡觉，全都是煽动暴力的罪名。每天几次，营房门大开，两三个士兵大步走进去，点名登记。但点名的间隙全无规律，似乎旨在撞上被拘留者"大量聚集"的行为；拘留所反复告知被拘留者，聚集有违营地的规矩。

按照汉尼的要求，萨哈尔给他送去了白色的头巾和白色的长袍，城市来的被拘留者都如此穿着，以表示与起义者团结一致。他留起了长胡须，营房的木头墙和带钩铁丝网之间有一小块土地，他们戏称为"花园"，汉尼每天或是坐在花园的一张折叠椅上，或是在光影交替间，拖着脚步沿着营房周围打转，以此打发时间。营房里唯一的书桌归他们中最年长者专用——来自雅法的胡萨姆·阿方提。日子一天天过去，其他人帮着胡萨姆·阿方提搬桌子，连带着桌子上的书和文件躲太阳。其他人都是把《古兰经》放在膝盖上，靠在上面写信。他们从来不提单调沉闷的事情。有时，他们目光相对，并不是往常的如释重负之感，而是彼此默默地传达相同的沉闷和挥之不去的忧愁。在此期间，他们知道起义军组织起来了，叙利亚来的军事领导者穿着奥斯曼帝国服饰，建立了地方指挥，在山区成立了审判叛徒的法庭。但是，每个人都有他自己的战场，这就是他们的战斗：一样的平淡食物，一样的高墙，一样的疲惫面孔，祈祷时一样闭着的眼睛，一样的嘴唇，一样祈祷耐心。

汉尼每天除了读经，就是看报纸和写信，写给妻子、朋友、同事，还有英国政府官员。他知道自己写的所有东西，监狱军官都会过目，于是他利用这一机会，在不招惹进一步惩罚的前提下，在信中写下一些嘲讽文字。

阿齐扎·萨哈尔：

我真是不敢相信，因为你，我才有了要证明自己被捕为非法行为的想法。在你的来信中，你说道——"你认为你被拘留，但事实上你是被关了起来。"一开始，我是惊讶，但现在我承认自己事实上是被关进了监狱，并不是被捕或被拘；如果是被拘，拘留也就是上法庭之前的那段时间。有了这一想法，我立刻进而想到，事实上，无论是军队长官，还是高级专员，他们都没有送人进监狱的权利。无论是何种情况，我们大约五十人的拘留在这月的22日或23日也该结束，但我不知道当局是否会更新拘留期限，对此，我们只能拭目以待。无论是何种结果，我都不会惊讶的——这里的一切都是侮辱。

虽然八月的热气还没有退去，空气中已有了秋天的萧瑟气息；太阳似乎总是快要落下去的样子。汉尼开始给雅法的一家报纸写公开信，用一种更为正规的方式发泄他的郁闷。他在萨拉芬德有很多时间思考，他一直在想，英国人冠名的技能真是非常娴熟：他们轰炸了雅法，却称之为"城市重建"；他们逮捕的是民族主义者，却呼之为"罪犯"。自然而然，众所周知，巴勒斯坦人绝大部分都是穆斯林。自从他们宣布要军事管制，增援部队是数以千计来到雅法。除了他的想法，除了手里的这支笔，汉尼没有别的武器可驱使，这也许就是他要进行的另一场战斗。每天中午，他们吃的是无味的面包和番茄调味汁，晚上是米饭和肉汁；两餐之间，汉尼就用阿拉伯文心平气和地撰写评论文章，从法律档案和阿拉伯传统修辞中借用词汇，尽数英国人最不公平的行为。

一天下午，他正在花园里写着一封这样的公开信，谈论的是囚犯和被拘留者之间的不同。他在查看萨哈尔的来信寻找灵感，这时他抬起头，正好从旁边营房墙上的小洞看到了一行排队前进的阿拉伯人，他们的手都放在身后。就在那一瞬间，汉尼看到并且认出了阿布德·哈米德·舒曼那结实的小个头和明亮的眼睛，他发出了一声呻吟。

"怎么了？"胡萨姆·阿方提，手从书桌上拿了下来。

"他们抓了舒曼。"汉尼说道。最后一个士兵从墙后消失了，只看得见灰尘弥漫。

阿布德·哈米德·舒曼是阿拉伯银行的创始人，也是罢工基金委员会的秘书。汉尼所在营房的被拘者经常互相安慰，说像汉尼这样的"组织者"，英国人想怎么切割就怎么切割，对他们的斗争并没有明显的影响。只要革命的精神深入农民的心中，那就是扑不灭的。但现在看起来，他们终于对金库下手了。不得不说，这一步走得妙。

然而，阿布德·哈米德似乎情绪很饱满。活动时间，他看到汉尼，咧嘴一笑，亲吻脸颊四下，随意地询问有没有什么消息，仿佛他们是在街上偶然碰到一样。接着，他精神抖擞地一个转身，朝着一个看守走去。阳光炙烤大地。汉尼看着，他们似乎在大笑。那个看守对另一个看守说了句什么，接着来了第四个人。过了几分钟，阿布德·哈米德交谈完毕，手里拿着一个足球出现了。

"你拿这东西干什么？"汉尼说道。

"大家都来吧。"阿布德·哈米德说道。

整个院子里的人都抬起了脑袋。

"我要两支球队。"

就这样，阿布德·哈米德的到来开启了拘留营的奇特阶段，无论何时都可以看到至少有十四个人在场上踢足球，他做裁判。

汉尼没有参加这些比赛。他时不时地会坐在一边观看，但更多的时候他是利用大家都在场地上的机会，好好利用花园的宁静时间。八月中旬的一天，他正在给报纸写关于军事管制的公开信，感到牙疼得厉害。

他以为是肌肉损伤。但一个下午过去后，疼痛集中在了三颗牙齿上，而且这三颗牙周围的牙龈发炎肿胀起来，到了晚餐的时候，他不得已，只能用另一边的牙齿吃东西。医疗点的医生给了他一包盐，让他用盐水漱口，但每个小时漱口一次也不能缓解症状。接下来的两三天，他咬东西都不能完全闭上嘴，汉尼觉得自己看起来就像是餐桌边的一条狗，心中不悦。

"请求特许吧。"坐在餐桌对面的胡萨姆·阿方提突然说道。

汉尼放下抓着脑袋的手，他并不知道胡萨姆在盯着他看。

"去雅法，"胡萨姆继续说道，"我认识一个非常优秀的牙科医生。希腊人。"

"真主保佑你。"汉尼说道。他清了清嗓子，"也许我会请求的。"

"问一问吧。"胡萨姆把放在头上的眼镜拉下来，架在鼻子上，"请求一下，又没有害处。"

汉尼看了一眼他的报纸。"有胜于他人的耐心，"他轻声说道，"坚定决心，追随真主，胜利就在前方。"

请求一下真没害处吗？汉尼不想请求。他怀疑这并不是明智之举，如果心存疑虑，就不能做。接下来两天，整个下巴都疼了起来，又赔进去两颗牙齿。他想着牙疼这件事，想着自己不愿意请求看牙医，再也没精力想别的。他觉得，自己犹豫并非是害怕被拒绝，而是不愿意先于其他拘留者离开这里，破坏团结的事情，就不能做，这又是他必须打的一仗。牙疼固然很折磨人，因为牙疼而请求特许，其中有些丢人的意味。

"穆拉德先生。"

"嗯？"

"有人来看你。"

有客来访的情况太少了，一开始汉尼觉得他们肯定是给他找了个牙医，感觉松了一口气。士兵穿着军装，佩带武器，咔咔咔地走在前面；汉尼身着白色长袍，脚穿便鞋走在后面，没有声音。

另一个营房的门口六个士兵立正站立。汉尼埋下脑袋，走进营房，眼睛适应了暗光，他看到两个人坐着，旁边还有一张空着的椅子。第一个人站了起来，笨重的身躯，大大的眼睛；此人是埃利亚斯·达尔维什，起义的外交领导事务负责人之一，汉尼的同事。汉尼凑过去，亲吻了他的朋友。除了活动时间，他很少看到达尔维什，而放风的时候也没有时间交谈，或者说不能私下交谈。作为两大"元凶"，英国人特地把他们分别关押在营地的两侧，各在一边。

"尊敬的汉尼！"另一个穿着西装外套的人说道。此人是伊拉克的外长努里·赛义德。

"努里。"汉尼走上前去，握手，亲吻一下，"很长时间没有见到你。我听说你在耶路撒冷。怎么样，你还好吧？你一点儿也没变。"

是没有怎么变，只是自从上次在巴格达见面后，努里·赛义德长胖了不少，腰也粗了，下巴也长圆了；他面带微笑表示欢迎，下巴挤出了一个拱门的形状。但是，他卷发的分头发型还在，两鬓已经灰白，耳朵露在外面。他戴着一条深蓝色的针织领带。

"欢迎，欢迎，"他说道，"请坐，请坐。"

达尔维什对着看守闷声闷气地说了一句："请出去吧。"

努里双手合拢，给汉尼递了个眼神。汉尼认识这个人差不多二十年了。早在战争期间，在反抗奥斯曼人的起义中，努里就开始了他的政治生涯。那之后，他一直都是费萨尔的人，一开始是在巴黎和会上，后来在大马士革，然后又到了伊拉克。他和汉尼是在巴黎和会上认识的。

"伊拉克人民很是绝望，"努里往上拉了一下裤腿，坐了下来，平稳地说道，"沙特阿拉伯也是如此，约旦河外也是。巴勒斯坦的局势让我们很是不安。"

汉尼有一种强烈的感觉，他觉得自己听到的是一份准备好的演讲稿，也许讲了三四次了吧。

"我心系阿拉伯兄弟情谊，"努里继续说道，"考虑到巴勒斯坦和伊拉克的民族关系，考虑到伊拉克和英国政府的友谊，与他们的国王陛下达成协议，我们寻求解决巴勒斯坦问题。我们会照顾你们的。英国人想尽快建立皇家委员会来调查原因——"

"不停止移民，"达尔维什低沉地说道，"我们不能停止罢工。这是第一条件。"

"当然，"努里弹了弹领结说道，"嗯，六月的时候，我与魏茨曼[1]谈过。是的，我与他谈过。他说锡安主义者用一年的时间，停止移民。是在六月说的。"

达尔维什依然面无表情。

"你确定？"汉尼说道。

"是的，我确定。"

---

1 这里指的是哈伊姆·魏茨曼（Chaim Azriel Weizmann，1874—1952），出生在俄罗斯的英国犹太裔化学家、锡安运动政治家，曾任世界锡安主义组织会长，第一任以色列总统（1949—1952）。

"他说一年的时间，停止移民。"汉尼说道。

"他说他们愿意考虑。"

"好了，这就是区别，"达尔维什说道，"愿意考虑。"

"你们看，"努里坐在椅子上，身体前倾，"你们总得在某个时候停止暴力活动。不可能永远持续下去的。我知道，我知道，秋收就在眼前。英国人把你们的重要人物已经抓来不少，现在起义军的供给已成问题。听我说，汉尼，你听我说。"

汉尼的下巴一阵阵地抽痛。

"他们会赢的，"努里说道，"不管是哪种方式，他们总会赢的。你不知道吗？你们在纳布卢斯周围的那点蓄势待发的武装力量，算不上军队。不是真正的军队。但是，如果你们现在走出去，如果在没有强迫的情况下，你们*欣然*宣布罢工结束，你们就能告诉你们的人，就能告诉巴勒斯坦，你们*有所*收获，你们在皇家委员会到达之前停止了移民，你们就会成为英雄。"

达尔维什的面孔绷紧了，一脸怒气。

"如果我们停止了罢工，"汉尼说道，"他们没有停下移民的脚步，起义军真的会杀了我们。我对此确定无疑。"他握住自己的下巴，"我们不能屈服。努里。"

"你还好吧？"

"没什么。牙齿，牙痛。"

"他们这儿肯定有医生吧。"

汉尼挥了一下手。

"人们在受苦，"达尔维什突然说道，"这是事实。"

汉尼惊讶地看着他。

"什么？"他说道。

达尔维什抬眼看着汉尼，脸上几乎是抱歉的表情。他微妙地说道："六个月的全面罢工。完全没有生产活动……"他举起双手，"有一点，努里的确是说到了。这没法再持续下去。也许我们应该——利用这些条件。尽我们所能，扭转局势，以适应斗争。"

汉尼立刻明白他误读了达尔维什的怒容。之前，他以为达尔维什是难以置信，是愤怒，但事实上恰恰相反。之前，他从未听到达尔维什表达出这样的疑虑；他反倒觉得萨拉芬德的每个人都明白，他们都在为了更大的事情做出牺牲，他们永远不会后退，他们必须团结一致。正是为了这一原因，汉尼才决定不去看牙医。但现在看着他的同事，他感觉气往上涌，准确而言，并不是愤怒，而像是警觉。他突然想到，当然了，因为他们都在不同的营房里，不同寝室的人会在反应、观点修正和目的上出现差异。各个击破，这就是策略。他意识到努里和达尔维什在等待他的同意，心里咯噔了一声。他心想，也许在他到达之前，达尔维什已经同意了努里的计划。

"这样做，你有什么好处？"他让自己带了一些鄙视的口吻对努里说道。

努里眨巴了一下眼睛。"这是我的责任，我的责任感，我的阿拉伯——但你说我有什么好处，什么意思呢？"

汉尼扬起一边眉毛，准备语言的武器。即便他最终必须接受这一方案来结束罢工，他至少必须试探一下努里的德行才能认输；现在他觉得努里的德行很是可疑。可是，他正要张口指责努里，下巴突然感到疼痛得难以忍受，他身体往前一埋，手捂住了腮帮子。

"没事吧。"达尔维什说道。

"你听我说。"努里说道。听着他的声音，汉尼知道他在微笑，"来耶路撒冷开会吧。下个星期。尊敬的汉尼，我们把你从这里弄出去。我们让你回家与妻子团聚。我们给你找牙医。"

迈扎特看到阿布·贾米勒和贾米勒站在他的床脚，两人都穿着西装，打着领带，他以为自己出现了幻觉。

自从上次与亨里克发生那件事后，他就被降级，送入了急症病房；在这里，除了要忍受噪音，还要时刻警惕自己出现幻觉。他推断出亨里克手里的怀表是幻影，但并不是根据这件事本身的逻辑推断的，而是根据梦境的内在逻辑：他明白让内特的身影不可能是真的；如果那不是真的，*那个*也不可能是真的。因此，他看到族伯父和族兄，心里一沉：他本来认定自己在好转的。接着，他注意到阿布·贾米勒比以前胖了，蓄上了灰色的大胡子。贾米勒比以前瘦，头发抹了发油，往后梳。他盯着迈扎特看。

"对不起，先生，"一位英国护士说道，"你们不能在这里。"

"她说什么？"阿布·贾米勒说道。

贾米勒耸了耸肩。

"迈扎特，她说什么？"

迈扎特咧嘴一笑，他忍不住要笑。他用沙哑的声音说道："你们不能在这儿。"他数日没有说话了。

"禁止的，"一位巴勒斯坦护士大步走来，"你们必须立刻离开。"

"这是我侄儿。这个。我们要带他走。"

"不行。"

"不行，你什么意思？"

"他是病人，他……"她的声音变小了。

"疯子！"阿布·贾米勒手放在嘴边，张开手指，这两个字脱口而出，仿佛是把这个词扔在她身上一样，"你是个女疯子！"

又来了三个护士和两个穿制服的男人。贾米勒看着迈扎特的眼睛，眨了眨，接着这群工作人员就护送贾米勒和父亲出去。然而，还是听得到阿布·贾米勒在过道里发出的声音，显然他们是在闹事。被单发出一阵阵窸窸窣窣的声音，这说明其他病人转身在听。迈扎特的心跳起来，他觉得他听到了瓦斯菲的声音，然后是乌姆·贾米勒细细的唠叨声，接下来是提塔的哀号，不会错的，是她夸张的哀号声。那之后，沉默。迈扎特右边的病人询问地看了他一眼。天花板压了下来。迈扎特伸出手，抓住空气。

"穿上你的拖鞋。"

是护士长。她站在迈扎特的床边。这个角度看过去，她的下巴好大，她黑色的鼻孔也好大。

"听到没，起来。"

迈扎特放松自己，坐了起来，下床跟着她走出病房。

阿布·贾米勒、贾米勒、瓦斯菲站在过道的尽头。瓦斯菲戴着一条鲜红的领带。迈扎特进来的时候，他们站得笔直。阿布·贾米勒在喘气："嗬嗬。"贾米勒张开嘴，深吸一口气，咧嘴笑了；瓦斯菲在空中挥拳。两个戴面纱的女人站在他们旁边——提塔和乌姆·贾米勒。提塔朝迈扎特冲过来，露出了后面站着的第三个女人。

"好了，我们同意转院，"护士长说道，"请你们所有人离开这里。带他去换衣服的地方。"

"法蒂玛。"迈扎特说道。

法蒂玛慢慢举起了胳膊。但提塔已经伸出了手，拇指在他脸颊上拂过。"你的妻子非常聪明，"她轻声说道，"阿布·贾米勒，把包给我。外套、衬衣、袜子、鞋、领带。去吧，哈比比，穿上你的衣服。"迈扎特朝着妻子走去，提塔拍了拍他的胳膊，"你之后再见她。去吧。"

护士带他去了一个小房间，里面有一张窄窄的医疗床，一面墙上是十字架，另一面墙上是一张数字表格。一把椅子和一个玻璃前挡的柜子中间有一面长长的镜子，上面斑斑点点；他看到窗户下面有一个天平秤。门闩咔嗒一声。他刚到的时候，他们就是在这个房间里给他称了体重。他在这里交出了自己的衣服。他记得这个铺有床单的薄床垫，他把自己的裤子放在上面，摆好了袜子。他朝镜子望去，看到了一个头发长长、没有刮胡子的枯瘦男人，一身绿色的袍子，多毛的胳膊和脚踝露在外面。在反光的窗户上，看得到一段空荡荡的公路。

"阿布·塔希尔。"

门开了。还没有看到法蒂玛，他就闻到了法蒂玛的气息，那是他们家的气息。她没有动弹，迈扎特抓住她的胳膊，拉她走过门槛。

"请吧，"他说道，"坐下吧。"

她没有坐下。迈扎特松开了手，她就站在那地方，盯着墙上的表格。她的眼睛很大，闪闪发亮。

"请取下来，"迈扎特说道，"让我看看你。"

有那么一瞬间，迈扎特觉得她会拒绝。接着，她手轻轻动一动，面纱从太阳穴上滑落，她走进光亮中。他本以为会看到恐惧的表情，可看到的是一张包含痛苦的脸；虽然没有看到泪水，眼睛周围的肌肉非常紧张，她肯定是在强忍中。

"商店怎么样？"他最终说道，然后遗憾地听到了自己带着伤口的声音。

法蒂玛用双手捂住了眼睛，手成锥形，就像是一对翅膀，天气太热，手背上青筋暴露。迈扎特握住她的一只手腕，她的身体跟了上来，挤在迈扎特的胸前。

"哦，不，不哭。"迈扎特一边说，一边触摸她发抖的头发。

她站直了，用食指关节抹了抹眼睛。"你得穿衣服了。"

"我想你，"迈扎特说道，"你为什么从来不到这儿来看我？"

外面车轮的声音盖过了他后半句话，但法蒂玛是听到了的。她也不想掩盖自己突然像孩子一样僵住的面孔。迈扎特伸开指头，展开双手，仿佛是要抓住什么，或是拥抱，或者是想要够着法蒂玛，想找一个词来抵消他刚才说的话。法蒂玛激动的情绪逐渐平静下去。她看起来很疲惫，处于紧绷的状态，仿佛有话要说的样子。但她什么都没有说，弯下腰，打开背包的扣子。她把迈扎特的袜带放在床垫上，抽出一只深蓝色的袜子，蹲在了他的脚边。

"来吧。"她对迈扎特挥了挥袜子，他拉起袍子。松紧带绑在了小腿上，她拿起第二只袜子。接着，裤子。她手里拿着裤子，裤子的前裆开着，裤腿打开，拖在地板上。迈扎特一只手放在她肩膀上，把腿放进裤腿里，踏在石板上；她帮着理好脚踝处的裤腿。她脱下迈扎特的袍子，帮他穿上一件衬衣，从下往上扣好扣子。她让迈扎特自己系皮带。迈扎特的右边胳膊塞进外套里，正在穿上左边的袖子；她一边解开迈扎特鞋子的绑带，拉出鞋舌，一边说道："你要领带不？"

迈扎特轻轻笑了起来。这之前，法蒂玛从来没有给他穿过衣服。真是好笑，这令人窒息的沉默平息得如此迅速；重新得到的陪伴是无言的指责——这之前，他任凭法蒂玛从他脑海中飘逝。他脚一塞，穿上皮鞋。好了，第一次感到了放松的微风。他要离开这个地方了。

但是，看到法蒂玛卷起他的病号服，想到就要离开，他淹没在了一种实实在在的、矛盾的、强烈的失落感中。那种病毒的某种残留肯定幸存在他体内，即便此刻也在用另一个女人的失忆诱惑引诱他。他就像是在一张冰冷的床上醒来，支离破碎的梦境正在消失之中，他渴望抓住这个梦，但他也是明白的，他所渴望的是他内心的一部分。虚妄的诱惑，一团鬼火，然而，然而在病房中看到的那个她，他的手触摸到了让内特活生生的肩膀，那种真实的感觉，她的声音，她的呼吸，如果这是幻觉，那这样的幻觉就是天堂。他的另一只脚也往鞋子里一塞，随着一声响，他悬起的心放了下去，他感到了自己升上顶峰的回响。

他看着妻子拿着领带走了过来；她把两端拿在手里，打了个结，要绕在他脖子上。镜子里面是一个穿着西装的男人，形容枯槁，苍白的手指下面露出了衬衣的银色扣子。他埋下头，法蒂玛把领带套在他的脖子上。头这样一动，仿佛打破了耳朵里液体的平衡，铜钟的声音响彻耳膜。他猛地抬起头，看着法蒂玛的眼睛。

"你听得到吗？"

"听得到什么？"

"钟声。"他轻轻说道。

她皱起眉头。"是的，我能听到钟声，"她说道，"伯利恒到处都是钟声。"

她再次伸出手，把领带整理到他的衣领下面。他倒吸一口气，抓住了法蒂玛的两只手——两只软软的，小小的，润润的手；他分开这两只手，满手心地亲吻。

"谢谢，谢谢。"

"不要这样！"法蒂玛说道。但她的手指顺从于迈扎特的嘴唇，她在笑。

贾米勒开车，比平时开得快；瓦斯菲从挡风玻璃望出去，盯着有没有英国军车。乌姆·贾米勒和阿布·贾米勒不是同时到达的。（"你还好吧？"瓦斯菲说道。"你婶婶是狐狸眼睛。"阿布·贾米勒说道。）法蒂玛坐在瓦斯菲后面，迈扎特握着她的手坐在中间，提塔坐在他的另一侧。

"汉尼是好意。"提塔拉了拉裙子，掖在两腿之间，放好脚。"但他怎么会知道呢？他要考虑的事情也多。但是你们看，迈扎特没有疯，不是吗？是不是，哈比比？只是伤心。"

"是的，我只是伤心。"

"好，好。"提塔说道。她朝窗外望去，"可怕的地方。"

"你们怎么把我弄出来的？"他说道。

"法蒂玛呀，"提塔说道，"她告诉他们，你是医生，在法国学的医。接着她说，你教过她如何护理病人。接着她说——她说什么来着？她说，你是因为你父亲而伤心过度，她会照顾你的。接着她说，医院的条件真是丢人，比在家糟糕太多，在家里她可以随时陪着你。但她的原话不是这样的，她说话的方式让人觉得不可反驳。她让那个女人，那个高个子的女人很是尴尬。"

"我们称之为多角度攻击。"瓦斯菲说道。

"她用英语说的?"

"不是，"法蒂玛静静地说道，"瓦斯菲翻译的。"

迈扎特的手握住了她的手指。"真主保佑你。"

每个人都朝窗外望去。显然，他们对他是小心翼翼。老实说来，他自己也是小心翼翼地盯着自己，紧张兮兮，害怕什么不合逻辑的东西突然就出现在他的视野中，再一次破坏他与其他人的联系，证明他依然不能信任自己的感觉，证明他能说话、能让别人听懂不过是肤浅的恢复，证明他的其他部分遭到了不可挽回的破坏。他看着贾米勒握着方向盘的手，贾米勒的手是棕色的，指关节明显。

"罢工怎么样了?"

瓦斯菲坐着转过身来。"嗯……很忙。贾米勒负责了很多组织工作。"

"真的?"

后视镜里的贾米勒点了点头。

"战斗呢，怎么样了?"

"贾米勒在战斗，"瓦斯菲说道，"还有他，什么名字呢，巴西勒·穆拉德。"他们路过一排房子，他转过身，扭头去看。"等等，等一下，"他伸出胳膊拉了一下贾米勒，"慢下来。巴……是的——大多数人都在出力，出钱，帮忙组织。还罢工……真是艰难。白热化了，更是艰难。等到秋收的时候……"他咂了咂嘴巴，"但是，你看到医院那些犹太人了吗?"他瞟了一眼提塔，"他们在想什么。"

"我知道，"提塔说道，"愚蠢。愚蠢的英国人。"

迈扎特从法蒂玛那边的车窗看出去。"人人都会得病。"

在耶路撒冷到纳布卢斯的公路上，一辆停在路上的军车进入了视线。一群士兵拿着步枪，顶在一群农民的肋骨上，这些农民举着胳膊，让士兵搜身。开车过去，车上的每个人，包括法蒂玛在内，都机械地往前看，只有迈扎特从头看到尾。一个穿短裤、戴头盔的士兵在轻拍一个阿拉伯人的身体，从头拍到脚。

他们进入了山区。白色岩石垒成梯田，橄榄树随着山势起伏。纳布卢斯出现在车窗里，贾米勒驶过停运的铁路线和空荡荡的街道。

他们在房子前停车。瓦斯菲打开后门，迈扎特吻了吻祖母，跟在妻子后面下了车，他与瓦斯菲拥抱，感谢他。贾米勒从车中走出来，站在车的另一边挥手。阳光下，他抹了油的头发闪闪发光。

"吻他一下！"提塔说道。

他一摇一晃，笨拙地绕过车头，瘦瘦的胳膊揽住迈扎特的胳膊，很快地在迈扎特的两边面颊上吻了一下。

"真主与你同在。"

迈扎特望着贾米勒的眼睛。医院时那种急切的注视不见了。大家都盯着他们看，都很关心他们的亲疏。

"晚上不要出去，"贾米勒转身回到驾驶座的位置，提塔从车门探出头："他们晚上打仗。"

车子开走了。法蒂玛拾级而上。

"孩子们在哪儿？"迈扎特说道。

"我父母那儿。他们一个小时左右就回来。我们需要午睡一下。"

"我不需要。"

"嗯，我需要午睡一下。你随意。"

昏暗的日光下，卧室的家具似乎显得很陌生。椅子、高高的窗户、那面镜子、柜子，那张床——这熟悉的一切是那么怪异。法蒂玛对着柜子脱衣服，骨头在皮肤下滑动，她换上了睡袍。明天，一切都会好些的。睡上一晚后，之前，这些陌生的熟悉家具被推入了黑暗中，在新的一天中重生，终会印在他的脑海里。用不了多久，他就会摆脱对医院病床的感觉记忆；那些冰冷涂色的床柱，晚上翻身的时候总是戳着脚。他面朝天花板，想着让内特。他想要回忆起触摸到她肩膀的感觉。太过缥缈，想不起来。

法蒂玛打开了床头柜的一个抽屉。她抽出一根香烟，擦燃了一根火柴。

"回到家，我很高兴。"迈扎特说道。

她腿一甩，放到床上；一圈圈的烟雾升了起来。

"我也很高兴。我们一直住在我父亲家里。"

"哦？"

"是的。起义军来要钱。最后，我们给了他们一把古老的枪。"她吸了一口烟，"亲爱的汉尼在拘留营。"

"汉尼？"

"嗯。可怜的萨哈尔，你知道，她怀着孩子呢。我希望快点结束，罢工快点结束，我想要回归正常。每天晚上我们都听到枪声。有时卡勒德会来和我睡在一起。"

"汉尼在牢里。"迈扎特说道，"哦——"他一只手放在嘴唇上，"我觉得我知道。有人告诉我了。关在萨拉芬德。"

"哈桑叔叔，出售了更多的土地，卖给了教会，"法蒂玛说道，"以资助这项事业。"

"哦。"

"我上一次看到他……是去年。"她闭上了眼睛，想到哪儿，说到哪儿，"有个神父。法国人。"

"哦，是的，我认识她。修女们的朋友。"

"他写了一本关于纳布卢斯的书。"

一段记忆闯入迈扎特的脑海。他看到了纳布卢斯医院，在精神错乱的迷雾之下，他看到弗雷德里克·莫里诺坐在那里，坐在游廊尽头的，远离其他病人的地方。他惊讶地看着这段记忆，就像是有讨厌鬼在追赶他，他淹没在愤怒中。接着，他也突然想起当时想要与老对手说话的愿望。他转过头，莫里诺博士消失了。一位神父坐在那个位置。

"你还好吧？"

他嘀咕了一声。"我刚刚想起了医院的一件事情。一个男人。"

"一个男人？"

"是的。一个犹太男人。"他清了清嗓子，"我的意思是说，我见过他。就在我旁边的病床。"

她朝烟灰缸抖了抖烟灰。迈扎特心想，自己精神错乱这件事，法蒂玛到底知道多少呢。其他人知道多少呢？发狂的时候说了些什么，谁又知道呢？就像是一阵大风吹开了外套，他摇摇晃晃地暴露了。他望着自己不可捉摸的妻子。

"法蒂玛。"

"嗯。"

"你怎么把我弄出来的呢？"

"就是提塔说的那样。"

"告诉他们我是医生？"

"还说了其他的。"

她往后一缩，靠在枕头上。

他说道："你看起来很伤心。"

她闭上眼睛，眼泪顺着睫毛落下。迈扎特没有去安慰她，重新仰躺好。法蒂玛的呼吸慢了下来，肌肉放松，床垫也跟着动了动。他依然非常想说话。上一次头脑清楚的交谈，已经是很久之前；他现在想起了这种交谈的愉快之处。他又看了一眼妻子的脸，法蒂玛张着嘴巴，呼吸短而浅。

"法蒂玛。"他轻声说道。长长的沉默，接着才是呼吸的声音，像是一次喘息——吸气，呼气。他积攒力气。"我知道，"他说道，"这不是你想要的。"

他用手撑着脑袋，肘部靠在枕头上。她眉毛下的一条皱纹在颤抖；迈扎特等了等，然后说道："我很抱歉。等罢工结束了，等我们又有了钱，我们就离开纳布卢斯，我保证。我们去海边。我们去贝鲁特，我们去雅法。*亚历山大港*——"

她的嘴唇收紧，颧骨变得清晰可见。她睁开一只眼睛。

"祝你健康。"他面带微笑，轻声说道。

她一扭头，看着天花板。

"抱歉。"他闭上了眼睛，仿佛要睡觉一样。但想要说话的愿望还是憋在胸口，就像是强忍的咳嗽。发生了这么多事情，而且事情还在继续。他想说，沉睡了数月醒来，感觉多么奇特。虽然从纳布卢斯出发，驱车只要一两个小时，但他真的就像是在国外，在另一个国家，而他的家乡却在进行着一场战争——他想要谈论这场罢工之战；罢工可能会带来什么样的胜利；走在这些空荡荡的危险街道上会有什么遭遇。他想要问法蒂玛问题，他想要说出自己的看法，再与法蒂玛达成一致。他想要给法蒂玛谈一谈自己的幻觉，以此扫除他们之间残留的毒素——他想要告诉法蒂玛，他感觉很不一样了。他可以站在外面更清楚地看自己。他看得到法蒂玛在他身边。她双腿交叉，睡袍搭在拱起的膝盖上，透出小腿温柔的曲线；她脱掉了袜子，相交的脚踝上有白色的汗毛，淡粉色的两只脚露在外面，长长的脚拇指。她缓慢吸气。迈扎特感受得到她的疲惫，知道她对着天花板眨眼睛。她就在他身边，这样的呼吸，看得到的身体。不，这一切，他都不要告诉她。浪花坠落。

"我觉得，"他说道，"我应该出去走一走。"

"你需要休息。"

她的声音中有担心。迈扎特就像以前一样做出回应，顽皮一笑。

"你知道我在床上躺了多久吗?"他说道,"我需要走一走。"

"不。"

"不,你这是想说什么?"

"他们在外面打仗——狙击。不安全。"

"但是,法蒂玛,我得去见见埃利。没有我,他一个人干了这么多个月。想想吧。"

"你需要休息。不行。"

他发出啧啧的声音,举起了双手。"哦,*好吧*,"他说道,"摆脱了医生,又受制于妻子。这就是我的命。"

"爸爸!爸爸!"

法蒂玛呻吟一声。加达刹住脚步,已经冲进了卧室。

"哈比比!"迈扎特说道,"哈比比,你的头发怎么这么长?"

"爸爸,爸爸,爸爸。"

"爸爸想你。"

"我生日,你都不在。"她伸出胳膊让迈扎特抱,"你不在。"

塔希尔和马萨拉特在门口犹豫。"爸爸。"卡勒德从他们中间冲进来。

"妈妈在睡觉,"迈扎特说道,"哎呀,你们长大了!"他放下加达,"来,过来。"

他带着孩子们走进厨房。透过窗户,他看到外面的树闪着灰绿色的光芒。一群鸟儿从空中飞过。

卡勒德的胳膊肘靠在桌子上。"你到哪儿去了?"

"不关你的事。"马萨拉特说道。

"有水果吗?"迈扎特说道。

有一个干瘪瘪的老橘子。孩子们看着他用刀切开橘子皮,然后把橘子一瓣瓣地拉出来。

"盐。"他一边说,一边大张旗鼓地把手伸过桌子。卡勒德把小罐子递给他，他上下挥动胳膊，捏碎一点盐，撒在橘子上。加达笑了起来。

"别难过。塔希尔。"迈扎特一边说话，一边起身洗手。

"他不难过。"马萨拉特说道。

"你们吃什么水果呢？"

"香蕉。"卡勒德说道。

"香蕉？"

孩子们看着他在抹布上擦干手。他转身对着窗户，一个奇怪陌生的声音进入他的耳朵：嘶哑又清晰的叮咚声，就像是跑调钢琴的高音。这家里没有钢琴。他一屁股坐下来。尖锐的声音敲击着他的耳膜。

他闭上眼睛，神父出现在他的红色眼皮上。修女们的朋友，坐在游廊上提问。他想要与神父说说话，这一愿望是多么强烈，多么急迫。他记起在纳布卢斯医院见过神父，但想不起他们说的是什么。这个法国人，这个有信仰的人，这个了解纳布卢斯的外国人，是个稀罕物。他并不知道自己具体想要给神父说什么，他只知道他们必须谈一谈。

"亲爱的孩子们，吃吧。"

"家里有奶酪，"马萨拉特说道，"花园里有无花果。"

"哦哦，"迈扎特热情洋溢，抑扬顿挫地说道，"我的最爱。"

"我去摘。我们不在，鸟儿吃掉了很多，但还有一些。"

"待会儿，我的宝贝。为什么大家都不吃呢？"

卡勒德拿起一瓣。"我要餐巾。"

在纳布卢斯的第一晚，山间枪声噼啪，每一两个小时迈扎特就惊醒一次。有那么一刻，枪声特别刺耳，羽绒被下，法蒂玛温暖的手放到了他的胳膊上。她没有用力，只是确认迈扎特在身边。或者，她是在提醒迈扎特，她在身边。

早上，维达德·哈马德脚步匆匆地走进门厅。

"你丈夫呢？我来祝他身体健康。"

"他就来。"迈扎特听到法蒂玛如是说，接着她的声音就淹没在过道里。

迈扎特按住心中的不悦。他慢悠悠地洗澡，刮胡子，用他的法国獾毛刷掸干净脖子，在胸口洒上以前的古龙水，修指甲锉指甲，拔掉长鼻毛，扣好亚麻外套的扣子，给头发上油，梳理好，洗完手，这才到客厅去见他妻子和丈母娘。维达德坐在窗边的椅子上，看到迈扎特，她大声说道："祝你平安！"接着，她伸直脖子，让迈扎特在脸颊上亲吻三下。没有等他回应，维达德就又开始了刚才讲到一半的故事。

"他们逮捕了三个，杀死了四个。"

迈扎特从盘子上端起一个杯子。"哪儿？"

"拜特达扬。"

"他们留下尸首了？"法蒂玛说道。

"塞尔玛从穆罕默德·沙卡那儿听说的，警方说他们在逃跑。这叫什么话！他们当然是在逃跑。他们没有躲在扁豆缸子里。他们总是那样的。"她转身对着迈扎特解释道，"他们到村子里，他们逮捕人，然后再把东西砸得稀烂。他们把所有的食物混在一起，面粉、大米、糖，混成一堆，再加上橄榄油或是汽油。恶心。"

不到一个小时，提塔、乌姆·贾米勒和阿布·贾米勒都来了。他们从进门开始就专注地盯着迈扎特，提塔满意地点点头。"你看起来不错。乌姆·马哈茂德祝你健康。"

"想要咖啡吗？"

"我们待会儿就走。"

"要不要糖？"

"那就请放糖吧，谢谢哈比比。"乌姆·贾米勒跟在乌姆·塔希尔后面，已经走进客厅，正在大声打招呼。

有人在敲客厅窗户。来者是努扎和她们的弟弟布尔汉，从小路走上来的。法蒂玛的脸上扫过疲惫的表情，但努扎猜到了她的心思，对着打开的门说道："我们不在这里吃午饭。"人多了起来，各自说着话。塔希尔和卡勒德出现在门厅里，法蒂玛打发他们去厨房搬椅子。迈扎特的注意力断断续续。

"现在，他在外约旦。"

"为什么？"

"他去看其他队伍——我不确定……"

"你能游泳吗？我游得非常好。"

"但是，自从尊敬的汉尼被放出来后——"努扎说道。

"什么？"迈扎特说道。

"是的，"努扎一边说，一边往后坐，让迈扎特也加入进来，"他们昨天放了他。还有其他几个人。他们在耶路撒冷谈判，有国王，还有努里·巴沙。"

"我还是第一次听说这个。"阿布·贾米勒说道。

"是呀，"迈扎特说道，"那罢工要结束了？"

"没人知道。我觉得还不会结束吧。"努扎说道。

迈扎特又不再听了，他看着自己的手。他看到汉尼的两条腿出现在他父亲的书房里，接着汉尼的脸也进入了视线。他不知道汉尼现在是怎么想他的。他们这么久的朋友，汉尼怎么看待自己，对此迈扎特一直比较有信心——毕竟这里一半的画面都是自己捣鼓出来的。但是，现在却无法如此肯定了，毕竟汉尼目睹了迈扎特的崩溃时刻；当时的他对于他本人而言，都是完全陌生的。

接下来的想法就像是迎头一棒：汉尼肯定看到了让内特写的那封信。那么贾米勒肯定也看到了。他的嗓子有灼烧的感觉；他瞟了一眼祖母，祖母正噘嘴点头，他接着又瞟了乌姆·贾米勒。他看着法蒂玛，自己之前居然没有想到这一点，他惊呆了。他们都知道吗？他妻子摆弄着袖子上的一枚纽扣，听着努扎说话。他明白，如果不直接问，就无从得知，如果直接问，就暴露自己。至于那封信——也无法询问信在哪儿。如果要问，就是再次打开他刚刚爬出来的裂缝。他打了个冷战：信要么在贾米勒手里，要么在汉尼手里。两个人肯定都会为他保密的。他们爱他，他们不会揭露出来。法蒂玛注意到他在看自己，目光询问他有什么事。他挤出一个微笑。当然，他已经暴露了。他不知道他们看到了什么，但他们看到了他的样子。

"起义结束了，我会伤心的。"卡勒德说道。

"你会吗？"法蒂玛说道。

"那就没可关注的事情了。平常的日子*很无聊*。"

他母亲重重地拍了他腿一下。"丢人。"

"我不想回去上学。"卡勒德庄重地说道。

"你上一次见到汉尼是什么时候？"努扎说道。

法蒂玛哆嗦了一下。

"去年。"迈扎特说道。

他们都在这里，温柔地看着他回归这个世界。他们准备好了，就是要把他压回人形。他们的观感就像是一道道的光，从他身上闪过。曾几何时，他认为自己不需要他们，需要的感觉不过是幻影，他们不过是住在同一个地方，不过是姓名和流传下来的故事把他们捆在一起。但是，如果那是幻影，什么是真实的呢？没有他们，他就是一具飘荡在空中的躯体。他伸出一只脚踩在冰冷的瓷砖上，擦燃一根火柴给阿布·贾米勒点香烟。

法蒂玛退到了厨房，他拿出一些橄榄树的木头珠子，一个个地数，以平复自己的心情。他脸上挂着社交场合的微笑；他不想他们看到自己陷入沉思。他以前那种图解式的思维方式已经基本无存。

那种用一件事情映射另一件事情的能力，或者说癖好，没有了。又有什么事情是可以图解的呢。

法蒂玛端着一个托盘，出现在昏暗的过道里。她对迈扎特点点头，迈扎特感到一股怒气，她就这样自居为评判他行为的人。但一瞬间，爱又冲刷掉了愤怒，然后淹没在悲伤当中。一个想法很快就被另一个所取代，一个个地往后倒，就像是海浪一波又一波地退去。

下午，他重新整理了书架。很多年了，书都假模假样地摆成两排节约空间，第二排的书全被挡在了后面，书名都忘记了。今天，他重新认识了这些书，用布抹掉书头上一层厚厚的灰。有几本书是他从巴黎带回来的，有些是法鲁克送给他的礼物。他记得有一本是在塞纳河边买来的；书打开了，正是经常看的那一页，讲的是耶路撒冷，在远处闪着微光。电话铃响了。接线员说是他婶婶的房子，接着，电话那头是提塔抽气的声音。

"我必须告诉你一件事，"她说道，"但不要——不要难过。听到了？坚强些。"

"什么事？"

"贾米勒……贾米勒不在了。"

背景是乌姆·贾米勒哀号的声音。

"我马上就来。"迈扎特说道。

他放下电话，一动不动地站了好一会儿。他听得到孩子们在另外的房间大笑。他看着手里那块满是灰尘的布。

他跌跌撞撞地走到车里。他叔叔婶婶的房子一片昏暗，百叶窗关着，他们没有点灯。他进去的时候，乌姆·贾米勒退到了厨房边的角落里，嘴巴就像是一个洞口。

贾米勒在桌子上。白单子裹着，磨坏的靴子后跟露了出来。他身上裹了两张白单子，浸染了大片大片的血，干了，成了棕色。他上身的白单子解开了。扣好的衬衫上很多血，苍白的下巴朝上。迈扎特朝桌子走过去，心晃动得厉害。贾米勒的嘴巴张着，眼睛闭着；窄窄的面部已经凹陷；挺拔的鼻子朝上，仿佛在深呼吸一样。这是痛苦的形体，这是解脱的形体。

"哦。"迈扎特说道。他的眼睛里噙满了泪水。他用一根指头划过贾米勒的破领带。脖子上的胡子茬碰到了他的指尖，他惊恐地收回了手。接着，他笃定地把手掌放在死者的面颊上。手掌下冰冷的肉体让他叫出声来："哦，不。"他听到了自己颤抖的声音。

阿布·贾米勒拿了一张纸条给他看：

此人与英军发生争执被杀，对方是自我防卫。

提塔两只手握着迈扎特的胳膊，手腕上青筋暴露。迈扎特看着提塔的眼睛，竭力不要哭出来，眨了眨眼睛，意思是说，我没事。

清洗遗体的事情落在迈扎特和阿布·贾米勒身上。迈扎特之前从未干过这个，叔叔任凭泪水顺着下巴往下淌，拿来棉布和水盆，开始干活儿。他们解开白布单子，用干净的单子盖住贾米勒肚脐到膝盖的部分，开始处理伤口。清洗了五次，给他裹上了尸布，之后，两人依次去洗了澡。迈扎特把婶婶和祖母从楼上带下来，他们围坐在尸体旁祈祷。穆尼尔·穆拉德前来哀悼，他说巴西勒还活着，但要被送上法庭。

"巴西勒？"迈扎特说道。

"他们穿过约旦河，开车回来，"穆尼尔说道，"他们是为了事业执行任务。巴西勒被捕之前告诉我的。"

贾米勒把迈扎特从伯利恒带回家后，就与巴西勒一起离开了纳布卢斯，连夜驱车，经过达米亚桥，进入了外约旦。阿德万部落来的人正在阿杰隆等他们。他们买了大约一百支步枪、手枪和猎枪，数量也许还要多一些，还买了弹药。接着，他们一直休息到下午，等到黄昏的时候出发回纳布卢斯。大概凌晨一点钟，在拜特弗里克村子附近，他们发现自己被包围了。巴西勒成功逃脱。

"三天后，他的审判日，"穆尼尔说道，"就在这儿，在纳布卢斯。"

三天过去了。三天的哀号、慰问和不安，死者在西墓地入土。在新翻动而成的土包前，葬礼的祈祷也念了。

法庭上，警察说贾米勒朝士兵开枪。巴西勒的律师坚称这不可能，因为他们显然是中了埋伏。但法官判定巴西勒和贾米勒的罪行更大，而且因为没有证人，律师的主张无法得到证实。因为持有爆炸物和枪支，巴西勒被判在阿卡监狱服刑九年。

人们传言说有叛徒。要么英国军队怎么会知道他们的车在哪儿，会在什么时间出现呢？夜深人静的时候，这些事情哪能就偶然发生了。当然了，即便不是故意告密，也有很多种情况会走漏风声：打电话的时候说漏了嘴；顺便给出租车司机说了一句；农民看到了那辆车，就给警察说了一句，但并不清楚自己干了什么。

第四天，汉尼来慰问。他下巴做了手术，取了几颗牙齿，说话困难。虽然如此，其他的客人很快就围了上来，他们想要知道耶路撒冷谈判的进程。一个下午过去了，显然大家对汉尼的期待不仅如此，有他在，这里就有了一种特别的庄严。汉尼早就习惯了有人征求他的意见，于是他也不推辞，沉着冷静，非常专业地说几句。他说贾米勒为事业而献身，这话他说出来，就比伊玛目说出来更加震撼哀悼者；伊玛目不知所措地站在一边，看着这位戴着头巾的绅士张开半边嘴，温柔地说话。

"贾米勒兄弟与谢赫·伊兹·卡萨姆的魂灵，"汉尼说道，"穆罕默德·巴希尔、谢赫·亚辛、萨迪克·扎卡里亚、艾哈迈德·马鲁阿尼、艾哈迈德·谢赫·赛义德、萨伊德·马斯里，还有无数其他人的魂灵同在。所有那些为了自由、为了反抗压迫而勇敢作战的人。贾米勒刚毅不屈，坚忍不拔，英勇霸气，他在天堂会得真主的奖赏。用伊本·麦斯欧德[1]的话来说，只有见到主，信徒才能得到安息。"

汉尼说完这番话，走过来亲吻迈扎特。自从那天在哈吉·塔希尔的书房后，这还是他们第一次见到对方。汉尼露出微笑，两个人都没有说话。

迈扎特肯定是面带困惑，因为汉尼到了他跟前，捧着他的脸。汉尼这样的时候，提塔与迈扎特四目相对，她站在门厅，看着他。他惊恐地发现，瓦斯菲和阿布·贾米勒也看着他。塔赫辛正在跟一位邻居说话，两只手在空中画大圈，但他的眼睛也往上瞟，看着迈扎特。提塔头微微一晃，以此询问迈扎特，他挤出了一个微笑。

"起义真的结束了？"他说道。

"似乎是这样，"汉尼说道，"我们希望如此。"

"整个过程，我都在睡觉。"迈扎特说道。他仔细看了看汉尼疲惫的面孔，想着他的族兄。他不知道贾米勒最后几天有没有想起过他。他希望没有。他觉得自己不配。

汉尼露出微笑，张开嘴巴，但无论他想要说什么，似乎决定不说了。迈扎特心里一凉，看着朋友的眼睛，他非常清楚，汉尼看到了那封信。但让他吃惊的是，他没有觉得羞耻，而是一种几乎无法承受的轻松感觉。就好像一堵高墙垮掉了。墙垮掉了，他还在。站到了另外一边。他感觉到清风拂面。他想要说话，但说不出来。

"从现在开始，一切都会好起来的，"汉尼说道，"最糟糕的已经结束了。"

迈扎特点了点头。最后他喃喃地说道："赞美真主。"

汉尼吻了他的面颊。迈扎特一阵眩晕，眼睛往下看。带着新怪癖的惯性，他在自己的脑海里寻找让内特。每次寻找，让内特在医

---

1 伊本·麦斯欧德，伊斯兰教圣门弟子。《古兰经》注释和圣训传述人。

院出现的样子都变得更为淡薄，但他就是忍不住。他聚精会神，想要看见让内特。他捏住汉尼的肩膀。

"谢谢你来。"

"主与你同在。"汉尼说道。

迈扎特朝窗户走去。他突然想到，让内特从他的记忆中淡去，就是神秘主义的本质。这些东西留不下来的。他用手指碰了碰自己的眼睛，又想到，或者说，给幻觉冠以好听的名字，只不过是在应对另一种不可言说的失去？法蒂玛出现在门口，他抬起头来。他身后的花园，照亮了她扑粉的面孔，齐膝长的蓝色裙子，还有棕色的皮鞋。时间是一段危险的距离，只有通过想象的危险替代品才能跨越时间。他伸出手。他的手拂过她的脖子。法蒂玛看着他，赞许地看着他。不，那是无法解决的。因为她在那儿，她在那儿。

加达用手指在门厅瓷砖的叶子图案上画来画去，这是伪装，其实她是在看她的父亲，看着他在房间里走动，看着他与不同的人交谈，看着他一个人站着发呆。她时不时地在袜背上抹一抹手指。

父亲穿着黑色的外套，戴着蓝色的领带，就像她记忆中一样优雅。他看起来似乎老了一点，没有那么胖了，但这也许是因为客厅里的照片，父亲这么久不在家，照片取代了她对父亲身体的真实记忆。照片里的爸爸坐在桌子边，看上去又矮又胖。她如今也明白什么是视角，知道部分是角度的问题。最近她有了新发现，明白了距离越远，东西就显得小；距离近，就显得大。照片里父亲的腿在前景部分，显得好大，脚也好大。他穿着一件亚麻外套，手里拿着一本书，身边有一只猫。他盯着照相机，手撑着脑袋，但并不是真正看着照相机的样子。他好像心在别处的样子，但加达把照片凑到眼前，看得到父亲的嘴唇有一点突出来，像是要说话。也许是要说"和"这个字吧。一次，她把照片凑在眼前，没有注意到努扎姨妈走了进来。努扎一把从她手里抽走照片，没有理会加达的愤怒，说："我觉得这照片是摄影师摆拍的。他穿得太优雅，不像是在看书。这只猫坐得太端正，肯定是一只假猫。"虽然加达知道姨妈并不是故意惹她生气，她还是气得龇牙喷气。努扎太不了解他父亲了，父亲一直都穿着优雅，即便上床睡觉也是如此。

她抬起头，凝望父亲，比较记忆中的照片和眼前的这个男子。汉尼说了什么，爸爸轻轻笑了，她认出来了，爸爸的脸上浮现出了照片上的表情。他抬头望着远方，嘴唇微微突起，仿佛要说"和"这个字。

卡勒德跟她说了，爸爸这段时间一直在哪儿。一开始她并不相信，接着她就有了挥之不去的梦魇，她害怕爸爸再也不回来。或者他回来的时候是个疯子，或者完全是另一个人，只是装作是爸爸。

她又抬起头，本能地担心爸爸会逃走。爸爸正和一个她不认识的男子说话，那人戴着高高的塔布什帽，头发灰白。爸爸的嘴唇动了起来，看着爸爸挥舞双手的姿势，她知道爸爸在讲故事。

"你去哪儿？"

"我必须出去一趟。"迈扎特摸了摸加达的头发。客人们都走了，下午也快结束了，"但是，如果妈妈问我在哪儿，你必须跟她说我在花园。明白？我在看小鸡。"

加达双手捂住嘴。迈扎特穿上外套，选了一根手杖，走出了房子。

街上热烘烘的，空气中到处都是苍蝇，有一股浓烈的野生干百里香气味。十字路口的大街就像是星期五一样安静。他快步走在阴凉处。一家屋顶上有一个又细又黑的东西，吸引了他的目光。那个东西在动，看起来是什么东西在风中摇摆的影子。

他朝医院走去，这条路附近就是"新潮加达"店。到了拐弯的地方，看到角落里的巴克莱银行，他犹豫了。店里的那场火似乎那么遥远，现在纳布卢斯所有的商店都关了门，他们根本操心不到那件事情上。他觉得这算是大难带来的小恩惠，大难当前，其他的灾祸都显得不足为惧。

他身后响起了一阵轻快的脚步声，迈扎特转过头。有个白色的东西朝着山下跑来。

"不要来，加达，回家去！"他叫道。

"我要和你一起去！"

"加达，*回家去*。"

加达速度慢下来，红彤彤的脸蛋映入了迈扎特的眼帘；等她到了身边，迈扎特看到她梳了头发，中分。迈扎特抓住她的肩膀，裙子的白色泡泡袖就像打发的蛋白，往上一提。

"加达。"他恼怒地呼出一口气，"我不能带你一起，太危险。好了，现在我得带你回家。你非常淘气，你知道不？"

加达的嘴唇颤抖了，她回避父亲凝视的目光。"*不知道*。"

"你让我非常生气。"他温柔地补充了一句，摸了摸孩子的下巴。

女儿拼命想要哭出来，迈扎特在想要不要去埃利家里看看，装作讨论商店的事情，把加达留给埃利的妻子照顾。此刻，加达变化了站姿，她一只手叉腰，水汪汪的眼睛看着父亲，脸上是目空一切的表情。

"你傻呀，爸爸，他们白天不开枪，他们晚上才开枪。不管怎样，一个男人带着小女孩走路，总比他一个人走安全得多。"

"宝贝，我可不这样想。"他话虽这样说，但心里却觉得孩子可能是对的。

"我要告诉妈妈。"

"什么？这是威胁吗？加达，你不乖哦。"

"我不会让你再走的，"她说道，"我们去哪儿？"

"我去医院。"

"你刚从医院回来！"

"另一家医院，"迈扎特说道，"平静哈。走快些。"

加达腿短步子小，迈扎特的速度慢了不少，于是他很快就把加达抱起来赶路。一辆汽车在前方，慢慢驶过以巴路山。父女俩踏上了医院的台阶。

一位病人靠着两根拐杖，站在门厅里。另一个人从游廊走进来，这时那个病人抬起头来，他们看到了迈扎特，两人表情一暗。接着，迈扎特叫出了两个人的名字——伊亚德，阿布·迈尔旺，这两人的面孔明朗起来。伊亚德把拐杖靠在墙边。

"阿布·塔希尔！"他一边说话，一边跛脚往前走，"我们想你呢。"

"我也想你们！"迈扎特说道。伊亚德身后有两位饱经风霜的农民，迈扎特跟他们打招呼："赛俩目，我是迈扎特·卡迈勒。大家都坐在外面吗？"

"是的，"阿布·迈尔旺说道，"跟平常一样。"

他们身后另一个人在挥手，那人是新潮店的老顾客。迈扎特点点头，自觉优雅；他在别人的脸上也看到了自己的优雅。

安托万神父惊讶地看到迈扎特·卡迈勒出现在游廊上。上一次看到他，还是春天的时候。那之后，安托万得知卡迈勒精神错乱，被送往精神病院。他不知道迈扎特是否认得出来自己。

关于迈扎特的事情，流传有几个版本，但女病人们往往谈及他妻子的苦难，嘴里说的是"可怜的法蒂玛"。这是一种克制，有同情的意味，其中也并非没有掺杂高兴。其他人指着游廊里头缠绷带、四肢打着夹板的人，仿佛是说住进医院不是因为在武装斗争中受伤，那就是铁定的耻辱，更为清楚地表达出不赞许的态度。一个女人说这是"屋顶上明摆着的",迈扎特就是靠非法手段发了财。因此,有人给他下了诅咒,点燃了他的商店。因此,他发了疯。"报应吧。"这女人如此总结陈词,满意地噘起嘴。

迈扎特抬起一只手,打招呼。他穿着一件双排扣外套,拿着一根手杖。一阵风吹来,领带飞到了肩膀上,一个穿着白色裙子的小女孩出现在他的身后。

"很高兴再次见到你!"安托万神父大声说道,"请过来,这边坐。"

"非常感谢。"他沿着栏杆,大步走过来。那个女孩跑到对面的角落,坐在地上。

"裙子搞脏了。"

"哦。"

迈扎特的手在空中一拍。"已经脏了。"他坐在安托万身边的椅子上。

凑近了看,迈扎特的确是像刚从疯人院放出来的人,憔悴而苍白。

"我发现,"安托万给自己的声音注入笑意,"我从未告诉你我叫什么名字。"

"安托万神父。"迈扎特说道。他直接看着神父的眼睛,"我们之前见过。"

安托万顿了一下,接着小心翼翼地点了点头。"啊。是的,我们见过。就在这里,几个月之前。"

"不,不,"迈扎特说道,"还在之前。数年前。我知道你是贞洁修女们的兄弟。"他嘴角上扬,接着,两道眉毛也扬了起来,眼睛变成窄窄的两条。

"他们这样称呼我?"安托万说道。

"以前是这样叫的。"

安托万笑起来，指尖划过胡须。"你来看看？"

"是的。抽一根小雪茄，"迈扎特说道，"我族中兄弟从贝鲁特带回来的。"

雪茄排列整齐，只少了一根。安托万把旁边的那根拨弄到空位，捏着金色的贴纸，拿了起来；迈扎特用牙齿叼着一根，从口袋里掏出一盒火柴。他先给安托万点上。安托万吸了一口，吐出一口烟，看着雪茄两头松脆的烟叶。教会之外的人，并不常常给他烟抽。他望着外面的橄榄树林，一时间想象着他是另外一个人，有着另外的人生。

"你对起义怎么看？"

迈扎特本来交叉的双腿打开了，从鼻孔里喷出两道烟。"可惜错过了开头。"

这句话的率真让安托万猝不及防。他偷偷看了迈扎特一眼。迈扎特凝神望着自己的小女儿。也许，他觉得人人都知道他住院的事情。

"是的，"安托万说道，"开头部分非常美好。现在，人们似乎很疲惫了。我觉得他们可能不想错过秋收。"迈扎特张开一只手，这是同意，是有所保留？安托万脑袋往后一扬，对着空中吐了一口烟："我希望他们能成功。这一切能有好的结果。"

"嗯，"迈扎特说道，"我们应得的。"

迈扎特并没有重读"我们"这个词，但安托万还是感受到了其中的分量。

"当然是你们应得的，这一点毫无疑问，"安托万说道，"我的意思是说，现在英国人增派了军队，还有人说要建立军事法庭。你知道的，如果我这一辈子还学到了什么，但我已经是个老人，我真的还略懂一二！但我也知道，我们不能预知未来。所以，我只是说，两种情况都有可能发生，如果你明白我的意思。"他吸了一口雪茄，屏住呼吸，转动手里的烟，看着冒烟的那头，"我越来越觉得，自己努力想要从大处着眼。一年年的，我的……思维，"他两掌合在一起，"变得更小了。"

某个地方，有人在钢琴上练习指法。这一声音让山上的蝉起死回生，沉静的游廊突然噪声大作。弹钢琴的人，手指在两个音键上晃荡。

"你和护士们一起工作的？"迈扎特说道。

"哦，不，"安托万说道，"我是做研究的，我写了一本书。"

"精彩。"

"一般而已。"他摇了摇脑袋，"我也是神父，"他指了指自己的法袍，"我还曾在圣经学院任过教职。在耶路撒冷。"

"那我真是嫉妒你了。"

"真的？"

"我很想待在大学里。我在法国，上了两个大学。我爱这两个大学。课堂，我非常喜爱……"迈扎特摇着脑袋，再次抬起眼睛看着他的小女儿，加达仿佛感受到了父亲的目光，也往上一瞟。"你知道那种感觉，周围的人畅所欲言，"他说道，"你写东西的时候，你写给自己看，也写给别人看，甚至是已经不在人世的人。甚至是还没有来到这个人世的人。"

"是呀，"安托万说道，"这真是大学之梦！我的经历，更像是阴郁的修道院。当然，圣经学院就附有一个修道院。但事实上，一般而言，住在修道院里，并不阴郁。也许正好与普通人的看法相反。"

迈扎特的眼睛睁得圆圆的。"*阴郁*？"他难以置信地笑起来，"但在大学里，每个人都可以独立思考——"

"也知道自己有一半的时候都是错的。"

迈扎特摇着脑袋。

"至少有一半的时候，"安托万说道，"也许更多。"

"那就是关键点。"

"错了是关键点？"

"嗯……磨砺自己的观点，与其他人相争，与他们的……你知道。"

在下面的小树林，一只皮毛粗糙的猫从游廊下面一跃而起，尾巴竖得笔直，威风凛凛地朝着一个小到看不见的东西逼近。

"这么说来，你在蒙彼利埃度过了美好的时光。"安托万说道。

"索邦大学也是。"

安托万轻轻地笑了。

"很多事情，我都忘记了。我还记得一些事情。我记得我喜欢……药瓶。"他收拢嘴唇，反复吸了几口雪茄，接着从鼻孔喷出烟来，"我没法解释。"

"瓶子？"

"不，不是瓶子。我不是那个意思。"

"给我讲讲。我想听一听呢。"

"是吗？"

"很想听。"

迈扎特看着他的眼睛。"你要把它写下来吗？"

"什么？"

"我说了呀，你要把它写下来吗？"

安托万觉得过了几秒钟的时间。他还是说不出话来。他感到皮肤冰冷。他满脑子想的都是露易斯。

"我知道你在写纳布卢斯。"他听到迈扎特的声音，"我妻子告诉我的。"

"你的妻子？"

"法蒂玛·哈马德。哈吉·尼姆的女儿。"

安托万非常缓慢地舒出一口气，闭上眼睛。"是的。我写过纳布卢斯。我不再写了。所以，答案是不，我不会写下来的。"他装出大笑的样子。谈话渐渐脱离了他的掌控，到了此刻他才意识到自己多么渴望得到这个说法语的纳布卢斯人的赞许。里面传来的脚步声越来越大，病人就要出来透气了，他们也就没有了惺惺相惜的空间，谈话即将结束。他清了清嗓子，准备说再见。脚步声消失了，游廊的门没有打开。迈扎特抖了抖雪茄的烟灰，拂了拂领带，小女孩抬起头来。

"你女儿？"

"是的。"

又是一阵长长的沉默。迈扎特再次开口的时候，语气郑重其事，应该是一直在考虑措辞。

"我回顾自己的人生，"他说道，"我看到了一长串的错误。可爱的、美丽的错误。我不会去改变它们的。"

他脸上又浮现出了那种激烈的表情。几秒钟的工夫，安托万发现这个友善幽默的男人相当避实就虚，是很多事情都埋在心里的人。但他很快就意识到，自己听到过迈扎特精神不正常的传言，很有可能受到了这些传言的影响，总是会想，如果一个人的灵魂一点问题都没有，怎么可能进疯人院呢。那样的观点似乎也有道理，但安托万打住了自己的猜想，不能让自己的思维在因果关系的道路上狂奔。他陷入沉思，仔细听着钢琴的声音，但只听到了蝉鸣。

"我会改变，也许我会改变几件事情，"迈扎特说道，"但我们怎么知道呢？我们在年轻时做出了最重大的决定。"

"你依然年轻。"

迈扎特扬起一边眉毛。

"你最多不过三十五。"

"我四十一。"

"哦，那还年轻呀。你还有很多的时间，犯下更多的错误。"

两个人笑了起来。无论之前是什么样的紧张氛围，或者是安托万想象出来的紧张，都烟消云散了。

"说吧，"他说道，"多讲一讲那个女人。"

迈扎特咧嘴一笑，惊讶地看着他。"你怎么知道是个女人？"

这一次轮到安托万扬起一边眉毛。

"嗯。是很久很久以前了。事实上，我甚至不知道她是否还在人世。如果她还活着，可能已经忘记了吧。她可能还记得我。我们总是希望别人记得自己，但我觉得即便是记住了，也不会很久的。也许，每过一段时间，就有什么事情提醒他们想起来吧。某件东西，或是什么的。但那只能是短暂的一瞬间，或者说，应该只是短暂的一瞬间，否则就没法继续走下去。时不时的，我会想起过去。"他露出微笑。"但我没有活在过去。"

安托万看着前方，他有神父的本能，他必须让迈扎特旁若无人地说话。

"我要改变的一件事就是我对你们国家的误解。你知道吧，关于法国，我曾经有过那么一个想法。我幻想过法国的德行。这一点，我要改变，"他的语气一转，改变了想法，"也许，这是我唯一可能改变的事情。其他事情，全部……全都……不受我的控制。"

"你不是第一个犯下这种错误的人。"安托万说道。他摆出了一种闲适的态度，十指交叉，"但你知道的，一个地方不可能有德行。观点可以。地方不行。"

小树林里，那只猫奋力顺着树干往上爬。

"你会回去吗？"迈扎特说道。

"哦，法国不爱我。起义结束后，我觉得我会去开罗吧。"

迈扎特吃了一惊，很有兴趣，发出了一点声音。

"从今以后，"安托万说道，"我想要品尝这人世间。"

"有抱负，有意义。"

"我觉得这很困难，很累心……"他没有继续说下去。

迈扎特没有请他继续说下去，安托万后悔谈到自己。他认为，他这番话让迈扎特感到反感，迈扎特来这里是为了倾吐，可没有指望要倾听对方说话。最后一点雪茄，他吸了一口，紧紧捏住，心中感到一种熟悉的自愧。里面有人拖着脚在走，声音越来越大，门打开了。一个老人走了出来，后面是一个年轻点的，一条腿断了。

"祝你平安。"

"祝你平安。"

老人带着年轻一些的，走到尽头的一对椅子边，然后掏出烟斗，开始往里塞烟叶。安托万在栏杆下面的石头上摁灭了雪茄烟头。

"死了多少人？"迈扎特静静地说道。

"我没法告诉你。很多。很有可能有更多的人没有记录在案。这并非是不流血的革命。你听说阿纳巴塔的战役没？从黎明到黄昏。有几个女人牺牲了。"

"你可能比大多数纳布卢斯人知道得多，"迈扎特说道，"我应该找你打听消息，从直接相关的人那儿听不到干脆的消息。我的族兄……"他停了下来，"我妻子觉得，在纳布卢斯，有人与我有仇。你知道什么消息吗？"

安托万想了想。他做调查的这些年，也有纳布卢斯人向他打听纳布卢斯的消息，有过几次，不多，一只手就数得过来。他已经很久没有看过自己的笔记了。他在记忆中搜索。除了最近大家谈论迈扎特住院的事情，他模糊记得有人表达过怨恨，但记不清楚细节。

"说来呢，"他说道，"偏见也是常见的事情。"

"是的，是的，"迈扎特疲惫地说道，"我也不太在乎别人怎么看待我了。"

"那就好。"

"我们都有在意别人看法的时候，也不是完全不重要。"迈扎特翘起一条腿，把脚踝放在了另一条腿的膝盖上。"但我认为，有我家人的看法就够了。我妻子就是我人生的标尺。我总是达不到标准。哈！还有，我的族兄……他是我*道德*的标尺。我也是达不到标准。我的孩子们是我家庭的标尺，但我还是达不到标准。我总是达不到他们的预期值，我总是让他们失望。另一方面，我认为，"他的声音突然沙哑起来——他身体靠前，脚踝笨拙地从膝盖上滑下来，"没有他们，我什么都不是。"

面对迈扎特爆发出来的情感，安托万吓了一跳。迈扎特瞪大眼睛，看着前面的橄榄树林。没有一点先兆，他的身体突然往前一倾，就像有什么东西从他肚子里涌上来，从他嘴巴里喷出来，他呛声说道："父亲。"

安托万扫了一眼入口，想着是否应该叫护士。其他人都没有注意到迈扎特的激动。但是，那个女孩，她目不转睛地看着迈扎特。她的双臂僵住了，仿佛是害怕突然做出动作。

迈扎特修长的手指抓住膝盖，目瞪口呆地望着远方。"父亲。"他又说了一次。

"是的。"安托万一只手放在迈扎特的背上，"是的，我是神父，我在这里。"

迈扎特就像是从水里冒出来一样，长长地吸了一口气，迈扎特说道："我原谅你。"

安托万屏住了呼吸。"什么？"他说道。

他放在迈扎特背上的手抖了起来，没能控制住。

山谷边缘，太阳一头栽进大山中。好大一片天空变成了红色。空气中的热气逐渐淡薄起来，火红的颜色照在窗户玻璃上。

在迈扎特心里，某件沉重的东西坍塌了。他听到了，或者是感到了身体下面黑色湖泊的浪花在拍打，岩石里冰冷的空气发出了一声叹息，深井里的叮咚声，一道道的亮光往上照着那个男人，他手里拿着系着绳子的桶，跪在一边。神父的手放在他的背上，他感到了一阵阵的暖意。

他的脑袋偏过去，想要感谢神父，但他看到的一幕让他惊讶了：安托万是震惊的表情，发红的眼睛睁得大大的，白色胡须中柔软的嘴唇张开着。迈扎特放弃了，深吸一口气。安托万的表情从恐惧变成了询问，他盯着迈扎特的眼睛，眼珠左右移动；迈扎特一开始认为神父觉得自己疯了，但看到神父表情的变化，这一想法也就退去了。接着，唤礼声响起。

"你还好吧？"迈扎特说道。

"爸爸。"加达说道。

"嗯，哈比比。"

加达站起来，擦了擦裙子的后面。

"好的，好的，"迈扎特说道，"来吧，我们回家去。"

他往回一看，看到神父的眼皮抽动了一下，并没有完全闭上，而是像相机镜头那样在调整焦距。安托万点了点头。他缩回了自己的手。

"主呀。"他举起手道别。他没有说完这句话。

（全文完）

巴勒斯坦和叙利亚
民族运动发展的大事件

1882年—1903年　第一波犹太移民：大约有3.5万犹太移民，大多来自东欧，定居巴勒斯坦，创建了农业企业。

1904年—1914年　第二波犹太移民：大约4万有着坚定锡安主义思想的移民到达了巴勒斯坦。

1911年　阿拉伯民族主义组织青年阿拉伯协会在巴黎成立。

1913年6月18—23日　阿拉伯国民大会：阿拉伯改革派组织和在巴黎的学生在法国地理学会的会堂召开大会。他们针对奥斯曼帝国的政策、越演越烈的锡安主义者的定居现象，还有英国和法国的殖民利益这几大问题，讨论了该地区的未来。

1914年

8月2日　奥斯曼-德国联盟：奥斯曼帝国秘密同意，一旦德国对俄宣战，即与同盟国结盟参战。

9月6—10日　马恩河奇迹：第一次世界大战的一次战役，发生在法国的马恩河，协约国战胜了德国军队。

10月29日　奥斯曼帝国正式加入第一次世界大战。

1915年

2月17日（—1916年1月9日）　达达尼尔海峡战役：英国和法国在加里波利半岛对奥斯曼帝国作战，最终是奥斯曼帝国胜利。

4月24日（—1917年）　亚美尼亚种族大屠杀：奥斯曼帝国政府有计划地屠杀和驱逐其亚美尼亚人。

7月（—1916年3月）　侯赛因-麦克马洪通信：双方互通信件，英国政府同意在战争结束后承认阿拉伯独立；作为交换，麦加的谢里夫参与发动了反抗奥斯曼帝国的起义。

8月21日　奥斯曼帝国的军队领导者杰马勒·帕夏下令处决11位阿拉伯民族主义者、改革者和地方分权党的成员。

1916年

5月6日 杰马勒·帕夏又下令处决21位阿拉伯民族主义者、改革者和地方分权党的成员。

5月16日 《赛克斯-皮科协议》：英法以奥斯曼帝国的失败为前提，秘密协议了未来在中东地区的控制范围；界定了未来叙利亚、黎巴嫩、巴勒斯坦、外约旦和伊拉克（统称为"大叙利亚"的地区）的边界。

6月10日（—1918年10月） 推翻奥斯曼帝国的阿拉伯大起义，领导者是麦加的谢里夫，还有希贾兹的T.E.劳伦斯。

1917年

11月2日 《贝尔福宣言》：英国政府公开声明支持在巴勒斯坦建立犹太人的民族家园。

12月9日 耶路撒冷向英国军队投降。

1918年

9月19—25日 纳布卢斯战役：英国获胜；奥斯曼帝国和德国撤退。

10月31日 奥斯曼帝国战败。英法占领区政府开始管理阿拉伯领土，其中包括巴勒斯坦和叙利亚。

11月11日（—1919年7月） 埃及革命：全国范围的起义，反对英国占领埃及和苏丹，之后英国在1922年承认埃及独立。

1919年

（—1923年） 第三波犹太移民潮：大约四万犹太锡安主义者在巴勒斯坦定居。英国占领巴勒斯坦、《贝尔福宣言》、俄国十月革命以及之后在波兰和匈牙利的大屠杀引发了这一浪潮。

1月18日（—1920年1月21日） 巴黎和会：战后在凡尔赛的讨论，

讨论的中心是德国赔款和前德国和奥斯曼领土的分配。最后签署了和平条约，成立了国际联盟（联合国的前身）。

1月27日　耶路撒冷举行的第一届巴勒斯坦国民大会向凡尔赛递交了备忘录，拒绝接受《贝尔福宣言》并要求独立。

6月　金-克兰委员会：由托马斯·伍德罗·威尔逊总统[1]任命，调查在托管制下，前奥斯曼帝国关于划分的公众意见。此委员会建议成立一个美式的、非帝国的政府来引导阿拉伯人民走向自决。得出的结论是：大多数巴勒斯坦人反对锡安主义；锡安主义者打算"通过各种购买，全面强占巴勒斯坦现有非犹太居民的不动产"。报告提交巴黎和会，却无人理会。

7月2日　叙利亚国民大会在大马士革召开。

1920年

3月8日　叙利亚国民大会宣布成立独立的大叙利亚阿拉伯王国，由费萨尔国王统治。

4月4—7日　先知穆萨节，耶路撒冷暴动。

4月19—26日　在国际联盟的授权下，英国托管巴勒斯坦和美索不达米亚（今天的伊拉克）；法国托管叙利亚和黎巴嫩。

5月5日　纳布卢斯穆斯林-基督教协会与军事长官一起抗议锡安主义和即将起效的巴勒斯坦托管令。

6月　哈加纳——犹太人的准军事组织成立。

7月1日　英国在巴勒斯坦的军事统治结束，由高级专员赫伯特·塞缪尔领导的民事管理开始（延续到1925年）。

7月24日　麦塞隆战役：法国战胜了费萨尔的叙利亚军队。阿拉伯大叙利亚王国解散，费萨尔被驱逐出叙利亚。

---

1 美国第28届总统。

12月14日　在海法举行的第三届巴勒斯坦国民大会呼吁巴勒斯坦以伊拉克委托统治权的相同条件独立，实行一人一票的选举制度选出议会。

1921年

4月11日　外约旦酋长国成立。英国任命哈吉·阿明·侯赛尼为耶路撒冷的大穆夫提，这是一个新的宗教职位。

5月1—7日　雅法暴乱：雅法的阿拉伯人和犹太人发生暴力冲突。

7月19日　第一届阿拉伯巴勒斯坦代表团启程前往伦敦，与英国殖民地大臣温斯顿·丘吉尔就独立问题进行谈判。

8月23日　在英国治理下建立了伊拉克王国（延续到1932年），费萨尔·伊本·侯赛因为国王。

12月　海法码头的木箱突然裂开，哈加纳从维也纳走私来的300支手枪和17 000发弹药被没收。

1922年

6月3日　《丘吉尔白皮书》：该白皮书的起草是为了应对限制犹太人移民的暴动号召，并强调英国政府从来——

> 没有这样考虑过，而阿拉伯代表团似乎担心巴勒斯坦境内阿拉伯人、语言或文化的消失或从属地位。希望注意这一事实，即《贝尔福宣言》的条款……并没有想要将整个巴勒斯坦变为犹太人的民族家园，而是要在巴勒斯坦建立这样一个家园。

虽然如此，政府会继续支持锡安主义者的移民。

1923年

2月—3月　由于巴勒斯坦阿拉伯人的抵制，立法会选举失败。

5月　埃及女权主义者胡达·沙拉维从罗马的妇女选举权联盟大会返回开罗时，在公共场合摘下面纱。

9月29日　英国对巴勒斯坦的托管，法国对叙利亚和黎巴嫩的托管，合法生效。

1924年

（—1928年）　第四波犹太移民：大约8万锡安主义者移民到巴勒斯坦，大部分来自波兰。

1925年

3月23日—4月1日　反贝尔福示威：巴勒斯坦各地举行示威和大罢工，抗议阿瑟·詹姆斯·贝尔福（贝尔福勋爵）来访。

7月（—1927年6月）　叙利亚爆发了反对法国统治的大起义，法国取得了胜利。

11月　巴勒斯坦举行大罢工支持叙利亚起义。

1926年

2月16日　英国当局对禁制令（1918—1920）期间出售或协商好的土地给予追溯性法律承认，并接受锡安主义者的非正式土地文书。

5月16日　《集体惩罚条例》：英国当局正式确立了在巴勒斯坦地区的集体惩罚原则。

1927年

7月11日　强烈地震袭击了巴勒斯坦，影响了杰利科、纳布卢斯、耶路撒冷、拉姆勒、吕大和太巴列，并摧毁了几个村庄。

1928年

6月20—27日　在耶路撒冷举行的第七届巴勒斯坦国民大会确认了建立民主议会政府的要求。

1929年

（—1939年）　第五波锡安主义移民浪潮：22.5到30万的犹太移民，大多来自德国。他们来到巴勒斯坦更多的是为了逃避纳粹主义的兴起。

8月23—29日　犹太人带着家具在哭墙前祈祷，巴勒斯坦的阿拉伯人担心这意味着由阿拉伯人建立的圣地现状的改变。激进的锡安主义组织进行政治示威之后，巴勒斯坦人在几个城镇发生了骚乱。此后不久，暴乱的阿拉伯人在希伯伦屠杀犹太人。

10月26日　第一届巴勒斯坦阿拉伯妇女大会在耶路撒冷举行。

10月27日　妇女大会代表团在耶路撒冷示威，反对《贝尔福宣言》《集体惩罚条例》和虐待阿拉伯囚犯。

1930年

在谢赫·伊兹·阿德丁·卡萨姆的领导下，开始了一场针对犹太平民和英国托管的军事运动。

1931年

4月　伊尔根——由泽亚·雅博廷斯基等人建立的右翼修正主义准军事组织，从哈加纳中分离出来。

8月　在纳布卢斯，警察手持警棍，驱散了反对犹太人聚居区存放武器的示威活动。

1932年

10月3日　英国在伊拉克的托管终止；伊拉克获得独立。

1933年

1—7月　纳粹党在德国执政。随着欧洲反犹太主义的加剧，巴勒斯坦的犹太移民急剧增加。

9月8日　伊拉克的费萨尔国王去世。

10月27日　巴勒斯坦举行大罢工，抗议犹太移民和英国支持锡安主义的政策，主要城镇出现骚乱。

1934年

没有犹太事务局或英国当局的许可，有组织的犹太非法移民开始进入巴勒斯坦。

1935年

9月15日　《纽伦堡法令》：德国议会通过的种族法令。巴勒斯坦的犹太移民急剧增加。

10月16日　水泥事件：雅法港口发现了大量藏在水泥桶内的武器，目的地是特拉维夫。阿拉伯行政长官呼吁举行大罢工，雅法的一场示威活动演变成了一场骚乱。

11月20日　谢赫·伊兹·阿德丁·卡萨姆在纳布卢斯北方的山区被英国士兵伏击并杀害。

12月　高级专员亚瑟·格伦费尔·沃肖普提议建立一个28人的立法委员会，其中巴勒斯坦阿拉伯人占14个席位。巴勒斯坦人原则上接受了这一提议，但该提议遭到了下议院亲锡安主义者的否决。

1936年

4月15日　继三名犹太人在图勒凯姆附近的抢劫事件中被杀后，两名阿拉伯人在佩塔提克瓦附近被杀。

4月17日　一名犹太受害者的葬礼上发生了骚乱，三名犹太人被杀。

托管当局制定了紧急条例，在巴勒斯坦各地实行宵禁。

4月20日　阿拉伯全国委员会在纳布卢斯召开会议，随后在所有其他阿拉伯城镇和村庄建立委员会，要求举行大罢工。

4月25日　由阿拉伯各政党成员组成的阿拉伯高级委员会呼吁罢工无限期继续下去。

5月　"村庄扫荡"开始：英国先发制人的恐怖行动，阻止阿拉伯人反抗英国统治。

5月6日　全国委员会宣布不交税。

5月11日　英国援军从马耳他和埃及赶来。哈加纳和其他保护犹太殖民地的组织合法转换身份，变成犹太安置点警察。

5月23日　英国逮捕了61名阿拉伯"煽动者"，并将其关押在拘留营中；同年6月又逮捕了37人。

5—6月　雅法港口关闭；铁路和犹太人安置点出现零星的袭击事件。山区出现了武装组织。

6月17—29日　英国军队摧毁了雅法的大面积地区。

7月6日　英国军队在纳布卢斯和耶路撒冷两地之间的地区发动了"轰炸行动"，动用了4 000名士兵，使用了机枪和坦克。

8月4日　《集体惩罚条例》：英国当局颁布的法律，实行集体惩罚，如罚款、大规模财产破坏、宵禁和大规模行政拘留。

8月　犹太人开始报复行动。

9月30日　巴勒斯坦宣布实施军事管制。

10月11日　阿拉伯高级委员会呼吁结束罢工，之后起义结束。

11月　医院记录的伤亡数字显示，在动乱的6个月期间，巴勒斯坦的死亡人数为：1 195名阿拉伯人、80名犹太人、21名英军、16名警察和边防警察以及2名非阿拉伯基督徒。

Thanks

致谢

感谢加达·哈马德；感谢一直慷慨助人的赛义德·迦南、兰达和努尔；感谢乔治·辛特利安的鼓励和指导；感谢纳西尔·阿拉法特；阿尔伯特·阿加扎里安；卡迈勒·阿卜杜勒法塔赫；纳兹米·尤贝；萨米赫·哈穆德；盖斯·哈马德；阿罗布·巴亚齐德；阿比尔·哈马德；阿里·哈马德；法鲁克和莫娜·哈马德；萨米·哈马德；伊亚德·哈马德；卡勒德·卡迈勒；巴斯曼·阿布·胡达；瓦达·卡迈勒；法里德·卡迈勒；埃马德·卡迈勒；内贾德·卡迈勒；纳赛尔·卡迈勒；瓦达·祖艾特；里玛·塔拉齐；萨利姆·塔马利；海法·哈利迪；谢里夫·卡纳纳；萨哈尔·胡内迪；马拉克·侯赛尼；马拉克·阿布德·哈迪和萨米尔·阿布德·哈迪，书中福阿德·穆拉德的遗嘱是基于这两人祖父萨利姆·阿布德·哈迪的遗嘱而成；法哈·阿布德·哈迪；贝沙拉·杜马尼；泰德·斯威登堡；索尼娅·尼姆；阿扎姆·阿布·沙特；萨米赫·阿布多；约翰·特莱尔；加达·库里；纳齐哈·图坎；里玛·基拉尼；西哈姆·阿布·加扎勒赫；福阿德·谢哈德；阿德尔·阿布·阿姆沙；萨尔瓦·马斯里；福阿德·哈拉维；阿卜杜勒·拉赫曼·哈吉·易卜拉欣；阿卜杜勒·萨塔尔·卡塞姆；拉基费·扎拉希克和拉法尔·科宁。感谢你们所有人忍受我的问题，分享了你们知道的事情和你们的回忆。感谢你，泽纳·阿加，给了我地图。

感谢最好的、最慷慨的读者：凯瑟琳·哈马德、约瑟夫·明登、艾莉森·布尔格、可可·梅勒斯、史蒂夫·波特、利兹·伍德和萨阿德·哈马德。赞西·格雷沙姆·奈特和亚瑟·福尼尔，感谢你们同我聊天，给我建议和智慧。

感谢剑桥圣约翰学院哈珀·伍德学位后研修生奖学金的评审

员，特别要感谢露丝·阿伯特；感谢艾米·亨佩尔、布雷特·约翰斯顿和里克·穆迪，以及纽约大学的所有人，特别是扎迪·史密斯、南森·英格兰德和黛博拉·兰道。感谢阿信基金会的董事会，感谢桑塔·马达莱纳基金会的比阿特丽斯·蒙蒂和安德鲁·肖恩·格里尔，以及麦克道威尔艺术社区。

以下几本书让我受益匪浅：纳赛尔·阿拉法特的《纳布卢斯：文明之城》；贝沙拉·杜马尼的《重新发现巴勒斯坦：纳布卢斯的商人和农民，1700—1900》；埃伦·弗莱什曼的《国家及其"新"女性：巴勒斯坦妇女运动，1920—1948》；安东宁·焦森的《巴勒斯坦习俗：纳布卢斯及其地区》；穆罕默德·伊扎特·达尔瓦泽的回忆录，奥尼·阿布德·哈迪的回忆录；伊赫桑·尼姆的《纳布卢斯和拜勒加历史》；《巴勒斯坦东方学会杂志》(1920年)，特别是玛丽·约瑟夫·拉格朗德的演讲；泰德·斯威登堡的《反抗的记忆：1936—1939的起义和巴勒斯坦民族的过去》。

特别感谢乔治亚·加勒特、劳伦斯·拉鲁亚克斯、斯蒂芬·爱德华兹以及RCW的其他团队成员，还有梅兰妮·杰克逊、迈克尔·沙维特、伊丽莎白·施密茨、摩根·恩特金、凯蒂·瑞辛和安娜·弗莱彻。

感谢大卫·布拉德肖和约翰·库尔特，感谢那份美好的回忆。

感谢所有给我讲述巴勒斯坦故事的人。

感谢亚瑟，感谢你倾听了我的故事。